AF550141

Ulla Hahn, aufgewachsen im Rheinland, feiert mit ihren Romanen sowie lyrischen Werken große Erfolge. Sie wurde u. a. mit dem Leonce-und-Lena-Preis und dem Friedrich-Hölderlin-Preis ausgezeichnet und erhielt als erste Autorin den Deutschen Bücherpreis. Die Tetralogie ihres autobiografischen Romanzyklus um das Arbeiterkind Hilla Palm begeisterte Kritiker wie Leser und ist jetzt in neuer Ausstattung bei Penguin erhältlich.

Spiel der Zeit in der Presse:

»Das ist DER Roman über die Epoche der 68er. Ulla Hahn verbindet selbst Erlebtes mit messerscharfer Beobachtung, Darstellung, Ironie und Witz.«
FOCUS online

»Ein Buch, das man nicht so leicht vergisst, das einen ein wenig verändert zurücklässt.«
FAZ

»Die Sprache der Lyrikerin Hahn ist rhythmisch, elegant, verspielt.«
DIE ZEIT

Außerdem von Ulla Hahn lieferbar:

Das verborgene Wort. Roman
Aufbruch. Roman
Wir werden erwartet. Roman
Unscharfe Bilder. Roman
Liebesarten und andere Geschichten vom Leben. Erzählungen
Bildlich gesprochen. Ausgewählte Gedichte
Gesammelte Gedichte

Besuchen Sie uns auf www.penguin-verlag.de und Facebook.

ULLA **HAHN**

Spiel der Zeit

ROMAN

PENGUIN VERLAG

Für KvD

›Those were the days my friend.
We thought they'd never end.‹

GENE RASKIN / MARY HOPKIN *Those were the Days*

DER PRINZ VON HOMBURG.
Nein, sagt! Ist es ein Traum?
KOTTWITZ. Ein Traum, was sonst?

HEINRICH VON KLEIST *Der Prinz von Homburg*

›Wir irrten oft, wir hofften viel. … Wir wagten lieber, als wir uns besannen.‹

FRIEDRICH HÖLDERLIN *Hyperion*

LOMMER JONN, hatte der Großvater gesagt, zum ersten, zum zweiten und zum dritten Mal: Ich kann sie doch nicht einfach sitzen lassen im hillije Kölle, meine Hilla, mit dieser Lichtung, dieser Nacht in ihrem jungen Leben, da muss einer her, der sie erlöst, muss Freude her, Party, Lebenslust. Heranspaziert, heißt es noch einmal für Vater Josef Palm und Mutter Maria Palm, für die Großmutter Anna Rüppli, den Bruder Bertram, Altstraße 2; für Tante Berta, Onkel Schäng und die Cousinen Maria und Hanni, Stammpersonal. Alle aus Dondorf, diesem gepflegten Ort am Rhein, wie es auf dem Poststempel heißt, wenn man eine Karte vom Schinderturm verschickt. So etwas gibt es nämlich dort jetzt auch. Hat sich mächtig was getan, seit Hildegard Palm mit dem Großvater und dem Bruder am Rheinufer Buchsteine aufspürte und aus ihren feinen Äderungen die verrücktesten Geschichten vorlas. Wutsteine auch, Steine, in die sie die fiesen Gesichter mieser Menschen hineinsah, und dann weg damit, in den Rhein, ins Wasser. Einen Supermarkt gibt es in Dondorf nun, und ein Hochhaus soll gebaut werden gegenüber Hilla Palms Elternhaus, wo man die schöne alte Gärtnerei dem Erdboden gleichgemacht hat.

Hilla Palm ist aus Dondorf weg, nach Köln, studiert dort Germanistik und Geschichte, wohnt in einem Haus für katholische Studentinnen, dem Hildegard-Kolleg. Und nur wegen ihr mache ich mich jetzt an den dritten Band, denn wie gesagt, ich kann sie doch nicht hängen lassen, verkommen lassen nach dieser Nacht auf der Lichtung im Krawatter Busch. Wo drei Kerle sie betrunken machten und über sie herfielen. Ihr das antaten, wofür sie bis heute das Wort nicht zu denken wagt. Das sie durch den Ort des Verbrechens ersetzt: Lichtung. Einer muss her, der sie befreit aus ihrer buchstäblichen Erstarrung, aus ihrer Verklammerung in die Buchstaben, die gelehrten Texte, die Angst vor dem Leben.

Hilla ist nicht mehr allein. Ich selbst schaue meiner jüngeren Schwester über die Schulter, wann immer mir danach ist, übernehme gewissermaßen das Kommando über meine Vergangenheit, die ja ihre, Hillas, Gegenwart ist. Übernehme zudem die Verantwortung für Hillas Erfahrungen, die ja auch die meinen sind, übernehme die Verantwortung für meine Erfindungen, die nicht meine, aber doch Hillas Erfahrungen sind. Dabei hoffe ich, man wird den Unterschied zwischen Erfindungen und Erfahrungen so wenig bemerken wie in den vorangegangenen Hilla-Palm-Büchern. Denn für mich, Hillas Alter Ego, war gerade das der Anreiz fürs Schreiben: Erfahrungen und Erfindungen so miteinander zu verschmelzen, dass jenseits von Erfahrung und Erfindung ein Drittes entsteht: die Erzählung, der Text. Ein Text allerdings, der so beschaffen sein sollte, dass jede Erfindung Erfahrung sein könnte, jeder Vorgang auf dem Papier Vorgang in der Erlebniswelt meiner Hilla. Doch genug des Theoretisierens.

Meine kleine Hilla, Schwester, die ich beschützen möchte – ach, dass wir nichts mehr beschützen können, was gestern noch heute war. Aus und vorbei und doch in uns so lebendig das Gestern, die kleine Hilla, Vater und Mutter und all die anderen Toten, erfunden oder erlebt, alles Gestern so lebendig, so Heute, so Jetzt, so außer mir und in mir: Ich bin mein Gestern, ich bin meine Vergangenheit, in jedem Augenblick nichts als Vergangenheit – und Hoffnung auf Zukunft.

Zukunft, die im Bewusstmachen der Hoffnung, im Aussprechen, Hinschreiben schon in der Gefahr der Vergangenheit schwebt. Kleine Hilla. Du sollst reden, wie du es gewohnt warst in den Büchern zuvor, auch die anderen, alle, die du gekannt hast, sollen reden, zu Wort kommen – welch eine schöne Metapher. Du sollst zu Wort kommen. Dich artikulieren, in Worte fassen, zum Ausdruck bringen, formulieren, deine Form finden. Du und all die anderen. Und ich, eure Erzeugerin und von euch gezeugt, werde euch ins Wort fallen, meine Meinung sagen, euch die Meinung sagen – Widerspruch willkommen. Dokumente und Zeugen werde ich beibringen, vorbringen auch meine Lust am Wissen, am Bei-gebrachten, schließlich heißt Lernen: sich selbst vermehren. Nur eines werde ich nie tun: euch den Mund verbieten, liebe Hilla, lieber Bertram, Vater und Mutter, Tante und Cousinen und wen wir noch alles treffen auf den nächsten Seiten.

Lommer jonn: Hilla liegt in ihrem grün-rot-weiß karierten, frisch gebügelten Schlafanzug in dem sehr schmalen Bett im Hildegard-Kolleg. Es ist kurz vor sieben, und sie hat den Wecker (ein ausrangiertes Stück von Cousine Maria, die mit dem ausgeheilten Brustkrebs) auf halb acht gestellt. Was jetzt? Warten wir eine halbe Stunde, bis sie wach wird – schauen wir zu bei ihrem ersten Erwachen in der neuen Umgebung, schließlich hat sie außer ein paar Übernachtungen bei Schulfreundinnen noch nie unter fremden Dächern geschlafen.

Meine Hilla. Jetzt räkelt sie sich, reckt sich, streckt den Arm aus nach der Lampe, die zu Hause auf dem Nachttisch steht, der ihr Bett von dem des Bruders trennt. Aber die Hand tastet ins Leere, wird in den nächsten Tagen noch öfter danebengreifen, denn hier muss sie abends die Schreibtischlampe neben das Bett stellen, um ein Nachtlicht zu haben, viel zu eng ist das Zimmer für eine Kommode. Hillas Hand, meine Hand, tastet zunehmend unsicherer, flattert auf und ab, ein verschlafenes Stöhnen, ich erwachte von meinem eigenen Stöhnen, glaubte mich auf einem schwankenden Steg über einem Abgrund, ein Traum, der sich seit der Nacht auf der Lichtung so oft wiederholte, dass er mich manchmal, noch während ich träumte, langweilte, was mich nie davon abhielt, zu stöhnen, zu röcheln, bis der Bruder mich rüttelte, Hilla, wach auf. Heute aber weckte mich meine eigene Stimme, mein Ächzen, ich seufzte lauter, tastete schneller, meine Hand fiel in den Abgrund, schon als ich wach war, fiel noch immer in den Abgrund, zog mich mit sich, wo war ich, meine Hand fuhr an meine Schulter im vertrauten Schlafanzug und hinunter zur Bettdecke, schrak zurück. Ich schlug die Augen auf: Was die Hand berührte, war die rauhe Decke, die mit den Hirschen im Wald, ich stöhnte noch einmal, erleichtert, schmiegte mein Gesicht in die Decke, die nach Burger Stumpen und Krüllschnitt roch, küsste die Decke, küsste den Großvater, den Vater, Mutter und Großmutter in dankbarem Jubel, nur an Bertram denken durfte ich nicht, er fehlte in meiner kühn lockenden Welt.

Über mir hörte ich leises Tapsen, nie zuvor hatte ich Schritte über meinem Kopf gehört. Ich schlug die Decke mit einer leichten, geradezu leichtsinnigen Bewegung zur Seite, hinein in das neue Leben, die neue Zeit. Der Tag bricht an, ging mir durch den Kopf, wirklich, mit einer so pompösen Redewendung begann ich meine erste Morgenstund hat Gold im Mund in Köln. War aber doch nur Wasser, das ich wieder und wieder die Kehle hinabrinnen ließ, die Kehle hinab und über das ganze Gesicht, heiß und kalt, lauwarm gemischt, abwechselnd drehte ich an den Wasserhähnen, spielte das Lied der Temperaturen, dachte an den Spülstein zu Hause, wo das eisige Wasser winters wie sommers aus dem mit einem dünnen roten Gummischlauch verlängerten messingfarbenen Wasserhahn lief, den man gar nicht schnell genug wieder zudrehen mochte. Auch ein Handtuch und ein Seifenstück hatte ich jetzt für mich allein, musste nicht mehr mit spitzen Fingern nach der Kernseife greifen, die grau-verkrustet oder braun-schaumschlierig auf dem Beckenrand klebte; sonntags gab es die Seife Fa. Endlich konnte ich, während ich mich wusch und kämmte, in den Spiegel sehen, was zu Hause nur nacheinander möglich war; jeder hatte seinen kleinen Standspiegel dort, wo man ihn gerade aufstellte. Der Spülstein: Wasserstelle für Waschen und Kochen zugleich. Eine Zeitlang musterte ich mein Gesicht, meine Augen sahen in meine Augen, und kurz kam es mir vor, als sei ich selbst der Spiegel, in den die andere so auffordernd hineinblickte. Schau nur, sagte ich, wirst schon sehen. Und ich sah den Heizkörper hinter mir unterm hochgeschlitzten Fenster, und die Heizkörperrippen schillerten im Lampenlicht und sprachen zu mir im Chor: ›Du wirst nie wieder frieren, Edelste‹, nie wieder mit einem glühofenheißen, sandgefüllten Krug ins klammkalte Bett schlüpfen müssen, Eisblumen an den Fenstern, die Pisse im Nachttopf gefroren. Und die Tür neben dem Waschbecken sprach zu mir: ›Schließ mich leise auf, mach mich leise zu, geh aus, mein Herz, und suche Freud, komm zurück und singe und tanze, hab keine Angst, ich steh dir offen, hab keine Angst, ich schließe dich ab, von allem Bösen ab.‹ Und die Zimmerdecke sprach zu mir: ›Ich wölbe mich über dich, trage dir den Himmel zu, ich bin das Eckige, Vierkant, aber der Himmel bist du.‹ Plötzlich musste ich dringend aufs Klo. Das war am anderen Ende des Flurs, zu Hause stand der Nachttopf hinterm Bett des Bruders, nie mehr musste ich mich hinter dem hohen Fußende verbergen, ich klinkte die Tür auf, spähte in den Gang, würde mir als Erstes bei C&A einen Bademantel kaufen.

Und nun tappen ihre nackten Füße – auch Pantoffeln müssen her – den Gang entlang, zum Bad, zu den zwei Klos, den zwei Duschen, und ich spüre den glatten, kühlen, gewachsten Boden unter den Füßen und empfinde bei jedem ihrer bedächtigen, gleichwohl festen Schritte eine kleine Freude. Und mit jedem ihrer Schritte hoffe ich, vorwärts zu schreiben in die Geschichte hinein die Vergangenheit und mit ihr in die Gegenwart, weiter Raum der Geschichte, meiner Geschichte, Hillas Geschichte, altersIos, zeitlos. Schnuppernd suche ich den Duft der Jugend durch meine gealterte Haut hindurch, durch Lippenstift und Kosmetik, hin zum warmen Schweiß eines soeben erwachten Mädchenkörpers, der die Nacht auf der Lichtung niemals begreifen wird. Doch ich werde alles tun, damit meine kleine Schwester auf den folgenden Seiten den Mann fürs Leben findet, der ihr die Lichtung aus den Poren küsst, zuversichtlich, energisch, unermüdlich.

Hilla wird den Bademantel kaufen, wird sich mit Lebensmitteln versorgen und ihr Fach im Kühlschrank beschriften und füllen, wird die blonde Märchengretel vom gestrigen Abend, als sie hier einzog, wiedersehen, sie begrüßen wie eine alte Freundin, einen Tee mit ihr trinken. Und sie werden einander erklären, was sie am Vorabend gedacht und geträumt haben (das heißt, Gretel wird von ihrem Traum erzählen, Hilla sagt, nein, geträumt habe sie nicht), doch was sie vorhat, wird sie kundtun, und Gretel wird nicken und lachen und die Löckchen wippen lassen, und ich freue mich so sehr, die beiden zu sehen, dort auf den Plastikstühlen in der Gemeinschaftsküche des Hildegard-Kollegs, Septembersonne durch blanke Scheiben, dass ich gar nicht weitersehen, weiterschreiben möchte, den Augenblick festhalten möchte, Hillas karierten Schlafanzug, ihr nassgekämmtes Haar, den blauen Frotteemantel Gretels, aus dem ein rosa-weiß gepunkteter Kragen schaut, beide Mädchen glitzernd in Jugend. Jung sind sie, jung, die beiden, Frühling im Herbst, Frühling verrückt vor Frühling.

Kennenlernen wird Hilla Palm, ach, was wird ihr nicht alles begegnen, aber lassen wir ihr doch ein wenig Zeit und schicken sie zunächst einmal, angetan mit ihren neuen Jeans und der neuen Bluse, nicht hauteng, locker fallend, aber immerhin weit entfernt von den sackartigen Hüllen der letzten Jahre, in die Stadt. Zum ersten Mal allein. Und nun hat sie Angst, auch wenn sie sich das nicht eingesteht, vielleicht ahnt sie es nicht einmal. Aber sie wird etwas dagegen unternehmen. Sich in Büchern vergraben? Das liegt nahe, doch bedenken muss man die Lichtung und wie ihr das unbefangene Lesen – unbe-fangen – ungefangen –, das freie Lesen also, abhandengekommen ist. Und der wissenschaftliche Umgang mit den geliebten Büchern hat sein Übriges getan, ihr das Buch als unverbrüchliche Heimat, als zuverlässiges Asyl aus der Wirklichkeit suspekt zu machen.

Das Biotop, die vertraute Umgebung wechseln. Wie geht man vor, um sich das Fremde zum Freund zu machen? Man geht. Macht sich auf den Weg. Erkundungswege. Erwartungswege. Sucht Orientierung, will Übersicht gewinnen. Erfahren. Ergehen. Wie ist es dir er-gangen.

Es war noch früh am Morgen, ein leuchtender Septembertag kündigte sich an. Ich nickte Fräulein Oppermann, die eben die Tür der Pforte hinter sich schloss, vergnügt zu und kam mir beinah verwegen vor, so ohne jede Erklärung an ihr vorbeizuschlüpfen. Sollte sie ruhig denken, ich folgte den Glocken in die Frühmesse zur Mauritiuskirche. Dort aber lief ich vorbei, hinein in das Gewirr der Straßen am Barbarossaplatz. Die meisten Häuser hier hatten den Krieg überlebt, die alte Zeit, die gute Zeit haftete ihnen an, und wo Lücken klafften, hatten Bomber die Vergangenheit auszulöschen versucht und sie damit erst recht heraufbeschworen.

Auf den Bürgersteigen häufte sich Sperrmüll, und die Jäger und Sammler waren schon unterwegs. Ein Mann im Rollstuhl, weißes Hemd, Weste und Baskenmütze, kurvte von einem Müllhaufen zum nächsten, rumpfhoch, nur eine Handbreit über dem Asphalt. Mit schwarz behandschuhten Händen trieb er die Hinterräder an. Am Ende der Jacke, wo bei anderen die Beine anfangen, hörte der Mann auf. Mit einer Stange stocherte er in den Haufen nach kleineren Gegenständen, die er hochhob, begutachtete, fallen ließ oder vor sich auf den Sitz neben den Stumpf legte.

Godehard fiel mir ein und dass er die Altstraße niemals ›das Loch‹ hätte nennen dürfen. Die verschmähte Bücherkiste beim Riesdorfer Sperrmüll fiel mir ein; es gab mir noch nach Jahren einen Stich.

Auch der Rollstuhlfahrer hatte Bücher gestapelt. Ich pirschte mich unauffällig, wie ich hoffte, an das Gefährt heran, um die Titel zu entziffern, als mir sein Stock zwischen die Beine fuhr und mich beinah zu Fall brachte. Mach, dat de weiterkommst, Frolleinsche, könnt dir so passen, einfach mal abräumen.

Die Stimme des Mannes klang misstrauisch resigniert, als habe er schon manch einen Überfall auf seine soeben eroberte Beute erlebt.

Aber hören Sie mal, empörte ich mich, ich wollte doch nur …

Doch der Mann zog den Stock zurück vor den Bauch und

rollte, mir den Rücken kehrend, mit ein paar flinken Griffen davon.

Die Lust am Sperrmüll war mir vergangen.

Der Verkehr wurde dichter; an den Schaufenstern ratterten die Rollläden hoch, Schaufenster wie in Dondorf: ein handgemaltes Schild unter dem Kittel bestätigte ›Kittel‹, ein Paar grauer Socken war auf ›Sockenpaar‹ getauft, Krawatte auf ›Krawatte‹. Noch lag für mich die Linguistik mit Bezeichnendem und Bezeichnetem, Signifikant und Signifikat, in ungeahnter Zukunft, doch hier – und früher noch, schon in Zillis Dondorfer Laden – erreichten mich Vorboten der Lehren Ferdinand Saussures.

›Gefallene Maschen werden aufgenommen‹, versprach die Schönschrift auf einer Papptafel, gut zu wissen, wohin mit den entlaufenen Maschen, wenn nicht in den Laden der Dorfstraße am Schinderturm, und im Weitergehen tröstete mich dieses Versprechen auf eine seltsam unbestimmte und umfassendere Weise, als ginge es nicht nur um die bloße Zusicherung der Wiederherstellung eines zerrissenen Strumpfes.

Auch Bäcker und Fleischer gab es hier noch – wie zu Hause, dachte ich –, der mit Petersiliengrün bekränzte Schweinskopf glänzte durch die kältebeschlagene Scheibe der Metzgerei, und aus der dem Morgen und früher Kundschaft weit geöffneten Tür des Bäckerladens roch es nach Streuselkuchen und frischen Brötchen. Frauen in verwaschenen Kittelschürzen und Männer mit Aktentaschen in korrekten Anzügen ließen die Glockentraube von Heriberts Feinbäckerei im Dreiklang bimmeln, kamen heraus mit Kuchen und Brötchen, die noch aus der Tüte dampften. Die Männer verschlangen die warmen Stücke gleich auf der Straße. Vorm Blumenladen rückte ein Mann eine Etagere zurecht, trug gelbe, blaue, violette Asterntöpfe herbei. Gegenüber wuchtete einer in verwaschenem Unterhemd und schlabbernden Hosenträgern, Zigarette im Mundwinkel, einen Müllsack vor die Tür der Kneipe Tünns Eck.

Ein schmutziggrauer Hund hob das Bein an einem Karton aus Wellpappe, ließ ein paar Tropfen fallen, lief weiter. Straßenfeger schoben den Dreck auf dem Bürgersteig mit nachlässigen Gesten zu kleinen Haufen zusammen und schaufelten sie in eine Karre.

In den Fenstern bewegten sich Hausfrauenarme, Scheiben putzend, Staublappen ausschüttelnd, man winkte einander über die Straße zu. Eine Frau tauchte den Schnabel ihrer Gießkanne in prachtvolle rote Geranien. In unserem Veedel, hieß das, lernte ich später, und für mich: beinah wie zu Hause. Doch so weit war ich noch lange nicht.

Ich sah in ein Gesicht. In noch eines. Niemand sah in meines. Ich schaute alle an, und das war so gut wie niemanden. Und jeder und keiner sah mich an. Niemand, durchzuckte es mich, würde mir nachrufen: Tach, Hildejaad! Tach, Hilla! Hilla, wat mät de Mamma! Hildejaad, auch mal widder da!

Das Gefühl, niemand und nichts für niemand zu sein, stieg aus dem Bauch herauf, dehnte sich aus in Magen und Brust, in die Kehle hinauf, und ich wusste nicht, war mir zum Lachen oder zum Weinen. Was ich kannte, hatte ich hinter mir gelassen, was vor mir lag, kannte ich nicht. Hatte ich Angst?

In der Straße zum Neumarkt Abbruchgerüste, riesige Baulöcher, Bretterverschläge, Neubauzäune, Bauwagen, Kräne. Presslufthämmer ratterten los. Mir schien, Dutzende auf einmal. Ich schaute auf die Uhr. Kurz nach neun. Ich machte kehrt, Richtung Hertie.

Hinter der schweren Glastür verschlug mir ein Warmluftvorhang den Atem. Der Geruch heißer Würstchen mit Senf vom Imbiss gleich neben dem Koffersonderangebot kämpfte gegen Wolken aus der Kosmetikabteilung. Ein Würstchen als Einstand? Feier der neuen Freiheit? Ich rutschte auf den Plastikhocker, ein Würstchen, bitte. Neben mir eine Frau mit ihrer kleinen Tochter. Zögernd griff das Kind nach der Wurst: Wenn dat dä Pappa wüsst, dat mir hier sind. Dann tät dä widder sagen: Die Weiber jeben dat Jeld aus.

Die Mutter lachte mich an: Wat sagen Sie dazu? En fixes Mädschen, wat? Weiß jenau Bescheid.

Ich nickte, griff mein Würstchen. Es war heiß, fest, prall. Auch das Kind schob die Wurst, die es bis jetzt mit vorfreudig glänzenden Augen betrachtet hatte, zwischen die Lippen, biss zu. Saft spritzte, ein Tropfenbogen perlte auf den frisch imprägnierten Anorak. Mutter und Kind schrien auf. Das Kind ließ das Wurstende fallen. Den Bissen noch zwischen den Zähnen, wagte es nicht, den Happen weiter in den Mund zu befördern, zu kauen, zu schlucken. Erstarrt. Die Mutter schlug nach ihm, ein Klaps in den Nacken, das Kind spuckte den Bissen auf den Teller, schluchzte. Woraufhin die Mutter ihrerseits spuckte, nämlich aufs Taschentuch, und sich schimpfend an den Spritzern zu schaffen machte, dat dolle Döppe. Die Wut der Mutter in den weit aufgerissenen Augen des Kindes gespiegelt. So, jetzt isst du weiter! Immerfort schluchzend würgte das Mädchen die Wurst hinunter, bis sein Blick die Puppe traf. Da legte es die Wurst zurück, hörte zu weinen auf und schlug der Puppe ins Gesicht.

Tschö zesamme! Ich machte, dass ich wegkam; wollte nach oben. Doch vor der Rolltreppe ließ mich ein Mann, mittelalt, mittelblond, mittelgroß, in einem weißen Arztkittel noch einmal innehalten. Er hatte auf einem Resopaltisch verschiedene Gemüse- und Obstsorten zurechtgeschnitten, die er offensichtlich mithilfe eines Mixers versaften wollte. Ich dachte an den Vater, wie der im Quelle-Katalog das Mixerangebot gemustert und dann vor der Mutter kapituliert hatte, die, ungewöhnlich genug, von der Großmutter unterstützt, diesen Gegenstand mit ›Dä Krom kütt mer nit en et Huus‹ abgetan hatte.

Eine Weile blieb ich stehen, breitbeinig und frohlockend, alles Recht der Welt zu haben, zuschauen zu dürfen, wie der Mann im Kittel arbeitete.

Reiner Lebenssaft!, krähte er. Drei Jahre Garantie! Mal versuchen, Frolleinsche? Gehorsam setzte ich das Glas an die Lippen, nippte.

Die Augen des Mannes ängstlich erwartungsvoll. Woran erinnerte er mich nur?

Wäschemann! Natürlich! Wie die leibhaftige Auferstehung unseres Wäschemanns, der mit seinen Koffern voller Tisch- und Betttücher, Kittel und Korsetts über Land gezogen war bis in die Altstraße 2, stand der Mann mit seinem gefrorenen Lächeln, den müden Blicken hinter seinem Resopaltisch.

Läcker!, schmatzte ich, die Lippen von Saftschaum verklebt, einfach läcker!

Der Mann nickte mir dankbar zu, ein bisschen mehr Frechheit könnte ihm nicht schaden, dachte ich, ein Hauch nur wie beim Wäschemann, ein wenig forscher müsste er zu Werke gehen. Doch der Wäschemann war sozusagen als Gast erwartet worden, als willkommener Höhepunkt und ersehnte Unterbrechung im Einerlei der täglichen Hausfrauenpflichten. Der Mann im weißen Kittel musste diese Erwartung erst einmal erzeugen, den Wunsch wecken, etwas haben zu wollen, von dem man zuvor nicht einmal geahnt hatte, dass es so etwas überhaupt gab. Mit mir gelang ihm das. Je länger ich Mann und Mixer ins Auge fasste, desto stärker drängte sich mir der Gedanke auf, dieses Gerät tatsächlich, nicht nur mit den Augen, in Besitz zu nehmen. Und nun hatte ich wie im Märchen sogar noch aus seinem Becherlein getrunken. Wer aus mir trinkt, der wird zum Reh. Wer aus mir trinkt, der wird ein Käufer. Ich stellte das Glas ab; der Mann schob es hinter einen mit Obst und Gemüse bedruckten Plastikvorhang.

Habt Ihr auch ein Schlückchen für uns? Zwei ältere Frauen machten halt und reckten schnuppernd ihr Kinn Richtung Mixer.

Was er antwortete, hörte ich nicht mehr, endlich setzte ich meinen Fuß auf die Rolltreppe. Etagenweise wie durch einen Quelle-Katalog streifte ich zwischen Tischen, Regalen, Aufbauten umher und kaufte schließlich in der Kinderabteilung ohne langes Hin und Her einen Bademantel.

Draußen auf der Schildergasse vor der Antoniterkirche vollführte Klaus der Geiger Kunststücke auf seiner Fidel, heitere Etüden im klassischen Kölsch, eine Fünfzig-Pfennig-Münze war ihm sicher, bliebe ihm sicher, auch wenn Hilla, wenn ich keinen

Pfennig mehr in der Tasche haben würde, und das wird schon bald der Fall sein.

Doch erst einmal ging es nun zur Hohe Straße. Hilla, heute eine genießerische Müßiggängerin, hatte die Schweizer Ladenstadt – ›Läden unter einem Dach‹ –, die erste Einkaufspassage Kölns, schon durchstreift und ließ jetzt im Vorübergehen ihre Augen über die Auslagen der teuren Geschäfte schweifen, an denen es bei Einkäufen mit der Familie stets blicklos vorbeigegangen war. Wie hieß es doch bei uns zu Hause, wenn man sich etwas nicht leisten konnte? Spargel schmeckt nicht. Von wegen. Ich lächelte.

Bei der Buchhandlung, wo der Vater vor Jahren verächtlich sein ›Bööscher nä‹ geknurrt und mich von der neuen *Brockhaus*-Ausgabe – ›Das Wissen der Welt in zwölf Bänden‹ – fortgezogen hatte, machte ich halt. Noch immer fiel es mir schwer, einfach so in einen Buchladen zu gehen und einfach so ein Buch zu kaufen. Nur vor den Reclam-Heften hatte ich mit meiner Barschaft im Rücken die Scheu verloren. Dieser beigefarbene Schatz wuchs hemmungslos in die Breite. Heute stand ein mit Ansichtskarten gespickter Turm vor dem Schaufenster, davor ein Paar in steifer Sonntagskleidung, offenbar vom Lande, aus der Eifel vielleicht; um und um drehten sie das kreisrunde Gestell, als wollten sie den Rest des Ausflugs in die große Stadt damit verbringen, ein paar Karten auszusuchen.

Und ich konnte gehen. Mich lösen. Gehen gehen gehen. Hören und sehen sehen sehen. Die Stadt ein Geflecht aus Hören Sehen Gehen, eine Matte, die vorwärtszieht, ein Korb, in dem sich Hören Sehen Gehen sammelt. Die Stadt für die Geherin Seherin Lauscherin. Szenen von überall. Nichts für Dombesucher, Schunkelkahnfahrer. Die Stadt abseits des Tourismus: ein ununterbrochenes Versprechen. Der Dom ist hoch. Aber man muss nicht hinaufsteigen. Vor seiner Tür sitzt einer, die Knie an die Brust gezogen, Schorf im blaurot verfärbten Gesicht, zerrissene schmutzsteife Kleider, nackte Füße … Ich lasse den Groschen in seine Kappe am Boden fallen und noch einmal einen. Heute keine Kerzen. Und auch kein Los aus der großen Trommel der Dombaulotterie.

Ich wollte nichts von der Stadt. Jedenfalls nicht an diesem Tag. Nichts von den Schaufenstern mit ihren Warenbergen, Berge, ja, Berge und Täler, Landschaften aus Mützen, Schals, Anzügen, Röcken und Blusen rauschten an mir vorbei. ›Aus gutem Grund ist Juno rund‹, verkündete die Litfaßsäule, im Takt meiner Schritte, rechtes Bein, linkes Bein, wurde ein sinnentleerter Silbenfluss daraus, der neben mir herlief wie's Bächlein im Walde.

Gehen sehen summen, unter den Füßen scheint sich eine Luftschicht zu bilden, die mich emporträgt ins Leben, schwerelos leben, der Schwere los leben. Einfach losleben.

Eine Straße nach der anderen, ein Haus nach dem anderen aufnehmen, verweilen, weitergehen, weitersehen, einen Menschen nach dem anderen, eine Fensterzeile nach der anderen, eine Zeile nach der anderen, eine Seite nach der anderen; eine Stadt lesen wie ein Buch. Ich ging und ließ mich gehen, die Stadt ließ mich gehen, das Dorf hatte mich gehen lassen, jetzt durfte ich mich gehen lassen.

Wie kostete ich die Pausen an den Kreuzungen aus, die Freiheit der Entscheidung, rechts links geradeaus, ließ die Namen der Straßenschilder auf der Zunge rasten, zergehen, weitete mich aus in Häuser, Straßen, Menschen und zog mich wieder zusammen, in die Augen, Pupillen, die Ohren, die Nase, und wieder ins Weite und wieder zurück und so weiter ins Weite und wieder zurück …

Gehen sehen gehen: besitzlos besitzen. Antworten: ja. Aber ohne Ver-antwortung. Eindringen, durchdringen die Mauern, bis aufs Fundament und tiefer hinein, hindurch zu den Fußtritten römischer Legionäre, brauner Römerinnen mit blonden Perücken aus dem Haar der Besiegten. Mich auffüllen mit fremden Existenzen, so weit meine Einbildungskraft mich trug, meine Füße mich trugen, meine Augen. Je weiter ich ging, desto weiter entfernte ich mich von mir, vergaß mich einen Schritt weiter mit jedem Schritt, und indem ich mich von meinem Eigen-Sinn löste, löste ich mich auch von meiner Umgebung, glitt durch die Straßen, vorbei an den Fassaden, beziehungslos, haltlos, je mehr Realien, je mehr Dinge ich aufnahm im Gehen und Sehen, desto mehr verlor ich den Boden der Realität. Ich fühlte mich überall und nirgends, je mehr reale Gegenwart ich durchmaß, desto weiter zog ich mich von ihr, zog sie sich von mir zurück. Unter dem Ansturm der Gegenwart hob sich die Gegenwart selber auf.

Niemanden kennen, von Niemandem gekannt werden: Niemandes sein. Niemand sein: unsichtbar. Tarnkappe. Sekundenlang strich ich dahin im Gefühl, ohne Erinnerung zu sein, kein Mensch mehr, namenlos, ein Papierfetzen im Staub, eine Wolke am Himmel, beide preisgegeben dem Wind, dazwischen nichts.

Meine Füße verloren den Boden unter den Sohlen, schwebten durch die Straßen, wie Augen schweifen durch ein neues Buch. In der Stadt sein wie in einem Buch.

Eine Stadt lesen. Wobei der Vergleich hinkt. In einem Buch kann man vorwärtsblättern. Den Schluss zuerst lesen. Im Buch Stadt gibt es nur ein Vorwärtsblättern, nie zurück. Jeder Schritt zurück im Raum ist ein Schritt vorwärts in der Zeit. Ich las, was mir zufiel. Eine Sammlerin von Zufällen. Einfällen. Vorfällen. Auffälligkeiten.

In Städten blättern wie in Büchern. Ziellos. Zufällig. Irgendwo aufschlagen. Irgendwo hängen bleiben. Angezogen werden. Von einem Satz, einem Gebäude, einem Fenster, einer Tür, einem Wort. Verharren. Sich vertiefen. Oder aufschauen. Die Fassaden hinauf, Stockwerk für Stockwerk, Fünfziger-Jahre-Häuser, schnell hochgezogen gegen die Trümmer, Dach überm Kopf, dazwischen an einer Hotelfassade ›Dom-Biere‹, Kastanienbäume, die den Krieg überlebten oder schon neu gepflanzt, schlauchenge Straßen, Geleise, das Quietschen der Straßenbahn, Tauben, aufgescheucht von den Schienen, und immer wieder eine Kirche, Kirchen, deren Namen ich nicht kannte, manche versehrt wie die Häuser. Später würde ich sie alle beim Namen nennen, jedenfalls die meisten, eingedenk der Postkartenwünsche Kreuzkamps – vor allem aber Groß St. Martin im Norden, St. Gereon im Westen, die Apostelkirche am Neumarkt und die Trümmer von St. Maria im Kapitol, besonders die. Besonders die, wenn Hilla ihre Streifzüge nicht mehr allein unternimmt, vielmehr Hand in Hand, wenn sie wieder Berührung zulässt, ersehnt, wenn sie Hand in Hand einen Apfel zum heiligen Hermann Joseph trägt, ihr Mund den Mund ihres Liebsten und dann den Apfel küsst, bevor sie ihn dem Heiligen zu Füßen legen.

Gehen Gehen Gehen
Gehen. Lernen.
Gehen lernen. Lernen gehen. Entgegen gehen
der Mutter dem Vater dem Freund dem Liebsten
der Liebe entgegen der Leidenschaft.
Nichts kommt dir entgegen.
Gehen. Lernen. Entgegen
gehen den Feiern Verlusten dem Schmerz
entgegen immer neu
den Gesichtern entgegen und wieder
den alten entgegen zurück
dem Tag dem Abend der Nacht entgegen
dem Durst entgegen der Sättigung dem Vergessen
Brotkrumen streuen für den Rückweg
im Gehen Gehen Gehen
dem Ja entgegen dem Nein entgegen
der Erinnerung entgegen dem Gedicht entgegen
der Sonne dem Mond den Sternen entgegen und immer
wieder dem Gedicht entgegen
– jeden Brotkrumen einzeln verzehrend –
dem endlichen einzigen letzten Gedicht ent
gegen dem Tod
gegen den Tod.

Heute versucht Hilla durch dieselben Straßen, auf denen sie hergekommen ist, zurückzugehen. Das gelingt ihr nicht. Es ist jetzt früh am Nachmittag, und die Herbstsonne wärmt wie der alte Küchenofen in Dondorf. Sie macht träge und lässt die Tauben gurren, vor Behagen, denke ich. An einem dieser neuen Spielplätze setzt Hilla sich auf eine Bank, zieht eine Schnecke aus der Tüte, beißt hinein und presst die Lippen zusammen, wenn sie den klebrigen Überzug, den Geschmack von Zimt, Rosinen, Hefeteig auf der Zunge spürt. Sie riecht den Duft von frischem Blechkuchen aus dem Dondorfer Bäckerladen, sieht die Hände der Großmutter im Teig für den Sonntagsstuten. Aber sie befiehlt sich: Es schmeckt.

Kinder tobten zwischen den Bänken, spielten mit Stöckchen, pengpeng, rief der eine, der andere klemmte sich das Holz zwischen die Beine und galoppierte wiehernd um den Schützen herum. Ich genoss Hefeteig, Zimt und Mohn; das Aroma der Vergangenheit, die Dondorfer Glasur, verflüchtigte sich mit jedem Bissen – würde wiederkommen mit der nächsten Mohnschnecke, vielleicht. Vor mir im Sandkasten bauten zwei kleine Jungen Burgen. Als der ohne Schaufel sah, dass der mit Schaufel viel schneller bauen konnte, rannte er heulend zur Mutter auf der Bank neben mir. Was die dem Jungen ins Ohr flüsterte, konnte ich nicht hören. Entschlossen stapfte der Knirps auf den Kameraden zu, riss ihm die Schaufel weg und lief zur Mutter, die ihm lächelnd einen Kuss ins Kindergesicht drückte. Verdutzt schaute der Beraubte Schaufel und Räuber hinterher, plärrte los, worauf eine Frau ihr Strickzeug sinken ließ und zum Sandkasten lief. Doch noch ehe sie ankam, stieß ihr Sprössling einen Jungen, den sein Geschrei herbeigelockt hatte, von dessen Roller, schwang sich auf und fuhr davon. In einem Luftzug aus Wolle und warmer Kinderhaut brauste er an mir vorbei und strahlte mich an. Drei Mütterstimmen tönten erregt durcheinander. Der Triumphator drehte ein, zwei Runden, warf den Roller in die Büsche, lief weg.

Ich machte mich endgültig auf den Heimweg und traf nach einigen Umwegen die Straße nahe dem Hildegard-Kolleg. Der

Sperrmüll war fort. Aus den Fenstern lehnten Frauen auf Kissen gestützt aus den Fenstern. Wie in Dondorf, dachte ich wieder, wie zu Hause. Aber ging ich denn nicht gerade ›nach Hause‹? War das Hildegard-Kolleg nicht mein Zuhause? Wo war mein ›Dach überm Kopf‹? Ist ›Zuhause‹ das ›Dach überm Kopf‹?

Nicht ein Mal hatte ich heute an den Rhein gedacht. Nicht eine Sekunde war mir eingefallen, hinterm Dom an den Rhein zu gehen, so wie noch vor kurzem mit Bertram. Mein Zuhause, das war der Dondorfer Rhein. Und Bertram. Der Rhein hier war der meine nicht. Noch nicht? Ich tastete nach dem Hausschlüssel in meiner Tasche. Mein erster Hausschlüssel. Nie war mir in der Altstraße ein Schlüssel anvertraut worden. Ich steckte den Schlüssel ins Schloss. Fräulein Oppermann öffnete die Glastür der Pforte, Gott mit Ihnen, Fräulein Palm, an diesem Ihrem ersten Tag im heiligen Köln. Schon ein bisschen eingelebt? Mir schien, sie trug eine noch stärkere Brille mit einem noch dickeren dunklen Rand als beim Einzug. Ihre grauen Augen schwammen mit vorwurfsvoller Milde in den birnenförmigen Linsen, einer Milde, die, wie ich später erfahren würde, sich von einer Sekunde zur anderen in unerbittliche Strenge verkehren konnte, wobei der Schliff ihrer Brillengläser die Augenblitze bündelte und verstärkte wie zum Laserstrahl.

Kaum anders als die Großmutter, die auch jedesmal hastig herbeikam, wenn die Haustür klappte, sah mich das Fräulein an. Doch anders als daheim konnte ich an der Hüterin dieses Hauses mit einem flüchtigen Jaja vorbeihuschen; mir folgen, wie die Großmutter mich mit ihren Fragen verfolgen, konnte sie nicht. Zu Hause war ich hier nicht. Aber mit einem Zimmer für mich allein.

Die Küche war leer. Ich räumte Butterpäckchen, Milch, Salz und Pfeffer aus dem Laden an der Ecke in das Kühlschrankfach, dem ich meinen Namen aufgeklebt hatte. Niemand im Flur. Wo Gretel wohnte, wusste ich noch nicht. Einfach reihum klopfen? Nein. Besser: das Alleinsein genießen. Ich goss mir ein Glas Milch ein und ging den Flur entlang, an den Türen vorbei, fühlte mich fremd, viel fremder als in der fremden Stadt, fremd in einer fremden Haut, in einem fremden Kapitel.

Ich schloss *meine* Tür zu *meinem* Zimmer auf, nahm ein Ding nach dem anderen für *mein* Ding und niemandes anderen, genoss wie am Abend zuvor den durch nichts und niemanden, keine Mutter, keine Großmutter, keinen Vater, bedrohten Triumph des Mein-Gefühls. Ich war mein Eigen. Dat Kenk is eijen. Dat Kenk hätt ene eigene Kopp. Irgendwann fügte sich dazu ein Vers des Mystikers Meister Eckhart: ›Sei dein Eigen/ dann bin auch ich dein Eigen.‹ Etwas von dieser mystischen Einheit, diesem All-eins-Sein erfüllte mich an diesem Abend. Bertram kam mir in den Sinn, ich teilte das Kuchenstück aus dem Paket der Mutter entzwei und schob es ihm zu, er lachte, während ich es genüsslich verspeiste. Ich wusch mir die Hände kalt und heiß, bis sie rot glühend schmerzten. Niemand vor mir hatte je diesen Hahn auf- und zugedreht, diese Seife benutzt, sogar das Handtuch kam frisch aus Zillis Laden. Niemand hatte auf diesem Stuhl an diesem Tisch gesessen, den Schrank eingeräumt, niemand in diesem Bett geschlafen. Alles meins. Auch Godehards Kleid hing hier. Wie das letzte Kapitel aus einem Groschenroman.

Ein Leben umschreiben, misslungene Stellen neu fassen, streichen. Aus einem Körper umziehen wie von Dondorf nach Köln, aus einem alten in ein neues Haus. Den Körper der Lichtung verlassen, hineinschlüpfen in eine unbefleckte Hülle. Unantastbar.

Ich streckte mich aus auf meinem Bett: Was für ein langer Tag, ein ganzes Leben würde nicht ausreichen, jede seiner Minuten, seiner Teile in Ruhe zu bedenken. Was für ein endloser Tag, dachte ich, und das neue Kapitel hockte sich zu mir aufs Bett und sah mich an, aufmerksam wie eine Katze.

Nachts war ich nicht mehr allein. Ich war zwei. In schlottrigen Hosen und Blusen lief ich durch Dondorf an den Rhein, den Rhein entlang, lief durch Kölner Straßen, wobei Hosen und Blusen immer enger und kürzer wurden, bis sie mir passten. Ich sah, wie die beiden Hillas aufeinander zu- und voneinander – vor-einander? – wegliefen, bis beide einem Ziel zustrebten, das fern am Horizont erstrahlte, eine Monstranz? Der Gral? Wie ich ihn mir aus der Parzival-Sage vorstellte?

Immer schneller glitten die beiden Hillas diesem mystischen Gefunkel entgegen und endlich in dieses Glitzern hinein, beide verschwanden in einer Aureole, in dieses glanzvolle Nichts. Das nun dastand vor meinen, der Träumerin Augen, in ganz gewöhnlichem Glas und Chrom: ein Mixer. Träumend noch musste ich lachen, erwachte lächelnd, schlief lächelnd wieder ein.

Am nächsten Morgen war ich die Erste beim Mixermann. Er schnippelte Äpfel, klein gehackte Möhren waren schon zu appetitlichen Dreiecken gehäuft. Einhundertfünfzig, knurrte er verschlafen, mir, die er anscheinend nicht wiedererkannte und als Kundin kaum ernst nahm, zerstreut zunickend.

Mit Zubehör?, beharrte ich fachmännisch.

Der Mann ließ Apfel und Messer sinken, musterte mich von Kopf bis Fuß, würdigte mich aber immerhin eines knappen Ja, und: Waren Sie nicht gestern schon mal hier?

Überleg ich mir noch. Ich wandte mich ab. Strafe muss sein. Und überhaupt: Der Mixer privileg war per Quelle-Katalog fünfzig Mark billiger. Doch ohne Katalog, wo und wie sollte ich ihn bestellen?

Beschwingt streifte ich durch die Kosmetikabteilung und machte mich heute schon bedeutend kühner über Duft- und Cremeproben her. So in Wohlgerüche eingehüllt stand ich schließlich wieder vor dem Mixermann.

Ich nehm einen, sagte ich und streckte die Hand aus.

Die sind nicht zu verkaufen, kleines Frollein. Der Mann zog die Apfelspalten zu sich heran. Die gehören da rein. Der Mann wies auf den Mixer, steckte sich einen Apfelschnitz in den Mund, kaute müde und hielt auch mir die Schale hin. Da, nimm!

Danke, sagte ich, griff zu und wies auf den Mixer. Ich nehm einen.

Wie, was, junge Frau, äh, Fräulein? Der Mann straffte sich, als habe man ihn an eine Batterie angeschlossen: Einen Walita Jubileu? Jede Silbe schien Wert und Fähigkeit des Gerätes zu vervielfachen.

Mit Zubehör, bekräftigte ich.

Der Mann überbot sich an Geschäftigkeit, mir das Gerät fachmännisch vorzuführen. Mit hundertfach geübten Handgriffen fügte er Apfel, Möhren, Mixerglas und Mixerchrom zusammen und drückte den Knopf. Zwei Frauen blieben stehen, schauten gebannt in die quirlende Masse. Eine gepflegte Lautsprecherstimme wünschte allen Kunden einen guten Morgen und empfahl den Kauf, ja, von was wohl, den Kauf des Walita Jubileu Standmixers.

Heinz Pütz, so das Namensschild auf der Kittelbrust, goss den orangefarbenen Brei in ein Glas – nein, damals war man mit dem Plastik noch nicht so schnell bei der Hand, und dass das Provitamin A vom Körper am besten verwertet wird, wenn man die Möhren mit Fett – am besten Omega-3-Öl – zu sich nimmt, wusste man auch noch nicht.

Und dieses Glas reichte der Mixermann Hilla Palm, reichte er mir, und wieder schauten die Umstehenden gierig zu, und wieder trank ich in sehr kleinen Schlucken und leckte mir die Lippen. Purer Genuss.

Mittlerweile drängelte sich etwa ein Dutzend Frauen am Mixerstand um die beste Sicht. Kauf oder Nichtkauf, das war hier die Frage.

Wofür bruch dat Mädsche dann ene Mixer? Dat hätt doch noch all sing Zäng em Mul, ließ sich eine weibliche Stimme vernehmen, hörbar nem Zigarettchen und nem Bierchen nicht abgeneigt.

Kinderleicht, die Bedienung, ich lächelte in die Runde. Seit der Mixermann einen Namen hatte, fühlte ich mich ihm, Heinz Pütz, irgendwie nah, fast als Komplizin, so gemeinsam diesen Augenpaaren ausgesetzt, die nach einer Katastrophe, sprich, meinem Abgang ohne Kaufgang lechzten.

Wie zu Hause, wenn es galt, Eindruck zu schinden, kehrte ich mein bestes Hochdeutsch hervor: Dieses vorzügliche Gerät, dieser Waluta Jublileu Standmixer …

Walita, Walita, fiel Heinz Pütz mir ins Wort.

Also dieser bedienungsfreundliche, stromsparende, leicht zu säubernde Walita Jubileu Standmixer mit den Zubehörteilen … also … Ich zog die Bedienungsanleitung näher heran. Also, mit Messbecher, Entsaftersieb, Fruchtfleischbehälter und Saftauffangschale, dieser Walita Jubileu soll es sein!

Mit jedem Wort – und das war gar nicht so einfach, vor allem ›Saftauffangschale!‹ in voller Lautstärke – nahm Heinz Pütz' allmählich gestiegene Zuversicht in mein aufrichtiges Interesse ab. Misstrauen machte sich in seinen Zügen breit. Spionierte ihm da jemand von der Konkurrenz hinterher? Oder war dieses harmlos aussehende Fräulein am Ende von der Mixerfirma geschickt? Kontrolle?

Ich stellte mein Glas zurück, wandte mich den Frauen zu und erklärte mit fester Stimme, was mir der Quelle-Katalog seit Jahren in Frühjahr und Herbst versichert hatte: Dass der Verzehr von Obst und Gemüse in zerkleinertem Rohzustand an Gesundheitspotenzial nicht zu übertreffen sei, dies die Kurzfassung. Ich brauchte länger, was Heinz Pütz nutzte, eine zweite Ladung Frischobst und Gemüse zu zerkleinern und zwei Frauen, die so aussahen, als könnten sie mal eben hundertfünfzig Mark lockermachen, mit dem schönsten Wäschemann-Lächeln je ein Glas Gesundheitsgebräu zu reichen, was diese mit süßlichem Lächeln akzeptierten, zwei unbeschenkte Frauen jedoch zu einem ärgerlichen Abgang veranlasste.

Ich aber tauchte in meinem Matchbeutel nach dem Portemonnaie und wiederholte meinen Kaufwunsch. Es wurde still am Stand. Heinz Pütz langte hinter die Theke und griff das höchste der drei beeindruckenden Pakete von der Pyramide herunter.

Und das – er schwenkte ein undefinierbares Gerät wie einen Hauptgewinn – gibt es gratis dazu. Umsonst!

Umsonst! Wie aufs Stichwort drängte sich eine korpulente Mittfünfzigerin nach vorn und schnappte mir das Paket weg. Sie trug, das sah ich auf den ersten Blick, ein Kostüm aus dem Quelle-Katalog. Eine Kreation. Aus der Heinz-Oestergaard-Kollektion. Exklusiv bei Quelle. Warum kaufte sie nicht dort? So, wie sie sich hier in Szene setzte, ahnte ich es: Eben weil sie sich in Szene setzen konnte. Ihren Auftritt hatte. Während ich meine Hand aus dem Matchbeutel zurückzog, produzierte sie ein Krokoportemonnaie aus der Krokohandtasche – echt? Falsch? Das zu entscheiden war mein Auge zu ungeübt. Nach resolutem Klicken des Druckknopfs fürs Scheinefach drückte sie zwei Fünfziger auf die Theke. Aufmunternd nickte Heinz Pütz ihr zu, dienerte à la Wäschemann – Meine Dame, meine Dame, einen besseren Kauf als den hier können Sie nirgends machen und so weiter – und wartete. So wie ich und die anderen. Die Dame im Oestergaard-Kostüm auch. Verstaute ihre Krokogeldtasche in der Krokohandtasche und streckte die Hand, die Hände, das Täschchen unter den linken Arm geklemmt, nach dem Erwerb aus, wobei sie noch einmal auf die beiden Scheine deutete. Die Heinz Pütz nun aufnahm, betrachtete, mit Ring- und kleinem Finger gegen den Handballen festklemmte, dabei Mittel-, Zeigefinger und Daumen hoch aufstreckend, eine Drei signalisierte, während seine Rechte plus Unterarm eine Barriere zwischen Mixerpaket und pepitagekleidetem Zugriff errichtete.

Zwei Zuschauerinnen gaben einander einen Rippenstoß.

Drei, dienerte Heinz Pütz beflissen, doch unbeirrt resolut, hundertfünfzig Mark, meine Dame, und der Walita Jubileu Standmixer ist der Ihre. Im Handumdrehen bedienfertig. Zauberstab gratis.

Die Käuferin starrte den Verkäufer verständnislos an. Einhun-dert-fünf-zig?, wiederholte sie den Kaufpreis, die Silben endlos in die Länge ziehend – tausend Mixer hätten darin Platz gehabt. Dat kann nit stimme! Neunundneunzig kostet so wat. Dat hab ich doch jrad noch im neuen Katalog gelesen. Der kölsche Singsang bildete einen naiven Kontrast zum Oestergaard-Modell. Die Zuschauerinnen nickten.

Das mag ja sein, Verehrteste, aber diese Qualität, dieses Zubehör bekommen Sie dafür nicht. Das bekommen Sie nur hier. Und dazu noch gratis.

Auch Heinz Pütz schaute, auf Zustimmung aus, in die Runde. Die nickte wie zuvor.

Hundertfünfzig Mark! Nä! Die Frau klaubte die beiden Scheine von der Theke und knitterte sie ohne Umweg über die Geldbörse in die Handtasche.

Unverhohlene Schadenfreude begleitete den Rückzug der zu leicht Befundenen, die hoch erhobenen Hauptes die Rolltreppe bestieg.

Schon wollten die Zuschauerinnen ihr folgen, als mich Heinz Pütz mit einem Anflug von Verzweiflung an meinen Kaufwunsch erinnerte. Und da er dies lautstark tat und dazu die Kaufsumme noch einmal nannte, blieben die Frauen stehen. Ich fühlte mich beobachtet. Beobachtet und erhoben wie kurz vor einer Auszeichnung. Ich spürte jeden Nerv, als meine Hand noch einmal in den Matchbeutel tauchte. Aus dem blaugrauen Plastikding mit der schmuddeligen Kordel fischte ich mein Klappportemonnaie, faltete die drei zusammengekniffften Scheine auseinander und glättete einen nach dem anderen auf der Theke. Heinz Pütz atmete durch; mehr noch, der blasse dünne Mann, Mensch, war ich bei seinem Anblick eher geneigt zu denken, strahlte mich an. Mein Herz flog ihm entgegen, als er dergestalt seine Zähne entblößte: ein wirres Durcheinander, so wie die meinen es gewesen waren, bevor mir Dr. med. dent. Amanda Kritz die Plastikhauer aufgesetzt hatte. Groß und gerade. Unter ausdauerndem Strahlen verstaute Heinz Pütz die beiden Kartons in einer Tragetasche mit der Aufschrift: ›Walita Jubileu exclusiv bei Hertie für Sie.‹

Die Frauen verliefen sich rasch; ich hatte schon den Griff der Tür nach draußen in der Hand, als mir jemand auf die Schulter tippte. Heinz Pütz. Er zog mich – Nur ein paar Minuten – zurück an den Stand.

Toller Auftritt das! Seine blassblauen Augen weiteten sich. Wo haben Sie das gelernt? Das war gekonnt!

Verwirrt schaute ich dem Mann aufs Namensschild. Da stand noch immer: Heinz Pütz.

Ich, äh, Ihren Auftritt, meine ich. Hat man Sie denn nicht geschickt? Wollen Sie dat Dingen wirklich behalten?

Bevor sich erneut eine Zuschauergruppe formieren konnte, stellte sich heraus, dass Heinz Pütz mich für eine Abgesandte der Walita Mixer AG gehalten hatte, um seine Verkaufsmethoden zu testen. Und er machte mir ein Angebot: Ob ich nicht – zu wechselnden Zeiten, versteht sich – bei ihm als Käuferin auftreten wolle, sozusagen als Lockvogel. Im Gespräch würden wir zunächst die Vorzüge des Dingsda lauthals preisen, und am Ende würde ich den Gegenstand nach Hause tragen. Natürlich nur bis außer Sichtweite; für zehn Mark pro gekauftem Mixer, echt gekauftem.

Warum nicht? Bis zum Semesterbeginn hatte ich Zeit.

Meist am Vormittag gesellte ich mich zu Heinz Pütz und brachte sein Geschäft in Schwung. Doch schnell fiel auf, dat immer datselbe Frollein bei dä Mixer steht. Als mich eine Frau, es war wieder die im Pepita-Kostüm, nur trug sie jetzt ein Complet aus der Herbst-Kollektion, zum zweiten Mal fragte: Wie vell Mixer habt Ihr denn schon?, und hinzufügte: Ihr steckt doch met däm Kääl unger ene Deck, wurde Heinz Pütz die Sache zu heiß, und unsere Geschäftsbeziehung brach zusammen. Ein paarmal besuchte ich ihn noch und leerte ein gesundes Gläschen auf sein Wohl. Irgendwann wurde er von einer Frau abgelöst, glatte Fehlbesetzung, da kaum eine Käuferin sich ein derart technisches Gerät von einer Geschlechtsgenossin erklären lassen wollte. Dafür war die Zeit noch nicht reif.

Mit einem Gefühl wie sechs Richtige plus Zusatzzahl schleppte Hilla Palm das Mixerpaket ins Hildegard-Kolleg und am nächsten Samstag nach Dondorf in die Altstraße 2.

So sehr ich weiß, dass es weitergehen muss, so dringend mein erzählerisches Pflichtgefühl gebietet, Hilla endlich vorwärtszuschicken ins neue Leben, so mächtig treiben mich meine

Gefühle zurück zu den Orten und Menschen meiner Kindheit. Erst jetzt beim Schreiben merke ich das. All das Neue, das Hilla erlebt, wird erst neu, wird erst zur Gewissheit, zum Eigen, wenn es sich widerspiegelt im Alten, wenn es zum Vergangenen in Beziehung gesetzt wird.

Hilla Palm ist also auf dem Weg zurück. In die Vergangenheit, wollte ich schreiben, aber dieses Zurück ist ja ihre Gegenwart, und wenn ich das jetzt und hier schreibe, ist es meine Gegenwart, und ich nehme am Schreibtisch eine Haltung ein, die mich meinen Körper vergessen lässt, denn ich brauche jedesmal einen neuen Anlauf, neue Kraft, Hilla auf den Weg zurückzuschicken, nach Hause. Unter das Dach in die kleinen Zimmer voller Stimmen, meist mürrisch, verärgert, scheltend, böse. Bis auf Bertrams Stimme, abends, wenn Bruder und Schwester in den viel zu eng beieinanderstehenden Betten lagen, wo Hilla sich einst nach der Lichtung verkroch, tot stellte vor Angst und Scham. Hilla Selberschuld hatte unter diesem Dach gelebt, hatte die fröhliche Hilla verloren, Hilla Selberschuld geboren, durch meine Schuld durch meine Schuld durch meine übergroße Schuld, auf der Lichtung im Krawatter Busch gezeugt (nicht geschaffen), in der Nacht nach der Feier der katholischen Jugend, man steigt nicht in ein fremdes Auto, die letzte Bahn war weg, der feine Herr Meyer, die beiden Kerle stiegen dazu, machten Hilla besoffen und zwangen Hilla Selberschuld in Hilla Palm hinein.

Kaum einmal hatte Hilla auf ihrem Weg durch die Stadt, beim Kauf des Mixers und später im Hildegard-Kolleg an die Lichtung gedacht. Immer seltener war der Schluckauf geworden, der sich zuverlässig meldete, wenn ihr etwas zustieß, das an die Dämonen jener Nacht gemahnte, wenn das ihr Angetane und damit Scham und Schuld in ihr hochstiegen.

Und nun saß Hilla im Zug, neben sich das Mixerpaket und der karierte Koffer mit der Wäsche einer Woche, regelmäßig wird sie die von nun an nach Hause fahren und frisch gewaschen wieder mitnehmen, nie ohne ein Stück Kuchen oder von der Großmutter einen Platz. Hat sie sich in dieser ersten Kölner Woche nach Dondorf gesehnt? Ja, wenn diese Bilder, die sie unverhofft überfielen, Sehnsucht genannt werden können. Erstaunt hatte Hilla bemerkt, dass ihr etwas fehlte. Ungläubig, beinah widerwillig musste sie sich gestehen, sie vermisste nicht nur Bertram, auch Vater und Mutter, die Großmutter, selbst Tante, Onkel und Cousinen drängten sich unversehens in ihre Gedanken.

Wie hätte ich mir auch jemals vorstellen können, Heimweh nach einer Plastiktischdecke mit blau-weißem Delfter-Kachelmuster zu haben, dem blakenden Docht im roten Glas des Öllämpchens unterm Großvaterkreuz, den Ablegern vom Fleißigen Lieschen auf der Fensterbank. Nie war mir der Vater, nie die Mutter näher gewesen als fern von ihnen. Hier, wo ich wähnte, ihre Stimmen zu hören, vor denen ich geflohen war, als ich sie hören musste: Pass op de Strömp op, pass op de Schuh op! Jlöw jo nit, dat de jet Besseres bes. Un du bliews doch dat Kenk vun nem Prolete. Hinter meinen Lidern saßen sie in der Küche, Vater, Mutter, Großmutter, der Bruder um den Tisch herum, Schwarzbrot im Päckchen neben Rübenkraut, Butter und Leberwurst, ein paar Scheiben Holländer Käse, das Abendbrot. Oder der Bruder lag im Bett, und das Bett daneben, mein Bett, war leer. Dann ließ sich nicht leugnen, das, was ich fühlte, hieß Sehnsucht, und in dieser Sehnsucht verklärten sich Vater, Mutter, die Großmutter auf wundersame Weise. Märchenhafte Bilder wagten sich vor meine Augen: ein Vater, der seinen Arm um die Schultern der Mutter legte, eine Großmutter, die dem Vater durch die Haare fuhr, eine Mutter, die dem Vater entgegenlief, ihn umhalste, küsste womöglich. Ich genoss diese Bilder, sie verklärten die Wirklichkeit ohne Angst vor Enttäuschung. In meinem Kopf lebte Dondorf freundlich, traulich: eine Idylle.

Doch sobald ich aus dem Bus stieg, erfasste mich beim Anblick der Straßen und Häuser Angst. Aus Piepers Laden winkte mir Gisela zu, rief die Schwester herbei, man gestikulierte, grüßte mir hinterher, als kehrte ich von einer langen Reise zurück. Und so war mir auch zumute. Bange, gespannt: Was würde mich erwarten? Im Weitergehen spürte ich ihre Blicke nach mir picken, als hätte ich fremden Samen hineingetragen, den es zu vertilgen galt.

Mixer und Koffer wogen schwerer mit jedem Schritt. Sollte ich an der Haustür klingeln? Wie von weither angereister Besuch, wie eine Fremde? Oder wie die Tante und bisher auch ich, ums Haus herumgehen, an der Küchentür klopfen? Wie viel Erinnerung kann an einer alten Haustür, einem Treppengeländer, an rot-weißen Flurfliesen haften? Und wird lebendig bei jedem noch so flüchtigen Gedanken …

Schon kam Bertram mir entgegen und nahm mir den Koffer ab.

Wat haste denn da in dem Paket?

Lass dich überraschen.

In seinen braunen Augen, den meinen so verwandten Augen, fühlte ich mich gleich zu Hause.

Sie warten schon auf dich.

Im Flur hing der vertraute Geruch nach sauberer Armut, der Geruch nach Bohnerwachs und Scheuermilch. Die Mutter wischte sich die Hände an der Schürze ab und legte sie weg, so wie sie es tat, wenn Besuch kam. Die Küche erfüllt vom Samstagnachmittagsduft nach frischem Stuten mit Rosinen und mir zu Ehren Bohnenkaffee.

Josäff!, schrie die Mutter statt einer Begrüßung nach dem Vater im Stall: Dat Kenk es do!

Der Vater wechselte die Arbeitsschuhe und ließ sich in Pantoffeln – Do bes de jo – auf einen Stuhl fallen.

Jo, do ben esch. Ich war zurück. In der Altstraße 2. Zu Hause?

Un wat häs de do? Die Mutter hatte den Koffer weggetragen und musterte mein Paket, das in der Küche seinen Umfang zu verdoppeln schien.

Nu jönn dem Kenk doch esch ens e Tässje Kaffe, fuhr die Großmutter dazwischen. Et hätt doch och sescher Honger.

Der Vater, die Ärmel des Blaumanns bis zu den Ellenbogen hochgekrempelt, hatte sich schon bedient, was die Großmutter,

Bäckerin mit dem Recht auf Anschnitt und die erste Scheibe, sichtlich verdross. Doch sie biss die Lippen zusammen, um die Stimmung nicht zu verderben.

Un jetzt erzähl mal! Die Mutter setzte sich aufrecht. Bertram brummte zustimmend. Diese Frage hatte ich kommen sehen, machte es kurz mit Spazierengehen, Bücher ausleihen, Referat schreiben, machte es so langweilig wie möglich, und da weder die Mutter noch die Großmutter Anknüpfungspunkte zu Nachfragen fanden – Isst du auch tüchtig? – Ja – Schläfst du auch gut? – Ja –, richtete sich die Neugier alsbald wieder auf das Paket.

Dann zeisch mal, wat drin is.

Bertram hielt den Beutel auseinander, und ich hob es ins Licht.

Die Großmutter räumte Platz, Butter und Rübenkraut beiseite.

Da!, sagte ich und stellte das Paket vor den Vater. Für dich.

Das Foto zeigte, beinah echter als echt, den Walita Jubileu Standmixer.

Nä!, entfuhr es Mutter und Großmutter wie aus einem Munde, und es war unklar, ob sie den Gegenstand selbst, die Wahl des Beschenkten und damit ihren Ausschluss oder die ungeheuerliche Verbindung von beidem meinten.

Nä su jet! Wat soll dat dann? Die fassungslose Stimme der Mutter.

Wer bruch denn su ne Krom?, verstärkte die Großmutter.

Der Vater öffnete die Verpackung und schälte das Gerät heraus. Auf dem Küchentisch zwischen den flüchtig geschruppten Händen des Vaters mutierte der Walita Jubileu zur Provokation. Als hätte ich einen hohen Würdenträger in vollem Ornat hierher entführt. Der Mixer stand nicht, er prangte. Thronte mit seinem grell orangenen Sockel, der in gläserne Falten gelegten Kuppel, verbunden durch einen breiten Streifen hochglänzenden Chroms, in dem sich die Flamme des Öllämpchens brach. Siehe, ich mache alles alt. Die Wachstuchdecke offenbarte ihre Messerschnitte und Kannenränder, der Rübenkrauttopf stank nach ärme Lück, die Tropfenspuren aus der Kaffeekanne liefen geradewegs auf die abgestoßene Tülle zu. Der Walita Jubileu, ein Ding zu gut für diese Welt in der Altstraße 2. Der Vater ging hinaus, man hörte ihn die Kellertreppe hinunter- und wieder heraufpoltern. Beladen mit Äpfeln und Möhren kam er zurück.

Josäff!, entsetzte sich die Mutter erneut. Wat soll dat jizz?

Dä jode Krom!, räsonierte die Großmutter, sie hatte begriffen.

Der Vater, unbeirrt, wusch dä jode Krom am Spülstein, zog Messer und Schneidebrettchen aus der Schublade und begann unter den eingeschüchterten Blicken der Zuschauerinnen mit der Zerkleinerung; das Küchenmesser in den Händen des Vaters: ein Anblick, dem des Mixers fast ebenbürtig

Du lewe Herrjott, war alles, was die Großmutter, um resoluten Protest sonst nicht verlegen, zu äußern wagte. Ihre Blicke aber, ich sage nur: satanisch.

Der Vater jedoch, nun ganz Herr der Lage, spülte den tulpenförmigen Glasaufsatz aus, trocknete ihn, schraubte ihn wieder auf, füllte die Schnitze ein, alles mit genüsslicher, ja, aufreizender Gemächlichkeit. Und drückte den Knopf.

Nichts.

Do musste dä Stecker rinndunn!, höhnte die Großmutter. Brummelnd holte der Vater dies nach.

Aber dann! Der Druck auf den Mixerknopf setzte weit mehr in Gang, als die Pürierung von ein paar Äpfeln und Möhren. Jeder Handgriff des Vaters stellte klar: Der Mixer war Männersache. Was im Kaufhaus nur ein Ding unter vielen war, kündigte hier den Beginn einer neuen Ära an. Der bräunliche Brei signalisierte den Triumph der Technik über die Natur, der nun auch in die Dondorfer Küche Einzug hielt.

Wortlos holte der Vater Gläser aus dem Wohnzimmer, füllte sie, reichte jedem eines.

Prost! Seine Stimme klang ungewöhnlich selbstsicher.

Wir tranken gehorsam, wobei ich wieder übertrieben schmatzte: Läcker!

Schmeckt, sekundierte Bertram.

Nä, dat Maria hät Rät, die Großmutter trat das Fußbänkchen polternd unter den Tisch. Dat viele Jeld für su ene Papp. Mer han doch Zäng en dr Muul. Was allerdings, das möchte ich hier einschieben, für sie selbst, Anna Rüppli, nicht mehr zutraf oder doch nur in dritter Auflage, die meist in einer Untertasse auf ihren Einsatz wartete.

Bertram feixte. Gab die Großmutter der Mutter recht, musste ihr Ärger überwältigend sein.

Das jode Jeld! Wat ene Kokolores!

Kokolores! Und das aus dem Mund der Mutter. Ein Wort, das sonst nur die Tante benutzte, wenn sie ihrer jüngeren Schwester etwas madig machen wollte.

Für den Einwand der Geldverschwendung hielt ich natürlich eine Erklärung parat. Keinen Pfennig, triumphierte ich, hat dieser Walita Jubileu Standmixer gekostet!

Nun machte auch der Vater große Augen.

Gewonnen!, sagte ich knapp.

Jewonne?, echote die Großmutter ungläubig.

Wie jewonne? Die Mutter wollte es genau wissen.

Also fabulierte ich etwas von Kreuzworträtseln und Lotterielosen, und einmal müsse man ja auch bei den Gewinnern sein.

So wie et Schmitze Billa, die Mutter staunte, dat hat beim *Lukullus*-Rätsel ne Fresskorb jewonnen. *Lukullus*, das muss ich hier wiederum anmerken, war die örtliche Fleischerzeitung.

Maria, es et Hilla ald do? Die Tante schnaufte durch die Küchentür, sah mich und fasste mich beim Arm: Kuck mal, wat isch für disch hab.

Doch bevor sie ihre Gabe aus der Tasche fischen konnte, fiel ihr Blick auf den, na klar, den Mixer.

Nä sujet! Wie immer ließ sich der Gemütszustand der Tante an ihrer Gesichtsfarbe ablesen, einer Röte, die vom Hals zur Stirn stieg wie in einem Thermometer.

Am Mixer klebte ihr Blick und am davorsitzenden Vater, sozusagen dem Hüter dieser Frechheit, was die Farbsäule bis unter die Haarwurzeln trieb, da sie der Respekt vor dem Schwager an einem ungezügelten Kokolores hinderte.

Wo kütt dä dann her? Ächzend nahm die schwere Frau den letzten freien Stuhl in Beschlag und streckte die Hände nach dem Mixer aus. Der Vater zog ihn näher zu sich heran.

Dat is ein Walita Jubileu Standmixer! Die Mutter machte den Rücken steif und betonte jede Silbe, feierlich, als sage sie ein Gedicht auf.

Un wofür brucht ihr ene Mixer? Diese Kampfansage auf dem Küchentisch der Schwester, die Ältere konnte es nicht fassen.

So wat jehört in jede moderne Haushalt! Die Mutter sah der Tante mitten ins Gesicht.

Wat Besseres für de Jesundheit jibbet jar nit, verkündete die Großmutter mit fester Stimme, wobei sie den Blick des Vaters suchte. Zwinkerte sie ihm etwa zu?

Jo, un dofür es bei ösch dat Jeld do! Un unsereins hätt Röckeping*!

Jewonnen! Dat Hilla hat den jewonnen. Den zweiten Satz der Schwester überhörend, quoll die Stimme der Mutter über von schadenfrohem Triumph.

Jewonne? Wie dat dann? Die Tante griff erneut nach dem Gerät, als wolle sie prüfen, ob es auch echt sei.

Doch noch ehe ich meine Geschichte von der Lotterie wiederholen konnte, beschied der Vater der Schwägerin, ich, Hilla Palm, habe den Mixer für besondere Leistungen erhalten, den ersten Preis in einem Grammatik-Wettbewerb. Besondere Leistung, sagte der Vater und Jrammatik-Wettbewerb, mit ungelenker Zunge, aber in fast makellosem Hochdeutsch, was die Tante von jeder Nachfrage abschnitt und den materiellen Wert des Mixers durch die Komponente der geistigen Auszeichnung ins Ideelle, beinah Sakrale überhöhte. Wäre da nicht ein Rest des bodenständigen Saftes gewesen, mit dem der Vater die Tante nun großmütig bediente. Dass sie für mich einen Pulli von Cousine

* Rückenschmerzen

Maria mitgebracht hatte – kaum getragen, wie neu –, fiel kaum noch ins Gewicht, obwohl ich mich überschwenglich bedankte.

Un de Kanalisation kriejen mir jetzt auch! Dann is Schluss met dem Plumsklo! Die Mutter versuchte, den Spitzenplatz beim Wettlauf um die technischen Errungenschaften endgültig zu behaupten. Doch wie sagt der Kölner: Mer soll nix üwwerdriewe.

Die han mer doch ald längst! Die Tante wischte sich den Saftrand vom Mund. Und dann fiel sie doch noch, die Verdammnis: Kokolores! Die Tante stellte das Glas zurück, verzog die Lippen, als hätte es ihr nicht geschmeckt, und ging.

Der Vater trug die Mixerglocke eigenhändig zum Spülstein, wo er sie gründlich säuberte.

Wie schön es war, Geld auszugeben. Nicht für sich, für andere. Geteilte Freud ist doppelte Freud. Wie tief fühlte ich die Wahrheit dieses oft so gedankenlos dahingeplapperten Sprichworts, als der Vater den Mixer wieder in der Originalverpackung verstaute und in den Stall zu seinem Werkzeug stellte.

Abends nahm er mich beiseite. Hör mal, sagte er listig. Isch kauf dä Mamma ne Waschmaschine. Isch jeb dir nächste Woch dat Jeld, un dann kaufste die in Kölle un lässt die hierherliefere. Un dann sachst de, du hast die jewonnen. Die Mamma weiß doch noch immer nix von dem Jeld von dr Tant.

Das Beste, was der Markt seit zwei Jahren hergab: eine Bauknecht mit zehn fest eingestellten Waschgängen. Nicht nur schonend, sondern ›individuell‹ waschend: für jede Faser, jedes Gewebe. Auch die Temperatur konnte man frei wählen, was ›unbegrenzte Waschmöglichkeiten‹ versprach. Nie wieder Vaters Blaumänner über Nacht zum Einweichen in die Seifenlauge. Nie wieder Wäsche stundenlang köchelnd im ehemaligen Schweinetrog. Die Bedienungsanleitung, taschenbuchdick, hatte recht. Zwei Fotos, zwei Zeitalter. Auf dem ersten Bild zwei Waschfrauen reiferen Jahrgangs in Kittel und Kopftuch, gequält gebückt mit folterähnlichen Geräten hantierend, offensichtlich durch diese Instrumente gealtert. Daneben zwei adrette Mädel, flotter Mini, blonder Pagenschnitt, lustvoll Besitz ergreifend von elektrischer Mangel, Waschmaschine und Heißwasserbereiter: Aufschrift: ›Heut wirkt Strom den ganzen Tag. Natürlich mit Persil 65! Das einzige Waschmittel mit temperaturabhängiger Schaumsteuerung.‹ Je wärmer das Wasser, desto weniger Schaumbildung. Jawohl!

So kam die Mutter zu einer elektrischen Waschmaschine und ich in den Ruf einer schlauen Goldmarie. Denn natürlich hatte ich diese vollautomatische Künderin einer neuen Zeit ebenfalls in einem wissenschaftlich fundierten Glücksspiel gewonnen. Was dazu führte, dass nicht nur Dondorfer Verwandtschaft, sondern auch Nachbarn eine zeitlang ihre Lottozettel von mir ankreuzen ließen und dies erst nach andauernden Fehlschlägen wieder aufgaben.

Vierzehn Tage später stand ein Mixer in Tante Bertas Küche. Allerdings nur der privileg aus dem Quelle-Katalog. Dazu ein brusthohes Büchergestell aus Bambusrohr und ein dreistufiger Zimmerspringbrunnen. An die Spitze der Modernisierungsbewegung allerdings setzte sich Cousine Hanni: mit einem vollautomatischen Geschirrspüler. Wurde auch Zeit. So etwas war nämlich schon seit 1960 auf dem Markt.

Sich im Hildegard-Kolleg rasch einzuleben fiel Hilla Palm nicht schwer.

Alle Mädchen hier waren gut katholisch, gotteshandverlesen sozusagen, mit pfarramtlichem Zertifikat, und ›vor Gott sind alle Menschen gleich‹, diese schöne Versicherung wirkte bis ins letzte Zimmer des Hildegard-Kollegs im Mauritiussteinweg. Anders als in den Seminaren der Uni fühlte Hilla sich hier unter Gleichen, auch wenn sie im dürftigsten Zimmer wohnte.

Ich erfuhr, was Gemeinschaft heißt, nein, Gemeinschaft wäre ein zu großes Wort, Nachbarschaft trifft eher zu, denn wir waren ja Nachbarinnen, zumindest auf einem Flur. Ich lernte Rücksichtnahme. Wir lernten es voneinander, miteinander. Wer einmal zur Miete gewohnt hat mit Menschen, die Rücksichtslosigkeit für Durchsetzungskraft halten, Egoismus für Selbstbewusstsein, der weiß, wovon ich rede. – Bitte, können Sie das Radio leiser stellen? – Was fällt Ihnen ein, hier ist mein Zuhause. – Meines auch. – Stecken Sie sich Watte in die Ohren, wenn Ihnen das nicht passt. – Im Hildegard-Kolleg begegnete man sich mit Freundlichkeit und Verständnis.

Schwierig wurde es, wenn die Rede auf Vater und Mutter, Geschwister, das Zuhause kam. Auf die Vergangenheit. Hier begann Hilla zu ahnen: Ich bin meine Geschichte. Ich *bin* meine Vergangenheit. Nicht: Ich *habe* eine Vergangenheit. Wie einen Besitz, einen Stuhl, ein Kleid, ein Buch, ein Haus. Wenn es eine gibt, die all das besitzt, dann die Vergangenheit. Sie hat mich. Meine Vergangenheit hat mich. Kann ich sie abstoßen, abstreifen wie einen Ring, ein Kleid? Nein. Kann ich sie ›bewältigen‹? Wie einen Schnupfen, der sich kurieren lässt, wieder verschwindet. (Dann gehört auch er zu meiner Vergangenheit.) Vergangenheitsbewältigung. Ich kann versuchen, meine Vergangenheit zu verstehen, sie zu lesen wie ein schwieriges Buch. Sie mir aneignen, sie zu der meinen machen. Sie nicht als Teil, sondern als meine von ihr durchdrungene und aus ihr erwachsene Gegenwart begreifen. Dann bin ich mit ihr versöhnt. Bewältigen: ein Wort, das Anstrengung einschließt, Kampf, Gewalt und Sieg. Wichtiger aber: die Versöhnung. Eine Versöhnung, die dem Verstehen, dem Verständnis des Vergangenen folgt. Begreifen, was geschehen ist; mir geschehen ist. Nur so kann am Ende die Versöhnung stehen.

Das alles begann sie zu ahnen, stud. phil. Hilla Palm, doch noch muss sie mit allen Kräften nach vorne leben, den Erdball erkunden und hier damit beginnen, im hillije Kölle.

Schnell hatte Hilla, hatte ich begriffen, dass Menschen gerne Auskunft geben. Also stellte ich Fragen. Anfangs legte ich mir auf dem Weg in die Hildegard-Küche immer ein paar spezielle

Fragen zurecht. Das war unnötig. Was hast du gemacht? Was wirst du machen? Woher kommst du? Wohin gehst du? Fragen von gleichermaßen philosophischer Wucht wie banaler Alltagstauglichkeit, Fragen, die sich beliebig variieren und vermehren ließen, passten immer. Sogar meine kindliche Lektüre von Kalenderblättchen und die Einträge in meine *Schöne Wörter, Schöne Sätze*-Hefte kamen mir nun zugute. Passende Sentenzen verfehlen selten ihre Wirkung, und ist erst einmal Vertrauen in den Sprücheverteiler hergestellt, sind die Menschen bereit und willig, so manches zu schlucken. Auch den einen oder anderen Unglücksfall hielt ich stets parat. Seit der Zeit mit meiner Lehrherrin auf der Pappenfabrik wusste ich, dass manche Menschen nichts so sehr beglückt wie fremdes Unglück. Also servierte ich auch dieses ab und zu in bekömmlichen Portionen, die den Zuhörerinnen eingingen wie eine heiße Schokolade.

Dergestalt gerüstet, konnte ich in der Hildegard-Küche bestehen. Da sein, ohne dabei zu sein. Ich hielt mich beiseite, ohne mich abzusondern. Und allmählich wagte ich mich auch vorsichtig aus mir heraus, versuchte, mir wieder zu vertrauen, der alten Hilla, der Hilla vor der Lichtung nahezukommen. Versuchte, heimisch zu werden in diesem großen weiblichen Wir. Einem Wir, das Schutz verhieß vor der männlichen Hälfte der Menschheit.

Beiläufig, so wie mit Gretel an meinem ersten Abend in der Küche, lernte ich dort auch die anderen Mädchen aus dem Erdgeschoss kennen. Nur zu besonderen, meist festlichen Anlässen, kamen wir mit denen aus dem ersten Stock zusammen. Wenige Wochen nach unserem Einzug ließ es sich Kardinal Frings nicht nehmen, persönlich das Kolleg und seine Bewohnerinnen zu segnen. Schön habt ihr's hier!, tauchte der fast blinde Würdenträger den Weihwasserwedel ins Eimerchen, das ihm ein sichtlich gelangweilter Ministrant darbot, und spritzte, lateinische Segenswünsche murmelnd, einen satten Schwung geweihten Wassers an die frisch verputzten Wände, was Fräulein Oppermann, geweiht hin oder her, stirnrunzelnd missbilligte. Es gab dann noch Schnittchen und Apfelsaft, von seiner Exzellenz allerdings verschmäht. Die machte sich, so schnell es Alter, Augenlicht und fußlange Gewänder erlaubten, davon. Dennoch hatte uns seine Anwesenheit beeindruckt. Selbst Yvonne. Sie wohnte auf meiner Etage neben der Eingangstür, die unseren Flur von der Empfangshalle abschloss wie eine Klausur.

Heute traf ich Marion und Monika, zwei Freundinnen, Biologiestudentinnen aus Düren, in der Küche vorm Kühlschrank, der stets von ihren Köstlichkeiten gefüllt war, die sie freigiebig bereithielten. Unterschiedlicher als die beiden konnte man kaum aussehen: Monika schmal und lang, mit dunklem Stoppelkopf und breiter schwarzer Brille; Marion pummelig, aschblondes gewelltes Haar weit über die Schultern. Sie wohnten in einem Doppelzimmer neben dem meinen. Über der hauseigenen Kommode hing ihr gemeinsamer Spiegel, eine Sonne mit goldenem Strahlenkranz, weinrote bodenlange Samtvorhänge drapierten die Fenster. Sie waren ruhige Nachbarinnen; gelegentliche Nachtgeräusche führte ich auf überwältigende Albträume zurück.

Und dann war da Yvonne. Älter als wir und das, was Tante Berta ›erfahren‹ nannte. Nur unter der Bedingung, dass sie in diesem Haus wohnte, hatten ihre Eltern sie von Münster nach Köln ziehen lassen. Sie, die Pädagogikstudentin, ›ging‹, wie man das nannte, mit einem festen Freund, Bernhard, BWL, Betriebswirtschaftslehre. Genau das Richtige für ihn. Sein Vater, erzählte Yvonne, habe ihm eine monatliche Unterstützung angeboten, dreimal Honnefer Modell oder Geld für einen Wiegeautomaten; diese Ungetüme, die damals auf Bahnhöfen, in Postämtern und sonstigen öffentlichen Gebäuden herumstanden. Man steckte zwei Groschen ein, betrat die Stellfläche, woraufhin der Apparat ein Pappkärtchen auswarf, das dem Gewogenen seine Kilos kundtat. Mitsamt Bekleidung, versteht sich. Bernhard, die Unternehmernatur, entschied sich für diesen Automaten, den er gegen geringe jährliche Gebühr vor der Uni-Sporthalle plazierte. Die Rechnung ging auf. Und wie. Schon nach drei

Monaten zahlte er ein zweites Gerät an, verriet mir Yvonne, als ich ihr half, die Groschen in Zehnerhäufchen zu schichten und für die Sparkasse in blauem Papier zusammenzurollen. Doch auch ohne ihren Anteil am Nebenverdienst des Freundes hätte Yvonne nicht darben müssen; ihre Eltern waren reiche Bauern im Münsterland, streng katholisch, daher das Hildegard-Kolleg. Sie kannten Bernhard und hielten nicht viel von dem Zugereisten, dazu noch protestantisch: Sie hätten als Schwiegersohn lieber einen Erben der umliegenden Güter gesehen.

Yvonne focht das wenig an. Widerspruchslos folgte sie der elterlichen Verfügung zur Kasernierung, wie sie es nannte, nachdem die Mutter sie in ihrem Mädchenzimmer mit Bernhard bei heftigem Vorspiel erwischt hatte. ›Heftiges Vorspiel‹ sagte Yvonne natürlich nicht, sage ich heute, nach nahezu fünfzig Jahren, ›petting‹ nannte man das, wenn man den *Kinsey-Report* schon gelesen hatte, ansonsten sagte man, so wie Yvonne, ›knutschen‹. Schluss jetzt, sagten die Eltern. Wie sie sich irrten. Die Entlassung der verliebten Tochter aus der elterlichen Obhut in die vermeintliche Strenge katholischer Aufsicht erwies sich als ein einziger Fehlschlag.

Was sie aber nie erfuhren. Yvonne, Pädagogik im sechsten Semester, wusste ihren Eltern zu erzählen, was die hören wollten, und tat hinter dem Schleier von Postkarten, Telefongesprächen und gelegentlichen Besuchen auf dem Bauernhof – das fleißige Mädchen musste ja Tag und Nacht studieren, und das besonders am Wochenende –, was sie wollte. Einen karierten DIN-A4-Bogen sah ich einmal bei ihr auf dem Tisch, darin eingezeichnet unregelmäßige Zacken um eine Mittellinie, ähnlich einem Mittelgebirgszug. Knaus-Ogino, klärte sie mich auf, eine Methode zur Empfängnisverhütung, ein Wort, das ich mit einem Schluckauf verschlang.

Yvonne war nicht nur älter als wir, sie war auch die Schönste. Schlank, blond, leicht gebräunt, auch im Winter, dann lief sie Schlittschuh, im Sommer spielte sie Tennis. Und ihre Kleider! Ach! Davon ließe sich seitenlang schwärmen, ganz ohne Neid, dafür war Yvonnes Erscheinung in den neuesten und vor allem teuersten Modellen aus Paris und Mailand einfach zu abgelöst von unserem studentischen Alltag. Wir sahen in ihr das Gegenbild zu unserer nüchternen, vergleichsweise armseligen Wirklichkeit. Vorbild, nein, das war sie nicht, eher etwas leicht anrüchig anderes, Schillerndes, eine Figur, die für uns stellvertretend das tat, was wir zu tun nicht wagten, wohl auch nicht wollten. Und so fühlte ich mich von Yvonne angezogen und abgestoßen zugleich, besonders, wenn ich mit ihr allein war. Hier am Küchentisch des Hildegard-Kollegs war sie mir uneingeschränkt willkommen. Und nicht nur mir. Yvonne erhöhte die Runde, wie Prominenz Zusammenkünfte gemeinen Volks aufwertet. Heute trug sie ein orangefarbenes Minikleid mit olivgrünen, rosafarbenen – sie nannte es pink – und braunen Ellipsen bedruckt, dazu kurze beige Cowboystiefel, dunkelrot gesteppt. Ihr schulterlanges blondes Haar wurde von einer Strassspange hinterm rechten Ohr gehalten. Aus einer Einkaufstüte von der Hohe Straße zog sie einen hell- und dunkelblau gestreiften Angorapulli: Was meint ihr? Unschlüssig schwenkte sie die Neuerwerbung über den Tisch. Zu brav? Etwas für Omi?

Nein, riefen wir. Schööön! Und das Teil verschwand wieder in der Tüte. Auch meine Mitbewohnerinnen waren von Einkaufsbummeln zurück. Monika präsentierte einen blassgrünen Shorty, Marion dasselbe Modell in Hellrosa, dazu Ton in Ton einen BH, durchsichtig, mit Punkten, den sie kichernd schnell verschwinden ließ. Gretel lief zurück aufs Zimmer und kam mit einer Porzellan-Eule wieder, einem Rauchverzehrer zum Geburtstag des Vaters.

Ich hatte Gretel gleich ins Herz geschlossen. Wenn es so etwas gibt wie Liebe auf den ersten Blick, dann gilt das auch für Freundschaften. Dass wir dieselben Bücher, dieselben Filme mochten, was sagt das schon. Es war wichtig, gewiss. Wichtiger war: Wir konnten zusammen lachen. Oft fand ich, was Gretel sagte, komisch, dann lachte ich los, und Gretel, der gar nicht bewusst war, dass sie etwas Komisches gesagt hatte, stimmte ein, aus Freude darüber, dass sie mich zum Lachen gebracht hatte. Und ihre Freude steckte wiederum mich an. Über den Grund unserer Nähe machten wir uns keine Gedanken: Wir freuten uns einfach an- und miteinander. Was mir auf der Lichtung abhandengekommen war, dieses freudige, bedingungslose Vertrauen ins Leben, Gretel besaß es in Fülle, und ich hoffte, es in ihrer Nähe, an ihrem Beispiel wieder zu lernen.

Es war gerade so richtig gemütlich, da platzte Katja herein, eine strenge Studentin der Mathematik und Physik, schon äußerlich das Gegenteil von Gretel, stets geneigt, Menschen und Situationen zu überprüfen wie eine Gleichung mit mehreren Unbekannten. Sie wohnte in dem schönen großen Zimmer zur Straße, das ich abgelehnt hatte, zu laut. Ausgerechnet Katja, quadratisch mathematisch, als lebe sie auf Millimeterpapier, Katja, die Korrekte, versuchte immer wieder, uns aus unserem katholischen Gehege, unserer akademischen Selbstgenügsamkeit herauszulocken. Meist versorgte sie uns mit Flugblättern. Wie hatten wir über ihr letztes Exemplar gelacht, in dem SHB und SDS dem AStA-Vorsitzenden die Frage stellten: ›Trifft es zu, dass trotz Alkoholverbots während der Arbeit in der Mensa der Küchenchef Herr U*** (Name ist mir bekannt; der Verf.) während des Dienstes derartig trinkt, dass er nicht mehr fähig beziehungsweise willens ist, gewisse Arbeiten zum Wohl der Studenten wie Nachspeisen und Diäten auszuführen?‹ ›War wohl nicht fähig oder willens‹, war inzwischen geflügeltes Wort, wenn die Gerichte mal wieder nichts mit den wohlmundigen Ankündigungen auf dem Menü-Aushang zu tun hatten.

Auch heute warf Katja ein Flugblatt auf den Tisch und rief mit einer offenbar vom vorangegangenen Diskutieren strapazierten Stimme nach einem Tee.

Hier! Sie klopfte auf das Papier, diese KVB! Auf zur Demonstration! (Die Abkürzung Demo konnte Katja noch nicht sagen, die kam erst später in Gebrauch.) Diese Unverschämtheit geht euch doch auch an! Jeder Fahrschein fast dreißig Prozent teurer. Auch eure Monatskarten! Und ihr sitzt hier rum und trinkt Tee!

Und du auch, versuchte Yvonne zu scherzen, aber ein schlechtes Gewissen hatten wir doch, als wir Katja, die hastig ihren Tee austrank, so davonstapfen sahen. Jeder Schritt, es musste draußen wie aus Kübeln schütten, hinterließ eine Wasserlache, jeder Schritt ein Vorwurf: Ihr Memmen!

Wer will? Yvonne klaubte das durchweichte Flugblatt angeekelt vom Tisch. Keiner? Sie warf das Papier in den Müll.

Ich wusste, worum es ging. Der AStA hatte Plakate geklebt. Acht Pfennig teurer sollte die Einzelfahrt für Besitzer einer Schüler- und Studenten-Sichtkarte werden, jedenfalls laut einer Anzeige der Kölner Verkehrs-Betriebe, KVB, im *Kölner Stadt-Anzeiger*. Von sechzehn auf vierundzwanzig Pfennig. Das war schlau gerechnet, aber wir ließen uns nicht hinters Licht führen. Sechzehn Fahrten waren auf einer solchen Karte, eine Sichtkarte sollte also sechzehn mal acht Pfennig teurer werden. Der AStA rief zur Demonstration auf, Zülpicher Straße Ecke Universitätsstraße, in der verkehrsarmen Zeit zwischen 13.30 und 14.30 Uhr.

Anderntags fing mich Katja in der Mensa ab. Sie trug ein Plakat: ›Hier Stop für KVB‹ und stellte sich mir entschlossen in den Weg.

Hast du schon gegessen?

Ja.

Hast du Zeit?

Hm äh …

Also, ja. Dann kommst du jetzt mit! Das geht dich auch an. Du willst doch nicht zusehen, wie die KVB mit uns dä Molli macht.

Katja kam aus Hamburg. Ihre katholische Mutter, Rheinländerin, hatte darauf bestanden, die Tochter in der nordischen Diaspora nicht auch noch studieren zu lassen. Katjas Vater, Hans Musbach, überzeugter Protestant, unterrichtete in der Hansestadt Latein, Griechisch und Geschichte. In Köln war Katja gleich dem RCDS beigetreten: dem Ring Christlich-Demokratischer Studenten.

Mit ihrer resoluten, spröden Art erinnerte sie mich an Astrid vom Aufbaugymnasium. Unvergesslich der Nachmittag bei ihr zu Hause, die Bücher der Büchergilde Gutenberg, ihr Vater, der Gewerkschafter. Ihr verstörtes Gesicht, als er mit der Hand in die Fräse gekommen war und sie daraufhin die Schule verlassen und mitverdienen musste. Diese verzweifelt traurigen Augen waren es, die mich nun nicken ließen; bis zum Althochdeutsch-Seminar hatte ich noch zwei Stunden Zeit, und dä Molli sollte niemand mit mir machen.

Von der Mensa zu den Schienen waren es nur ein paar Schritte. Der Regen wütete, als wollte Petrus uns bedeuten: Kinder, überlegt es euch noch mal. Doch schon zog Katja unter ihrem Plakat ein zweites hervor: ›Wir fordern gerechte Tarife‹ und drückte es mir in die Hand. Blind vom Regen, der mir aus den Haaren in die Augen triefte, stapfte ich auf die Menge zu – in der Zeitung am nächsten Morgen waren es ein paar Hundert –, bemüht, mich am Rand zu halten. Katja hingegen zwängte sich zu einer Gruppe durch, die sich um einen langen dünnen Mann scharte, den AStA-Vorsitzenden vom RCDS, und wurde mit Hallo empfangen. Sie wandte sich nach mir um, ich suchte Deckung hinter einem Parkarücken.

Zunächst blieben wir auf den Gleisen stehen, während der AStA-Vorsitzende durchs Megaphon die asoziale Preisgestaltung, wie er sich ausdrückte, der KVB geißelte. Mir rann der Regen in den Kragen, und ich verdrückte mich in einen Hauseingang, stellte die Gerechtigkeit fordernde Pappe unter die Klingelknöpfe, machte endlich den Schirm auf und gesellte mich wieder zu den Kommilitonen, von denen nun einige auch unter Schirmen Zuflucht gesucht hatten. Immer noch standen wir, immer noch prasselte die Stimme des AStA-Vorsitzenden in den Regen, mischte sich mit dem Tropfencrescendo auf meinem Schirm. Jahre später, als ich die ersten Takte der *Indianerlieder* von Karlheinz Stockhausen hörte, kam er zurück, dieser prickelnde Regenton an diesem frühen Nachmittag, Zülpicher Straße Ecke Universitätsstraße, jetzt jedoch quietschte da eine Straßenbahn, Linie 15 Richtung

Innenstadt, musste bremsen, stand still. Nach und nach stiegen die Fahrgäste aus und machten sich hastig davon. Eine zweite Bahn stockte, dann die aus der Gegenrichtung, der Autoverkehr lief weiter. Martinshörner. Die Polizei. Verlassen Sie sofort die Jleise! Der Tonfall freundlich, beinah gemütlich.

Hinsetzen! Konterte der AStA-Vorsitzende. Hinsetzen, nahm die Menge den Schlachtruf auf, und wirklich, viele schreckten vor den herbstkalten Schienen nicht zurück, gingen in die Hocke und auf den Hintern: ›Soziale Preise‹ – ›Gerechte Tarife‹ – ›Immer auf die Kleinen‹, die Plakate stachen aus den Regenschirmen hervor, die ein Dach über den Gleisen schlossen. Meist waren es Männer, die sich das antaten, viele in Anzug, Hemd, Krawatte. Mir für eine Mark und achtundzwanzig Pfennig einen nassen Hintern zu holen, ging mir zu weit, die meisten Kommilitoninnen dachten wie ich, blieben unterm Regendach um die sitzenden Männer herum stehen. Katja, gelöst wie noch nie, saß bei ihnen, sozusagen in der Mitte der Mitte, stieß ihr Plakat im Rhythmus von ›KVB oweh‹ Bestrafung fordernd gen Himmel. Wir schrien alle mit. Es machte Spaß, lauthals loszubrüllen: ›KVB nee‹ oder ›KVB tut weh‹, das Gebrüll an sich tat gut. Weil wir gemeinsam brüllten, dies vor allem.

Die Polizisten stiegen aus. Der Regen wie ein Gitter zwischen ihnen und uns. Für Sekunden erstarrten wir, Statuen in einem kalten Garten. Ich machte einen Schritt näher zu dem Mädchen neben mir, das wich mir aus, unsere Schirme verhakten sich, wir lachten uns an unter den tosenden Pfiffen, mit denen wir die Polizei empfingen, die nun, da Schaulustige auch den Autoverkehr blockierten, zu rabiateren Mitteln griff. Von den Rändern her drang die Ordnungsmacht kreisförmig auf die Gleise vor, wo sie die Rädelsführer vermutete. Wir am Rand hätten die Tapferen schützen können, doch wir machten brav dem Zugriff eine Gasse. Paarweise schleppten die Ordnungshüter an Armen und Beinen untergefasst an mir vorbei: einen nicht mehr ganz jungen Mann im langen, wasserdichten Radmantel, dem der Haarkranz dunkel um die Glatze pappte, widerstandslos lag er in den Fängen der Uniformierten, sein Gesichtsausdruck derart gesammelt, als mache er sich in Gedanken Notizen. Der Nächste, weit jünger und in einem regensatten Pulli, suchte sich nach Kräften zu befreien, vergeblich, die Beamten schafften den zappelnden Körper im Eilschritt zu einem grünen Kastenwagen, in dem schon andere auf Abtransport warteten. Auch Katja, ihr Plakat umklammernd und mit einem Blick, als hätte sie das große Los gezogen, wurde an mir vorbeigetragen. Pfeifendes Getöse: Viele hatten sich mit Trillerpfeifen ausgerüstet, und Johlen konnten wir alle.

Doch für jeden Abgeschleppten rückten drei von uns nach, und was Katja konnte, konnte ich schon lange, und so grub sich ein nasskaltes Gleis der KVB schließlich auch in mein Hinterteil. Nun, im Auge des Taifuns, konnte ich hören, wie einer der Wortführer – der AStA-Vorsitzende war schon fort, am Rudolfplatz war noch mehr los – mit den Polizisten sprach, in zwanzig Minuten räume man die Gleise sowieso, das seien doch nur noch zwanzig Minuten, inzwischen könne die Linie 15 ja schon mal rückwärtsfahren, um die Kreuzung für die Autos frei zu machen. Nur vorwärtsrollen dürften die Bahnen nicht. Und wirklich: Die Polizei zog sich zurück. Die Linie 15 blieb stehen. ›Glory, Glory. Halleluja‹, stimmte der Schlichter an, ›Glory, Glory, Halleluja‹, sangen wir bis genau 14.30 Uhr. Da bat eine Frauenstimme, die Gleise zu räumen, und wir erlösten unsere eisnassen Hinterbacken von den Stahlstriemen der KVB. Mit rasantem Gebimmel, als wollten sie sagen: Ätsch, und was habt ihr jetzt davon!, ratterten die Bahnen wie eh und je in beide Richtungen. Und wir sangen: ›We shall overcome some day‹.

Ich rannte nach Hause, unter die Dusche, und das mitten am Tag, was mindestens so revolutionär war wie meine erste Demonstration, offiziell ein Sitzstreik.

Katja sah ich erst abends in der Küche wieder, wo sie lebhaft das Wort führte, KVB, was sonst. Später klopfte es an meiner Tür, ein höfliches Pochen, nicht das von Gretel, die übers Holz scharrte wie eine Katze, oder Yvonne mit ihrem Walzergruß.

Katja schlüpfte herein. Setzte sich auf mein Sofabett und hielt mir einen wirren Vortrag, in dem es um Fahrpreise, das Christentum, die Demokratie und das Mensaessen ging, bis sie mich schließlich fragte, ob ich nicht Mitglied im RCDS werden möchte. So verdattert muss ich dreingeschaut haben, dass sie die Frage gleich wieder fallen ließ und mich stattdessen zu einer Filmvorführung in die Katholische Studentengemeinde einlud: *Fahrstuhl zum Schafott* mit Jeanne Moreau.

Ich sagte zu. Warum auch nicht? Auf die Straße allerdings würden mich so bald kein noch so gutes Wort und keine gute Sache kriegen, bestenfalls eine Fronleichnamsprozession.

Kurz vorm Einschlafen schreckte ich noch einmal auf. Ich war in einer Menge gewesen. Freiwillig. Ohne Angst vor Berührung. Zu abgelenkt für Angst. Zwar hatte der Regenschirm Raum zwischen mir und meinem Nächsten geschaffen. Dennoch. Ich war auf dem richtigen Weg. Nicht ein einziges Mal hatte mich der Schluckauf an jene Nacht, an meine Kapsel erinnert.

Katja suchte seither meine Nähe. Besonders, nachdem ich ihr am Tag darauf zu Hilfe gekommen war. Fräulein Oppermann hatte ihr Foto im *Stadt-Anzeiger* entdeckt, Katja wie ein totes Schaf zwischen zwei Polizisten baumelnd, doch höchst lebendig in die Linse grinsend. Wären ihr Tränen über die Wangen gelaufen, hätte sie als Opfer dort gehangen, wäre das fromme Fräulein wohl nicht so explodiert wie jetzt an der Pforte, wo sie uns auf dem Weg in die Uni abfing, Katja zur Rede stellte und ihr die Zeitung beinah um die Ohren schlug. Unter Krawallbrüder, Rowdys, Gammler und Banditen sei sie da geraten, womöglich freiwillig, wenn nicht sogar als eine der Rädelsführer. Wo hatte die distinguierte Heimleiterin nur all diese Wörter her! ›Rädelsführer‹, sprang ich Katja zur Seite, sei niemand anders als der AStA-Vorsitzende selbst gewesen, und der sei im Ring Christlich-Demokratischer Studenten und Mitglied der CDU und dort, wo – beinah hätte ich mehr gesagt als nötig – Katja gewesen sei, hätten die Hochschulangehörigen – das Wort ›Demonstranten‹ vermied ich wie eine Beschimpfung – alles getan, den Verkehr nicht zu behindern.

Das Fräulein sah mich misstrauisch an. Ja, beeilte ich mich, meine allzu detaillierte Verteidigung zu begründen, Katja habe mir alles erzählt.

Und das hier? Fräulein Oppermann schwenkte den *Stadt-Anzeiger* wie die Demonstranten am Vortag ihre Plakate. Bilder von knüppelnden Polizisten, Pferden, die eine Menge zurückdrängten, Sanitätern, die sich am Straßenrand über ein Mädchen beugten.

Ich überflog den Artikel. Lesen, sagte ich, zugegeben ein wenig von oben herab, hier steht's doch: Am Rudolfplatz. Da war Katja aber nicht. Nicht wahr, Katja?

Katja nickte zögernd. War sie etwa enttäuscht, nicht dabei gewesen zu sein, wo ›Schülerinnen und Schüler von achtzehn Gymnasien und zahlreichen Volksschulen die Innenstadt in einen Hexenkessel verwandelten, indem sie Züge und wartende Fahrgäste der KVB mit Eiern beschmissen, Blumenkübel plünderten, Tomaten gegen die Rathausfassade warfen, am Neumarkt und am Rudolfplatz die Schienen blockierten und schließlich sogar zwei Straßenbahnen entgleisen ließen und damit den gesamten Verkehr lahmlegten. Erst in den späten Abendstunden gelang es der Polizei, den Aufstand der Schüler mit Gummiknüppeln und Fäusten niederzuschlagen.‹

Mit sich steigernder Lautstärke brachte uns Fräulein Oppermann diesen Absatz zu Gehör, wobei Katjas Nicken Gottseidank in ein immer heftigeres Kopfschütteln überging, was die Lesende am Ende besänftigte.

Dass mir Fotos wie dieses nicht mehr vor Augen kommen, gab sie uns auf den Weg. Eine diplomatische Formulierung. Das konnte ihr Katja ohne Fingerkreuzen hinterm Rücken hoch und heilig versprechen.

Mir blieb die nasskalte Oktoberstunde auf der Zülpicher Straße im Gedächtnis als der Anfang vom Ende der Lichtung.

Wie eh und je umgab die Großmutter ein Geruch nach Melissengeist und Hühnerfutter; bei Gewitter streute sie noch immer geweihte Kräuter auf die Herdplatte, und wir beteten ein *Gegrüßetseistdumaria* nach dem anderen, zählten die Sekunden zwischen Blitz und Knall und duckten unsere Stimmen unterm Donnerschlag. Aber die Großmutter war alt geworden. Sprach jetzt mehr mit Dingen als mit Menschen, spornte das Feuer im Ofen an oder schalt es, begrüßte die Feuerzange, den Wasserkessel, den Brotkasten herzlicher als jedes Familienmitglied. Die vertrauten Kleidungsstücke hingen an ihr, als hätten sie vormals einer stärkeren Person gehört.

Einmal, kurz bevor ich endgültig nach Köln aufbrach, kam ich von einem meiner Abschiedswege an den Rhein nach Hause und hörte schon von weitem durch die offene Küchentür das wohlbekannte Geräusch: Feuchte Hände klatschten auf Teig. Die Großmutter beim Backen. Ein Anblick, der zum Samstag gehörte wie das Öllämpchen unter dem Jesuskreuz.

Omma!, rief ich, was machst du?

Siehste doch, erwiderte sie, kaum aufblickend vom Tisch, vom Teig, den sie um und um knetete, klopfte, mit kindlichem Lächeln hochwarf, auffing und wieder zurück aufs Holz und hinein mit beiden Fäusten. Ihr zuzuschauen, eine Lust. Schwerelos jeder Handgriff, Mühsal in Freiheit verwandelt, Nutzen in Schönheit.

Omma, ich trat näher und berührte ihren Arm, der wie immer in der schwarzen Wolljacke steckte. Leichthin, wie ich ihn gestreift hatte, schüttelte sie ihn ab.

Omma, es ist doch erst Mittwoch.

Mettwoch?, wiederholte sie, kurz auflachend, ihr Kneten und Klopfen keine Sekunde unterbrechend. Nä, mer han Samstag. Siehste ja. Isch bin doch am Backen. Wenn isch backe, is Samstag.

Omma, ich zupfte sie am Ärmel, wo is denn die Mamma?

Weg, murrte die Großmutter, nom Kerschhof. Is doch Samstag. Un jizz los misch in Ruh. Isch muss fädisch sin, wenn de Mamm heimkütt.

Omma, wagte ich nun, das Lämpchen brennt aber doch gar nicht.

Wie, dat brennt nit? Endlich sah die Großmutter hoch. Ungläubig zuerst, dann voller Entsetzen heftete sie ihren Blick auf das Gläschen, dunkelrot, fast schwarz unter dem Kruzifix.

Dat is jo noch nie passiert!, rief sie, die bemehlten Hände an der Schürze abstreifend. Schnell, schnell, wo is dat Öl!

Omma, hör, et is erst Mittwoch!

Mitten in der Bewegung hielt die Großmutter inne, ihre Blicke sprangen vom Teig auf das dunkle Lämpchen und wieder zurück, unschlüssig, wem sie Glauben schenken sollte. Ihr Erschrecken machte hilfloser Verwirrung Platz. Ich biss mir die Lippen.

Komm, Omma, lenkte ich ein. Mir machen jetzt dat Lämpchen an.

Ja. Nä. Wat säste dann jizz? Isch denk, et is Mettwoch?

Is doch ejal, Omma, sagte ich, Samstag, Mittwoch: Mir machen jetzt dat Lämpchen an.

Dann is heut also Samstag!, triumphierte die Großmutter.

Ja, Omma, sagte ich. Noch immer gelenkig, kletterte die Großmutter auf den Hocker, goss Öl ins Gläschen, steckte einen frischen Docht hinein, und ich reichte ihr die Streichhölzer.

Der Stuten erfüllte die Küche mit seinem Wochenendduft, das Öllämpchen glühte überm Sofaeck. Die Großmutter studierte den *Michaelskalender;* ich hatte mich nicht in den Holzstall zurückgezogen, saß bei ihr und las. Ich wartete auf die Mutter. Die nicht lange ausblieb. In der Tat war sie auf dem Friedhof gewesen. Ohne Korb und Hacke draußen abzustellen, kam sie schnuppernd hereingerannt.

Wat es dann hie los? Wer hätt dann hie jebacke? Und, mich scharf ins Auge fassend: Wat machs du denn hier?

Ich lese, gab ich gleichmütig zurück. Und die Omma hat Platz gebacken.

Mitten in der Woch? Die Mutter stemmte die Arme in die Hüften. Un dat Lämpsche brennt och! Die Mutter ließ Korb und Hacke fallen und rüttelte die Großmutter an der Schulter: Häs du jebacke?

Ja, sagte ich an ihrer Stelle. Und ich hab ihr geholfen. Die Omma hat mir gezeigt, wie man einen Rosinenstuten backt.

Die Großmutter, die bislang getan hatte, als könne sie sich nicht von ihrer Lektüre lösen, schlug den *Michaelskalender* zu. Sah mich mit schwimmenden Augen an, schlurfte zum Herd und öffnete die Klappe. Nit mi lang. Dann es dä fädisch, sagte sie.

Streng schaute ich die Mutter an: Warum sollen wir nicht heute einen Platz backen! Der schmeckt doch immer!

Die Mutter ergriff Korb und Hacke, knurrte etwas, das wie ›dolle Wiewer‹ klang, und machte sich davon.

Dat jlöw jizz, et is Samstach, kicherte die Großmutter. Dabei is doch erst Mettwoch. Waröm brennt dann dat Lämpsche? Nu mach ens dat Lämpsche us!

›Beschwerden‹ hatte sie immer gehabt. Das war nichts Neues und nichts Besonderes. Fast alle Verwandten und Nachbarn hatten Beschwerden, jederzeit Anlass zu gemütlichem Austausch über Art und Dauer derselben sowie über die Qualität ärztlicher Fähigkeiten. Ja, erst mit Beschwerden, Jammern und Klagen schien ein biblisches Alter erreichbar. Vergesslichkeit und Verwirrtheit der Großmutter nahmen jedoch Formen an, die man nicht mehr als ›Beschwerden‹ verharmlosen konnte.

Die Mutter gewann Oberwasser. Endlich hatte sie das Sagen. Doch die Großmutter zu reglementieren, machte wenig Freude. Kommandos erreichten die Großmutter nicht mehr.

Nur noch von Zeit zu Zeit lebte sie in der Altstraße 2, und auch dann wusste man nie, in welchem Jahr, an welchem Tag. Sie, die sonst den ganzen Tag auf den Beinen war, jeden Morgen um fünf ins Kapellchen zur Morgenmesse und später in die Küche vom Krankenhaus zum Kartoffelschälen, saß jetzt tagelang auf der Eckbank unterm Kreuz. Sehr zum Verdruss der Mutter, der sie ihr Radio Luxemburg einfach abstellte, sobald die ihr den Rücken kehrte. Auch ihre Augen hatten nachgelassen, und so wartete sie jedesmal, wenn ich aus Köln kam, mit einer *Frau und Mutter*, dem *Weinberg*, manchmal auch mit dem *Lukullus* oder der *Bäckerblume* auf mich. Dann las ich ihr vor, egal, was. Oft schien sie einzunicken, bat aber sofort, wenn ich eine Pause machte: Weiter. Immer wieder wollte sie die Geschichte von der heiligen Elisabeth von Thüringen und ihrem geizigen Ehemann hören. Als die fromme Frau gegen sein Verbot einen Korb voll Brot vom Schloss hinunter zu den Armen tragen will, befiehlt er, das Tuch vom Korb zu nehmen. Und siehe da: Rosen statt Brot. Die Großmutter gluckste hocherfreut, der Geizhals ausgetrickst und auf der Stelle bekehrt.

Eines Nachmittags, wir hatten uns wieder über den Sinneswandel des knickrigen Landesfürsten amüsiert, winkte mich die Großmutter geheimnisvoll näher. Kuck mal hinter dem Silberpapier für die Heidenkinder nach: Da is wat für disch. Un dann kommste wieder. Äwer sach nix dem Maria. Der Mamma.

Bis gleich, Omma, sagte ich und machte mich auf in den Keller.

Hinter dem Silberpapier bei den Einmachgläsern ertastete ich vier Schachteln. Drei von gleicher Größe, darauf in Sütterlin-Schönschrift die Namen: Hanni, Maria, Hildegard. Eine Schachtel, doppelt so groß wie die unseren: Messdiener Bertram. Ich zog mich mit meiner in den Holzstall zurück.

Die Schuhschachtel, das Warenetikett mit einem Glanzbild der heiligen Ursula überklebt, war kunstvoll mit Schnüren umwickelt. Sie auseinanderzuzerren, sie gar zu zerschneiden, kam nicht infrage. Kriegte man erst einmal den Anfang zu packen, wickelte sich das Garn auf wie von selbst, das wusste ich von den vielen Wollsträngen, die ich mit der Großmutter zu Knäueln gedreht hatte. Ja, aller Anfang ist schwer, hörte ich ihre Stimme. Endlich konnte ich den Faden, zum Bällchen gerollt, beiseitelegen und den Deckel heben: Päckchen unterschiedlicher Größe, kleine Gegenstände, so dick in Seidenpapier eingeschlagen, dass man sie nicht erraten konnte; jedes Teil wiederum um und um verschnürt. Eine Schachtel voller Geduldsproben.

›Es ist Geduld ein rauher Strauch, voll Dornen aller Enden,/und wer ihm naht, der merkt das auch,/an Füßen und an Händen …‹, sah ich die energischen Schriftzüge Lehrer Mohrens in meinem Poesiealbum.

Schließlich hielt ich die erste Belohnung in der Hand: eine daumenhohe und gut fingerbreite silbrige Blechdose, geformt wie ein Buch. Vorn im ausgestanzten Oval die Madonna über einer Kirche schwebend. Ich mochte diese Maria, die mit bloßen Füßen auf eine Schlange tritt, war doch was anderes als Blümchen und Sternchen. Darunter die Wallfahrtskirche von Neviges, wo die Großmutter dem Großvater zum ersten Mal begegnet war. War sie damals schon ›in Stellung‹ beim Bürgermeister? Wahrscheinlich. Nie hatte sie andere ›Herrschaft‹ erwähnt. Und der Großvater? Er hatte uns einmal, Bertram und mir, vielleicht aber auch nur sich selbst seine Geschichte erzählt, an einem Sommernachmittag unter der Weide. Ich war wohl schon alt genug gewesen, um jetzt beim Anblick dieser frommen Dose seine Stimme noch einmal zu hören. Ziemlich müde sei er gewesen, schon seit Monaten unterwegs, von Lörrach den Rhein runter, unterwegs immer neue Arbeit gesucht, alles, was gerade anfiel, meistens beim Straßen- und beim Gleisbau: Se bauten jo damals wie verröck. In Düsseldorf habe man ihn in einem Walzwerk genommen, Unterkunft bei den Kolpingbrüdern, zusammen mit einem Kumpel. Un dä dolle Kääl wollt unbedingt nach Nevijes. Noch nach so vielen Jahren hatte der Großvater den Kopf geschüttelt. He hätt davon jekallt, wie sonst nur von Kühe un Schweine. Der kam nämlich vom Bauernhof, so der Großvater, und war ganz vernarrt in Tiere und Pflanzen. Aber den Hof habe der ältere Bruder bekommen. Tradition. Und der Jüngste sei bei den Benediktinern untergekommen. Äwwer in dat Kloster wollt der nit, un da is he losjetippelt. So wie isch.

Warum hatte ich den Großvater nie nach Geschwistern gefragt? Nach Vater und Mutter? Onkeln und Tanten? Neffen und Nichten? Nach irgendwem? Großmutters Seite kannte ich von Familienfesten, die vornehmen Ruppersteger, die noch vornehmeren Miesberger. Der Großvater aber schien nicht nur seine Stadt, sondern auch seine Vergangenheit hinter sich gelassen zu haben. Ausgewandert aus Zeit und Raum.

Schließlich, so der Großvater, seien sie an ihrem freien Tag nach Neviges gepilgert. Da hatt isch endlisch ming Ruh.

Was die Großmutter bewogen hatte, den Fußmarsch auf sich zu nehmen, war nicht verwunderlich. Geistlichen Personen folgte sie zeitlebens wie Gottes Wort. Vielleicht aber kam dazu auch noch ein ganz weltlicher Hintergedanke: Ihr fünf freie Pilgertage abzuschlagen, getraute sich nicht einmal die Frau Bürgermeister.

Und da, der Großvater hatte angestrengt zur Piwipp hinübergeschaut, stand se am Brunnen, an dem mit dem Franziskus, un war in dem Wasser am Fischen.

Wie hatte sie ausgesehen, die Großmutter als junges Mädchen? Damals, um 1900, kaum zwanzig. Trug sie ihr langes schwarzes Haar schon immer straff aus dem Gesicht gekämmt, zu einem Dutt gewunden? Oder wie auf dem Hochzeitsfoto in einer Welle hochgesteckt, an den Seiten gebauscht? Dazu eine hochgeschlossene Rüschenbluse, das Dienstmädchen als Herrschaft verkleidet? Ob der Großvater die Großmutter auch nur einmal nackt gesehen hatte? Nackt und mit gelöstem Haar? Noch ihr altersdünnes Zöpfchen hing ihr bis zur Taille hinab. Die kranke Großmutter jung. Ob sie auf der Wallfahrt um den Richtigen gebetet hatte? ›In Stellung‹ beim Bürgermeister zu sein machte sie in Dondorf zu einer guten Partie. Und da trat dieser Tippelbruder aus Lörrach mitten in der Woche an den Franziskusbrunnen bei der Wallfahrtskirche, die man gerade wegen des regen Zuspruchs reuiger Beichtkinder ausgebaut hatte, und fragte, ob sie etwas verloren habe. Beim Schwenk durch das wundertätige Wasser war der Großmutter der Rosenkranz entglitten, ihre Arme zu kurz, ihn herauszuangeln. Dies tat nun der Großvater. Er war der rechte Mann am rechten Ort zur rechten Zeit. Schicksal. Vorsehung. Als er sich aber gleich wieder davonmachen wollte, der Kumpel wartete schon auf ihn, lud ihn die Großmutter, alle ›Manieren‹ vergessend, zu einer Limonade ein, in einem Ton – wieder lächelte der Großvater –, der keinen Widerspruch duldete und es geraten sein ließ, den Kumpel besser zu vergessen. Dat söße Zeusch, der Großvater schüttelte sich in gespieltem Ekel. Bier wär mir ja lieber jewesen, aber dat Anna wusste, wat et will. Bier un Wallfahrt? Dat jibt et nit!

Zu Diensten sein und Limo statt Bier: Die Großmutter wusste, wo's lang geht, begriff sofort, was sie am Großvater hatte, und ließ ihn nicht mehr aus den Augen. Fritz kündigte, schnürte seine Habseligkeiten aus dem Kolpingheim zum Bündel und folgte der betenden und singenden Weiblichkeit in respektvollem Abstand nach Dondorf.

Passte ein Wort wie ›Liebe‹ auf Großvater und Großmutter, Fritz und Anna? Oder war Friedrich Rüppli, Hilfsarbeiter, einfach müde vom Wandern? Bis an das Meer hatte er gehen wollen, erzählte er immer wieder. Er hat es nie gesehen. Nur den Schiffen nachgeschaut, auf ihren Fahrten den Rhein hinunter nach Rotterdam.

Und Anna? War sie zufrieden gewesen als Frau Fritz Rüppli? Einen gefügigeren Gefährten jedenfalls hätte sie kaum finden können. Den Rosenkranz hatte sie nach seiner Taufe im Franziskusbrunnen behandelt wie eine Reliquie.

Kalt und sperrig lag das metallene Büchlein in meiner Hand. Nur hineinlesen konnte ich ihm ein Leben, von dem ich so wenig wusste. Was würde die Großmutter mir noch erzählen? Ich musste warten, bis ich sie alleine traf.

Ich klappte die Buchbüchse auseinander: Auf verblichenem lila Papier lag eine kupferfarbene Anstecknadel. Ein Kreuz. Am Längsbalken oben die Zahl 1959, unten etwa so groß wie das Kreuz, ein hemdartiges Gebilde. Der Heilige Rock. Die Dose ein Andenken von der Wallfahrt nach Trier. Weiter war die Großmutter nie gekommen. Für eine Wallfahrt nach Lourdes oder Fatima hatte es nicht gereicht. Mit blauem Seidenband umwunden, fand ich ein Foto von dieser Pilgerreise: Die Großmutter finster in die Kamera blickend, als sei der profane Vorgang des

Fotografierens so kurz vor der heiligen Stätte eine neumodische dreiste Störung.

Ich bettete das Bild der rüstigen Großmutter zurück ins Seidenpapier und nahm ein fest gepresstes Bällchen in die Hand. Blatt um Blatt des Silberpapiers löste ich aus der Rundung, strich die Bögen glatt, ertappte mich bei den gleichen Bewegungen – Handkante auf Papier, vom Bauch weg –, wie ich sie von der Großmutter kannte, wenn es galt, wertvolle Schokoladen-, Zwieback-, Kakaoverpackungen heidenkindtauglich zu glätten. Schließlich lagen vor mir – drei Kinderzähne. Meine? Wie Bruchstücke eines Orakels sahen sie mich rätselhaft an. Was wollte mir die Großmutter zu verstehen geben? Vielleicht im letzten Päckchen?

Es war das größte und warnte mit roten Druckbuchstaben: ›Vorsicht zerbrechlich‹.

Ich ertastete eine bauchige Rundung und musste mich nicht lange durch das seidige Knisterpapier schälen. Eine Vase. Der Vase Anianas zum Verwechseln ähnlich. Die goldenen Sprenkel funkelten im tannengrünen Glas, und der schlanke Hals hob sich genauso kühn aus der Kugel und streckte sich mir genauso verführerisch entgegen wie damals, als ich mit meinen Kinderhänden zugegriffen hatte. Alles war wieder da wie gestern, tausend Jahre sind vor dem Herrn wie ein Tag, eine Sekunde der Ewigkeit.

Hier, an diesem Nachmittag im Holzstall mit dem Vermächtnis aus der großmütterlichen Schachtel, streifte mich eine Ahnung, was das heißt: vorbei. Nie mehr würde ich das kleine Mädchen sein, das sich groß, so groß gemacht hatte, um die begehrte Vase zu erreichen. Erreicht und im Erreichen schon zerstört. Wusste die Großmutter, was damals geschehen war? Ob Aniana ihr von meinem Missgeschick und meinen Gewissensnöten erzählt hatte?

Ich räumte den Tisch leer, schaffte Platz allein für die Vase. Versenkte mich in ihren Anblick und wartete, ob sich irgendwelche Empfindungen einstellen würden, Gefühle des kleinen

Mädchens. Aber sie schien mir auszuweichen wie ein alter Bekannter, der uns von weitem sieht, jedoch nicht mit uns zusammentreffen möchte und daher so tut, als erkenne er uns nicht. Und wir, dies durchschauend, sind zu stolz, ihn anzurufen. Vielleicht war auch ich zu stolz oder einfach noch nicht weit genug weg von der Kommode mit der Vase, um es zu wagen, sie nah heranzuholen.

Ich wickelte die Vase wieder ein und legte sie zu den übrigen Gegenständen zurück. Gegenstände? Die Seele der Großmutter würde ich weniger in diesem Foto finden, als in diesen kleinen Dingen, die sie angefasst hatte, denen die sorgsame Wärme ihrer Handflächen zuteilgeworden war.

Noch immer drangen die Stimmen der Frauen aus der Küche. Heute würde es wohl nicht mehr gelingen, unter vier Augen mit der Großmutter zu reden.

Auch am nächsten Morgen traf ich die Großmutter nicht allein an, und nach dem Mittagessen musste ich los, die Schachtel im Koffer neben der frischen Wäsche, dem Proviant. Beim Abschied ergriff ich die Großmutter bei beiden Händen und sagte Danke, wollte noch viel mehr sagen, doch schon trat die Mutter dazwischen: Wat jibbt et denn hier sisch ze bedanken? Du bis doch nit op Besuch. Mach flöck. Beeil disch. Dä Bus waat nit.

Im Hildegard-Kolleg machte ich der Vase zwischen den Büchern Platz. Die Gelehrten nahmen den Fremdling umstandslos in ihre Mitte auf. Sicher stammte auch diese Vase aus dem Bürgermeisterhaushalt. Warum war sie nie in unseren vier Wänden aufgetaucht? Nicht einmal für die Blumen der Fronleichnamsprozession. Was machte diese Vase so kostbar, dass sie sogar dem Herrgott entzogen wurde? Seufzend rückte ich das grüngold schillernde Geheimnis ein wenig weiter nach hinten, sicherer zwischen die Bücher. Jetzt begann eine neue Geschichte. In einem katholischen Studentinnenwohnheim hatte die Vase nie gestanden. Vom Spitzendeckchen der Frau Bürgermeister über ein jahrzehntelanges Versteck beim Silberpapier für die Heidenkinder wieder hinaus zwischen *Das sprachliche Kunstwerk* und *Formen der Dichtung*, eine kleine fremde Schönheit.

Die grüne Vase wurde von allen bewundert. Besonders von Gretel, die mir immer enger ans Herz wuchs. Wie beredt ist dieses Bild, wie lebendig lässt es sich fühlen, wenn wir sagen, dass da etwas wächst und dazu noch an unser wichtigstes Organ. Ans Herz also wuchs mir Gretel mit ihrem Vertrauen in die Menschheit im allgemeinen und im besonderen; vor allem aber in den lieben Gott und seine Heiligen. Und ein wenig von diesem Vertrauen ging allmählich auf mich über.

Fuhr ich übers Wochenende nicht nach Hause, bestand Gretel darauf, sie ins Hochamt zu begleiten. Nur ihr zuliebe tat ich diese paar Schritte zur nahegelegenen Mauritiuskirche, sonntagmorgens, wenn die Freundin zur Feier des Tages nach Mouson Lavendel roch. Nur ihr zuliebe zwang ich mich, das Kreuzzeichen zu schlagen, wenn der Pastor den Wein in das Blut, die Oblate in das Fleisch Jesu verwandelte. Und wie widerwillig stieß ich hervor, nicht würdig zu sein und nur eines Wortes zu bedürfen, damit meine Seele gesunde und Er eingehe unter mein Dach. Ich leierte die Formel herunter, für Gretel, aber eingehen lassen unter mein Dach ließ ich Ihn nicht, den Weg zur Kommunionbank ging Hilla Selberschuld nicht.

Kam die Freundin zurück, mit domspitz gefalteten Händen vor der sonntags meist straff gestärkten weißen Popelinebluse, die hellen Wimpern auf die rosigen Wangen gebogen, erschien sie mir so makellos und vollkommen, dass ich den Atem anhalten musste, von ihrem Anblick ergriffen wie von einem Kunstwerk.

Vor der Kirche legte sie dann, was sie sonst nie tat, ihren Arm um mich und strich mir übers Haar, als wolle sie die soeben empfangene Gnade mit mir teilen. Und ich konnte sie dulden, diese Hand auf meiner Schulter. Ich erwartete diese Geste sogar wie eine Liebkosung, die sie ja auch war. Gretel an meiner Seite, wagte ich zu glauben, selbst für mich würde es irgendwann wieder möglich sein zu glauben, alles sei möglich: einen Jungen bei der Hand zu halten, einen Mund zum Küssen zu haben, am Rhein auf einer Decke in der Sonne zu liegen, schwerelos zu leben wie ein Drachen in der Luft, von Zuversicht und guten Mächten gehalten.

Gretel war fromm, doch sie war auch das, was manche etwas abschätzig eine rheinische Frohnatur nennen. Frommsein war nicht nur etwas für Sonn- und Feiertage, vielmehr für alle Zeit, es erfüllte ihr Leben mit Freude. Gretel lachte die Welt nicht aus, sie lachte sie an. Und sie brachte mich zum Lachen. Brachte mich dazu, dem Leben wieder die Zähne zu zeigen, anstatt sie zusammenzubeißen. Und zum Weinen bringen sollte sie mich. Zum Weinen, wie ich seit der Nacht auf der Lichtung nicht mehr geweint hatte. Aber davon später. Nun gingen wir erst einmal zusammen ins Kino, Eis essen, einkaufen. Geld war ja immer noch genug da.

Gemeinsam, immer gemeinsam, gingen wir auch zu Professor Fritz Tschirch, Altgermanist kurz vor der Emeritierung. Samstagmorgens um halb sieben machten wir uns auf, um pünktlich um sieben, von wegen c. t., akademisches Viertel, einen der vorderen Plätze zu ergattern.

Ich hatte wieder Götter. Sie hießen Emil Staiger, Paul Böckmann, Wolfgang Kayser. Ihre Bibeln: *Grundbegriffe der Poetik, Formgeschichte der deutschen Dichtung, Das sprachliche Kunstwerk*. Über allen aber thronte Fritz Tschirch mit seinen Gesetzestafeln, der *Geschichte der deutschen Sprache*.

Ich vertraute ihnen wie als Kind der Bibel und Grimms Märchen. Doch hier gab es nichts zu glauben. Es ging um die Wahrheit, das reine Wissen, wobei Bibel und Wissenschaft eines gemeinsam war: die Verkündigung. Während das akademische Dreigestirn – Böckmann, Kayser, Staiger – in Köln nur über seine Schriften Anhänger auftun konnte, folgten wir dem charismatischen Altsprachler von Angesicht zu Angesicht. Um von vornherein die Spreu vom Weizen zu trennen, forderte Tschirch seine Lämmer samstagmorgens von sieben bis zehn. Pünktlich zu erscheinen – sonst war wie im Theater die Tür zu, und das nicht nur bis zum zweiten Akt, sondern endgültig –, war eine Frage der Ehre. Neidvoll hatte ich zu den Schwärmereien der Kommilitonen geschwiegen und getan, als sei es mir egal, von Dondorf aus nicht morgens um sieben im Kölner Hörsaal sitzen zu können. Spargel schmeckt nicht.

Nun gehörte ich dazu. Erst jetzt fühlte ich mich als vollwertiges Glied der Universitas studii sanctale civitatis coloniensis, trug den Stempel stud. phil. zu Recht und mit Stolz.

In voller Breite, wie Professor Tschirch gern betonte, gab ich mich, mitunter abgelenkt durch ein starkes Bedürfnis nach einem noch stärkeren Kaffee, den ›Wörtern des provinzial-römischen-rheinischen Christentums und der gotischen Mission‹ hin oder übte im Vokaldreieck das I der Folgesilbe mit extremer Hebung der Zungenspitze, das A der Vordersilbe als Vokal mit der tiefsten Stellung der Zungenspitze. Mit starker Mundöffnung saßen wir da und machten ein offenes Ä, entwickelten uns zum geschlossenen E mit mittlerer Mundöffnung, und weiter ging es mit Ä, E, AE, AI, wir versinnlichten den lautgeschichtlichen Aufstieg der Germanen im Chor mit allem, was Zunge und Zäpfchen hergaben, und der Professor stülpte die beiden oberen Schneidezähne über die Unterlippe und sprühte bei Umlauthemmung und Silbenscheide ein wenig Speichel in Lampenschein oder Morgensonne, bis auch der letzte Hinterbänkler, die verpennteste Schlafmütze die gesammelte Kraft der Artikulation auf die durch den exspiratorischen Akzent immer stärker in den Vordergrund tretende Wurzelsilbe begriffen hatte.

Fritz Tschirch, immer mit einem Lächeln auf seinem weisen alten Gesicht, diesem Mann zuliebe hätten wir alles begriffen. Weil wir in dieser Gemeinschaft nicht allein und nicht vor allem den Stoff genossen, der, trocken genug, uns allerdings von Tschirch so lebhaft und lebendig dargeboten wurde, wie ich es nie wieder erlebte. Nein, es waren nicht allein Ablaut und Ablautreihen, die Entwicklung der Adjektivflexion im Germanischen oder die Bewahrung des altdeutschen Erbes in mittelhochdeutscher Zeit. Im Genuss des Stoffes genossen wir uns selbst. Unsere Gemeinschaft. Unsere Exklusivität.

Zwar stöhnte Gretel manchmal, wenn es wieder um besonders abstrakten Lernstoff ging, etwa die suppletive Steigerung und ihr Rückgang oder die Grundzüge der indogermanischen Flexion. Ich aber blühte auf. Ich lernte, und es war Liebe mit dem ersten Verstehen: Meine wirklichen Verbündeten waren nicht die Dichter. Es waren die Wörter. Dichter luden in alte Häuser ein, alles vorbereitet, prächtig, nüchtern, gemütlich oder Bretterbuden; man musste nehmen, was geboten wurde. Wörter dagegen waren Bausteine. Wörter machten mich zur Bauherrin. Ich konnte mir mein Haus bauen, wie es für mich passte. Wörter waren spannender als jedes noch so grandiose Bauwerk. Besonders, wenn man sich in ihre Geschichte zu versenken verstand. Und genau das lehrte uns der Mann mit der rosaglänzenden Glatze, dem buschigen weißen Haarkranz, der sich, im ungezügelten Unmut über die verfehlte Lehrmeinung eines Kollegen, an den Seiten steil aufbäumen konnte, was den Gelehrten mit seinen langen, vorstehenden Schneidezähnen wie ein erregtes Kaninchen aussehen ließ. Lächerlich aber machte ihn das keineswegs, im Gegenteil: Auch über seine äußere Erscheinung hinwegzusehen war eine Frage der Ehre.

Bald gehörte ich zum inneren Kreis seiner Anhänger, eine Art Geheimbund; sich Tipps für entlegene Aufsätze zuzuspielen wie Agentenmaterial war unsere Art und Weise, einander höhere Weihen zu verleihen.

Und so wandte sich unter der Schirmherrschaft dieses Altgermanisten mein Interesse von der Literatur zur Philologie, vom Text zum Einzelwort. Es entflammte mich geradezu, immer tiefer einzudringen in den Körper eines Wortes, seines Werdens und Gewordenseins. Die Versenkung in ein einzelnes Wort konnte zum Verständnis einer ganzen Epoche führen.

Mir war, als wäre ich wieder nach Hause gekommen. Die Wörter lieben. Rückhaltlos wie in der Kindheit, als ich mit ihnen gespielt, Tinte gemacht aus der Tante und den Pappa in Pippi ersäuft hatte. Wie begeistert kam ich Tschirchs Gebot nach, dem Klang der Wörter zu folgen, ihren Werdegang zu verfolgen bis in die ersten überlieferten Laute. Wunder gebaren mir diese unverhofften Verwandtschaften. Hörte ich, dass Rose und Wort aus einer Wurzel stammen, dem indogermanischen v-r-t , so begann die Rose im Wort, das Wort in der Rose zu blühen, und eines atmete im anderen. Und in mir. Ich hatte wieder Halt gefunden. Nicht das Buch. Das Wort. Und die Wörter hielten auch mich.

Meine Wörter

Meine Wörter hab ich
mir ausgezogen
bis sie dalagen
atmend und nackt
mir unter der Zunge.

Ich dreh sie um
spuck sie aus
saug sie ein
blas sie auf

Spann sie an
von Kopf bis Fuß
spann sie auf

Mach sie groß
wie ein Raumschiff zum Mond
und klein wie ein Kind

Überall suche ich die Zeile
die mir sagt
wo ich mich find.

›Die Formen des Tageliedes im Spätmittelalter‹, mein erstes Referat in der Altgermanistik, hielt mich eine Weile davon ab, nach Hause zu fahren. Zuletzt hatte die Großmutter mich noch bis zur Tür gebracht und ermahnt: Pass auf de Koffer auf, sojar bei die Piljer kann mer nit wisse. Ob sie wusste, dass ich die Schachtel darin verstaut hatte?

Ich pass schon auf, Omma, hatte ich ihr versichert, und eine Kerze mach ich auch an für dich.

Jejrüßetseisdumaria, bekräftigte die Großmutter und drückte mir die Hand. Haste auch de Rosekranz dabei?

Glaubte sie, ich trete eine Wallfahrt an?

Der Brief von Bertram alarmierte mich: Die Oma steht nicht mehr auf.

Ich nahm den nächsten Zug.

Die hätt sojar dat Füer em Herd usjonn losse!, empfing mich die Mutter. Un isch muss rauf un runter wejen der, dä janze Tach, maulte sie. So jut möscht isch et auch mal haben.

Die Großmutter lag im kalten Zimmer unterm plustrigen Federbett, nur der Kopf lugte hervor. Und die Hände. Ließen sich nicht unter der Decke halten.

Das Wesen dort im Bett war die Großmutter; doch die strengen Formen dieses Kopfes gehörten weder Mann noch Frau. Ein Menschenkopf lag da, ein Wesen, das Gott geschaffen haben mochte vor der Zweiteilung in Geschlechter und ihm daher schon so viel näher; wie die Engel, die ja auch ohne Gattung den Himmel bewohnen. Durch das spärliche, all die Jahre straff nach hinten gekämmte weiße Haar, noch immer von schwarzen Strähnen durchzogen, schimmerte die nackte Form des Schädels, eine dicke bläuliche Ader zu beiden Seiten der Schläfen. Ich blieb in Mantel und Schal und rückte den Stuhl ans Bett.

Jedes Wochenende, Stunde um Stunde, verbrachte ich nun am Bett der Großmutter.

Anfangs fragte sie oft, wo der Oppa bliebe. Dann erzählte ich ihr von unseren Wegen an den Rhein; der Großvater, Bertram und ich nahmen die Großmutter mit an die Großvaterweide, teilten mit ihr das Hasenbrot, von ihr für uns geschmiert, und es schien sie so wenig zu stören wie mich, dass ich doch hier an ihrem Bett saß und erzählte, wie ich gerade mit ihr durch die Auen streifte, flache Steine über die Wellen hüpfen ließ und Wutsteine versenkte. Wut auf den, der ihr immer näher kam.

Und Kartoffeln wollte sie. Immer wieder Kartoffeln. Zum Schälen. Sack um Sack griff ich aus der Luft, schleppte die Last ans Bett, legte ein luftiges Messer dazu. Dicke Kissen im Rücken verlangte sie, damit sie aufrecht sitzen konnte, später genügte ihr meine Versicherung, die Kartoffeln seien perfekt geschält, die Schalen so dünn, da kannste dat *Vaterunser* durch lesen. Wurde sie müde, nahm ich ihr Kartoffel und Messer aus den Händen und beruhigte sie, alle hätten genug zu essen, im Kloster, im Krankenhaus und wir zu Hause auch. Die eleganten Dreh- und Schälbewegungen, das sichere Aufgreifen der ungeschälten und das gezielte Fallenlassen der geschälten Luftkartoffeln in den Lufteimer neben dem Bett hörte dann auf; Freude übermalte ihr Gesicht. Durch das knöcherne Gebein brach der Schein der Jugend, und unter den Runzeln schimmerte das Gesicht eines lächelnden Mädchens. Solange die Großmutter schälte, war es beinah schön, ihren Händen zuzusehen; nur zur Ruhe kommen konnten die Hände nicht.

Ihre abgearbeiteten Finger, dünne Stöckchen mit Knoten und der runzligen Rinde der Haut, lagen auf der Bettdecke. Nie darunter. Und hatten ihr eigenes Leben. Fuhren unablässig über den Bezug, ein Streichen und Schaben, unsinnige Manifestationen von Trieben, Wünschen, Reflexen, die sich keinen anderen Ausdruck mehr verschaffen konnten. Waren rege, entsetzlich rege, zitterten, fuhren hoch, tasteten. Meist wirr und ziellos. Manchmal aber brachen sie auf, als suchten sie etwas. Unsicher, krampfhaft kletterten sie den Hals hinauf, wichen ab nach rechts und links zu den Ohren, umklammerten sie wie eine Beute, ließen los und landeten auf dem welken Fleisch des Gesichts, streichelten die Brauen, tasteten die Nase ab, als wollten sie sich vergewissern: alles noch da.

Ihr Gebiss lag nur noch im Glas; anfangs auf dem Nachttisch neben dem Bett, damit sie es jederzeit einsetzen konnte. Dann war das Glas nicht mehr da. Nur noch ein Foto, sie und der Großvater als Brautpaar, und ein Bildchen der heiligen Elisabeth von Thüringen auf Silberpapier. Die Großmutter hatte mich gebeten, es aus dem Legendenbuch herauszuschneiden und aufzukleben, so wie du dat mit dem Schiller jemacht hast.

Essen mochte sie kaum noch. Wie ich mich freute, wenn es ihr wieder einmal schmeckte. Wenn sie Kartoffelbrei, Möhren und Rührei aufaß, die ich ihr Löffel für Löffel eingab. Ein geradezu biologisches Bedürfnis zu füttern, zu heilen, zu stärken, einem Geschöpf Leben einzuflößen, den Reserven des Lebens etwas hinzuzufügen, verspürte ich. War der Teller leer, empfand ich einen primitiven Triumph, als hätte ich mit jedem Bissen, den die Großmutter schluckte, dem Tod ein Schnippchen geschlagen.

Auch mit Gebeten glaubte ich die Großmutter zu nähren. Wurde sie trotz meines eintönig frommen Gemurmels unruhig, gab ich ihr eine Kette in die Finger, einem Rosenkranz ähnlich, den ich mit Bertram eigens für sie zurechtgemacht hatte. Ihr Rosenkranz, an dem sie ein Leben lang ihre Gottesliebe gekräftigt hatte, war ihr in einem ihrer Krämpfe zerrissen. Nun hatten wir ihr fünfzig dicke Holzperlen auf ein starkes Seidenband geknüpft. Sie hielt sich daran fest. Der Rosenkranz wie eine Nabelschnur zum Leben.

Noch einmal, zum letzten Mal, erkannte sie mich. Ihre Augen schwimmend in einer milchigen Flüssigkeit, die ihr jederzeit über die Ränder der Lider zu treten drohte.

Einmal noch, sagte sie mit fester Stimme, wär isch jern in et Kapellsche jejange.

Omma, sagte ich mit dünner Stimme, das wird schon wieder.

Sie schüttelte den Kopf. Achtes Jebot: Du solls nischt lüjen.

Ich musste ein Wochenende in Köln bleiben, bereitete mich für das Tschirch-Seminar vor, als der Anruf kam. Mein erster Gedanke: die Großmutter. Es war die Mutter: Hilla, komm nach Haus. Et is wat mit dem Pappa. Et hat Komplikationen jejeben. Komplikationen. Ich nahm den nächsten Zug. Da war es, das beklemmende Wort, das Wort, das den gewöhnlichen Kranken zum Auserwählten machte, und wirklich schwang etwas wie Stolz auf dieses Herausgehobensein in der Stimme der Mutter. Es schien sie zu beleben, im Mittelpunkt eines Schicksalsschlages und damit dörflichen Interesses zu stehen.

Ich kam gerade noch rechtzeitig. Sie trugen ihn auf einer Bahre in den Rettungswagen; fuhren ins nächste Krankenhaus, das auf Infarkte spezialisiert war. Schweigend standen Julchen und Klärchen am Törchen, zwei Todesengel in schwarzer Jungferntracht. Ich lief hinauf zur Großmutter. Sie schlief; aus dem lippenlosen Mundloch dünne Pfeiftöne ausstoßend wie Morsezeichen. Lief wieder hinunter ans Tor, wo die Mutter den Nachbarinnen schilderte, was passiert war. Gehustet hatte der Vater seit Jahren, besonders morgens nach dem Aufstehen. Seit einer Woche aber, so die Mutter, habe der Vater kaum noch reden können; sobald er den Mund aufmachte: Husten. Nä, wie hätt der ärme Kääl sesch jequält. Mickel sei gekommen und habe ihn abgehorcht, den Verdacht auf Lungenentzündung geäußert und etwas verschrieben. Heute Morgen aber habe dä Josäff kaum noch Einatmen können, da habe sie et Kenk anjerufen, en Kölle. Hier machte die Mutter eine Pause, um den Empfindungen der Nachbarinnen Raum zu geben: Missbilligung für mich, die ich mich in der Welt rumtrieb; Zustimmung für die Mutter. Als dann am Nachmittag das Fieber gestiegen sei, 40,2! – Nä, schrien die Nachbarinnen dazwischen –, der Vater schweißbedeckt auf dem Sofa zusammengeklappt, habe sie den Mickel angerufen und der den Notarzt.

Die Mutter erzählte die Geschichte an diesem Tag und den folgenden Tagen noch viele Male, in wechselndem Tonfall, je nach Gesprächspartner, mit mehr oder weniger tragischem Unterton.

Mein Lexikon informierte mich, dass der Lungeninfarkt meist infolge von Herzkrankheiten oder Venenentzündungen durch eine plötzliche Verstopfung der Lungenarterienäste auftrete. Zur Entlastung Mickels las ich zudem, die Symptome des Lungeninfarkts seien denen der Lungenentzündung ähnlich.

Abends in unseren Betten grübelten Bertram und ich, wie es zu diesem Unglück hatte kommen können; warum niemand früher geholfen hatte. Und noch im Einschlafen wunderte ich mich mit schlechtem Gewissen, dass es weder der Mutter, mir oder Bertram eingefallen war, den Vater im Krankenwagen zu begleiten.

Ein Anruf via Piepers Laden informierte uns am nächsten Morgen, dass der Vater die Nacht überstanden habe. Er liege auf der Intensivstation; Besuch nicht vor Sonntag.

Der Großmutter sagten wir nichts. Und doch schien sie von all dem etwas gespürt zu haben. Heftiger zerrte sie an den Perlen des falschen Rosenkranzes, entschiedener noch schickte ihre dünne Stimme ein *Gegrüßetseistdumaria* nach dem anderen in die kalte Luft, bis der warme Hauch über ihrem Gesicht wie eine kleine Wolke flockte. Doch in den Pausen zwischen Liedern und Gebeten jagten ihre Finger Gespenster, und eines Nachts stand sie im Schlafzimmer, rief Bertram beim Namen, es sei Zeit fürs Kapellchen. Noch am selben Tag zimmerte Onkel Schäng ein Gatter, um die Treppe nach unten zu sperren. Danach verließ die Großmutter das Bett nicht mehr. Ihre Augen begannen wie Glasmurmeln zu leuchten, hinter ihrem Gesicht schien sich etwas Unbekanntes zu sammeln, das darauf wartete, herauszuspringen mit einem Atemzug. Dem letzten.

Die Tante blieb bei ihr, als wir den Vater besuchten. Es war Sonntag, und Tante Berta hatte sich reichlich mit Kuchen versorgt, wollte den aber partout nicht bei der Großmutter in der Kälte essen. Worauf die Mutter, immer begierig, der Schwester eins auszuwischen, ihr sogar mich als gutes Beispiel vorhielt: Dat Hilla sitz do Tach un Nacht bei de Omma! Die Tante knurrte und gehorchte.

Schweigend stiegen wir in den Bus nach Großenfeld, schweigend wechselten wir den Bus nach Richrath.

Die Fahrten nach Düsseldorf fielen mir ein, in die Städtische, auf die Station ohne Namen, zu Cousine Maria. Maria ohne Brust, Maria ohne Haar, Maria ohne Gnaden. Und jetzt mit Perücke und Prothese auf die Kö. Das hätte mich trösten können. Aber ich hatte Angst. Zu lange hatte ich am Bett der Großmutter gesessen, zu genau die Zeichen einer tödlichen Krankheit studiert, als dass ich sie in den Zügen des Vaters würde leugnen können.

Das Krankenhaus, ein blendend weißes Gebäude, weithin sichtbar, erhob sich am Rande der Kleinstadt aus den kahlen Gemüsefeldern wie eine Burg. In der Eingangshalle drang der Geruch frischer Malerfarbe auf uns ein.

Herr Palm, beschied uns die Frau an der Pforte, sei nicht mehr auf der Intensivstation, wir sollten uns im dritten Stock nach ihm erkundigen. Der Mutter gefiel es, vom Fahrstuhl getragen zu werden, wäre am liebsten ein paarmal hinauf- und hinuntergefahren nach Kinderart, doch als der Klingelton das Ende der Reise aufwärts angab, nahmen ihre Augen wieder den gewohnten ängstlich witternden Ausdruck an. Auch an Bertram konnte ich mich nicht halten; waren wir nicht allein, wusste ich immer weniger, woran ich mit ihm war. Er verstand es zunehmend besser, sich unsichtbar zu machen; zu beobachten und festzuhalten wie eine Kamera, unbewegt, kommentarlos, dä Jong hätt en dickes Fell, erklärte man in der Familie seine zunehmende Verpuppung.

Die Station des Vaters hatte einen Namen: Innere Abteilung. Eine Krankenschwester begrüßte uns freundlich zerstreut. Angehörige von Patienten mit ›Komplikationen‹ wurden anders empfangen. Einen lindgrünen Flur entlang ging es, an hellgrauen Türen vorbei, bis die Schwester am Ende des Ganges die Klinke drückte, uns zunickte und kehrtmachte.

Wie vor Jahren Maria steckten dem Vater Kanülen in Arm und Handrücken, die zu einem Metallgestell und den Flüssigkeiten dreier Tröpfe führten. Er lag allein; zwei Betten leer. Die neue Klinik, mäkelte die Tante später, habe Mühe, die Betten vollzukriegen. Die Leute gingen lieber ins Josefskrankenhaus nach Großenfeld oder in Dondorf zu den Schwestern.

Es war sein Gesicht und doch nicht dasselbe. Nicht das Gesicht, das ich als Kind so gefürchtet hatte, das Gesicht, das zur Hand gehörte mit dem blauen Stöckchen hinter der Uhr. Nicht das Gesicht, das er annahm, wenn er vor dem Prinzipal die Füße zusammenstellte, demütig und verquält, ein Gesicht, wofür ich ihn gehasst hatte, mehr als für jede ungerechte Bestrafung. Und auch nicht das Gesicht, das ich nur allzu selten gesehen hatte; damals bei C&A, wo wir vom Lottogewinn meine erste Hose kauften; oder in jenem Sommer, als er mir vom Sparbuch der Tante erzählte: ein rebellisches, befreites Gesicht, ein Gesicht auf dem Weg zur Freude.

Das hier war sein Gesicht mit der zuckenden roten Narbe, der hohen Stirn, den immer noch dichten schwarzen Brauen. Sein Gesicht, das ich nie hatte lächeln, niemals lachen sehen. Die Wangen eingefallen, das Haar strähnig verklebt. Aber das war es nicht, was den Vater von mir abrückte. Es war der Mund. Nicht nur, dass dieser ohne Gebiss scharf ins Gesicht schnitt. Die Linie der Lippen hatte sich verändert, und das verlängerte den Abstand zwischen Nase und Mund, verkürzte das Kinn, den ganzen Kiefer. Irgendein Muskel, eine Verbindung zum Leben, hatte nachgelassen.

Ein Gruß, matter als gewohnt. In den wenigen Silben, die seine Lippen formten, ein flüchtiges Bild wie sein Mund einmal gewesen war. Ganz früher, als der Bruder und ich mit ihm in den Krawatter Busch gezogen waren, ein einziges Mal, und der Vater Purzelbäume geschlagen hatte an diesem einzigen Nachmittag. Hatte er da gelächelt? Gelacht? Ich würde Bertram fragen. Ein straffer Vatermund war das gewesen, einen Sommernachmittag lang und neulich wieder, vor dem Mixer: ein guter Vatermund, mit dem ich den Anblick des neuen Mundes zu bekämpfen suchte. Vergeblich.

Pappa, sagte ich, Pappa. Hörte mich die beiden Silben wiederholen, als hätte ich ein langes Verschweigen zu brechen und wettzumachen. Ich streckte meine Hand nach ihm aus. Doch die Kanüle im Handrücken hielt die eine Hand gefangen, die andere unter der Decke. Seine Augen voller Angst. Augen wie ich sie bei der Großmutter gesehen hatte. So, dachte ich, sollten Väter ihre Kinder niemals ansehen müssen.

Jizz hür doch ens endlisch op mit dem Pappa, fuhr die Mutter dazwischen, und ich wetteiferte mit ihr beim geschäftigen Hin- und Hertragen von Obstsaft, Stühlen, Papierservietten. Außer Lebensgefahr, hatte die Schwester gesagt. Der Patient brauche Ruhe. Keine Aufregung.

Niemand wusste so recht etwas zu sagen, nachdem die Mutter ihr vorwurfsvoll besorgtes ›Wat mähs du dann für Sache?‹ losgeworden war, worauf der Vater nur müde den Mund verzogen hatte.

Tut dir wat weh?, fragte Bertram. Der Vater schüttelte den Kopf und verdrehte die Augen in Richtung der Tröpfe.

Un wat sacht der Doktor?, steuerte ich bei.

Nit vell, erwiderte der Vater mit seiner neuen Stimme, die mich mehr als alles andere beunruhigte. Könnte ich doch nur seine Hand sehen, nicht die mit der Kanüle, die andere, freie Hand. Als hätte der Vater meine Gedanken erraten, zog er sie unter dem Federbett hervor und ließ sie auf der Decke liegen. In dieser jammervollen, schutzlosen Ergebenheit, dieser gelblich weißen Magerkeit, war die Hand, die meine Zahnklammern zerquetscht, das blaue Stöckchen hinter der Uhr hervorgeholt, den Gürtel aus dem Hosenbund gezogen hatte, nicht mehr zu erkennen. Ruhig lag sie da, fuhr nicht wie die Großmutterhand nach Gespenstern durch die Luft. Bei aller Gebrechlichkeit blieb die Hand des Vaters dem Leben verhaftet. Die von Blutgerinnseln gequälte Lunge würde sich befreien und die Hand wieder zupacken, wenn auch nie mehr wie früher. Ich sah die Hand, wie sie damals nach der Nacht auf der Lichtung neben mir im Garten Pflanzlöcher ins Erdreich gedrückt hatte, sah die

Amsel, den gelben Schnabel, die Gier auf Käfer und Würmer. Auf Leben.

Pappa, sagte ich noch einmal. Gern hätte ich seine Hand in meine genommen, sein Blut gespürt, ihm meine Wärme gegeben, aber genau das hätte ihn aufregen können. Die Mutter goss ihm Apfelsaft ein; er wehrte ab, nur Wasser, und ich trank den Saft und spülte das Glas. Wir standen noch eine Weile um das Bett herum, dann schloss der Vater die Augen.

Der Bruder und die Mutter waren schon im Flur, da wagte ich es doch: Fixierte einen Punkt auf seiner Stirn und strich dem Vater über die Wange, spürte, wie sie sich, stachlig von tagealten Stoppeln, unter meiner Berührung in das Zucken der Narbe straffte, und dann schlüpfte ich hinaus, als gälte es, eine auf zweifelhafte Weise erworbene Beute in Sicherheit zu bringen. Noch auf dem Nachhauseweg spürte ich die Wange des Vaters in meiner Handfläche – eine kleine Habseligkeit.

Bei unserer Rückkehr stand die Tante mit dem Besen in der Tür. Esch han hier ens jekehrt, knurrte sie, dä Pastur kütt jlisch.

Wat soll dat dann? Die Hand der Mutter zuckte nach dem Besen.

Komm, Mamma, ich zog die Mutter ins Haus und nahm der Tante den Besen weg; sie protestierte nur schwach. Ich hatte ihr den Auftritt verdorben.

›Meerstern, ich dich jrüße‹, klang von oben die Stimme der Großmutter, dünn, aber stetig flehte sie: ›O Maria hilf, Maria hilf uns all in diesem Jammertal.‹ Und wieder von vorn.

Su jeht dat ald dä janze Nomidach, murrte die Tante. Dat hält doch ken Minsch us.

Und der Pastor? Was soll der hier?, wollte ich wissen.

Die Ölung! Die Tante stemmte die Hände in die Hüften: Doran hätt kenner vun ösch jedät. Die Mamm muss de Letzte Ölung krije.

Dat es doch unverschamp! Die Mutter riss mir den Besen aus der Hand und schwang ihn gegen die Schwester, die in den Mänteln an den Kleiderhaken Deckung suchte. Seelenruhig stellte die Mutter den Besen auf den Steinfliesen ab, als hätte der nie einen deutlichen Bogen beschrieben.

Also, dä Pastur kütt mir nit in et Huus! Un jizz kutt all en de Kösch. Et es kalt.

Die Mutter ließ die Herdringe klappern, zaghafter als die Großmutter, aber immerhin.

Jojo, räsonierte sie in Richtung der Schwester: Dat Füer häste och bald usjonn losse. Du kannst jlisch jonn un dä Pastur affbestelle.

Dat jeht nit, erwiderte die Tante kleinlaut. Dä wor nit doheim. Sing Schwester hät no däm telefoniert. Dä kütt direk us Blee hieher. Met de Messdeener. Do hätt he ald en Letzte Ölung jejowwe. Jojo, immer wenn de Herrjott röf, jibbet kein Pardon. Och nit für dän von dr Papp.

Dä von dr Papp war der Eigentümer der Pappenfarbik, wo ich meine Lehre begonnen hatte. Ich war ihm nie begegnet.

Ah su, sagte die Mutter vom fatalen Urteilsspruch der Schwester mit deren Eigenmächtigkeit weitgehend versöhnt, se nämmen all nix met. Hilla, kuck mal nach der Omma, ob die en frisches Nachthemd braucht. Un dann brauche mir Kääze. Sind noch welsche von Fronleischnam do? Bertram, jeh auf de Speischer. In die Truhe sind Kääze. Blome bruche mer nit.

Die Großmutter lag in den Kissen so, wie wir sie verlassen hatten. Ich schüttelte das Bettzeug auf, legte ihre Hände zurück. Die müden alten Werkzeuge lagen nun still, was mich stärker erschütterte, als jene gespensterhaften Gebärden, die ich wochenlang beobachtet hatte.

Bertram stellte die Kerzen auf. Die Tante brachte ein steif gestärktes Deckchen mit einem Lamm Gottes in Plattstich. Wir räumten die Kerzen wieder weg und zurück aufs Deckchen. Jeder war froh, etwas zu tun zu haben, in den Händen zu halten, lebendigen, zupackenden Händen, die sich des Gegensatzes zu den Händen auf der Bettdecke freuten. Froh, so fassbar vorhanden zu sein im Angesicht des Todes, und zugleich entsetzt, dass beides so nah und so wirklich war.

Die Großmutter hatte wieder zu singen begonnen: ›Maria zu lieben ist allzeit mein Sinn, in Freuden und Leiden …‹ Es klingelte. Die Tante sprang ans Fenster. Et is nur dat Hanni un et Maria, maulte sie. Wo bliew bloß dä Pastur? Isch jonn ens lure, wo dä Pastur bliew.

Von unten drang ihre Stimme zu Bertram und mir, als sie lauthals verkündete, die Großmutter dürfe nicht hier aufgebahrt werden, damit nicht wieder sunne Zirkus wie bei dem Oppa losgehe. Ich sah Bertram an. Weißt du noch? Wie wir im Bollerwagen Eis geholt haben, um den Leichnam des Großvaters kühl zu halten; wie der Sarg durchs Fenster hatte herausbugsiert werden müssen. Ich strich der Großmutter über die Stirn. War sie noch bei uns? Oder nur wir bei ihr?

›Maria, breit den Mantel aus‹, begann sie, ›mach Schirm und Schild für uns daraus,/lass uns darunter sicher stehn,/bis alle Stürm vorübergehn,/Patronin voller Güte,/uns allezeit behüte.‹ Ihre Hände wieder unablässig wirr auf der Decke. Ihr Gesicht ausdruckslos, hölzern.

Bertram spitzte die Hände zu einem Dreieck überm Kopf. Wie gern hatte die Großmutter uns Hütchen gefaltet, immer aus frommen Zeitungen. Was gäbe ich darum, mir jetzt so etwas aufzusetzen. Das Gefühl, zu spät und vorbei, das ich vor Wochen beim Auspacken der Schachteln verspürt hatte, stieg mir heiß in die Kehle. Nie würde ich die Großmutter nach dem Großvater am Franziskusbrunnen fragen können, nie nach seinen Geschwistern.

Er kommt, sagte Bertram vom Fenster her.

Kreuzkamp, in schwarzer Soutane mit weißem Kollar, flankiert von zwei Messdienern, in schwarz-weißen Chorhemden, Schellen und Weihrauchfass schwenkend, stieß das Gartentor auf. Die Frauen öffneten ihm, die kräftige, vom Anlass gedämpfte Stimme des Pastors klang durchs Haus. Weihrauchduft schwang in den Geruch frischen Kaffees.

Hast du Streichhölzer, Bertram?, fragte ich.

Wortlos zündete der Bruder die Kerzen an, räumte den Stuhl

vom Bett zur Seite und machte das Deckenlicht aus. Ich knipste das Nachttischlämpchen an und hängte einen weißen Kissenbezug darüber. Die Kerzen flammten aufrecht und feierlich, als trügen sie noch den Segen der Prozession.

Hanni kam herauf, das Gebetbuch in der Hand. Ist auch alles da? Hier steht: ›Folgende Gegenstände sind, soweit möglich, bereitzustellen: ein Kreuz und zwei brennende Kerzen auf einem weiß gedeckten Tisch, ein Teller mit Salz und Watte, ein Gefäß mit Weihwasser und Palmzweig, ein Glas Wasser und ein reines Handtuch.‹

Bertram hielt schon sein Kommunionskreuz bereit.

Nä, sagte Hanni, hol doch dat Fronleischnamskreuz vom Oppa. Habt ihr Watte im Haus?

Wir hatten. Und Salz und das Übrige auch. Buchsbaum statt Palme. Schritte auf der Treppe, Schellenklingeln. Weihrauch besiegte den Kaffeeduft. Kreuzkamp voran, die Messdiener hinterher, dann Tante, Mutter, Hanni, Maria. Auch Julchen und Klärchen ließen sich das Ereignis nicht entgehen. Die Gruppe, in diesem kleinen Zimmer eine Masse, drängte herein; die Kerzen flackerten.

Frau Rüppli, redete Kreuzkamp die Großmutter mit erhobener Stimme an. Frau Rüppli, wiederholte er, griff nach dem Aspergill und besprengte alles rundum und gründlich, besonders Bett und Großmutter: ›Der Friede des Herrn sei mit diesem Haus und allen, die darin wohnen.‹

Wir schlugen Kreuzzeichen. Julchen und Klärchen fielen auf die Knie. Standen sofort wieder auf. Aus dieser Demutsperspektive hatten sie nur noch den Hintern der Tante vor Augen.

›Dieses geweihte Wasser erinnere uns an den Empfang der Taufe und an Christus, der uns durch sein Leiden und seine Auferstehung erlöst hat.‹ Kreuzkamp machte eine Pause, trat näher an das Bett, murmelte, eine Beichte sei wohl weder nötig noch möglich, und fuhr fort: ›Brüder und Schwestern, damit wir die Feier der Krankensalbung in der rechten Gesinnung begehen, prüfen wir uns selbst und bekennen unsere Schuld.‹

Kreuzkamp warf einen irritierten Blick auf das Salzhäufchen, griff dann aber zu, streute eine Prise in das Glas Wasser, tauchte die Fingerspitzen ein und besprengte uns noch einmal. Zog aus der Brusttasche seines Gewandes ein Fläschchen, kippte es und drückte den öligen Daumen, Lateinisches murmelnd, der Großmutter auf die Stirn, fuhr ihr über Augen und Nase, den Mund. Wie vom Blitz getroffen sprangen die Lippen auseinander, schnappten nach dem gottgeweihten Daumen, fingen ihn ein und ließen ihn nicht mehr los. Unerbittlich presste die Großmutter den zahnlosen Gaumen um das Fingerglied des Pastors, ihr wächsernes Gesicht bläulich schimmernd vor Anstrengung. Den Arm mit den Ölfläschchen zur Seite gespreizt, krümmte sich Kreuzkamp übers Bett der Großmutter, daumengefesselt. In seinem Hals die fromme Formel blieb stecken. Die Großmutter begann den Daumen zu saugen, wobei ihr Gesicht einen kindlich eigensinnigen Ausdruck annahm.

Jetzt bloß nicht Hanni ansehen, dachte ich, tat so, als schaute ich in die Kerzen und erspähte aus den Augenwinkeln, wie Kreuzkamp vorsichtig versuchte, sich zu befreien, doch jedes noch so zaghafte Rucken und Drehen wurde von der Großmutter mit verstärkten Saugbewegungen quittiert. Die beiden Messdiener grinsten hundsgemein und unverhohlen in den Rücken des Pastors. Die Tante lief rot an bis in den Halsausschnitt. Hätte sie doch nur nicht Julchen und Klärchen Bescheid gesagt.

Die Omma hat einen Krampf, mutmaßte ich schließlich. Vielleicht muss der Mickel kommen.

Um Joddeswelle!, schrie die Tante, und diesmal war sie sich mit der Mutter einig: Bloß keine Doktor!

Währenddessen hatte Kreuzkamp begonnen, leise auf die Großmutter einzureden. Ich nahm ihm das Fläschchen ab und schob ihm den Stuhl hin.

Habt Ihr denn auch dat Allerheiligste dabei?, erkundigte sich die Tante, und als Kreuzkamp nickte, seufzte sie fast gleichzeitig mit der Mutter: Och dat noch.

Kreuzkamp nahm's gelassen, verzichtete auf die weitere Ölung, brach somit die Befreiung der Großmutter von Sünden, die sie mit Händen und Füßen begangen hatte, ab und schickte die Messdiener nach Hause. Bertram übernahm das Weihrauchfässchen, ich die Schellen. Julchen und Klärchen machten sich davon. Die ahl Frau Rüppli liescht im Sterben un lutscht däm Kreuzkamp am Dumme, das reichte für ein Lauffeuer über die Altstraße hinaus.

Wir holten Hocker und Schemel heran; einen Stuhl für Hanni, deren Bauch ihr das Stehen schon schwer machte. Und dann beteten wir mit Kreuzkamp den glorreichen Rosenkranz, er war der Großmutter immer der liebste gewesen. Ich ging noch einmal hinaus und holte das Heizöfchen aus dem Holzstall. Als ich wiederkam, waren sie schon über das Glaubensbekenntnis hinaus, doch nun, im warmen Fauchen des Ventilators, hatte es niemand mehr eilig. Unter der Führung der Stimme Kreuzkamps schlangen sich unsere Stimmen ineinander, wuchsen Mutter und Tante, die Cousinen, der Bruder und ich am Bett der daumenlutschenden Großmutter von Gesetz zu Gesetz allmählich zu so etwas wie einer Familie zusammen. Der Mutter, das wusste ich, gefiel dieser von Optimismus strotzende Rosenkranz nicht sonderlich; aber wir genossen das mechanische Einerlei unserer Lippenbewegungen, die Eintönigkeit der Wiederholung, die Besänftigung, die von ihr ausging und die Gedanken zum Schweigen brachte, eine wohlige Leere erzeugte. Ewig hätte ich so sitzen können, dabei und doch nicht dabei, die Zeit anhalten, die Zeit zurückdrehen, zurückbeten, die Großmutter gesund und die Nacht auf der Lichtung nie gewesen. Die Nacht auf der Lichtung. Plötzlich stieß mich ein Schluckauf von meinem Schemel dem Pastor in den Rücken und den auf die Großmutter, die unter dem Gewicht des Mannes hochfuhr und zu würgen begann. Der uns den Heiligen Geist gesandt hat, ließ sich die Tante nicht beirren, aber wir anderen brachen ab, und Kreuzkamp wischte seinen befreiten, schrumplig gesaugten Daumen an der Soutane trocken.

Frau Rüppli, versuchte er es noch einmal, erkennen Sie mich?

Ja, sischer dat, erwiderte die Großmutter mit ihrer feinen festen Singstimme: Du bes dä Herr Pastur. Ihre Augen waren aus den unbestimmten Fernen zurückgekehrt und hefteten sich in die des Gottesdieners. Du bis der Kreuzkamp.

Ja, meine Tochter, sagte er, und ich habe dir auch etwas mitgebracht.

Wir gingen auf die Knie. Der Pastor entnahm der goldenen Kapsel eine Hostie. Bertram schwang den Weihrauch, ich die Schellen. Mutter und Tante stützten die Großmutter auf, die ihren Mund nun so bereitwillig öffnete, wie sie ihn vorher versperrt hatte. Die Luft bläulich und duftend wie nach einem Pontifikalamt. ›Corpus Christi‹, senkte Kreuzkamp die Oblate zur Großmutter hinab, die sich den Händen der Töchter entwand und aufrecht und frei, sogar die Kissen verschmähend, den Leib Christi empfing. Sich zurücksinken ließ, dasselbe Lächeln der Genugtuung auf dem Gesicht wie Minuten zuvor mit dem Pastorendaumen im Mund. Die Augen geschlossen, die Hände still, lag die Großmutter da. Wir schlichen davon.

Jizz hammer äwwer all e Tässje Kaffe verdient, forderte die Tante schon auf der Treppe.

Kreuzkamp wehrte ab, er musste zur Abendandacht. An der Tür nahm er mich beiseite: Ich warte noch auf die erste Kirche. Du weißt doch: Postkarte genügt.

Und die Oma?, lenkte ich ab. Was halten Sie von ihrem Gesundheitszustand?

Gesundheitszustand?, trat die Tante, der meine Zweisamkeit mit dem Pastor missfiel, dazwischen. Die Frau is alt un der Tod für die en Erlösung.

Das überlassen wir doch lieber unserem Herrgott, wies Kreuzkamp sie zurecht. Wir stehen alle in Gottes Hand. Denken Sie nur an den Hauptmann von Kafarnaum oder den Jüngling von Naim. Dann, beiseite sprechend wie ein Schauspieler auf der Bühne, so demütig und zart, wie ich Kreuzkamp noch nie gehört hatte: Herr, Dein Wille geschehe.

Sogleich spürte ich wieder dieses ruppige Gefühl, mit dem ich mich gegen die Zumutungen derart bedingungsloser christlicher Selbstverleugnung einigelte. War des Herrn Wille auch auf der Lichtung geschehen?

Doch der Pastor ging nie so weit, meinen Widerspruch herauszufordern. Daher begegnete ich ihm zwar meist mit gesträubten Stacheln, bereit, jederzeit zuzustechen, tat das aber nie.

Auch Bertram machte sich davon. Mein Heizöfchen war bei der Großmutter geblieben, also setzte ich mich zu Mutter, Tante und Cousinen in die Küche.

Dä Mamm is nit mi ze hölpe, ergriff die Tante das Wort, und an die Schwester gewandt: Maria, is noch wat von dem Schinken aus Rüpprich do? Isch brauch jetzt wat Herzhaftes.

Froh, uns handfest mit Schwarzbrot, Butter und Schinken, Kaffee mit Milch und viel Zucker des Lebens wieder versichern zu können, liefen wir in der Küche herum, hätten am liebsten jede Gabel, jedes Messer einzeln angeschleppt, einfach Wirbel gemacht, Leben aufgewirbelt, jeder Handgriff Protest gegen das, was der Frau im Bett eine Treppe höher bevorstand. Doch als die Mutter Radio Luxemburg einschaltete, machte ich es wieder aus, und Hanni fuhr ihrer Mutter über den Mund, die schon die Beerdigung der Großmutter erörtern wollte.

Totgesagte leben länger, versuchte ich einen Scherz, doch die Frauen sahen mich verständnislos an. Nur Hanni kicherte. Schweigend verzehrten wir unsere Brote. Schließlich leckte sich die Mutter die Finger und seufzte: Jibbt et denn wat Neues über dä Teufel in Menschenjestalt?

Die Mutter war bei ihrem Lieblingsthema: Jürgen Bartsch. Schwelgte in den Einzelheiten des tückischen Verbrechens, der Scheinheiligkeit, mit der der Metzgergehilfe seine Opfer, die ärme Kenger, in seine Gewalt gebracht hatte.

Op dr Kirmes hätt dä die anjequatscht. Un dene alles Möschlische versproche. Und die Tante steuerte bei: Kein Wunder, wenn dä Kääl noch mit neunzehn Johr von singer Mutter – Adoptivmutter, warf Maria ein – en der Badewann jewäsche woode es. Un von nem Pater em katholischen Internat … nä, nä, dofür hätt mer keine Wörter, wat, Hilla?

Verjase sullt me den, knurrte Maria.

Hür ens, Hanni versetzte der Schwester einen derben Rippenstoß. So wat sacht mer nit!

Mingetwäjen. Äwwer aff met däm Deng! Aff domit! Schiewsche för Schiewsche.*

Gut, dass der letzte Junge abhauen konnte, lenkte ich ein. Erst elf!

Aber die Mutter ließ sich weder auf Rache noch Versöhnung ein, nichts konnte sie abhalten, sich die zahllosen Freundlichkeiten auszumalen, auf deren finsterem Grund die Schandtat lauerte. Die sie allerdings weniger interessierte. Was dat Schwein mit den armen Jungen in dem Luftschutzbunker angestellt hatte, wollte sie gar nicht im Einzelnen wissen. Sie interessierte der Schafspelz, da sie den Wolf darunter sicher wusste. Der Schafspelz in allen Schattierungen. Sojar en Eis hat der denen vorher noch spendiert, Doppelportion mit Sahne, als sei das die Höhe perfider Tücke. Un dann noch op et Kettenkarussell. Un de Tretauto. Nicht genug kriegen konnte die Mutter, all die Belustigungen aufzuführen, die zu einem so bestialischen Ende der arglosen Genießer geführt hatten.

Bis die Tante vom ›Kirmesmörder‹ genug hatte und aufbrechen wollte. Der neue Fernseher war da. Sogar mit einem, wie es in der Werbung hieß, ›Zepter der Neuzeit‹, einem handgroßen Rechteck mit Knöpfen, die man nur drücken musste, um von überall im Zimmer die Programme zu wechseln. So etwas hatte nicht mal Rudi, der Schwiegersohn. Heute Abend gab es: *Der goldene Schuss.*

Soll ja nächstes Jahr sojar in Farbe kommen, sagte die Tante.

Der joldene Schuss? Die Mutter prustete verächtlich. Dat is doch nit zum Anhören. Der kann jo noch nit ens spreschen

* Scheibchen für Scheibchen.

Deutsch. Un su ne Anjeber. Onkel Lou! Mister Wunnebar! Die Mutter verdrehte die Augen, schob den Unterkiefer vor und wackelte mit den Hüften.

Dat macht der doch mit Absischt. Dat falsche Deutsch, die Tante ließ nicht locker. Un aussehen tut der doch wie ne Schentelmänn.

Ne Schentelmänn? Die Mutter kippte die Augen nach oben, dass man nur noch das Weiße sah. Ne Schentelmänn lernt erst mal rischtisch Deutsch, eh dat der bei uns kommt. Der Carell kann dat ja auch. Dä is mir nach einer Sendung schon lieber als wie dä Mister Wunnnebar.

Jo, mischte sich nun Hanni ein, falsches Jeld für falsches Deutsch! Für jede Fehler sollt mer dem hundert Mark aftrecke. Wat jlaubt ihr, wie schnell der Deutsch lernt!

Die Frauen kicherten. Der Vorschlag gefiel allen.

Nä, da hab isch doch lieber dat Beatrix jesehen. Dat wor en Huzick*! Wat Hilla?

Leider konnte ich da nicht mitreden. Nur geärgert hatte ich mich, als Gretel uns in der Küche vorlas, dass die deutschen Ü-Wagen mit falschen Nummern und Tarnnamen nach Holland fahren mussten, damit sie nicht umgeworfen wurden. Mehr als zwanzig Jahre nach dem Krieg, und wo die Kronprinzessin doch einen Deutschen heiratete. Mutter, Tante und Cousinen aber diskutierten Ja-Wort und Jubelfeier mit einer Anteilnahme, als hätten Verwandte oder liebste Freunde im Dondorfer Marienkapellchen den Lebensbund geschlossen. Übergangslos ging es dann zu einer Hochzeit im Bergischen, wo die Cousinen eingeladen, aber nicht hingefahren waren. Da hab isch mir lieber dat Beatrix anjekuckt als wie dat dolle Döppe in Wipperfürth, erklärte Maria. Und überhaupt sei die schönste Hochzeit doch die in Großenfeld gewesen, wo der Hansi et Jisela geheiratet habe. So schön wie die im *Weißen Rößl* am Wolfgangsee. Auch hierin war sich die Verwandtschaft einig. So wie ich mich als

* Hochzeit

Kind in meine Buchgeschichten hineingelesen und -gelebt hatte, sahen und lebten sich Mutter, Tante und Cousinen in Film- und Fernsehgeschichten ein. Und die phantastischen Erfindungen erregten die Gemüter oft stärker als die alltäglichen Erfahrungen.

Für den ersten Zug nach Köln stand ich frühmorgens auf, als noch alle schliefen. Die Großmutter lag, wie wir sie am Abend verlassen hatten. Die Hände unter der Decke, die Lippen leicht geöffnet, ruhig atmend. Das Heizöfchen war abgeschaltet; ich machte es wieder an und stellte das Hochzeitsfoto und das Bild der heiligen Elisabeth zurück auf den Nachttisch. Von wegen Letzte Ölung! Sie hatte uns wieder einmal ein Schnippchen geschlagen.

Der Anruf kam am Donnerstag. Die Mutter hatte die Kranke am Mittwochmorgen bewusstlos gefunden, war zu Mickel gelaufen, der gleich die Sanitäter mitbrachte und die Großmutter abtransportierte: ins Krankenhaus. Dorthin, wo sie in den letzten Jahrzehnten so viel Zeit verbracht hatte. Eine Nacht noch lebte sie da, als wollte sie der Tochter bedeuten: Mein Sterben geht dich nichts an.

Nicht in der Altstraße 2 ließ sie sich zum letzten Mal blicken, sogar ins Leichenhäuschen, das sie verabscheut hatte, musste sie nicht. Die Armen Dienstmägde Jesu Christi erwiesen der weltlichen Dienerin Gottes, Anna Rüppli geb. Rosenbach, die Ehre, die sonst nur Klosterleuten zuteilwurde: Sie bahrten die Großmutter im Kapellchen auf. Vor dem Altar, nicht größer als unser Küchentisch, wo sie ihr Leben lang beinah Tag für Tag gekniet hatte, durfte sie nun in weißer Seide ausruhen. Ihr Gesicht auf dem schimmernden Kissen friedevoll und nicht ohne einen Abglanz der Unbeugsamkeit ihrer gesunden Tage. Um die Finger hatten ihr die Schwestern einen Ordensrosenkranz geschlungen, die großen dunklen Holzperlen ließen die verwelkten Hände fast verschwinden. Am liebsten hätte ich noch das Küchenmesser dazwischengesteckt, ihr irdisches Zepter, das niemand anrühren durfte. Ich verbarg es im Blumensträußchen, das ich der Großmutter nachwarf.

Sie lag nun neben dem Großvater, und ich würde sie nie wiedersehen. Die hohe, eigensinnige Stirn, die stumpfe Rosenbach-Nase, vom Tod spitz und in die Länge gezogen; ihr altersdünner Mund, der mir so oft und vergeblich die Leviten gelesen hatte. Die Augen, die in Zorn und Freude Funken sprühen konnten, unter stacheligen Brauen geschlossen.

Stand ich lange genug still, hörte ich sie räsonieren, und der Großvater spielte dazu auf seiner Mundharmonika.

Die Beerdigung war montags. Am Tag zuvor besuchten wir den Vater. Die Mutter vertauschte das schwarze gegen ein helles Kleid, und wir streiften uns die Trauerbinden vom Arm. Der Vater hing zwar nur noch an *einem* Tropf, aber Mickel hatte uns Schweigen befohlen.

Doch als wollte er die Zeit seiner Abwesenheit aufholen, erkundigte sich der Vater mit ungewöhnlicher Gesprächigkeit nach allen möglichen Neuigkeiten aus der Altstraße 2. Besonders nach der Großmutter und wer ihr denn jetzt den Saft zubereite, als hätte das geteilte Leid, die Krankheit, ihm die Kontrahentin aus gesunden Tagen zur Komplizin gemacht. ›Es kehrt an das, was Kranke quält, sich ewig der Gesunde nichts‹, fiel mir eine Zeile von Platen ein.

Während sich mir vor jeden Satz, der die Großmutter als lebendigen Menschen schildern wollte, das Bild ihres abgezehrten Köpfchens im Sarg schob, lernte ich nun Bertram von einer neuen Seite kennen. Gekonnt zwischen Dichtung und Wahrheit balancierend, redete er drauflos, die Ereignisse der vergangenen Tage zusammensetzend wie Patchwork. Dass am Sonntag vor einer Woche die Dondorfer Verwandtschaft und die Nachbarinnen die Großmutter besucht hätten, warum, sagte er nicht; wie die Großmutter von den Schwestern sogar zu einem Besuch ins Kapellchen abgeholt worden sei; dass sie nie mehr wiederkommen würde, sagte er nicht. Nur einmal hätte er sich beinah verraten, als er von den vielen Blumen auf dem Grab des Großvaters schwärmte, obwohl der Vater danach gar nicht gefragt hatte. Aber er redete sich mit Allerheiligen heraus.

Ausgerechnet die beiden Schweigsamsten der Familie, Vater und Sohn, gerieten über dem verschwiegenen Tod in eine sonderbare Redseligkeit. Die Mutter saß stumm wie ich. Sie zupfte ein wenig an den Kissen; ich ging zur Stationsschwester und holte eine Flasche Wasser, verdünnten Apfelsaft durfte der Vater nun trinken.

Die Äppel, weißt du ja, sind von unsere Bäum, sagte die Mutter mit so unsicherer Stimme, dass der Vater sie erstaunt ansah, worauf die Mutter sich abwandte und geräuschvoll die Nase putzte.

Du bis ja so still, wandte sich der Vater schließlich an mich. Haste viel zu lernen? Noch ehe ich eine Antwort hervorstottern konnte, fügte er Gottseidank hinzu: Habt ihr denn jestern Abend *EWG* gesehen?

Der Vater liebte dieses Ratespiel, das sechsmal im Jahr samstagabends die Familie vor dem Fernseher versammelte. *EWG: Einer wird gewinnen*, mit acht Kandidaten aus acht EWG-Ländern, Staaten der Europäischen Wirtschaftsgemeinschaft. Vier Männer und vier Frauen traten zum Wettraten gegeneinander an, meist Fragen aus Bereichen der Geschichte, des Theaters, der Literatur, und der Vater knurrte jedesmal zufrieden, wenn ich richtig lag, als würde ihm gleichsam offiziell bestätigt: Bildung trägt Früchte, europaweit. Auch gefiel ihm, dass wer die Antwort nicht wusste, dies durch Geschicklichkeitsspiele wettmachen konnte, beispielweise einen Apfel ohne Hände zu essen. Wer ausschied, bekam als Trostpreis eine Goldmünze, je länger er oder sie dabei geblieben war, desto mehr. Keiner ging leer aus, das tat ihm gut. Und dass man etwas lernen konnte, ohne sich dabei zu langweilen, gefiel sogar der Mutter. Über Kulenkampff in seinen phantastischen Verkleidungen, sei es als König Ludwig von Bayern, Friedrich der Große oder Bully Buhlan konnten wir alle miteinander reden, ohne den anderen zu bevormunden, herabzusetzen oder ihm die Freude zu verderben. Nur die Tante ließ kein gutes Haar an der Sendung. Dä Schwaadlapp, tat sie die überbordende Redelust des Schaumasters ab. Auch die Großmutter hatte er durch seine endlosen Monologe jedesmal aufgebracht, wenn er die Sendung überzog; unter einer halben Stunde blieb er dabei nie, meist länger, und die Großmutter wartete doch auf ihr *Wort zum Sonntag*.

Leider konnte ich dem Vater nichts berichten. Nä, Pappa, sagte ich, der Kulenkampff hat doch im August aufgehört; der hat keine Lust mehr.

Rischtisch, der Vater fuhr sich über die Stirn. Die Narbe zuckte. Ich wusste, er liebte es nicht, bei einer Vergesslichkeit ertappt zu werden, einem Fehler, einer Schwäche.

Wo doch der Zacharias so schön Jeije jespellt hat.

Das weißt du noch? Mein Erstaunen war ungeheuchelt, und die Züge des Vaters entspannten sich.

Jo, wat war et noch? Dat war doch … Beethoven!, freute er sich. Dat war schön.

Die Mutter nickte versonnen.

Richtig!, sagte ich. Eine Runde weiter.

In der Tat hatte Helmut Zacharias den letzten Satz aus Beethovens Violinkonzert gespielt, und das in einem Tempo, als wolle er die wieder einmal stark überzogene Sendezeit durch diesen Endspurt einholen.

Da hatt die Omma wenijstens pünktlisch ihr *Wort zum Sonntag*.

Aber die Großmutter war doch seit Wochen nicht mehr die Treppe hinuntergestiegen! Offensichtlich glitt der Vater immer wieder in eine Vergangenheit, in der noch alles intakt war. Mit Kulenkampff und einer Großmutter, die beim Fernsehballett nach den Hühnern gucken ging, bis die halfnackije Wiewer vorbei waren.

Der Vater hob seinen verdünnten Apfelsaft: Op die Ahl! Jesundheit! Die könne mir zwei jebrauche!

Zwei Wochen später wurde er entlassen, an einem Donnerstag. Bertram erzählte mir bei meinem nächsten Besuch, wie der

Vater in der Küche gesessen und auf die Großmutter gewartet habe. Vor dem Mixer, den die Mutter die ganze Zeit nicht angerührt hätte. Mit Äpfeln und Möhren aus dem Keller wollte er allen einen kräftigen Schluck bereiten. Dann, nachdem er einige Male nach der Großmutter gefragt habe, sei die Mutter mit der Wahrheit herausgerückt: De Mamm es dud. Da, Bertram machte es nach, schlug der Vater die rechte Hand aufs Herz, die linke vor die Stirn und schleppte sich ins kalte Wohnzimmer auf die Couch, wo er, die Mutter deckte ihn zu, bis zum Abend liegen blieb und dann die Treppe hinauf ins Bett. Den Mixer, Obst und Gemüse ließ er einfach stehen. Gesagt habe er kein Wort. Auch nicht in den nächsten Tagen. Überhaupt könne er sich nicht erinnern, dass der Vater bisher auch nur einmal die Großmutter erwähnt habe. Doch als er zum ersten Mal das Haus verlassen habe, sei am nächsten Tag ein prächtiger Strauß vor dem noch immer hoch aufgewölbten Grabhügel der Großmutter gestanden. Großzügig hatte der Vater seine geliebten Astern geplündert, sogar die Chrysanthemen, Ableger aus dem Garten des Prinzipals. Und das Kerzchen im roten Glasdom auf dem Grab brannte auch.

Karfreitag nach dem *Deutschen Requiem* von Brahms
In langen Zeilen geht der Tag voran in langen Stunden
durch dürres Gras in das der Wind der Wunsch hineinfährt
tonlos hineinfährt in die gelben Glocken auf den hohen Stengeln
der Wind der Wunsch
nach einem Wiedersehn mit den geliebten Toten
und wenn nicht Wunsch so doch die
Sehnsucht diesen Wunsch zu wünschen
als könnte einer da sein der ihn hört
und zu erfüllen in Erwägung zieht.

Gretel gab keine Ruhe, bis ich sie an einem Samstagnachmittag zu Hause besuchte. Sie holte mich in Düsseldorf am Bahnhof ab, wir nahmen den Bus nach Benrath und machten vor einer Klinkervilla halt, gleich neben der St. Elisabethkirche, wo Gretels Vater, Oberstudienrat für Deutsch und katholische Religionslehre, die Orgel spielte. Frau Fischer stand schon in der Haustür, winkte und klopfte lächelnd auf die Uhr. Der Zug war ein bisschen spät. Sie empfing mich wie eine liebe Verwandte, Tochter, schoss es mir durch den Kopf; so hatte mich die Mutter noch nie begrüßt.

Der Kaffeetisch war gedeckt, es gab Selbstgebackenes, vor allem aber gab es fünf Geschwister. Nach einem kurzen Gebet des Vaters wünschten wir uns händeschüttelnd im Chor Gu-ten Ap-pe-tit. Wie de Orjelpiefe, hätte die Tante zu der Truppe gesagt, die sich nach dem Kaffee zu einer Hauskapelle formierte, die Mutter am Klavier. Der Vater machte es sich mit einer Zigarre bequem und winkte mich neben sich. Auf dem Couchtisch funkelte das Lichtlein der Rauchverzehrer-Eule.

Immer noch musste ich die Tränen zurückhalten, als ich mir abpresste, dass ich kein, leider kein einziges Instrument spielte, während Gretel und zwei jüngere Schwestern ihre Instrumente stimmten. Eine Geige! Wie sehr hatte ich darum gefleht, doch musste der Allmächtige etwas missverstanden haben, als er mir über den falschen Großvater das abgelegte Akkordeon der Cousine vom Bauernhof zukommen ließ. *Lindenwirtin, du junge!* Ich schluckte. Gretels älterer Bruder holte das Cello aus dem Kasten. Ein anderer spielte Oboe, der jüngste Blockflöte, würde aber, wie er mir versicherte, sobald er größer wäre, eine Querflöte bekommen.

Was sie damals spielten? Irgendetwas von Bach, glaube ich, es war nicht wichtig. Aber diese musikalische Tafelrunde in ihrem religiösen Behagen sehe ich seither als Sinnbild vollkommener Familienharmonie vor mir. Dazu ein Geruch nach Kaffee, Apfelstreusel und Kerzen in der Dämmerung dieses späten Oktobertages.

Gretel so beneidenswert in sich und die Musik versunken, dass ich meine Zähne in der Unterlippe vergrub und mit geschlossenen Augen andächtiges Lauschen heuchelte, um nicht aufzuspringen und ihr den Bogen aus den etwas plumpen Fingern zu reißen. Aber hinter geschlossenen Lidern strich ich mit eigener eleganter Hand Triolen heraus, wie sie die Welt noch nicht gehört hatte.

Ein zweiter Besuch, kurz darauf, glich dem ersten, nur dass mir Gretel diesmal weniger frei, weniger ungezwungen erschien, im Kreis der Familie umkreist, ja, eingekreist vom Vater, der Mutter, den Brüdern und Schwestern, umzingelt beinah wie ein von der Ordnungsmacht gestellter Täter.

Außer mir gehörte noch ein junger Mann nicht zur Familie. Er hatte Gretel ein paarmal in Köln besucht und studierte Kirchenmusik. Er übernahm den Part der Mutter am Klavier, brach aber gleich nach dem ersten Stück auf, um in seiner Pfarrkirche zur Abendandacht an der Orgel zu sein.

Kurz danach fiel Gretel im Proseminar zur mittelhochdeutschen Minnelyrik in Ohnmacht. Ich war inzwischen textgestählt und von jeglichen Gefühlen, die Literatur bei mir einmal ausgelöst hatte, so weit entfernt, dass mir sogar Walther von der Vogelweides Tandaradei under der linden et cetera pepe bestenfalls Interesse an übersetzungstechnischen Problemen entlocken konnte. Ich brachte die Freundin ins Kolleg, auf ihr Zimmer, und machte ihr eine Milch heiß. Sie nippte, verzog den Mund und schob die Tasse weg.

Lieber Tee?

Sie nickte, und ich kochte einen Kamillentee, den Gretel in kleinen Schlucken trank.

Ruh dich aus. War sicher ein bisschen viel am Wochenende, die Konzerte, mutmaßte ich. Die Fischer-Familie war im Vorweihnachtsprogramm gleich in drei Düsseldorfer Kirchen aufgetreten. Hier, lies das. Ein neuer Simenon. Hat mir Yvonne geliehen. Richtig schön fies.

Gretel teilte meine Vorliebe für Krimis, die einen so zuverlässig aus der Wirklichkeit katapultieren, wobei ich bis heute zudem den Vorzug genieße, in kürzester Zeit Auflösung, Übeltäter oder Übeltäterin vergessen zu haben, ein und dasselbe Buch nach einer Weile wie neu.

Ich schob der Freundin noch eine Wärmflasche unter die Decke – Schön auf den Bauch legen –, wünschte gute Besserung und schlaf gut.

Doch am nächsten Morgen überraschte ich sie in der Küche, würgend über einem Teller mit Zwieback, den sie in heiße Milch tunkte.

Lass das doch mit der Milch, ich klopfte ihr den Rücken. Die verträgst du nicht. Das geht vielen so. Und wenn das nicht besser wird, geh zum Doktor. Brauchst du noch mal einen Tee gegen Krämpfe?

Gretel wehrte ab. Das ist es nicht. Ich glaub, du hast recht, es ist die Milch.

Mittags in der Mensa rührte Gretel, die sonst nicht wählerisch war und gern zulangte, den Eintopf, ihre geliebten Linsen, nicht an, und als sie auf mein Zureden doch einen Löffel nahm, würgte sie ihn zurück wie am Morgen den Zwieback.

Du musst zum Doktor, befahl ich, keine Widerrede. Wenn schon die Freundin keine Angst hatte, ich war besorgt. Zu viel Krankheit und Tod waren mir in den vergangenen Wochen begegnet. Dazu all die Geschichten, die ich gehört hatte. Als zögen Kranke Krankengeschichten magnetisch an. Jeder hatte etwas beizusteuern zum Unheil der Welt. Und dann war da Cousine Maria. Nicht viel älter als wir war sie vom Krebs überfallen worden.

Keine Widerrede. Du gehst zum Doktor. Fräulein Oppermann hat bestimmt eine gute Adresse.

Hatte die Heimleiterin auch, doch der Arzt ihres Vertrauens war verreist, nicht weiter schlimm, da Yvonne, genauer, ihr Freund, pardon, ihr Verlobter, Abhilfe und auch einen nahen Termin verschaffen konnte.

Kurz nach der Beerdigung der Großmutter begleitete ich Gretel zum Arzt und wartete nun auf sie in einem Café. Sie wollte mich hier abholen, vielleicht noch einen Kaffee mit mir trinken. Ich saß und wartete. Wartete. Rührte in meiner Tasse unter den spöttisch-mitleidigen Blicken der Bedienung, die mich irgendwann fast traurig ansah: Siehst du, schien sie zu sagen, er kommt nicht. Und wirklich: Das Café schloss um sieben, und Gretel war nicht gekommen. Heute könnte man einfach zum Handy greifen, viele Geschichten lassen sich heute nicht mehr erzählen wie damals. Doch ich bin sicher, Gretel hätte damals ihr Handy abgestellt, ich hätte besorgt auf die Mailbox gesprochen, und dann wäre mir nichts anderes übrig geblieben als das, was ich damals tat, zahlen und rasch zur Arztpraxis.

Dichter, kalter Regen fiel, färbte den Asphalt schwarz und löste die Hundehaufen, die in Richtung der Gullis trudelten. Einem Kotbatzen ausweichend hätte ich fast einen Blinden über den Haufen gerannt, der mit seinem Stock den Boden vor sich abtastete. Ich entschuldigte mich, sprang zur Seite und prallte gegen einen leeren Mülleimer, der umkippte und auf die Straße rollte. Frauen schimpften hinter mir her.

Vor dem Haus des Doktors standen zu beiden Seiten der Eingangstür zwei Pflanzkübel aus Zement mit Tannenbäumchen im triefenden Lamettaschmuck. Unter dem einen duckte sich eine dürre, knochennasse Katze. Hinter der Toreinfahrt bellte ein Hund, die Katze sprang vom Kübel und fegte durch den Rinnstein davon. Die Fenster dunkel, nur im vierten Stock, beim Rechtsanwalt, brannte noch Licht. Die Praxis schon seit zwei Stunden geschlossen.

Der Regen ließ nach, doch dann drehte der Wind gen Osten. Aus dem Regen wurde Schnee, und die kahlen Bäume, die regenschwarzen Häuser, die Schneewirbel vor den Bogenlampen, die Menschen vorüberhuschend und verhüllt wie Gespenster, alles machte mir Angst. Gretel, schrie es in mir, Gretel, am liebsten hätte ich ihren Namen laut herausgeschrien in den Schnee, der nun dichter fiel über Hundescheiße und Oh Tannenbaum. ›Der Schnee ist eine erlogene Reinlichkeit‹, ein Satz von Goethe. Nur eines noch wollte ich wissen, den Kopf der Großmutter, die Kanülen in den Armen des Vaters, die Brust Marias ohne Brust vor Augen: Wo war Gretel? Was war geschehen?

An der Haltestelle stauten sich die Fahrgäste, Bahnen fielen aus oder hatten Verspätung, ich rannte weiter. Stolperte beinah über zwei Katzen, die mit den Pfoten irgendetwas in der Gosse um und um wendeten. Durchnässt und durchfroren steckte ich eine gute Stunde später den Schlüssel ins Schloss vom Hildegard-Kolleg.

Fräulein Palm, begrüßte mich die Heimleiterin, und der Tadel in ihrer strengen Stimme deutete sogar eine Spur Mitleid an, als sie mich näher ins Auge fasste. Wo kommen Sie denn her? Jetzt aber erst mal unter die heiße Brause. Ich dachte, Sie seien nur mal frische Luft schnappen mit dem Fräulein Fischer. Die ist längst hier. Gleich auf ihr Zimmer. So ganz ohne kleines Schwätzchen wie sonst immer. Ist etwas vorgefallen zwischen Ihnen? Ich dachte, Sie beide, das ist ein Herz und eine Seele.

Nein, nein, sagte ich beiläufig und: Heiße Dusche, ja, gute Idee, dabei jauchzte es in mir, dass ich fast fürchtete, der Jubel dringe mir lautstark aus den Poren. Ein Herz und eine Seele. Mein Herz und meine Seele hatte sich nichts angetan, saß auf ihrem Zimmer, im Warmen, im Trockenen, zwischen uns war nichts vorgefallen, doch warum war Gretel nicht im Café erschienen?

Unter ihrer Tür schimmerte kein Licht. War sie schon wieder fort? Doch das hätte die Wächterin des Hauses sicher bemerkt.

Gretel! Ich bin's. Dreimal kurz, einmal lang, also einmal Beethoven, mein Zeichen. Alles blieb still. Gretel! Ich weiß, dass du da bist! Was ist los? Mach auf! Mein Klopfen nun so energisch, dass Yvonne, schon im Nachthemd, den Kopf voller Lockenwickler, durch den Türspalt ziemlich ungnädig um Ruhe bat, Gretel sei da, sie habe sie gehört.

Ich griff zum Türknauf, rüttelte, flehte, nichts tat sich: Dann hol ich das Fräulein Oppermann!

Das half. Die Tür ging auf, ich schlüpfte hinein. Den Kopf in den Armen vergraben, kauerte die Freundin überm Schreibtisch.

Gretel! Ich bin's, Hilla, sagte ich, um überhaupt irgendetwas zu sagen.

Schluchzen schüttelte den Rücken.

Gretel! Was ist los?

Schweigen. Es kostete mich Überwindung, den Arm um ihre Schulter zu legen.

Gretels Körper, heiß noch durch ihren dicken Pulli, zuckte zurück.

Ich geh nicht, bis du mir sagst, was los ist. Sonst hol ich die Oppermann.

Das war gemein. Aber es half erneut.

Gretel griff nach meiner Hand. Ich, ich, stieß sie hervor. Der Doktor sagt … Schluchzen erstickte ihre Stimme.

Was sagt der Doktor?, drängte ich. Gretel, ich helf dir doch.

Mir kann keiner helfen.

Na, hör mal! Und der liebe Gott?

Aufschluchzend schleuderte Gretel meine Hand von sich, rutschte vom Stuhl auf den Boden und krümmte sich zusammen. Ich zog meinen nassen Mantel aus, kniete mich neben sie und schloss die Freundin in die Arme. Fühlte zum ersten Mal seit der Nacht auf der Lichtung wieder einen Menschenkörper an meinem, roch Menschenhaut, atmete Menschenhaar. Herzklopfen bis in die Zungenspitze, als ich sie in meinen Armen zu wiegen begann wie ein Kind. Hockten wir lange da, so auf dem Boden? Ich weiß es nicht. Irgendwann hörte ich ein unterdrücktes Kichern auf dem Flur, Marion und Monika kamen aus dem Kino, *Blow up*, in der Lupe 2.

Ich mach uns mal nen Tee. Sanft versuchte ich mich von Gretel zu lösen. Die hielt mich umklammert: Bleib.

Dann sag mir, was los ist.

Ich kann nicht.

Ich weiß es: Im ersten Stadium ist Krebs heilbar. Das glaubte ich zwar selber nicht, aber was sonst hätte ich sagen sollen.

Das ist es nicht.

Diesmal war ich es, die stöhnte. Vor Erleichterung. Was konnte es Schlimmeres geben als diesen gottverdammten Krebs? Ich drückte sie fester an mich: Dann ist doch alles gut! Wenn es der Magen ist … Meine Tante hatte mal ein Magengeschwür, ist weggegangen, ohne Operation, nur mit Leinsamen. War glatt gelogen, aber warum sollte nicht irgendeine Tante derlei irgendwann zustande gebracht haben? Also, nun sag schon.

Gretel sprang auf, stellte sich breitbeinig vor mich, stützte ihre Hände auf meine Schultern und drückte jede Silbe in mich hinein: Ich krieg ein Kind.

Am schlimmsten waren ihre Augen: rot geweint, entzündet, fiebrig glänzend, unfähig, auch nur eine Sekunde auf einem Gegenstand zu verharren, geschweige denn, mich anzuschauen. Es war dieser irrlichternde Blick, der mich erschütterte. Ich machte mich von ihren Händen frei, setzte mich aufs Bettsofa, klopfte neben mich. Nur nicht in diese Augen sehen.

Komm zu mir. Dann heiratest du den eben. Ich dachte an Trudi. Trudi aus Dondorf, die ihren Verführer, den mit dem Fischbrötchen, Fischbrütsche von der Kirmes, heiraten musste. Glücklich war sie in dieser Ehe nicht, aber eine ehrliche Frau und Mutter, das Töchterchen Trudis Stolz und Lebensfreude.

Dann heiratest du den eben, wiederholte ich im Brustton der Überzeugung, schon ein wenig ungeduldig. Wenn's weiter nichts ist.

Gretel sprang auf: Ja, wen denn?

Blöde Frage, dachte ich. Wieso, wen? Ja, den Max, deinen Kirchenmusiker!

Gretel sackte in sich zusammen, ich konnte sie gerade noch neben mich aufs Sofa ziehen.

Du liebst ihn doch, oder?, stammelte ich und wusste nicht weiter.

Schluchzen. Wimmern. Ich hielt still. Irgendwann richtete Gretel sich auf, putzte sich die Nase. Der Max, sagte sie mit zittrig kindlicher Stimme. Der Max. Das ist jetzt auch vorbei. Wir wollten uns ja reinhalten bis zur Ehe. Die ist doch ein Sakrament. Ein Sakrament, wiederholte sie mit festerer Stimme, als verleihe ihr die vom Wort getragene Heiligkeit Halt. Seit ich vom Doktor komme, zerbrech ich mir den Kopf. Ich kenn ja sonst keinen. Nur den Max.

Wenn ich dies hier in unangestrengter, ununterbrochener Rede wiedergebe, so brauchte Gretel eine ganze Weile, um diese Sätze hervorzubringen.

Denk nach!, befahl ich, aus Unsicherheit einigermaßen unwirsch, was ich umgehend bereute. Der Heilige Geist kann es ja nicht gewesen sein.

Ein Schluckauf hinderte mich am Weiterreden. Da war sie wieder, die Nacht auf der Lichtung, der Tag und die Tage danach. In dem, was fern schien, wieder so viel Nahes. Die Not der Freundin die meine. Unverheilt. Kapseltief. Ich legte die Hände auf meinen Bauch. Krämpfe kündigten die Regel an.

Ich weiß doch, was ich getan habe, stöhnte Gretel. Niemand. Niemals.

Wie still es war im Haus. Nur aus dem Nebenzimmer klang gedämpft Musik, irgendetwas von Bach, die regelmäßigen Rhythmen der Bässe taten wohl. Ich atmete durch.

Und, kam es mir in den Sinn. Was war im September?

Gretel schreckte auf. Im September? Was soll im September gewesen sein? Da war ich auf Wallfahrt. Pilgerfahrt. Von Maria Laach über Neviges nach Kevelaer. Mit der katholischen Jugend. Weißt du doch. Du willst ja das nächste Mal mitgehen. Da war ich allein. Der Max war mit seiner Gruppe in Bayern.

Ich bohrte nach. Von Cousine Hanni hatte ich so mancherlei von den lustigen Seiten des Wallfahrerlebens munkeln gehört. Und natürlich fiel mir, der Germanistikstudentin, Kleists *Marquise von O.* ein, diese junge Witwe, die sich, ähnlich ahnungslos und überrascht wie Gretel, eingestehen muss, dass sie, wie es bei Kleist heißt, ›in anderen Umständen‹ ist. Immerhin gewährt der Verfasser seinen Geschöpfen nach einigem Hin und Her ein Happy End, ein für meinen Geschmack allerdings recht zwielichtiges. Kann eine Frau mit ihrem Vergewaltiger, denn nichts anderes ist ja dieser russische Major, wirklich glücklich werden? Männerphantasie.

Hanni und die Marquise beflügelten die meine. Und nachts? Wo habt ihr denn unterwegs geschlafen?

Die Cousine hatte auf Familienfesten oft zum Besten gegeben, wie man sich einen Sport daraus gemacht habe, die Sperren zwischen den nach Geschlechtern getrennten Nachtlagern mit immer gewiefteren Tricks zu überwinden. Raffinesse tat not, denn wer erwischt wurde, musste ohne Wenn und Aber ab nach Hause, wo ihn der Ausschluss aus dem Verband und ein elterliches Donnerwetter erwarteten. Man setzte also einiges aufs Spiel, was, Hanni zufolge, den Reiz dieser nächtlichen Exkursionen noch erhöhte.

Die Ungeheuerlichkeit meiner Andeutung lenkte Gretel zunächst ein wenig von ihrem bestürzenden Zustand ab.

Nachts?, empörte sie sich. Da haben wir geschlafen. Im Zelt. Jungen und Mädchen für sich.

Zuschließen konnte man die Zelte aber nicht, beharrte ich.

Hilla! Gretel ruckte meinen Arm von der Schulter. Was denkst du dir! Der Kaplan hat bei den Jungen geschlafen. Und bei uns seine Schwester.

Nun hatte ich vor Jahren als Beichtkind mit dem Aushilfskaplan aus Düsseldorf auf dem Glockenturm der Georgskirche in Dondorf so meine Erfahrung gemacht.

Ich sag ja nur.

Gretel rückte vollends von mir ab. Das waren alles anständige Jungen. Und ich hab geschlafen wie ein Stein. Wir hatten jeden Tag ein anständiges Pensum zu marschieren.

Geschlafen wie ein Stein. Da war sie wieder, die Nacht, die nie ein Ende fand, Nacht ohne Gegensatz, Nacht ohne Schlusssatz, der Schluckauf machte meine Antwort zu einem unverständlichen Krächzen.

Dann, als liefere sie mir den Beweis, dass nicht sein kann, was nicht sein durfte, stieß sie verschämt – nie hatten wir über derlei körperliche Intimitäten gesprochen –, doch mit einem gewissen Auftrumpfen hervor: Und ich hatte ja auch am nächsten Tag die Tage. Ein bisschen.

Na, also.

Gretel hatte den Kopf schon wieder in den Händen vergraben: Aber seither nicht mehr.

Was?, entfuhr es mir dümmlich.

Die Tage, flüsterte Gretel.

Ich erschrak. Hatte Gretel geahnt, was mit ihr los war, noch bevor sie vom Arzt Gewissheit bekommen hatte? Also doch die Wallfahrt.

Du musst es deinen Eltern sagen.

Der Schrei der Freundin ließ mich um ihren Verstand fürchten. Mit diesem Schrei begann, was in den nächsten Tagen und Wochen folgen würde. Der Schrei machte klar: Die Tatsache der geheimnisvollen Schwangerschaft war das eine und verstörend genug. Weit mehr jedoch fürchtete Gretel gerade die Menschen, um die ich sie als ihre unverbrüchliche Zuflucht beneidete. Bei meinen Besuchen waren sie mir als genau die Eltern erschienen, die ich mir immer gewünscht hatte: Menschen, mit denen man verständig reden konnte, über Schillers *Bürgschaft*, Eichendorffs *Marmorbild* oder die Bonner Politik. Wie geduldig hatte mir Gretels Vater den Aufbau einer Fuge von Bach erklärt, mit wie viel Verständnis und Humor wurden die beiden Jüngsten zurechtgewiesen – falsches Wort zurechtgewiesen, ins Leben gewiesen wurden sie –, wenn sie etwas nicht begriffen oder falsch gemacht hatten, wo es bei uns zu Hause schon längst ein paar hinter die Löffel gesetzt hätte. Und diesen Eltern sollte man sich nicht anvertrauen können?

Lieber geh ich ins Wasser. So wie Gretel den Satz hervorstieß, zweifelte ich keinen Augenblick: Sie meinte es ernst.

Mein Vater bringt mich um.

Ich wusste nicht weiter. Es ist spät, sagte ich. Ich bin ja nur zwei Zimmer weiter. Du kannst mich jederzeit wecken. Ich schließ nicht ab.

Mein Mantel war fast trocken, meine Füße in den nassen Schuhen und Strümpfen eiskalt. Welch eine Wohltat, sie gleich unter heißes Wasser zu halten, in ein warmes Bett zu schlüpfen, ein paar Zeilen über Verschiebungen und Wechsel im Erbwortschatz zu lesen und Gott zu danken, dass er diesen Kelch hatte an mir vorübergehen lassen.

Leises Hüsteln schreckte mich aus dem ersten Schlaf. Gretel im langen weißen Nachthemd, ein gesticktes Monogramm auf der Brust, stand vor meinem Bett, ihr verweintes Gesicht rosig schimmernd im Licht der Laterne vom Innenhof. Komm rein, ich rückte zur Seite.

Darf ich hierbleiben?, bat sie und schmiegte sich an mich. Und so, im Dunkel des Hildegard-Kollegs, erzählte sie mir, was ihr nach unserem Gespräch, meinem Verdacht, wieder eingefallen war, das heißt, eigentlich erzählte sie es meiner Schulter, die nach wenigen Sätzen nass war von ihren Tränen. In der Nacht zwischen Neviges und Kevelaer habe es zu regnen begonnen, und es sei sehr kalt geworden. Länger als üblich sei man in den Kirchen am Weg geblieben. Daher bauten die Mädchen abends ihr Zelt nicht mehr auf und schliefen stattdessen in einer Scheune, die der Bauer, dessen Sohn mit unterwegs war, den Pilgerinnen gern überließ. Im Heu, ganz komfortabel. Die Jungen wie immer im Zelt. Alle waren ziemlich fertig, verfroren und durchnässt, daher hatten auch der Kaplan und seine Schwester nichts gegen einen Schlaftrunk, heißer Tee mit einem Schuss Rum. Gretel schluckte, gibt es bei uns zu Hause nur Silvester, ein bisschen. Das da war stark. Ich bin auch gleich eingeschlafen. Sagte ich ja, wie ein Stein. Ungefähr so wie wir jetzt hier haben wir alle gelegen. Ich geb's zu, ein neuer Tränenschwall auf meine Schulter, ja, ich geb's zu, es ist eine Sünde, was ich da geträumt hab. Ich hab geträumt, Max wär bei mir, Max läge bei mir und nicht Mariele, und ja, das war schön. In der Nacht bin ich einmal wach geworden. Mariele war nicht da, glaub ich, aber am nächsten Morgen lag sie wieder bei mir. Also hatte ich wohl alles nur geträumt. Und dann hatte ich ja auch die Tage, und wir mussten machen, dass wir weiterkamen. Meinst du, meinst du …

Wieder schloss ich Gretel in die Arme. Aber nicht wie ein kleines Kind. Ich nahm die Frau in die Arme einer Frau. So wie ich gern in die Arme genommen worden wäre nach jener Nacht auf der Lichtung. Mit Gretel nahm ich auch mich, Hilla Selberschuld, in die Arme.

Vielleicht müssen wir den Eltern gar nichts sagen, sagte ich, erstaunt bemerkend, dass ich zum Wir übergegangen war, einem Wir, das mich von nun an nie mehr verlassen würde, wenn es um die Gemeinschaft gedemütigter, gequälter, entmutigter Frauen ging.

Ich weiß da so einiges, sagte ich, zögernd noch, mich der Frauen bei Maternus und ihrer Fachsimpeleien widerwillig erinnernd, erinnernd auch der eigenen Verbrühungen in der Lauge für die Blaumänner des Vaters, der Fahrten über zahllose holprige Feldwege. Davon erzählte ich Gretel nichts, aber von Rotwein und Kamillentee und Abführtee, von Bädern mit Senf und Seifenlauge, ›in Wallung‹ würde ›untenrum‹ alles geraten, hatten die Frauen bei Maternus geschworen, ›in Wallung‹, dachte ich und an Gottfried Benn, der gerade Thema einer Vorlesung über moderne Lyrik war. Alles ganz natürlich, fügte ich noch hinzu, passiert gar nichts.

Wie recht ich damit hatte.

Am nächsten Morgen kaufte ich eine Kinderbadewanne, die ich als Fußbadewanne ausgab. Dazu schleppten wir drei große Flaschen Rotwein Marke Blutsbrüder, zwei Päckchen grüne Seife, vier Gläser Senf und eine Packung Abführtee ins katholische Studentinnenwohnheim. Plagte uns auch nur einen Augenblick lang das Gewissen? Es plagte uns nicht. Alles ganz natürlich.

Die nächsten Stunden und Tage standen im Zeichen dieser Natürlichkeit. Sie begannen mit einer Mischung aus Kamillen-

und Abführtee, ein übler Sud, schwarz wie Kaffee. Bis zum Mittag hatte Gretel zwei Kannen getrunken, und selbst wenn sie einiges wieder ausspuckte, behielt sie die Hälfte bei sich. Nachmittags, da sich nichts rührte, schraubten wir den Rotwein auf. Nach einer halben Flasche musste sich Gretel derart übergeben, dass wir auch um die Wirkung des Teegebräus fürchteten und den Restwein ins Waschbecken kippten. Dazu gab es Mozart vom Kassettenrecorder, Klaviersonaten in Endlosschleife, und wann immer ich noch Jahre danach ein paar Takte dieses noblen Notenflusses hörte, war er wieder da, der dumpfe Geruch von Kamille und Sennesblättern, Schweiß, Fusel und Erbrochenem. Spät am Abend, als niemand mehr die Küche benutzte, kam der Schleimduft grüner Seife dazu. Die Scheibe zum Hof beschlug, als ich einen Topf kochend heißes Wasser nach dem anderen heranschleppte, die Wanne füllte, wo Gretel den nackten Unterkörper in die sämige Lauge zwängte, einmal, zweimal, siebenmal, hinaus mit hochrotem Po und wieder hinein, bis sie mit zusammengebissenen Zähnen hocken blieb. Immer wieder schöpfte ich die erkaltende Brühe ab, goss heiß nach, löste neue Seife auf.

Zwischendurch lief ich unter einem Vorwand in mein Zimmer, brauchte Luft, brauchte ungefährdeten Raum, und schaute in den Spiegel, so wie ich am Morgen nach der Lichtung in den Spiegel geschaut hatte, nach Veränderungen forschend, geheimen Zeichen, sichtbar nur den Eingeweihten. Omen. Und so wenig wie damals die Lichtung hatte sich das, was heute in Gretels Zimmer geschah, in meinen Zügen verfangen.

Gegen Mitternacht schreckten Krämpfe die Freundin hoch, schleimig triefend unterm hastig übergeworfenen Bademantel – ein gesticktes Krönchen auf der Brusttasche –, rannte sie den Flur entlang zu den Toiletten, ich mit ihrer Unterhose, die ich blindlings ergriffen hatte, hinterher, Lauge und braune übel riechende Batzen aufwischend, braun, sonst nichts. Während Gretel sich auf der Kloschüssel abquälte, spülte ich die Hose aus, wischte noch einmal mit Lappen den Flur entlang, und Gretel saß und saß und wimmerte und stank. Ich stieß das Fenster auf, die eisige

Nachtluft tat gut, alles, was von draußen kam in unsere Not, tat gut, nur von denen hier drinnen erwischen durfte uns keiner, was hätten wir sagen sollen: Alles natürlich. Natürlich das Winseln der Freundin, der beißende Wind, Warten auf den Blutstrom, einen roten erlösenden Fetzen, ein paar Tropfen Natürlichkeit.

Gretel hatte die Klotür offen gelassen. Ich hockte mich neben sie. Einen stützenden Arm in ihrem gekrümmten Rücken, las ich den handgemalten Zettel: ›Binden nur in den Eimer‹, und begann ein sinnloses Spiel mit den Buchstaben, las die Wörter von vorne nach hinten, machte Banden aus Binden, dem Eimer ein Eismeer, aus in ein aus, ein rein und raus, alles ganz natürlich, damit ich nicht kapitulieren musste vor so viel aus Tee und Seifenlauge geborener Natürlichkeit.

Als nur noch farbloser Schleim in die Kloschüssel sickerte, zog ich Gretel hoch, wischte sie ab, schleifte sie in ihr Zimmer.

Warte bis morgen, es kann noch werden, sagte ich, zu erschöpft, um bei ihr zu bleiben. Die Natur braucht ihre Zeit.

Nachts träumte ich, mein Kopf sei der Mond, wieder und wieder mit grüner Seife gewaschen, so rein und klar, dass die ganze Welt durch ihn hindurchschien, durch meinen Kopf, mein Kopf so rein wie nichts auf der Welt, mein Kopf zu rein für diese Welt, mein Kopf viel zu natürlich.

Die nächsten Tage verbrachten wir in der ununterbrochenen Anspannung einer trostlosen Prüfungssituation, Gretel Versuchsobjekt, ich Erfinderin immer abstruserer Kombinationen von Tee und Seife in der Hoffnung auf Natürlichkeit. Verbissen nahmen wir die Prozeduren nach jedem Fehlschlag wieder auf, klammerten uns an jede Kontraktion der Gedärme, doch das Einzige, was das Blut in Adern und Darm vorwärtspumpte, war immer durchsichtiger und erbarmungsloser hervorträufelnder Kot. Natur natürlich Natürlichkeit: Wir führten die Wörter im Mund wie ein Mantra, eine Droge.

Nach Hause fuhren wir an diesem Wochenende nicht. Nein, kein Hochamt, stöhnte Gretel, doch zur Frühmesse raffte sie sich auf, und worum wir Gott bestürmten, war einzig Natürlichkeit. Ganz natürlich bewegten sich unsere Beine zur Kirchenbank, ganz natürlich schlugen wir das Kreuzzeichen vor der gottgegebenen Brust. ›Tauet Himmel‹, sangen wir, es war der erste Advent, ›Wolken, regnet ihn herab!‹, sangen wir, herab, heraus, Binden nur in den Eimer. Auch zur Kommunionbank trugen Gretel ihre zwei natürlichen Füße, schleppend, als wolle sie sich rückgängig machen bis zur Zeit vor der Zeit, Pilgerzeit. Wie gut ich das kannte, dieses sich Rückgängig-machen-Wollen, rückgängig bis zur Zeit vor der Lichtung, der Zeit davor, immer davor. Leer blickten ihre Augen, als sie zurückkam, weit offen für etwas Natürliches. Ungeschehenes.

Erst als alle gegangen waren, fasste ich sie beim Arm und geleitete sie hinaus wie eine Trauernde. Draußen empfing uns kaltes Licht. Scharfer Wind packte die junge Linde im Genick und rüttelte sie durch. Ein Stück Pappe auf der Straße richtete sich auf, hopste ein paarmal, legte sich nieder. Über uns dünne Wolken, hoch und eisig. So viel Natürlichkeit. Frohe selbstgewisse Glocken riefen zur nächsten heiligen Messe. Später am Tag brach die Sonne durch, rotgolden am Himmel wie die Monstranz des allmächtigen Gottes.

Mitte der Woche gaben wir auf, Gretel konnte sich kaum noch auf den Beinen halten. Da kam mir ein Artikel vor Augen in der Kirchenzeitung der Diözese Köln, die jede Woche neu in der Empfangshalle des Hildegard-Kollegs auslag.

Ich wüsste da noch was, sagte ich, als wir die zweite Packung grüne Seife verbraucht hatten, und Gretel jeden Schluck Abführtee umgehend erbrach. Ich wüsste da noch etwas, nachdem ich die Kinderbadewanne abends im Dunkeln drei Straßen weiter zum Sperrmüll gestellt hatte.

Gretel sah sich in ihrem Zimmer um, das nun wieder sein glattes gewöhnliches Aussehen angenommen hatte, als hielte sich dort irgendwo zwischen den Büchern oder hinter der Marienfigur aus Guatemala noch immer das Allheilmittel zur Natürlichkeit verborgen. Zaghafte Hoffnung breitete sich auf ihrem abgemagerten Puppengesicht aus.

Amsterdam, sagte ich so beiläufig wie möglich.

Amsterdam? Gretel sah mich verständnislos an.

Da geht das ganz einfach. Hab ich gerade gelesen. Kirchenzeitung.

Was? Was geht da?

Ja, was wohl?, erwiderte ich ungehalten. Das Wort für dieses ungeheuerliche Das wollte mir so wenig über die Lippen wie das Wort für den Vorgang auf der Lichtung.

Gretel sah mich verständnislos an: Was meinst du? Doch dann fuhr sie auf, wie von einer gewaltigen Faust emporgezogen. Todsünde!, platzte es aus ihren rissigen Lippen. Todsünde! Todsünde!, als könnte sie ihres Entsetzens durch die Verdammung dieses ungeheuerlichen Vorschlags Herr werden.

Dann musst du Es kriegen.

Es. Zum ersten Mal hatte eine von uns beiden, hatte ich das, was sich da in Gretel eingenistet hatte, benannt, wenn auch so anonym wie möglich: Es. Doch mit diesem Es gestanden wir ein, es ging um mehr als das ersehnte Monatsblut. Es, das war eine neue, eine andere Natürlichkeit. Es begann sich zu verkörpern. Nahm Gestalt an. Es würde Hand und Fuß haben.

Niemals!

Du merkst gar nichts davon. Schreiben die. Das war gelogen. Was wirklich sonst noch da stand, sagte ich nicht. War ja klar. Todsünde. Höllenqualen.

Niemals!

Was, niemals? Amsterdam? Oder … Es?

Todsünde. Todsünde!, wimmerte Gretel und: Niemals. Niemals. Lieber bring ich mich um! Niemals! So oft Gretel auch ihren Abscheu bekräftigte, der Tonfall ließ vermuten, dass sie das Gegenteil nicht gänzlich ausschloss. Sie war verzweifelt, und wer verzweifelt ist, liebäugelt mit verzweifelten Lösungen.

Und nun kam mir mein beim Altgermanisten Tschirch trainiertes logisches Denken zugute. Der klare, von Gefühlen ungetrübte wissenschaftliche Blick. Sine ira et studio. Umbringen!, gab ich mich kühl, das ist erst recht eine Todsünde! Eine, die du nie wieder gutmachen kannst. Für Amsterdam kannst du Buße tun. Für Das kannst du büßen.

Gretel hob den Kopf, als versuchte sie, dem Wort büßen einen geheimen Sinn, eine versteckte Botschaft abzulauschen. Sie stand auf, knipste ein Blatt von der Geranie ab, deren Knospen in diesen Tagen brennend rot aufsprangen, fuhr sich damit über Stirn und Wangen, presste und zerrieb es zwischen den Fingern, die sie in tiefen Atemzügen beroch. Dabei krümmte sie sich, als kämen die Krämpfe wieder über sie. Das kostet doch, sagte Gretel, mir den Rücken zukehrend, und dann, fast erleichtert: Ich hab ja kein Geld.

Ich kann dir was leihen, hörte ich mich sagen.

Du?

Ich dachte an meine dreihundert Mark, mehr war von dem Tausender aus der Erbschaft der Tante nach dem Kauf des Mixers und einer Schreibmaschine nicht übrig geblieben. Mein Notgroschen.

Hast du denn gar nichts?, versuchte ich mein vorschnelles Angebot abzuschwächen.

Doch. Ungefähr siebenhundert Mark. Aber mein Vater hat die Vollmacht. Ohne ihn kann ich nichts abheben; erst wenn ich volljährig bin, nächstes Jahr im September.

Ich seufzte. Wenn dat der Papp hürt, hörte ich die Stimme der Mutter; hatte ich als Kind etwas ausgefressen, wurde ich am Abend Vater und Stöckchen ausgeliefert. Wenn das der Vater wüsste. Dass ich die letzten Hunderter für eine Reise nach Amsterdam einsetzen musste. Musste? Ja. Da gab es nichts zu überlegen.

Doch wie jetzt weiter? Das wusste, wenn überhaupt, nur eine Person.

Es traf sich gut, dass Yvonne eine Extraladung Münzen aus den Wiegeautomaten bekommen hatte und mich bat, ihr beim Wickeln zu helfen. Sprudelnd vor Leben wirbelte sie in ihrem Glockenrock einmal um die eigene Achse, schob mir Geld und Papierrollen zu und hielt mir ihre linke Hand vor die Augen.

Da staunst du, was? Von Bernhard. Grün ist die Hoffnung, hat er gesagt und: Bald ist Weihnachten. *Ihr Kinderlein kommet*, trällerte sie. Na, was sagst du?

Schön, sagte ich, gerade so viel Begeisterung heuchelnd, um nicht unhöflich zu scheinen. Schön, ja.

Das ist alles? Unwillig zog Yvonne ein paar Geldstücke zu sich heran. Du hast doch sonst ein Auge für Schmuck. Aus Antwerpen, hat Bernhard mir mitgebracht. Der hat da gute Beziehungen.

Antwerpen?, wiederholte ich. Und nach Amsterdam?

Amsterdam? Nein. Wie kommst du darauf? Was willst du in Amsterdam?

Ich hab … ich kenn da … Ich-hab-da-eine-Freundin-die-müsste-da-mal-hin. Es war heraus. Der Satz war heraus.

Nach Amsterdam? Yvonne ließ die Münzen zurück aus der Rolle klirren, sie rollten vom Tisch, und ich bückte mich unter die Tischplatte, rutschte herum: nur nicht in Yvonnes Gesicht sehen.

Hilla, Yvonne zog mich hoch, ihre schrille Micky-Maus-Stimme klang ungewohnt weich: Ist es … ist es Das?

Ich rückte von ihr ab, setzte mich hinter den Tisch. Yvonne zögerte, ob sie neben mich rücken sollte, ließ dann aber den Tisch zwischen uns. Griff nach meiner Hand. Sah mich unter halbgeschlossenen Lidern mit ihren wasserblauen Augen an, atmete scharf durch die Nase und drückte meine Hand wie zu einem Pakt.

Hilla, da muss man doch nicht nach Amsterdam. Ich kann helfen.

Das war alles. Yvonne riss ein Blatt aus ihrem Ringheft, notierte etwas, steckte mir den Zettel zu: Von mir hast du den nicht.

Dann wickelten wir die Münzen, und Yvonne erzählte, nun wieder mit ihrer gewohnten Piepsstimme, von einem Film aus dem Fernsehen, den sie hatte abbrechen müssen, und wir mutmaßten eine Weile, wie die Geschichte ausgegangen sein könnte, und dann machten wir uns in der Küche ein Brot. Ganz natürlich.

Ich erzählte Gretel nichts. Von Amsterdam war keine Rede mehr. Wir spielten Normalität, bewegten uns so linkisch und befangen voreinander wie Laienschauspieler in einem zu schwierigen Stück

Doch der Zettel in meiner Schreibtischschublade schien dort zu wachsen, füllte bald das ganze Zimmer aus mit seiner Drohung, die doch zugleich Verlockung war, ein Zettel auf Leben und Tod. Überall war dieser Zettel, der da in der Schublade lag, fuhr mit mir in der Straßenbahn zur Universität, überschrieb im Lyrikseminar Zeile um Zeile von Brockes Naturgedichten, zuckte mir jählings vor Augen, wann immer ich mich in einen Lehrstoff versenkte, hoffend, ihn vergessen zu können.

Seit unseren Bemühungen um Das hatte ich es mir angewöhnt, Gretel morgens zu wecken, mit ihr den Tag zu beginnen und sie kaum aus den Augen zu lassen. Heute kamen wir früher als üblich von der Uni nach Hause, an der Pforte die Heimleiterin. Wie geht's, Fräulein Fischer?, wollte sie wissen.

Schon viel besser, antwortete ich und zog die Freundin mit mir fort. Anschließend lernten wir bei ihr für die Althochdeutsch-Klausur, und am Abend nahm mich Gretel in die Arme: Du hast recht, sagte sie, schon viel besser. Schlaf gut. Bis morgen.

Seit unseren verzweifelten Umklammerungen hatten wir jede Berührung vermieden. Kündigte die Umarmung der Freundin wirklich eine Umkehr, ein Sich-abfinden mit Es an?

In den Schlaf hinübergleitend, glaubte ich ihren abgemagerten Körper an meinem zu spüren. Erst vor wenigen Tagen hatte sie ihre Pilgerreise gestanden. Gestanden? Was auch immer Gretel zugestoßen war, ob sie nur mir etwas verschwieg oder auch sich selbst, mir konnte sie nichts vormachen. Ich sprang hoch, rannte zurück. Klopfte: Gretel, mach auf! Keine Antwort. Ich drückte die Klinke. Offen.

Die Freundin lag auf dem Rücken, den rechten Arm über dem rechten Auge. Neben der Lampe ein Glas mit einer milchigen Flüssigkeit, zu zwei Dritteln leer. Ein Briefumschlag: Meinen Eltern.

Gretel! Ich packte sie bei den Schultern, kriegte sie kaum hoch. Ich fetzte den Umschlag auf. Nur ein Wort: Verzeihung. Und ihr Medaillon, das sie nie abgelegt hatte: Maria mit dem Kind, in Kevelaer geweiht.

Nein, heulte ich auf, aber da war nur ein Zähneknirschen, ich sank in die Knie, schleifte Gretel auf den Boden, schlug ihren Kopf auf den Boden, schlug ihr ins Gesicht, mit den Händen, mit nasskalten Lappen, ich klopfte, kniff und stach sie, blies ihr meinen Atem in Mund und Nase, drehte sie auf die Seite, steckte ihr den Finger in den Hals. Das half. Wir lagen uns in den Armen und schluchzten, zitternd in unseren dünnen Nachthemden, ich hatte das Fenster weit aufgestoßen, kalte Nachtluft biss sich in unsere Lungen. Ich schlich in die Küche, kochte Kaffee, hantierte weiter mit eisigen Lappen, knuffte und puffte den lebensmüden Leib der Freundin, wach bleiben, wach bleiben!, öffnete und schloss das Fenster viele Male, bis der Morgen aufzog. Da zerriss ich den Brief, spülte ihn ins Klo. Und zeigte Gretel die Adresse. Das Medaillon behielt ich bei mir.

Vor einem der Mietshäuser aus den zwanziger Jahren machten wir halt. Die Haustür war nur angelehnt, im Treppenhaus roch es nach Reibekuchen.

E. Schmitz, zweiter Stock. Ich drückte die Klingel, mit der anderen Hand umklammerte ich Gretels starre Finger. Wer hielt sich an wem fest? Ein Hund kläffte. Eine Frauenstimme: Mach doch mal dat Fenster zu! Die Tür ›E. Schmitz‹ ging auf. Gretel wich zurück. Ich hielt sie fest.

Nu, Frollein, kommen Se erst mal rein. Die resolute, gleichwohl vertrauenerweckend freundliche Stimme einer Frau Anfang fünfzig empfing uns. Ich starrte Frau E. Schmitz an, forschte nach … ja, wonach eigentlich? Ein Gesicht weist nichts aus. Gar nichts. Hatte ich so nicht auch vor Jahren in den Gesichtern der Männer gesucht, im Bus auf der Fahrt zum Aufbaugymnasium, als wir – der Auschwitz-Prozess hatte gerade begonnen – für eine Deutscharbeit Eltern, Verwandte und Bekannte fragen sollten, wie sie es damals gehalten hatten mit den jüdischen Mitbürgern? Damals. Ganz normale Männer hatten da gesessen auf der Fahrt zur Weiterbildung. Nichts zu lesen war in ihren Mienen gewesen. Warum fielen ausgerechnet sie mir hier ein? Wer war E. Schmitz?

Der schmale Flur war spärlich erleuchtet, es roch nach Bratapfel mit Zimt und nach Krankenhaus.

Nun kommen Se doch weiter. Alles is fertisch. Nä, isch will janix wissen. Jeht misch nix an. Habt ihr dat Jeld dabei?

Es war ein Geschäft. Ich zählte die drei Hundert-Mark-Scheine auf die Kommode neben einen Schneedom mit der Muttergottes aus Neviges. Zitternd.

Aber Frolleinsche, die Stimme von E. Schmitz gewann angesichts der Scheine hörbar an Wärme, da brauchste doch keine Angst zu haben. Dat jeht ruckzuck.

Die Frau legte mir den Arm um die Schultern, der ätzende Geruch hing ihr in den Kleidern. Ich wich zurück, schob Gretel vor, die einen zweiten Schneedom ergriff, den mit der Muttergottes von Kevelaer, ihn mit beiden Händen umschloss und an sich drückte. Wie eine Kapsel, dachte ich.

Ah, so is dat. Mit beinah mütterlicher Geste entwand Frau Schmitz Gretel die Plastikhalbkugel und kehrte sie ein paarmal von oben nach unten. Schnee wirbelte hoch und sank herab auf Mutter und Kind.

Siehste, Frolleinschen, so einfach is dat, nur en bissjen Bewejung in dat Janze. Un jetzt kommt mal mit. Alle beide.

Nein, hätte ich am liebsten geschrien. Nein! Wieso denn ich? Ich doch nicht! Hilla Selberschuld auf dem Fahrrad über steinige Feldwege, in der heißen Lauge für den Blaumann des Vaters, Gretel Selberschuld kotzend vom Rotwein, scheißend vom Abführtee, Hilla Selberschuld auf der Lichtung, Gretel Selberschuld im Stall von Kevelaer.

Dat Wasser kocht schon, un da sin die Tüscher, nur eintauchen und anreischen, alles andere mach isch. Un et is doch auch besser für de Nerven, wenn de Freundin dabei is.

Jetzt erst bemerkte ich, dass die Frau einen sauber gewaschenen und gebügelten Kittel trug, wie ich ihn aus dem letzten Quelle-Katalog kannte: Kreise und Ovale, gelb und rosa, auf braunem Untergrund.

Abber ihr habt ja noch de Mäntel an, die Frau griff uns beide in die Kragen. Nu abber fix.

Wir zogen die Mäntel aus, hängten sie an die Haken am Brett. Ich weiß nicht, wie es Gretel ging, ich jedenfalls hatte mit dem Mantel jeden inneren Widerstand, jeden Gedanken an Flucht, an Umkehr aufgegeben. Bis dahin hätte ich die dreihundert Mark noch immer einstecken, Gretel an die Hand nehmen und die Tür hinter uns zumachen können.

Stattdessen folgte ich der Frau in die Küche, modern und blinkend, privileg modern, fuhr es mir durch den Kopf, auch diese Ausstattung kannte ich aus dem Quelle-Katalog. Der Anblick dieser alltäglichen Küchengeräte beruhigte mich, ein Gefühl, das von dem lang ausgezogenen Tisch mit dem blütenweißen Laken und dem Emailleeimer daneben augenblicklich zunichtegemacht wurde. Heute Abend käme der Bratapfel hier auf diesen Tisch, zuvor ein Bückling, geschickt entgrätet, mein Schluckauf ließ uns alle drei zusammenfahren.

Luft anhalten, schlucken, schlucken, befahl die Frau und klopfte mir den Rücken. Gretel nestelte an ihrem Pullover.

Nä, Frollein, nit dä Pullover, nur untenrum freimachen. Keine Angst, isch mach dat nit zum ersten Mal.

Auf dem Kühlschrank, Bauknecht Gold, wie der von Hanni, lagen adrett gruppiert auf einer Zellstoffunterlage Geräte ähnlich denen, wie ich sie bei Dr. Mickel und in Apothekenfenstern schon gesehen zu haben glaubte, aber allesamt nicht zu benennen wusste. Scherenartig, zangenartig, gebogen, ein silbriger Schnabel, dünne Röhren, Schläuche, ein Gummiball, ein Paket Hartmann Watte, eine Flasche Sagrotan, eine Taschenlampe, ein feucht glänzendes, mehrfach gebrauchtes Stück Kernseife. Darüber eingerahmt ein Prüfungszeugnis. Krankenschwesterexamen am St. Marien-Hospital. Der Name geschwärzt.

Es waren die Vorhänge. Diese rüschige Gerafftheit der gespreizten Tüllgardinen, unschuldig bieder wie Gretel, die sich hier gleich auf das Laken schieben würde. Weiß wie das Laken, weiß wie die Gardinen, weiß wie der Kühlschrank, der Herd, der Topf, in dem das Wasser brodelte, Dampf, der durch die Vorhänge drang, die Fenster beschlug, sich hinter dem bunten Bärendruck der Stores sammelte. Meine Knie gaben nach, ich griff nach Gretel, der Frau, dem Tisch, ich sackte zusammen.

Kölnisch Wasser brachte mich wieder zu mir. Ich lag auf einer Couch in einem kalten dämmrigen Wohnzimmer unter einer Kamelhaardecke und einem bestickten Schonbezug.

Kinder, Kinder, wat sind dat für Nerwe.

Eine warme Hand klopfte meine Wange, ich fuhr hoch.

Liejen jeblieben. Du machst mehr kaputt wie jut. Mir schaffe dat schon allein.

Ich ließ mich zurückgleiten. Beschämt, versagt zu haben. Doch vor allem dankbar, nicht dabei sein zu müssen, nicht mit ansehen zu müssen, wie die geübte Hand der Frau, den schnabelförmigen Spreizer ergreifen würde, die Taschenlampe, ihr Licht in den Körper der Freundin, die Sonde, die Seife, der Gummiball, das Durchstoßen der Eiblase, Fruchtwasser entleert sich, der Fötus stirbt und geht ab. All das musste ich nicht sehen, nicht er-leben; nicht hören das Knarren der Ausziehplatte, mit dem der Küchentisch verlängert worden war, nicht hören das Winseln der Freundin – Sie hat mir ein Handtuch zwischen die Zähne geschoben, erzählte sie später –, nicht hören das Zischen des Gummiballs, nicht riechen das rote warme Blut. Heiße Tücher hätte ich bereithalten müssen, heiß und nass und rot vom Blut, die Hand der Freundin halten, ihr Herz in meine Hand nehmen müssen. Ich hatte dafür bezahlt, dass ein Herz im Eimer landete. Ich heulte auf. Wo war das Wort für das Gefühl, das mich unter sich begrub. Ich biss in die Kissen, schlug den Kopf in den golddurchwirkten Brokatüberzug der E. Schmitz mit dem Krankenschwesterdiplom an der Wand – und war doch froh, nicht dabei zu sein, als ließe sich meine Schuld durch meine

Schuld durch meine übergroße Schuld durch Wegsehen verringern.

Die Tür ging auf.

Rück maln Stückschen, dat Sofa is eijentlisch für de Patienten. Hier is noch ne Decke. Alles jut jejangen. Jetzt muss dat Frolleinsche sisch noch wat ausruhe. Wie kommt ihr denn nach Hause?

Wie lange ich Gretel in den Armen gehalten habe, diesen bebenden wimmernden Schwesterkörper, ich weiß es nicht. Doch sobald ich ihre Tränen auf meinen Wangen spürte, hörte ich zu weinen auf und floh in die Pose der Trösterin: Die Wörter, auch wenn wir nicht an sie glaubten, taten uns gut. Oder waren es die Berührungen, meine Hand auf Gretels Hand, den Wangen, den Nacken, den Rücken hinab, diese wortlose Versicherung: Du bist nicht allein, die ein schwacher Händedruck Gretels hin und wieder bestärkte. Und dann das Wort: Patientin. Ich ließ es in meine Wortkolonnen fließen, wieder und wieder, wie ein Mantra, Zauberspruch, Freispruch, Ego te absolvo. Patientin. Eine ›Beschwerde‹ war zu bekämpfen gewesen. Der Kampf war gewonnen. Nur noch eine kurze Zeit der Genesung, und alles war wie früher. Wie zuvor. Ich wusste, dass es nicht so war, nie würde es für Gretel wie zu-vor sein, vor dem, was zu diesem Zuvor geführt hatte. Genauso wenig, wie es bei mir jemals wieder wie vor der Lichtung sein würde, es gab kein zurück zum Zu-vor, für nichts und niemanden. Dann hatte Gretel Durst, und die Frau nahm das für ein gutes Zeichen, kochte Tee mit viel Honig und ermunterte Gretel aufzustehen.

Die Küche sah nun wirklich aus wie eine Quelle-Werbung; der Tisch wieder alltagstauglich verkürzt, blau-weiß kariert und wachstuchbedeckt, auf dem Kühlschrank ein Bastkörbchen mit Äpfeln und Bananen. Aus dem Ofen strömte ein Duft von Zimt und Vanille, jetzt vermischt mit der klaren Luft von draußen.

Ich atmete durch. Den Bratapfel würgte ich hinunter, auch noch den von Gretel. Ich wagte nicht, der Frau zu widersprechen, selbst wenn es nur um das Nein zu einem Bratapfel ging.

Brav, lobte sie mich und wiederholte ihre Frage, wie wir denn nach Hause kämen. Die Patientin ist ja die ersten Tage noch schonungsbedürftisch.

Schonungsbedürftig. E. Schmitz unter dem Krankenschwesterdiplom zerlegte das Wort in seine Bestandteile wie eine ernsthafte, doch Hoffnung spendende Diagnose. Schonungsbedürftig.

Paar Tage, und alles is verjessen. Alles wie früher. Dann schmeckt auch dat Äppelschen wieder, wat, Frolleinsche?

Nach Hause? Ja, mit der Bahn, erwiderte ich.

Nä, Mädschen, dat is zu jefährlich. Wisst ihr wat? Isch fahr euch.

Natürlich stimmten wir, das heißt, ich stimmte zu.

Isch hab ihr wat in de Tee jetan, flüsterte mir E. Schmitz im Hinausgehen zu, so en liebes Kind.

Auf der Treppe begegneten wir einer älteren Frau, die einen weißen Spitz unterm Arm trug; wir wurden ihr als Nichte mit Freundin vorgestellt: Kommen Se doch jleisch mal auf en Bratäpfelschen bei misch erauf. Jibt auch wat Herzhaftes dabei.

Kurz vorm Hildegard-Kolleg stiegen wir aus. Fräulein Oppermann an der Pforte nahm gerade das Telefon ab.

Eine dicke Grippe habe Gretel, würde ich verbreiten. Keine Angst mich anzustecken, ich hätte die Sache schon hinter mir.

Die Sache. Auch in meinem Kopf. Die Sache. Die Lichtung. Die Sache. Wir hatten Das hinter uns. Das ohne Wort. Wovon man nicht laut spricht, das ist nicht da. Klar, dat dat, wat hier passiert is, in diese vier Wände bleibt, hatte E. Schmitz gesagt. Dat, wat passiert is.

Das war aber da, obwohl Es nicht mehr da war, vielleicht sogar noch mehr da. So wie meine Lichtung noch immer da war, wenn auch hart verkapselt in mir. Kapsel, hatte ich damals gedacht, wie ein Splitter aus einer Kriegsverletzung. In mir, aber kein Teil von mir.

Und Gretel? Würde auch sie sich in die Vorstellung einer solchen Kapsel flüchten können?

Frau E. Schmitz hatte ganze Arbeit geleistet. Gretel blutete noch ein paar Tage, dann gab Yvonne ihr ein Medikament, das ihr auch schon geholfen habe. Fünf Zentimeter, murmelte die Freundin, die linke Hand zu einer Kralle verzerrt, Daumen und Zeigefinger zu einer Abmessung verbogen: Fünf Zentimeter, murmelte sie unablässig.

Ich versuchte, ihr die Finger gerade zu biegen. Etwas wieder gerade biegen. Es war weg. Gerade gebogen.

Doch dann überraschte ich sie in ihrem Zimmer vor dem Spiegel, mit der Linken ein Lockenbüschel vom Kopf wegziehend, in der Rechten ihre Nähschere, das Waschbecken von Strähnen übersät. Ich wand ihr die Schere aus der Hand, worauf sie sich mit allen zehn Fingern durchs Gesicht kratzte. Weg, weg!, schrie sie. Das ist nicht mein Gesicht, darunter ist mein Gesicht!

Ich zwang ihre Hände zur Ruhe, zupfte ihr die Haare von Schultern und Rücken, sie ließ es willenlos zu. Dann legte ich ihr das Marienmedaillon wieder um und bat sie, jedes Stück, das sie bei Frau E. Schmitz getragen hatte, zusammenzupacken, alles, sagte ich, von den Socken bis zur Strickjacke. Die Schere nahm ich mit.

Weit und leer und eisig lagen die Mülheimer Rheinauen, magere braune Blätter unter den frostklirrenden Weiden. In den Wellen, die träge das Ufer bespülten, schwamm eine tote Möwe, die Flügel weit gespreizt, als warte sie auf einen Wind, der sie noch einmal emportrüge. Heiß war es damals gewesen in Dondorf am Rhein, wo ich ein Loch in den Sand gegraben, das Kleid von der Lichtung hineingelegt und beschwert mit unzähligen Wutsteinen verscharrt hatte.

Zuerst reichte ich Gretel eine Socke, dann die zweite, dazu die Schere: Schneiden! Weiß dampfte der Atem aus unseren Mündern, als wir schweigend eine Hülle nach der anderen zerstörten, kalte Luft einsogen und heiß wieder ausstießen, dem strengen Winter ins lieblose Gesicht, hielt er doch die ›erlogene Reinlichkeit‹, den gnädigen Schnee, der schnell weggetaut war nach unserem Besuch bei E. Schmitz, seither zurück. Konzentriert und präzise, wie ich es von ihrem Geigenspiel kannte, bohrte Gretel die Schere in die wollenen Socken, fetzte sie auseinander. Die Maschen des offenbar selbstgestrickten Strumpfes lösten sich, wurden wieder zu Fäden, krausen Fäden, gewiss, aber ihre Gestalt als Masche dahin, ungestrickt, ungestaltet. Ungeschehen. Den Strümpfen ließ ich die Unterhose folgen, wieder und wieder mitten zwischen die Beine hieb die Schere in Gretels Hand, bis in der schlaffen Baumwolle ein weites Loch klaffte, durch das der graugelbe Sandboden schien.

Als wir endlich bei der Jacke angelangt waren, zögerte Gretel, sah mich an. Wie du meinst, sagte ich, wohl wissend, dass die Mutter diese Jacke in kunstvollem Zopfmuster gestrickt und der Tochter fürs Wintersemester mitgegeben hatte. Musst du nicht, fügte ich hinzu, froh, zum ersten Mal wieder einen Schimmer von Erleichterung über Gretels Gesicht hinwegfliegen zu sehen.

Was Gretel in feine Streifen geschnitten hatte, warfen wir dem Wind entgegen, der es den Wellen zutrug, dä Rhing eraff, den Rhein runter, nach Rotterdam, ins Meer. Größere Stoffstücke schlangen wir um dicke Kiesel, nahmen Anlauf und schleuderten sie ins Wasser. Abends trennte Gretel aus ihrem Nachthemd das Monogramm und aus dem Bademantel die goldgestickte Krone.

Hatte das Ritual der Freundin Erleichterung verschafft? Zumindest nahm ich kein Verhalten wahr, das mich zum Einschreiten genötigt hätte, wenn ich darüber hinwegsah, dass Gretel ihr Zimmer Tag für Tag einer kompletten Reinigung unterzog, nicht nur den Boden schrubbte, Fenster, Türen und Waschbecken putzte, vielmehr jeden einzelnen Gegenstand vom Tisch und aus dem Regal nahm, fast zärtlich betastete, betrachtete, abwischte, peinlich darauf bedacht, ihn genau an seinen alten Platz zurückzustellen.

Doch dann breitete sich eine große geistige Müdigkeit in Gretel aus. Auch ihre Geige rührte sie nicht mehr an. Ich wagte nicht, sie danach zu fragen, wie wir überhaupt nur noch wenig miteinander sprachen. Gretel wurde immer einsilbiger, selbst beim sonntäglichen Kirchgang. Kein *Credo*, kein *Vaterunser* vernahm ich mehr von ihr. ›O Herr, ich bin nicht würdig, dass du eingehst unter mein Dach‹, hörte ich sie murmeln, doch die Bitte um das *eine* Wort, das die Seele gesunden möge, hörte ich nicht. Schob sich die Gemeinde zur Kommunionbank, blieb sie aufrecht knien, ohne Halt zu suchen an der Bank vor ihr. Der gesenkte Kopf, der zu Boden gerichtete Blick, ein schleppender Gang, nicht nur der verkniffene Mund hatte das Äußere Gretels verändert. So gut ich konnte, half ich ihr, den Alltag zu bestehen, bemüht, alles zu vermeiden, was an Es erinnerte. In der Vorweihnachtszeit, der Zeit der frohen Botschaft, so gut wie unmöglich. Im Aufenthaltsraum vom Hildegard-Kolleg war der Bethlehem-Stall schon aufgebaut, beteten Maria und Josef nebst Ochs und Esel und zwei Hirten, auf dass die Kripp gefüllet werde.

Heute erwartete uns nach unserem Kirchgang bei dem heiligen Brautpaar Besuch: Max, Gretels Freund, oder wie sonst soll ich ihn nennen. Verlegen druckste der junge Mann herum, die Eltern hätten ihn gebeten, nach dem Rechten zu schauen. Wirklich, nach dem Rechten schauen, sagte er, als käme er von der Fürsorge oder dem Einwohnermeldeamt. Doch was auch immer er anderes gesagt hätte, nichts hätte es daran geändert, dass Gretel sich bei seinem Anblick an mich klammerte, ihn kaum begrüßte, sich von mir losriss und durch die Glastür in die Klausur entwich.

Überarbeitung, völlige Überarbeitung, beruhigte ich Max. Wir kämen gerade aus der Kirche, Gretel habe noch nichts gegessen, sei noch nüchtern, die Kommunion. Das schien dem Besucher einzuleuchten, dann wolle er warten – er zog ein Buch aus der Tasche, bis Gretel wieder zu Kräften gekommen sei. Nein, erwiderte ich fest, lernen müssten wir, und wie, warum, glaube er, komme Gretel seit Wochen nicht nach Hause, noch vor Weihnachten sei die Klausur für das Tschirch-Seminar. Das musste Max akzeptieren, und er trollte sich davon.

Dann, nach dem vierten Adventssonntag, ging eine beinah mystische Verwandlung mit Gretel vor. Die Klausur werde sie nicht mitschreiben, gestand sie mir tags zuvor. Ich schwieg. Fragen hätten es nur schlimmer gemacht. Doch am Kirchgang hielten wir fest, auch wenn ich es war, die sie an diesem letzten Sonntag vor Weihnachten drängen musste, damit wir noch das Hochamt erreichten. Mag sein, ich trug gerade dadurch meinen kleinen Teil bei zu dem, was dann geschah.

›Tauet, Himmel, den Gerechten, Wolken, regnet ihn herab!‹, trotz der stillen Freundin an meiner Seite konnte ich der Versuchung nicht widerstehen, aus voller Kehle mitzuflehen zu den Klängen der Orgel, dass es Ihn herabregnen möge, den Gerechten, dass es Ihn hervorsprossen möge, den Heiland. ›Biete deine Macht auf, o Herr, und komm, wir bitten dich, und eile uns zu Hilfe mit starker Macht, damit dein verzeihendes Erbarmen durch den Beistand deiner Gnade das Heil beschleunige, das unsere Sünden aufhalten‹, betete die Gemeinde, und Lukas versprach uns in seinem Evangelium: ›Was krumm ist, soll gerade, was uneben, soll ebener Weg werden. Und alles Fleisch wird schauen Gottes Heil.‹

Mit Bachs Adventskantaten und feierlichem Zeremoniell, dazu so viel Weihrauch, dass er bis in die hinteren Bänke drang, wohin wir uns seit E. Schmitz verbannt hatten, dauerte das Hochamt ungewöhnlich lange. Nach den kargen Frühmessen der vergangenen Sonntage überließ ich mich willig den frommfrohen Liedern und Gebeten. In Kerzenschein, Weihrauch und Adventskranztannenduft sang ich gegen den Tod der Großmutter, die Krankheit des Vaters, das Elend der Freundin. Der Welt.

Und Gretel? Sie sang und betete nicht mit, jedenfalls nicht laut, aber ihr Gesicht verlor den abwesenden Ausdruck, sah noch immer in sich gekehrt aus, doch so, als lausche sie gespannt und angestrengt einer inneren Melodie oder einer Stimme von sehr fern.

Ich bin versucht zu sagen, das Bild des herabtauenden Gerechten, des Heilands, wurde an diesem Morgen Wirklichkeit, Gretel wurde dieser Gnadentau zuteil. Jedenfalls habe ich mir alles später so erklärt.

Draußen stieß uns ein nasser Wind vorwärts, Gretel hielt ihr Gesicht ersten Schneeflocken entgegen wie einer Liebkosung. Sie ging gleich auf ihr Zimmer, Hunger habe sie keinen, sie müsse nachdenken.

Und ich muss mir auch keine Sorgen machen?

Musst du nicht. Gretels Stimme freundlich und bestimmt. Die Stimme der alten Gretel? Ja und nein. Ihre Freundlichkeit war wieder da, doch nicht mehr sprudelnd leicht, vielmehr milde und ernst. Und der Mund? Zu einem Lächeln hochgebogen waren die Lippen der Freundin noch nicht, doch die vernichtende Gepresstheit hatte sich gelockert.

Gretel! Ich griff nach ihrer Hand, die sie mir unschlüssig entzog.

Bis später.

Viel Zeit, meinen flüchtigen Eindruck des Beginns einer Wandlung zum Besseren zu vertiefen, hatte ich nicht. Neben der Tschirch-Klausur ließ Gretel auch alle anderen Vorlesungen und Seminare ausfallen. Sie ging mir aus dem Weg. Samstag war Heiligabend, Freitag fuhren die Letzten, fuhren auch wir nach Hause. Als ich bei Gretel klopfte, um mich zu verabschieden, öffnete niemand. Die Tür geschlossen. Gretels tablettenbleiches Gesicht vor Augen rannte ich zur Pforte.

Fräulein Fischer sei seit einer Stunde aus dem Haus, beschied mir eine Vertretung. Die Worte drangen wie durch Watte an mein Ohr.

Aus dem Haus? Mühsam versuchte ich, meine Stimme im Gleis zu halten.

Ja, schauen Sie mal in Ihr Fach. Da hat sie etwas für Sie hinterlegt. Und: Fröhliche Weihnachten. Ich mach gleich Feierabend. Dann ist Fräulein Oppermann wieder hier.

Mach Dir keine Sorgen, las ich. Ich schreibe Dir mehr von zu Hause. Gesegnete Weihnachten. Gretel. Dazu ein Fünfzig-Mark-Schein.

Gretels Eltern hatten Telefon. Nein, die Tochter sei noch nicht zu Hause, so die Mutter, ob sie etwas ausrichten könne. Ob

Gretel etwas vergessen habe. Nein, alles in Ordnung. Fröhliche Weihnachten. Ich legte auf. Alles in Ordnung. Nichts hatte Gretel vergessen, nur mich hatte sie vergessen, verlassen, einfach sitzen gelassen, mich mir selbst überlassen. Allein. Viele böse Worte fand ich an diesem Heiligabend für die Flucht der Freundin, erst viel später begriff ich, dass sie mich meinem Schicksal überlassen musste, um das ihre zu finden. Dass sie mich verlassen musste, um das zu tun, was sie vorhatte, dass sie mich fliehen musste wie ein Ehemann die Geliebte, wenn er sich für die Ehefrau entschieden hat.

Auf dem Weg zum Bahnhof machte ich halt bei der Buchhandlung, durch deren Fenster ich vor Jahren den großen *Brockhaus* angeschmachtet hatte, doch vom Vater weitergedrängt worden war zu den Buden am Dom, zum Geschenk eines silbernen Kettchens.

Nun kaufte ich mir von Gretels Fünfziger das Buch, das Tschirch uns wie eine Bibel empfohlen hatte und das in der Präsenzbibliothek im Seminar kaum einmal zu haben war: *Das etymologische Wörterbuch der deutschen Sprache*, kurz als ›der Kluge‹ bekannt, so der Name des ersten Herausgebers, 1883, nun in der 19. Auflage. Das Buch, ein Klotz, ein Wackerstein, Fundament aller denkbaren Buchsteine. Wie gern hätte ich dem Großvater diesen Schatz präsentiert.

In diesem Jahr feierte ich Weihnachten zu Hause als eine, die zu Besuch gekommen war, ein sonderbares Gefühl zwischen Fremdheit und Vertrautsein, das mich nie wieder verlassen sollte. Die Großmutter fehlte, doch der Vater hatte sich erholt, tat so, als wäre er ganz der Alte, und wir spielten mit, baten ihn um etwas, das er besonders gern tat und gut konnte. Also ließ ich mir von ihm sämtliche Schuhe vorn und hinten mit Eisenplättchen, die ich wegen ihres Klapperns als Kind so sehr verabscheut hatte, versehen und den Griff an meiner Aktentasche durch einen Lederriemen verstärken; aber vor allem labte ich mich Tag für Tag an einem Mixertrank, auch immer im Gedenken an die Großmutter, die diese Art der Obst- und Gemüsenahrung bis zuletzt geschätzt hatte.

Doch über den freundlichen Feiertagen lag die Ungewissheit um Gretel, und ich schwankte zwischen Sorge und Zorn. Nicht einmal mit Bertram konnte ich diese Gefühle teilen, so wenig wie damals die Nacht auf der Lichtung. Wie auch hätte ich über etwas reden können, für das ich mir selbst das Wort verbot?

Die Post mit dem einzigen öffentlichen Telefon war über Weihnachten geschlossen, in Notfällen konnte man beim Patenonkel an der Ecke telefonieren, doch dann hätte ich ebenso gut eine Anzeige in der *Rheinischen Post* aufgeben können. So blieb mir nur, das zu tun, was ich schon immer getan hatte, wenn ich nicht weiter wusste: Ich floh an den Rhein, ans Wasser, dorthin, wo sich nichts verändert hatte, seit ich auf der Welt war und lange davor, dorthin, wo alles wie immer ist, zuverlässig, unaufdringlich, treu. Mit dieser stetigen selbstgenügsamen Landschaft konnte ich im Einklang leben, so wie ich war. Ihr konnte ich vertrauen, mich anvertrauen wie vormals Geschichten und Gedichten und jetzt den Wörtern. Sie brachte ich mit an den Rhein. Wie damals meine Reclam-Hefte war nun meist der Kluge in meinem Matchbeutel. Wer ihn kennt, weiß, womit ich mich da beschwerte. Mich machte er leicht. Die Welt war Wort, und das Wort war im Kluge, und der war bei mir. Ein Ding ein Wort. Mein Wort mein Ding.

Woher der ›Stein‹ kam, hatte ich gleich auf der Fahrt nach Dondorf nachgeschlagen. ›staina‹ hatten die Goten gesagt, ›stia‹ die Griechen, im Altindischen war ein ›styayate‹ bekannt, was ›fest werden, gerinnen‹ meinte. Eines der ältesten Wörter der Menschheit war so ein Stein, wie er hier dalag, sich mein Fuß an ihm stieß, wie ihn der Großvater im Buchstein erweckt hatte aus seinem millionenjahrlangen Schlaf. Kiesel wurzelten im indogermanisch-osteuropäischen ›gei‹, am Grunde der Moldau waren sie gewandert bis zu den Steinen am Rhein. Seit ich die Geschichte ihrer Namen kannte, liebte ich das unscheinbare Gestein umso mehr.

Ich nahm einen ›staina‹ in die Hand, nicht irgendeinen versteht sich, der Großvater hatte mich das rechte Sehen und Finden gelehrt, einen Buchstein lockerte ich aus dem Verbund der zusammengefrorenen Kiesel. Was ich las, gefiel mir nicht. Gretel stand da in den Mülheimer Auen, die Schere zerfetzte Unterhemd, Unterhose, Bluse und Rock; kein Wort schafft die Erinnerung fort, kein Kluge, keine Wissenschaft, keine noch so gelehrte Ableitung löscht sie aus. Wie mag es ihr gehen, jetzt, in diesem Augenblick bei ihrer Familie, sie, die leidend Verletzte in der heilen Welt? Würde das Heile sie heilen können?

Wutsteine brauchte ich, viele Wutsteine. Ich hob ein kantiges Schieferstück auf. Zog den Handschuh aus. Schmerzhaft spüren wollte ich seine Schnitte und Schrunden, ins eigene Fleisch schneiden sollte es mir, während ich den heraufzubeschwören versuchte, der Gretel ihrer heiteren Unschuld beraubt hatte. Das Gesicht des fein gekleideten Herrn Meyer stieg auf, zurückweichendes Kinn, schmaler Mund, dünne Silberbrille, dazu die Gesichter der beiden Kumpanen, die ein Stück weiter zu uns in den Wagen gestiegen waren, zu Herrn Meyer mit ›e y‹, wie er sich vorgestellt hatte, seiner Begleiterin und mir, die wie ich die letzte Bahn verpasst und dieses Auto angehalten hatte. Ich schleuderte den Stein in die Wellen. Einen zweiten hob ich nicht auf.

Es wurde dunkel. Krähen kehrten aus den Wiesen zurück in die Pappeln, in die leeren schwarzen Nester im leeren schwarzen Geäst. Alles wie in den Wörtern vor Beginn ihres Gebrauchs: unversehrt. Heil. Heil jeder Zweig, jeder Grashalm, jeder Kiesel, jede Schneeflocke, Flocken auf mein Gesicht, das ich ihnen entgegenhielt, so wie Gretel nach unserem Kirchgang am vierten Advent. Hier, in den Wörtern bei den Steinen, konnte ich atmen, am tröstlichsten bei den Weiden am Rhein. Atmen und zusehen, wie der weiße Schnee unterm Licht der Sterne der blutigen Welt die Unschuld wiedergab.

Kurz nach Neujahr schob ich Klausuren vor und fuhr nach Köln zurück. Zweimal hatte ich zwischen den Jahren bei Gretel zu Hause angerufen, nein, sie sei nicht da, die Stimme der Mutter traurig resigniert. Doch das hatte ich mir vielleicht nur eingebildet.

Im Hildegard-Kolleg dann die Erlösung. Im Postfach ein Brief. Aus Olpe. Von Gretel Fischer. Meine Knie drohten nachzugeben, als ich, Koffer in der einen, Tasche in der anderen Hand, den Brief zwischen den Zähnen, den Gang entlangrannte, den Schlüssel ein paarmal daneben steckte, in Mantel und Mütze auf einen Stuhl sank, das Kuvert aufschlitzte – und mich nicht zu lesen traute. Mein Blick fiel auf den Buchstein, den der Großvater mir zum ersten Schultag geschenkt hatte. Darauf mit goldenen Buchstaben mein Name: Hildegard Palm. Ich schlug das Papier auseinander.

Liebe Hilla,

von dort, wo ich jetzt bin, werde ich nicht wiederkommen. Keine Sorge, alles ist gut. Ich habe reinen Tisch gemacht. Meine Eltern sind stolz auf mich. Besonders mein Vater.

Ich ließ den Brief sinken. Reinen Tisch. Stolz? Besonders der Vater? Der strenggläubige römisch-katholische Religionslehrer? Was hatte Gretel ihnen erzählt? Wie hatte sie ihnen Das beigebracht, damit sie nun stolz auf die Tochter waren?

Keine Sorge – schon wieder: Keine Sorge –, ich habe ihnen nichts gesagt.

Nichts gesagt? Die Angelegenheit wurde immer mysteriöser.

Seit unserem letzten Kirchgang, den ich ja auch Dir verdanke, ich hätte dazu nicht mehr die Kraft gehabt, bahnte sich wieder eine Verbindung an mit Demdaoben.

Demdaoben. Das Wort stand in unseren Gesprächen für alles, was Gott betraf.

Über die Weihnachtstage ist mir klar geworden, wo ich hingehöre. Dorthin, wo ich jetzt bin: im Kloster.

Großer Gott! Das war ja wie in einem Roman aus dem vorigen Jahrhundert!

Gretels Gesicht blitzte auf nach meinem letzten Argument für den Gang zu E. Schmitz statt in den Rhein: ›Das kannst du büßen.‹ Mein Herz pulste und kribbelte wie unter den flinken Füßen einer aufgescheuchten Spinne.

Ich nahm mich zusammen, las weiter: Dorthin, wo ich jetzt bin: im Kloster. Wie gesagt: Mein Vater ist stolz auf mich. Sehr stolz. Eigentlich hatte er die Hoffnung schon aufgegeben. Dass ich mich Gott weihe – so stand es da, von meiner Gretel –, hat er sich immer gewünscht. In der Hoffnung auf eine große Kinderschar hat er als junger Mann sein Erstgeborenes Gott versprochen. Entsetzt war er nur, als er entdeckte, dass ich die Saiten der Geige zerschnitten hatte. Das habe ich, gleich nachdem wir von Dort zurückgekommen sind, getan.

Was ich getan habe, war eine schwere Sünde. Ich habe sie gebeichtet. Und jetzt büße ich. Aber diese Buße ist süß. Mach Dir keine Sorge. – Schon wieder. – Mir geht es gut. Bitte nimm den Schlüssel aus meinem Fach. Alles, was Du in meinem Zimmer findest, gehört Dir. Das Geld kann ich Dir nicht zurückgeben. Mein Vater hat mein Erspartes dem Kloster überwiesen. Sei nicht traurig. Ich werde Dich nie vergessen. Ohne Dich hätte ich meinen Weg nicht gefunden. Ich werde für Dich beten. Vertrau auch Du auf Gott. Ich weiß es nun, alles war Gottes Wille.

Unterschrieben in ihrer akkuraten Schulmädchenschrift: Gretel.

Der Brief tat weh. Gretel hatte den reinsten Tisch gemacht, den man sich denken kann. Wer mit Demdaoben im Reinen ist, was soll dem noch passieren. Der braucht keine Kapsel, um weiterzumachen.

Hilla wusste damals noch nicht, was ich heute weiß: Dass die meisten von uns ihre Kapsel, mal größer, mal kleiner, mit sich tragen und damit leben. Leben müssen. Und können. Man spürt sie nicht immer, nur selten verursacht sie Schmerzen, doch noch seltener gelingt es, sie aufzulösen, hineinzunehmen ins eigene Fleisch und Blut oder – unter Gefahr einer Verstümmelung – durch einen entschlossenen Schnitt zu entfernen.

Und wenn wir denn schon damit leben müssen: Ganz so sinnlos braucht auch das nicht zu sein, wenn wir lernen, gelegentliche Schmerzen als warnenden Rippenstoß zu verstehen: Na, du weißt doch, was du schon alles überlebt hast!

Es war still im Hildegard-Kolleg, die meisten blieben bis nach Dreikönige zu Hause. Ich räumte Butter und Käse, den extra alten Holländer vom Patenonkel, in den leeren Kühlschrank, dazu Pfirsichkompott und Pflaumenmarmelade, noch von der Großmutter. Aufschluchzend packte ich den Kuchen aus, war hier wieder zum ersten Mal, gleich würde Gretel mit dem Kuchen ihrer Mutter hereinkommen, wir würden die Stücke tauschen, von zu Hause erzählen, und alles wäre gut. Als hätte es nie ein Es war einmal ein Das bei Frau E. Schmitz gegeben.

Der Kuchen vor mir auf dem Tisch, Marmorkuchen mit viel Schokolade, die Mutter hatte nicht gespart. Erst viele Jahre später würde ich begreifen, dass all die Kuchen, Einmachgläser, Kirschen vom Baum und Bohnen aus dem Garten ihre Möglichkeit war, mir Liebe zu zeigen. Heute aber höhnte der Kuchen wie ein Reicher, der es sich gut gehen lässt, vor den Augen derer, die darben. Was sollte nun aus mir werden? Ich hatte Angst. Jottes Weje sind unerforschlich, hörte ich die Stimme der Großmutter. Würde ich einmal wissen, wo es für dat Kenk vun nem Prolete langging? Wo ich hingehörte?

Ich hieb in den Kuchen wie in einen Feind. Würgte das Stück mit einem Glas Tee hinunter, ging zurück in mein Zimmer, und dann tat ich, was ich immer tat, wenn ich von Dondorf zurückkam: duschen. Heiß und lange, rot glühend die Haut.

Im Bademantel, streng verboten, huschte ich durch die Eingangshalle zu den Postfächern nach Gretels Zimmerschlüssel, und dann stand ich allein und verlassen – wie der Kuchen auf dem Tisch, schoss es mir durch den Kopf, was ich mir als albernen Vergleich nicht durchgehen ließ – im Zimmer der Gegangenen, Vergangenen. Vergangen auch, was sie hatte stehen lassen. Ihre Schneemadonna aus Neviges. Ob sie nun dort war? Gab es dort ein Kloster? Was ging es mich an. Ein paar Bücher. Nein, nicht einfach ein paar Bücher, genau ausgewählt hatte sie; nicht eines unserer gemeinsam gelesenen Bücher hatte sie mitgenommen. Kafka und Melville standen da, aber auch Rilkes Übersetzung der *Liebesbriefe einer portugiesischen Nonne* und Thomas Manns *Dr. Faustus*, den wir gerade begonnen hatten, vor Es und Das.

Im Kleiderschrank hing ein Jäckchenkleid, rosa Leinen mit lila Paspeln, das ich noch nie an ihr gesehen hatte. Die Stiefel vom Ausflug nach Mülheim standen da, ungeputzt, die Ränder noch verklebt vom Uferschlick. Neben einer karierten Bluse zwei Faltenröcke. Hosen hatte Gretel nie getragen. Wie hatten wir gelacht, als Monika nach einem Wochenende mit den Pfadfindern in der Küche einen Spruch vom Eingang der Jugendherberge, direkt unterm Kreuz, zum besten gab: ›Die Hose zieret nur den Mann, drum, Mädchen, lass dein Röcklein an. Das ist in diesem Haus so Sitte und auch viel hübscher, darum bitte!!‹

Auf den abgezogenen Kissen lagen das weiße Nachthemd mit dem ausgeschnittenen Monogramm, halbverdeckt vom Bademantel mit dem Loch in der Brust, beinah wie in einer Umarmung. Ich warf mich aufs Bett, wühlte mich in die Laken, das Hemd, das rauhe Mantelfrottee, sog ihren Duft ein, ihre Nähe, ihre Wärme, ihre hübschen Hüften, die Herzkirschenlippen, ihren Blauaugenblick. Glaubte, noch einmal ihr schlaftrunkenes Seufzen zu hören aus jener Nacht, als sie bei mir lag. Und über allem ihr sonntäglicher Geruch nach Mouson Lavendel, die halbvolle Flasche stand noch da, dazu die Tube Fa, die sie mir beim gemeinsamen Duschen so oft über die Trennwand zugeworfen hatte. An der Nachttischlampe, dort wo ich den Brief an ihre Eltern gefunden hatte, lehnte nun einer an mich. Ohne Anrede. Nur eine kurze Notiz: Was Du nicht gesehen hast an jenem Nachmittag in Mülheim: Ich habe auch mein Medaillon mit den Kleiderfetzen in den Rhein geworfen. Aber ich hatte zu Hause noch ein zweites. Es ist für Dich.

Kaum größer als ein Fünfzig-Pfennig-Stück war der Silberkreis mit der winzigen Madonna, ein noch winzigeres Jesulein vor der Brust. Zu klein für einen Gesichtsausdruck, der ein Lächeln, Verachtung, Tadel, Strenge oder irgendeine Gemütsbewegung hätte bedeuten können. Was wollte mir Gretel damit sagen? Ich ließ das gesegnete Edelmetall zurück in den Umschlag gleiten, packte ihre Habseligkeiten – welch ein herrliches Wort – zusammen und trug sie in mein Zimmer. Dann legte ich einen der beiden Faltenröcke auf den Sitz meines Schreibtischstuhls, über die Lehne hängte ich die karierte Bluse, stellte die Stiefel darunter, formte, so wie ich es am Tag meines Einzugs mit meinen Kleidern getan hatte, eine Person, eine Gretel, unter dem Kreuz über der Tür. Besprengte die Kleidergretel und mich mit Mouson Lavendel. Legte mich schlafen. Streichelte mir die Stirn. Wieder und wieder. Aber es liegt wenig Tröstliches darin, sich selbst die Stirn zu streicheln.

Stiefel und Kleider gab ich zum Roten Kreuz, behielt nur das Jäckchenkleid. Ein Andenken. Ich trauerte Gretel nach wie einer Toten. Hätte mich gern zurückgesehnt. Aber wohin? In den Garten Eden der Kinderzeit? Den hatte es nie gegeben. In die süß flötende Romantik der ersten Liebe? Die war bitter gewesen und vorbei. In die schwerelose Zeit mit der Freundin? Ausgeschabt auf dem Küchentisch von E. Schmitz.

Mir blieb nur, was mir schon immer geholfen hatte: Ich steckte die Nase in die Bücher, deren Seiten rechts und links zuverlässig die Sicht auf die Zumutungen des wirklichen Lebens verdeckten. Derart abgeschirmt brachte ich es als Einzige zu einer Zwei plus in der Tschirch-Klausur, schrieb ein Referat über die ›Perfektivierende Kraft der Vorsilbe ge-‹ mit zweihundertdreiundvierzig Fußnoten und nahm den Kluge abends mit ins Bett.

Samstags fuhr ich nach Hause, trank Mixersaft und ergötzte mich an den Erzählungen der Mutter, Dorfgeschichten, als hätte ich sie gelesen. Ferngerückt waren mir die Bekannten meiner Kinderzeit, und was ich hörte von Krankheiten, Tod, Geburt oder anderen Schicksalsschlägen – Lieschen Bormachers Kaninchen war tot, von einer Katze zu Tode gehetzt, Briefträger Butz war besoffen vom Fahrrad gefallen und der neue Fernseher der Tante schon wieder kaputt –, galt mir selten mehr als Leben und Figuren aus einem Buch oder Film. Doch es war schön, mit der Mutter in der Küche zu sitzen, wo sie nach dem Tod der Großmutter zufriedene Alleinherrscherin war. Wie oft hatte sie geklagt: Die löss mich nit an dr Pott. Nur die Herdringe ließ die Mutter kaum einmal klappern; sie kochte meist elektrisch. Den Herd, angeblich aus zweiter Hand von einem Arbeitskollegen, hatte der Vater kurz nach Weihnachten aufgestellt und mein Erstaunen mit einem verschwörerischen Augenzwinkern gestoppt.

Das Zimmer der Großmutter war jetzt meines. Das schwere Bett, der Waschtisch mit Wasserkrug und geblümter Schale waren verschwunden. Hanni hatte eine Schlafcouch ausrangiert und dafür die Konsole mit der Herz-Jesu-Figur mitgenommen.

Zwischen Bertram und mir war es still geworden. Uns fehlte, was den Umgang mit der Mutter erleichterte, uns fehlte der Alltag. Besonders die abendlichen Betrachtungen der Tagesereignisse, wenn wir nebeneinander in den Betten gelegen hatten. Sein Abitur stand bevor, und so steckte er auch an den Wochenenden meist in Vorbereitungen für irgendeine Klassenarbeit.

Mit dem Vater dagegen erlebte ich hin und wieder Augenblicke, als sähen wir uns zum ersten Mal. Erschreckende Sekunden waren das, aber ein Erschrecken voller Freude. Schnell fragte ich den Vater dann nach den Rosen, und der wollte ein Wort aus dem Kluge wissen. ›Freude‹, schlug ich nach, kommt von ›froh‹ und dieses von uralten Wörtern, die ›schnell, jäh, vorwärts‹ bedeuteten.

Und im Hildegard-Kolleg? Da schwankte ich zwischen Katja und Yvonne.

Katja hatte nach der Demonstration gegen die KVB meine Nähe gesucht, doch schon kurz danach forderte Gretel meine ganze Kraft, und ich brachte weder Geduld auf für Debatten über Demonstrationen, Resolutionen, Aktionen noch für kichernde Mutmaßungen über die Brustkörbchengrößen der Mitbewohnerinnen.

Nun glaubte sie wohl, mir den Verlust Gretels leichter machen zu müssen, und wir gingen ein paarmal zusammen ins Kino. Doch die ständige Werbung für ihren RCDS war mir lästig, Berührungspunkte unserer Studienfächer gab es keine, und so blieb es bei einer Bekanntschaft.

Anders mit Yvonne. Sie ahnte die Gründe für Gretels Auszug. Dass sie nie die kleinste Andeutung machte, rechnete ich ihr hoch an. Auch sie versuchte, mich zu missionieren, allerdings in entgegengesetzter Richtung.

Streng wissenschaftlich, sagte sie, nachdem wir wieder einmal Groschen gerollt hatten, und drückte mir ein Buch in die Hand.

Ganz schön dick, sagte ich. Wusste gar nicht, dass du so gern liest. Clemens Brentano. *Gesammelte Werke Bd. 1*. Was soll ich denn damit?

Schlag auf, drängte Yvonne.

Das sexuelle Verhalten der Frau las ich und den ersten Namen der vier Forscher: Alfred C. Kinsey. Ich hielt den *Kinsey-Report* in der Hand.

Ein Zettel fiel heraus: ›Kurvenblatt zur Aufzeichnung von Basaltemperaturen.‹ Darauf spitze Kehren, wie sie über dem Bett des Vaters im Krankenhaus hingen. R = Regel, V = Verkehr …

Gib her. Yvonne zog das Blatt an sich. Ist ja längst passé. Gibt ja jetzt die Pille. Viel sicherer. Also, wenn du mal …

Mein Schluckauf brachte sie zum Schweigen.

Ich mein ja nur. Aber der *Kinsey*, der kann nicht schaden. Der schadet keiner Frau. Hätte auch Gretel nicht geschadet – das verschluckte sie gerade noch.

Ich hatte natürlich schon so einiges über diesen *Kinsey* gehört. Allein der Titel des ersten Buches, *Das sexuelle Verhalten des Mannes*, jagte mir Grauen ein. Und das der Frau? War mir egal. Doch ich spürte, Yvonne meinte es gut und heuchelte Entzücken.

Streng wissenschaftlich, hatte sie gesagt. Und das war dieses von Kirchen und christlichen Parteien vermaledeite Buch tatsächlich.

In einem *Brockhaus* aus dem 19. Jahrhundert hatte ich vor Jahren den Geheimnissen des Geschlechtslebens auf die Spur kommen wollen und mich mit so zweifelhaften Auskünften zufriedengeben müssen wie, ›dass der Grundcharakter der verschiedenen Geschlechter sich durchgehend derart bemerkbar macht, dass das Männliche sich als Zeugendes-Schaffendes, das Weibliche sich als Fortbildendes bewährt. Der Unterschied erstreckt sich auch auf die geistigen Unvollkommenheiten, auf die Fehler des Charakters, die Leidenschaften und die wirklichen Geisteskrankheiten. Der Mann ist mehr dem Zorn, der Wut der Raserei, das Weib mehr der List, der Eifersucht, der Melancholie unterworfen.‹ Und so fort. Naja, vor hundert Jahren.

Und heute? War ich neugierig wie damals? Neugierig worauf? Auf das sexuelle Verhalten der Frau? Sicher nicht. Es war mir unheimlich, beklemmend, nicht geheuer. Aber ich war Germanistin genug, um das Buch so zu lesen, wie ich jeden Text lesen konnte. Der *Kinsey-Report:* ein Schriftstück, eine Konstruktion. Etwas, das mich nichts anging, aus großer Entfernung, vulgo: distanziert.

Der gelehrte Kinsey war von Haus aus Tierforscher. Er betrachtete den Menschen nicht *wie*, sondern *als* ein Tier. Ebenso gut hätte er mit seinen Statistiken das sexuelle Verhalten von Affenweibchen studieren können. Das machte es mir leicht. Jedenfalls zunächst. Seltsame Abbildungen wie in meinem Lexikon gab es keine, dafür jede Menge Statistiken, Prozente und Kurven zu so prickelnden Themen wie: kumulatives Vorkommen: vorehelicher Koitus nach dem Bildungsgrad, aktives Vorkommen Orgasmus, Mittelwert, Zentralwert: Erfahrung im ehelichen Koitus nach dem Alter. Kumulatives Vorkommen: Erfahrung im außerehelichen Koitus nach dem Geburtsjahrzehnt; Orgasmus aus jeglicher Quelle in protestantischen Gruppen, kumulatives Vorkommen: Orgasmus aus jeglicher Quelle in katholischen Gruppen; strengkatholische Frauen erlebten ihren ersten Orgasmus sechs oder sieben Jahre später als die inaktiven Christinnen (wer hätte das gedacht!), seitenweise sah es aus wie im Mathematikbuch. Auch der Text bediente sich eines Vokabulars, würdig des Oberprima-Biologiebuchs, angewendet allerdings auf Bereiche, von denen ich in der Tat nicht gewusst hatte, dass es die überhaupt gab. Und das auch nicht wissen wollte. Koitus-Positionen, las ich, das Buch irgendwo aufschlagend und nolens volens die Seite überfliegend, Wörter und Halbsätze wie männliche Genitalien, manuell berührt, oral gereizt, Klitoris, Labien, Brüste, Insertion in die Vagina … Ein wüster Schluckauf machte der Lektüre ein Ende.

Mochte das Vokabular, mochte die Methode, mochte die Datensammlung streng wissenschaftlich sein, das, was erforscht wurde, ging mich an. Es war mich angegangen. In der Nacht auf der Lichtung. Den Menschen in seinen vielfachen Schwierigkeiten helfen wolle das Buch, so der Rezensent der *FAZ* auf der Rückseite. Ich legte das Buch mit spitzen Fingern beiseite. Helfen? Mir? So jedenfalls nicht. Dann lieber Brentanos Märchen. Ein paarmal stocherte ich noch in dem *Report* herum, doch sobald sich mein Blick von den Statistiken löste und über den Text schweifte, krachte der Schluckauf dazwischen. Jungejunge, dachte ich, das wär was für die Großmutter gewesen; wenn sie es denn verstanden hätte. Den Ohm dagegen träfe der Schlag. Seine Welt ging zu Ende. Und Gretel? Hätte ihr dieses Buch genutzt?

In der untersten Ecke vom Kleiderschrank ließ ich den *Report* ein paar Tage liegen, dann gab ich ihn Yvonne zurück. Auf ihr erwartungsvolles ›Wie war's?‹, antwortete ich mit Achselzucken und einem Räuspern, das alles und nichts bedeuten konnte. Sie schien enttäuscht, drang aber nicht weiter in mich.

Ich war froh, das Ding nicht mehr im Zimmer zu haben. In der Nacht zuvor war Gretels Schatten durch den Korridor gefahren, den Rosenkranz in der einen, den *Kinsey-Report* in der anderen Hand, zwischen den Zähnen eine Rose aus rohem Fleisch.

Für

All die geschundenen Körper zerrissenen Seelen
Gesichter ohne NAMEN ohne Gesicht

Für
die schwatte Hamburger Deern
Mit zwölf große Ferien in Kenia
bei Verwandten auf dem Land
Ach all die schönen Versprechen
von einer Sekunde zur anderen
vom Schreckensmesser verwandelt
in Schrei und Schmerz den
klaffenden Mund das brüllende
Blutloch zwischen den Beinen
Im Blechnapf der Abfall
Kinderschamlippen Mädchenklitoris
Der Beschneiderin Hand mit Nadel
und feinem Faden die blutenden
Lippenränder entlang auf dass
›alles schön glatt‹ wird. Mit
derberem Garn noch viermal sticht
die nadelnde Hand von einer
Seite zur anderen durch
zerrt die Fetzen zusammen
leckt streicht verklebt die Blutnaht
mit Zucker und Honig. Alsdann
steigt die Verwandtschaft von den
gespreizten Beinen des Ferienkindes
herunter die Arme bleiben von harten
Händen genagelt hinter dem Kopf.

Alt ist das Seil aus dem Stall
das die Älteste nun von der Leiste
bis zu den Zehen um die Kinderbeine
zurrt und nicht wieder lockert

ehe Schorf die Wunde verschließt.
Tropft der Harn liegt das Mädchen
in seiner eigenen brennenden Nässe
Beißendem Schmerz fächelt die
Großmutter Kühlung zu pustet
Altfrauenatmen auf den verstümmelten Leib
summt singt ein Lied wie es ihr
schon die Mutter sang.
Mami wo bist du? Wimmert das Mädchen
nach der Mutter in Hamburg

Hört ihr das?
Sechstausend Mal am Tag
Zwei Millionen Mal im Jahr
seit dreitausend Jahren

Hört ihr das?
Gedämpft durch Zeitungspapier
verschwimmen die Verstümmelungen
im Nebel der Druckerschwärze:
Events weit weg

Und ich?
Noch ein paar triviale Heldentaten
Resolutionen Kongresse Appelle
Gutgemeinte Gedichte?
Hoffen mit Schrift erstickt
von Schreien
Tod und Leiden umzudichten
in unseren unzerstörbaren Traum.

Wer etwas erleben wollte oder, wie die Mutter warnend sagen würde, einem en de Finger fallen konnte, besuchte Karneval den Wisoball. Dort sah man sich auch nach einer Partie um, ganz solide. Wer es besonders toll zu treiben plante, ging auf den Medizinerball. Eine Bewohnerin des Hildegard-Kollegs beim Medizinerball: undenkbar. Da konnte man ja gleich in der Nessel- oder Weidengasse das Täschchen schwenken. Die Bälle der übrigen Fakultäten lagen so dazwischen; langweiligstes Schlusslicht: die Philosophen. Der Ball der KaJuJa hingegen – doch das erfuhr ich erst später – galt unter Kennern als Geheimtipp. Unschuldslämmlein aus gutem Hause, und bei einem Malheur gäben die Väter zähneknirschend das Ja-Wort.

Yvonne und Katja redeten so lange auf mich ein, bis ich nachgab. Ja, ich würde mit ihnen zum Fastelovendsball der KaJuJa, der katholischen Jugend, in die Wolkenburg gehen. Aber nur, da sie mir versprachen, Punkt zwölf, wie ich das von zu Hause kannte, an der Garderobe auf mich zu warten, und wir würden, das mussten sie mir hoch und heilig versichern, gemeinsam ins Hildegard-Kolleg fahren.

Immerhin konnte, nein, musste man sich verkleiden. Also brauchte ich mich dem Schubsen, Drängeln, Drücken, Schieben, Knuffen nicht schutzlos auszusetzen. Eine grüne Raupe würde jede Tuchfühlung Tuchfühlung sein lassen und weiter nichts. Dicke Kissen, eins vorn, eins hinten, schnallte ich mir um den Leib und verklebte die Federmasse mit sperrigem grünem Krepppapier. Übern Kopf stülpte ich aus demselben Zeug eine Tüte wie eine Henkershaube, zwei Löcher für die Augen, eines für den Mund. Meine Beine steckten in einer plumpen Trainingshose, verwaschenes Dunkelblau, Gummibündchen über den Fesseln. Dazu ausgediente Turnschuhe.

Hilla, protestierte Yvonne, überleg dir das noch mal. Du kannst dich doch kaum bewegen! Und tanzen? Dich kann ja keiner anfassen!

Ich mampfte eine Antwort unter der Maskentüte hervor.

Wie bitte?, fragte Katja, die als biedere Holländerin neben Yvonne noch kümmerlicher aussah.

Gut so!, wiederholte ich und: Warte!

Das Mundloch war zu klein, es lappte beim Sprechen über die Lippen zwischen die Zähne. Reden können wollte ich dann doch. Und Luft kriegen. Ich half mit der Schere nach.

Tu dir wenigstens bisschen Lippenstift drauf, Yvonne öffnete ihr Täschchen. Goldlamee mit feinen Blüten. Sie sah zum Anbeißen aus in dem engen weißen Pulli und den spitzen Brüsten, falsche, jedenfalls teilweise. Bei jeder Beichte hätte sie den Betrug mittels Tempotaschentüchern um eine volle Körbchengröße bekennen müssen. Zwischen den Brüsten lief von der Taille aufwärts ein goldenes Gummiband, das sich über den Schultern teilte und im Rücken zwei filzige Engelsflügel hielt. Dazu ein langer roter Rock und Absätze, do künnste Löscher für de Radiesjen mit machen, hätte die Großmutter gesagt. Ihre strähnig toupierten Haare stachen nach allen Seiten wie die Zacken einer Aureole.

Na, was bin ich?, gluckste Yvonne. Auf die kölsche Frage: Wat mäste disch?, die in diesen Wochen jeder jedem stellte, hatte sie nur geheimnisvoll gelächelt. Schneewittchen, Dornröschen, Aschenputtel? Ich kannte Yvonnes Vorliebe für Märchen. Nein, warte: Schneeweißchen und Rosenrot. Aber was sollen dann die Flügel?

Alles falsch, Yvonne schüttelte den Kopf, der Strahlenkranz bebte: Gefallener Engel. Kommt, es wird Zeit.

Schon in der Straßenbahn zog ich mehr mitleidige als belustigte Blicke auf mich; verschreckt verkroch sich ein kleines Mädchen zwischen die Beine seiner Mutter. Lurens, wat für en fiese Krööt, stieß ein Halbwüchsiger seinem Compagnon den Ellbogen in die Seite. Do weißte nit ens, wo fürre un hinge es. Oder ob dat e Männsche es oder e Wiewje, ergänzte der.

Auch die katholischen Studenten der Diözese Köln machten um das kreppige Ungetüm einen Bogen, wenn auch keinen großen. Sie näherten sich neugierig, spöttisch, zogen aber wieder ab, da ich zu allen Mutmaßungen beharrlich schwieg.

Das war nicht schwer. Die Kapelle war laut, und als der Studentenpfarrer en de Bütt stieg, den lieben Gott von einer Pointe zur nächsten einen guten Mann sein und hochleben ließ, stand ich mir die Beine in den Bauch und wäre fast nach Hause gegangen.

Holländerin Katja hatte sich schnell von uns verabschiedet und zu einer Matrosengruppe gesellt, die sie mit geballter Faust und Alaaf willkommen hieß. Mein Blick irrte über Piraten, Indianer, Seemänner, über Perücken, Kappen, Pappnasen und Plastikglatzen, bis er an einem Etwas hängen blieb, das ebenso ungemütlich an der Wand gegenüber Halt suchte wie ich an der meinen. Dieses Etwas war größer als ich, aber ebenso monströs verkleidet. Auf seinem Rücken wölbte sich eine rote, schwarz gepunktete Halbkugel, das Vorderteil war mit einer flachen schwarzen Masse gepolstert, dazu schwarze Beine und Arme. Der Kopf ein strumpfgepresstes schwarzes Oval, Löcher für Augen, Nase, Mund; zwei Fühler aus dünnen zitternden Drahtspiralen. Sollte das ein Glückskäfer sein, war man lieber ein Pechvogel.

Regungslos, geschlechtslos wie ich stand das Insekt da, trat nur ab und zu von einem schwarzbestrumpften Bein aufs andere, kräftige, gleichwohl schlanke Beine, unklar, ob sie zu ihm oder ihr gehörten. Es schien mich anzustarren, aber vielleicht bildete ich mir das ein, denn ebenso gut hätte dieses Käferding das von mir sagen können: Auch ich wandte meinen Kopf nicht mehr dem Redner zu, der seinen gottes- und menschenfreundlichen Humor endlos ausschöpfte.

Einmal, als der Tusch besonders lang und laut ausfiel, hob das Wesen an der Wand seinen schwarzen Arm wie zum Gruß, und auch ich machte eine vage Handbewegung.

Irgendwann gingen dem Studentenpfarrer die Witze aus, Applaus. Ich kriegte die Hände über meinem Kreppkopfkissen nicht zusammen und stieß mein Colaglas ein paarmal Richtung Decke. Die Kapelle zog sich zurück. Jetzt war die Band an der Reihe, spielte *Please, please me*, und der Käfer löste sich von der

Wand und tappte sich seinen Weg durch Räuber, Räuberbräute und Piraten, Matrosen und Zigeunerinnen, Holländerinnen und Kätzchen. Nach so viel gottesfürchtigem Scherz schwangen und schlackerten alle mit Armen und Beinen, als seien sie ihnen eingeschlafen.

Der Käfer hatte den Saal schon zur Hälfte durchquert, da ging ich ihm entgegen. Was immer sich hinter Schaumstoff und Filz verbergen mochte: Die Raupe und der Käfer gehörten zusammen.

›Help!‹, legte die Band los, Matrosen und Zigeuner warfen die Arme in die Luft und schrien ›Help! I need somebody!‹. Und der Käfer drehte sich inmitten der wirbelnden stampfenden Beine und Körper einmal um sich selbst, schuf Platz für mich, die Raupe, vor der er sich verbeugte und über den Schaumgummibauch hinweg die Handschuhhand reichte und ich ihm die meine, grüne Fäustlinge, von Maria gestrickt. Ich spürte einen festen Druck durch die zweifache Wollschicht und war nun sicher: Der Käfer war männlich, womöglich doch ein Glückskäfer. Wieso Glückskäfer? Dachte ich das wirklich in dieser Sekunde, als er aus seiner Verbeugung auftauchte und ich an ihm hinaufschauen musste, um durch die Maskenschlitze in seine Augen zu sehen, verblüfft die meinen zukniff und wieder aufriss: Ein Auge des Käfers war grün mit wenigen braunen, golden glitzernden Sprenkeln, das andere braun und winzig grün getupft. Der Käfer schien sich dieser Wirkung bewusst, kniff ein Auge zu, dann das andere und deutete wie der Lehrer an der Tafel mit ausgestrecktem Zeigefinger auf die bunte Pupille, die gerade sichtbar war.

Wie gut, dass ich meine Sprachlosigkeit unter dem kreppigen Tütenkopf mit ein bisschen Zappeln überspielen konnte, zudem hielt ein Fühler des Käfers den rechten Vorderfuß der Raupe noch immer fest, suchte auch, die dazugehörige papiergrüne Masse näher an sich zu ziehen; kam aber nicht weit. Die Band spielte nun *You really got me* von den Kinks, und der Käfer begann, ohne meinen Handschuh loszulassen, sich irgendwie zu bewegen, auffordernd stieß sein Käferstrumpfkopf in Richtung meines Tütenkopfs, hob seinen Arm mit dem meinen über den Kopf. Was blieb mir anderes übrig? Um den Käfer herum stapfte ich, auf ihn zu und von ihm weg und wieder heran, der Käfer machte der Raupe Beine. Na, warte. Ich blieb stehen, reckte, so gut das ging, den Arm über mein Bauchkissen, schnellte den Käferfühler hoch und ließ nun das Glückstierchen seinerseits sich drehen und wenden, vor und zurück und rundherum um die Raupe. Schnell schloss sich um uns ein Kreis, alle klatschten und schrien ›You really got me‹. Yvonne lehnte an einem stämmigen Indianer, dem das rot-blau karierte Hemd schon hinten aus der Hose hing und der dem gefallenen Engel eine Feder seines Kopfschmucks ins heiligstarre Goldhaar gesteckt hatte. Kopfschüttelnd, und wie mir schien, ein wenig verschnupft, schaute sie herüber. So hatten wir nicht gewettet! Von wegen Mauerblümchen!

Ausgerechnet ich stand da, wo Yvonne so gern stand: im Mittelpunkt. Das heißt, ich stand ja keine Sekunde, kam vielmehr vom Stapfen in ein gleitendes Schlurfen, so gut die Gummisohlen das zuließen, schwebte auf plumpen Zehenspitzen zum Käfer hin und zurück, wir fanden ins Gleichmaß, mal drehte er sich um mich, mal ich mich um ihn herum, immer Hand in Hand, nicht für eine Drehung, eine Wendung ließen wir einander los. Die Wolle kratzte längst nicht mehr, war feucht und heiß, aber loslassen, nein, das versicherten sich unsere Hände, bevor wir es wussten, loslassen wollten wir nicht. Dann legte die Band wieder los, *Twist and shout*, und die Zuschauer hatten vom Herumstehen genug, sprangen in den Kreis, ohne Rücksicht auf ein Schaumgummiungeziefer, ein Kopfkissenhinterteil, knufften und pufften uns an den Rand, wo wir endlich die Hände lösten.

Meine Raupentüte klebte schweißig auf Stirn und Nase, wie sah wohl der Lippenstift aus, den Yvonne mir noch in der Tür aufgeschmiert hatte?

Cola?, fragte der Käfermund. Oder eigentlich gar kein Mund, nur ein Schlitz für das Nötigste, Sprechen und Trinken. War der Mund klein oder groß, die Lippen kräftig oder schmal? Ich forschte nach der Nase: Sie hob sich unter dem elastischen Gewebe lang und seidig schimmernd ab. Kein billiger Strumpf, dachte ich und musste über mich lachen. Doch um wie vieles reizvoller war dieses Maskenspiel, dieses Spiel von Verhüllen und Entblößen, Verbergen und Vorzeigen, das vor allem Begehren die Phantasie anspornte, wie viel raffinierter war dieses Gaukeln zwischen Wirklichkeit und Vorstellung als das Pläsier der Ringelhemdchen und Rüschenblusen.

Käfer und Raupe in ihren grotesken Kostümen hatten nur die Sprache ihrer Augen und Hände. Sicher hätte der Käfer seinen Schlitz ein wenig weiter aufspannen und ich etwas sagen können. Aber was? Ihm schien es nicht anders zu gehen. Und je länger wir schwiegen, desto mehr Gewicht fiel auf die ersten Worte von ihm oder mir.

Die Band hatte mit den Beatles, den Kinks und den Hollies die Tänzer so richtig in Fahrt gebracht und gab jetzt weicheren Gemütsregungen eine Chance. *When a man loves a woman* schmalzte sie, trieb die Tänzer zu Paaren, katholische Studenten zu katholischen Studentinnen, ließ sie zusammenrücken, Arme im Nacken des anderen verschränken, Oberkörper schon aneinandergepresst, während weibliche Unterleiber noch Distanz zu wahren suchten. Ich sah meinen Käfer erwartungsvoll an, doch der blieb auf dem Hocker am Tresen sitzen, beugte seinen schwarzgewirkten Mund an meine Tüte, dorthin, wo er mein Ohr vermutete und brummte. Brummte die Nummer drei der Hitparade Chris Howlands, umspielte die Melodie wie auf einem Saxophon. Vor diesem traumverlorenen Vibrato erstarben die Töne der Band, verstummten die Geräusche des Saales, nur noch die Käfertöne drangen ins Herz, und ich glaubte, seinen Mund durch Strumpf und Krepp hindurch zu spüren. Ein Schluckauf, brutal wie seit langem nicht mehr, stieß den Summbrummmund von mir fort.

Brüsk sprang ich vom Hocker und rannte aufs Klo. Zerrte die Raupentüte weg und hielt den Kopf unter Wasser. Aus dem Spiegel sahen mir meine verstörten Augen entgegen. In der

Nacht auf der Lichtung hatte ich in Drachenblut gebadet. Ich war unverwundbar – Fühllosigkeit war der Preis. Ich hatte ihn gern gezahlt. Mir verdient. Bis heute. Die Stimme hatte mich getroffen, wo mich seit jener Nacht keine Musik, kein Gedicht, kein Glockenläuten, kein Windhauch, kein Vogelruf mehr hatte erreichen können. Ich quetschte mich in eine der Kabinen, lockerte das Kissen und hockte mich auf den Klodeckel.

Es pochte an der Tür, leise, wie eine Bitte, und ›When a man loves a woman‹ summte es von draußen in meine Zelle. Ich zog die Kreppmaske über, machte die Tür auf, da flog er mir fast entgegen, der Käfer, den eine Schwarzwälderin und eine Hexe argwöhnisch musterten.

Komm, sagte ich, bloß raus hier! Bist du verrückt?

Die ersten Worte. Sie lösten den Bann und machten alles ein bisschen wirklicher.

Ich heiße Hugo, klang es dumpf durch den Schlitz, den er mit zwei Fingern einzureißen suchte, doch das Material war zu elastisch, schnappte immer wieder zusammen, aber ich hatte doch Zeit genug, einen Blick auf seinen Mund zu werfen, die Unterlippe ein wenig vorstehend wie die Lippen der Jünglinge auf den rosa-grünen Bildern florentinischer Maler der Renaissance.

Ich heiße Hugo, wiederholte der Mund. Und du?

Wie Namen die Welt verwandeln! Ja, erst erschaffen. Ein Käfer namens Hugo war kein Käfer mehr, er war ein Mann, rückte aus der Fabelwelt nun vollends in die Wirklichkeit. Angst stieg mir in den Hals, und ich brachte meinen Namen kaum über die Lippen.

Hilla, wiederholte er. Steckt darin etwa eine heilige Hildegard?

So wie Hugo meinen Namen aussprach, merkte ich, wie sehr ich mich gesehnt hatte, von neuem beim Namen genannt zu werden, dem Taufnamen, Heiligennamen, dem Namen vor der Selbstverstümmelung. Meinen Namen als Erstes, dachte ich später, hatte er mit seinen Lippen gestreichelt, meine Ohren mit seiner Stimme, meine Augen mit seinen Augen.

Für alle Kätzchen und Kater, rief der Bandleader ins Mikrophon, und für alle Verliebten, unser nächster Song!

Hugo stand auf, ich folgte ihm. *What's new Pussycat?* Ohohohoho, antwortete der Saal, und ich schrie mit. Wann hatte ich mich zuletzt so eins gefühlt mit Menschen, die sich einfach vergnügten, einfach ein bisschen Spass an dr Freud hatten. Jahre war das her, damals am Abend vor der Nacht auf der Lichtung war das gewesen, in der Großenfelder Stadthalle, Johannisnacht. Und ein bisschen auf den Schienen der KVB.

Hildegard, hörte ich Hugo. Wo bist du mit deinen Gedanken? Ohohohoho, schallte ich statt einer Antwort und sprang um ihn herum und geradewegs Yvonne in den Rücken. Ihre Engelsflügel hatte sie schon eingebüßt, dafür steckten ihr drei weitere Federn aus dem Kopfputz ihres Tänzers im Haar, das jetzt eher einem Afro-Look, denn einem Heiligenschein glich. Sie winkte mir zu, klopfte auf ihre Armbanduhr und drohte scherzend mit dem Finger, doch der Indianer, fürchtend, diese Mahnung könnte auch Folgen für ihn haben, bog ihn gleich nach unten und zog sie mit sich zu seiner Clique. Überall im Saal bildeten sich nun Gruppen und Grüppchen, staunend entdeckte man einander durch die Kostümierungen hindurch, Kunststück, die meisten Verkleidungen verbargen ja nichts, hoben nur das Sehenswerte hervor und versteckten das Mindere, sollten die Träger ihren Träumen von einem schöneren Selbst etwas näherbringen.

Um Hugo und mich, Raupe und Käfer, blieb es leer. Keiner erkannte uns oder wollte uns kennenlernen. Weder einzeln noch gemeinsam. Niemand forderte mich zum Tanzen auf. Und mein Käfer blieb bei der Damenwahl sitzen.

I want to hold your hand spielten die da vorn, und Hugo nahm mich bei der Hand und führte mich nach draußen. Mein Herz schlug auf die Pauke wie bei einem Schützenfest.

Es hatte geregnet, unter den Laternen glänzte der Asphalt. Kalt war es nicht, Ostern spät im Jahr, man konnte den Frühling schon riechen.

Gehen wir ein paar Schritte? Hugo zog mich in eine schmalere Straße, die auf einen kleinen Platz führte, in der Mitte ein alter Baum, eine Bank. Es war, als beträten wir eine andere Zeit. Eine Zeit, in der noch so vieles nicht geschehen und alles möglich war; aus dem Aschenputtel eine Prinzessin und dem bucklich Männlein ein Königssohn werden konnte.

Wenn du dir deine Kissen abmachst, können wir uns setzen, sagte Hugo, und du deinen Buckel, sagte ich. Aber doch erst mal den Kopf.

Einverstanden. Ich den Kopf. Du die Kissen.

Na gut. Fang an.

Ladies first.

Nö. Mit einem Mal kam mir alles unerträglich albern vor, ein Kinderspiel, dem der Zauber verflogen war; doch die Ernüchterung dauerte nur Sekunden. Hugo streifte die Handschuhe ab, wühlte den Strumpf über Kinn, Mund, Nase und Stirn und pellte die immer dickere Strumpfwurst von den Haaren, die ihm schweißglänzend dunkel am Kopf klebten.

Hätte er anders ausgesehen als so, wie er nun vor mir stand, was wäre geschehen? Hätte ich Gute Nacht gesagt und wäre mit meinem Kissenpanzer davongestapft? Aber Hugo konnte ja nicht anders aussehen, als er aussah, weil ich ihn lieben würde. Weil die Liebe alles, was wir lieben, so aussehen lässt, dass wir es lieben. Viele denken, es sei umgekehrt: dass wir lieben, weil uns etwas gefällt; wir erst sehen und dann lieben. Aber daran glaube ich nicht.

Hier an diesem Abend also begann ich Hugo zu lieben, der seine zwiefarbenen Augen ein wenig blinzelnd auf mich richtete, um den Mund im sehr schmalen blassen, fast bleichen Gesicht, ein schüchternes Lächeln, das seinem bestimmten Auftreten hinter der Maske vollkommen widersprach.

Wortlos nestelte ich die Kissen von Rücken und Bauch, darunter nur einen schlotterigen Baumwollpulli, der mir verschwitzt auf der Haut klebte.

Hugo sah mich kaum an, war damit beschäftigt, seinen Rücken vom Schaumstoff zu befreien, und ich konnte nun nicht mehr zögern, die Krepptüte abzunehmen, darunter meine rotfleckigen Wangen, die großen Zähne, hätte ich nur ein wenig von der Creme aufgetragen, die mir der Hautarzt verschrieben hatte. Nun musste ich mein Gesicht zeigen, so wie es war, und ich wollte doch nur eines: dem gefallen, der mir gefiel. In einem ebenso schlabbrigen Pulli, aber, das erkannte ich inzwischen auf einen Blick, aus Kaschmir, stand er nun vor mir. Ich hatte Angst. Angst vor diesem Hauch Hoffnung in meinem Herzen, das sich unter diesem Hauch eines Hauches wieder zu fühlen getraute durch all das Schlagen hindurch.

Ich drehte mein Gesicht aus dem Licht der Laterne in den Schatten. Unter Hugos Pullover stach noch immer eine Wölbung hervor.

Da hast du wohl noch was vergessen. Oder versteckst du da eine Geheimwaffe? Stehst wohl bei 007 unter Vertrag.

Johlend zogen ein paar Ballbesucher auf der Straße vorüber.

Hildegard, Hugo nahm meine Hand. Schau mich an. Er zog mich näher und führte meine Hand seitwärts über seine Brust auf den Rücken. Hielt sie fest, als ich zurückwich von diesem knöchernen Hügel, dieser Verwachsung, diesem Höcker.

Der ist echt, sagte Hugo und wollte meine Hand loslassen. Ich hielt sie fest. Hob mein Gesicht mit den roten Flecken und lächelte ihn mit den falschen Zähnen an: Das auch.

Wer weiß, wie lange wir noch so dagestanden wären, Hand in Hand, Auge in Auge, ineinander versunken, wäre nicht wieder eine lärmende Gruppe maskierter Jecken aufgezogen mit *Bohnen in die Ohr'n* und *Da sprach der alte Häuptling der Indianer*, und ich glaubte Yvonne zu erkennen, die wie ihr Begleiter mächtig Federn gelassen hatte, nichts mehr vom stolzen Kopfputz, dafür eng verhakt und aufgekratzt.

Komm, sagte Hugo, und ich folgte ihm, wie an diesem Abend schon so oft. Seinen Käferbauch ließen wir liegen, aber meine Kissen schnallten wir mir wieder um, es war kalt.

Das Auto hab ich zu Haus gelassen, sagte Hugo entschuldigend. Wie bist du denn gekommen?

Mit der Bahn, wie sonst?, sagte ich. Nur bis Neumarkt. Ist nicht weit.

Gehen wir zu Fuß? Ich bring dich. Mal sehen, was wir auf dem Weg dahin finden.

Hugo bückte sich auf der kahlen Straße zu den Pflastersteinen, tat so, als pflücke er eine Blume, schloss die Fingerspitzen um einen unsichtbaren Stengel: Gloria Dei, Hildegard, überreichte er mir die Blüte, Vorsicht, Dornen!, und ich führte sie behutsam an die Nase: Hm, dieser Duft.

Noch ein paarmal bückte sich Hugo, und bald hatte ich einen Strauß beisammen. Kurz vor der Haustür schenkte er mir noch eine Kornblume: Die blaue Blume, direkt vom Himmel auf die Erde. Er küsste den krausen Blütenkopf, und ich, ja, wirklich, ich küsste ihn auch, drückte den Schlüssel ins Schloss und war weg.

Eingehüllt in den Duft von Sauerkraut, Bratwurst und Linseneintopf stand Hugo am Eingang der Mensa; Bluejeans und ein weites grobkariertes Hemd, im Rücken gebauscht, die Verwachsung kaum zu sehen. Sein Haar, rostbraun in der Farbe verblühenden Sauerampfers, fiel ihm fast bis zu den Augenbrauen, die linke ein wenig hochgezogen.

Mit meinem Freitisch durfte ich dreimal in der Woche Essen 1, einmal Essen 2, zweimal Eintopf wählen. Zur Feier des Tages zog ich Essen 2 aus dem Portemonnaie.

Zwischen Bratwurst und Rotkohl entdeckte ich Hugos lange, wie bei einem Kind so dichte Wimpern, seine bräunlich blasse Haut, die an Kinn und Wangen schwarz schimmerte von einer scharfen Rasur, ein kleines Haar im linken Nasenloch und ganz normale rosafarbene Ohrläppchen. In seinem Blick lag dieselbe forschende Hoffnung wie am Abend zuvor. Ja, wir aßen Bratwurst und Rotkohl, doch ebenso gut hätte man uns eine Portion Knetgummi vorsetzen können. Ein Stück Resopal, ein Plastiktablett und ein Teller mit allmählich erkaltendem Essen standen zwischen uns und gehörten doch dazu, zu uns, ebenso wie die Stimmen um uns herum, das Scharren der Stühle, Klappern des

Geschirrs. Es versicherte uns, das alles war wirklich, wir waren wirklich, Hildegard und Hugo so tatsächlich wie Messer und Gabel auf unserem Teller.

Hast …, Haben Sie … Dann ein bittendes Lächeln, das seinen linken etwas schief stehenden Eckzahn entblößte, was mich entzückte und beruhigte, eine weitere kleine Unvollkommenheit. Er zögerte, das Karnevals-Du zu gebrauchen, aber ich nickte ihm aufmunternd zu, wie hätten sich Käfer und Raupe jemals siezen können, Du also, sagte er und fragte, ob ich am Abend schon etwas vorhätte und ob ich Wagner liebte.

Lohengrin war die letzte Oper gewesen, die ich gesehen hatte. Nach der Lichtung konnte ich Musik kaum ertragen; zu schutzlos war ich den Tönen ausgeliefert, zu ungehindert und gewaltsam konnten sie vordringen bis zur Kapsel, zu groß die Gefahr, dass es allein schon dem fis-Moll einer Kadenz gelingen könnte, sie aufzusprengen.

Lohengrin, sagte Hugo, und für Sekunden sahen seine Augen durch mich hindurch, und sein Mund verzog sich zu einem Lächeln, das mir schmerzhaft schien, weil ich noch nicht wusste, dass ihn dieses Lächeln überfiel, wenn ihn Begeisterung überwältigte.

Studierst du Musik?, fragte ich statt einer Antwort und kam mir, noch ehe ich die letzte Silbe herausbrachte, vor wie Robert Lembke bei *Was bin ich?*.

Musik, nein. Ein bisschen Cello spiele ich, aber nicht gut. Ich übe nicht genug. Hugo lachte ein wenig verlegen. Aber du hast mir meine Frage noch nicht beantwortet.

In eine Bar, ins Schwimmbad, nach Hause, sogar in den Wald wäre ich Hugo gefolgt, vor dieser Musik hatte ich Angst. Doch wie würde ich ihm das sagen können, was ich mir ja selbst nur wortlos zugestand, wie etwas eingestehen, ohne den Grund zu nennen, auf den Grund zu gehen, zugrunde zu gehen, mein Teil, es soll verloren gehen.

Wie könnte Hugo das jemals verstehen, wortlos verstehen. Ich fürchtete den Strom der Tränen hinter dem kunstvollen

Jubel der Noten, die Angst, die aus dem Schoß der Melodien hervorbrechen könnte mit jeder Hebung und Senkung der Töne, wüsste in keiner Sekunde, was mich in der nächsten erwartete, zurückgeschleudert in die Nacht der Lichtung, mitten ins Gras, den Tau, die gefalteten Kleider, Goldruten am Brombeergebüsch. Ich schauderte.

Du musst keine Angst haben, hörte ich Hugos Stimme von weither. Ich fühlte seine Hand auf meiner, die die Gabel mit einem Stück Kartoffel umklammert hielt, und ließ die Gabel fallen.

Misstrauisch sah ich Hugo an: Wie kommst du darauf?

Na, ich dachte. Für manche Leute ist Wagner einfach zu viel.

Natürlich komme ich mit. Ich quetschte das glasige Kartoffelstück in die von einer Kältehaut überzogene Soße. Ich kenne *Lohengrin*, das heißt, ich hab die Oper schon mal gesehen, gehört, meine ich … Ich brach ab, fühlte, wie Hugo den Druck auf meiner anderen Hand verstärkte, die unbeteiligt von dem, was meine rechte tat, neben dem Teller lag.

Hildegard, sagte er. Ich freu mich so. Seine Augen schauten nun direkt in die meinen, und ich musste blinzeln, wie ich als Kind geblinzelt hatte, wenn Kreuzkamp mir in die Augen geblickt und behauptet hatte, er könne geradewegs in meine Seele sehen. Hugo zog seine Hand zurück, legte die Hände, heimatliche Hände, dachte ich, neben seinen Teller auf die Resopalplatte, ließ sie leicht gewölbt auf den Daumenballen sinken, beinah entspannt, nur der kleine Finger seiner Linken zuckte ein paarmal hoch. Ich hütete mich, dem Bild dieser schlummernden Hände etwas hinzuzufügen. Nur den Teller schob ich weg, setzte ihn auf meinen. Hugo rührte sich nicht.

Sie lagen da, diese Hände, als wüssten sie alles Leid von mir abzuwenden, das, was noch kommen würde, und das, was schon geschehen war. Die Hand des Vaters mit dem Gürtel und dem blauen Stöckchen hinter der Uhr, die Hand der Mutter zur kleinen Faust geballt, die verstümmelte Hand des Großvaters, die von Arbeit schrumplige Hand der Großmutter, die Hand mit der Flasche an meinem Mund. Ich griff mir an den Hals.

Hugo schob den Stuhl zurück. Ich muss los. Oberseminar. ›Schillers Ästhetische Erziehung‹. Heute Abend direkt vor der Oper. Um sechs. Abgemacht?

Plötzlich hatte er es eilig, drehte sich in der Tür noch einmal um und klopfte auf die Uhr am Arm.

Viel wusste ich nicht von ihm. Heute Abend aber würden wir uns alle Zeit der Welt nehmen, uns zu erforschen. Ich musste lächeln: Nicht einmal seinen Nachnamen kannte ich. Was würde die Großmutter dazu sagen, die Mutter, die Tante: Ne wildfremde Kääl.

Hugo wartete im Foyer. Doch anstatt mir freudig entgegenzueilen, schien er bei meinem Anblick eher in sich zu versinken. Den Kopf ein wenig zwischen die Schultern gezogen, sah er mir verlegen, ja, verbittert entgegen.

Hallo, sagte er matt, schön, dass du da bist. Es ist etwas Schreckliches passiert. Er presste die Lippen zusammen, als wollte er böse Worte zurückhalten.

Ich sah nur ihn. Er war da. Was konnte noch geschehen?

Meine Schwester … Hugo stockte.

Ist sie krank?

Krank? Von wegen! Dieses Biest! Hat sich einfach die Karten, meine Karten geschnappt, ach was, geschnappt, geklaut hat sie sie. Wollte angeben mit ihren Beziehungen, ist ja längst alles ausverkauft. Und jetzt ist sie da drin mit ihrem Assessor. Hugo ruckte den Kopf zur Eingangstür: Da ist sie. Mit diesem Assessor!

In der Tür stand eine hochgewachsene junge Frau, langes blondes Haar, leicht gebräunt, in rotem Samt, daneben ein untersetzter Mann, einen guten Kopf kleiner. Seine linke Wange vom Auge bis zur Kinnlade von Verbandsmull bedeckt, ein Blutfleck war durchgesickert, dramatisch, reckenhaft, passend zur Oper.

Schlagende Verbindung, knurrte Hugo und wandte sich ab, während die Schwester ohne ein Zeichen des Grußes spöttisch zu uns herüberblickte.

Komm, Hugo nahm mich beim Arm. Wir gehen.

Sekundenlang kam ich mir lächerlich vor, ihm einfach so zu gehorchen. Insgeheim jedoch war ich erleichtert, mich dieser Musik nicht aussetzen zu müssen. Noch nicht.

Was hältst du stattdessen von Kino?, schlug Hugo vor. In der Lupe 2 spielen sie *Der junge Törleß*.

Gern. Ich hab letztens erst *Schonzeit für Füchse* von Schamoni gesehen.

Und den *Törleß* hat der mit dem Schlöndorff zusammengemacht.

Während ich im Kino stur geradeaus sah, nahm ich jede Regung von Hugo wahr, wenn er den Atem anhielt, den Kopf schüttelte oder nickte. Unsere Körper berührten sich nicht, nur unsere Kleider, manchmal die Ärmel, oder sein Hosenbein streifte meinen Strumpf. Den ganzen Film über war eine Gespanntheit in mir, wie man sie vor einem großen Ereignis hat, von dem man nicht weiß, ob es gut oder schlecht ausgeht, vor einer Prüfung oder einem fremden Besuch. Ich musste mich zwingen, der Handlung zu folgen. Nur gut, dass ich die Erzählung von Musil kannte. Denn es würde ja wieder hell werden, und ich würde Hugo ansehen und mich ansehen lassen, er würde zu reden beginnen und ich antworten müssen.

Doch als wir hinauskamen, war uns nicht zum Reden zumute. Die Geschichte hatte durch die Bilder nichts von ihrer Grausamkeit verloren. Im Gegenteil. Hier hatte ein sprachliches ein filmisches Meisterwerk hervorgebracht. Vor allem dieser Mathieu Carrière! Von nun an trug der junge Törleß sein Gesicht. Zu Recht, da waren wir uns einig, hatten Schlöndorff und Schamoni dafür den Deutschen Filmpreis bekommen.

Lupe 2?, fragte Hugo. Ich brauch jetzt ein Kölsch.

Wer nicht?, gab ich zurück. Aber muss es Lupe 2 sein? Ich war einmal mit Yvonne dort gewesen; ziemlich teuer, zu teuer für mich, jetzt, da ich nur noch auf mein Honnefer Modell angewiesen war, und bezahlen, nein, bezahlen durfte niemand für mich. Ich wollte mich nicht mehr bedanken müssen, für nichts, nicht einmal für eine Cola, nicht einmal mit zwei Silben.

Immerhin, sagte Hugo, hat sie mir das Geld für die Karten hingelegt. Da haben wir etwas zum Verprassen.

Lupe 2 war ein Ort mit Janusgesicht. Vorn eine Kneipe, sehr eng, an der einen Seite der Tresen mit Ausschank und Zapfhahn für Kölsch vom Fass, ne Kabänes und Jägermeister, davor Hocker, auf denen man sich nur umdrehen musste, um seinen Groschen in einen der beiden Spielautomaten zu stecken. Von Zeit zu Zeit ließen die ihre Beute herausklirren, dann waren Lokalrunden fällig.

Im hinteren Teil wurde Lupe 2 breiter und schummriger. Zerschlissene Plüschsessel, niedrige Tische mit bauchigen Korbflaschen über und über mit dem Wachs ihrer Kerzen betropft. An den roh verputzten Wänden Filmplakate aus den fünfziger Jahren bis in die Gegenwart: Romy Schneider als *Mädchen in Uniform*, Hildegard Knef, *Die Sünderin*, Audrey Hepburn in *Frühstück bei Tiffany*; Ingrid Bergman, Yves Montand und Anthony Perkins in *Lieben Sie Brahms?*, dazu die Beatles in immer neuen Posen.

Hier war es nur am Wochenende voll; besetzt von Pärchen, deren strenge Wirtinnen Damen- oder Herrenbesuch nach zehn Uhr abends als strafbare Kuppelei verstanden. Yvonne hatte mir von diesem Paragraphen empört erzählt: Stell dir vor, wenn Bernhard bei uns zu Hause übernachtet, könnten die Nachbarn die Eltern anzeigen.

Heute drückten sich nur zwei Pärchen in der äußersten Ecke; die Kerzen hatten sie schon ausgeblasen und waren, zu dunklen Klumpen geballt, kaum auszumachen.

Auf der kleinen freien Fläche zwischen Kneipen- und Schmuseteil konnte getanzt werden. Dazu musste man die Musikbox füttern. Die Titelauswahl war einmalig. *Hey Jude* der Beatles und Schuberts *Der Hirt auf dem Felsen*, die Rolling Stones und Mozarts *Exsultate Jubilate*, Wagners *Walkürenritt* und Johnny

Cashs *I walk the line*, Willi Ostermann sang: *Wenn isch su an ming Heimat denke* und René Kollo *O du mein holder Abendstern.*

Hugo fischte eine Handvoll Münzen aus der Hosentasche: Alles Schwesterngeld, fügte er, meinen verblüfften Blick auffangend, beinah entschuldigend hinzu.

Noch fünf Tage bis zum nächsten Honnefer Modell. Am liebsten hätte ich die Groschen und Fünfziger vom Tisch in meine Tasche gewischt. Doch der Versuchung, selbst einen Zehner in den Schlitz zu schieben, die Taste mit der Titelnummer für die Platte zu drücken, die ein sensenförmiger Metallarm aus der Sammlung griff, worauf sich die Nadel herabsenkte – all dies zu beobachten: War dieser Versuchung zu widerstehen?

Ehe wir etwas auswählen konnten, kam uns einer vom Tresen zuvor; nicht mehr jung, grauer Anzug, die gestreifte Krawatte lose um den offenen Kragen baumelnd. Sein aschfarbenes, schweißverdunkeltes Haar hing ihm strähnig über die Ohren, der Bauch im weißen Nyltest tief überm Gürtel seiner Hose. Hugo hatte mich schon beim Hineingehen angestoßen und auf das enorme Hinterteil aufmerksam gemacht, das über den Barhocker schwappte.

Abschluss meines Lebens, hatte ich im Vorbeigehen von ihm aufgeschnappt und: Noch eine Runde, das R schon ein betrunkenes L.

Der Dicke schwankte näher.

Bergkristall, flüsterte Hugo mir zu.

Hä?

Na, sieh doch mal hin.

Wirklich, ein strahlender Vollmond über einem Fettgebirge. Der Mann japste, trotz des aufgeknöpften Hemdkragens, und der Schweiß troff ihm übers wie gebadet glänzende Gesicht. Hinter ihrer Fettschicht verschwimmend waren seine Gesichtszüge zart geschnitten; die Nase, der Mund, die klar gezeichneten Augen gehörten zu einem mageren Menschen, der sich von zu viel Essen und Trinken in diesen Koloss verwandelt und dabei dieses Lächeln zugelegt hatte, das er nicht mehr abstreifen konnte.

Da können wir einiges sparen, sagte ich zu Hugo. Eine Münze nach der anderen steckte der Dicke in die Box.

Was der wohl auswählt, Hugo drückte meinen Arm. Ich hätte nichts gegen einen Tanz mit der Raupe.

Jetzt sag bloß nicht Schmetterling, dachte ich. Doch selbst wenn er etwas Ähnliches gesagt hatte, wurde es von den ersten Tönen eines E-Pianos übertönt und einem Aufschrei ›Help! I need somebody!‹. Dem Dicken platschte das frisch gezapfte Kölsch auf die Nyltestbrust und tropfte hinunter zu einer Pfütze.

Die Beatles, quietschte ein Mädchen aus der hinteren Ecke wie elektrisiert.

Mit schlackernden Armen begann der Mann, seine Körpermasse rhythmisch vor- und zurückzubewegen, und die am Tresen rückten ihre Hocker so, dass sie dieses schwankende Erdbeben, diesen schunkelnden Riesenleib, dieses rotglänzende Gesicht mit den verhangenen Augen, die er bei jedem ›Help!‹ zu blitzenden Kugeln aufriss, direkt vor sich hatten.

›Help!‹, schrien nun auch die Tresenhocker und klatschten, so gut man eben zu den Beatles im Takt klatschen kann und versetzten das ganze Lokal in Bewegung. Die Flaschen im Regal, die gespülten Gläser und die ungespülten klirrten im Takt, es hüpften die Soleier in ihrer braunen Brühe und die Frikadellen in der Schüssel; der Wirt verließ den Zapfhahn, reichte eine Runde Kölsch herum und stellte ein Tablett Kölner Stangen auf die Musiktruhe.

Der Dicke kippte ein Glas hinunter, ein zweites, wischte sich das Gesicht, eilig, als wolle er keine Zeit verlieren, trank ein drittes Glas und rief uns zu: Na, gefallen sie euch, die Beatles, hier: Wartet mal! Er warf noch eine Münze ein, ›Yellow Submarine‹, schrien wir, klatschten und hopsten, und der Dicke ließ die Musikbox los, leerte ein weiteres Glas und stampfte mit, keuchend vor Anstrengung, die Augen halbgeschlossen wie in Trance. Schwerfällig zunächst platschte er von einem Bein aufs andere, dann aber setzte er seine Füße immer freier und eleganter, federnd, graziös. Kaum zu glauben, dass diese kurzen Beine, die sich so behende kreuzten und hoben, die Riesenlast dieses ausschweifenden Fettes tragen konnten. Gegen Ende des Liedes gab der Dicke überhaupt nicht mehr acht auf Takt und Musik, geriet außer Rand und Band wie eine verrückt gewordene Maschine. Die Platte war abgelaufen. Der Dicke stürzte zu Boden. Das Mädchen in der Ecke lachte schrill.

Der ist ja voll wie tausend Russen, rief einer vom Tresen, aber in einem bangen Ton, als sei es ihm nicht geheuer. Hugo kniete neben dem Dicken, der röchelte und sich zuckend neben der Musikbox wälzte. Die wieder zu plärren begann: ›Yesterday, all my troubles seemed so far away.‹

Stell doch mal einer das Ding ab, schrie jemand, und der Wirt zog den Stecker aus der Dose.

Ein Arzt, rief Hugo, ein Arzt! Er hielt den Kopf des Mannes, der erbrach eine dunkle Flüssigkeit, Bier und Blut.

Hugo wischte das Erbrochene weg und presste seinen Mund auf den des Mannes, drückte ihm seine Hände auf die Brust, alles so, wie man es im Erste-Hilfe-Kurs lernt; der Mann kam zu sich, stöhnte, keuchte, aber dann fiel sein Kopf zur Seite, und Hugo stand auf, wir alle standen auf. Die Ambulanz kam, die Polizei. Der Arzt fühlte den Puls, zog ein Augenlid hoch, senkte den Kopf. Sie schafften ihn fort.

Wir wollten zahlen, doch der Wirt winkte ab, nötigte alle hinaus und schloss zu.

Es war kalt, ein leichter Wind wehte, und ich sah auf der Bahre den Vater liegen vor wenigen Wochen in Dondorf, als sie ihn hinaustrugen nach dem Infarkt. Die braunbeige Strickjacke hatte ich bei C&A für ihn ausgesucht, die abgeschabten Filzpantoffeln ragten wie fremde Wesen unter der grauen Decke des Krankenwagens hervor. Über die rot-weißen Fliesen im Flur hatte man den Vater getragen; Sanitäter, weiß gekleidet wie Engel folgten seinem schmerzverzerrten Gesicht mit der kühlen Aufmerksamkeit jahrelanger Gewöhnung.

Von weitem kreischte eine Straßenbahn, und ich wusste plötzlich mit Hugo nichts mehr anzufangen. Ich zog meine Hand aus der seinen, als hätte er den kopfschüttelnden Doktor zu verantworten.

Auch damals hatte der Notarzt den Kopf geschüttelt, als die Mutter ihm sagte, der Amtsarzt habe den Vater für einen Simulanten gehalten. Der Vater war mit diesem unerhörten Wort nach Hause gekommen, hatte es kaum aussprechen können, doch was es bedeutete, hatte der Arzt ihm klargemacht: Faul sei er, der Vater, eine frühe Rente rausschinden wolle er. Wie ich ihn gehasst hatte, diesen promovierten Gangster, die schwarze Pomadenfrisur auf seinen Schädel geklebt, diesen öligen Schleim in seiner Honoratiorenstimme, Kirchenvorstand, Vorbeter bei feierlichen Andachten, ich fühlte den Blutandrang brausen wie damals, als der Vater am Küchentisch das Wort Silbe für Silbe zusammengeklaubt und ich, im Besitz von Kluge und großem Latinum, es ihm aus der Sprache Gottes übersetzt hatte.

Hildegard, bitte. Lass uns nicht so auseinandergehen. Hugos Stimme klang dünn, schwach wie die Stimme des Vaters damals im Krankenhaus. Es tut mir so leid. Hast du noch ein bisschen Zeit?

Wenn er jetzt fragt, ob ich mit zu ihm kommen will, ist es aus, dann hau ich ab, schoss es mir durch den Kopf.

Doch er war schon weiter. Ich hätte jetzt Lust auf was Reelles. Wie wör et met ner Portion Rievkooche* am Dom? Für Käzje es et jo ald ze spät.**

Hugos Kölsch klang, als spräche er mit verstellter Stimme oder versuchte sich in einer fremden Sprache.

Du wells Kölsch kalle künne?, gab ich statt einer Antwort zurück.

Jo, sescher dat. Auch Hugo schien erleichtert, von den Bildern der Kneipe wegzukommen. Un du? Woher kannst du dat so jut?

Übung, entgegnete ich kurz. Sekundenlang streifte mich ein Gefühl wie vor Jahren beim Nachhilfeunterricht für die Kinder

* Reibekuchen

** Für Kerzen ist es ja schon zu spät.

des Direktors Wagenstein. Und besänftigend, mit hochdeutschester Stimme fügte ich hinzu: Du hast mir ja noch gar nichts von dir erzählt.

Da gibt es auch nicht viel zu erzählen, entgegnete Hugo fast so schroff wie ich. Stattdessen holte er weit aus über Schillers *Briefe über die ästhetische Erziehung des Menschen*, und wir waren froh, von etwas reden zu können ohne Angst.

Wir waren ja so jung, und wir mussten Bluthochdruck und Herzinfarkt, Krankheit und Tod wegreden – auch über anderes, das die paar kölschen Sätze hatten aufscheinen lassen, mussten wir hinweg. Viel zu früh war es, sich einander zu öffnen, Käfer und Raupe brauchten ihre Panzerung nicht nur um ihre Körper. Hinter Schiller fühlten wir uns sicher. Wir führten Schiller im Munde und sprachen doch nur von uns.

Ein paarmal fiel Hugo in einen belehrenden Singsang; wurde es mir zu viel, drückte ich seine Wildlederhand mit meiner Wollhand. Dann unterbrach er sich mitten im Satz und lächelte mich an, umfing mich mit seinem Lächeln, und ich begriff, er wollte mich auch mit seinen Worten umfangen, seine Worte waren eine einzige lange Umarmung, Angst hatte er, mich loszulassen aus seinem auf- und niedersteigenden Atem. Unsere Atemwölkchen schwebten in der Luft, und wenn wir uns einander zuwandten, flossen die weißen Schemen in eins.

Doch dann blies uns der Wind den Duft frischer Reibekuchen entgegen, oder auch nicht mehr ganz frisch, eher angebrannt, und wir fachsimpelten hin und her, wie kross so ein Reibekuchen sein müsse, um in höchster Vollendung höchstes Entzücken hervorzurufen. Hugo monierte gleich, höchste Vollendung gebe es nicht, was ich bestritt, und er hörte belustigt zu, bis ich dahinterkam, dass es ihm keineswegs um einen höchst vollendeten Reibekuchen ging. Höchste Vollendung gibt's nicht, dozierte er. Vollendung ist. Mehr geht nicht.

Höchste Zeit, dass wir zur Vollendung der Verzehrung schreiten, bestätigte ich. Sind nicht Reibekuchen das höchste der Gefühle?

›En Rievkoochebud, en Rievkoochebud, en Rievkoochebud am ahle Maat‹, sang Hugo vor sich hin, und wieder empfand ich vage, er eigne sich mit diese kölsche Tön etwas an, das ihm nicht zustünde.

So Lück, maat flöck, begrüßte uns der Verkäufer in seinem gläsernen Achteck. Isch mach jleisch Fierovend. Met Krücksche oder Kompott? Ja, et is kalt, schauderte der dünne Kerl in seiner Bude und drückte mir meine Portion mit Rübenkraut in die klammen Finger.

Dat is Kölle, sagte Hugo. Das Ordinäre neben dem Erhabenen. Rievkooche un der Dom. Was für den Magen und was für die Seele.

Ordinär?, echote ich. Was ist denn an nem leckere Rievkooche ordinär?

Hörst du doch, schmatzte Hugo zwischen zwei Bissen. Einfach unanständig gut.

Wie vorher mit Schiller waren wir nun mit Reibekuchen beschäftigt. Die knusprigen Plätzchen, immer in Gefahr aus dem fettigen Pergamentpapier zu glitschen, erforderten unser ganzes Geschick.

Warum war mir nicht kalt, während ich hier stand und nach Reibekuchen schnappte? Warum war mir so wohl mit vollem Mund und, langsam kauend, nur dem öligen Zwiebelkartoffelbrei nachschmeckend? Nichts denken, nichts sagen, nur Behagen. Hugo neben mir, aber nicht zu nah und wie ich mit Nahrhaftem beschäftigt. Die Kirmes fiel mir ein, Fischbrötchen und gebrannte Mandeln. Die Fischzwiebelzunge. Ich musste würgen.

Schmeckt's nicht?, fragte Hugo. Oder hast du genug?

Genug! Ja, ich hatte von so manchem genug. Aber das ging Hugo nichts an. Würde ihn nie etwas angehen dürfen.

Nein, nein, lecker! Ich nahm einen extra großen Bissen. Mussten die Gespenster der Vergangenheit immer dann auftauchen, wenn ich sie am wenigsten gebrauchen konnte? Eben noch hatte ich gedacht, hier nie wieder wegzuwollen, nur dastehen, Reibekuchen essen, Hugo zusehen, der jetzt sein Papier zerknüllte und in den Abfallkorb warf, nichts Wichtigeres, hatte ich eben noch gedacht, würde es jemals geben als Hugo und mich an der Rievkoochebud am Dom.

Mir wird kalt, sagte ich. Lass uns gehen. Ich wollte nach Hause. Fräulein Oppermann lauerte sicher schon an der Pforte.

Warte, sagte Hugo, knöpfte den Dufflecoat auf und zog seinen Pullover über den Kopf. Für dich. Damit du mich nicht vergisst. Bis morgen.

Bis morgen. Gibt es verheißungsvollere Wörter? Die so vieles offenlassen? Nährstoff für Träume. Grauenvolle und glückselige. Bis morgen, bis morgen, ich hüllte mich in die Silben wie in Hugos Pullover, bis morgen, bis morgen.

In der Wolle hing Hugos Geruch. Ich näherte mich ihm wie ein scheues Tier dem Futter, hungrig und wachsam zugleich, ich schnupperte, schnüffelte. Schrak zurück vor der Strenge, fuhr mit den Fingerspitzen über Brust und Rücken, als streichelte ich den Träger selbst. Zog den Pullover über mein Nachthemd, fühlte mich geborgen, beschützt. Heilpullover. Wollte plötzlich danken, irgendeinem in die Nacht hinein, und schließlich versuchte ich es mit einem, den ich bislang nur zum Bitten oder zum Strafen gekannt hatte: Ich dankte Demdaoben. Oder wer war es sonst, dem ich Danke, Danke sagte, bis ich abhob in den Schlaf: außer Lebensgefahr.

Je länger sich Hilla in ihre Phantasiegestalt verstrickte, desto mehr befürchtete sie, die Wirklichkeit könnte ihrer Träumerei nicht standhalten. Wer wüsste nicht: So traumhaft wie auf dem Papier geht es nicht zu im Leben. Auch war es nicht so, dass Hilla, dass ich vor meinen Gefühlen bedingungslos kapitulierte, einspruchslos annahm, was geschehen war. Die paar Stunden, versuchte ich mich abzurücken, was ist das schon? Noch ist nichts eingewachsen, alles leichthin abzuwischen. Willst du wirklich heraus aus deiner Einsamkeit, die doch auch deine Freiheit ist? Und deine Sicherheit.

Der Widerstand währte nur kurz. Es war ja so ganz anders als mit Sigismund oder Godehard. Ich musste nicht jagen, nicht kämpfen. Ich fühlte mich gemeint. Und wollte mich nicht länger vor mir selbst verstellen. Meines Panzers überdrüssig, lieferte ich mich dem Wagnis aus zu vertrauen, womöglich sogar zu lieben.

Doch was verstand ich unter lieben, wo ich nichts so sehr fürchtete als das, was Liebende über alles begehren? Zärtlichkeiten, Nähe, gemeinhin mit Händen, Zungen, Haut und Haaren ausgetauscht. Genau das aber galt es zu vermeiden.

Abends vorm Einschlafen flüsterte ich seinen Namen, und der schmiegte sich wie etwas Lebendiges um mich. Hugo, der Name liebkoste meine Kapsel, und ein wohliger Schmerz krampfte sich in der Brust zusammen, ehe er sich in Wärme verwandelte vom Scheitel bis zur Sohle. Aber wenn ich auch nur daran dachte, dass mir Hugos Hände durchs Haar streichen könnten, den Nacken hinab, wurde ich vom Schluckauf gewarnt. Seit der Lichtung sagte ich es mir: Ich war ein Invalide. ›In-validus‹ – ›Un-wert‹. Äußerlich intakt, aber ein ›seelisch Beschädigter‹, wie es mein Kluge verdeutschte. Was tun?

Ich redete. Reden und reden lassen. Wenn Scheherazade in *1001 Nacht* um ihr Leben redete, so redete ich, um mir Hugo nahe und doch vom Leibe zu halten. Und ich hörte zu. Hildegard, sagte Hugo. So ein schöner Name. Hilla? Auch schön. Aber Hildegard … Denk doch mal an die von Bingen. Weißt du überhaupt, woher dein Name kommt?

Ich wusste es nicht.

Von den Germanen, belehrte mich der Freund, ›hilt-i‹, das hieß ›der Kampf‹, und ›gard‹ ist im Althochdeutschen der ›Schutz‹. Hildegard: ›die im Kampf beschützt‹.

So viel zärtliches Geheimnis legte Hugo in diese Silben, dass er mich wieder taufte, widertaufte gegen die Entstellungen der Kindheit, die Verstümmelungen der unschuldigen Silben. Stolz und Hingabe klangen mir nun aus den Silben entgegen: Siehe, ich mache alles neu.

Und Hugo?

Hugo Felix Servatius. Servatius, ›der Gerettete‹, im 4. Jahrhundert ein Bischof von Tongern, zuständig für Fußleiden, Rheumatismus und Rattenplagen. Felix, ›der Glückliche‹, klar. Und Hugo? Von den Germanen. Abgeleitet von ›hug-i‹, ›Verstand, denkender Geist‹.

Nicht müde wurde ich, seiner Stimme zu folgen. Alles konnte ich ihn fragen, auf so vieles wusste er eine Antwort, nur wenn es um seine Eltern, die Familie Breidenbach ging, wurde er einsilbig wie ich. Mir war das recht. Nicht noch einmal Godehard: ›Loch‹ hatte der unser Häuschen genannt und die Mutter fast einen Knicks gemacht vor dem feinen Herrn, der auf dem Anwesen seiner Eltern Partygäste in ein eigenes Haus einladen konnte.

Hugo, der Träumer, ließ mich träumen. Er, wie ich, nicht ganz von dieser Welt. Er, wie ich, in den Büchern zu Hause. In den schönen wie den klugen.

Du sprichst ja gar nicht über den Roman, sondern nur über die Personen darin, sagte er, als ich Dostojewskis Nastassja gegen Fürst Myschkin und Rogoschin in Schutz nahm. Und erst recht gegen ihren fürstlichen Vormund, der die schutzlose Waise zunächst auf seinem Landgut für seine Zwecke abrichten lässt, um sie dann jahrelang zu missbrauchen. Umgelegt hätt ich den, empörte ich mich, Gift oder Peng oder Messer, egal, ich hätte mir schon was einfallen lassen.

Dann muss man sich vor dir ja direkt in acht nehmen, lachte Hugo.

O, wie liebte ich es, wenn er lachte, bis in die Knochen hinein lachte er, und am liebsten sah ich seine Schlüsselbeine lachen.

Ja, gab ich vergnügt zurück. So habe ich als Kind lesen gelernt. Bücher, also die Figuren darin, waren meine Freunde. Böse gab's natürlich auch. Aber von beiden lernte ich. Wie von Menschen. Nein, eigentlich noch viel mehr. Bücher waren meine Erzieher. Bei diesem dänischen Literaturkritiker, dem Georg Brandes, habe ich einmal gelesen: ›Gut ist ein Buch, das mich entwickelt.‹ Als Kind habe ich mir Hefte gemacht, *Schöne Wör-*

ter, Schöne Sätze, darin hab ich solche Sprüche gesammelt. Meist von Kalenderblättchen.

Lernen?, wiederholte Hugo. Entwickeln? Gut und schön. Aber wie *du* liest, das ist noch viel mehr. Du *lebst* ja regelrecht mit deinen Erlesenen. Aber ein Roman ist doch etwas Gemachtes, ein …

Text, ach ja, hab ich kapiert, führte ich seinen Satz gelangweilt zu Ende. Text-Lesen kann ich auch längst. Frei nach Schiller, spottete ich: Es ist die Form, die den Stoff vertilgt.

Genau. Hugo zog auf seine unnachahmlich überlegene Art die Augenbrauen hoch, was ich bei jedem anderen unausstehlich gefunden hätte. Genau! Etwa so wie in diesem Roman: *Ein Mann im Haus*.

Kenn ich nicht.

Kannst du auch nicht. Musst du noch genau vierundzwanzig Jahre warten. Vielleicht schreibst du ihn ja selber. Hugo sah mich prüfend an: Wenn du dich traust.

Ich? Romane? Schreiben? Diplombibliothekarin werd ich, das steht fest.

Und bis dahin schreiben wir Romane, die uns nicht von A bis Z gefallen, einfach um, schlug Hugo vor.

Das war mal eine Idee! Wir begannen gleich mit Dostojewskis *Idiot*. Ich verheiratete Nastassja mit dem Fürsten Myschkin, der durch die ehelichen Freuden spontan von seiner Epilepsie geheilt wurde, und Nastassja als glückliche Frau und Mutter revanchierte sich mit einer gesunden Kinderschar. Den Schänder ließ ich via Syphilis geistig und körperlich verfallen, zerlumpt und bettelarm in der Gosse enden. Rogoschin gewann bei einem Pferderennen ein Vermögen und heiratete mit Alexandra ins Großbürgertum.

Hugo nannte mich eine unverbesserliche Romantikerin.

Wieso? Nur gerecht soll es zugehen, konterte ich, und die Frauen nicht dauernd so schlecht wegkommen.

Also verheiratete Hugo mir zuliebe Gretchen mit Faust, natürlich bevor sie das Kind ertränkte, schickte Mephisto dahin, wo er hingehörte, zur Hölle, und brachte Marthe Schwerdtleins Mann reich und rüstig aus dem Krieg zurück.

Im Gegenzug vermählte ich Effi Briest mit ihrem Liebhaber Crampas und verschaffte Ehemann Innstetten einen hohen Posten in Berlin. Die Tochter Ogewisswennichdarf ab ins Internat.

Damit lasse ich's gut sein. Aber nun mal ehrlich: Wer dächte nicht mitunter beim Lesen: Verflixt, warum reden die nicht miteinander, dann würde doch alles gut? Oder, um bei Fontane zu bleiben: Warum müssen die Hausmädchen ein Stück Mull für Effis verletzte Stirn ausgerechnet im Nähtischchen suchen und die alten Briefe Crampas, die dort aufbewahrt sind, rausräumen, sodass Innstetten sie wenig später findet? Und warum musste Effi diese Briefe aufbewahren? Warum nur, warum? Ja, wie sonst könnte der Autor Schicksal spielen, wie man so sagt, die Schraube immer weiter drehen, unerbittlich bis zum bitteren Ende. Und wer genösse dieses fremde Leiden und Sterben nicht. Wo nicht gestorben wird, droht Vergessen. Vielleicht schwingt beim Leser immer die Hoffnung mit, lesend den Tod zu überwinden, wenn er die Toten mit jedem Lesen aufs neue zum Leben erweckt. Und vielleicht weckt das Leid der Menschen im Buch auch beim Leser, wie bei Hugo und mir, mitunter die Lust, dem Schicksal in die Speichen zu greifen und das Verhängnis ins Happy End umzusteuern. Etwa, indem man die Geschicke der Protagonisten in ein späteres Jahrhundert verlegt. Was sage ich: Jahrhundert. Ein paar Jahrzehnte reichen, und ganz andere Lebenswege eröffnen sich. So im Falle meiner Gretel. Was hätte ich ihr heute geraten? Sicher nicht den Gang zu Frau E. Schmitz. Der wäre nicht mehr nötig gewesen. Gretel hätte den Schein für einen Eingriff in jeder Arztpraxis bekommen. Aber hätte sie ihn noch gewollt? Hätte sie sich heutzutage nicht für das Kind entschieden? Auch ohne Zustimmung ihrer Familie? Oder, krasser noch: Fausts Gretchen? Heirat mit dem doppelt so alten Lüstling? Oder doch lieber ledige Mutter mit Abfindung und Alimenten?

Ach ja, ich will einfach nicht weiter in der Geschichte von Hilla und Hugo, will noch ein bisschen theoretisieren, wie das die beiden, ganz Kinder ihrer Generation, so gern und ausführlich taten. So spielerisch ging es allerdings nicht immer zu. Für viele Männer sind Einzelschicksale und Ereignisse, ob im Buch oder in der Wirklichkeit, nur Rohstoff für Verallgemeinerungen, für systematische Betrachtungen. Sie sehen den Alltag wie durch ein umgekehrtes Fernrohr, das alles weit abrückt, bis nur noch Punkte, Linien, Kurven erkennbar sind, in deren Gewirr sie nach Strukturen, Mustern, Regeln forschen. Von diesem Blick, gemeinhin wissenschaftlich genannt, war auch Hugo nicht frei.

Vor allem, wenn es um seine Kirche, die katholische, ging. Röm.-kath., hatte Hilla, hatte ich in meiner Lehrlings-Lohnsteuerkarte mit einigem Recht beteuert, eine Behauptung, die nach der Lichtung nur noch auf dem Papier bestand. Gott lag rot im grünen Gras im Krawatter Busch, und danach waren wir einander nur noch flüchtig begegnet. Was ich vor Hugo durch Bibelkenntnis zu tarnen wusste. Schriftgelehrt statt fromm. Ging es mir nicht mit der Religion wie mit der Mutation meiner geliebten Bücherfreunde zu Textgebilden? Derdaoben hatte sich mit dem Paukenschlag Lichtung verabschiedet. Kam er mir nun wieder näher? Mit Hugo? So, wie die Bücher wieder zu leben begannen?

Hugo versuchte seine zunehmende gefühlsmäßige Entfernung durch verstandesmäßige Annäherung zu kompensieren. Endlos verstrickte er mich in Gespräche über das Zweite Vatikanische Konzil, die Befreiungstheologie Ernesto Cardenals, die Zukunft der Kirche.

Obwohl, so Hugo, dem Christentum immer eine gewisse Weltfremdheit eigen sein wird, muss sich die Kirche doch immerzu neu in diese Welt inkarnieren, ja, inkarnieren, sagte Hugo, und er meinte damit wohl, das Christentum müsse seine Rolle in jeder Gesellschaft neu festlegen.

Die christliche Botschaft ist nicht nur dazu bestimmt, der Zeit entsprechend in die Geschichte hineinzuklingen – ja, so gehoben konnte Hugo formulieren –, sie muss auch den Mut des Einbruchs in die historische Situation aufbringen.

Stop, stop, rief ich, Klartext!

Klartext. Also, Kirche muss in unsere Zeit mit ihren gesellschaftlichen Strukturen wirken und sollte sie auch zu verändern versuchen.

Aha, unterbrach ich, nicht nur Sauerteig sein, sondern auch aufgehen. Das Mehl umformen.

Genau so!, begeisterte sich Hugo, Inkarnation ohne Transfiguration verurteilt Kirche und Christentum zur Sinnlosigkeit.

Sag das mal der Tante, seufzte ich bei mir, der Mutter, dem Vater, den Nachbarn, all den sonntagsfrommen Dondorfer Kirchgängern.

Aber ich verstand, was er meinte: Auf der einen Seite beklagten wir die Isolierung und Trennung einer Kirche, die der Gesellschaft oft nahezu fremd gegenübersteht. Aber die Alternative, eine Kirche, die völlig in der Welt aufgeht, konnte auch nicht richtig sein, mehr noch: sich selbst gefährden.

Falls, wurde Hugo nicht müde zu verkünden, falls die Kirche sich zufriedengibt mit dem Platz, den die Gesellschaft ihr heute einräumt, falls sie sich, bewusst oder unbewusst, völlig integriert oder sich damit begnügt, ihre Rituale zur privaten Feiertagserbauung bereitzustellen, hat sie keine Zukunft. Die Kirche, so der Freund, sei kein erstarrtes, fossiles, statisches Institut, sondern ein pilgerndes Volk unterwegs, das mehr in Zelten als in Tempeln wohnt. Für die Kirche als das Volk Gottes sei Kirche ein historisches Geschehen, andauernder Auftrag und Aufgabe.

Ich liebte Hugo, wenn er so in Fahrt geriet, wenn er die Kirche nicht im Dorf ließ, sondern im Gegenteil, sie herauskatapultierte aus Papstpalast und Vatikanstaat, aus Bischofssitzen und Palais, aus ihren komfortablen Nischen, die die Gesellschaft ihr einräumte. Wie die Indianer, rief er aus, wie die Indianer in ihren Reservaten, wo sie mit dem Nötigsten zum Überleben versorgt werden, siehe Kirchensteuer, und ansonsten keinen Schaden anrichten können. Kirche als religiöses Reservat, zur feiertäglichen Erbauung offen für alle.

Was er ersehnte, wusste ich bald: eine Kirche der Kenosis. Hugo, Abitur am altsprachlichen Apostelgymnasium, ohne

Ablenkung durch weibliche Lernbegierige, versteht sich, war Griechisch geläufig wie Latein. Kirche, so Hugo, abgeleitet vom griechischen ›kyriake‹, bezeichnet das, was dem Herrn, ›kyrios‹, zugehört. Die romanischen Sprachen hingegen greifen auf ein anderes griechisches Wort zurück, auf ›ekklesia‹. Ein Wort, das die Griechen benutzten und ›Volksversammlung, die zur Besprechung von Staatsangelegenheiten zusammengerufen wird‹ bedeutet.

Ich, die Autorin, wage es, die Ausführungen Hugos hier zu beenden. Wer Näheres wissen möchte, bediene sich Wikipedias, Wissen auf Knopfdruck, davon konnte man vor rund fünfzig Jahren nicht einmal träumen. Obgleich die ersten Rechenmaschinen in ebendieser Zeit aufgestellt wurden. Doch davon später mehr.

Was aber heißt denn nun ›kenosis‹?, stoppte ich Hugo, der mir Unterbrechungen niemals übel nahm. Er kannte seinen Hang zum Dozieren, konnte sich sogar darüber lustig machen.

Ich hatte Hugo von der Großmutter und ihrem Bruder, dem Ohm, Pater im Orden der Oblaten, erzählt. Von seinen Sprüchen am Mittagstisch, seiner kühnen Verbindung zwischen Frauen in Männerkleidern und dem Ende der Welt, den Beschwörungen der roten und gelben Gefahr, den Läuterungen der wilden Heiden in Afrika. Von seinem ›demütig glauben‹, mit dem er jeder Frage auswich.

Hugos Erfahrungen in seinem großbürgerlichen Elternhaus waren abschreckender. Katholisch sein gehörte zum kölschen Klüngel. Mochten vor Gott alle Menschen gleich sein, in der katholischen Kirche waren sie es nicht. Es gab einen Katholizismus der kleine Lück und einen der Honoratioren. Hätte ein Bischof jemals die Altstraße 2 besucht? Bei den Breidenbachs ging er ein und aus. Wer saß an hohen Festtagen in den ersten Reihen im Dom? So wie in Dondorf die Maternus-Sippe sonntags unterm Orgelvorspiel zum Eingangslied den ganzen langen Gang in die erste Bank voranschritt. Dass einen die richtigen Leute sahen beim Niederknien an der Kommunionbank, war bares Geld wert.

Kenosis, ja, dozierte Hugo. Wir finden dieses Wort bei Paulus. Da meint ›kenosis‹ ›Entäußerung‹. Die Stelle geht so: Christus hat sich selbst entäußert. Dienstknecht wollte er sein. Paulus' Brief an die Philipper 2,7.

Hugo kramte in seiner vollgestopften Aktentasche und zog ein Blatt heraus: Zweites Vatikanisches Konzil. Die wollten ja so einiges in Bewegung bringen, haben wir oft genug drüber gesprochen.

Du hast, dachte ich und grinste.

Was gibt es denn da zu lachen?, fragte Hugo irritiert.

Nein, nein, beeilte ich mich. Lies vor. Hugo war sachlich, doch ihn interessierte ein Gegenstand nur, wenn er ihn zu dem seinen machen konnte; dann verfocht er seine These mit Leidenschaft. Ich liebte es, wenn Hugo sich ganz und gar in einen Text verwandelte, nur noch Stimme war, zuerst Sätze, Wörter, Silben, dann in meinen Ohren nur noch Klang, der sich schließlich in einer verträumten Stille verlor. Doch diesmal hörte ich zu.

Juan José Iriarte, sagte Hugo, der Bischof von Reconquista, Argentinien, meint: ›Wir müssen die christliche Botschaft von der Höhe unserer marmornen Altäre und Bischofspaläste herab verkündigen, dazu in unverständlichem Barock unserer Pontifikalmessen mit ihrem seltsamen Aufmarsch von Mitren, in den noch befremdlicheren Umschreibungen unserer Kirchensprache. Und zudem treten wir in Purpur und Gold vor unser Volk, und das Volk kommt und beugt das Knie, um unseren Ring zu küssen. Sich von dieser tonnenschweren Last der Geschichte und der Gepflogenheiten zu befreien, ist nicht leicht.‹

Hugo sah mich erwartungsvoll an.

Was sollte ich sagen? Dass es gerade das ›unverständliche Barock‹ der Pontifikalmessen, der Aufmarsch der Mitren und die ›unverständliche Kirchensprache‹, das majestätische Latein, die Sprache Gottes, waren, die verlässlichen Rituale, die Schönheit der Gewänder, Fahnen, Kerzen, Bilder, Statuen und Blumen, Weihrauch, Orgelspiel, Gesang, dass gerade all das es war, das mich noch, wenn nicht im Glauben, so doch in Kirchennähe hielt?

Laut sagte ich: Und was folgt daraus? Wie kann das in Wirklichkeit aussehen? Wie stellst du dir denn so eine Kenosis-Kirche vor?

Hugo holte tief Luft. Ich lehnte mich locker zurück. Doch er beugte sich weit zu mir herüber, als wolle er mir nicht allein in die Ohren, vielmehr ernst ins Gewissen reden. Der Kirche bleibt nur eine Möglichkeit, den Mächten der Welt …

Was auch immer die sein mögen, wandte ich bei mir ein.

… den Mächten der Welt zu entkommen: nämlich sich selber aller weltlichen Machtansprüche zu entledigen. Entäußern. Kenosis eben. Sie muss die Gestalt des Dienstknechtes annehmen und darf sich dabei nicht vor Spott und Verachtung fürchten.

Konkret?

Da ist zunächst einmal die Erscheinungsform der Kirche. Alles viel zu viel Prunk. Papst und Bischöfe treten auf wie Renaissancefürsten. Was zählt, ist doch die Gemeinschaft im biblischen Wort und im Sakrament. Das schließt kirchliche Amtsträger nicht aus, aber bitte bescheiden. Da fallen mir schon eine ganze Reihe von ›Entäußerungen‹ ein.

Als da wären?

Tja, zunächst einmal könnte der Papst den Kirchenstaat drangeben. Sowieso seltsam, dass der Bischof von Rom nicht in Rom, sondern in einem anderen Staat residiert. Theologisch ist dieser Staat, der Vatikan, nicht zu rechtfertigen. Soll die Kirche meinetwegen den vatikanischen Grundbesitz behalten. Aber dieser Miniaturstaat mit eigener Regierung, Parlament, Heer, Steuersystem, Banken und Staatsbeamten spricht dem Kenosis-Gedanken Hohn. Sparen könnte man dann auch die diplomatischen Vertreter, die Nuntiaturen, die vatikanische Diplomatenschule. Würden eine Menge Priester frei für das Bistum Rom. Und der Papst könnte in eine einfachere Behausung in der Stadt ziehen und sich eine schlichtere Kirche als Petruskirche aussuchen. Und St. Peter würde Museum, Denkmal aus einer anderen Zeit, als die Kirche noch eine andere Macht war und sein wollte.

Ich schnappte nach Luft.

Aber Hugo kam erst richtig in Fahrt: Alles, was den Papst irgendwie in die Nähe von Kaiser und Fürsten rückt, muss weg. Erst dann kann das Amt Petri wieder seinen wahren Wert erfahren, wenn es sich aller imperialen Zeichen und Auszeichnungen entledigt. Dann kann auch die Tiara, dieses Dreikronen-Monstrum, in der Vitrine verschwinden.

Ich stöhnte auf, lautlos versteht sich.

Überhaupt: Einfachheit ist Trumpf. Raus aus den roten Samtmozetten, dem Rochett und seidenen Paramenten, dem goldenen Pektorale, den roten Schuhen!

Neinneinnein, schrie es in mir, eingedenk der wunderschönen Gewänder, die das fromme Fräulein Kaasen, wo die Mutter geputzt hatte, für den Herrn Pastor stickte: Jeder Stich, o Herr, für dich, Lamm Gottes, golden auf rotem Grund, die Siegeskreuzfahne in Plattstich zwischen den Pfoten.

Und was dem Papst recht sein soll, sei den Bischöfen billig, Hugo war schon unerbittlich weiter, weg mit Palais, Dienstwagen, Haushälterin.

Na gut, na gut, unterbrach ich ihn, das sind Äußerlichkeiten …

Äußerlichkeiten? Diesen Einwand mochte Hugo nun gar nicht hinnehmen. Von wegen. Inhalt und Form, schon mal gehört? ›Wie du kommst gegangen …‹ – ›Kleider machen Leute‹ und wie die Sprichwörter alle heißen. Schlichteres Auftreten wäre weitaus glaubwürdiger. Vor allem aber sollte man den Machtanspruch aufgeben. Keine Gewalten, ›potestates‹, mehr. Das kirchliche Amt sollte in der Dienstbarkeit, dem ›ministerium‹, für die Gemeinschaft der Gläubigen bestehen. Die Autorität Christi ist viel zu bruchlos, sozusagen qua Weihe, auf die Amtsträger übergegangen, und wer dem Amtsträger gehorcht, gehorcht Gott. Jedenfalls hätten sie's gern so.

Ich dachte an die Großmutter, wie sie knickste, sobald sie einen Geistlichen sah.

Hugo war nicht mehr zu bremsen: Nicht wie ein absoluter Fürst gegenüber seinen Untertanen soll der Priester sich verhalten. Nicht mit Gesetzen und Strafen treibt der gute Hirte das verlorene Schaf in die Herde zurück, er geht ihm mit liebevoller Sorge nach. Lukas 15,5. Der Hirte muss seine Herde kennen. Jeden einzelnen Gläubigen. Kleine Einheiten sind nötig. Kleine Kirchengemeinschaften. Und die könnten sich überall in jedem Saal oder brauchbaren Lokal treffen. Du weißt doch …

›Wo zwei oder drei in meinem Namen versammelt sind, da bin ich mitten unter ihnen‹, ergänzte ich, obwohl mir, was Hugo da von sich gab, entschieden gegen den Strich ging. In einem Lokal? Schmicklers Sälchen fiel mir ein oder Gethmanns Zum Vater Rhein. Wenn das die Oma gehört hätte oder jetzt die Tante. Meine Güte. Wo blieben Kerzen, Blumen, Bilder, Fahnen, Weihrauchduft, Orgel- und Schellenspiel?

Die schienen Hugo nichts zu bedeuten: Was glaubst du, wie sich Jesus zum Abendmahl mit den Jüngern zusammengesetzt hat? Und wo? Warum sollen junge Leute nicht anders feiern als die alten? Der Kern allein muss unantastbar bleiben. Aber warum sollen aus dem *einen* Samenkorn nicht verschiedene Blüten sprießen?

Ja, warum eigentlich nicht?, dachte ich und sagte: Da müsste unsere Geistlichkeit aber ganz schön umlernen.

Und wie! Hugo schrie beinahe. In der kenotischen Kirche wird man zu der ursprünglichen Gestalt des Priesters zurückkehren. Die unterschied sich nämlich gar nicht von den übrigen Gläubigen. Papst Coelestin I. hat dies einst von den Bischöfen ausdrücklich gefordert: ›Unterscheiden wir uns von den anderen durch unser Wissen, nicht durch unsere Kleidung, unsere Wohnungen; durch unsere Gespräche, nicht durch ein auffallendes Äußeres!‹ So oder so ähnlich hat der das gesagt.

Klingt gut, sagte ich. Keine Kinder Gottes erster und zweiter Klasse. Und was machst du mit dem Zölibat?

Hugo zögerte keinen Augenblick. Gewiss der Zölibat bleibt die große Schwierigkeit. Auch der muss weg, jedenfalls als Zwang. Priestermangel wäre ab sofort ein Fremdwort. Wie viele qualifizierte Laien könnten dann durch die Kirchengemeinschaft in ein Amt berufen werden.

Gretels Vater. Ob der einen guten Pastor abgegeben hätte?

Und die Frauen?, fragte ich spitz. Sie vom Priesteramt auszuschließen? Ist das nicht auch ein von alten Männern in alten Zeiten festgeschriebenes Gesetz? Theologisch überhaupt zu begründen? Es war mir herzlich egal, ob Frauen Priester sein könnten, aber Hugos Meinung dazu interessierte mich doch.

Du hast recht, sagte er. Theologisch ist gegen die Frau als Priester nichts einzuwenden. Und die Frau ist in unserer Gesellschaft heute formal ja auch gleichberechtigt. Wusstest du, dass es bis 1950 sogar für Frauen so etwas wie ein Zölibat gab, nämlich für weibliche Beamte? Wenn die heirateten, konnten sie entlassen werden, weil dann der Ehemann der ›Haupternährer‹ war.

Mannomann, das musste mir wohl hörbar herausgerutscht sein, denn Hugo brach ab und schaute mich zufrieden an.

Ist was?

Das musst du bestimmt beichten!, flachste ich. Das mit der Frau Pastor.

Hugo richtete sich auf: Weißt du, das alles ist ja eigentlich gar nicht so wichtig.

Nicht so wichtig?

Ja, schon, wiegelte Hugo ab, aber im Grunde geht es doch um die Ehrlichkeit und Wahrhaftigkeit der Kirche. Im Vordergrund steht viel zu oft die Kirche als Kirche glattzüngiger Diplomaten oder spitzfindiger Theologen, die mittels raffinierter Konstruktionen beweisen, dass die Kirche im Grunde niemals Fehler machen kann. Nichts hat der Kirche so geschadet wie Fehler, die nie eingestanden wurden. So vieles verschwiegen, vertuscht und wegargumentiert. Ist dir noch nie aufgefallen, dass Verstöße gegen das sechste Gebot Todsünde sind, doch Sünden gegen das achte Gebot – Sünden gegen die Wahrhaftigkeit – als lässliche, sozusagen Alltagssünden, durchgehen? Das sagt einiges über das Verhältnis der Kirche zur Wahrheit. Die Wahrheit der Kirche ist aber von ihrer Wahrhaftigkeit nicht zu trennen. Wohlgemerkt – wirklich, Hugo sagte wohlgemerkt, daran merkte ich, wohlgemerkt, wie ernst es ihm war –, ich meine nicht den einzelnen Katholiken, da gibt es viele ehrliche Häute. Ich meine die Kirche als Institution. Die Kirche muss eine Zone der Wahrheit sein, muss sich dem, was in der Gesellschaft geschieht, stellen. Sie muss beides tun: intensiv in der Welt anwesend sein, aber auch beiseitetreten können, um nicht von der säkularen Dynamik mitgeschleift zu werden.

Dabei sein und doch bei sich bleiben, meinst du das?

So ungefähr, erwiderte Hugo. Gegenwärtig sein in der Welt und doch Distanz wahren.

Also die Quadratur des Kreises. Ich wurde ungeduldig. Dachte an die Schwestern in Dondorf, Arme Dienstmägde Jesu Christi, dachte an Schwester Aniana und ihr Märchenbuch im Kindergarten, an Schwester Mavilia, die mir beinah das Geheimnis der Lichtung von der Stirn in ihre kühle Hand gestreichelt hätte, an Gretel dachte ich und welchen Schleier sie wohl nehmen würde, dachte an den Ohm, der mir als Kind so bedrohlich erschienen war, wenn er bei Besuchen die Maggiflasche über die Rinderbrühe schwenkte und die dicksten Fleischstücke und den größten Pudding kriegte.

So in meine Bilder versunken, hatte ich wohl lange geschwiegen, denn ich schrak auf, als Hugos Hand nach der meinen griff und er mit seiner Alltagsstimme fragte, ob ich noch eine Cola wolle, untrügliches Signal, dass er wieder am Tisch in der Cafeteria angekommen war. Und bei mir. Dann musste ich auf der Hut sein. Denn Hugo war trotz aller Beredsamkeit keiner, der über dem Kopf das Herz vergaß, Leib und Seele gehörten bei ihm durchaus zusammen. Zu mehr als Händchenhalten fühlte ich mich längst noch nicht gewachsen. Doch kamen ihm meine immer weitschweifigeren Ausweichmanöver in geistige Gefilde nicht von Mal zu Mal sonderbarer vor? Zusehends verschrobener wurden die Gespräche und die Schweigepausen länger.

Ein paarmal schon hatte Hugo seine Bude, wie er sein Zimmer nannte, ins Spiel gebracht, wenn er seine Meinung mit einem Zitat bekräftigen wollte, das Buch dazu aber in eben dieser Bude stand, was, je länger wir miteinander diskutierten, immer öfter der Fall war, sodass sich in meiner Phantasie ein ständig wachsender Bücherberg auftürmte. Der zu guter Letzt den Ausschlag gab.

Es ging um *Gaudium et spes*, Freude und Hoffnung, ein Dokument des Zweiten Vatikanischen Konzils.

Kommst du mit zu mir? Ich habe dieses Buch zu Hause.

Mit zu mir. Ich hatte die Frage erwartet. Gefürchtet.

Im Vertrauen, dass meine Kapsel hielt, würde ich mich auch dieser Nähe stellen müssen. Der körperlichen Nähe.

Zu mir nach Hause. Sich sein Zuhause zeigen. Die Herkunft. Ein altes Vertiko kann mehr erklären als tausend Worte.

Es goss in Strömen, als Hugo seinen 2CV bei einem dieser schönen alten Mehrfamilienhäuser in der Vorgebirgstraße stoppte.

Hier ist deine Bude?

Nichts wie raus, Hugo drückte die Autotür auf, und dann rein da, lenkte er mich ins Haus.

Im zweiten Stock Tür links sein Name. Breidenbach.

Wie? Ich war verblüfft. War ich erleichtert? Du wohnst doch bei deinen Eltern? Ich dachte, du hast ein eigenes Zimmer, deine Bude?

Hab ich auch, lachte Hugo. Nun komm doch erst mal rein. Wir verschmähten den Fahrstuhl, nahmen die Treppe. Wo hatte ich zuletzt ein solches Knarren gehört? Im Haus von E. Schmitz war das gewesen, und es blieb die einzige Gemeinsamkeit.

Hugo schloss die Wohnungstür auf: Die Diele so groß wie das gesamte Erdgeschoss unseres Dondorfes Hauses, an den Wänden Regale, die von Büchern überquollen. Dazwischen ein mannshoher Spiegel, der die Bücher zu verdoppeln schien. Mich überfiel beim Anblick dieser Wände Traurigkeit, als hätte ich eine lange Reise hinter mir und eine nächste endlos lange Fahrt noch vor mir. Da war mein Holzstall, war des Vaters Knurren: Bööscher nä!, die nach den Wörtern tastende Stimme der Mutter, wenn sie uns abends aus dem *Nimm mich mit*-Heftchen vorlas, die Großmutter, die stolz ein *Pater noster* aufsagte, da war mein Bildband für ›besondere Leistung‹, mein Lexikon von Friedel,

Godehard mit seinem ›Loch‹, und ich begann zu ahnen: Nicht nur die Kapsel von der Lichtung trug ich mit mir herum. Eine zweite steckte tiefer. Darin dat Kenk vun nem Prolete, mit seiner neidgeborenen Abneigung auf die da oben, die mit dem leicht gebräunten Teint, der schönen Sprache und den Kaschmirpullis, den vorderen Plätzen in Kirchenbänken, Opernhäusern und Theatern. Im Leben. Angeboren. Eine Geborene sein. Oder wie hatte die Frau Direktorin gesagt: aus keinem guten Stall.

Hier geht's weiter. Hugo griff nach meiner Hand. Ich stand gebannt.

Wenn du die Bücher meinst, davon gibt es noch mehr, weiter hinten. Zieh erst mal den Mantel aus.

Wann hatte ich mich zuletzt so fehl am Platz gefühlt? Das Wagenstein'sche Haus fiel mir ein, wo ich die Kinder den Dünkel der Mutter hatte entgelten lassen. Ich riss mir den Mantel runter. Ich wusste, der Vergleich war ungerecht, aber mein Gefühl für die Ähnlichkeit der beiden Wohnungen und des Lebens darin ließ sich nicht überwinden, folgte nicht dem Verstand und verstärkte sich zusehends, als wir in das vordere Zimmer kamen, doppelt so groß wie die Diele, Parkett, zierliche alte Möbel aus hellem Holz, Biedermeier, erklärte Hugo später, eine Récamière wie bei der Bürgermeisterfamilie, überm Kamin ein Spiegel, von goldenen Lilien und Schwänen gerahmt. Keine Bücher, dafür Bilder, wie ich sie nur aus Museen kannte. Teppiche, Stuck.

Und hier wohnst du? Allein? Die Wohnung schüchterte mich ein. Sie entsprach so gar nicht meinem Bild von Hugo. Doch was wusste ich schon von ihm? Woraus setzte sich mein Bild zusammen? Kinobesuche und Gespräche, die vor allem. Wünsche, Phantasie. Ein Bild aus Ein-Bildung.

Ganz allein. Hugo grinste. Komm weiter. Ich geh mal voraus.

Vom Wohnzimmer, wenn man dieses Prachtgemach so nennen konnte, öffneten sich Türen in zwei angrenzende Räume. In dem einen ein ovaler Tisch, viele Stühle, Büfett, Vitrine, doch ehe ich weiterschauen konnte, war Hugo verschwunden.

Hierher, rief er. Ich fürchte, hier willst du heute nicht mehr weg!

Hatte mich die Diele königlich empfangen, so verlangte dieser Raum die totale Kapitulation. Ein schmales Fenster gegenüber der Tür. An den Wänden, um Fenster und Tür herum: Bücher. Vor den Wandregalen ein Gang, gerade so breit, dass eine Leiter zu den oberen Fächern reichte; daneben mannshohe Standregale, beidseitig zugänglich: Bücher. Eine Festung für das Buch. Ein feste Burg ist unser Buch. Es roch wie in der Handschriftensammlung der Universitätsbibliothek, die man nur mit Genehmigung betreten durfte, kostbarer Staub und kostbares Wissen. Papierne Stille füllte den Raum beinah greifbar aus.

Komm, sagte Hugo, nahm meine Hand und zog mich in den Flur zurück, ich überließ mich ihm wie betäubt.

Wenige Schritte weiter blickte ich in eine Küche, gegenüber das Bad, noch mehr Zimmer. Am Ende des Ganges öffnete Hugo mit Schwung und Verbeugung die letzte Tür: Voilà! Bitte einzutreten.

Wieder Regale, aber aus lackierten Spanplatten, ein Sofa oder eine Schlafcouch, ein Schreibtisch, zwei Sessel vor einem kleinen Tisch. Ich atmete auf.

Also doch eine Bude, sagte ich einigermaßen beruhigt. Wo ist denn deine Vermieterin?

Ach was, Vermieterin. Hugo rückte mir einen Sessel zurecht. Die Wohnung gehört meiner Tante. Die hat eine Gastprofessur in Berkeley. Sozialwissenschaften, Schwerpunkt Religionsgeschichte.

Das Wort Tante beschwor meine Verwandtenschar herauf, Tante Berta vorneweg, Tante Anna mit ihrem Säufergatten, die Bauerntanten aus Rüpprich, oder die vornehmere Variante, Tante Gretchen, Gattin des Mannes mit dem Zigarrenabschneider. Wer eine Tante hatte wie die hier, was hatte der für Eltern?

Hugos Zimmer war tipptopp, nur auf dem Schreibtisch türmten sich die Papiere. Und darüber die Blumen. Kornblumen gemalt und auf Fotos, stilisiert und nach der Natur, allein oder in Sträußen, auf Feldern, in Vasen, in goldenen Haaren zu Kränzen geflochten.

Zu viel Novalis gelesen?, spottete ich, froh, meine Befangenheit abschütteln und zudem etwas Bildung demonstrieren zu können. *Heinrich von Ofterdingen.* Die blaue Blume. Du hast sie wohl gefunden, seh ich. Musst sie aber doch nicht gleich an die Wand nageln.

Hugo verschwand und kam mit der unvermeidlichen Cola zurück.

Ja, du hast recht. Das ist wirklich meine blaue Blume. Aber nicht die von Novalis, sondern die von meinem Großvater. Der war mir das Liebste auf der Welt. Und die Kornblume war seine Lieblingsblume. Die darf man denen nicht überlassen, hat er immer wieder gesagt. Denen. Wen er damit meinte, habe ich mir erst später zusammengereimt: vor allem die Nazis. Für miese Zwecke kann man eben nicht nur Symbole und Wörter missbrauchen, sondern sogar unschuldige Pflanzen. Dabei kommt sie, die Kornblume, direkt aus dem Himmel. Auch dort erzählt man sich nämlich gern Witze, die den Teufel und alle Bösen so richtig veräppeln. Dann lachen die da oben Tränen und das Blaue vom Himmel herunter. Das sind die Kornblumen: die Lachtränen vom lieben Gott und seinen himmlischen Mitbewohnern. Und wer die Kornblumen pflückt und ins Wasser stellt, das war ihm wichtig, der stellt sich ein Stückchen Himmelsfreude ins Zimmer. Freudenblumen hat er sie auch genannt. Wie oft habe ich als Kind versucht, die Mutter oder den Vater froh zu machen mit meinen Sträußchen. Aber die hatten dafür keinen Sinn. Unkraut, Kram, hieß es. Dann habe ich die Blumen beim Großvater ins Wasser gestellt und sie mit ihm zusammen so lange angesehen, bis ich wieder lachen konnte.

Warum aber die blauen Tränen nur in die Kornfelder fallen, wollte ich wissen. Weil die Farbe der Ähren, das Gold, sie magisch anzieht, hat der Großvater gesagt, golden wie die Wohnung vom lieben Gott, und er zeigte mir alte Gemälde, auf denen alles in Gold getaucht ist. In der christlichen Symbolik steht die Kornblume tatsächlich für Christus und das Paradies auf Erden. Und wird auch Dreifaltigkeitsblümlein genannt. Und warum hat die Kornblume so zerfranste Blütenblätter?, wollte ich wissen. Weil die sich hier unten vor Lachen kringeln wie Diedaoben.

Du kannst dir denken, was das für Folgen hatte. Nur noch blaue, goldene und gelbe Sachen wollte ich als Kind haben. Bis heute. Siehst du ja.

Tatsächlich: blau und gelb in allen Schattierungen, zitronige Wandfarbe, marineblaues Sofabett, zwei blaue Plüschsessel, blau-gelb gestreifte Vorhänge. Und Hugo trug, tja, ein blaues T-Shirt.

Im Sommer gab es kaum einen Spaziergang, fuhr Hugo fort, der uns nicht zum Blumenpflücken in die Felder geführt hätte. Dafür musste ich dann ein Gedicht auswendig lernen. Hat mir aber Spaß gemacht. Du weißt ja, ich hör mich selbst gern reden, spottete Hugo. Willst du's hören?

Hab ich die Negation der Negation der Negation? Fang schon an.

Hugo stellte die Füße zusammen, machte einen Diener und verschränkte die Arme hinter dem Rücken: Julius Sturm, 1816 bis 1896.

Der Bauer und sein Kind

Der Bauer steht vor seinem Feld
Und zieht die Stirne kraus in Falten:
›Ich hab den Acker wohl bestellt,
auf gute Aussaat streng gehalten;
nun sieh mir eins das Unkraut an!
Das hat der BÖSE FEIND getan.‹

Da kommt sein Knabe hochbeglückt,
mit bunten Blüten reich beladen;
im Felde hat er sie gepflückt,
Kornblumen sind es, Mohn und Raden.
Er jauchzt: ›Sieh, Vater nur die Pracht!
Die hat der LIEBE GOTT gemacht.‹

Hugo machte einen zweiten Diener und setzte sich wieder: Na?

Ich prostete ihm mit der Cola zu. Kenn ich. Stand in einem meiner Lesebücher. Gefällt mir. Erinnert mich an meinen Großvater. Wie viele Seiten hat ein Ding?, wollte ich wissen. So viele, wie wir Blicke dafür haben, sagte er.

Ja, unsere Großväter, wenn ich den meinen nicht gehabt hätte, sagte Hugo gedehnt. Klar, dass ich später im Novalis-Seminar sofort die Kornblume vor Augen hatte als blaue Blume. Und du? Was stellst du dir unter diesem Symbol der Romantik vor? Erstmal die Farbe: Blau. Mal sehen, ob du romantiktauglich bist.

Der Himmel natürlich, hat dein Großvater ja gerade erklärt. Sehnsucht, Unendlichkeit, Ewigkeit.

Weiter, kommandierte Hugo streng: jetzt Blume.

Blumen sind lebendig, sehr verletzlich, schutzbedürftig, zart. Sie sind schön. Allesamt.

Genau, fiel Hugo ein, schön. Und das auf der ganzen Welt. Egal, in welcher Kultur. Überall liegen sie den Menschen am Herzen. Sie schmücken damit alles, was ihnen lieb ist. Und verschenken sie. Um Freude zu machen und als Symbol der Liebe.

Aber, rief ich, sie sind vergänglich.

Für Hugo wieder ein Stichwort: Ja, wie der Mensch. Wir haben eine Kindheit, eine Zeit der Reife, und dann vergehen wir.

Wie die Liebe?, fragte ich patzig.

Hugo stutzte. Wächst nach, lachte er, wächst immer wieder nach und neu, die blaue Blume, meine ich. Weiß man ja: Rot steht für Liebe und Leidenschaft, die rote Rose der Liebe, rote Nelken am 1. Mai. Aber in die Blaue Blume kannst du alles Mögliche und Unmögliche hineinträumen.

Und du hast ja deine blaue Blume schon gefunden, deutete ich auf die Blumenwand.

Nun ja, der Großvater war mit seiner Erfindung der Kornblume gar nicht so weit von Novalis' blauer Blume entfernt. Bei ihm wächst die blaue Blume im Kyffhäuserberg, und wer sie am Vorabend des Johannistags pflückt, der wird ein weiser und glücklicher Mensch.

Wie du? Meine Unsicherheit ließ nach. Das Gespräch hielt mich auf vertrautem Gelände.

Mal sehen, wir können ja am 23. Juni mal gemeinsam danach suchen. Hugo streckte die Hand nach mir aus.

Ich lehnte mich zurück. Jetzt bloß nicht das Gespräch abreißen lassen. Ich ließ meine Blicke durchs Zimmer schweifen. Ein Lob des Bücherregals müsste man schreiben, wechselte ich das Thema. Was wären Bücher ohne Regale? Ein wirrer Haufen, wüster Stapel, nichts mehr wiederzufinden. Das Regal: immer zu Diensten, still und devot derer harrend, die es mit ihrer Anwesenheit ehren. Bücher und Regale, das gehört einfach zusammen. So wie Bücher und Papier. Seit dem Rosetta-Stein, den Hieroglyphen und den Papyrusrollen ist einiges passiert. Jedenfalls: kein Buch ohne Papier. Ob handgeschrieben oder gedruckt. Es sei denn … Meine Scheu vor der fremden Umgebung ließ nach, ich machte mich in dem blauen Sessel so breit und lang wie möglich, streckte mich gewissermaßen in die Zukunft. Es sei denn, jemand erfindet etwas ganz anderes.

Zum Beispiel? Hugo hatte Feuer gefangen.

Vielleicht eine Zaubertafel, so groß wie ein Schulheft, DIN-A5, auf der man Bücher aufnehmen kann, also die Buchstaben festhalten und abspielen kann wie die Stimme auf einer Schallplatte. Eine Art Leseplatte. Ein Plattenspieler für Bücher. Mit Strom betrieben oder so was Ähnlichem. Ganze Bücher könnten da drauf, Seite für Seite. Ganze Bibliotheken!

Hugo wiegte den Kopf. Was du dir alles ausdenkst.

Doch ich mochte von der Vorstellung, Bücherberge wie ein Schulheft überall mit mir herumtragen zu können, so bald nicht lassen. Keine Regale, keine Wände, keine Zimmer mehr nötig, Lesenomaden könnten wir werden, zurück in die Wälder, so weit die Batterien reichen.

Jaja, fiel mir Hugo ins Wort, aber nie mehr mit den Fingern über das seidige Leinen eines Einbandes fahren, den exakten Druck genießen, den Geruch eines frisch aufgeschnittenen Exemplars, dieses feine Schaben beim Umblättern, der Knall beim Zuklappen, je nach Leselaune ein zufriedenes Aufwiedersehn oder ein entrüstetes Schlussjetzt, kein Ärger oder Entzücken mehr über einen gekonnten Einband, das Aroma eines Buches, das schon lange niemand aufgeschlagen hat oder dem du als Erster über die Seiten streichst, und dann dieser Genuss, die Augen einfach über die Regale wandern zu lassen, die Front abnehmen wie eine Kompanie, eine Auswahl treffen ... All das wäre verschwunden. Nein, das möchte ich nicht erleben.

Sag das nicht, gab ich zurück, was glaubst du, hätte der Mönch im 13. Jahrhundert gesagt, wenn du dem den Gutenberg prophezeit hättest. Und selbst, als der Buchdruck erfunden war, hat man noch jahrzehntelang weiter Bücher mit der Hand geschrieben. Und heute ist es ein Kunsthandwerk, die Kalligraphie.

Naja, lenkte Hugo ein, aber es gibt das Telefon, und trotzdem werden noch Briefe geschrieben. Es gibt Kino, Fernsehen und auch weiterhin das Theater. Menschen bleiben Menschen. Und die müssen was zum Anfassen haben.

Ich schwieg. Griff zum Colaglas. Zum Anfassen. Es war wie ein Stichwort. Herzklopfen bis in die Haarwurzeln.

Du, du wolltest mir doch dieses Dokument zeigen, dieses Zitat. Deshalb bin ich doch hier, fügte ich beinah trotzig hinzu.

Hugo strahlte mich an. Hab ich schon parat gelegt. Aber da gibt es doch bestimmt noch spannendere Sachen.

Blindlings tastete ich nach dem Bücherstapel neben mir, zog ein dünnes Heft heraus. Zum Beispiel das hier, sagte ich, *Zerschneide den Stacheldraht*.

Er biss an. Ernesto Cardenal. Südamerikanische Psalmen. Schon mal gehört?

Eifriger als nötig schüttelte ich den Kopf.

Ist ja auch gerade erst erschienen, Hugo freute sich, mir etwas bieten zu können. Kommt aus Nicaragua und ist einer der wichtigsten Lyriker Lateinamerikas. Kämpfte wie viele andere Intellektuelle gegen den Diktator, Somoza. Heute lebt er als Mönch in Solentiname und will dort mit den Bauern eine christliche und soziale Demokratie auf die Beine stellen. Ein Krankenhaus und eine Schule gibt es schon. Genau das, was ich unter Kenosis-Kirche verstehe.

Hugo griff nach meiner Hand, hielt sie fest, während er weitersprach: Es ist bequem zu glauben, man müsse Gott in irgendeinem Rahmen, einer Liturgie, einem Ritus verehren, während der lebendige Gott, der zitternde, hungernde, bedürftige Gott vor unserer Haustür steht … und wartet.

Hugo stockte, ergriff nun auch meine andere Hand. Wir können es anders machen. Auch du und ich. In Nicaragua oder sonstwo auf der Welt. Wo man uns braucht.

Na, da gehst du aber ganz schön weit, vorsichtig zog ich meine Hände zurück. Astrid aus dem Aufbaugymnasium fiel mir ein und wie sie, Tochter eines Gewerkschafters, mir vor dem Regal mit den Büchern aus der Büchergilde Gutenberg Heinrich Heine aufgesagt hatte. ›Wir wollen hier auf Erden schon/das Himmelreich errichten‹, zitierte ich und: ›Den Himmel überlassen wir/den Engeln und den Spatzen‹. Meinst du das? Oder so ähnlich? Mit Gott, Gebet und Gedichten die Welt erretten?

Ach, Hildegard, seufzte Hugo.

Wie ungewohnt er mir noch immer klang, der unverstümmelte Daktylus meines Namens, wie geborgen fühlte ich mich in ihm.

Hildegard, hör zu.

Weiter noch ließ ich mich in den Sessel zurücksinken.

›Warum hast du mich verlassen?‹, begann Hugo.

Psalm 21, Jesus am Kreuz, ich kannte ihn wohl.

> Mein Gott, mein Gott – warum hast du mich verlassen
> Ich bin zur Karikatur geworden,
> das Volk verachtet mich.
> Man spottet über mich in allen Zeitungen.
> Panzerwagen umgeben mich,
> Maschinengewehre zielen auf mich,
> elektrisch geladener Stacheldraht schließt mich ein.
> Jeden Tag werde ich aufgerufen,
> man hat mir eine Nummer eingebrannt …

Hugos Stimme ließ den Sinn der Worte in meinen Ohren allmählich versinken, doch nicht aus Widerstand gegen den trostlosen Inhalt.

Ich schreie in den Fesseln der Zwangsjacke
im Irrenhaus schreie ich die ganze Nacht
im Saal der unheilbar Kranken …

Vielmehr weckte diese Stimme mit jeder Silbe ganz anderes. Sehnsucht war es wohl, aber Sehnsucht wonach? Wegtragen sollte mich diese Stimme, dorthin, wo es das alles nicht gab, wovon sie sprach:

Ich weine auf der Polizeistation
im Hof des Zuchthauses
in der Folterkammer
und im Waisenhaus …
Aber ich werde meinen Brüdern von Dir erzählen.
Auf unseren Versammlungen werde ich Dich rühmen.
Inmitten eines großen Volkes werden
    meine Hymnen angestimmt
die Armen werden ein Festmahl halten …

Diese Stimme strich mir über die Stirn und durchs Haar, küsste meinen Nacken, die Wangen, streifte meine Lippen, umarmte und hielt mich.

Das Volk, das noch geboren wird,
unser Volk,
wird ein großes Fest feiern.

Hugo schwieg.

Ist es wirklich so, dass nur das Gespräch es ist, das den Menschen vom Tier unterscheidet? Nicht auch das Schweigen? Das bewusste, einverständige Schweigen?

Wir schwiegen. ›Seit ein Gespräch wir sind und hören voneinander.‹ So stand es bei Hölderlin. Ja, es war das Gespräch, das wir füreinander waren. Und das Schweigen. Gesättigtes Schweigen. Aus dem allein erwuchs jedes neue Gespräch.

An diesem Abend lasen wir nicht weiter. Doch ziehe man daraus nicht den Schluss, den Dante nahelegt, wenn Francesca ihm im zweiten Kreis der Hölle gesteht, ein Buch habe als Kuppler zwischen ihr und Paolo gedient: Der Kuss, von dem sie gemeinsam gelesen, habe zum wirklichen Kuss et cetera geführt und zu dem berühmten Geständnis: ›An jenem Tage lasen wir nicht weiter.‹

Nein, ich nahm Cardenals Psalmen mit, schlug den Kragen hoch, stieg vorm Haus der Tante in Hugos Auto ein und am Neumarkt wieder aus. Der Freund musste weiter, zu seinen Eltern nach Marienburg. Der Onkel aus Meran kam zu Besuch. Vorher aber drückte er mir noch ein Flugblatt in die Hand: Ob ich mitkommen wolle. Das sei auch Kenosis-Kirche. Und blaue Blume. Der Aufruf der katholischen Jugend zum Ostermarsch 1967.

Aufgeschreckt durch Hugos Klingeln kurz vor sieben blinzelte die Frau an der Pforte mich verschlafen an. Ich stand schon lange parat. Unser erster Ausflug. Wenn man dieses Unternehmen denn einen Ausflug nennen wollte.

Ende März war es nach ein paar Vorfrühlingstagen wieder kalt, die Straßen regennass und glatt. Kurz hinter Köln gerieten wir in eine unübersehbare Autoschlange Richtung Dortmund.

Du, sagte ich aufgeregt, fahren die auch alle dahin?

Möglich, gab Hugo ungewohnt einsilbig zurück, der frühe Morgen schien nicht seine Tageszeit zu sein. Vergangenes Jahr waren wir schon weit über hunderttausend.

Während wir das Bayer-Kreuz hinter uns ließen, erinnerte ich mich an das strenge Mädchen auf Godehards Party und seinen

Bericht vom Ostermarsch in Hamburg: Durch die Heide seien sie gezogen, von Hamburg nach Bergen-Hohne, Raketenstation. Gegen die Wiederbewaffnung ging es damals, die SPD war eingeknickt, wollte nun auch Wehrdienst und Wehrpflicht. Die Bundeswehr.

Heute mit Hugo marschierte ich für Demokratie und Abrüstung von Essen nach Bochum zur Abschlusskundgebung. Gleich würden wir an Dondorf vorbeifahren, linker Hand vorbei am Krawatter Busch, dunkel war es, so wie in jener Nacht, aber wir fuhren in den Morgen, vom Bergischen her wurde es hell, ich heftete meinen Blick auf Hugos Hände, wie verlässlich sie das Steuerrad hielten, und ich unterdrückte den Schluckauf, als die Abzweigung nach Dondorf in Sicht kam.

Was würden deine Eltern sagen, wenn sie wüssten, wo wir hinfahren?, brach es so unvermittelt aus Hugo heraus, dass ich zusammenzuckte.

Meine Eltern? Äh … Wieso sollte ich denen das sagen?

Wieso nicht?

Weil ich nicht glaube, dass die wüssten, worum es geht, sagte ich, fragte mich aber, ob nicht doch der Vater davon gehört habe. Und deine?

Die sind strikt dagegen. Da hilft es auch nichts, dass in diesem Jahr mehr als sechstausend Geistliche, Lehrer und Professoren, Künstler, Schriftsteller und Gewerkschafter den Aufruf unterzeichnet haben, mehr als fünfmal so viel wie 1963. Zweihundert Städte beteiligen sich. Hier nur ein paar Namen: Günter Eich und Max von der Grün, Rolf Hochhuth, Ledig-Rowohlt, der Raddatz, Paul Schallück und Martin Walser. Da staunst du, was? Macht aber für die Familie alles nur noch schlimmer. Erst recht, seit meine Schwester mich auf dem Foto im *Stadt-Anzeiger* gesehen hat. Bei der Regenschirm-Demo gegen die Fahrpreiserhöhung. Warst du ja auch dabei. Wenn auch nicht so mittendrin. Ich war auf dem Rudolfplatz. Der Vater hat getobt, ich brächte ihn um seinen guten Ruf. Er hat Angst, ihm könnte ein Orden, ein Ehrendoktor, was weiß ich, entgehen, wenn der Herr Vater seinen Sohn nicht im Griff hat. Nicht einmal die Sozis, die SPD, hat er gezischt, macht da noch mit. Und die Mutter … Für die bin ich abwechselnd mal ein hoffnungsloser Schwärmer, Traumtänzer, mal ein nützlicher Idiot, von Moskau ferngelenkt.

Hugos Stimme klang verächtlich: Nur als ich dann schwarz auf weiß zeigen konnte, dass auch ihr Liebling, Wilhelm Kempff …

Der Pianist?

Genau der! Auch der hat den Aufruf unterschrieben. Da mussten sie natürlich schlucken! Und dann hab ich ihnen auch noch den Monsignore Gamber unter die Nase gerieben.

Wen?

Päpstlicher Geheimkämmerer. Regensburg. Frag mich nicht. Jedenfalls ein Monsignore, also nicht …

… so ein schlichter Herr Kaplan, sondern ein frommes hohes Tier. Du, sieh mal!, lenkte ich ab. Ein 2CV bog neben uns auf die Autobahn ein, eine blaue Fahne mit Picassos Friedenstaube wehte aus dem Fenster. Hugo hupte, der 2CVler hupte zurück.

Ach, die Eltern, seufzte ich gespielt verzweifelt, lass sie reden. Fest entschlossen war ich, diese Reise zu genießen. Die gute Sache: Garantie für einen guten Tag.

In Bochum stellten wir das Auto am Bahnhof ab und nahmen den Zug nach Essen. Von dort würden wir zurückmarschieren zur Abschlusskundgebung in der Bochumer Ruhrlandhalle und konnten so danach gleich wieder ins Auto steigen. Schlaues Kerlchen, mein Hugo.

Auf dem Bahnhof waren beinah mehr Fahnen als Menschen zu sehen. Fahnen von IG Bergbau und IG Metall, blaue Friedensfahnen und schwarze Fahnen mit rotem Band, gegen das Zechensterben, erklärte Hugo, und rot, klar.

Irrlicht und Feuer. Hugo schwang den Arm gegen das schwarze Fahnenmeer. Schon gelesen?

Gehört, ja. Astrid hatte mir das Buch damals mitgegeben. Gelesen, nein.

Solltest du aber. Max von der Grün. Selbst ein Bergmann. Hat auch die Dortmunder Gruppe 61 mitgegründet. Da schreiben Arbeiter für Arbeiter.

Und das taugt was?

Naja, ist jedenfalls ein neuer Blick auf neue Schauplätze.

Kannste ja mal deine Doktorarbeit drüber schreiben, flachste ich, ich bleib lieber bei meinem Schiller.

Oder du schreibst selbst eine. Wär doch was. Also, wie nennen wir das Ding? Vielleicht *Literatur in der Aktion*. Klingt seriös und aufmüpfig zugleich. Und dann muss noch so ’n richtig einschüchternder Untertitel her, von wegen akademisch. Etwa: Zur Entwicklung …

… Entwicklung, kicherte ich, das ist immer gut. Entwicklung, Problem, Funktion, immer gut.

Also: Zum Problem der Entwicklung der Funktion …

Und weiter? Wie nennen wir's denn, das Problem?

Hugo krauste die Stirn. Hm. ›Arbeiterliteratur‹ klingt zu bieder, sinnierte er, so nach zwanziger Jahre und SPD. Wie wär's mit: operativer Literatur. Eine Literatur, die direkt eingreifen will ins Tagesgeschehen. So à la Brecht.

Nicht schlecht. Und dann geben wir noch den Zeitraum an, schlug ich vor: Zum Problem der Entwicklung der Funktion operativer Literatur seit Beginn der sechziger Jahre.

In der Bundesrepublik!, prustete Hugo. Noch mal.

Ich holte tief Luft: Zum Problem der Entwicklung der Funktion operativer Literatur in der Bundesrepublik seit Beginn der sechziger Jahre. Und das soll ein Untertitel sein? Ist ja ein halbes Buch.

Naja, gab Hugo zu, lassen wir das Problem und die Funktion weg, dann klingt das gelehrt genug. Und bis du mal schreibst, kommt in den nächsten Jahren sicher so allerhand an Material zusammen. Jedenfalls interessanter als die hundertste Arbeit über deinen Friedrich.

Vielleicht hatte Hugo Recht. Ich ließ meinen Blick über die Menschenmenge schweifen. Vielleicht erwuchs aus dieser Bewegung in den nächsten Jahren wirklich eine andere Art Literatur, wenn die Arbeiter selbst schrieben oder die, die in der Wirklichkeit etwas verändern wollten, nicht nur auf dem Papier.

Auch hier waren es Wörter, die in den Himmel gehalten wurden.

›Kampf dem Atomtod‹ – ›Ohne kleine Leute keine großen Kriege‹ – ›Mit des Kumpels Moneten nicht für Bunker und Raketen‹: Die Plakate sahen aus, als hätten sie schon ein paar Märsche überstanden. ›Amis raus aus Vietnam‹ – ›Frieden für Vietnam‹ – ›Vietnam den Vietnamesen‹: Das war frisch gemalt. ›Frieden schaffen ohne Waffen‹ – ›Mütter schweigt nicht wieder‹ – ›Notstandsrecht ist Kriegsrecht‹ – ›Wehret den Anfängen‹.

Immer mehr Menschen drängten von der Treppe auf den Bahnsteig, eine Lautsprecherstimme mahnte zur Ruhe und kündigte den Einsatz eines Sonderzuges an.

Mit uns schoben sich zwei Männer und zwei Frauen ins Abteil.

Ziemlich viel Politik in diesem Jahr, murrte die junge Frau, Cousine Hanni ähnlich, die auch bald ihren Kinderwagen schieben würde. Sie hatte sich fein gemacht in Tweedmantel, Seidenschal und einem schwarzen hohen Samthut, die Riesenschleife überm Nacken stand ab wie ein Propeller. Mit verdrossener Miene hielt ihr Junge im Kinderwagen einen roten Luftballon im blaugefrorenen Händchen: ›NEIN zur Bombe – JA zur Demokratie.‹

Für mich ist der Marsch ein Marsch für den Frieden, sagte die junge Mutter und zupfte die Decke zurecht.

Dazu jehört dann aber auch Vietnam, woll ja, mischte sich eine resolute Stimme ein. Ich fuhr zusammen. Wie kam die Tante hierher? Tatsächlich hätte die kleine rundliche Frau in Pepitamantel und Kapotthut, unter dem eine krause graue Dauerwelle hervorstach, Tante Bertas Schwester sein können.

Sechs Jahre bin ich dabei, sagte sie, auch als die Regierung die zwei von uns nicht nach London fliegen lassen wollte. Da, wo ja alles anjefangen hat. Na, wir dann alle in Düsseldorf auf die Kreuzung da beim Bahnhof. Sitzstreik. Großer Polizeieinsatz mit Wasserwerfern und allem drum und dran, Knüppel und so, woll ja. Zwei von uns ab ins Kittchen, pitschnass. Denen haben wir dann Sachen gebracht, was wir gerade hatten. Die sahen vielleicht aus, als die am nächsten Tag wieder rauskamen! Übrigens Lisa Matuschke. Liesjen.

Liesjen lachte über das ganze runde rote Gesicht, streckte erst mir und Hugo, dann der Frau mit dem Kinderwagen die Hand hin. Eine harte, rauhe Hand wie die der Tante.

Die beiden Männer hatten sich verschlafen in die Ecke gedrückt. Als die ersten Schnarcher laut wurden, legte Liesjen den Finger auf die Lippen: Sicher Nachtschicht. Kenn dat von meinem Willi selig. Aber seht ihr, die Anstecker? Die jehen mit uns, woll ja.

In Essen schien jederman nur ein Ziel zu haben: die Erlöserkirche. Erst seit einem Jahr wieder offen, Platz für über tausend Menschen. Die waren schon da, als wir kamen, eine Versammlung, die eher ein Rock-Konzert, denn einen Gottesdienst vermuten ließ.

Bei Ferdis Beerdigung, dem damaligen Verlobten Hannis, hatte ich zum ersten und einzigen Mal eine evangelische Kirche betreten. Kreuzkamp hatte damals mit dem evangelischen Pastor das *Vaterunser* gebetet. Gemeinsam, so wie wir heute, nachdem der Pastor die berühmten Bibelverse aus dem Johannesevangelium vorgetragen hatte: ›Den Frieden hinterlasse ich euch. Meinen Frieden gebe ich euch. Nicht einen Frieden, wie ihn die Welt gibt, gebe ich euch. Euer Herz erschrecke nicht und verzage nicht.‹

Ich war ungeduldig, wollte raus, lauter Kirchenlieder, die ich nicht kannte, endlich donnerte die Orgel *We shall overcome*, und ich stimmte ein.

Draußen brach die Sonne durch. Plakate, Transparente, Luftballons. Aus dem Lautsprecher eine Männerstimme – dat is unser Herr Pastor, der kommt aus Rheinhausen und leitet dat hier, erklärte Liesjen. Sie stand dicht neben mir, Tosca-Duft über einem lange getragenen Wintermantel.

Feiner Kerl. Aber kein feiner Pinkel, wenn Se wissen, wat ich meine.

Kenosis-Kirche, murmelte ich und strahlte Hugo an, strahlte Pastor Kreuzkamp an und lachte dem Ohm frech ins Gesicht.

Wat für ne Kirche? Liesjen zog die Nase hoch. Mir sin Evangelische. Un unser Herr Pastor, der stand mit den Streikenden vor Mannesmann und Thyssen.

Ist nur son Spass zwischen uns, ich wurde rot. Meint genau das, was Sie sagen. Und der Papst, unser Papst, konnte ich mir nicht verkneifen hinzuzufügen, hat ja auch gerade eine Enzyklika, so eine Art Gutachten, verfasst und den Geiz der Reichen angeprangert. Wortwörtlich hat er gesagt, dass keiner ein uneingeschränktes Recht auf Privateigentum hat. Jawohl. Und zum Frieden in Vietnam hat er auch aufgerufen!

Hugo hörte mir erstaunt und ein wenig amüsiert zu. In den vorangegangenen Tagen hatten wir die Enzyklika *Populorum progressio* ausgiebig diskutiert.

›Eine gewisse Form des Kapitalismus ist von Übel‹, hatte Hugo mit erhobener Stimme vorgelesen. Von den Versuchungen des Materialismus war da die Rede, von der Finanzhoheit der Märkte und dass man diesen Missbrauch gar nicht scharf genug verurteilen kann.

Doch noch ehe Hugo oder Liesjen antworten konnten, bestieg der Pastor den Lautsprecherwagen und gab uns – wie von der Kanzel, flüsterte ich Hugo zu – letzte Anweisungen für den Abmarsch: Im Materialwagen sind Plakate, über zweihundert verschiedene Slogans, da findet jeder von uns Christenmenschen etwas Passendes. Und: Seid friedlich miteinander. Auch die Polizei tut nur ihre Arbeit. Machen wir es ihr nicht schwer. Friedenssicherung in der Welt und in Europa, Schutz demokratischer und sozialer Rechte in der Bundesrepublik – darum geht es. Denkt daran: Kiesingers Angebot zum Gewaltverzicht kann ein Anfang sein. Und die Sozialdemokraten haben sich mit ihrer Kritik an unserem Marsch in diesem Jahr auffallend zurückgehalten.

Unter Klatschen und Beifallsrufen brachen wir auf, begleitet von Glocken, Bob Dylans *Masters of war* und Joan Baez' *We shall not be moved.*

Bislang war alles nur Vorspiel gewesen. Nun, mit dem Segen Gottes, wurde es ernst. Hugo kam mit zwei Plakaten zurück, die weiße Taube und das Anti-Atomzeichen auf blauem Grund. Die Slogans, sagte er, die für den Frieden, waren schon weg, und was noch da war …

Der Rest ging in Akkordeonmusik unter.

Drei, vier, kommandierte ein starker Bass und legte los: ›Die große Kumpanei ist eine saubere Zunft/Strauß um o Graus um, zu dumm dumm dumm./Riesige Kiesige schrumm schrumm schrumm/Fein oder grob:/Geld kostet's doch,/Braune Pfote, Heldentote, bumm bumm bumm.‹

Die Melodie von den Leinewebern kannte ich. Aber einfach mitsingen?

Auf den Straßen war es munter geworden, die Menschen freundlicher, als hätte die Morgensonne den Reif von Mürrischkeit aufgesogen. Frauen winkten, Kamelle, rief ein Scherzbold und warf uns einen Riegel Pfefferminz zu, der gleich die Runde machte, die Straßenbahn klingelte einen Gruß, schrumm schrumm schrumm, erst summte ich, dann sang ich mit, so viel leichter war es, Tritt zu fassen, wenn die Silben mitmarschierten, es tat gut, Hugos Stimme neben mir zu hören, viel zu schön für dieses blöde bumm bumm bumm.

Vorbei an grau verwaschenen Häusern ging es, bröckelnder Putz, die Gardinen hinter den Scheiben gelb von Tabakqualm. Verloren zwischen schwarzen Fahnen ein rotes Transparent: ›Amis raus aus Vietnam‹. Akustisch verstärkt von einer Gruppe junger Männer in Kampfanzügen aus US-Beständen: ›A-mis raus aus Vi-et-nam.‹

Ich stieß Hugo an: Ob das die Leute hier – ich wies auf die schwarzen Fahnen – überhaupt interessiert? Die haben doch andere Sorgen. Wenn die ihre Arbeit verlieren?

Hugo nickte. Siehst du ja. Hier macht keiner ein Fenster auf für uns. Und auf der Straße grüßt auch niemand. Und trotzdem ist beides richtig.

Mir war das zu abstrakt. Was hatte der Krieg in Vietnam mit dem Zechensterben zu tun? Jaja, so viel hatte ich mittlerweile auch schon aufgeschnappt, irgendwie lief alles ruckzuck auf den Kapitalismus zu, der war an allem schuld wie Adam und Eva an der Erbsünde, doch mir erschien das eine wie das andere Glaubenssache. ›Keine Mark und keinen Mann für den Krieg in Vietnam‹, schrien die in Rebellenkluft, und in einem der Mietshäuser krachte ein Fenster auf und eine wütende, vom Schlaf noch heisere Frauenstimme brüllte: Ruhe! Mein Willi kommt grad von Schicht. Der braucht sein Schlaf. Schreit woanders!

Unbeeindruckt, vielleicht hatten sie diesen privaten Protest vor lauter Protestieren auch nicht mitbekommen, skandierte die Truppe weiter gegen Johnsons Politik, ein gewaltiger Chor, der immer stärker anschwoll und die eben noch einzeln im Zug nur so Mitlaufenden seinem Rhythmus unterwarf, der aus Kehlkopf, Stimmbändern, Mundhöhle in die Beine ging, in den Gleichschritt zwang und vom Gleichschritt aus den Füßen zurück in den Kopf, den Verstand. Ich hatte nichts gegen den Abzug der US-Truppen aus Vietnam, aber hier am Samstagmorgen so rumbrüllen?

Ich sah Hugo von der Seite an. Auch der schien wenig geneigt, sich dem Marschwort anzuschließen, und wir versuchten zurückzubleiben, bis nur noch das ›A‹, das ›raus‹ und das ›nam‹ in unseren Gehörgang fanden, wo es vom Gehirn sogleich ergänzt wurde so wie früher, wenn in der Fronleichnamsprozession nur ein paar Takte der Schützenbrüderkapelle zu den letzten Teilnehmern drangen, genug, um mitzusingen, *Lobe den Herren*. Viele der Marschierer, die hier aufrechten Ganges in Viererreihen mit uns schritten, wären in einer Dondorfer Prozession nicht aufgefallen, im Gegenteil, gut gepasst hätten sie, wenn auch nicht gerade zu den Honoratioren, Brauereibesitzern, Pillen-, Ketten- und Papierfabrikanten, so doch zu den meisten Männern und Frauen der St. Georgsgemeinde.

Die Sonntagsanzüge – wie eh und je in einer fachsprachlich ›gedeckt‹ genannten Farbmischung –, frisch gebürstet und gebügelt, dazu Hemd und Krawatte, oft noch eine Wollweste zum Warmhalten, kaum einer ohne Kopfbedeckung, wenige Kappen, meist Hüte. Einem nahm ich den Schnurrbart weg, schob ihm den grauen Hut mit braunem Ripsband etwas schräg nach hinten: Da marschiert leicht hinkend mein Vater, die schwarze Fahne mit rotem Band über den Kragen des guten Anzugs gereckt. Die Zunge schwer, der Gaumen rauh, fragt er mich, warum ich nicht mitlaufe da vorn. Ich fuhr zusammen, sah hoch in das fremde Gesicht mit dem Schnurrbart, dem dunkel rasierten Kinn, dem roten Halstuch.

Na, na, sagte der Mann, keine Bange, hab eben mal nach Feuer gefragt.

Das Geschrei der Rebellentruppe klang nur noch von Ferne herüber, eine Skiffle-Band mit *Oh when the saints* kam näher.

Früher, sagte Liesjen etwas säuerlich, hat es dieses englische Zeusch nicht gegeben. – Oh, Tante Berta!, wie hättest du deine Freude an dieser Ruhrpottschwester! – Da haben wir gesungen… Liesjen schmetterte los: ›Der Polizei ein Osterei, die Polizei ist auch dabei. Die Polizei, dein Freund und Helfer, sie ist auch dieses Jahr dabei.‹

Kaum hörten die Skiffler die ersten Silben, brachen sie dat englische Zeusch ab und sangen mit, die Männer und Frauen im Sonntagsstaat stimmten ein, plötzlich hörte ich mich, hörte Hugo, ›die Polizei ist auch dabei‹, war sie aber nicht, weit und breit kein Freund und Helfer, nur menschenleere ärmliche Industrievororte, erst als wir zur nächsten Kreuzung kamen, standen sie da, kriegten von uns und der Skiffle-Band reichlich Ostereier auf die Ohren, und ein paar winkten uns freundlich zu.

Is ne ruhige Kugel, sprach ein Polizist uns an, ich bin jetzt schon zum sechsten Mal hier, war von Anfang an dabei. Irgendwie habt ihr ja recht, was sollen die Amis in Vietnam. Was hatten wir in Russland zu suchen.

Ich bin vonne Zeche, antwortete ihm ein Mann und tippte grüßend an den Hut, können die da oben doch nicht noch mehr von dichtmachen.

Und einer in Lederjacke und Bluejeans fragte den Uniformierten: Wissen Sie denn überhaupt, was ein Staat ist?

Muss ich nicht wissen, erwiderte der Angesprochene und klopfte mit dem Gummiknüppel an den Stiefel. Das ist was für Philosophen. Die reden über so was.

Aber die Notstandsgesetze, der Kollege neben ihm rückte seinen Pistolengurt zurecht. Die müssen doch sein. Und da seid ihr auch dagegen.

Ich sah, wie Hugo Luft holte, untrügliches Anzeichen für einen seiner grundsätzlichen Aufklärungsmonologe – oder aufklärenden Grundsatzmonologe, wie man will –, da winkte man uns weiter, Marschierer aus der Querstraße reihten sich ein, unter höchst seltsamen Tönen, einem fauchenden Missklang aus Posaune und Auf-dem-Kamm-Blasen, auch die Melodie war mir fremd.

Schalmeien, sagte Hugo.

Schalmeien?, echote ich verblüfft. Die stell ich mir aber anders vor. Romantisch jedenfalls. ›Es tönen die Lieder, der Frühling kehrt wieder, es spielet der Hirte auf seiner Schalmei‹, so ungefähr muss das klingen. Bukolische Erde, Arkadia, linde Lüftchen. Das hier ist ja der reine Aufruhr. Wie mit geballten Fäusten gespielt.

Hugo lachte. Recht hast du. Eigentlich heißt das ja auch Martinstrompete, nach dem Erfinder. Ein Instrument der Arbeiterbewegung, lässt sich leicht lernen und macht was her. Und das Lied, das sie gerade spielen, ist ein altes Arbeiterlied: *Brüder, zur Sonne, zur Freiheit*. Passt doch, oder?

Von Schalmeienklängen beflügelt, nein, befeuert, angestachelt von diesen Tönen, die klangen, als wollten sie das ganze Leben an sich reißen, zogen wir hochgestemmten Herzens weiter.

Ich hier marschieren gegen Kapitalismus, ließ mich ein braun gebrannter Wuschelkopf durch seinen schwarzen Krausbart wissen.

Jawoll ja, stimmte sein Nebenmann zu, wir haben die Stadt wieder aufgebaut. Aber wir wissen auch, wer schuld ist, dass sie kaputtging: Krupp und Thyssen!

Und jetzt fordern wir den Beitritt Bonns zum Atomwaffensperrvertrag, verlautbarte seine Freundin, als übersetze sie einen schwierigen Satz ins Deutsche.

Sozialhaushalt statt Rüstungshaushalt, ergänzte ein solider Mittvierziger, keine Widerrede duldend.

Zwanzig, sagte Liesjen, zwanzig Züge in ganz Deutschland, alles für den Frieden, woll ja.

Am Stadtausgang empfingen uns Frauen mit heißen Getränken. Spenden willkommen. Jemand gab Hugo einen freundlichen Klaps auf den Rücken, zuckte zusammen: Tschuldigung. Du, der ist echt, schubste er seinen Nebenmann an. Und vom Straßenrand mokierte sich eine ondulierte Vorortdame: Jetzt marschieren auch schon de Puckel gegen de Rejierung.

Schämt euch, zischte Liesjen, deren Herz Hugo mit einem heißen Kaffee erobert hatte. Seht euch doch mal selber an!

Hugo genoss den Marsch wie ich, besonders nachdem wir die Stadt hinter uns gelassen hatten und durch die Landschaft zogen, eine männliche, hartlinige Landschaft, Landschaft der Körperkraft, die wenigen Konturen von Menschenhand geschaffen. Sachlich klar. Arbeitsland. Hin und wieder Ausflüge in verschämte Romantik, ein Wiesenstück, ein Bach, Teiche, ein paar unscheinbare Bäume, Obstwiesen. Feldeinsamkeit. Über allem: Zuversicht. Der Boden fest. Sicher. Ein Kampfplatz. Wie anderen Orts Kirchen ragten hier die Fördertürme in den Himmel. Siegessäulen. Wächter über Halden und Hecken, Felder und Brachen. Langgestreckte Hallen aus Backstein und rußigen Hölzern, alles im Licht der ersten Frühlingstage, das sich schon wärmend vorwärtstastete. An den Strommasten Schilder mit Schädeln und gekreuzten Knochen; Spatzen schnellten sich von den Drähten. Die Luft würzig und prickelnd wie frisch geriebene Muskatnuss.

Hugo deutete auf einen der Fördertürme.

Zeche Zollverein, erklärte er, eine der ältesten im Revier, schon Mitte des 19. Jahrhunderts angefangen. Mit diesen gewaltigen Schächten und der Kokerei seit über dreißig Jahren in Betrieb. Du staunst mit Recht: Zeche Zollverein gilt als die größte und schönste Anlage der Welt. ›Eiffelturm des Ruhrgebiets‹ wird sie genannt oder ›Kathedrale der Arbeit‹. Bringt ordentlich Geld her. Überall Baukräne. Immer ein Zeichen dafür, dass es einer Region gut geht. Hier wehen keine schwarzen Fahnen. Und in Kray hat man gerade eine zweite katholische Kirche eingeweiht.

Ist ja auch ungefähr wie Fronleichnam hier, befand ich. Nur bisschen lebendiger, lustiger.

Und wie aufs Stichwort skandierte ein Ruhrpottbass in meinem Rücken: ›Angler, lass das Angeln sein, lass die Fische, reih dich ein‹, worauf zwei Männer, zünftig in Südwester und Gummistiefeln, die Pfeife in den Mundwinkel klemmten und mit geballter Faust herübergrüßten.

Viel lustiger. Hugo legte den Arm um mich. Und ich zuckte nicht zurück.

Hier, Hugo zog mich näher, ließ mich aber, meinen Widerstand spürend, gleich wieder los: Hier wäre bestimmt auch Jesus mitmarschiert mit seiner Truppe.

Schrilles Klingeln kündigte eine Gruppe Holländer an. ›Geen atoomwapens‹ ragte von den Gepäckständern und ›Amsterdam groet de vrede‹. Ihnen hinterher kläffte ein schwarzer Pudel, auf seinem blauen Hundemäntelchen die weiße Friedenstaube. Am Wegrand der erste Huflattich wie verstreute goldene Funken.

Ja, die Holländer, ulkte Hugo: Als die ihre Flotte gegen Fahrräder eintauschten, wurden sie friedlich. Obwohl … schon vom ›Holländischen Katechismus‹ gehört?

Keine Ahnung.

Letztes Jahr ist dort ein neuer Katechismus für Erwachsene erschienen. Da werden keine dogmatischen Lehrsätze mehr verkündet. Sogar ein Nationalkonzil hatten die vergangenes Jahr. Mit heißen Themen: gegen den Zölibat, Priesterweihe für verheiratete Männer, Mischehe und was weiß ich noch alles.

Down by the riverside, untermalte eine Band vom Lastwagen herab Hugos Kurzreferat. Wir näherten uns Gelsenkirchen. Wieder gab es Stände mit Essen und Trinken, gern wäre ich mit Hugo auch mal allein gewesen, ein paar Minuten ruhig in der Sonne auf einem Feldstein oder einem Baumstamm an ihn gelehnt, ja, so weit wagte ich mich schon, hätte dem Summen der Überlandleitungen zugehört und Hugo anvertraut, was uns Kindern der Großvater erzählt hatte: Stromzwerge, hell wie die Sonne, schwärmten in den Drähten von ihren weiten Reisen über Berg und Tal. Aber Liesjen blieb uns treu. Schaute so traurig, als Hugo mir vom Wegrand eine Huflattichblüte überreichte, dass er auch ihr eine verehrte. Ihr dankbarer Blick verriet, oft erlebte sie derlei nicht.

Kurz vor Wattenscheid wurde Liesjen merkwürdig still. Schrie die Parolen nicht mehr mit, nichts mehr von dumm dumm und brumm brumm, ohne kleine Leute keine großen Kriege. Liesjen kniff die Lippen zusammen wie die Tante, wenn ihr etwas zu schaffen machte. Unruhig spähte sie in die Nachmittagssonne, bis auf einem Hügel eine Baumgruppe in Sicht kam.

Da drüben, zupfte sie mich von Hugo weg, hat der sich aufgehängt, der Jupp aus unserem Haus. Erst die Arbeit weg, war Hauer auf Zeche, da, wo die mit die schwarzen Fahnen gehen. Dann der Suff, dann die Frau weg. Dat Annettchen. Eine gute Frau. Konnt nich mehr, woll. Ja, die Männer. Da kann man gar nicht genug aufpassen, Frolleinschen. Aber der Jung, den du da bei dir hast, der ist jut! Wohlwollend schubste mich Liesjen wieder an Hugos Seite.

Die Sonne schien schräg über den spärlichen Bäumen; ich suchte in den kahlen Ästen nach dem Schatten des toten Jupp und war froh, als eine Gruppe näher kam, die lautstark beteuerte, sie sei die junge Garde des Proletariats, dem Morgenrot entgegen. Woll ja.

In Wattenscheid stießen neue Marschierer dazu, zwei Frauen in Liesjens Alter wurden von ihr mit Hallo empfangen und uns als Hausgenossen vorgestellt. Ihre Männer gingen beim Kolpingverein mit, berichteten sie, weiter vorn. Habt ihr schon jehört, zogen sie Liesjen, und Liesjen zog mich weg von ›Keine Mark und keinen Mann für den Krieg in Vietnam‹, wat dem Heinz Wachsmann passiert ist. Ja, dem von der Doll Eck.

Moment, unterbrach Liesjen, nun erzählt doch dem Frolleinschen hier, dem Hildejart, erst mal, wer dat is, aber wat is denn mit dem?

Tot, erwiderte die hagere der beiden Frauen kurz angebunden und warf mir einen unwilligen Blick zu.

Nä, wieso dat dann? Liesjen hakte mich demonstrativ unter.

Aufgehängt, woll ja!, nahm die zweite der hageren das Wort aus dem Mund.

Zwei Erhängte in nicht einmal einer Stunde! Wo war ich hingeraten? Ich suchte Hugos Parkarücken, der tobte weiter vorn mit ›Amis raus aus Vietnam‹ durch eine Grünanlage.

Hunderte von Supermärkten, setzte uns die Hagere auseinander, würden jedes Jahr in Deutschland eröffnet. Tausende Lebensmittelhändler hätten vergangenes Jahr dichtgemacht. Ich weiß, wovon ich rede, wandte sie sich versöhnlich direkt an mich, ich bin selbst bei Pfennie, an der Kasse und Vertrauensfrau. Und der Heinz, der arme Kerl, der hat dat nit überlebt. Stellen Se sich vor, der Laden, von seinem Vater geerbt und der von seinem Vater, eines der ältesten Häuser in Wattenscheid. 1792, ja, da staunste Frolleinsche, da haben Goethe und Schiller noch gelebt, hat der Heinz gewusst. So stolz, woll ja. Seitdem wurden da Lebensmittel verkauft. Und dann macht vor einem Jahr um die Eck der Pfennie auf. Ich war ja froh, dat ich wieder Arbeit hatte, wo mein Hannes auf Zeche die Papiere jekriescht hat. Wir brauchten dat Jeld, woll ja. Aber der Heinz. Zuerst blieb nur die Laufkundschaft weg. Aber dann kamen auch die anderen zu uns.

Wie gut ich das kannte! Allzu oft war ich mit der Mutter am Laden des Patenonkels vorbeigeschlichen, die Einkaufstüten von Pfennie notdürftig zwischen uns versteckt.

Am Ende, so die Vertrauensfrau weiter, kamen die Leute nur noch morgens zwischen sieben und acht zu dem, kauften Milch und Brötchen, weil wir, also Penny, da noch zu haben. Dreißigtausend, dreißigtausend eigenes Geld, munkelt man, hat der Heinz da reingesteckt, hat sogar versucht, den Laden auf Selbstbedienung umzustellen. Tja. Anfangs hatte er acht Angestellte, am Ende war er allein. Und ohne einen Pfennig. Da musste er schließen. Hatte noch Glück; fand gleich Arbeit bei der Allianz als Vertreter. Mein Hannes war denen nit jut jenug. Den haben se wieder nach Hause geschickt. Aber der Heinz kam da nich zurecht. Jestern, wandte sich die Frau wieder an Liesjen, jestern hat die Polizei ihn gefunden. Im Söderwald. An einer Eiche.

Sekundenlang sah ich den Patenonkel in der alten Linde vor seinem Laden hängen, die Töchter händeringend, zwei Dondorfer Polizisten auf Leitern darunter. Ich kniff die Augen zu. Ich musste ein ernstes Wort mit der Mutter reden.

Weiter vorn war der Marsch zum Stehen gekommen. Polizei lenkte den Zug von der Umgehung auf die Landstraße nach Bochum. Der Polizei ein Osterei, schallte es herüber. Die Polizei ist auch dabei.

Die Sonne stach, ich hatte Durst, mir taten die Füße weh, zu Hause warteten Notizen zu einem Referat über das Lehrgedicht des Parmenides; ich war als Erste dran im neuen Semester. Ich hatte doch den Tag mit Hugo verbringen wollen. Ging mich das hier wirklich etwas an? Und diese drei Frauen? Warum waren die dabei? Aus dem gleichen Grund, der die Frauen in Dondorf sonntags in die Kirche lockte? Eine Abwechslung im Alltagseinerlei, kostenlos und wohlgefällig? Und ihre Männer? Nicht viel anders als die Frauen. Aufstehen um fünf, ab zur Arbeit, an die Maschine, die Kasse, das Steuer, ins Lager, den Stollen, produzieren, konzentrieren, einsortieren, aussortieren, Feierabend um fünf, ab nach Hause, Essen, die Kinder, Familie, fernsehen, schlafen, aufstehn um fünf … Unser Marsch ist eine gute Sache, weil er für eine gute Sache geht … Teil zu sein eines sinnvollen großen Ganzen: War es das, was uns zusammenbrachte?

Wir hatten alle irgendeine Sorge, trugen unsere Kapseln, aber an diesem Morgen konnten wir die vergessen über der Sorge um den Vietcong, Atombomben und Notstandsgesetze. Das ging uns alle an. Aber nicht zu nah. Für den Frieden marschieren, klar doch. Einen dauerhaften Frieden, sischer dat. Zeichen setzen, wie es hieß. Ich jedenfalls wusste, warum ich hier war. Ich ließ die drei Frauen unter sich abmachen, was aus Heinz und den Kindern werden sollte, und schlug mich zu Hugo durch. Ergriff seine Hand, ja, das tat ich, der Frieden, das war seine Hand, die ich nur zu ergreifen brauchte, ohne Angst, selbst etwas tun für den kleinen und den großen Frieden, und wenn es nur ein Marsch von Essen nach Bochum war. Hand in Hand marschierten wir weiter, ließen die Plakate einhändig wippen, sogar die Wolken am Himmel redeten ein Wörtchen mit, ›Frieden schaffen ohne Waffen‹, wehten sie zu uns hinunter, und die Sonne setzte hin und wieder ein Ausrufungszeichen.

Hilla und Hugo sind nun auf dem Weg in die Ruhrlandhalle, und ich sitze hier und google Ruhrlandhalle, damals, von Hilla Palm aus gesehen, erst vor drei Jahren fertig geworden, Rudolf Schock und Erika Köth haben dort gerade ein Konzert gegeben, Lieder von Schubert, Brahms und Schumann. Wie viele Leute gingen hinein in diese Halle, die, von heute, von mir aus gesehen, vor ungefähr zehn Jahren schon wieder abgerissen wurde, also schreiben wir doch einfach, die Halle sei dicht gefüllt, ja, überfüllt gewesen, schreiben wir, dass Wolfgang Neuss, Dieter Süverkrüp, Vera Oelschlegel, Hannes Stütz, Hanns Ernst Jäger, das Albert-Mangelsdorff-Quintett, die Conrads dort auftraten, dass Hilla und Hugo einen Platz dicht an einer der Türen besetzten, wo Hilla jederzeit ins Freie flüchten konnte, was aber gar nicht nötig war, denn ich weiß, dass sie Schritt für Schritt mehr und mehr Vertrauen gewann zu Hugo, zu sich, dass ein stolzes Gefühl sich in ihr ausbreitete, das Gefühl, dabei zu sein und *mit* dabei zu sein, breitete sich in Hilla, in mir aus wie als Kind nach der Prozession, wenn ich die Fahne tragen durfte und wir unter Orgelklang und Gesang: ›Christus mein König dihir alleihein, schwör ich die Liebe lilienreihein, bis in den Tohod dihie

Treuheuhe‹ durchs weit geöffnete Portal schritten, so sangen die da vorne jetzt: ›Unser Marsch ist eine gute Sache, weil er für eine gute Sache geht‹, und die Ruhrlandhalle war ein einziges Fest, und wir feierten den Frieden und uns selbst, und plötzlich konnte ich wildfremde Menschen umarmen ohne Schluckauf, wir alle gemeinsam in der Sicherheit dieser Halle, dieses Landes, unsrer Jugend, unsrer Kraft, gegen den fernen Krieg, gegen die ferne Bombe. Die Gefahren – für uns nur auf Papier.

Und dann sang da vorne eine schwarze Frau, ihr kurzes krauses Haar funkelte im Scheinwerferlicht, das Lied, das wir schon so oft gesungen hatten an diesem Tag, ›We shall overcome‹, sang sie, sang ich, und ich wusste sehr genau, wen ich überkommen würde, überwältigen, heimsuchen würde, den feinen Herrn Meyer in seinem feinen Pkw und seine Kumpanen. ›We shall overcome‹, brüllte ich, bis ich wieder zurückfand, in die Melodie fand, zu den anderen, und Hugo zieht mich an sich und küsst mich, und da ist kein Schluckauf, da ist seine Zunge bei meiner, und unsere Zungen jubilieren we shall overcome bis in den Tod die Treue und der Himmel da oben wie ist er so weit.

Wir sprachen nicht viel auf der Heimfahrt, aber wir lächelten einander zu, viele Male und immer wieder anders, als probten wir eine neue Sprache miteinander. Aber der Kuss, den Hugo mir zum Abschied gab, war von einer so selbstverständlichen Vertrautheit, als hätte er mich schon ein Leben lang geküsst.

März

Meine Augen spielten in seinem Nacken
seine Lippen streiften über mein Haar
der Tag wurde eine Stunde heller
unsere Hände weiß von unberührtem Licht.

Nach diesem Kuss war alles anders. Wirklich? Nein. Anders nicht, aber mehr. Mein Kopf gewöhnte sich zögernd und wachsam daran, dass ein Kopf Teil eines Körpers ist, darin ein Herz, das den Verstand zuweilen aus dem Takt schlägt. Herz über Kopf? Oh nein, beide suchten die Harmonie und hörten auf den Namen Hugo. Verstand und Gefühl am Beginn der Versöhnung. Genesung. Am liebsten saß ich mit ihm, jetzt, da die Tage wärmer und heller wurden, nachdem wir den eben gelernten Stoff unserer Vorlesungen und Seminare noch einmal diskutiert hatten, schweigend Hand in Hand auf einer Bank am Aachener Weiher. Oft wartete ich dort auf ihn, wenn sich sein Oberseminar zur Wahrheitsfrage bei Karl Jaspers wieder einmal hinzog.

An einem der letzten Apriltage setzte sich eine ältere Frau (was sage ich: die Frau war vielleicht Mitte vierzig!) neben mich und begann unvermittelt zu reden. Dass man nach einem Tach zesamme ein Schwätzchen hielt, war in Köln nichts Ungewöhnliches, und mir gefiel dieser unverbindlich freundliche Umgang miteinander, jedenfalls meistens. Doch diese Frau verzichtete auf eine Begrüßung, und ihre Stimme ließ kaum Spuren eines rheinischen Tonfalls erkennen.

Ich hatte auch meine Zeit, begann sie, da sah ich aus wie Sie, jung, glücklich, erwartungssicher. Ich wusste, er hält mir die Treue bis in den Tod. Ich habe damals auch auf ihn gewartet, mein Fräulein, so wie Sie hier. Und wie Sie wohl nie auf den Ihren warten müssen. Denn dass Sie auf ihn warten, sehe ich Ihnen doch an, richtig?

Ich nickte beklommen und versuchte unauffällig von ihr abzurücken. Sie nahm keine Notiz davon, sprach einfach weiter.

Ja, so wie Sie habe ich viele Male auf ihn gewartet, damals im Café Reichardt, kennen Sie sicher, gab es damals schon, vor dem Krieg, und in den Rheinauen, ja, da auch. Das hier, die Frau machte eine weit ausholende Armbewegung über die sanft gewellte Parklandschaft, alles Trümmer, alles original Kölner Schutt.

Ich murmelte zustimmend. Hugo hatte mir davon erzählt. Den Aachener Weiher gab es schon seit den zwanziger Jahren. Die Umgebung ein Aufmarschplatz der Nazis. Das sogenannte Maifeld bot Platz für nahezu zweihunderttausend Menschen. Jedesmal, wenn ich mich auf eine der Bänke setzte, verspürte ich ein Gefühl schadenfreudigen Triumphs, als hätte ich mit dazu beigetragen, dass hier nun ein Ort war für spielende Kinder, verliebte Pärchen, Spaziergänger und nicht für Massen Heilhitlerjohlender Untertanen.

Und dann, die Frau erhob ihre Stimme. Und dann war er fort. Nicht, dass er das gewollt hätte. Wo du hingehst, da will auch ich hingehn. Hand in Hand durchs Leben, wie man so sagt. Und dann kam sie, die höhere Gewalt, wie man so sagt. Der Krieg. Nun gab es kein Warten mehr für Minuten, meinetwegen auch Stunden, Tage, aber immer in der Gewissheit: Er kommt. Soll die Straßenbahn entgleisen, was damals öfter passierte oder die Mutter ihn – wir wohnten, frisch verheiratet, noch bei den Eltern – mal schnell zum Bäcker schicken, klar war: Er kommt. Aber nun? Warten wurde aus Vorfreude zur Qual. Aus Sehnsucht wurde Angst. Wut und Verzweiflung. Erst kamen die Briefe aus Polen. Dann aus Weißrussland. Dann kehrte er heim. Der Alte? Ja. Noch war er erkennbar unter seiner Verkleidung. Doch kaum hatte ich ihn hervorgeliebt aus der fremden Gestalt, musste er auch schon wieder hinein in die widerwärtige Hülle und fort. Meine Arme leer. Voller Warten. Voller Angst. Die wuchs mit der Entfernung, aus der die Briefe kamen. Ich versuchte, ihm in Gedanken zu folgen, doch wie? Wenn ich mir weder Ort noch Geschehen vorstellen konnte? Ich bin bei dir, schrieb ich ihm. Aber wo? Und bei wem? Wer war der da draußen? Kannte ich diesen Mann vor den Mauern von Minsk, was hatte er dort zu suchen, der doch bei der sein sollte, die auf ihn wartete. Worauf wartete *er*? Auf den nächsten Schuss? Der allem Warten ein Ende machen würde? Nie dachte ich weiter, als dass der Schuss ihn *treffen* könnte. Dass er einen Schuss auch *auslösen* könnte, anlegen auf einen da draußen, dass er, mit einem Wort, einen Menschen töten könnte, einen, der seine Heimat verteidigte, Frau und Kinder, daran zu denken, verbot ich mir. Machte vorher kehrt im Kopf zu Angst und Wut und am Ende immer Verzweiflung. Ich hatte Glück. Er kam ein zweites Mal heim. Kurz vor Weihnachten.

Die Frau schwieg. Diese Pause hatte sie wohl schon öfter gemacht, so wie sie diese Geschichte schon viele Male erzählt haben mochte. Mich schien sie vergessen zu haben.

Ich hatte genug, wollte Hugo entgegengehen. Doch kaum versuchte ich aufzustehen, fuhr mir die Hand der Frau an den Oberarm und zwang mich zum Sitzenbleiben. Eine Geste, die ihr ebenfalls geläufig zu sein schien. Im selben, beinah unbeteiligten Tonfall wie zuvor fuhr sie fort.

Weihnachten, ja. Diesmal brauchte es viel länger, bis er wieder der meine war. Aus den Verkleidungen waren Veränderungen geworden, beinah Verwandlungen. Er war sehr heftig jetzt, stürmisch, wie man so sagt, erst nach Tagen, kurz bevor er wieder fort musste, war seine sanfte Leidenschaft zurück.

Wieder eine Pause. Was gingen mich diese alten Geschichten einer Fremden an? Warum ließ mich Hugo hier so lange sitzen? Da, endlich tauchte er auf. Winkte mir ausgelassen zu, ich hob kaum die Hand; aufzustehen, ihm entgegenzulaufen, wagte ich nicht.

Nur noch einen Augenblick Geduld, bitte, ich mach es kurz. Wissen Sie: Wir alle, die wir warten, ersehnen ein Ende des Wartens, weil es dann eintrifft: das Ereignis. Die geliebte Person. Ja, ich sehe, da kommt der Ihre. Der meine kam nicht mehr. Nur noch ein Brief, ein Dank des Vaterlandes.

Seit diesem Tag habe ich nie mehr gewartet. Auf nichts und niemand. Nicht mehr warten heißt auch: nichts mehr er-warten. Aber ich erkenne die Wartenden, wo auch immer und gleichgültig, wen oder was sie erwarten. Und ich liebe sie alle. Mit ihnen bin ich wieder in der Zeit, als das Warten noch Hoffnung hieß.

Die Frau erhob sich und ergriff meine Hand. Unwillkürlich stand auch ich auf. Ihr Händedruck war fest, ihre Augen blickten klar. Danke, sagte sie. Und ging.

Wer war das denn?, forschte Hugo.

Keine Ahnung, erwiderte ich. Was lässt du mich auch so lange warten?

Selig sind die Wartenden

mit den zerbissenen Lippen und Fingernägeln
den von Briefen gestopften Mäulern
Welke Blumen knebeln ihnen die Kehlen.
Sie tasten unentwegt mit der rechten
nach ihrer linken Hand.

Selig sind die Wartenden

Sie bedürfen der Stunden nicht
nicht der Tage nicht des Wachens
des Schlafs. Sie spannen sich
in ihrer Haut bis die Poren platzen
jedes Lächeln sich selbst zerdehnt.

Selig sind die Wartenden

an ihnen saust der Erdball vorüber
das schärfste Stück Welt
löst ihren Blick nicht
aus der verheißenen Richtung.

Selig sind die Wartenden

mit dem wässrigen Glanz der Hoffnung in den Gesichtern
mit dem Traum der sie schützt vor dem Schlimmsten
mit der Zielscheibe über dem Herzen
damit es sie jederzeit trifft.

Jeder Frühling ist ein Anfang, so hatte es auf meinem Kalenderblättchen gestanden, und Kalenderblättchengefühle waren es, die mich durch diese Jahreszeit trugen, Hand in Hand mit Hugo. Sogar Küsse auf der Bank am Aachener Weiher, Küsse im Dunkeln an der Ecke vom Hildegard-Kolleg. Küsse zu Hause bei ihm? Diesen Einladungen wich ich aus bis zu jenem Abend, bis ich mich gerüstet hatte.

Wir gingen gleich in sein Zimmer, zwei Gläser standen schon da. Sektgläser.

Du wirst dich wundern, sagte er, eine neue Platte.

Lass mich raten. Rolling Stones? Schade, dass wir das Konzert verpasst haben. Yvonne ist heute noch hin und weg.

Hugo schüttelte den Kopf.

Klassik? Schubert? Den liebte Hugo ganz besonders. Der Irdischste von allen, nannte er ihn.

Hugo lächelte geheimnisvoll. Kalt, ganz kalt. Das hier hättest du mir nicht zugetraut.

Ich langte nach der Plattenhülle. Er hielt sie hoch übern Kopf.

Trompete, Schlagzeug, Gitarre, Country Beat, eine dunkelrauhe Männerstimme, die weiß, wovon sie singt: ›Love is a burning thing, and it makes a fiery ring, bound by wild desire, I fell into a ring of fire‹. Trompeten wie Ausrufungszeichen.

Hugo kam mit einer Flasche Champagner zurück, schon offen, goss ein. I fell into a burning ring of fire. Meine Hildegard! Wir stießen an. Na, wie findest du den?

Meinst du das ernst? Ich hatte a burning fire, a burning fire, schon widerstandslos und für allezeit im Ohr.

Und ob. Johnny Cash. Immer in schwarzen Klamotten. Will die erst wieder ausziehen, wenn überall Frieden herrscht in der Welt.

Na, dann wird er darin ins Grab sinken. Mir war heiß. Der Champagner, die Musik, Hugos Atem an meinem Ohr, ich hatte es so gewollt.

Warte einen Moment, sagte ich. Muss mich mal frisch machen. Und ich trank im Bad einen Flachmann Jägermeister aus. Und noch einen.

›I went down down down and the flames went higher and it burns burns burns the ring of fire‹, und ich sank sank sank, und der Feuerring brannte, und Hugos Lippen brannten auf meinen, aber meine Wangen fühlten sich an wie mit stumpfem Lack überzogen, einem rissigen Schaum. Meine Lippen waren taub und klappten auseinander, und mein Geheimnis floss aus mir heraus, verwirrt, tolpatschig, ohne mein Zutun zog ein Wort das andere nach sich, ich heulte, schluchzte, lallte, die Zunge, klebrig, zäh wie angetrocknetes Harz.

Als ich wieder zu mir kam, lag ich, Decke bis unters Kinn, auf Hugos Sofa. Er mit dem Rücken zu mir am Schreibtisch.

Heute Nacht bleibst du hier, wandte er sich um. Und morgen machen wir einen Ausflug. Keine Angst, ich schlafe im Zimmer der Tante. Ich hab dir Wasser und Aspirin hingestellt.

Wir sprachen nicht viel am nächsten Morgen, setzten uns ins Auto und fuhren Richtung Dondorf.

Angst?, fragte Hugo, als wir auf die Landstraße von Großenfeld nach Dondorf abbogen.

Ich konnte nur nicken, der Krawatter Busch kam in Sicht. Hugo fuhr langsamer.

Hier? Er stoppte an einem Waldweg.

Ich nickte wieder. Würgende Angst.

Hugo stieg aus, öffnete mir die Tür, stützte mich wie eine Kranke. Nein, wie eine geliebte Kranke, respektvoll und verliebt griffen seine Hände unter meine Arme mit einer Zärtlichkeit, die wohltat, mich stärkte. Sie blühten längst noch nicht, aber sie standen da wie vor Jahren, Glockenblumen und Goldruten. Auch die Vögel, die Käfer, das Gras waren da, alles, was wir schön nennen und damals dagestanden und zugeschaut hatte, war da. Grauen erfasste mich angesichts dieses Grüns in seinen frühlingshaften Abstufungen, mein Grauen von damals umschlang mich im knospenden Grün der Blätter, im weichpolstrigen Moos, im Brombeer- und Himbeergestrüpp, den Nadeln der Tannen, Schluckauf schüttelte mich, ich rang nach Luft, Hugo zog mich an sich, ich zitterte, fühlte, wie mir etwas auf die Hände tropfte, die Hugo an seine Brust gepresst hielt, sah auf und sah, wie auch ihm die Tränen über die Wangen liefen, schluchzend drängte ich mich in seine Arme, Tränen überströmten mich, aus meiner Mitte heraus, aus der Kapsel heraus, breite Bäche die Wangen den Hals hinab, es floss und nahm kein Ende, ich wollte sprechen, aber die Wörter verwandelten sich in unverständliche Laute, ich schrie, und Hugo hielt mich fest, und dann schrie auch er, und dann wagte ich es, mich von ihm zu lösen, und ich machte einen Schritt von ihm weg und schrie, warf die Arme in den Himmel und schrie, ballte die Fäuste und schrie, sah Hugo, wie er die Fäuste reckte und schrie, und ich sprang und schrie, wir sprangen und schrien, und die Vögel schrien und die Bäume und Sträucher, das Moos und das Gras, alles schrie, und am Ende wälzten wir uns auf der Erde, im Gras, und so wie wir uns vorher sattgeweint, sattgeschrien hatten, lachten wir uns satt unter Tränen.

Lange lagen wir da, einfach so, nebeneinander, nur die Hände ineinandergehakt. Später, viel später, spürte ich seine Hände, die meine Jacke, meine Bluse, mein Hemd abstreiften, spürte, wie meine Brust den Druck der seinen erwiderte, wie ich seine nackte Wärme, die Haut eines anderen ertragen konnte, den Mund von seinem Mund vor allen Wörtern verschlossen. Zitternd ließ ich geschehen, was geschah, Arme, die mich umschlangen, Hände, die abstreiften, was nicht zu uns gehörte, Beine zwischen den meinen, Arme, die mich halten, Hände, die streicheln, mich weich streicheln, öffnen ohne Eile, mir nichts aufzwingen, mild wie ein Regenschleier fällt mir braunes Haar ins Gesicht. Ein nie gespürtes Gefühl friedlicher Lust stieg in mir auf, ich löste mich von Hugos Mund und begann einen endlosen Atemzug, dem Gefühl der Lust entgegen, Hugo entgegen, der sich sanft in mir bewegte, immer größere Lungen hatte ich, Lungen, die mehr und mehr Luft einsogen, Hugo fast bewegungslos, ich allein mit mir, immer tiefer die Luft, die Lust, bis endlich alles prall gefüllt war, die Lungen, die Lust und ich den Atem anhielt und das Bewusstsein und in dieser Bewusstlosigkeit die Lust aufsprang, mir den Mund aufzwang, Luftschrei, Lustschrei, ein tiefes Erschauern, als würden sämtliche Moleküle meines Körpers an einen neuen Platz gerüttelt. Hugos Arme waren unsere Arme, seine Hände waren meine Hände. Wie viele Hände braucht der Mensch? So viele, bis all sein Kummer, alle Schmerzen weggestreichelt sind. Die Nacht auf der Lichtung, die Tage, Wochen, Jahre danach fielen ab wie ein Bann, der mich ferngehalten hatte vom Leben. Ich öffnete die Augen. Schloss sie. Alles war anders. Siehe, ich mache alles neu. Ich war anders. War neu. Was ich bislang für mich, für Hilla Palm, gehalten hatte, war verwandelt, in ein Bruchteil verwandelt, ein Bruchteil eines viel Größeren, das ich einmal werden würde: zusammen mit Hugo. Noch einmal durchlief dieses Zittern meinen Körper: wilde Begeisterung, Zukunftslust. Wieder konnte ich mich wie damals von hoch oben sehen, dort liegen sehen, in Hugos Armen, später mein Kopf in seinem Schoß. Er hielt mich fest, und ich hielt still, und ich wusste, von nun an würde ich gehalten sein für immer.

Mir war so leicht und ausgeruht zumute, als wäre ich gerade aus einem Kinderschlaf erwacht, als riefe gleich der Bruder Lommer jonn, de Oppa wartet, mir jonn an dr Rhing! An et Wasser!

Lommer jonn, ich räkelte mich aus Hugos Armen, let's go. Und dann fuhren wir wirklich nach Dondorf und über Dondorf hinaus an den Rhein, dorthin, wo einmal die Römer ihr Kastell gebaut hatten, das heute noch steht, aber auf der anderen Seite des Rheins. Als die Römer längst abgezogen waren, hatte der Strom sein Bett gewechselt. Der Rhein hier hatte Colonia hinter sich gelassen, hatte Dondorf hinter sich gelassen, den Ursprung verlassen. Selbstsicher floss er dahin, keine Last war ihm zu groß, so viel Kraft war ihm zugeflossen und floss ihm weiter zu von den Bergen, von den Quellen, die der Finsternis der Erde entflohen waren. Wild wuchsen Erlen, Weiden, Pappeln durcheinander, wir bahnten uns einen Weg ans Ufer.

Anemonen blühten um die alten Stämme, Hugo pflückte eine der weißen Blumen, für dich, sagte er und drückte mir die Blüte auf die Lippen. Und die Weiden und die Wiese und der Himmel gehören dir. Und der Rhein. Und ich. So lange der Rhein vom St. Gotthard nach Rotterdam fließt und ins Meer. ›Oh ihr überglücklichen Anwohner des Rheins, dass euch der Fluss alles Elend abwischt.‹ Hugo küsste mich auf die Nase. Nein, nicht von mir, lachte er: Petrarca. Wusste der schon vor siebenhundert Jahren.

Auf dem Rückweg pflückten wir noch ein Anemonensträußchen, blaue Blumen suchten wir vergebens, und fuhren zum Friedhof. Verstohlen huschten wir ans Grab des Großvaters, wo nun auch die Großmutter ruhte, endlich ausruhte, Eheleute Fritz Rüppli, den Vornamen der Großmutter hatte schon die Ewigkeit verschluckt. Unser Sträußchen steckten wir zu den frischen Primeln; nicht ein Unkräutchen, und in der Laterne brannte ein Licht. Der Friedhof war leer bis auf ein paar über Gräber gebeugte Frauen, und ehe uns eine erspähte, saßen wir wieder im Auto.

Wie einfach war es nun, Hugo nach Hause zu folgen, durch die Bücherdiele den Flur entlang in sein Zimmer. Wo er mir liebevoll den Sessel zurechtrückte, den ich für mich schon den meinen nannte. Es gab den Champagner aus der Flasche von gestern, verschwörerisch prosteten wir uns zu, dann wurde Hugo ernst. Stand noch einmal auf und legte Schreibblock und Kugelschreiber vor mich hin.

Hildegard, sagte er, griff über das Tischchen nach meiner Hand, drückte sie und legte sie neben den Schreibblock. Du musst es aussprechen. Und wenn du das nicht kannst, aufschreiben.

Aber …, protestierte ich verblüfft.

Ja, unterbrach Hugo, der sah, wie ich unmutig die Stirn runzelte, wir waren auf der Lichtung. Aber du bringst das eine Wort, das Wort für das, was man dir angetan hat, nicht über die Lippen.

Aber, ich holte tief Luft, und diesmal unterbrach mich Hugo nicht: Es ist doch alles gesagt, was soll dieses eine Wort?

Was das soll? Das fragst du, der die Wörter so viel bedeuten? Du musst dich als Opfer akzeptieren.

Ich fuhr auf. Gerade das hatte ich all die Jahre nicht wahrhaben wollen. Hilla Selberschuld. Alles, nur kein Opfer.

Als Opfer, fuhr Hugo unerbittlich fort. Du warst ein Opfer. Jetzt längst nicht mehr. Aber damals.

Verstümmelung, murmelte ich.

Das ist die Folge, beharrte Hugo, die Verletzung. Der Vorgang heißt anders.

Ich schwieg.

Schreib es auf, das Wort. Du musst, du darfst vor Wörtern keine Angst haben. Dazu ist Schreiben da. Der Wahrheit so nah wie möglich. Wo es schmerzt. Nicht die Wörter sind der Schmutz, die Beleidigung, die Untat. Das alles ist vorbei, Wörter für das vergangene Böse schmerzen nicht. Sie heilen. Stell dir vor, du liest dein Leben wie ein Buch.

Das ich nicht redigieren kann.

Aber wie es weitergeschrieben wird, das bestimmst du mit. Du und Derdaoben. Hugo sah mich erwartungsvoll an, als könnte mir das Unwort jederzeit über die Lippen kommen. Ich schlug die Augen nieder. Hugo brachte mitunter die originellsten und banalsten Dinge in einem Satz zusammen. Das mit dem lieben Gott hätte auch von der Großmutter oder dem Ohm kommen können.

Der Vorgang heißt anders. Du warst das Opfer.

Opfer sein. Das wäre das Eingeständnis meiner Wehrlosigkeit, dass der andere, die anderen sich meiner bemächtigt hatten. Eingeständnis meiner Unterwerfung. Erniedrigung.

Ich dachte an meine Redseligkeit auf dem Papier, schöne Wörter, schöne Sätze, das Abtauchen in die Südsee aus Silbensilber und Katzengold. So viele Wörter, um das eine zu umgehen, zu umgarnen, zu verkapseln mit Silbengarn, um das eine zu verschweigen, zu verbergen, sogar vor mir selbst.

Hugo stand auf. Ich stand auf. Hugo legte die Arme um mich. Hielt mich fest. Ich umklammerte ihn. Streichelte seinen Höcker.

Bald schon würde ich ihm erzählen, was der Großvater aus den Buchsteinen gelesen hatte, die Geschichte vom Pückelsche, von dem kleinen Jungen, der immer, wenn es nottat, seine Engelsflügel entfalten konnte, die er in seinem Buckel aufbewahrte. Hugo rieb seine Stirn an meiner.

Vergewaltigung, flüsterte ich. Vergewaltigung.

Hugo küsste mir das Wort von den Lippen: Ich liebe dich.

Ich nahm das Wort nie wieder in den Mund.

Nachts in Hugos schmalem Bett, so auf der rechten Seite, seine Atemzüge in meinem Nacken, lag ich noch lange wach. Das Leben lesen wie ein Buch, hatte er gesagt. Ja, sinnierte ich, interpretieren wie einen Text mithilfe des hermeneutischen Zirkels. Ohne die Lichtung, ich stockte, Vergewaltigung, hätte ich Hugo nie kennengelernt. Halt, langsam. Genauer. Ohne diese Gewalttat hätte ich mich der Dichtung nicht derart entfremdet. Schon nach jener Nacht hatten meine geliebten Bücher ihre Magie verloren, längst vor ihrer Verwandlung in Texte, in wissenschaftliche Gegenstände. Hätte ich am Ende mein Germanistikstudium aufgegeben, um mir mein persönliches unmittelbares Lesen zu erhalten?

Aber das war nicht das Wesentliche. Kommen Sie zur Hauptsache, Fräulein Palm.

Ohne Vergewaltigung hätte es diese Angst vor Berührungen nicht gegeben, hätte ich mich nie und nimmer als Raupe verkleidet und demzufolge auch nie die Aufmerksamkeit des Käfers auf mich gezogen.

So gespreizt müssen Sie nicht formulieren, Fräulein Palm. Fahren Sie fort.

Und ich hätte dieses gesprenkelte Monster gewiss übersehen oder belächelt und einen strammen Matrosen, Cowboy oder Zigeuner auserkoren.

Schlussfolgerung?

Ohne die Nacht auf der Lichtung gäbe es nicht diese Nacht hier. Ohne Vergewaltigung keine Erlösung.

Der hermeneutische Zirkel: Was geschieht, ist sinnvoll. Gottes Plan, hätte die Großmutter gesagt. Der rote Gott im grünen Gras: auferstanden von den Toten und ich mit ihm. Er, der Große Autor, war mir ein paar Kapitel voraus gewesen. Beschämt versprach ich, Ihm in Zukunft das Schreiben vertrauensvoll zu überlassen. Ich, Hildegard Palm, seine treue Leserin.

Doch bevor ich mich fester in Hugos Bauchbrustbogen schmiegte, grübelte ich, ob Gretel da draußen mit Gott Vater, Gott Sohn und dem Heiligen Geist so selig war wie ich hier mit meinem ganz und gar irdischen Hugo, so leicht, frei, erlöst.

So

Auf der rechten Seite
so liegen dass
die Knie das Kinn
fast berühren. Sich den
Rücken freihalten für einen
nicht zu weichen
schmiegsamen Bauch.
Beine auch die mit meinen
scharf in die Kurve gehn
zwanzigfach Zeh'n
ganz unten. Ums Herz
in der linken Brust eine
Hand die den Schlag spürt
und bleibt im Nacken
ein schlafender Mund Speichelfäden.
Morgens aufwachen.
Immer noch da sein.
So.

Zurück im Hildegard-Kolleg stellte ich mich vor den Spiegel. Jeder musste mir doch ansehen, ich war nicht mehr dieselbe wie vor ein paar Stunden. Mein Gesicht, mein Körper so neu, als wäre ich umgezogen in eine andere Behausung. Mit Hugo würde ich nie mehr allein sein. Allein wie ein Buch, ein Blatt Papier, allein wie ein Kugelschreiber, ein Buchstabe im Alphabet. Hugo und ich zwei Buchstaben für immer ein Wort: du.

Kurz darauf stellte ich ihn Fräulein Oppermann vor, die bei seinem Namen fast geknickst hätte. Hugo, erfuhr ich, stammte aus einer alten Kölner Patrizierfamilie, einer Familie, die Bischöfe, Äbte, Äbtissinnen und Priester, Kirchenvorstände und Domherren vorweisen konnte; ein Geschichtsbuch. Hugos Vater und Großvater waren der Oppermann wohlbekannt, als Mitglieder im Domvorstand, Ritter des Malteserordens, Komturen des Gregoriusordens, was weiß ich. Nicht schon wieder, schlug ich bei mir ein Kreuzzeichen, Godehards eingedenk, der Familie Wagenstein eingedenk. Klar, dass dieser Familie ein ostermarschierender und sitzstreikender Protestler nicht ins Sippenbild passte. Daher erzählte Hugo nur vom Großvater oder seinen Büchern. Ich sollte es immer besser verstehen lernen.

Die Nächte verbrachte ich nun oft bei ihm. Rollte ich im Schlaf von ihm weg, schob ich einen Arm oder Fuß unter seine Decke, bis ich seinen Körper berührte oder den Stoff, der ihn bedeckte, mich so mit der Höhle des Lebens verbindend, in der warm und verlässlich mein Schatz lag. Wenn er einmal kaum atmete, streifte mich ein Grauen wie der Schatten einer Wolke an einem blauen Sommertag. Ich stupste ihn dann ein wenig, bis er sich regte, ausscharrte wie träumende Pferde mit ihren Hufen. Manchmal stellte er sich schlafend, lag starr, wenn ich meinen Fuß immer weiter vorschob, bis ich sein Fleisch streifte, den Druck verstärkte, seinen Körper zu erforschen suchte wie einen Erdteil. Dann rückte ich schnuppernd näher. Wenn man den anderen so gern riecht wie sich selbst, so ist das Liebe, und wenn wir dann unser beider Gerüche mischten, und das noch viel besser roch als jeder für sich, so war das Glück.

Ich liebe dich. Ich brauche dich. Wer hört das nicht gern? Der bruch misch: die magische Formel, mit der der Säuferonkel die Tante aus Wipperfürth an sich fesselte; dat bruch dat, erklärte mir die Mutter die eheliche Ergebenheit der Nachbarin, die alle paar Wochen in Piepers Laden die Treppe, den Schrank, die Tür für ihr blaues Auge oder eine geschwollene Wange verantwortlich machte.

Ich brauche dich. Das hatte auch Godehard gesagt. Er hätte mir ein Leben eingerichtet wie eine komfortable Wohnung, meine kleine Frau, mich in diesem betreuten Wohnen, betreuten Leben behütet und beschützt, mich auf Händen getragen: in seine Richtung. Ich liebe dich, so wie du bist. Ein Satz, der es sich und dem anderen bequem macht.

Hugos ›Ich brauche dich‹ schloss eine entscheidende Frage ein: Und du? Was brauchst du? Was erwartest du von deinem Leben? Wohin willst du mit dir? Mit unserer Welt? Hugo machte mich nicht klein und schwach; an seiner Seite fühlte ich mich stärker, schöner, klüger als je in meinem Leben. Ein Leben im ›als ob‹: Das war Hugos Maxime. Besser werden durch ein Leben, als ob ich schon besser wäre. Höher, schöner von sich denken, als man ist – und danach handeln.

Wir liebten die herrlichen Bilder, die wir uns voneinander füreinander erschufen, und versuchten, den Bildern nahezukommen. So machten wir einander zu dem, was zu sein wir uns wünschten: schön, klug, einzigartig.

> Was tun Sie, wurde Herr K. gefragt, wenn Sie einen Menschen lieben?
> Ich mache einen Entwurf von ihm, sagte Herr K. und sorge dann, dass er ihm ähnlich wird.
> Wer? Der Entwurf?
> Nein, sagte Herr K. Der Mensch.

Am Sonntag nach unserer Lichtmess, wie wir unsere Teufelsaustreibung auf der Lichtung nannten, besuchten wir das Hochamt im Kölner Dom. Doom, verriet mir Hugo, habe er als Kind geschrieben, so wie Saal. Kaum auszureden sei ihm dieses zweite O gewesen, mit dem er Gottes Haus die gebührende Glorie habe verleihen wollen.

Vor der Schmuckmadonna zündeten wir zwei Kerzen an.

Einmal, erzählte Hugo, sah ich hier ein kleines Mädchen mit einer roten Mütze. Ich war drei oder vier und sie wohl genauso alt. Ich hielt sie für Rotkäppchen, lief zu ihr und sagte, falls sie noch mal zur Großmutter in den Wald müsse, würde ich mitgehen und sie vor dem bösen Wolf beschützen. Keine Ahnung, was sie geantwortet hätte; ihre Mutter zog sie von mir weg. Ich fürchte, nichts Gutes. Denn als ich mich nach ihr umdrehte, stemmte mein Märchenmädchen die Hände in die Hüften und streckte mir die Zunge raus.

Das tat ich auch, aber nur ein ganz kleines bisschen.

Vor dem heiligen Antonius, natürlich bekam auch er seine Kerzen, streifte mir Hugo einen Ring auf den Finger. Erschrocken hielt ich die Hand vor die Augen. Ein blauer Stein, aufblitzend im Licht der Sonntagssonne durchs Glasfenster der sieben guten Werke. Kaugummiautomat, flüsterte Hugo mir ins Ohr. Da konnte ich sein Lächeln erwidern.

Auch im Dom war der Opfertisch nun weit nach vorn gerückt, kehrte der Priester dem Hochaltar den Rücken zu, was in Dondorf bei Mutter und Tante noch immer Empörung auslöste. Ich aber war nie reineren Herzens, nie so voller Dankbarkeit gewesen wie an diesem Morgen, nie hatte ich mich so geborgen gefühlt in Gottes Wirken und Wollen. Das sechste Gebot? Es hieß: ›Du sollst nicht ehebrechen.‹ So stand es auf Moses Gesetzestafel vom Berge Sinai. Alles andere, was ich als Kind mit heißen Ohren dem Beichtspiegel entnommen hatte, war von phantasievollen Tugendwächtern hinzugefügt worden. Die hatten uns gar nichts zu sagen. Und das Sakrament der Ehe? Das konnten sich, sogar nach Lehrmeinung der Kirche, ohnehin nur die Liebenden selbst spenden.

Hatte Derdaoben uns nicht zur gegenseitigen Freude geschaffen? Uns seinen Segen gegeben, indem er uns zusammengeführt hatte? Warum sollten wir verzichten, uns mit dem zu beschenken, was er uns geschenkt hatte? In unserem Katechismus hatten wir das sechste Gebot noch als ›Du sollst nicht Unkeuschheit treiben‹ gelernt; doch Hugo kannte die Luther'sche Übersetzung: ›Du sollst nicht ehebrechen‹, so stand es im Urtext. (Seit 1992 endlich auch im katholischen Katechismus.) Und ans Ehebrechen, einen Verrat unserer himmlischen Gemeinschaft, dachten wir im Traume nicht. So manche Todsünde war also eine Erfindung des Beichtspiegels. In der Bibel davon kein Wort. Und zudem: Es machte uns beiden seit Kindertagen Freude, ja, es war uns in Fleisch und Blut übergegangen, in mehr als nur einer Welt, der Welt der sichtbaren Dinge, zu leben. Sicher siedelte ich Gott und die himmlischen Heerscharen nicht mehr im Reich von Aschenputtel und König Drosselbart an. Und die Not, in eine Anderswelt zu fliehen, fand in Hugos Armen ein Ende.

Wach geblieben war die Sehnsucht nach dem, was wir nicht sind und haben und das auf Erden nicht zu finden ist. Mit Hugo konnte ich diese Sehnsucht teilen. Wir wollten unsere Liebe nicht schlechten Gewissens vor einem Gott der Verbote und Strafen verbergen und uns von ihm abwenden, ließen vielmehr jede unserer Zärtlichkeiten in einer größeren Liebe aufgehen, auch wenn wir das so nie gesagt hätten. Nicht Gott war uns gleichgültig, wohl aber, was seine amtierenden Stellvertreter auf Erden von unserem Bündnis hielten.

Hugo von seinem Platz in den Männer-, ich von meinem in den Frauenbänken wussten es so einzurichten, dass wir Seite an Seite zur Kommunion gingen, ach, wie gern hätte ich wie als Kind gekniet, Augen zu, Kopf im Nacken, den Corpus Christi auf der Zunge empfangen, und nicht, wie es nun Sitte werden musste, im Stehen die Hand zur Schale geformt, um die Hostie mir selbst zwischen die Lippen zu schieben. Dies sei eine Rückkehr ins 5. Jahrhundert, sagte man, doch mir schien dieser Umweg der Vermählung mit Christus von der Hand in den Mund zu sehr von dieser Welt.

Aber als ich den Goldreif sah in der Innenfläche meiner Linken, bekam diese Vereinigung, die ›communio‹, einen doppelten Sinn, der irdischen Liebe himmlischer Segen beigesellt, und wieder dachte ich an Gretel: Ob auch sie jemals dieses Gefühl des Erfülltseins würde spüren können, wenn ihre Gottesliebe sich nirgends verkörpern durfte, nur Nächstenliebe, ›agape‹, bestenfalls noch die Liebe zur Natur, zur Kunst und die Hoffnung auf das selige Jenseits.

Maria, Maienkönigin, sangen wir das Schlusslied, und ich hörte in allen Stimmen nur Hugos hellen Bariton, dich will der Mai begrüßen, sangen wir, wie wir vor einem Monat *We shall overcome* gesungen hatten, Maria, dir befehlen wir, was grünt und blüht auf Erden, oh, lass es eine Himmelszier in Gottes Garten werden. Oh, deep in my heart I will believe.

Eis oder Rievkooche? Hugo hielt mir die Tür auf, Weihrauchduft mischte sich mit Schwaden von der Reibekuchenbude.

Beides, sagte ich.

Also ging es wie an unserem ersten Abend zum Büdchen – längst zuckte ich bei Hugos gelegentlichen Kölsch-Versuchen nicht mehr zusammen – und anschließend ins Café Campi, wohin sonst.

Seit ich dort mit Bertram meinen Umzug nach Köln besiegelt hatte, war mir das Café auf der Hohe Straße ans Herz gewachsen. Auch Gretel hatte mich jedesmal nach den Orgelkonzerten im Dom hierher eingeladen.

An der Tür hinter der Kasse saß noch immer Gigi und zählte sein Geld, die Haare der jungen Männer um die runden Tischen vor der plastikgepolsterten Bank waren länger geworden, die Röcke der Mädchen kürzer, die Luft wie eh und je zum Schneiden vom Zigarettenqualm und südländisch bitteren Kaffeeduft, und eine elegant gekleidete ältere Frau nahe der Tür rief uns gemütlich an: Mach de Pooz zo, et trick.* Im Campi hatten alle Platz, Redak-

* Mach die Tür zu, es zieht.

teure vom WDR machten hier mit Kollegen Pause, Landfrauen erholten sich von der Einkaufstour, Studenten tauchten hier aus all dem Engagieren einmal ab in die Welt des Establishments, im Café Campi gerade noch zu vertreten. Auch die Musik war sich gleich geblieben, gepflegter Jazz, Miles & Monk statt Radio-Luxemburg-Schnulzen oder Beat, *Softly, as in a morning sunrise*, wie bei meinem ersten Besuch, Bertram, weißt du noch?

Hugo und ich durchquerten den mit Spiegelglas verkleideten Schlauch der Bar, fanden einen Tisch in dem schummrigen Raum dahinter und stießen ein bisschen verlegen mit italienischem Schaumwein an, den flotten Prosecco gab es damals noch nicht, gern hätte auch ich Hugo einen Ring angesteckt. Ob er sich so verheiratet fühlte wie ich? Ich dachte an Godehard und ›Meine kleine Frau‹ und prostete ihm, wo immer er sein mochte, mutwillig zu.

Wo bist du mit deinen Gedanken? Hugo nahm meine Hand, drehte den Stein am Ring nach innen und führte meine Hand an seine Lippen, die perfekte Stummfilmgeste. Trink aus, es gibt noch eine Überraschung.

Wir schlugen den Weg in die Altstadt ein, zum Markt, und ich ahnte, wohin es Hugo drängte: St. Maria im Kapitol. Im Krieg schwer zerstört, nun teilweise wieder aufgebaut. Vor der Marienstatue im Chor der Kirche zog Hugo zwei Äpfel aus der Tasche, reichte mir einen. Hier, zu Füßen der Madonna, solle ich den Apfel niederlegen. Kopfschüttelnd tat ich es ihm nach, empfahl unsere Liebe auch hier noch einmal der himmlischen Mutter, die mit dem schelmischen Lächeln rheinischer Madonnen auf uns hinabsah: Kinder, meinen Segen habt ihr.

Tja, lachte Hugo, der sich an meiner Neugier weidete, nun möchtest du wohl …

Na, hör mal, unterbrach ich ihn, das ist ja fast wie bei den alten Römern, Opfergaben und so, nächstens legen wir ein Hühnchen ab.

Keine Ahnung von nix, ergötzte sich der Freund, obwohl, mit den Römern liegst du gar nicht mal so falsch. Hier soll nämlich in der Römerzeit wirklich das Capitol gestanden haben. Daher der Name.

Ja, aber die Äpfel, drängte ich.

Hättest du wohl gern selbst verspeist. Also. Hermann Joseph, sagt dir der Name was?

Ein Heiliger, oder? Ich zuckte die Achseln.

Heilig erst seit kurzem, vorher nur selig. So um 1150 in Köln geboren. Die Eltern bettelarm, also kam er schon mit zwölf ins Kloster Steinfeld. Liegt bei Zülpich. Wurde dort zum Priester geweiht.

Die Äääpfel!

Er hatte es mit der Madonna. Wär gern ihr Bräutigam gewesen. Das brachte ihm, ursprünglich nur Hermann, den Beinamen Joseph ein. Als Kind soll er einer Marienstatue jeden Tag einen Apfel hingelegt haben. Und die Madonna hat ihm zum Dank zugelächelt.

Naja.

Die handfestere Variante besagt, dass ihm Maria ein Versteck verraten habe, wo er ein Beutelchen mit seinem Schulgeld fand.

Das gefiel mir. Hatte ich nicht auch jedesmal eine Maria, hieß sie nun Lehrer Rosenbaum, Mohren oder Pastor Kreuzkamp, auf dem Weg durch die Schulen an meiner Seite gehabt?

Komm, wir gehen noch ein Stückchen weiter. Am Waidmarkt kannst du sehen, wie der kleine Hermann Joseph zur Madonna hochklettert. Mit Apfel. Für das Jesuskind. Ein Brunnen aus dem 19. Jahrhundert.

Hand in Hand machten wir uns auf den Weg. Achteten aber sehr wohl auf gesitteten Abstand. Erst kürzlich hatte die *Kölnische Rundschau* ein verlobtes! – darauf legte man Wert – Pärchen losgeschickt, es sollte sich auf einer Bank am Neumarkt küssen. Anlass war ein Gerichtsurteil aus München: Öffentlich ausgetauschte Zärtlichkeiten dürfen nach Bürgerlichem Strafgesetzbuch nicht mehr geahndet werden. Das Testpärchen küsste sich nicht nur auf besagter Bank, auch an der Ampel bei Karstadt, in der Schildergasse, an Straßenbahnhaltestellen. Die meisten Fußgänger, so die *Rundschau*, bemühten sich krampfhaft wegzuschauen. Wenige schimpften. Schämt ihr euch denn gar nicht? Könnt ihr das nicht zu Hause machen? Also in meiner Jugend ... Zwei Damen mit Blümchen am Hut beschwerten sich beim Schutzmann. Dem war die Sache peinlich, wohl wissend, dass erlaubt, was nicht verboten ist, und er riet den beiden, in den Grüngürtel auszuweichen.

Naja, sagte ich gedehnt, wenn sie bösartig wären, könnten deine Nachbarn deine Tante auch noch drankriegen. Wegen Kuppelei. Von wegen Damenbesuch über Nacht und so.

Hugo zog mich demonstrativ näher an sich heran. Was soll's. Wir sind doch jetzt verheiratet. So, da wären wir. Siehst du, wie der kleine Heilige da oben den Apfel überreicht?

Am Hermann-Joseph-Brunnen lehnten zwei junge Priester und rauchten eine Zigarette. Warum taten sie mir leid? Ob Gretel Liebkosungen und Küsse in einer anderen Sprache empfing? Zärtlichkeiten einer Trauerweide an einem Morgen im Mai, Tristanakkord am Abend, eine Gedichtzeile in der Nacht? Sprache einer Anderswelt?

Hugo ließ mich los. Was hältst du von Kino? In der Lupe läuft dieser Kluge-Film. *Abschied von gestern.* ›Besonders wertvoll.‹

So oft wie mit Hugo war ich noch nie ins Kino gegangen, Kunststück, er lud mich ein und verstand es, mein freudiges Ja jedesmal so aussehen zu lassen, als beschenkte ich ihn. Auch das lernte ich von Hugo: anzunehmen, ohne dafür etwas leisten zu müssen, beschenkt zu werden, ohne zu argwöhnen: dat dicke Äng kütt noch. Etwas annehmen und sich freuen. Freude zeigen ohne Angst vor Neid und Missgunst. So zu sein, wie man sich fühlt, ohne Maske und Rollenspiel.

›Uns trennt von gestern kein Abgrund, sondern die veränderte Lage.‹ Der Film begann mit diesem Schriftmotto. Das gefiel mir, erinnerte mich an mein Brecht-Seminar, Verfremdungstheorie. Assoziatives, statt lineares Erzählen: Die Geschichte der Anita G. musste man sich wie ein Puzzle zusammensetzen. Kein Film zum Händchenhalten.

Anita G., 1937 als Kind jüdischer Eltern in Leipzig geboren, in der DDR aufgewachsen, Telefonistin. Nach ihrer Ausreise in den Westen wird sie Krankenschwester, stiehlt eine Strickjacke, Bewährung. Sie entflieht der Bewährungshelferin durch Umzug in eine andere Stadt. Als Vertreterin für Sprachkurse auf Schallplatten wird sie die Geliebte des Chefs, der sie auf Drängen der Ehefrau anzeigt. Auch den nächsten Job als Zimmermädchen verliert sie wegen eines ihr nachgesagten Diebstahls. Sich an der Universität einzuschreiben misslingt, da sie kein Abitur hat. Sie wird die Geliebte eines Ministerialrats, der sich zunächst um sie kümmert, doch als er sie schwängert, speist er sie mit hundert Mark ab. Mittlerweile wird sie steckbrieflich gesucht, flieht von einem Ort zum anderen und stellt sich kurz vor der Niederkunft der Polizei. Das Kind wird ihr weggenommen. Anita G. wartet im Frauengefängnis auf ihre Verurteilung.

Ungewöhnlich schweigsam verließen die Kinobesucher die Vorstellung.

Na?, fragte Hugo.

Na und?

Also was. Du zuerst oder ich?

Puh, sagte ich, muss das sein?

Hat eben keine Äpfel hinterlegt, juxte Hugo. Keine Bestechungsversuche beim lieben Gott.

Bestechung? Dendaoben bitten und dafür etwas versprechen ist doch in Ordnung. Sozusagen eine Hand wäscht die andere. Aber das meinst du ja auch nicht so.

Nicht so ganz, lenkte Hugo ein. Aber mit ein bisschen Gottvertrauen wär's wohl anders gelaufen.

Oder Selbstvertrauen, setzte ich dagegen.

Das hat sie, sonst wäre sie nicht aus der DDR in die Bundesrepublik gekommen. Aber wie es dann läuft, ist doch kaum auszuhalten.

Genau. Erst dieses blöde Klauen. Völlig überflüssig. Die Flucht aus der Bewährungshilfe. Noch blöder. Und an allem soll dann noch irgendwie die Gesellschaft schuld sein.

Ich war empört. Wozu waren derlei Geschichten gut? Um klarzumachen, dass, wer einmal unten ist, nicht wieder hochkommen kann, weil die Gesellschaft – wer immer das sein sollte – ihn nicht lässt? Ich hatte einen Verdacht: Missglückte Lebensgeschichten zu erzählen, anderen die Schuld zuzuschieben, die ›Mängel aufzuzeigen‹, ist allemal leichter, als mühsame, aber erfolgreiche Werdegänge darzustellen, ohne in die Nähe von Kitsch zu geraten.

Weißt du was?, brach es aus mir heraus. Weißt du, dass ich eine doofe, unbelehrbare Deutsche bin? Und weißt du auch, warum? Weil ich es *nicht* schlecht finde, Deutsche zu sein. Ich druckse nicht herum, wenn ich Deutschland sage; Germany. Ich ziehe nicht den Kopf ein, wenn man nach zwei Sätzen übers Wetter zu Hitler und Auschwitz übergeht, sondern versuche zu verstehen und zu fragen. Und wenn das nichts hilft, lass ich die Leute stehen. Ich kann doch nicht verantwortlich sein für das, was war. Ich bin mitverantwortlich für das, was jetzt geschieht. Und was geschieht jetzt? Ich bin zu doof, um überall nur das Misslungene, das Schlechte, Böse zu sehen. So doof, dass ich mich über jeden Juden freue, der nach Deutschland zurückkehrt oder hier geboren ist und zufrieden lebt. Oder genauer: Mit Fritz Bauer halte ich es, den ich schon von den Auschwitzprozessen kenne. Jetzt als Generalstaatsanwalt in Kluges Film. Wobei ich so doof bin, dass es mir egal ist, ob jemand Jude, Jugoslawe, Italiener, Türke, schwarz, gelb, kariert oder Deutscher ist. Aber Freude oder Zufriedenheit sind wohl etwas für die Doofen. Ich habe im Auge, was gut ist: Das möchte ich schützen. Schützen kann ich das Gute aber nur, wenn ich es kenne. Das Gute bekannt zu machen, ist wichtiger, als überall das Schlechte zu suchen. Das Gute will ich zeigen, nicht das Schlechte. Das Gute bleibt nämlich immer bedroht durch das Schlechte!

Meine Hildegard! Mein Schutz der Kämpfenden. Recht hast du! Und trotzdem …

Jaja, fiel ich ihm, noch immer erregt, ins Wort. Das weiß ich auch: Der Film war gut. Genau deshalb reg ich mich auf. Stell dir mal vor …

… der Kluge hätte statt eines stetigen Abstiegs einen ebenso zähen Aufstieg gezeigt. Was glaubst du, hätte er sich dann anhören müssen von der Kritik?

Kitsch.

Genau! Aber ehe wir uns weiter rumärgern, gehen wir zu mir und schreiben die Geschichte einfach um.

In der Vorgebirgstraße legten wir die Beatles auf, denen wir trotz Rolling Stones, den Doors und den Kinks treu blieben, und Hugo mixte uns aus den Beständen seiner Tante einen Cuba libre, mit dem wir auf unser, ja, was war denn das nun, was wir zu feiern hatten? Wir gehörten uns an, hatten einander das Jawort gegeben, Lebenswort, und nie hatte ich mich so frei gefühlt wie in dieser Verbindung, die enger nicht sein konnte.

Auf unser Hula libre! Bis uns ein besseres Wort einfällt für unser Bündnis. Ich stieß mein Glas an Hugos.

Okay, Hula, grinste Hugo, immer noch besser als Higo.

›When I get older, losing my hair‹, sang Paul McCartney, und wir fielen ein, ›many years from now, will you still need me, will you still feed me, when I'm sixty-four?‹ Und Hugo küsste mich, dass mir die Luft wegblieb.

Sixty-four? Wo gab es denn so was? Das war ja … ja, das war im dritten Jahrtausend, ich mehr als dreimal so alt wie jetzt, älter als die Mutter, der Vater, ich schnappte noch einmal nach Luft, alt wären wir dann, kurz vor der Rente, verschrumpelt, schlapp … Ich schüttelte mich.

Sieh es mal positiv, versuchte Hugo mich zu trösten. Dann gibt es mit Sicherheit auch Frauen am Altar, als Priester meine ich. Vielleicht unsere kleine Hilla. Oder eine kleine Ulla.

Oder einen Hugo II., Bischof oder so.

Erzbischof, bitte. Aber um Gotteswillen ohne Zölibat. Das möchte ich unserem Sprössling doch nicht zumuten. Aber der Zölibat ist bis dahin ja wohl Geschichte!

Dann aber auch eine Frau Bischof!, spann ich den Faden weiter. Oder Bischöfin? Das gefällt mir. Kriegen die Evangelischen sicher zuerst. Und dann vielleicht sogar eine Frau Bundeskanzler. Oder heißt das dann Kanzler*in*? Klingt komisch.

Mal langsam, bremste Hugo. Sag doch gleich, dann laufen die Amis auf dem Mond rum, oder die Russen, und die Mauer ist weg, und deine Kanzlerin kommt aus der DDR. Und ihr Vater ist Pfarrer. Prost.

Warum nicht? Alles eine Frage der Phantasie. Und denk doch mal an Brecht: ›Am Grunde der Moldau …‹, stimmte ich an.

Jaja, ›das Große bleibt groß nicht und klein nicht das Kleine …‹, wiegelte Hugo ab. Aber zuerst wollen wir mal sehen, wie wir unsere Anita erfolgreich in die bundesrepublikanische Gesellschaft der sechziger Jahre eingliedern können. Erst mal die Strickjacke. Was sollte der Blödsinn? Dieses Klauen?

Strohdoof, aber halb so schlimm, gab ich zu bedenken, wenn diese Anita nicht auch noch der Bewährungshelferin davonlaufen würde.

Und die ist dann nicht besser als irgendwelche SA-Leute, braune Vergangenheit, nichts dazugelernt, und wie die Sprüche alle heißen, höhnte Hugo. Ziemlich ungerecht, wenn man an Menschen wie Dr. Bauer, an den gesamten Auschwitz-Prozess denkt. Das war doch ein wichtiger Anfang, mit der NS-Vergangenheit fertig zu werden.

Also, was machen wir mit Anita?, unterband ich einen herannahenden Vortrag. Ihre Geschichte lässt mich nicht kalt, und doch bin ich ständig versucht zu sagen: selber schuld. Dauernd erwartet sie, dass andere ihr Leben regeln.

Erwartet!, fiel mir Hugo ins Wort. Das ist das Stichwort. Anita ist in einem Dauerzustand von Erwartung. Sie selbst ist vollkommen passiv. Ich glaube, das ist es, was meine Kämpferin so auf die Palme bringt.

Du hast recht, gab ich zu, wird mir jetzt erst klar. Sie macht es sich einfach zu bequem. Und dann dieser Schlusssatz des Regisseurs: ›Jeder ist an allem schuld, aber/wenn das jeder wüsste/hätten wir das Paradies auf Erden.‹ Entschuldigt jeden Reinfall.

Okay, rief Hugo. Also lassen wir unseren Pechvogel in der DDR, sie macht ihr Abitur nach, oder auch nicht, auf jeden Fall wird sie bald heiraten, Kinder kriegen …

… aber der Mann hat Ärger in der Brigade, beginnt zu trinken, schon hat Anita die Scheidung im Sinn, da spricht die Partei ein Machtwort, und alles wird wieder gut, lachte ich.

Hugo stimmte ein. Dann soll Anita G. doch lieber in der herzlosen BRD herumstolpern, wird sich schon durchbeißen. Gibt ja auch hier im bösen Kapitalismus Menschen, für die Nächstenliebe kein Fremdwort ist. Hauptsache, wir haben uns und unsere Äpfel beim Jesuskind im Himmel.

Der Himmel

Der Himmel liegt seit heute Nacht
in einem Ellenbogen
darein hatt' ich gesmôgen
das kin und ein mîn wange
viel lange Zeit.

Der Himmel ist einsachtzig groß
und hat die bunten Augen
zum Frühstück aufgeschlagen
all so ist auch sein Magen
von dieser Welt.

Auch anders zu lesen, musst du dich wieder trauen, drängte der Freund. Kein Text ist bloß Vorlage für Funktionen und Strukturen. Selbst als Germanist darfst du wieder lesen, wie du als Kind gelesen hast. Der Dichter als Lehrer. Als einer, der dir beim Leben hilft.

Literatur als Lebenshilfe? Ich war skeptisch. Vergewaltigung war mit Literatur nicht aus der Welt zu schaffen. Natürlich nicht. Aber, dachte ich, hätte ich nicht doch Zuflucht suchen *können* bei Dichtung und Gebet, anstatt das Geschehen in mir einzukapseln? Die Wörter hatten bereitgestanden. Nicht sie hatten versagt; ich war vor ihnen geflohen. Nicht vor ihrer Wirkungslosigkeit, sondern im Gegenteil: aus Furcht vor ihrer Kraft, ihrer Sprengkraft, der Macht, meine Kapsel aufzubrechen.

Da brauchst du gar nicht so spöttisch zu tun, widersprach Hugo. Als ob wir jemals etwas täten, was uns nicht irgendwie zugutekäme. Wer will sich schon vorsätzlich schaden. Auch unsere Bücher wählen wir so aus. Gut ist ein Buch, das mich entwickelt. Brandes. Hast du doch selbst gesagt.

Meine Uni-Erfahrung war eine andere. Das Buch, zum Text mutiert, war nicht für mich, ich war für den Text da; um ihn zu sezieren, zu strukturieren, differenzieren, interpretieren, dem hermeneutischen Zirkel zu unterwerfen. Und dieser distanzierte Umgang war mir gerade recht gewesen.

Du meinst also, ich soll fragen: Was sagt das Buch *mir*? Und nicht: Was sagt das *Buch* mir?, hakte ich nach.

Beides, entgegnete Hugo. Ergriffenes und wissenschaftliches Lesen müssen kein Widerspruch sein. Voraussetzung für jede Interpretation ist das nachvollziehende Erleben eines Kunstwerks. Nur so kann sich der Leser, kann ich mich, auf die verdichteten Ideen einlassen. Nur so werden sie mir zugänglich.

Ich konnte es kaum glauben: Es kann wissenschaftlich sein, aus der Dichtung zu lernen, wie man mit seiner Lebenssituation, mit seinem ›Schicksal‹ umgehen kann? Also soll uns Literatur auch immer zum Nachdenken über unser eigenes Leben dienen? Sogar bei der Suche nach Lösungen für Konflikte?

Gut so, Frau Professor, frotzelte Hugo. Genau so.

Glaub mir, ich weiß, wovon ich rede, seufzte ich, ohne meine Dichter säße ich nicht bei dir. Ohne meinen Friedrich vor allem.

Denk an Nietzsche, entgegnete Hugo: ›Die Liebe als Kunstgriff.‹

Gerade erschienen bei de Gruyter die ersten Bände der Kritischen Studienausgabe. Hier fanden wir, was mir zur Lebens- und Lesemaxime werden sollte:

›Liebe als Kunstgriff. – Wer etwas Neues wirklich *kennen*lernen will (sei es ein Mensch, ein Ereignis, ein Buch), der tut gut, dieses Neue mit aller möglichen Liebe aufzunehmen, von allem, was ihm daran feindlich, anstößig, falsch vorkommt, schnell das Auge abzuwenden, ja, es zu vergessen: sodass man zum Beispiel dem Autor eines Buches den größten Vorsprung gibt und geradezu wie bei einem Wettrennen mit klopfendem Herzen danach begehrt, dass er sein Ziel erreicht. Mit diesem Verfahren dringt man nämlich der neuen Sache bis an ihr Herz, bis an ihren bewegenden Punkt: Und dies heißt eben, sie kennenlernen. Ist man so weit, so macht der Verstand hinterdrein seine Restriktionen; jene Überschätzung, jenes zeitweilige Aushängen des kritischen Pendels, war eben nur der Kunstgriff, die Seele einer Sache herauszulocken.‹

Die Seele einer Sache herauslocken. Ich lernte, mein Augenmerk nicht allein auf den Inhalt des Textes zu richten, doch auch nicht allein auf die Art und Weise seiner Konstruktion wie in den Proseminaren. Kurz gesagt: Ich lernte den ästhetischen Genuss. Bücher waren Freunde und Texte gleichermaßen, ich konnte die Lese-Gewichte verlagern wie von einem Fuß auf den anderen. Und dennoch: Wenn ich Erzählungen wie *Billy Budd* oder *Bartleby, der Schreiber* las, vergaß ich alles, was ich wusste, und weinte wie in Kindertagen über *Bomba, der Dschungelboy*.

Wozu hatte ich überhaupt jemals gelesen? Um mich in den Büchern wiederzufinden, mich besser kennenzulernen, mich und die Welt. Dazu musste das Erlesene stets realer wirken als das Erlebte. Zum ersten Mal in meinem gerade volljährigen Leben erschien mir die erlebte Welt erstrebenswerter, lebenswerter als die erlesene. Das Reich der Dichter: Ich hatte ihn, den Himmel auf Erden. Mit Hugo konnte ich leben, was ich bisher nur gelesen hatte. Wenn ich jetzt las, so nur, damit das Gelesene das Erlebte gleichsam krönte oder würzte.

Schwerelos glitten die Tage dahin, selbst der trockenste Lehrstoff Genuss. Wir vernachlässigten unsere Studien nicht, im Gegenteil. Doch bei allem, was wir getrennt voneinander erlebten und lernten, dachten wir daran, es dem anderen mitzuteilen, es mit ihm zu teilen und dergestalt aufs Müheloseste zu festigen und zu vermehren.

Immer neues Vergnügen bereitete uns Hugos Seminar über die Liebesphilosophie des jungen Schiller. Von meinem Altar für den Angebeteten erzählte ich dem Liebsten und wie ich seinen Kopf vom Reclam-Heftchen immer wieder durchgepaust hatte auf die erste Seite meiner Hefte *Schöne Wörter, Schöne Sätze*. Wie ich mit seinem Evangelium der Freiheit schwere Zeiten meiner Kindheit überstanden hatte.

Da hast du dir ja einen besonders schönen Mann ausgesucht, spottete Hugo. Hör mal, seine Zeitgenossen! Augenblick.

Hugos Ordnungsliebe verblüffte mich immer wieder und machte mir ebenso prompt ein schlechtes Gewissen. Wie er mit ein paar Griffen ein Buch aus dem Regal zog und gleich die gesuchte Seite aufschlug oder, wie jetzt, in der Aktentasche sofort das richtige Ringheft fand, dazu würde ich es nie bringen.

Hör zu, wie ihn ein Freund beschreibt, Schiller beim Militär: ›Aber wie komisch sah mein Schiller aus! Eingepresst in dieser Uniform, damals noch nach dem alten Schnitt, und vorzüglich bei den Regimentsfeldscherern, steif und abgeschmackt! Auf jeder Seite hatte er drei steife vergipste Rollen; der kleine militärische Hut bedeckte kaum den Kopfwirbel, in dessen Gegend ein dicker langer falscher Zopf gepflanzt war; der lange Hals war von einer sehr schmalen rosshärenen Binde eingewürgt; das Fußwerk, vorzüglich, war merkwürdig; durch den an weißen Gamaschen unterlegten Filz waren seine Beine wie zwei Zylinder von einem größeren Diameter als die in knappe Hosen eingepressten Schenkel. In diesen Gamaschen, die ohnehin mit Schuhwichse sehr befleckt waren, bewegte er sich, ohne die Knie recht biegen zu können, wie ein Storch. Dieser ganze, mit der

Idee von Schiller so kontrastierende Apparat war oft nachher der Stoff zu tollem Gelächter in unserem Kreis.‹ – Da hast du deinen Friedrich.

Ich warf meinen Kugelschreiber nach dem Vorleser. Gemeiner Kerl! Wie würdest du denn aussehen in den Klamotten! Der arme Teufel. Und damit du es weißt, heute Abend kommt er zum Essen. Ich hab ihn eingeladen!

Na gut, dann bin ich nächstes Mal mit der Bettina …

Diesmal drohte ich mit dem Ringbuch: Wage es! Die war erst letzte Woche hier.

Phantasiegestalten, tote Dichter und Dichterinnen, Musiker, Philosophen, wen auch immer zu uns nach Hause einzuladen war eines unserer Spiele.

Auch von Schillers Liebesphilosophie wusste Hugo Wunderliches zu berichten. Aus Frauen habe er sich nicht viel gemacht, mein Held. ›Außer ein paar Sprüngen mit Soldatenweibern, auch en compagnie, weiß ich keine Debauche, keine Ausschweifung von ihm‹, zitierte Hugo sein Ringheft, ehe wir uns über Schillers Laura-Gedichte hermachten.

Schlüpfrige, sinnliche Stellen habe es da gegeben, hatte der Dichter selbstkritisch angemerkt, Stellen, die er in einer späteren Ausgabe tilgte. Begierig spürten wir den Streichungen des Klassikers nach. Und was fanden wir?

›Und wir beide – näher schon den Göttern – / Auf der Wonne jähe Spitze kletternd, / Mit den Leibern sich die Geister zanken, / Und der Endlichkeit despot'sche Schranken – / Strebend – überschwanken. // Waren, Laura, diese Lustsekunden / Nicht ein Diebstahl jener Götterstunden? / Nicht Entzücken, die uns einst durchfuhren? / Ineinanderzuckende Naturen / Ach! Nur matte Spuren? / …‹

Zwölf von sechsundzwanzig Strophen waren übrig geblieben. Wir bogen uns vor Lachen. ›Mädchen – halt! Wohin mit dir, du Lose? / Bin ich noch der stolze Mann? der Große / Mädchen, war das schön? … Abgepflücket hast du meine Blume, / Hast verblasen all die Glanzphantome …‹

Kaum zu glauben, dass mein Held sich Derartiges geleistet hatte. Wir aber genossen seine Jugendsünden, machten sie zu unsrer Geheimsprache.

Mädchen, war das schön, flüsterte mir Hugo ins Ohr, wenn ich langsam von der Wonne jäher Spitze wieder heruntersank.

Abgepflücket hast du meine Blume, hauchte ich.

Hast verblasen all die Glanzphantome, biss mir Hugo ins Ohr.

Tat der neue Schiller meinem alten Bild Abbruch? Nein. Aber es machte klar, wie weit Erfinder und Erfindung, der Autor und sein Werk, Lebenswirklichkeit und moralischer Anspruch auseinanderklaffen, ja, einander widersprechen können. Ich entsann mich früher Lesejahre, als ich Bücher genommen hatte wie Äpfel und Birnen vom Baum, Naturgewachsenes. Nun spürte ich wieder: Es ist nicht so wichtig, zu wissen, wer was geschrieben hat. Wie hatte Rebmann, Deutschlehrer am Aufbaugymnasium, gesagt: Nicht der Dichter ist wichtig, sondern das Gedicht. Nicht: Was will uns der Dichter damit sagen? ist die Frage, sondern: Was sagt das Gedicht *mir*.

Glaubst du nicht, der Schiller würde sich heute kaputtlachen über sein eigenes Glutverlangen, wenn die beiden sich am Ende unschuldsvoll umrollen?, suchte Hugo mich mit der schwülstigen Redseligkeit meiner Jugendliebe zu versöhnen.

Fragen wir ihn heute Abend selbst. Ich wusste, was mein toter Held in petto haben würde: ›Der Liebe Werben in der Wolle Färben/so treiben's noch die Enkel und die Erben.‹

Unsere Begegnung mit Kants Philosophie trieb noch sonderbarere Blüten. Ich hatte Hugo von meiner vergeblichen Suche nach schönen Wörtern für ›Es‹ und ›Untenrum‹ erzählt, damals, als ich mit Friedels Lexikon aus dem 19. Jahrhundert die Geheimnisse des Geschlechtsverkehrs hatte aufdecken wollen. Nach der Lektüre Kinseys war mir zumindest auf dem Papier nichts Menschliches mehr fremd. Gefallen tat mir keins der

Wörter, von der Zote bis zum Terminus technicus. Und was hatte Kant damit zu tun?

Sein ›Ding an sich‹ setzte unsere Phantasie in Bewegung. ›Ding an sich‹ – kann es eine zutreffendere Bezeichnung geben für diesen Körperteil, der männlicherseits die Schöpfung in Gang hält?

Viel schwieriger war es mit dem weiblichen Part. Friedel, schlug Hugo vor eingedenk Kants Schrift *Zum ewigen Frieden*.

Naja, meinte ich, hat was, bloß, dass ich dabei immer an eine Frau aus Dondorf denken muss, keine üble Person, aber dafür sicher die falsche.

Wie wär's mit A priori?

Wenn überhaupt, dann Apriora, gab ich zurück. Aber das meint doch: von der Erfahrung oder Wahrnehmung unabhängig, allein aus Vernunft und Logik gewonnen, nein danke. Wie wär's mit Prolegomena?

Vorworte, Einleitungen? Bist du damit zufrieden?

Hm. Präliminaria? Nein, schon wieder nur ein Vorspiel.

Ist doch auch schön.

Ja, du mit deinem ›Ding an sich‹ bist fein raus.

Maxime! Nicht schlecht, oder? Leitsatz, Vorsatz.

Ich war einverstanden. Mit einer ›Maxima‹. Zunächst. Die Suche ging weiter. Wissenschaftlich, ich geb's zu, war diese Textarbeit nur bedingt.

Brachte im Seminar der Referent in philosophischer Ernsthaftigkeit das ›Ding an sich‹ zu Gehör, geriet ich ins Kichern und zog empörte Blicke auf mich, erst recht, wenn Prolegomena oder Maxime fiel, in einem Kant-Seminar nicht eben selten. Auch konnte mich mitten am hellichten Tag eine Lust überfallen, unvermittelt, hinterrücks, so, dachte ich, muss sich das anfühlen, was in den Büchern Leidenschaft heißt oder Begierde, Begehren. Bis zum Abend, bis zum Wiedersehen galt es, diese Lust in Energie umzuwandeln, in Arbeit, in Lernen, Schreiben, Diskutieren, alles war von dieser Energie durchdrungen, bis sie sich in Hugos Armen versprühte.

Du, sagte ich. Wenn ich nun, wenn uns nun … was passierte?

Wenn du schwanger würdest, meinst du?

Ich nickte. Wie leichthin Hugo auch dieses Wort über die Lippen kam. Wie furchtlos er dem Leben zu begegnen wagte. Mehr als um alles andere bewunderte ich ihn dafür.

Dann wären wir eine Familie. Er nahm mich in die Arme. Probieren wir es doch.

Wie schön blüht uns der Maien, Marien, Maienkönigin, der Sommer fährt dahin. Ja, wir feierten Hochzeit, Hugo und ich, eine hohe Zeit, wir erkannten einander, wie es in der Bibel heißt, waren einander Geschlecht und Gespräch. Füreinander da, waren wir der Welt abhandengekommen. Ich fuhr nicht mehr jedes Wochenende nach Dondorf, wusch meine kleinen Wäschestücke im Becken und schrieb kurze nichtssagende Briefe, Beteuerungen, mir geht es gut, wie geht es euch. Bertram steckte im Abitur, hatte sich, einmal zur Bundeswehr eingezogen, freiwillig gemeldet, ein halbes Jahr länger, dafür mit guter Bezahlung und Abfindung. Seine Briefe waren aufgekratzter Stimmung, wir blödelten miteinander auf dem Papier, ließen alte Worte aufleben, amo amas amat, und nie vergaß ich die Bitte, einen Dondorfer Stein für mich springen zu lassen, zweimal, dreimal, siebenmal bei der Großvaterweide am Rhein. Dann vermisste ich seine Stimme und die der Mutter, des Vaters, von meinem ersten selbstverdienten Geld sollten sie ein Telefon bekommen. Doch stärker als alles andere war das Gefühl des Einklangs mit dem Liebsten in der Melodie dieser lächelnden, alles verzaubernden Zeit.

Und dann fiel der Schuss. Weit weg von Dondorf und Köln. Fiel in West-Berlin und traf einen jungen Mann in den Kopf, Student wie wir. Durch den Schuss wir eins mit ihm. Der eine Schuss in den Kopf: ein Schuss in tausend Herzen.

In den Wochen vorher hatten wir die Unruhen an der Uni und in der Stadt kaum bemerkt. Nur die Plakate, die der SDS in der Nacht vor Konrad Adenauers Beerdigung am 25. April zu Hunderten klebte, eine Art Traueranzeige mit Kreuz und Palmzweigen, die waren nicht zu übersehen gewesen.

> 1 : 400 000
> Ein Volk trauert
> Wer trauert um ein Volk
> in VIETNAM
> warten 400 000 Ermordete
> auf ihre Totenmesse.

Natürlich fanden wir die Plakate richtig und standen aufseiten der Plakatkleber; Taxifahrer hatten sie verfolgt und zusammengeschlagen. Erst vor kurzem waren wir ja selbst gegen den Vietnam-Krieg marschiert.

Nicht dabei waren wir leider im Hauptbahnhof, als bunte Luftballons während des Pontifikalamtes für Adenauer ein Transparent unter die Decke schweben ließen: ›Mörder Johnson, hier beten, dort bomben.‹ Auch da fiel ein Schuss. In einen Luftballon. Und noch einer, bis das Transparent zu Boden sank, was, so jedenfalls anderntags der *Kölner Stadt-Anzeiger*, die älteren Zuschauer mit ›Erleichterung‹ aufnahmen.

Es war uns ernst mit unserem Nein zum Krieg in Vietnam, aber ein bisschen verspielte Lust am Protest war auch dabei. Vietnam berührte unseren Alltag nicht, unser Traumschiff ruhig auf hoher verliebter See. Lebten wir nicht in einer freiheitlich-demokratischen Republik? Sicher, wachsam musste man bleiben, der Schoß, aus dem dies kroch, war fruchtbar noch und würde es bleiben, doch genau dies zu verhindern, dazu waren wir, die Nachgeborenen, ja da, auch dazu studierten wir Germanistik, Geschichte und Soziologie; aus der Geschichte lernen wollten wir, mitwirken an einem lebenslangen Nie wieder.

Der Schuss in Berlin traf nicht aus einem Luftgewehr in einen Luftballon.

Wie erfuhren wir davon? Ich hatte den Tag, den Abend bis weit in die Nacht im Hildegard-Kolleg an meinem Referat ›Formen und Funktionen der Anrede im Minnesang Walthers von der Vogelweide‹ gearbeitet, wollte das Wochenende freihaben für Hugo, vielleicht in den Zoo, wo es einen kleinen Elefanten gab. Früh am Samstagmorgen wartete ich ungeduldig und noch ein bisschen verschlafen auf die Straßenbahn am Neumarkt. Die wenigen Menschen am Büdchen bei der Haltestelle erregt diskutierend, Zeitungen schwenkend. Was war los?

Ich kaufte sie, meine erste *Bild*. Groß das Foto auf der ersten Seite. Darunter: ›Demonstrieren JA – Randalieren NEIN. Ein junger Mann ist gestern in Berlin gestorben. Er wurde Opfer von Krawallen, die politische Halbstarke inszenierten. Genau wie ein Mann in Uniform, der durch Steinwürfe nur deshalb schwer verletzt wurde, weil er einen Gast unsrer Stadt, den Schah, schützen wollte. Gestern haben in Berlin Krawallmacher zugeschlagen, die sich für Demonstranten halten. Ihnen genügt der Krawall nicht mehr. Sie müssen Blut sehen. Sie schwenken rote Fahnen, und sie meinen rote Fahnen. Hier hören der Spaß und der Kompromiss und die demokratische Toleranz auf. Wir haben etwas gegen SA-Methoden. Die Deutschen wollen keine braune und keine rote SA. Sie wollen keine Schlägerkolonnen, sondern Frieden. Wer bei uns demonstrieren will, der soll es friedlich tun. Und wer nicht friedlich demonstrieren kann, der gehört ins Gefängnis.‹

Und das Foto? Zeigte einen blutüberströmten Polizisten. In der Spalte daneben hieß es: ›Nach der Straßenschlacht zwischen fünfhundert Randalierern und einem Massenaufgebot der Polizei wurde der Student Benno Ohnesorg (26) aus Wilmersdorf mit schweren Verletzungen in das Moabiter Krankenhaus gebracht. Er starb kurze Zeit später an einer Schädelfraktur.‹

Wat hat der da auch zu suche, wat, Frolleinsche?, wandte sich eine Frau an mich, entrüstet, doch auch unsicher, wem oder was diese Entrüstung nun zu gelten habe: dem Studenten, der an einer Demonstration teilgenommen hatte; dass es überhaupt Demonstrationen gab; oder doch, dass ein junger Mensch zu Tode gekommen war?

Meine Straßenbahn kam, enthob mich einer Antwort. Vorübergehend. Der Krampf in meiner Kehle würde sich lösen müssen, ich würde mir, würde Bertram, vielleicht auch dem Vater, der Mutter begreifbar machen wollen, was in diesen Minuten, den nächsten Stunden und Tagen in mir vorging. Doch zuerst einmal Hugo.

Da, sagte ich, statt einer Begrüßung und hielt ihm die Zeitung hin.

Na, hör mal, Hugo wischte die Zeitung beiseite, erst einmal Guten Morgen, meine unsterblich Geliebte. Sieh an, sieh an, der Tisch sich reckt, der Liebsten sich entgegenstreckt, schöner als tausend Sonnen.

So viel Mühe hatte er sich gegeben, frische Brötchen, Kaffee, mein Pflaumenmus.

Lies.

In der Bücherdiele klingelte das Telefon. Hugo nahm auf.

Nein, hörte ich, immer wieder nein, nein, noch nicht, die *Bild*, ja, werde ich gleich lesen. – Gelogen? – Erschossen? Ja, ich melde mich wieder.

Kurt, aus West-Berlin, sagte Hugo mit tonloser Stimme. Wolltest du mir das auch sagen?

Ja, sagte ich. Lies doch endlich.

Hugo überflog die Zeilen. Schädelfraktur, von wegen! Erschossen haben sie ihn.

Erschossen?

Wer weiß, was da noch alles rauskommt. Hugos Entsetzen schlug in Empörung um, seine Stimme gewann ihre Energie zurück. In Berlin ruft der SDS zur Demonstration auf.

Und in Köln?

Am Montagmorgen zeigte der *Stadt-Anzeiger* das Bild des toten Benno Ohnesorg auf der Titelseite: Er war erschossen worden, doch den Namen des Schützen hielt die Polizei geheim. Aus Notwehr, so der West-Berliner Kripochef, habe er gehandelt, sei von Demonstranten in einen Hof gejagt, umringt, zusammengeschlagen und mit Messern bedroht worden. Erst dann habe er geschossen. Stunden später kam die zweite Version des Senats: Der Polizist habe einen Warnschuss abgeben müssen, und der Querschläger habe Ohnesorg getroffen. Auch die war falsch. Von Berlins Regierendem Bürgermeister, dem Pfarrer Heinrich Albertz, kein Wort des Bedauerns oder der Anteilnahme für den Ermordeten. Schon am Samstag hatte er eine Erklärung abgegeben: ›Die Geduld der Stadt ist am Ende. Einige Dutzend Demonstranten, darunter auch Studenten, haben sich das traurige Verdienst erworben, nicht nur einen Gast der Bundesrepublik Deutschland in der deutschen Hauptstadt beschimpft und beleidigt zu haben, sondern auf ihr Konto gehen auch ein Toter und zahlreiche Verletzte – Polizeibeamte und Demonstranten. Die Polizei, durch Rowdys provoziert, war gezwungen, scharf vorzugehen und von ihren Schlagstöcken Gebrauch zu machen. Ich sage ausdrücklich und mit Nachdruck, dass ich das Verhalten der Polizei billige und dass ich mich durch eigenen Augenschein davon überzeugt habe, dass sich die Polizei bis an die Grenzen des Zumutbaren zurückgehalten hat.‹

Wie froh ich war, meine Wut und Empörung mit Hugo teilen zu können. Diese Bilder: Benno Ohnesorg, die toten Augen weit in die Nacht des 2. Juni geöffnet, den Leib gekrümmt zum ewigen Schlaf, Sandalen an bloßen Füßen, der Gummiknüppel weist auf den Hintern, die helle Hose, daneben ein derber Schuh, das Hosenbein einer Polizeiuniform. Auf dem nächsten Bild hält das Opfer die Augen geschlossen, liegt rücklings ausgestreckt, die linke Hand auf dem Magen, die Rechte mit dem Trauring neben dem Leib, zu Hause wartet die schwangere Frau. Entspannt, gelöst liegt er dort, friedvoll, wäre da nicht die seltsame Masse, die sein dunkles Haar verklebt, eine Lache bildet auf dem Asphalt. Eine junge Frau in festlicher Kleidung kniet neben ihm und hält seinen Kopf, und was wir nicht sehen, aber wissen: Dass die Lache sich ausbreiten wird, rot bis in den Tod. Als man ihn aufhebt, auf einem nächsten Foto, hat das Blut aus dem Kopf sich im Ohr gesammelt und läuft aus der Muschel, ein feines Rinnsal.

So viel weniger hilflos fühlte ich mich, weil wir darüber reden konnten, auch über die unfassbaren Äußerungen dieses Albertz, der doch Pfarrer war und es besser wissen müsste, wie man mit Menschen umgeht. Einzig Willy Brandt, der Außenminister, fand Worte des Bedauerns. Die meisten Politiker aber nahmen nicht einmal den Namen des Opfers in den Mund, sprachen nur von ›der Student‹, was Adorno veranlasste zu bemerken, ›die Studenten haben so ein wenig die Rolle der Juden übernommen‹, würden nicht als Individuen betrachtet, seien vielmehr als Gruppe von vornherein selber schuld.

›Studenten treten in Vorlesungsstreik‹, meldete der *Stadt-Anzeiger*.

Auch in Köln. Mittwochnachmittag fielen alle Seminare und Vorlesungen aus. Sechstausend waren wir in einem Trauer- und Protestmarsch für Benno Ohnesorg von der Universität zum Neumarkt.

Nur wenige Monate lagen zwischen diesem Trauerzug und unserem heiteren Ostermarsch. Diesmal war die ganze Etage aus dem Hildegard-Kolleg dabei, Lilly, die nun Gretels Zimmer bewohnte, Katja, die, munkelte man, vom RCDS zum SDS gewechselt war, Marion und Monika im Mini-Partnerlook, Yvonne im mini Minirock und hochhackigen Stiefeletten, als ginge sie auf eine Party. Verhalten nickten wir einander zu, als hätten wir einen lieben Verwandten verloren.

›GRUNDGESETZ ADE‹ prangte das Transparent mit Trauerflor ins Junihimmelblau vor dem Lindengrün auf dem Neumarkt. Andere Plakate fragten: ›Starb mit Ohnesorg die Demokratie?‹ – ›Ruhe und Ordnung gehen über Leichen?‹ – ›Studenten vogelfrei‹ – ›Berlin 1967: Polizeiterror und brutaler Mord‹ – ›Springers Schreiberhorden halfen Benno morden‹. Die Wut fand Worte.

Nicht nur Studenten waren dem Appell gefolgt; auch fast hundert Professoren, Dozenten und wissenschaftliche Mitarbeiter hatten unterzeichnet. Die meisten hielten sich zurück. Verständlich, meinte Hugo, erst vor ein paar Jahren hatte man Renate Riemeck, Professorin an der Pädagogischen Akademie in Wuppertal die Prüfungserlaubnis entzogen. Sie hatte in den *Blättern für deutsche und internationale Politik* sowie in Niemöllers *Stimme der Gemeinde* Artikel veröffentlicht, die mit dem Status eines Beamten angeblich nicht vereinbar waren. Ein Professor, der keine Examina abnehmen durfte: Das kam einem Berufsverbot gleich. Vergeblich hatten damals, so Hugo, acht angesehene Personen gegen dieses Verfahren protestiert, darunter der frühere Kultusminister von Niedersachsen, Adolf Grimme, Professor Levin Schücking und Alexander von Stauffenberg.

Levin Schücking? Und Stauffenberg?, wiederholte ich. Levin Schücking hieß der Mann, in den die Droste so unglücklich verliebt war. Ein Nachkomme? Und Stauffenberg? Mit dem Widerstandskämpfer verwandt?

Weiß ich nicht, erwiderte Hugo. Aber dass die Witwen der Männer des 20. Juli und andere der Widerstandsbewegung, auch Soldaten und Beamte, noch immer darum kämpfen müssen, nicht als Vaterlandsverräter behandelt zu werden: Das weiß ich. Ein Skandal!

Aber vor drei Jahren gab es doch eine ganze Briefmarkenserie dazu? Wir hatten im Aufbaugymnasium darüber gesprochen.

Richtig, aber die Urteile gegen die Widerstandsleute sind noch immer nicht aufgehoben.

Und dabei ist der 20. Juli Gedenktag!

Hugo legte den Arm um mich. Hast ja recht. Aber ich glaub, es geht jetzt los hier.

Ans Pult trat der erste Redner. Er wurde ausgebuht. Wir waren doch nicht gekommen, um uns von irgendwelchen Rednern, verschanzt hinter unserem Trauerkranz, dem der Kölner Studentenschaft, politische Parolen anzuhören. Ausgebuht wurde auch der Vertreter des RCDS, der von ›bewaffneten Studenten, die das

Demonstrationsrecht missbrauchten‹ sprach. Genauso lautstark wie der SDSler mit seiner Behauptung, die Bundesregierung habe sich durch diese Tat mit dem Schah solidarisch erklärt. Als ihn ein Professor vom Podium drängen wollte, wäre es fast zu einer Schlägerei gekommen.

Hauptredner war unser Soziologieprofessor Erwin Scheuch, bei dem ich mich gerade auf den großen Statistikschein vorbereitete. Er drückte genau das aus, was mit mir wohl die meisten fühlten.

So war es am nächsten Morgen im *Stadt-Anzeiger* zu lesen:

> Wir betrauern heute den Tod eines Menschen, und wir betrauern heute einen Vorgang von großer Bedeutung. Wir betrauern die Erschießung des Studenten Benno Ohnesorg, und wir betrauern das Schicksal der Bürgerrechte in Berlin. Dass es sich um einen Studenten handelt, dessen Leben nach nur sechsundzwanzig Jahren schon endete, und dass es sich um Gesundheit und Freiheit von Studenten handelt, die in Berlin verletzt wurden, lässt diese Vorgänge zuerst zu unserer Angelegenheit werden, zu einer Trauer an den Hochschulen unseres Landes.
> Studenten sind aber auch Mitbürger und Mitmenschen – die Bürger unserer Bundesrepublik täten gut daran, dies nicht zu vergessen. Und damit wird die Erschießung von Benno Ohnesorg und die Art, wie in Berlin jetzt mit Demonstranten umgegangen wird, zu einer Angelegenheit aller Bürger. Leider ist das nicht mehr selbstverständlich .... So rufen wir an den Hochschulen unsere Mitbürger auf, mit uns zu trauern und mit uns besorgt zu sein um unsere Republik....
> Dies ist ein Augenblick der Trauer und damit der Besinnung. Wir möchten unsere Mitbürger bitten,

sich mit uns auf einige ganz einfache Rechte zu besinnen: Wir haben das Recht in der Bundesrepublik, in öffentlichen Versammlungen darzutun, wenn uns etwas im Staate missfällt. Wir haben das Recht, einem Besucher unseres Staates zu zeigen, wenn wir ihn nicht mögen. Auch wenn einer Regierung viel daran liegen mag, einem Schah einen angenehmen Aufenthalt zu verschaffen, einer Regierung muss noch mehr daran liegen, die Freiheit der Bürger zu bewahren. …

In einer Demokratie hat eine Polizei aber nicht den Auftrag, politische Gegner zum Schweigen zu bringen oder einzuschüchtern. Im Augenblick fordern Studenten, dass man in unserem Lande diese einfachen Gesichtspunkte nicht übersieht. Es sind aber auch die Freiheiten aller Bürger, die bei den Studenten von Berlin verletzt wurden. …

Es lässt sich in vielen Zeitungen – und besonders in den Zeitungen eines großen Pressekonzerns – eine Neigung feststellen, Studenten als Bürger, ja Menschen minderer Art darzustellen. Studenten gammeln, protestieren statt zu studieren, verbrauchen das Geld des Staates für Nichtstun, frönen der freien Liebe, schrecken Mitbürger durch Mao-Tse-tung-Zitate. Liebe Mitbürger: Diese Studenten sind Töchter und Söhne von anderen Bürgern, sind gute oder weniger gute Kinder ihrer Eltern, sind Mitmenschen und nicht Untermenschen. …

Warum protestieren diese jungen Menschen? Vielleicht haben die älteren Menschen hieran schuld? Vielleicht haben die älteren Menschen ihre Freiheit der Meinung zu leicht gegenüber den Versuchungen zur Anpassung aufgegeben, der Neigung zum Mitschwimmen im großen Strom? … Wir haben

doch wohl an den Hochschulen die Aufgabe, das kritische Bewusstsein zu entwickeln. …
Wir Hochschullehrer sehen die Unruhe unter den Studenten nicht gerne. Ein jeder von uns wünscht in seinem Lebensbereich Ruhe, auf dass er seinen eigenen Geschäften nachgehen kann. Wir müssen aber an den Hochschulen verstehen, warum das Ruhehalten so schwer ist. Mehr Verständnis für die gesellschaftlichen Bedingungen würde vielleicht verhindern, dass die Hochschulen ersatzweise zum Ort politischen Streits, ja, politischer Straßenkämpfe werden. Dafür sind Hochschulen sicherlich nicht der Ort.
Sie sind aber ein Ort, an dem sich kritisches Bewusstsein real verwirklichen sollte. An ihnen liegt es, die Gegenstände zur Anwendung kritischen Bewusstseins angemessen zu wählen. Und die Formen zu wählen, in denen Protest auch wirksam ausgedrückt wird. …
Seien Sie darauf vorbereitet, dass von manchen Seiten Hass gegen Sie als Studenten geschürt werden wird – zumindest, wenn Sie sich kritisch betätigen. Beantworten Sie den Hass nicht mit Hass, sondern entlarven Sie die Gegner der Freiheit. …
Dies sollte eigentlich auch für Behörden in Berlin ein Augenblick der Trauer sein und ein Augenblick der Selbstbesinnung. Herr Polizeipräsident Duensing, wie denken Sie heute über Ihren Kommentar zu den Studentenunruhen, den Sie auf einer Pressekonferenz in Berlin am 5. Juni abgaben – also nachdem der Tod Benno Ohnesorgs durch einen Schuss von hinten und nachdem das Ausmaß der Verletzungen bekannt waren. Nehmen wir die Demonstranten als Leberwurst, nicht wahr, dann müssen wir in der

Mitte hineinstechen, damit sie an den Enden auseinanderplatzen. …
Wir älteren Menschen in dieser Gesellschaft müssen uns in dieser Situation des Protests der Studenten und eines Unrechts an den Studenten vor einer besonderen Art von Pharisäertum hüten: jeden Formfehler der Studenten zum Anlass der Distanzierung von unbequemen Studenten zu nehmen. Wir Älteren müssen jetzt versuchen, ihre Sache zu verstehen statt an ihren Formen Anstoß zu nehmen. Sie alle, liebe Kommilitonen, haben eine schwere Zeit vor sich. Es scheint, als ob eine jede Industriegesellschaft Hassobjekte brauchte. Wir haben in Deutschland keine Neger, und in unserer Mitte weilen jetzt nicht mehr diejenigen, die uns in Deutschland einmal als Hassobjekte dienten. Sie könnten jetzt leicht in die Situation geraten, zu solchen Hassobjekten zu werden.
Das wird von Ihnen mehr Vernunft verlangen, als man von Menschen Ihres Alters und in Ihrer Situation erwarten kann, ja, erwarten darf. Und wahrscheinlich mehr an Vernunft, als Sie haben werden. Denken Sie an den Toten und die Verletzten. Protestieren ist in unserer Gesellschaft gegenwärtig kein Spaß mehr. Sie haben heute einen schweren Stand und eine wichtige Aufgabe – eine wichtige Aufgabe für uns alle. Das ist keine Zeit für frischfröhliches Provotum. Wohl aber eine Zeit zum kritischen Protest in einer Gesellschaft, die Ordnung über Wahrheit und erst recht über Kritik zu stellen pflegt.
Benno Ohnesorg wurde hierfür absichtslos zu einem Zeugen.

Nach der Kundgebung standen wir unschlüssig herum. Keiner wollte nach Hause. Niemand wusste recht weiter. Die politischen Gruppen zogen sich in ihre Büros zurück. Man diskutierte, traf alte Bekannte, machte sich auf den Weg in die Kneipen. Auch Arnfried, Hugos Kommilitone aus dem Oberseminar ›Die Antigone von Hölderlin bis Hasenclever – ein Vergleich‹, schlug dem Studienfreund übertrieben munter auf die Schulter, offenbar, um in den Alltag zurückzufinden: Du, ich brauch jetzt ein Bier, was meint ihr?

Hugo sah mich an. Schade, sagte er, ein andermal. Wir haben noch eine Verabredung, dringend.

Dann bis morgen, altes Haus, wenn ihr es euch anders überlegt, ich bin im Keldenich.

Damit war klar, zu welcher Seite Studienfreund Arnfried tendierte, zur linken. Die eher Rechten würden sich in der Ritterschänke versammeln. Wem's nur ums Kölsch ging, machte sich ins Hatsch in der Kyffhäuserstraße oder ins Plenum auf.

Ich ahnte, was Hugo vorhatte. Vom Neumarkt schlenderten wir durch die Schildergasse, wo Klaus der Geiger die Internationale in immer neuen Triolen umspielte, und bogen in die Hohe Straße zum Dom: eine Kerze vor der Schmuckmadonna, die andere beim Antonius, beide für Benno. Hugo und ich in unserer einmaligen Liebe: unverwundbar.

Hilla, schrieb die Mutter, wie lange wars du nicht mehr hier. Das ist Wochen her. Was machst du mit der Wäsche? Und dan der viele Radau auf den Strasen. Da mache ich mir Sorgen. Du so allein in Köln. Auch der Pappa grüst. Er geht auch nicht mehr in den Garten vom Krötz. Kom bald. Mamma.

Ich hielt mir die Ohren zu, als läse mir die Mutter den Brief laut vor.

Nur gut, dass Hugo Besuch von Kurt aus Berlin hatte. Unser beider Welten einander nahezubringen, fühlte ich mich noch nicht stark genug. Nicht ein zweites ›Loch‹.

Das Haus in der Altstraße glänzte im sonnendurchströmten Garten, es blühten die Gloria Dei und die blaue Hortensie an der Treppe, Clematisblüten lächelten mir entgegen, aus dem offenen Fenster winkte die Gardine. Phlox und Löwenmäulchen standen in knospenden Büscheln, Rieke, die Katze der Nachbarinnen, bespitzelte das Gelände, lief herbei und schmiegte sich um meine Knöchel.

Ich stellte den Koffer ab und pflückte ihr ein paar Kletten aus dem Fell. Im Nachbarhaus ging ein Fenster auf.

Jo, Heldejaad, biste auch mal wieder hier, begrüßte mich Julchens basstiefer Alt, habense disch noch nit verhaftet? Haha! Kannst jleisch ma rüberkomme un erzähle, wie dat so is mit die Studenten. Ob dat alles wahr is, wat die so zeijen im Fernsehen. Et Klärschen hat auch jebacken.

Ehe ich antworten konnte, kam die Mutter aus der Tür, nahm mir den Koffer ab, Rieke stob davon.

Da biste ja endlisch! Ohne Julchen eines Blickes zu würdigen, zog die Mutter mich ins Haus. Dat dolle Döppe, knurrte sie, rennt dursch Dondorf un behauptet, et hätte disch im Fernsehen jesehen, bei dä Demonzrazion op de Neumarkt. Wat ene Quatsch! Un jetzt komm erst mal rein. Der Pappa wartet schon.

Der Vater saß am Küchentisch; im Mixer eine rot-grün schlierige Flüssigkeit.

Jut, dat de da bis, der Vater wollte zur Begrüßung aufstehen, ich hielt ihn zurück mit einer Geste, die ihn fast in die Arme nahm: Dat riecht aber läcker. Ich bemühte mich, meine Stimme gewöhnlich klingen zu lassen, dörflich und familiär, und hoffte, dem Vater blieb der falsche Ton, den ich schmerzlich fühlte, verborgen.

Erdbeeren und Stachelbeeren, erklärte er. Alles frisch aus dem Jarten. Un bissjen Zitrone.

Ich erschrak bei seinem Anblick. Klein, gebeugt saß er da, als hätte jemand mit einem brutalen Schlag eine Schleuse geöffnet, die keiner mehr würde schließen können. Ich sah die Krankheit um sich greifen im Kleinerwerden seines Köpers, dem Verblassen seiner hellblauen Augen hinter einer trüben durchsichtigen Schicht. Sah all die toten Träume, die der Vater in seinem gebeugten Rücken mit sich herumtrug. Hörte, wie die Krankheit die Kraft aus dem Klang seiner Worte sog. Im August würde er neunundfünfzig. Er bekam jetzt Rente. Der neue Amtsarzt hatte den Kopf geschüttelt, als er im Bericht seines Vorgängers auf dessen Zweifel an den Beschwerden des Vaters gestoßen war. Sie hätten schon früher kommen können, habe er zwischen den Zähnen geknurrt, erzählte der Vater, abber dat nützt mir jetzt auch nix mehr.

Mit sichtlichem Behagen ließ ich mir den Saft, eher ein Brei und eigentlich viel zu sauer, schmecken. Noch ganz anderes Gebräu hätte ich geschluckt, um diesen Glanz, diesen Stolz in das Gesicht des Vaters zu locken. Immer weniger gab es, womit er anderen eine Freude oder sich nützlich machen konnte, und Schuhe, unter die er seine Eisenplättchen nageln konnte, hatte ich längst keine mehr. Auch ahnte ich, dass die Mutter, befreit von der Vorherrschaft der Großmutter und der eines starken Ehemanns, den Vater spüren ließ, dass er nur ein Eingeheirateter, das Häuschen ihre Mitgift war. Die Rente des Vaters knapp über dem Fürsorgesatz; die Mutter musste weiter putzen gehen. Das Geld von der Eifeler Tant war verbraucht. Wo früher der Spülstein und ein kolossaler Schrank für allerlei Krimskrams gestanden hatte, gab es nun, von der Wohnküche durch eine vom Vater mit Onkel Schäng gemauerte Wand abgetrennt, ein richtiges Bad mit Waschbecken, Wanne und elektrischer Waschmaschine, mein angeblicher Preisrätselgewinn. Wie der Vater der Mutter den übrigen Geldsegen erklärt hatte, blieb sein Geheimnis. Als ich aus dem Staunen nicht herauskam, legte er nur schweigend den Finger auf die Lippen und blinzelte mir zu. Sogar heißes Wasser war da, auch wenn man sparsam damit umgehen musste; der Boiler ein bisschen klein, doch man konnte ja warten, bis er wieder aufgeheizt war.

Und Bertram?, fragte ich.

Die feiern Abschied, erklärte die Mutter. Fast alle müssen bei dat Militär. Nur der Wilfried nit, Kinderlähmung. Und noch einer nit, der hat ne schiefe Schulter, en Pückelsche. Aber morjen is he wieder hier.

Is et schon da? Die Tante brach durch die Hintertür in die Küche. Da bist de ja, Heldejad, äh, isch mein, Hilla. Lebste noch? Hat de Polizei disch noch nit esu? Die Tante griff sich mit einer würgenden Handbewegung an den Hals.

Berta!, die Mutter drückte die Tante empört auf einen Stuhl, der Vater erhob sich schwerfällig, es knackte in den Kniegelenken, und ging, esch han noch ze dunn, in den Stall.

Am liebsten wäre ich ihm gefolgt, doch die Tante packte mich beim Arm, heischte Auskunft von einer dieser aufsässigen Spezies, genannt Studentenschaft, Kunde aus erster Hand.

Abber et war doch jar nit dobei, versuchte die Mutter die Neugier der Tante abzuwiegeln, was diese prompt mit: Dat jlöw isch äwwer doch, abschmetterte, et Julsche hat et im Fernsehen gesinn. Hab isch Rescht, Hilla?

Hör mal, Tante Berta, am liebsten hätte ich sie mit Frau Berta Obhoven angeredet, sozusagen ex cathedra gesprochen, aber ›Tante Berta‹ war förmlich genug, um sie ein wenig einzuschüchtern.

Stell dir vor, ein Mitglied aus deinem Frauenverein würde in der Prozession von der Polizei erschossen. Da würdest du doch auch mit zur Beerdigung gehen, oder?

Na hür ens! Die Tante schnaubte. Wat hätt dann en Prozession mit ner Demonzrazion ze dun? En Prozession is jo nit verboten.

War die Demonstration auch nicht.

Nit?, echoten Mutter und Tante wie aus einem Munde.

Nicht verboten, bekräftigte ich. Erlaubt. Und der Benno Ohnesorg war ein braver Student. Der wollte nur mal sehen, was da los war. Der hat keiner Menschenseele jemals ein Haar gekrümmt. Aber die Polizei hat die Leute da vor der Oper regelrecht verfolgt und zusammengeschlagen. In einem Hinterhof haben die den armen Kerl fertiggemacht. Und schießen, Tan-te Ber-ta, das ist ja wohl das Letzte! Der Benno Ohnesorg hatte gerade geheiratet. Und seine Frau kriegt ein Kind.

Jo, lenkte die Tante kleinlaut ein, schießen wör nit nüdisch jewesen. En paar ob dä Aasch wör ald jenuch. Die ärme Frau.

Es hatte Wirkung gezeigt. Jetzt galt es den nächsten Schritt. Und weißt du auch, warum die Menschen – das Wort ›Studenten‹ vermied ich – sich da versammelt hatten vor der Oper, gegen den Schah?

Schweigen.

Weil der zu Hause nicht viel besser ist als Hitler! Etwas übertrieben, aber im Prinzip vertretbar. Und es saß.

Dä hat ja auch dat ärme Soraya verstoße, bekam ich unerwartet Schützenhilfe von der Mutter. Nur weil dat kein Kinder kriejen konnte. So wat jehört sisch nit.

Rischtisch, Mamma, lobte ich, was der Mutter, besonders im Angesicht der älteren Schwester, immer guttat. Und Menschen einfach von der Straße weg einsperren ohne Urteil und so geht gar nicht. In Persien ganz normal. Ihr ward doch dabei, wie der Beilschlag, der alte Nazi, den Pastor Böhm direkt vorm Altar verhaftet hat, und ab nach Dachau. Habt ihr selbst erzählt. Und wie ihr Angst hattet, noch in den Frauenverein zu gehen. Wisst ihr, was der Schah zum Tod von Benno Ohnesorg gesagt hat: ›Ich verstehe die Aufregung nicht. So etwas geschieht bei uns jeden Tag.‹

Jongejong. Watt ene fiese Möpp. Die Tante wischte sich den Schweiß von der Stirn. Do war et am End sojar rischtisch, dat die op de Straß jejange sind. Maria, häste dann kein Tässje Kaffe für uns? Nur dä Saft he, dä deit et doch och nit, wat, Hilla?

Die Tante schwenkte auf meine Seite, nicht zuletzt durch den verstärkten Gebrauch des Hochdeutschen. In die Nähe von diesem Hitler wollte sie nun wirklich nicht gerückt werden.

Siehst du, Tante, das ›Berta‹ ließ ich als Zeichen der Versöhnung meinerseits weg, und deshalb bin ich auch im Trauerzug für Benno Ohnesorg mitgegangen.

Also doch!, riefen Mutter und Tante wiederum aus einem Munde, wobei der Mutter fast die Kanne aus der Hand gefallen wäre.

Ja, wärt ihr denn nicht mitgegangen bei einer Prozession für den Böhm? Wenn das damals erlaubt gewesen wäre? Unser Marsch in Köln war erlaubt. Wir leben ja auch in einer Demokratie. Hundert Professoren und Dozenten haben den Aufruf unterschrieben. Ein Professor hat die Trauerrede gehalten, auf dem Neumarkt. Alles friedlich. Das könnt ihr dem Julchen und jedem, der sonst noch fragt, ruhig erzählen. Ich muss mich dafür nicht schämen. Und ihr auch nicht.

Hatte ich die Zweifel der Schwestern beseitigt? Die Zweifel der Mutter? Die stolz war auf die Tochter, die ›op de Universität‹ ging. Student. Das Wort, funkelnd von jahrhundertealter Ehrbarkeit, verlor allmählich seinen respektablen Glanz, wurde stumpf, es drohte ins Gegenteil zu kippen. Studenten, das Wort rückte gefährlich in die Nähe von Gammler, Randalierer, verlor seine akademische Unnahbarkeit, seine Würde. Wörter können ihre Bedeutung verändern, hatte ich Mutter und Tante vor Jahren erklärt, als ich sie davon zu überzeugen versuchte, dass sie Latein sprechen könnten. Vor allem die Tante hatte nicht locker gelassen. Un ›fidel‹, hatte sie gebohrt, nachdem ich ihr unser ›super‹ erklärt hatte. Wenn mir sagen, mir sind ›fidel‹, kütt dat och von de Römer?

Treu habe ›fidel‹ bei den Römern gemeint, hatte ich erklärt und hinzugefügt, dass die Wörter ihre Bedeutungen ändern können, so wie Menschen sich ändern im Lauf des Lebens. Nun erlebte ich selbst, wie sich die Bedeutung eines Wortes wandelte.

Un wann kommste mal wieder vorbei? Die Tante trank ihren Kaffee aus. Dat Hanni fragt auch immer nach dir.

Morgen, versprach ich, die Tante ging, und ich machte mich auf in den Schuppen zum Vater. Der hatte wie immer sein kleines Radio angeschaltet, hörte Nachrichten und politische Sendungen, Reise- und Sportberichte, am liebsten Pferdesport. Beim Spring- und Dressurreiten war der Fernseher für andere Programme tabu.

Gerade wurde vom Sieg über das arabische Staatenbündnis Ägypten, Jordanien, Syrien berichtet. Der Vater voller Hochachtung über die militärische Leistung Israels, David gegen Goliath. Die han dene die Zäng jezescht, vor Freude fiel der Vater, was er mir gegenüber kaum noch tat, ins Platt zurück. Von wejen vernischten. Von wejen in dat Meer zurücktreiben. Un du? Was sachst du dazu?

Seit der Vater nicht mehr seine Tage an dr Maschin verbringen musste, hatte er seine Sprache wiedergefunden. Machte sich sein Bild von der Welt und interessierte sich für das meine. Dabei half die Entfernung zur Altstraße 2. Kaum war ich zu Hause, vertauschte der Vater die Pantoffeln mit den orthopädischen Halbschuhen, das Zeichen zum Aufbruch für unseren Weg an den Rhein, ans Wasser. Was uns im Gespräch Auge in Auge am Küchentisch oder vis-à-vis im Wohnzimmer, den Gummibaum zwischen uns, niemals über die Lippen käme, hier bei dem großen alten Meister der Verschwiegenheit, dem ewigen Verkünder des ›Alles fließt‹, gerieten auch unsere Stimmen in Fluss, Redefluss, ließen wir uns treiben im Strom der Gedanken und wurden zu freundlichen, friedlichen Kameraden. Als brauchten wir seine zuverlässige Bewegung, Dauer und Veränderung, als brauchten wir die Strömung von Jahrmillionen, um unsere Worte füreinander herauszulocken, fluten zu lassen voller Vertrauen in das Sichtbare, Fassbare.

Denn das bildete den Kern unserer Gespräche, die eher kleine Vorträge waren. Sie hielten unsere Rede und damit uns selbst in der Schwebe. Wir blieben sachlich. Die klare Sache, die Fakten, standen nicht zwischen uns, vielmehr schufen sie ein neues Miteinander und verschafften uns ein Gefühl der Sicherheit. Nachdem ich von Kluges Wörterbuch und meinen Erkundungen erzählt hatte, trug mir der Vater beim Abschied jedesmal ein Wort auf mit der Bitte, ihm nächstes Mal dessen Geschichte zu erzählen.

Meist aber war es die große Politik, Neues aus der Umgebung oder Kuriositäten, die er diskutieren wollte. Von den Starfighter-Abstürzen, der Kulturrevolution in China bis zur Johannisbeerpflückmaschine aus England, die in einer Stunde so viel wie eine Woche Handarbeit zupfte. In Dondorf gab es nun eine Volkshochschule; Düsseldorf, also die Landesregierung, wollte Dondorf und Ploons eingemeinden und Bayer im Süden Dondorfs eine riesige Siedlung bauen: Der Möhnebusch, die Felder, auch der Garten der Tante, alles musste weg. Was immer der Vater erzählte, ich sparte nicht an aufrichtigem Interesse.

Zurück von unserem Gang half ich ihm im Garten, band die Tomaten hoch, die Stangenbohnen, pflückte Buschbohnen und Erdbeeren, häufelte die Kartoffeln an und machte mich über den Schachtelhalm her, der am Zaun nicht wegzubringen war. Ich versuchte es trotzdem immer wieder und war stolz, wenn es gelang, eine dieser elend langen dünnen Wurzeln herauszuziehen, vorsichtig, vorsichtig, ohne diesen verräterischen Knacks, der anzeigte, dass die Wurzelspitze, zur Rücksendung des Ganzen entschlossen, in der Erde stecken geblieben war. Jedesmal dachte ich dann an meine Arbeit auf dem Friedhof, Seite an Seite mit Peter Bender, der, so die Mutter mit einem Anflug von Wehmut, schon zum zweiten Mal Vater geworden war.

Abends vereinte uns der Fernseher. Nach *Alles oder nichts* ging die Mutter ins Bett, knurrig, da der Krimi erst nach der Sendung *Journalisten fragen – Politiker antworten* folgen würde. Auf diese wiederum wartete der Vater. Für den Krimi waren dann auch wir zu müde. Überhaupt murrte die Mutter über viel zu viele politische Sendungen und Dokumentationen, während den Vater die ständige Zunahme der Quizshows und Spielfilme fuchste.

Hugo und ich schalteten den Fernseher in der Wohnung der Tante nur selten ein, meist für Nachrichten. Daher musste ich kaum Interesse heucheln, wenn wir uns in Dondorf abends vor dem Fernseher sammelten. Wenn schon kein Mit-, war es doch ein Beieinander, das wir dem Fernseher verdankten. Und Gesprächsstoff lieferte er zudem, auch wenn die Mutter Dondorfer Wirklichkeit den TV-Welten vorzog. Bereitete der Vater für mich seine kleinen Reden vor, so bewahrte mir die Mutter Geschichten auf, sozusagen eingeweckt im Kopf wie ihr Eingemachtes im Keller. So blieben mir die Dondorfer vertraut, und die Mutter kam mir näher als je zuvor

An diesem Wochenende hielt sie eine Geschichte parat, so abenteuerlich, dass sie es kaum erwarten konnte, mit mir allein zu sein. Sogar zum Gang mit dem Vater kam es heute nicht. Kaum war die Tante weg, folgte mir die Mutter in den Stall und bat mich zurück in die Küche, wo sie uns erst einmal ein Gläschen vom Aufgesetzten der Großmutter einschenkte.

Es war einmal, fängt jedes Märchen an. Die Geschichten der Mutter begannen stets mit: Du kennst doch noch …den oder die, dat Trippschers Liesje oder den Krombachers Schääl, und jedesmal wartete sie mein Nicken ab, bevor sie fortfuhr, nicht, ohne noch einmal an die Umstände zu erinnern, wann ich diese oder jene zuletzt getroffen hatte.

Du kennst doch dä Küster, den Hans Egon.

Und ob ich den kannte. Er war Honigmüller, der mir einst den Umgang mit dem Quetschebüggel* aufgenötigt hatte, als Organist und Küster gefolgt. Eine Zeitlang hatte er mich überreden wollen, dem Kirchenchor beizutreten; keine Lust.

Wat glaubste, wat mit dem passiert is? Die Mutter leerte ihr Gläschen auf einem Zug, leckte sich die Lippen, goss nach.

Dem Egon? Dem Küster?

Jenau, die Hand der Mutter zuckte nach der Flasche, hielt inne.

Was brachte die Mutter derart aus der Fassung?

Die Küchentür flog auf.

* Akkordeon

Hilla, da biste ja noch. Die Tante war zurück. Dat Neueste weißte ja noch ja nit! Unsere Küster! Die Tante stutzte, sah die Flasche: Wat jibbt et denn hier ze fiere? Haste auch en Jläsjen für misch?

Widerwillig, was der Tante die Laune mitnichten verdarb, knallte die Mutter der Schwester ein Glas aufs Wachstuch. Nicht nur unterbrach die Tante unsere Zweisamkeit, auch die Rolle der Mutter als erstem Kurier war dahin.

Ruhisch voll, die Tante goss sich nach bis zum Rand. Also, wat jibt et?

Isch erzähl dem Hilla jrad die Jeschichte vom Ejon. Verdrossen kniff die Mutter die Lippen zusammen.

Dat hab isch mir jedacht. Darum bin isch noch mal umjedreht. Ein Griff zum Gläschen, Gläschen zum Mund, Kopf in den Nacken, Lippenlecken, das Gläschen wieder voll: Also weiß dat Hilla noch nix davon?

Die Mutter schüttelte den Kopf, folgte den Hand- und Lippenbewegungen der Schwester mit giftigen Blicken, wagte aber weder, ihr die Flasche wegzunehmen, noch die Ältere zu unterbrechen, die nun, ihrer Vorherrschaft gewiss, die heimlich-unheimlichen vierzehn Tage aus dem Leben des Hans Egon genüsslich zu Gehör brachte.

Begonnen habe es damit, dass Hans Egon nicht zur Chorprobe erschienen sei. Einfach so, ohne Entschuldigung. Maria, die im Chor mitsinge, sei ganz erbost nach Hause gekommen.

Un dat Julschen und Klärschen auch, versuchte die Mutter, die Aufmerksamkeit wieder an sich zu ziehen, nutzlos, wen interessierte das schon.

Jojo, nickte die Tante zerstreut in ihre Richtung. Wie oft mochte sie als Kind der jüngeren Schwester über den Mund gefahren sein, bis die ihn am Ende kaum noch aufkriegte. Die Tante war nun in Fahrt.

Also, nicht zur Chorprobe und am nächsten Tag nicht in der Kirche, keine Orgel, die Kerzen habe der Pastor selbst angemacht, den Klingelbeutel der Breuer vom Kirchenvorstand herumgereicht.

Naja, dachte ich, war krank.

Auch in den nächsten Tagen: kein Küster. Dann aber habe Frau Köhr die Frau Egon getroffen, die kenne ich doch?

Ja, die kannte ich, sogar sehr genau. Ich hatte sie vor Jahren im Großenfelder Schwimmbad getroffen, zusammen hatten wir unter den Duschen gestanden. Mit ihren rotgeschwollenen, vom Wasser schrumpeligen Fingern hatte die Küsterfrau das in ihren Badeanzug eingearbeitete, stäbchenverstärkte Korsett kaum öffnen können, um sich im Schritt einzuseifen, den Bauch- und Schenkelfett zusammenquetschten. Doch das tat wirklich nichts zur Sache. Und die Frau Köhr kannte ich auch, allerdings nicht nackt.

Die Frau Egon habe der Frau Köhr erzählt, ihr Mann sei zur Kur. Aber, die Tante zog das A in geradezu aaabenteuerliche Länge, das sei glatt gelogen gewesen. Denn – lauernde Pause –, denn dat Hings' Annemie, die kennst du doch auch?

Lügenhaft und notgedrungen sagte ich Ja, ansonsten drohte eine detaillierte Biographie, also Hings' Annemie: bekannt.

Diese Annemie putzte bei den Egons. Sie hatte den Sommermantel im Flur, den guten Anzug im Schrank hängen sehen. Mit der Brieftasche drin.

Nun hätte ich fragen können, wieso die putzende Annemie in den Egon'schen Kleiderschrank vorgedrungen sei, sogar bis in des Verschwundenen Jackentasche – aber fragt man bei Shakespeare, warum dieser König Lear so dusslig ist, sein ganzes Erbe ausgerechnet den beiden fiesen Töchtern zu vermachen? Oder Vater Moor; warum nimmt der seinem verdorbenen Früchtchen Franz die Lügen über seinen Lieblingssohn Karl ungeprüft ab und liest den Brief, den dieser in seinem Namen an Sohn Karl schreibt, nicht einmal gegen? Fragt man sich nicht, weil es nämlich so ist, wie es ist, und man wissen möchte, wie es weitergeht. Mithin hielt ich den Mund, blinzelte der Mutter zu, die mich erbittert ansah, und hob die Schultern.

Wer, war die Tante schon weiter, geht denn ohne Mantel, ohne Anzug und Brieftasche in Kur? Na bitte. Da sei also etwas faul gewesen. Und die Egon'sche auch so komisch. Immer so fein und etepetete sei sie nun von einem Laden in den nächsten gelaufen, wo sie sonst immer ihr Mädchen hingeschickt hätten. Überall hätte sie die Rede auf ihren Hansi gebracht. Was ihm denn fehle, habe Frau Jappes, die Bäckersfrau – ja, kenn ich, warf ich ein –, gefragt, und da habe sie mächtig gestottert und sei ganz rot geworden.

Die Tante nickte mir gewichtig zu, würdigte die Schwester keines Blickes und feuerte sich mit einem weiteren Likörchen an.

Dann aber habe sie, die Egon'sche, der Wahrheit ins Auge sehen müssen. Der Küster, also ihr Hansi, war weg.

Sag isch doch! Die Mutter klatschte aufs Tischtuch. Ihre Hand hinterließ einen feuchten Fleck, wie musste sie leiden, der Schwester derart das Wort zu überlassen, die Geschichte, die sie sich wochenlang für mich zurechtgelegt hatte.

Ja, Mamma, doch noch ehe ich ihre Hand fassen konnte, war die schon wieder in der Kitteltasche geballt.

Die Tante barst vor Energie: Ich sage: weg! Un sie hatte keine Ahnung, wohin. Jetzt die Egon ab zur Polizei: Der Hansi ist weg. Un die Polizei, dä Rüppler hat jesagt, sie soll sich nit so anstellen. Der hat jedacht, der Hansi is ne Vogel, also dä Kanarienvogel is weg. Jongejong, da hat die dem äwwer de Leviten jeläse! Am nächsten Tach in de *Rheinischen Post* ein jroßes Foto, Überschrift: ›Küster vermisst? Verbrechen oder Tod?‹

Die Mutter stand auf, kramte in der Anrichte und knallte die Zeitung auf den Tisch. Doch noch ehe ich zupacken konnte, griff die Tante das Blatt – Kannste nachher lese – und fuhr fort. Ganz Dondorf habe nun spekuliert, was mit dem Küster geschehen sei. War er einfach auf und davon, weil er es nicht mehr ausgehalten hat zu Haus, bei der Ahl? Doch ohne Geld und Papiere?

Immer unruhiger rutschte die Mutter auf ihrem Stuhl herum. Der Höhepunkt – oder wie ich bald erfahren sollte – *die* Höhepunkte standen bevor.

Und dann han se den Ejon en Urdenbach jefunden, beim Anlejer. Met nix am Liew. Dat stemp nit, zischte die Mutter. En Ungerbotz hätt se ihm anjelosse.

Jojo, es doch ejal, jedenfalls wor he so jut wie nackisch. Maria, unterbrach sich die Tante selbst, dun us doch all noch e Jläsje. Auch dat Hilla kann dat jetzt jebrauchen.

Widerwillig goss die Mutter nach. Sie hatte aufgegeben.

Un jizz kütt et!

Maria Wartmann – ob ich die kenne?

Flüchtig, nickte ich. Als die Goldschmiedin in Dondorf ihren Schmuckladen eröffnete, ging ich schon aufs Aufbaugymnasium nach Riesdorf. Eine Frau in den späten Dreißigern oder frühen Vierzigern, gepflegt, aber eher unscheinbar, ledig und nach einiger Zeit der Eingewöhnung von den Dondorfern gut gelitten, nicht zuletzt, weil sie sich im Kirchenchor und anderen sozialen Einrichtungen betätigte.

Fräulein Maria Wartmann – so die Tante unter heftigem Nicken der Mutter – habe den Küster in ihre Wohnung gelockt, geknebelt, gefesselt und gefangen gehalten. Was dort sonst noch alles vorgefallen sei … Die Tante lachte lüstern und verschämt, als habe sie einen schmutzigen Witz gehört, die Mutter gluckste hinter vorgehaltenem Taschentuch.

Ja, woher will man das denn wissen! Kopfschüttelnd sah ich die beiden an. Da ist aber eure Phantasie gewaltig mit euch durchgegangen! Wer setzt denn so was in die Welt? Und die Polizei! Die hat den Egon doch gefunden. Was hat der denn gesagt, wie er dahin gekommen ist?

Die Frauen schwiegen. Sahen einander an. Und mussten zugeben, dass sie das nicht wussten. Dass niemand das wusste. Und dennoch ganz Dondorf dieselbe Geschichte erzähle. Zu Maria Wartmann, der die Dondorfer die krudesten Taten andichteten, strömte die Kundschaft wie sonst nur zu Weihnachten. Jeder und jede wollte öffentlich nichts mit den Verleumdungen zu tun haben, die sie heimlich selbst verbreiteten. Und die Goldschmiedin? Die hob mit ihren feinen Händen den Schmuck wie eh und je aus den gepolsterten Schatullen, und so mancher Mann mochte sich vorstellen, wie sie mit diesen gelenkigen Fingern etwas ganz anderes ergriffe als totes Metall, mit diesem geschmeidigen Mund ganz anderes umfinge als Vokale und Konsonanten, und die Frauen forschten in ihren noch kaum verblühten Zügen nach Spuren lasterhafter Lust, so weit ihre kleinbürgerliche Phantasie sie zu tragen vermochte.

Jizz is et äwwer Zick! Maria! Hilla! Isch bin hier, um eusch abzuholen. In et Kapellsche am Rhein. Da is heute Chorsingen. Mal kucken, wer alles da is.

Diese Idee – ze kucke, wer alles da is – hatten nicht nur wir. Wir fanden gerade noch Platz in der letzten Bank. Mit rheinisch-freundlichem Lächeln nahm die Gottesmutter den frommen Andrang zur Kenntnis.

Ein Raunen ging durch die Reihen. Der Chor zog ein, Hans Egon voran, die Gattin zur Rechten, Maria Wartmann zur Linken. Wie Tiere im Zoo oder Insekten unter dem Mikroskop schaute ich sie an und entdeckte doch nur drei ganz normale Menschen: eine dicke, belanglose Mittfünfzigerin, einen etwa gleichaltrigen Mann mit müden, etwas morbiden Zügen, die ein Romancier im 19. Jahrhundert ›vornehm‹ genannt hätte, und eine deutlich jüngere Frau, schlank, mit gut gebürsteten, schulterlangen aschblonden Haaren, den leicht geschminkten Mund zu einem kaum wahrnehmbaren spöttischen Lächeln verzogen, ehe sie ihn, der auffordernden beidseitigen Armbewegung des Mannes folgend, zu einem prüfenden Kammerton A öffnete.

Was sehen wir, wenn wir einem Menschen begegnen? Selbst, wenn ihn gut zu kennen glauben? Seine Geschichte jedenfalls sehen wir nicht. Persona – Maske, sagten die Griechen. Wie bereitwillig Menschen sich täuschen lassen, wenn beide Seiten gewillt sind zu glauben. Wie leicht die Täuschung fällt, wenn wir nur der Fassade trauen. Wie leicht ein Geheimnis zu wahren ist, wenn keins vermutet wird.

Nur eines hatte Hilla, hatte ich Hugo verschwiegen: mit wie wenig Geld ich auskommen musste. Geld war kein Thema. Gott und die Welt, jederzeit. Aber Geld? Von dem Tausender des Vaters war nichts mehr da. Zähne, Schreibmaschine, der Mixer, Krankenschwester E. Schmitz. Ich bekam den Höchstbetrag vom Honnefer Modell, zweihundertneunzig Mark im Monat, vierhundertfünfzig Mark hatte das Deutsche Studentenwerk als Minimum der Lebenshaltungskosten eines Studenten ausgerechnet. Achtzig Mark kostete mein Zimmer im Hildegard-Kolleg. Wochentags stand mir Freitisch zu, zweimal im Jahr vom Studentenwerk eine Karte für die Kleiderkammer der Stadt, allerdings nur bei ständigem Nachweis von Bedürftigkeit und Fleiß. Halbjährlich musste ich früher Verdienst-, jetzt Rentenbescheide des Vaters vorlegen, Bescheinigungen mit Beträgen, die den Bearbeiter jedesmal misstrauisch zu der Frage veranlassten, ob ich nicht weitere Belege vergessen hätte. Ordnungsgemäßes Studium hatte ich durch Zwischenzeugnisse, Übungs-, Praktika- und Anwesenheitsscheine zu bekunden. Hier wiederum tat ich für den Geschmack der Bearbeiter zu viel des Guten. Mehr als einmal bezweifelte man, dass ich die vielen Scheine auch alle selbst gemacht hätte. Hatte ich.

Hugo war ein wissbegieriger Mensch, und ich war es auch. Wenn ich ein Seminar besuchte, warum nicht ein Referat übernehmen, die Klausur schreiben, kurz, einen Schein machen? Mit Hugo als ständiger geistiger Anfeuerung, gelang mir alles. Sogar der große Statistik-Schein bei Scheuch, mein ganzer Stolz. So aussichtslos wie im Abitur stand es mithin um meine Rechenkünste nicht. Allerdings kämpfte ich hier nicht gegen die Tücken sogenannter höherer Mathematik, gegen zweckentfremdete Buchstaben und undurchschaubare Zeichen, sondern hatte es mit Abstraktionen aus dem wirklichen Leben zu tun. Unter diesen Zahlen und Figuren konnte ich mir etwas vorstellen, selbst wenn die Konstruktionen manchmal geradezu Märchenhaftes verlangten. So sollten wir, die Klausur rückte näher, eine Studie kreieren, die bewies, dass alle Kellner in der Schweiz rote Haare haben. Hugo, der den Schein schon in der Tasche hatte, kommentierte trocken: Wie alt? In welchem Kanton? Verheiratet oder ledig? Dick oder dünn?

Natürlich häufte ich Scheine aus meinen Studienfächern, wilderte aber zudem in Nachbargebieten, insbesondere der Psychologie. Hier hatte es mir die Forensik angetan.

Wöchentlich fuhren wir im Bus nach Grafenberg, wo uns Klinikpersonal straffällige Patienten vorführte.

Da ging es durch die Schlafsäle mit den aussichtslosen Fällen, die Stunden in ihren Betten verliegen mussten. Viele Männer waren noch jung, jedenfalls nicht alt; eine Art Grinsen verzerrte ihre Münder, und der Professor erklärte, dies rühre von der mangelnden Durchblutung eines Teils des Gehirns. Dies löse einen Rigor aus, der den Gesichtszügen diesen spöttisch-sarkastischen Ausdruck verleihe. In wissenschaftlich angemessenem Tempo, also bedächtig und immer wieder verweilend, folgten wir der weiß bekittelten Koryphäe entlang einer Bettenreihe grienender Fratzen. Unterhalb der Männerbäuche bewegten sich die dünnen Decken rhythmisch auf und ab, von keuchendem Stöhnen begleitet, das sich hier und da in einem wollüstigen Grunzen entlud, worauf die Decken niedersanken, bis das Auf und Ab der Bewegung, zögernd zunächst, dann schneller, präzise wie das Tick-Tack eines Uhrwerks, wieder begann.

Krank oder kriminell – das war die Frage, nicht immer so leicht zu entscheiden wie im Falle eines kolossalen jungen Mannes, der seine Mutter mit dem Bügeleisen erschlagen hatte. Die erbsengroßen Hoden des Delinquenten, so der Professor, führten zu unkalkulierbaren hormonbedingten Aggressionsschüben. Wir Studentinnen mussten den Hörsaal verlassen, als es für ihn hieß: Hosen runter. Wieder zurück hefteten sich unser aller Augen auf die armselig schlotternde Leerstelle zwischen seinen Anstaltshosenbeinen. Murmeltier hatte die Mutter den Sohn genannt, wegen seiner ›Murmeln‹, auch vor Fremden und Freunden.

Eines Tages, berichtete der Unglückliche stockend, mit schwerer Zunge und einer Stimme, die in den Höhen zwischen

Sopran und Bass alle Tonlagen durchlief, kam ich von der Arbeit nach Hause.

Aus einer geschützten Werkstatt, warf ein Assistent dazwischen. Körbeflechten.

Die Mama hat gebügelt, fuhr der Mann zunehmend erregt fort. Pipipi, mein Murmeltier, hat sie gerufen. Die Schlafanzughose hochgehalten und dann so. Der Mann fuhr sich in den Hosenschlitz, steckte den Zeigefinger raus und winkte.

Sein Kopf, auch der viel zu klein für die Körpermasse, lief dunkelrot an: Pipipi, mein Murmeltier, heulte es plötzlich aus dem unförmigen Leib, pipipi, mein Murmeltier, stürzte er sich auf den Professor. Zwei Wärter nahmen ihn in den Zangengriff und streichelten ihm den kahl rasierten Kopf, mechanisch wie einem kranken Tier. Er wurde ruhig. Wir blickten beschämt zu Boden.

Auch in diesem Fach gelang es mir, einen Schein zu machen, obwohl ich nicht bei den Psychologen eingeschrieben war. Mein Fall: Eine Frau, etwa so alt wie die Mutter, hatte immer wieder Kaffee gestohlen, genauer, Kaffeebohnen, und diese auf freiem Feld wie Saatgut vergraben. Konnte sie wegen Ladendiebstahls belangt werden? Ich führte eine Reihe von Gesprächen mit der Unglücklichen und kam unter Anleitung einer wissenschaftlichen Hilfskraft nach seitenlanger gelehrter Beweisführung zu einem klaren Nein.

Danach verging mir die Lust an derlei mit wissenschaftlichem Interesse getarntem Voyeurismus, und ich zog es wieder vor, mich menschlichen Schicksalen ausschließlich in Büchern und Filmen zu widmen, ästhetisch abgeklärt und formbewusst aus dem Leben und von mir weit weggerückt, weit genug, um sie gefahrlos zu studieren und zu genießen.

Geld also war kein Thema zwischen Hugo und mir. Dass er Kino, Cola oder ein Kölsch bezahlte, konnte ich annehmen. Gelegentlich lud er mich zum Essen ein, bescheidene Lokale, ins Theater, in die Oper mit Studentenkarten. Meine Freitischmarken hätten ihn stutzig machen können, und das taten sie auch, ich witzelte darüber hinweg.

Für Leute wie mich gab es die studentische Arbeitsvermittlung. Mit Namen, Adresse, körperlichen Merkmalen und besonderen Fähigkeiten verschwand ich auf einem Kärtchen in einer meterlangen Kartei, die meine Hoffnung auf ein einträgliches Zubrot in dem Maße schrumpfen ließ, wie diese Kästen sich ausdehnten. Doch kaum zwischen den übrigen Anwärtern versenkt, wurde ich auch schon herausgezogen. Ob ich mir vorstellen könnte, als Statistin zu arbeiten? Beim Fernsehen oder bei Filmaufnahmen? Und ob ich mir das vorstellen konnte. Statistin, allein das Wort gefiel mir, klang nach Status, nach ernsthafter, gleichwohl luxuriöser Beschäftigung, fast nach einem Beruf. Studentin, ja, aber auch Statistin beim Fernsehen, könnte die Mutter sagen. Wenn die ›Studentin‹ schon Ansehen verlor, die ›Statistin‹ würde mit Hinweis auf die jeweilige Sendung das Renommee der Tochter und damit das ihre wieder aufmöbeln.

Meine Karriere beim öffentlich-rechtlichen Fernsehen begann im Kölner Hauptbahnhof. Eine Treppe zu den Gleisen war halbseitig gesperrt, davor taten sich Kameras und anderes Filmvolk wichtig. Doch weniger die zum Dreh gehörenden Menschen störten. Zuschauer, Paare, Passanten, mithin Unbefugte waren es, die ein wild fuchtelnder Regisseur und zahlreiche andere Befugte mit Armbewegungen, als gälte es tollwütige Hunde zu vertreiben, aus dem Kamerawinkel scheuchten. Derweil standen wir Statisten – außer mir noch zwei junge Frauen, ein etwa fünfzigjähriger Mann in Blouson und Cordhosen, eine ältere Frau im Trench mit Kopftuch, eine Frau mit Kind im Vorschulalter – diszipliniert in einem mit Kreide markierten Karree und warteten. Ohnehin, das lernte ich gleich, bestand die Hauptaufgabe eines Statisten in geduldigem, oft stundenlangem Warten. Auf den Einsatz. Das Kommando: Da rüber, wir proben. Diesmal ging es die Treppe runter zum Bahnsteig: so wie normal.

Dieser Beginn meiner Künstlerlaufbahn war für alle weiteren Einsätze typisch. Wie viele Treppen bin ich in den nächsten

Semestern hinauf und hinunter … Ja, was soll ich sagen: gegangen, gehastet, geschlichen, gestolpert, gerannt, grad so, wie man es verlangte: so wie normal. So wie normal, das Zauberwort. Und man glaube ja nicht, mit einmal Treppe rauf oder runter wär's getan gewesen. Treppe runter zum Ersten, schrie der Kameramann, der Assistent klappte zwei Holztafeln zusammen, wir bewegten uns hastend, holpernd oder schleichend die Stufen hinab, bis uns nach drei, vier Tritten ein Haaalt erstarren ließ, die Treppe wieder hoch, bis – Treppe hinab zum Zweiten – die Holzbrettchen uns erneut in eben die Bewegung versetzten, die wir gerade zuvor abgebrochen hatten. Wie oft ging dabei etwas daneben, gerade auf Treppen; ins Stolpern kam beinah jedesmal einer von uns, wenn auch nicht wie Oma Pütz, Stammpersonal, eine der älteren Statisten, die als Schauspieler oft bessere, wenn auch niemals rosige Zeiten erlebt hatten. Elegante Kleidung war angesagt, da wir als Festgäste einem Brautpaar, zwei richtigen Stars, zur Hochzeitsreise nachwinken sollten, nicht ohne vorher eine Treppe zu bezwingen. Oma Pütz erschien auf hochhackigen Schuhen. Dies regte Herrn Labbes, ebenfalls zum harten Kern gehörig, vormals als Romeo gefeierter Held im Bergischen Landestheater, zu einem Handkuss an. Was wiederum Oma Pütz derart beschwingte, dass sie auf ihren kaum getragenen Pumps strauchelte. Die Folgen: Treppensturz, Knöchelbruch. Und ein allerliebstes Nachspiel. Frau Pütz fand in Herrn Labbes den Mann ihres Lebens.

Auch wenn es selten so romantisch zuging wie hier: Treppen waren gefragt wie nix, aber auch so manchen Bürgersteig habe ich bevölkert, so wie normal, manche Kreuzung in den unterschiedlichsten Gangarten überquert, so wie normal. An mancher Ecke gestanden, manchem Büdchen, Bäumchen, Normaluhr und Laternenpfahl.

Wo spielste denn wieder mit?, fragte die Mutter begierig bei jedem Besuch, und ich wusste, allein für meine kleine Gestalt, die irgendwann irgendwo in der Menge um die Ecke huschen würde, so wie normal, hätte sie bei der nächsten Sendung Augen.

Langweilig war es nie. Im Vergleich zum Fließband bei Maternus ein wahres Kinderspiel bei traumhafter Bezahlung. Ein paar Stunden Treppensteigen brachten mehr ein als eine Fünfundvierzig-Stunden-Woche Pillenpacken.

Nach einiger Zeit hielt man mich bei der Statistenvermittlung für zuverlässig genug, um an streng geheimen Vorbereitungen für die Show *Vergissmeinnicht* mitzuwirken. Nichts, was hier vorging, dürfe nach draußen dringen, musste ich unterschreiben.

Gemäß Anfrage gediegen dezent gekleidet, verteilte man uns in den ersten Reihen des großen Sendesaals. Es galt, Spiele auszuprobieren, die am Abend der Show von Zuschauern ausgeführt werden sollten. Auf Befehl des Quizmasters, natürlich seines Ersatzmanns, sollten wir einen Koffer packen, die unmöglichsten Utensilien hineinstopfen und das Ding von einer Bühnenseite auf die andere transportieren. Kinderkram? Klar. Doch den Plunder, der da unterzubringen war, hatte man genau ausgetüftelt: Nutzte der Packer nicht jedes freie Fleckchen, ging der Koffer nicht zu. Zudem packte man nicht allein, sondern paarweise, was die Hektik zweier Hände verdoppelte.

Ein ums andere Mal stopften, schleppten, kippten wir die Koffer aus, stoppte ein Assistent die Zeit für den Mittelwert. Die Sendezeit durfte nicht allzu weit überschritten werden.

Gegen Abend, ich hätte den Koffer am liebsten mit einem Tritt in die Ecke gefeuert, schauten ohne erkennbaren Grund vom Kameramann bis zum Kabelträger alle immer wieder auf die Uhr. Der Aufnahmeleiter verschwand, der Regisseur war schon fort. Und dann kehrten sie zurück. Aber was sage ich, zurückkehren: Sie schritten voran, sie zogen ein. In den großen Sendesaal, der sich zu verdoppeln schien, führten sie den unscheinbaren Mann mit sich wie eine Beute. Regisseur und Aufnahmeleiter strahlten. Das Personal erstarrte. Er war da. Der wahre Quizmaster. Der Star. Peter Frankenfeld. Zerstreut, fast lustlos sah der Mann auf uns herab.

Der Aufnahmeleiter hielt eine zweite Ansprache. Jetzt werde es ernst. Übermorgen werde auch der Ernst ernst. Der wahre Quizmaster nickte uns zu und verschwand in der Kulisse. Wir ab auf unsere Plätze. Musik trumpfte auf, ein triviales Tongemenge aus Geigen und Trompeten, die Kulisse öffnete sich für den Schwebeschritt des wahren Quizmasters, funkelnd in Scheinwerferwirbeln, die ihn schmeichelnd umkreisten, ah, welch ein Schreiten die Stufen hinab. Wer so den Mund zu einem Lächeln verziehen könnte wie er, echter als echt, überlebensecht. Und mit einer Stimme, die dem übernatürlichen Lächeln in nichts nachstand, überbot sich der wahre Quizmaster nun in Freudenbezeugungen über sein Publikum, ach, wie aufgeräumt winkte er unserem versprengten Häuflein zu, wie zog er die Millionen an den Bildschirmen in den Bann seines blinkenden Zahnweiß, aus der ersten Reihe leicht erkennbar als Gebiss. Ach, wie es ihm gelang, das zutiefst Unechte echter als echt erscheinen zu lassen, wie machte er das nur? Fast hätte ich unter meinem bewundernden Grübeln den Einsatz verpasst, aber nein, wir stürmten die Bühne, wir drückten die Hände, nein, wir empfingen den einen wahren Händedruck des wahren Quizmasters, wir empfingen aus seinem wahren Munde die Botschaft, der wir schon unzählige Male im Laufe des Tages gefolgt waren. Jetzt aber war es Ernst mit dem Spiel, und im Angesicht des wahren Quizmasters und getragen von seinen anfeuernden, launigen Kommentaren, die er am Abend des Ernstfalls genau so wiederholen sollte, packten wir unsere Koffer, als gälte es eine Flucht auf Leben und Tod. Es klappte auf Anhieb.

Aus, rief der wahre Quizmaster, die Musik brach ab, der wahre Quizmaster rollte sein Lächeln ein und verschwand fast im Laufschritt hinter die Bühne. Draußen warteten unsere Nachfolger auf die nächste Probe.

Hugo gegenüber gab ich diese Arbeitstage als Spiel aus, und er spielte mit. Manchmal kam er sogar wie zufällig an meinen Wirkungsstätten vorbei, wäre gern hin und wieder mitgeschlendert, geschritten, gerannt, doch er war nun mal nicht angeheuert.

Ohnehin hätte man ihn für Darstellungen unscheinbarer Normalität wegen seines auffälligen Rückens kaum in Betracht bezogen.

Aber stets hielt er, wenn ich von meinen Einsätzen nach Hause kam, so nannte ich sein Zimmer in der Tantenwohnung nun schon, eine Überraschung für mich bereit, sei es ein Buch, das ich bei einer unserer Stadtschlendereien entdeckt hatte, sei es eine Leckerei zum Abendbrot. Einmal versuchte er sich sogar an Reibekuchen, die ihm beinah gelangen, außen knusprig, aber innen zu roh, doch das Apfelmus war perfekt und dann erst die Küsse und alles andere danach … Tja, wieder nur Pünktchen. Schließlich war ja der richtige Mann im Haus. Wozu dann davon schreiben? Ich sage nur: Do it yourself!

Unschlüssig waren Hugo und ich, wie wir unsere Semesterferien verbringen würden. Die Statisterei war ein bequemes Zubrot, das ich meist für Kleider ausgab. Nach den Jahren der schlotternden Hosen und Blusen wagte ich mich unter Hugos bewundernden Blicken längst ins Gegenteil. Minis gab's bei C&A zu erschwinglichen Preisen, Hosen und Pullis aus der Kinderabteilung. Hauptsache: nie wieder Abgelegtes, nicht von Cousinen und nicht von der Oberpostdirektion. Und für den Wintermantel war die städtische Kleiderkammer da.

Hier möchte ich, die Erfinderin, mich einschalten und ergänzen, dass Hilla vor allem ganz allerliebst aussah in einem sogenannten heißen Höschen, einem unteroberschenkelkurzen, schwarzsamtenen Beinkleid, zu dem sie oft Haut und kurze schwarze Stiefelchen trug, obenrum irgendeinen meist knallfarbenen, Hauptsache engen, immer engen Pulli. Kommilitonen, aber auch Professoren erinnern sich noch heute an ihren strammen Schritt, mit dem sie den steinernen Gang entlang vom Historischen ins Germanistische Seminar klapperte.

Ja, die Stiefelchen, die hatte ich mir vom ersten Statistenhonorar geleistet, direkt aus dem Schaufenster bei Kämpgen, nachdem ich tagelang daran vorbeigeschlichen war. Der Vater hatte sie bei meinem nächsten Besuch mit Eisen haltbar beschlagen, und wenn ich mich früher für das blecherne Klappern, Armeleuteklappern, geschämt hatte, freute mich dieses aufsässige Knallen jetzt mit jedem Schritt. Weil? Weil Hugo gar nicht genug davon kriegen konnte, wenn ich ihm derart entgegengaloppierte, mein Pferdchen, mein süßes, drückte er mich an sich; mein Zentaur schnaubte ich an seinem Hals, und das spielten wir bis spät in die Nacht.

Ein bisschen Geld war also da, aber längst nicht genug für eine Reise wie meine Nachbarinnen im Hildegard-Kolleg sie machten. Katja an den Strand nach Rhodos, aus Solidarität mit dem unterdrückten Volk und Protest gegen die Generäle. Yvonne zog wie jedes Jahr mit ihrem Bernhard in das Ferienhaus ihrer Eltern am Gardasee, und Monika und Marion hatten ein Häuschen in der Provence gemietet.

Mich erwartete man zu Hause. Und nicht nur mich. Dann bring ihn doch mal mit, drängte die Mutter, nachdem sie Hugos Ring an meinem Finger gesehen hatte.

Ist der echt? Vorsichtig wie eine Sammeltasse aus dem Wohnzimmerschrank hob sie meine Hand an die Augen.

Ja, Mamma, erwiderte ich. Hugo war echt, der Ring gehörte zum Spiel, aber auch das war echt.

Dann bring ihn doch mal mit.

Noch immer war mir dieses Zusammentreffen nicht geheuer, so wenig wie ein Besuch bei Hugo zu Hause. Ging es ihm wie mir? Drängte seine Mutter wie die meine? Wussten seine Eltern überhaupt von mir? Wahrscheinlich. Seine Schwester, Brigitte, war uns nicht nur damals in der Oper begegnet, auch in der Uni hatten sich ein paarmal unsere Wege gekreuzt, mehr nicht. Ich argwöhnte sogar, dass Hugo die Richtung oder die Straße wechselte, wenn er sie erspähte. Mir war's recht, da ich alles, was mit seiner Familie zusammenhing, ohnehin verdrängte, meinen Hugo aus diesen eingeborenen Bindungen, seiner Herkunft befreite, oder sollte ich sagen, seiner Geschichte beraubte. Ich wollte Hugo so, wie ich ihn sah, in unserer, von uns geschaffenen Welt. In unser beider Geschichte war alles Anfang.

Nur zu gut wusste ich, wie die Umgebung, in die ein Mensch gestellt ist, unser Bild von ihm verändern kann. Zum Besseren auch, gewiss, doch ich wollte meinem Bild von Hugo nichts hinzufügen; mein wirklicher Hugo brauchte das nicht.

Freunde vermissten wir nicht. Kurt, Hugos bester Freund, war der Einberufung entgangen und wohnte in West-Berlin. Von ihm war der Anruf zum Tod Benno Ohnesorgs gekommen, und er hielt uns über die Lage an der FU auf dem Laufenden. Ein zweiter Freund studierte in den USA, Berkeley. Durch ihn waren wir von der Flower-Power-Bewegung, später auch von der Ermordung Martin Luther Kings und Robert Kennedys aus erster Hand unterrichtet.

Kurz vor Semesterende gab Hugo dann doch dem Drängen jenes Studienfreundes nach, den wir nach der Rede von Scheuch auf dem Neumarkt getroffen hatten. Sein Vater, Inhaber einer Pianofabrik, genoss einen international exzellenten Ruf und Sohn Arnfried ein scheinbar unerschöpfliches Taschengeld.

Nein, nein, wehrte Hugo ab, als wir der Villa in ihrem Konditorputz der Jahrhundertwende näher kamen, Arnfried bewohne dort nur die Beletage, die Eltern lebten in Marienburg, wie die seinen, entschlüpfte es ihm, und ich merkte, er bereute dies sogleich. Ich tat, als hätte ich's überhört. So wie das Wort Beletage; es passte besser in den Mund eines Commerzienrates aus Fontanes Romanen, warum sagte Hugo nicht erster Stock?

Schon von draußen hörten wir die Rolling Stones, die auch diesem Altbau die neue Zeit beibrachten. *I can't get no satisfaction* ließ den Gründerzeitstuck erbeben, Hugo brummte ein paar Takte mit: Zufrieden? Keine Angst, wird schon gut gehen.

Keine Angst? Was hatte das zu bedeuten? Woher wusste er, dass mir diese Party ebenso wenig geheuer war wie vor Jahren das Fest, damals sagten wir Fete, in Godehards Bungalow? Ein Gefühl, das ich lange nicht mehr verspürt hatte und weder bezeichnen noch ergründen konnte, stieg in mir auf, vergleichbar diesem Druck vor einer Prüfung mit ungewissem Ausgang. Doch mit Hugo an meiner Seite, was konnte mir geschehen, my dear Lady Jane? ›I can't get no satisfaction‹, die hatte ich ja längst, meine ›satisfaction‹ hielt in diesem Augenblick meine Hand, wir, das Pärchen, die Handys.

Arnfried Tannhäuser legte Wert darauf, nicht Freddy gerufen zu werden, und begrüßte uns mit der Leutseligkeit eines Sohnes, der weiß, dass er einmal die Firma des Vaters übernehmen würde, so wie jeder einzige Sohn dafür ausersehen ist, sich eines Tages in den bereitstehenden, noch warmen Schreibtischstuhl setzen zu können mit einem Haufen fertiger Papiere zum Unterschreiben vor sich und einem ebenso komplett vorbereiteten Leben. Überhaupt würden die meisten hier einmal arbeiten, was bei ihnen hieß, einen Beruf ergreifen, nicht um Frau und Familie zu ernähren, sondern um gesellschaftlichen Status zu demonstrieren.

Arnfried schickte uns gleich weiter, Mechthild ist auch da, erklärte er in einem Ton, als führte er eine Trophäe vor, ihr wisst doch, die mit den Cocktails.

Mechthild, langbeinig, langhaarig wie alle hier, nur nicht so unverschämt falsch blond wie dieses Mädchen, Mechthild häufelte Kaffeemehl auf eine Zitronenscheibe, kaute und kippte Wodka hinterher. Sputnik, erklärte sie mit einem vornehmen Stimmchen, das kaum zu dem derben Getränk passte.

Ich teilte mir ein Glas mit Hugo; der Kaffee machte die Säure der Zitrone erträglich, der Wodka brannte die Kehle hinab, durchprickelte den Körper leicht und warm. Ich zog Hugo zu einer Gruppe am Fenster, die sich um einen jungen Mann mit einer höchst sonderbaren Frisur scharte.

Einfach abgeschnitten, ließ der sich vernehmen, in den Schwitzkasten genommen habe man ihn, da, bei Felten&Guilleaume, den Kopf festgehalten, Schere raus und ratsch, gerade noch rechtzeitig sei der Meister gekommen, da seien die abgehauen, die andere Seite kriegen wir auch noch, hätten sie geschrien. Er aber habe auf Befehl des Meisters die Haare, meine eigenen Haare!, noch immer konnte der Haarhalbierte den Verlust nicht fassen, zusammenfegen und entsorgen müssen, in die Abfalltonne. Keine zehn Pferde kriegten ihn wieder dorthin, dabei habe er doch nur seine Solidarität bekunden wollen, nein, nicht mit dem Volk in Vietnam, sondern mit der arbeitenden Masse hierzulande, der ausgebeuteten Arbeiterklasse, allein darum sei er in die Produktion gegangen, wo er den Ausgebeuteten, den Lohnknechten der Bosse, auseinandergesetzt habe, dass sie nichts als manipulierte Marionetten des Kapitals seien. In Wurst und Käsebrote habe man statt einer Antwort gebissen und ihn zum Limoholen geschickt. Da habe er ihnen aber was geblasen. Parbleu! Nicht als Laufbursche sei er da hingegangen, sondern als aufklärerisches Element.

Genau das ist der Unterschied, dachte ich, während sich der Jüngling mit seiner arbeitsscheuen Rechten durch die schulterlangen Resthaare strich: Josef Palm ging in die Fabrik, der hier in die Produktion. Der Vater lebenslänglich, der hier auf Abenteuerurlaub. Der Vater mit Stoppuhr und Prinzipal vor Augen, der hier mit väterlichem Bankkonto und Testament im Rücken. Der Vater musste jeden Morgen um halb sechs raus aus dem Bett, der hier war ins gemachte Bett geboren. Der Vater ernährte mit seinem Verdienst die Familie, das einzige Verdienst von dem hier war seine Familie.

Zerstörung von Leben, hörte ich den naseweisen Bengel, da lassen die sich ihr Leben zerstören, tagtäglich, ohne dagegen aufzumucken, und da hören sie mir noch nicht einmal zu.

Angeber, flüsterte Hugo, und ich knuffte ihn dankbar in die Rippen. Später, schon im Halbschlaf, ging mir durch den Kopf, warum wir dem Schwätzer nicht sein Großmaul gestopft hatten. Hatten wir beide aus demselben Grund geschwiegen? Schien es uns nicht wichtig genug? Darauf konnte zumindest ich mich nicht herausreden. War es ein Mangel an Zivilcourage gewesen, die mir in dieser Gesellschaft den Mund verschlossen hatte?

Den Mund verschlossen. Nicht nur auf dieser Party des Arnfried Tannhäuser musste man einen progressiven Vokabelvorrat für progressive Ohren parat haben, um die Zulassung nicht zu verpassen. Ohne diese Schlüsselworte wurde jedes Argument mit einem Verdikt aus ebendiesem Vokabelschatz abgeschmettert. Die Fähigkeit, mit derlei Begriffen je nach Situation zu jonglieren, ging mir ab. Genauso wie diese achtlose Leichtigkeit der Bewegungen, diese wie nebensächliche Selbstverständlichkeit, mit der ein großer elegant gekleideter Mann mit hoher Stirn und etwas missglücktem Knebelbart seine kleine schwarze Zigarre hielt und, umringt von andächtigen Lauschern, über die Uneigentlichkeit des Menschen philosophierte. Diese Zigarre, kaum größer als eine Zigarette, ließ er nicht los. Unentwegt dozierend neigte er sich einer der langmähnigen Blondinen zu, bot ihr ein Glas an, ergriff selbst eins und stieß, ohne seine Darlegungen auch nur durch ein Prost zu unterbrechen, mit ihr an. Ob der Ring an dieser Hand echt war, wie sollte ich mit meinem Kaugummigeschmeide das erkennen, aber er wurde mit derselben anmaßenden Eleganz getragen wie der fadenscheinige Anzug und das an den Manschetten ausgefranste schneeweiße Hemd. Die meisten jedoch trugen, als wären sie von der Stange, Kleider und Schuhe, die ich aus den Schaufenstern teurer Läden kannte, Luxusparfüms mischten sich mit Ledergeruch und Rasierwasser, Letzteres sollte auf späteren Partys verschwinden.

Er hat sein Englisch-Horn dabei, flüsterte mir eines der Mädchen zu, warten Sie nur ab, wenn er aufhört zu reden, wird er spielen. Hiiimmlisch!

Hier geht es doch nicht um Reformen, drang ein Bass durch das Stimmengewirr. Es ist das System, das wir infrage stellen, das System, das uns kaputt macht. Das System, das … Der etwas dickliche Sprecher führte seinen Satz nicht zu Ende, schlug stattdessen ein paarmal mit der Faust in die offene Hand, wandte sich brüsk von uns ab und griff nach der Bierflasche.

Beneidete ich diese Jungen und Mädchen? Bewunderte sie sogar? Jeder bemühte sich, etwas Besonderes darzustellen; nicht zu *sein*, das wäre zu anstrengend, es genügte der Schein, solange er nur echt wirkte. Wem es nicht gelang, diese Besonderheit durch Gerede vorzutäuschen, musste sie nonverbal behaupten. Besonders die Mädchen. Durch Kleidung, Frisuren und Make-up suchten sie sich zu übertrumpfen, wodurch sie einander ähnlicher wurden, als von Natur aus vorgesehen. Keine von ihnen war in der Lage, sich ohne Rückgriff auf Konto und Einfluss des Vaters aus sich selbst zu begreifen, und hatte das auch nicht nötig.

Ich gehörte nicht hierher. Aber das war nicht länger schmerzhaft. Aus keinem guten Stall. Derlei Kränkungen waren Vergangenheit. Ich war dat Kenk vun nem Prolete. Und mein Vater ging in die Fabrik, und das sehr eigentlich.

Ein Rippenstoß Hugos schreckte mich aus meinen Beobachtungen. Er hatte Brigitte entdeckt. Auch ihre Bewegungen verrieten diese gleichgültige Natürlichkeit, wie sie nur aus lebenslang gewohnter Sicherheit in Fleisch und Blut übergeht. Widerwillig musste ich mir eingestehen, dass sie gut aussah. Eine Haut, matt und weiß, die schmale Nase, ihr Mund ein feines, blutrot bemaltes Schlänglein unter der Nase, das mich an einen anderen Mund erinnerte, zu dem mir aber kein Gesicht einfiel. Brigitte ragte auf den höchsten Absätzen des Abends aus der Herde der jungen Frauen hervor. Ihr hartes, verschlossenes Gesicht war stark geschminkt, und sie musterte mich mit ihren kohlschwarz kajalvergrößerten Augen, als wollte sie sagen: Was hast du denn hier zu suchen?

Komm, wir gehen, Hildegard, bat Hugo, nein, er bat nicht, er floh beim Anblick der Schwester, suchte das Weite, wie man so sagt, *Let's spend the night together* sangen die Rolling Stones, was gab es Schöneres, als Hugo zu folgen, diese Räume zu verlassen, Hand in Hand mit dem Liebsten, wissen, wo man nun hingehen würde, egal, ob ins Keldenich auf ein Bier, an den Aachener Weiher zu einem Spaziergang oder gleich zu Hugo, zu uns nach Hause. Zu wissen, wo man hingehört: Das ist alles. Der Sommer und unser Leben waren aus einem Guss.

Hugo besuchte während meiner Tage in der Altstraße 2 seinen Freund in West-Berlin, täglich jagten wir unsere Liebe in die Briefe. Atemloses Verlangen auf Papier: dass es dich gab, dass es dich gibt, dass es dich geben wird. Wir zählten die Tage nach Stunden, die Stunden nach Seufzern, schrieben wir. Unsere Wörter an blauen Fäden der Sehnsucht kreisten um das Wort, das wir niemals schrieben, wie die Erde um die Sonne, und natürlich schickten wir uns rund um die Uhr Grüße zu durch Sonne, Mond und Sterne. Und erschufen uns neu im Alphabet. Hugo zuerst:

H immel am Rhein
I mmergrün
L euchtende Liebe
D enk an mich
E wigkeit
G rund genug
A ltwerden mit dir
R eich mir die Hand mein Leben
D ein Mann

Ich hatte es und machte es mir leicht:

H astesenochalle
U rworte orphisch
G erne immer wieder
O du Fröhlicher!

Ungeduldig erwartete ich Bertram. Sein erster Urlaub von der Bundeswehr. Die Mutter kochte und backte, als käme der Sohn aus großer Schlacht zurück. Doch der Bruder hatte es eilig wie ich, dem Kaffeetisch und den Fragen der Mutter den Rücken zu kehren, auf ging's an den Rhein, ans Wasser.

Nun erzähl schon, drängte ich, nach Munster hat es dich also verschlagen?

Jawohl, melde gehorsamst: Panzeraufklärungslehrbataillon 11, schnarrte Bertram und schlug die Hacken zusammen, dass Frau Trappmann beinah ihr Einkaufsnetz hätte fallen lassen. Kopfschüttelnd raffte sie die Maschen enger zusammen; was war denn in dä Jong vom Rüpplis Maria gefahren?

Panzer-, waas?

Pan zer auf klä rungs lehr ba tai llon elf.

In dus trie kauf manns ge hil fen lehr ling.

Zehn zu zehn, witzelte der Bruder. Du hast es jedenfalls schon hinter dir.

Nur stockend konnte ich Bertrams Schlangenwort wiederholen. Und warum Lehrbataillon?

Das heißt so, erwiderte Bertram, nicht etwa, weil da mehr als anderswo gelernt werden muss. Wir testen neue Ausrüstungsgegenstände, vor allem neue Methoden. Gerade haben wir den neuen Panzer, diesen Leopard, bekommen. Und dann erproben wir den Umgang mit Radarortung. Daher Aufklärung.

Aufklärung? Ausgerechnet mit Panzern?

Also, Bertram blies die Backen auf, mit so einem Panzer geht es oft mitten rein, oft sogar dreißig bis siebzig Kilometer hinter die feindlichen Linien.

Um Himmels willen, mit so einem Panzer?

Ob richtig oder falsch, bestätigen wir, was die Luftaufklärung schon vorher durchgegeben hat. Wo genau der Feind steht, wie viele es sind und so, wir sind ja viel genauer als die aus der Luft. Daher Radar. Aber auch das gute alte Tastfunkverfahren wird immer wieder verfeinert. Allerdings arbeiten wir meist noch mit amerikanischen Geräten aus dem Korea-Krieg. Die reichen schon ihre sechzig bis siebzig Kilometer. Von dem, was wir weitergeben, hängt viel ab, kannst du dir ja vorstellen. Nicht nur das Leben von Kameraden.

Ungewöhnlich ernst und erwachsen kam mir der kleine Bruder vor, der nun über Tod und Leben zu entscheiden lernte. Die Panzeraufklärer, belehrte er mich, sind eine besonders selbstständige und unabhängige Truppe. Hier ist etwas gefragt, was sonst in der Bundeswehr nicht so gern gesehen wird: eigene Entscheidungen. Selbstständiges Handeln. Na klar, ist für den Erfolg eines Einsatzes notwendiger als in jeder anderen Waffengattung. Abiturienten-Kompanie werden wir verspottet.

Oder das Monokel der Armee, unterbrach ich ihn, hab ich neulich im *Spiegel* gelesen. Eine hübsche Satire von einem, der die Lage aus eigener Anschauung kennt, ein Oberst a. D.

Tja, grinste Bertram, und der Kameradschaftsabend, zu dem er kurz danach eingeladen war, ist daraufhin geplatzt, weil seine Mitadligen sich nicht mehr mit ihm an einen Tisch setzen wollten. Nestbeschmutzung und so.

Ausgerechnet in deinem Bataillon, spöttelte ich, versammelt sich der Adel. Kommandeur, Stellvertreter, drei der vier Kompaniechefs, alles Adel. Und der vierte?

Das ist ein Sozialdemokrat, ein prima Kerl. Den hätte der Oberst a. D. ruhig auch erwähnen können.

Hast du eine Ahnung, wie es dazu kommt? Zu all den vons und zus, meine ich. Aber erst mal: Wie wär's mit einem Eis?

Immer doch.

In Süß' Eisdiele hatte der Besitzer gewechselt und mit ihm der Name. Aus der Diele war ein Salon geworden. Das Eis schmeckte wie früher. Den Klassiker Erdbeer-Schoko-Vanille schleckend, ließen wir Auen, Felder, die Reithalle hinter uns.

Schwedter Dragoner, schon mal gehört?, nahm Bertram den Faden wieder auf.

Keine Ahnung.

Ah, tut das gut! Wir waren auf dem Damm angekommen, Bertram streckte sich, der letzte Happen vom Eishörnchen knackte zwischen seinen Zähnen, er nahm mich bei der Hand, und so wie ich mich als Kind losgerissen hatte von der Hand des Großvaters, jauchzte ich nun an der Hand des Bruders die Böschung hinunter, vorbei an Erlen, Pappeln, Weiden und Schilf ans Ufer des treuesten Gefährten unserer Kindheit, den Vater Rhein.

Schnaufend zog Bertram sein Taschenmesser hervor und schnitt sich einen Weidenzweig zurecht, ganz so, wie es vor Jahren der Großvater getan hatte.

Und mir eine Flöte, bitte, deutete ich auf das Schilf.

Ein Hieb ins Rohr, ein paar Schnitze, schon blies ich die ersten Töne: *Alles neu macht der Mai*, des Großvaters liebstes Lied.

Her damit!

Nix da. Schnitz dir doch auch eine. Hier, das Rohr ist lang genug. Wirklich gut, wie du das kannst.

Tröten oder schnitzen? Wieder flogen die Späne.

Beides, also los geht's.

Auf *Komm lieber Mai* folgte der *Kuckuck* aus dem Wald, folgten *Hänschen klein* und *Alle Vögel sind schon da*. Bertram kriegte gar nicht genug von unserem quietschigen Gebläse.

Und was ist nun mit deinen Schweizer Dragonern?, unterbrach ich das Konzert.

Schwedter! Schwedter Dragoner! Bertram drosch mit seinem Weidenstöckchen auf eine Brennnesselhecke ein. Schon im Dreißigjährigen Krieg waren die Schwedter Dragoner berühmt, und später haben sie den Reitertruppen Napoleons den Kaiseradler von der Montur gezerrt und sich selbst angesteckt. Erst kürzlich in ›Schwedter Adler‹ umgetauft. Einer unserer Offiziere hat ein solches Tierchen neulich an die Wand in unserem Kasino genagelt. Du siehst: Das Panzeraufklärungslehrbataillon macht was her. Stolz, als hätte es alle Schlachten selbst geschlagen. Fühlen sich als Nachfolger der vornehmen Kavallerie. Traditionsbewusst bis hier. Bertram fuhr sich mit der Hand übern Hals. Daher der ganze Adel.

Na, da bist du ja als Sohn des Josephus von und zu Palmirus genau richtig. Wie wär's mit einem Leutnant Bertram Palm?

Wieder mussten einige Brennnesselstauden dran glauben.

Erst mal hab ich mich zu einem Funkerlehrgang angemeldet. Aber für immer? Nee, bestimmt nicht. Musst dir nur mal vorstellen: die letzte Geländeübung. Sechzig Mann in einem Zelt, tagelang. Bertram hielt sich die Nase zu. Da lernst du das Zählen. Beim Bund, meine ich. Monate, Tage, Stunden, sogar Sekunden. Wenn sie so vor dir stehen, diese krebsroten Masken mit dem Brüllloch unter der Nase: Rüührt euch! Keehrt um!

Und dann die Lieder. Das *Panzerlied*. Grausam. Besonders die letzte Strophe.

Bertram schulterte sein Stöckchen, nahm Haltung an, marschierte los und brach in einen brüllenden Gesang aus, der die Möwen zur Flucht aufs Wasser trieb: ›Und lässt uns im Stich einst das treulose Glück/Und kehren wir nicht mehr zur Heiheimat zurück/Trifft uns die Todeskuhugel,/Ruft uns das Schicksal ab,/Ja, Schicksal ab/Dann wird uns der Panzer/Ein ehernes Grab.‹

Schauerlich!

Jaha, wieder mussten die Brennnesseln dran glauben. Und dazu per pedes durch die Lüneburger Heide. Mit Sturmgepäck, so an die vierzig Kilo. Aber die von der Luftwaffe müssen noch ganz andere Lieder singen. Zum Beispiel die in Gifhorn. Hat ein Stubenkamerad erzählt. Alte Nazilieder singen die. ›Wir sind deutsche Legionäre, die Bombenflieger der Legion …‹ Alles für Francos Sieg im Spanischen Bürgerkrieg; *Der Bombenfliegermarsch* der Legion Condor. Da hat der Freund von dem nicht mitsingen wollen: prompt eine Woche Arrest. Hat sich aber beschwert, und – ob du's glaubst oder nicht – er hat recht bekommen. Das Lied wurde weitergesungen, aber er musste nicht mitsingen.

Mit vollen Backen fauchte Bertram das *Panzerlied* ins Schilfrohr. Ich quietschte mit. An der Großvaterweide ließen wir uns in den Sand fallen.

›Trifft uns die Todeskuhugel‹, grölte Bertram und peitschte die Gerte im Takt in den Sand. Du bist ja auch mitmarschiert, erzählt man sich in Dondorf, für den Benno Ohnesorg.

Na klar, war doch einer von uns. Von uns Studenten, meine ich. Vom RCDS bis zum SDS sind alle mitgegangen. Diskutiert ihr das denn bei euch überhaupt nicht? Politischer Unterricht oder so?

Kein Thema, winkte Bertram ab. Jedenfalls nicht offiziell. Auf der Stube, klar. Da sind wir uns einig. Ich wäre auch mitmarschiert in Köln.

Und die vielen Starfighter-Abstürze, wird das diskutiert? An die siebzig sind es doch schon und fast vierzig tote Piloten.

Auch offiziell kein Thema, Bertram zuckte die Schultern. Genau siebenundsechzig sind es. Bis jetzt. Kostet jede Maschine sechs Millionen. Und vierzig tote Piloten. Und ob wir darüber reden. Aber nur unter uns. Offiziell kein Wort. Anders Nagold, da, wo in einem Jahr zwei Rekruten nach Geländemärschen gestorben sind, wahrscheinlich an Hitzschlag, das hat Spuren hinterlassen. Für unseren Alltag, meine ich. Auch sonst hat sich einiges geändert. Ziemlich haarsträubend, was sich die Spieße früher rausnehmen durften.

Zum Beispiel?

Zum Beispiel: die Hacken runterdrücken, wenn der Soldat im Gefechtsdienst auf dem Boden liegt. Oder: den Knopf abschneiden, wenn er an der Jacke offen steht. Oder: einen eben geputzten Flur noch mal putzen lassen. Oder: einen Nichtschwimmer ins Schwimmerbecken stoßen, um ihn zum Mut zu erziehen. Auch die Privatautos der Vorgesetzten müssen nicht mehr gewienert werden. Das Strafsingen, also das Singen als sogenannte erzieherische Maßnahme, ist ebenfalls passé, und wenn ein Soldat nicht mehr weiterkann, darf man ihn nicht weiterstoßen oder mitzerren. Statt dreißig Kilometer mit Gepäck marschieren wir nur noch zwanzig, höchstens, und für die, die schlappmachen, fährt sogar ein Geländewagen hinterher. Und es sind immer dieselben, die das ausnutzen.

Und der Krieg in Vietnam?, beharrte ich. Der ist dann wohl erst recht kein Thema.

Klar. Obwohl wir einen dabeihaben, Kompaniechef, der uns gewaltig auf den Zeiger geht mit seiner Vorliebe für philosophische Fragen: Was ist ein gerechter Krieg, und so. Aber wenn's konkret wird: Fehlanzeige. Etwa die Notstandsgesetze: kein Thema. Da muss sich der Bürger in Uniform seine eigenen Gedanken machen. Und du? Was hältst du denn davon?

Na, die Amis haben ja wohl in Vietnam nichts zu suchen. Dagegen zu protestieren, ist fast schon selbstverständlich. Und die Notstandsgesetze? Ehrlich, ich hab mich zu wenig drum gekümmert. Hat dir die Mamma sicher erzählt: Ich bin ja das ganze Semester treppauf, treppab gelaufen. Statisterie. Aber die Bewegung, gegen die NS-Gesetze, mein ich, die ist gewaltig. Wer da alles unterschrieben hat. Andererseits, die SPD ist dafür. Und wenn man sieht, wer oft das große Wort dagegen führt – ich dachte an die Partykämpfer bei Tannhäuser –, mit denen möchte man auch nichts zu tun haben, viele Angeber und Maulhelden. Mit Papahs Konto im Rücken.

Jet an de Fööß, Bertram quietschte einen Schilfrohrtriller. Das hat dein Hugo aber doch auch.

Mein Hugo! Na hör mal! Der ist doch …

… ganz was anderes, was denn sonst, der heilige Hugo! Bertram schwang sein Weidenstöckchen, als dirigiere er ein Orchester und ließ ein paar Takte aus dem *Yorckschen Marsch* auf dem Schilfrohr folgen: Dann bring ihn doch endlich mal mit!

Wart's ab!

Mit Hugo wollte ich es anders machen als mit Godehard. Zuerst sollte der Freund den Hintergrund, nein, den Urgrund sollte er kennenlernen, vor dem und auf dem sich meine Kinder- und Jugendjahre abgespielt hatten, sozusagen zuerst die Bühne, dann die Akteure. Meine Landschaft, in die ich hineingeboren war. Kohl-, Rüben- und Porreefelder, die Auen, Pappeln und Weiden, die Großvaterweide. Den Rhein.

Nur Bertram wusste, wohin es mich an diesem Sonnentag im August trieb. Der gelbe 2CV stand schon am Brunnen bei der Kirche, Hugo kam mir entgegen.

Wie herrlich es war, mit Hugo durchs Dorf zu gehen, den Schinderturm im Rücken, an der Georgskirche vorbei, mit dem

Freund an meiner Seite, dieses Ineinander von Vergangenheit und Gegenwart zu genießen, lommer jonn, hörte ich den Großvater, lommer jonn, sagte ich, fasste Hugos Hand, zog ihn mit mir und griff in die Luft: War sie schon dick genug zum Säen, dünn genug zum Ernten? Über die Auen wehten die Samen des Löwenzahns wie graue Seide, wehte der Geruch nach Schafdung und Kuhfladen. Der Himmel so zärtlich blau, dass man ihn hätte streicheln mögen.

Erzählen: zu den Farben gehen, den Gerüchen, Berührungen, an den Rhein, in den Wind, ins Vergessene, scheinbar Vergessene, ins Unbeschriebene, Ungeschriebene, weshalb ich immer noch schreibe, ich, Hilla Palm, meine kleine Schwester, meine große. Mich herausschreiben, heraufschreiben unter die Großvaterweide, die Weide erschreiben, die Pappeln hinter den Weiden, mich suchen, dort, wo ich herkomme, und nie wieder loslassen, sesshaft machen im Wort, nie wieder vergessen, Vergangenheit nur noch in voller Gegenwart. Nichts mehr wird vergessen, was teilhaben kann an meinen Erinnerungen im Wort. Verortet im Wort.

Gar nicht schnell genug gehen konnte es mir, die Großvaterweide zu erreichen, doch Hugo blieb alle paar Meter stehen und stellte Fragen, entzückt von allem, was ich ihm zu erzählen wusste. Wie eine Fremdenführerin in exotisches Gelände lenkte ich Hugo an den Rhein.

Hier zur Rechten sehen Sie den Arbor Mirabilis, den Wunderbaum, so genannt, weil er höchstlich hohl ist und vor Zeiten ein Hexenwesen beherbergte, das sich dort einschmiegte, um ungesehen unversehens Vorübergehende zu verhexen, mal zum Guten, mal zum Bösen, je nachdem, wie der- oder diejenige bei der Zauberin angesehen war.

Da nehm ich mich besser in acht, lachte Hugo, denn ich geh wohl nicht fehl in der Annahme, dass dieses Zauberwesen hier zu meiner Rechten wallt.

Fehl in der Annahme, äffte ich. Wir sind doch hier nicht beim heiteren Beruferaten. Aber aufpassen solltest du schon. Zauberkraft ist Zauberkraft. Das verliert sich nicht. Wetten?

Wetten!

Also … Ich murmelte irgendwas vor mich hin. Fertig!

Fertig? Wieso fertig? Ich spür nix.

Mann, keine Ahnung von Abrakadabra. Das spürst du nicht sofort. Aber verhext bist du, das ist klar.

Das war ich doch vorher auch schon. Hugo zog mich an sich, mitten auf dem Spazierweg; eine Fahrradklingel ließ uns auseinanderfahren. Frau Kluthe.

Tach, Heldejaad, sprang sie vom Rad hinunter, sieht mer disch auch noch mal? Komm doch mal widder vorbei. Dem Trudi jeht dat prima. Verdankt et ja alles dir. Krischt schon dat zweite. Mach et juut. Isch muss weiter.

Verdutzt schaute ich Frau Kluthe hinterher. Trudis Mutter. Trudi, der ich vor Jahren zu ihrem Ehemann verholfen hatte, dem Kerl mit dem Fischbrütsche. Uralt kam ich mir mit einem Mal vor.

Hugo sah mich amüsiert an, keine Lust, ihm von Trudi zu erzählen. Da, ich zeigte auf ein Feld: Rüben. Dieses Gewächs ist besonders dazu geeignet, kleinen Mädchen, die Geld brauchen und Ferien haben, Letztere zu verderben, alldieweil sie es sich angelegen sein lassen müssen, diese Feldfrüchte in spe dergestalt zu dezimieren, dass nur noch die survival of the fittest Aussicht auf Reife und damit Ernte haben, was dem kleinen Mädchen dann wiederum das einbringt, was es zuvor nicht hatte, alles klar?

Hugo sah nicht gerade erleuchtet aus.

Also, Rüben verzogen hab ich hier als Kind und im Herbst dann aufgelesen, fünfzig Pfennig die Stunde; alles in Reclam-Heftchen umgesetzt. Eine richtige Reclam-Währung hatte ich mir zurechtgerechnet. Müssen wir bei Gelegenheit mal vorbeifahren, beim Großenfelder Buchhändler.

Nobel, nobel, Hugo deutete zur Reithalle. Aber nichts für mich. Was für Brigitte. Er kniff die Lippen zusammen.

Komm, ich zog ihn schneller vorwärts, wir sind gleich oben.

Und dann blinkte er zu uns herauf, der Strom, mein treuester Freund im Spiel der Zeit, Vater Rhein der kleinen Heldejaad, der verliebten Hilla, des unglücklichen Lehrlings op dr Papp, der glücklichen Aufbauschülerin; reingewaschen hatte er Hilla Selberschuld, sie vor einem tödlichen Trost bewahrt.

Und der Freund? Wie sah er diese schlichte Landschaft? Würde er diesen Dondorfer Rhein mit meinen Augen sehen können? Diesen Rhein, der so gar nichts Besonderes bietet und gerade daher meine Sehnsucht nach dem Sonderbaren angeregt und wachgehalten hatte. Diese Landschaft ließ Raum zum Sehnen, zum Träumen. Wenn die Pappelsamen flogen, hatte der Großvater erklärt: Lur ens, do wandere de Bööm. Ja, die Bäume waren gewandert und ich mit ihnen, nichts, was Augen und Gedanken begrenzt hätte. Hinsehen, genausehen, weitersehen, sich seine Überraschungen selbst bereiten: Das hatten meine Jahre in Dondorf am Rhein mich gelehrt.

Hugo ließ seine Hand durch das Schilfrohr gleiten. Ein Ort zum Durchatmen, sagte er. Er zog mich an sich. Zum Festhalten und Nie-wieder-los-lassen. Hörst du? Das ist sie: ›Die Stimme des edelsten der Ströme/des freigeborenen Rheins.‹ Sagt wer?

Hölderlin?

Hugo küsste meinen Nacken. Richtig, murmelte er.

Hast du ein Messer bei dir?, nuschelte ich in sein Haar.

Ein Messer? Wozu das denn? Zögernd ließ er mich los.

Das Schilf, sagte ich. Da könnten wir uns Flöten schnitzen. Das hab ich vom Großvater gelernt.

Das nächste Mal, versprochen. Nie wieder an den Rhein ohne Messer. Aber weißt du denn, warum das Schilf flüstert?

Ich musste lachen. Sah den Vater wieder neben mir, auf unserem denkwürdigen Spaziergang, als er mir von seiner Kindheit erzählt hatte. Un so wat lernt ihr?, war seine Antwort auf meine Geschichte von König Midas gewesen, wegwerfend hatte das klingen sollen, und doch war seine Sehnsucht nach einem Wissen, einem ganz und gar unnützen Wissen, einem Wissen um des

Wissens willen wie das Verlangen nach einem Essen, das nicht nur nähren, sondern auch schmecken soll, diese Sehnsucht nach einem Wissensüberfluss, einem geistigen Luxus, im Tonfall der Frage des Vaters unüberhörbar gewesen.

König Midas, sagte ich. Nur sein Barbier kannte seine Eselsohren. Staatsgeheimnis. Um vor lauter Mundzu nicht zu platzen, grub der Barbier ein Loch in die Erde und flüsterte das Geheimnis dort hinein. Aus dem Loch aber wuchs das Schilf, und es plaudert die Schande in Ewigkeit aus: Essselllsssooohhhrennn, Mmmiiidaaasssooohhhrennn.

Falsch, ganz falsch. Hör doch mal genau hin! Hugo legte mir einen Finger auf den Mund. Pan, sagt dir doch was, dieser geile Bock …

Also!

Ja, was denn sonst? Dieser sonderbare Hirtengott ungewisser Herkunft; vielleicht ein Sohn des Hermes und der Eichennymphe Dryops. Als die sah, dass ihr Neugeborenes Ziegenfüße und einen Bart hatte, setzte es ihn kurzerhand aus. Aber Vater Hermes hatte Mitleid und brachte es in den Olymp. Dort wollte man das hässliche Ding auch nicht, also schaffte Hermes das arme Wurm nach Kreta.

Ach, wie liebte ich es, wenn Hugo zu derlei Geschichten ausholte. Ganz anders als der dürre Faktenkram, mit dem mir vor Jahren Dirk, der Sohn vom Schulzahnarzt, hatte imponieren wollen. Hugo vermochte sein Wissen zu beseelen, alles klang, wie selbst erlebt.

Auf Kreta wuchs der kleine Pan im Wald auf, hütete Ziegen und Schafe. Geliebt wurde er dafür keineswegs. Die Hirten verehrten ihn, aber hauten ab, wenn sie den hässlichen Vogel kommen sahen. Der machte sich nicht viel draus. Tanzte und sang in der Gegend rum.

Mutterseelenallein?, warf ich ein. Ist doch auch nicht die helle Freude. Und die Flöte? Wo bleibt die?

Wart's ab. Ich komm auch zu der … Hugo pfiff ein paar Takte aus der *Zauberflöte*. Klar, dass dem armen Pan das Tanzen und

Singen so ganz alleine langweilig wurde. Nur weil ihn keine haben wollte, jagte er ständig den Nymphen hinterher. ›liebestrunken‹, wie es in den Büchern heißt. Ein schönes Wort: liebestrunken. Müssen wir im Kluge nachschauen, woher das kommt. Also, eines Tages hatte es ihn mit der Nymphe Syrinx erwischt. Sie haute ab wie die anderen. Am Fluss Ladon konnte sie nicht weiter und verwandelte sich in …

… ein Schilfrohr!, rief ich.

Genau! Und dieses Schilfrohr umarmte Pan heiß und innig. Und als ein Wind in das Rohr blies, brachte es klagende Töne hervor. Pan verliebte sich in diese Klänge, wollte sie nicht verlieren. Daher schnitt er das Rohr in sieben Teile, eines immer etwas kürzer als das vorige, und band sie zusammen. So erfand er die Hirtenflöte, die er Syrinx taufte, und nun konnte er seine Liebesklagen überall in Töne aushauchen.

Die Panflöte?

Die Panflöte, bestätigte Hugo. Und noch etwas. Um die Mittagsstunde ruhte Pan, sie war ihm heilig. Fühlte er sich gestört, etwa durch eine Herde, erhob er sich und jagte den Tieren einen, na …?, panischen Schrecken ein. Auch die Panik geht auf den alten Lüstling zurück.

Weißt du, sagte ich träumerisch, eigentlich müsste jedes Rohr, jeder Grashalm, jeder Baum, jede Blüte, jedes einzelne Tier seinen eigenen Namen haben wie die Menschen. Ein unendliches Register gäbe das.

Locke, erwiderte Hugo eifrig, Locke hatte diese Idee schon im 17. Jahrhundert, aber bald verworfen. Denn erstens wäre die Mühe endlos, und sinnlos wäre sie auch.

Ja, stimmte ich zu, fast so unheimlich, wie ohne Sprache zu leben, ohne Benennungen.

Etwas Ähnliches war mir einmal passiert. In mich versunken, wanderte ich am Wasser entlang zum Notstein, da kamen mir plötzlich die Wörter buchstäblich abhanden. Als würde ein Schleier von der in sich geschlossenen Landschaft gezogen, nahm ich nur noch Einzelnes wahr: Baum, Grashalm, Schilfrohr,

Stein, Wasser, Wolke, Himmel. Dann verschwanden auch die Namen für die Gebilde, die ich Baum, Gras, Schilf, Wasser, Stein nenne, und wie die Dinge ihre Namen verloren, dehnten sie sich aus, platzten aus sich heraus, zerflossen ins Unendliche über alle Ränder und Begrenzungen hinaus, dass ich angstgeschüttelt sie anbrüllte, wieder heranbrüllte, sie zurückbrüllte in ihre Grenzen, in die Zeit, den Raum, die Erfahrbarkeit. Festlegen. Die Dinge mit Wörtern festlegen, festschreiben, hatte ich damals in mein Heft notiert.

Stell dir bloß mal vor, sagte ich, wir hätten keine Begriffe, um zusammenzufassen, Gruppen, Klassen zu bilden, und es gäbe nur Einzelnes, die Welt wäre vollgepfropft mit unzusammenhängenden, unmittelbaren Einzelheiten.

Oder jedes Ding hätte neunundneunzig Namen so wie Gott im Jüdischen; die Lücke, also das, was fehlt, glauben die Chassidim, deutet auf den hundertsten Namen. Das wäre dann der Absolute Name. Den keiner kennt.

Das Zauberwort, sagte ich. Eichendorff.

Hugo lachte: Du bist eine unverbesserliche Heidin.

Wieso?, widersprach ich: Gott ist überall. Warum sollte er sich im Himmel auf seinem Thron festsetzen, am Kreuz hängen oder in der Krippe liegen bleiben? Überall ist er. Und daher hat er so viele Namen, wie wir ihm geben. Bis wir den Absoluten Namen treffen, können wir ein Leben lang üben.

Zum Beispiel so. Hugo wollte unsere wortgewandte Zungenfertigkeit in wortlos gewandtes Zungenspiel überführen, vulgo: mich küssen, doch ich zog ihn weiter an den Rhein, der uns seinen satten Sommergeruch entgegenwehte.

Dass die Wörter verschwinden, habe ich auch einmal erlebt, nahm Hugo den Faden wieder auf. Aber ganz anders. Nach dem Abitur besuchte ich einen Onkel, den in Meran. Er ist dort Arzt im Sanatorium Martinsbrunn, wo Ezra Pound lange Zeit behandelt wurde. Der lebte da in der Gegend, auf der Brunnenburg.

Statt einer Antwort kramte ich nach einem Taschentuch. Wieder eine Bildungslücke. Ezra Pound? War das nicht der Dichter, den die Amerikaner nach dem Zweiten Weltkrieg in einen Käfig gesperrt hatten, weil er irgendwie irgendwas für die Nazis gemacht hatte?

Leider habe ich ihn, ich meine den Dichter, nicht getroffen, fuhr Hugo fort. War zu krank und schon ganz zurückgezogen, schreibt auch nichts mehr, meint der Onkel. Schwer zu lesen auf Englisch. Also in diesem Meran ging ich in aller Herrgottsfrühe die Passer entlang. Ein ziemlich wilder Fluss, musst du wissen. Rasendes Wasser, das dich an einen Sturzhelm denken lässt. Das riss die Wörter einfach ab von den Körpern der Dinge, und ich war plötzlich in einer anderen Art Gehirn, nichts war mehr der Rede wert, nur das Keuchen des Wassers. Wörterlos. Sogar die Geräusche zerplatzten in einer anderer Art von Stille wie ein elektrisches Flüstern, ich lief los und lachte und schrie, ich war unbändig froh, so eins mit den Dingen wie nun mit dir, wenn wir beieinander liegen, danach.

Wieder wollte Hugo mich umarmen, wieder bat ich ihn weiter, und er folgte mir ein wenig unwillig nun. Die Großvaterweide sollte sein Warten belohnen.

Dort endlich drückte ich ihm die Lippen auf, Zunge um Zunge, kurz, versuchte alles, was so zur Leidenschaft gehört. Vergeblich. Es war, als schauten der Großvater, Bertram, die kleine Hildegard aus den Weidenzweigen zu, stünden Vater, Mutter, die Großmutter, Lehrer und Pastor auf dem Damm und sähen zu uns hinunter.

Der Rhein war derselbe, war der Rhein meiner Kindheit und Schulzeit. Mein Rhein. Der Rhein meiner Erinnerungen. Erinnerungen kann man mit-teilen. Wirklich? Meine Erinnerungen konnten in Hugos Ohren dringen, in seine Seele nicht. Sich fremde Erinnerungen zu eigen machen kann man nicht. Ich konnte Hugo irgendeine Weide zeigen, diese *eine* Weide, die Großvaterweide nicht. Jeden Zweig, jedes Blatt am Strauch: doch keine Sekunde meiner Erinnerungen. Niemals würde er die Weide mit meinen Augen sehen können, meinen erinnerungsgetränkten Augen. Meine Vergangenheit kann ich nicht verschenken. Erlebtes ist nicht vererbbar. Nur das, was überlebt hat. Das aus meinen Erinnerungen, aus meinen Erfahrungen gemachte Wort. Nur das, was ich für Hugo zur Sprache bringen konnte, überlebte. Für ihn war diese Landschaft eine fremde. Eine wie jede andere? Das nicht. Weil ich es war, die sie ihm offenbaren wollte, ihn mit meinen Worten bat, diesen Strom und seine Auen, die Felder, Obstwiesen, Pappeln, das Schilf, mit meinen Augen zu sehen, in die Weide hinein die Großvaterweide. Meine Landschaft herauszulesen aus dieser Landschaft, in die ein Stück meiner Geschichte eingeschrieben war – soweit ich dafür Worte finden konnte. Ich wollte Hugo diese Landschaft nahebringen wie den Vater, die Mutter, die Großeltern, den Bruder. Wie ein geliebtes Buch.

Komm, sagte ich, hockte mich neben die Weide und klopfte auf den Sand. Wir sind da. Hier, ich ließ die Arme durch die Zweige rauschen, die Großvaterweide.

Der Rhein floss der Nordsee entgegen, aber ein südlicher Wind rührte die Strömung auf an der Oberfläche, und die Sonne verfing sich hier und da in den Kräuseln, tanzende Lichter in vielen Spiegelstückchen. Und so erzählte ich Hugo die Geschichte von Hilla am Rhein. Aufleben ließ ich meine Kinderjahre, die Spaziergänge mit Bertram und dem Großvater unter die Weide, wo wir die Hasenbrote der Großmutter gegessen und Steine in Ritter verwandelt hatten, bis er mir vor Augen stand, der Großvater, wie er mich lehrte, Geschichten aus Buchsteinen zu lesen, böse Menschen in Wutsteine zu bannen und zu versenken. Und ich hoffte, Hugo sah ihn auch.

Seelensteine, sagte Hugo, schon mal davon gehört?

Ich schüttelte den Kopf.

Da hat sich dein Großvater etwas ganz Besonderes ausgedacht, eigentlich überhaupt nicht ausgedacht. Seelensteine, einfache bemalte Kiesel, haben nämlich für die Schrift der Phönizier Pate gestanden. Diese besonderen Steine sollten die Kraft, Würde und Autorität der Ahnen in sich einschließen. Die Buchsteine sind sicher eng mit ihnen verwandt.

Hugo sprang hoch, zog mich mit sich, ans Ufer. Einen Kiesel nach dem anderen ließ er auf der Hand hüpfen, ist das einer oder der hier; mag sein, dachte ich, hat der Großvater einen dieser Steine einmal in der Hand gehalten, vielleicht sogar die erste aller Geschichten daraus vorgelesen, die Geschichte vom Pückelschen.

Hugo musste schlucken, als ich ihm von dem Jungen erzählte, der in seinem Buckel Engelsflügel versteckt hält.

Da kannst du lange drauf warten, bis ich ein Engelchen werde und dir davonfliege, suchte er seine Rührung zu verbergen. Was für ein wunderbarer Mann, dein Großvater.

Ein wunderbarer Mann. Nie hatte ich an den Großvater als einen wunderbaren Mann gedacht. Nun sah ich ihn plötzlich mit Hugos Augen und begriff, dass, wenn wir unsere Erinnerungen teilen, mit-teilen, wir nicht nur etwas geben, sondern – natürlich nur, wenn der Beschenkte mit uns zu teilen bereit ist – auch etwas zurückbekommen: dessen neuen Blick auf unsere Vergangenheit. Der Großvater ein wunderbarer Mann. Welch eine Freude machte mir der Freund mit diesen Worten.

Sieh mal, was hier steht. Hugo hatte einen besonders üppig geäderten Stein entdeckt: Ein dicker Roman, möchte ich meinen. Warte mal: *Das verborgene Wort,* entzifferte er. Und hier, eine Widmung aus dem 6. Jahrhundert nach Christus, Eintragung von einer Wachstafel mit Schulübungen aus Mesopotamien.

Und was steht da?

Moment, ich spreche nicht so fließend Mesopotamisch. Also: ›Mit Schreiben und Lesen fängt eigentlich das Leben an.‹

Das gefällt mir. Lass sehen. Stimmt, sagte ich. Gar nicht so schwer, ist ja auch deutlich geschrieben. Und wie geht es weiter?

›Lommer jonn, sagte der Großvater, lasst uns gehen, griff in die Luft und rieb sie zwischen den Fingern. War sie schon dick genug zum Säen, dünn genug zum Ernten? Lommer jonn. Ich nahm mir das Weidenkörbchen untern Arm und rief den Bruder aus dem Sandkasten. Es ging an den Rhein, ans Wasser.‹

Hugo brach ab und beäugte den Stein von allen Seiten. Ganz schöner Wälzer, sagte er, aber spannend. Erzählt die Geschichte von einem kleinen Mädchen, Arbeiterkind, ich glaube aus Dondorf, wenn ich recht lese, eine richtige Leseratte, die nichts anderes im Kopf hat als …

Und hier, buddelte ich einen stattlichen Kiesel aus dem Sand; warm von der Hitze vieler Sonnentage, rund geschliffen von Millionen Jahren, lag er glatt, beinah weich in meiner Hand: Hier hast du die Fortsetzung. *Aufbruch*, wieder mit einem Motto: ›Genk âne wek den smalen stek.‹ Das ist doch Meister Eckhart, 4. Jahrhundert. Ziemlich gebildet, die Steine hier.

Da, Hugo nahm mir den Stein aus der Hand und legte mir den nächsten Stein hinein. Den Dritten. Noch nicht ganz vollgeschrieben. Passt aber sehr gut zu den beiden anderen.

Hat er schon einen Titel? Ein Motto?

Spiel der Zeit, steht hier. Hm. Meint wohl auch uns beide. Also, ich helf dir gern beim Weiterschreiben.

Hugo legte die drei Steine in seine zur Schale geformten Hände nebeneinander. Sieh mal: Ohne den dritten sind die beiden anderen Steine und jeder für sich auch sehr schön, aber irgendwie nicht komplett. Nur komisch, dass die jedesmal gleich anfangen.

Schon mal was von Leitmotiv gehört?

So wie bei Wagner, meinst du? Im *Ring*? Ich hab Karten für Bayreuth bestellt, kann Jahre dauern, bis wir dran sind. Aber wir haben ja Zeit im Spiel der Zeit. Und jetzt erst mal her mit einem Wutstein!

Überleg es dir gut. Nur jeweils einen. Du musst den Stein so lange ansehen, bis das miese Gesicht aufsteigt, und dann ab damit ins Wasser. Was glaubst du, wen alles ich mir da schon vom Hals geschafft habe.

Hugo wog einen fetten schwarzen Klumpen in der Hand. Springer? Johnson? Kurras?

Kurras, entschieden wir, starrten das Schießgesicht in den Stein und schleuderten den Todesschützen von Benno Ohnesorg ins Wasser. Ein paar Weidenblätter schwammen den Rhein hinunter, schwammen dahin, sie waren noch lange zu sehen, längst nachdem die Wellen den Revolvermörder verschlungen hatten.

Hugo steckte die drei Buchsteine in die Tasche. Eine wahrhaft dauerhafte Lektüre, lächelte er. ›Exegi monumentum aere perennius/regalique situ pyramidum altius.‹ Kennst du?

So ungefähr, wagte ich zu behaupten. Ganz schön von sich überzeugt, der gute Horaz.

Und hat recht behalten. Mit großer Geste schwenkte Hugo über seinem T-Shirt eine römische Toga und deklamierte: ›Dauerhafter als Erz hab ich ein Denkmal gesetzt/höher als Pyramiden und königlicher sein Ort …‹

Zugegeben, lenkte ich ein. Aber da ist mir meine Sappho doch lieber: ›Der Mond ist untergegangen/und auch die Plejaden/ …‹

Sieh mal da hinten, das kleine Boot! Unterbrach mich Hugo. Ziemlich frech, so einfach vor dem Schlepper auf die andere Seite zu tuckern.

Das ist die Piwipp, fügte ich meinen Erinnerungssplittern für Hugo einen besonders kostbar glänzenden hinzu. Die Piwipp, die Fähre nach Ploons. War der Höhepunkt, wenn wir alle paar Jahre die Schwester des Vaters besuchten. Die hatte dort in einen Bauernhof eingeheiratet. Und ein Onkel arbeitete in einer Gärtnerei. Die Verwandten waren nicht wichtig, mussten aber in Kauf genommen werden. Einfach so einen Ausflug machen, das kam keinem in den Sinn, dafür war kein Geld da. Aber vorn im Körbchen beim Vater auf dem Fahrrad sitzen und durch die Felder flitzen, kilometerweit, das war Abenteuer genug. Einmal noch, gleich nach dem Abitur, bin ich mit Bertram rübergefahren. Siehst du, da ist das Gasthaus. Heißt auch Piwipp. Ich glaub, die Eltern waren schon ewig nicht mehr da, in Ploons. Sind beide tot, die Geschwister. Komm, auf in die Altstraße 2.

Der 2CV stand kühl im Schatten.

Fahren?, fragte Hugo.

Nicht nötig. Bis zur Altstraße kann ich dir das ganze Dorf zeigen, das heißt, Dorf sind wir ja nicht mehr, haben mächtig zugelegt, sind jetzt Stadt, sogar mit einer Volkshochschule. Und eine neue Kirche, eine zweite, ist auch gerade fertig geworden.

Ich nahm meinen Fremdenführerton wieder auf, erklärte so ziemlich jedes Gebäude von der Grundsteinlegung bis zur Gegenwart, Likör- und Schnapsfabrik, Eisdiele, des Doktors Villa, die Brauerei, den Schinderturm.

Und natürlich Maternus, wo ich jahrelang in den Sommerferien am Fließband Pillen gepackt hatte. Wo ich gelernt hatte, was eine Stechuhr ist, Akkordarbeit und was man erreichen kann, wenn man zusammenhält. Fünfzehn war ich, als ich einen Aufstand angezettelt hatte, weil das Band bei gleichem Lohn immer schneller lief: Lööf dat Band ze flöck, wäde mer verröck!, hatten wir geschrien und gewonnen.

Hier gönne ich der Autorin wieder ein Wort. 2006 wurde Maternus alias Schwarz Pharma verkauft. Und jedem Beschäftigten schenkte Rolf Schwarz-Schütte zehntausend Euro. Ob eine der Frauen, die dort vor mehr als fünfzig Jahren mit mir am Fließband saßen, Cordi im Akkord verpackten und gemeinsam mit ein paar Hornissen den Prokuristen in die Flucht schlugen, dieses vorbildliche Wunder von Dondorf noch erlebt hat?

Schließlich bogen Hilla und Hugo, bogen wir in die Altstraße ein. Das Hochhaus, dem die Gärtnerei hatte weichen müssen, wo wir als Kinder die Komposthaufen hinauf- und hinuntergejagt waren, auf Regentonnen balanciert und Erdhäuschen gebaut hatten, wo ich aus den Treibhäusern Setzlinge hatte mitnehmen dürfen für das Grab des Großvaters, dieses Hochhaus war längst fertig gebaut. Der Betonklotz markierte den Beginn des Wandels vom Dorf zur Stadt, und ich begriff, während ich mit Hugo an Post und Krankenhaus, Rathaus und Gänsemännchenbrunnen vorbei auf dieses Gebäude zuging, dass ich selbst ein Teil dieser Vergangenheit war, die nur noch in den Bildern in meinem und dem Kopf meiner Zeitgenossen existierte. Anders als die Landschaft am Rhein würde ich die Gärtnerei Schönenbach, so wie die Großmutter und den Großvater, Hugo nur noch in Fotos und Sprachbildern bezeugen können. Diese zornige Trauer, die mich jedesmal anflog, wenn ich hier aus dem Bus stieg und statt der Blumenfelder, Treibhäuser und Klinkervilla den zwölfstöckigen Kasten sah, würde Hugo nie ergreifen. Würde er sie begreifen? Warum nur gab es mir denn jetzt einen Stich, wenn er das Ungetüm scheußlich nannte, als müsste ich dieses Monster verteidigen?

Unser kleines Haus lag, erdrückt von der Mauermasse, schon im Schatten. Die Clematis wollte in diesem Sommer nicht recht gedeihen, obwohl der Vater sie jeden Abend wässerte, so wie die Rosen, allen voran seine geliebte Gloria Dei, und natürlich den Phlox, der uns schon von weitem entgegenduftete.

David gegen Goliath, nickte Hugo in Richtung der Doppelhaushälfte. Der Kleine gefällt mir sowieso besser.

Pass auf, flüsterte ich, gleich geht nebenan ein Fenster auf, wetten?

Gewonnen, lachte Hugo, gehört sich auch so. Ist ja wie aufm Dorf.

Julchen lehnte sich weit hinaus, tat so, als schaute sie nach der Schwester und brüllte: Klääärchen. Hugo, der diese Posaune zum ersten Mal hörte, fuhr zusammen. Zwei, drei Klääärchen, die Nachbarin hatte genug gesehen und räumte den Fensterplatz, den unverzüglich das angeblich vermisste Klärchen einnahm.

Bertram saß vor der Haustür und las. Er machte uns das Törchen auf und streckte Hugo die Hand entgegen. So viel Selbstsicherheit hatte der Bruder bei der Bundeswehr gewonnen.

Da seid ihr ja endlich. Der Pappa ist im Stall und die Mamma im Garten. Da hinten, seht ihr?

Versunken in ihre Tätigkeit stand die Mutter in den Johannisbeersträuchern, die ihr weit über die Brust reichten. In ihrem blumenbunt gemusterten Kittel tauchte sie in dem rot-grünen Flirren von Beeren und Blättern beinah unter. Die Luft roch stark und würzig wie ein Aufguss von Blättern schwarzer Johannisbeeren.

Wollen wir uns ranschleichen? Bertram ging schon in die Knie.

Wohl ein bisschen zu viel Bundeswehr, wie?, knuffte ich ihn. Die Mamma kriegt noch nen Herzschlag.

Oder Hitzschlag. Hugo wischte sich die Stirn. Hildegard, geh du mal vor.

Hil-de-gard?, verblüfft zog Bertram die Silben in die Länge.

Naja, verteidigte sich Hugo. Hilla ist schön. Hildegard hat mir auch erzählt, wie es dazu gekommen ist. Aber wenn du weißt, was Hildegard bedeutet …

… nämlich Schutz im Kampf, fiel ich ihm ins Wort.

Genau, bestätigte Hugo, dann …

… gefällt mir das auch besser, ergänzte Bertram. Passt ausgezeichnet. Der Kampf, meine ich. Aber Schutz …, ich weiß nicht.

Da hast du's, ich puffte ihn ins Kreuz. Wenn dir der Kampf so gut gefällt. Schutz suchen kannste dann woanders.

Ja, dat Kenk! Dat Hilla! Unser Geplänkel hatte die Mutter aufgeschreckt. Und da ist ja auch … Ungeschickt stellte sie das Eimerchen zwischen die Sträucher, wischte sich die beerenroten Hände am Kittel ab und streckte Hugo die Hand hin, genauer, die Rechte mit hochgebogenem Handteller. Hugo sollte sich wohl mit dem sauberen Handgelenk begnügen. Er umfasste die ganze Hand und machte eine kleine Verbeugung. Die Mutter wurde rot. Bertram kniff mir ein Auge.

Ja, dat is doch der Hujo. Wie jut, dat de den mal endlisch mitjebracht hast.

Wenn die Mutter doch nur aufhören würde, die Hände am Kittel abzuwischen.

Hilla, warum haste denn nit Bescheid jesacht? Wollt ihr nit reinkommen? Nä, isch hab ja jar nix im Haus.

Liebe Frau Palm, Hugo griff das halb gefüllte Beereneimerchen, kommen Sie, wir helfen Ihnen, und dann sehen wir weiter.

Auf geht's, kommandierte Bertram, lief los und kam mit einem zweiten Eimerchen zurück, während Hugo, der Mutter galant den Eimer haltend, zu den schwarzen Beeren weiterzog. Ich traute meinen Augen nicht. Hugo pflückte mit der Mutter Johannisbeeren. Die Mutter verlegen wie ein junges Ding. Hugo, den Eimer in der einen Hand, die andere an den Beerenrispen, machte sich bei Palms im Garten nützlich.

Fehlte nur der Vater. Der schaute schon eine Weile durch die Luke im Stall zu uns herüber. Ich wusste, wie es ist, wenn andere plötzlich eine Gruppe bilden, gemeinsam etwas tun, zu dem man nicht aufgefordert worden ist, wusste, wie schwer es ist, dann über seinen Schatten zu springen und sich dazuzugesellen, mitzumachen. Sich stattdessen lieber reglos verhalten: nur nicht zurückgewiesen werden.

Augenblick mal, sagte ich zu Bertram, hier fehlt doch einer.

Pappa, rief ich, winkte und lief zum Stall, der Hugo ist da! Wir warten auf dich!

So kann isch doch nit raus, der Vater schaute an seinem Blaumann hinunter, warum haste denn nit Bescheid jesacht?

Ach, Pappa, der Hugo ist doch nicht bloß zu Besuch, der gehört doch jetzt bei uns dabei. Bitte. Ich fasste den Vater an der Hand, der wollte sie mir zögernd entziehen, ich griff fester zu. Bitte.

Mingetwäje. Der Vater trottete hinter mir her, immer noch an meiner Hand. Mir konnte er nichts vormachen: Er freute sich.

Der Herr Breidenbach, juten Tach. Der Vater blieb vor Hugo stehen, die Hände hinter dem Rücken.

Für Sie doch Hugo, Herr Palm, wollen Sie nicht mitmachen. Dann sind wir gleich fertig?

Nänä, esch treck mesch ens öm, äh, isch mein, isch zieh mir wat anderes an. Der Vater schlurfte ins Haus.

Jojo, die Mutter pustete sich eine Strähne aus der Stirn, in dem Blaumann kann der sisch jo nirjends hinsetze. Der steht vor Dreck. Hilla, hab isch dir denn schon die Jeschichte von dem Kaplan erzählt? Dä aus Düsseldörp hier zur Aushilfe is? Jungejunge, da kann auch dä Hujo jleisch mal hören, wie dat hier in Dondorf zujeht.

Die Mutter war in ihrem Element, weit und breit keine Tante, die ihr in die Parade fahren könnte. Was hatte sie wohl diesmal für Neuigkeiten für mich aufgespart?

Seit meinem Erlebnis auf dem Glockenturm waren mir Aushilfskapläne nicht geheuer. Wieder also suchte so einer die Dondorfer Christenschar heim.

Was hat denn der arme Mann verbrochen?

In Großenfeld war erst vor kurzem bekannt geworden, dass der Pastor ein Kind mit seiner Haushälterin hatte, obwohl die eigentlich schon über das Alter hinaus war. Der Frau war gekündigt, der Pastor versetzt worden.

Jar nix. Im Jejenteil. Der Mann is anständisch. Die Mutter kicherte. Dat Hopps Hilde, kennste doch. Müssen Sie wissen, wandte sie sich an Hugo, die näht, also ist Schneiderin, hat dem Hilla auch sein Kommunionskleidschen jemacht. Die ist dem Mann auf Schritt und Tritt jefolscht.

Dat Hilde?, riefen Bertram und ich, die ist doch sicher schon fünfzig.

Vier und fünfzig!, berichtigte die Mutter beschwingt. Un raderdoll! Soll isch eusch sagen, wat die jetan hat?

Die Mutter hatte der Tante einiges abgelauscht, besonders die Kunst der Pause, gerade so lang, dass die Spannung stieg, aber nicht in Unmut umschlug.

Nit nur hat dat dolle Minsch dem schon morjens aufjelauert, wenn der in de Frühmess jing. Oder beim Spazieren. Et war immer da. Un dann hat et ihm Blumen un Pralinen, aber auch Frikadellen vor de Tür jelescht. Un en paarmal halbe Hähnschen.

Hugo lachte laut heraus.

Hm, lecker, schmatzte Bertram.

Ja, aber et kommt ja noch. Die Mutter zog die Lippen nach innen und ließ sie knallend platzen. Eine Slip nach dem anderen hat se dem Jottesmann vor de Tür jelescht. Jetragen! Dreckisch! Die Mutter schüttelte sich in gespieltem, gleichwohl lustvollem Ekel.

Bäh, oho, uha, riefen Bertram, Hugo und ich, eine Kakophonie, die der Mutter wohl gefiel.

Da hatte der die Nas voll – die Mutter hielt sich die ihre zu –, und hat dat Minsch verklagt.

Nä, rief ich, war das denn nötig?

Ja, der wusst sisch nit mehr ze helfen. Hat ja vorher oft mit der jesprochen, immer wieder, auch der Kreuzkamp, der Pastor, fügte sie für Hugo erklärend hinzu. Hat nix jenutzt. Und jetzt is dat Hopps Hilde vom Amtsjericht zu acht Monaten verknackt. Auf Bewährung. Abber die Leut laufen dem die Tür ein, alle wollen wat jenäht haben. Auch die von der Zeitung. Sojar dat Fernsehen war da. Isch hab die Zeitung noch im Haus. ›Isch liebe einen Jottesmann‹ war die Überschrift.

Wie schön Sie erzählen können, Frau Palm, sagte Hugo, und die Mutter wurde wieder lieblich rot. Ich wusste, wen sie vermisste. Das hätte dat Berta hören sollen!

Seid ihr noch nit fertisch? Der Vater war zurück, stand da im guten Anzug, wenn auch ohne Krawatte.

Ich dachte … Der Vater ließ den Satz ins Leere laufen, bückte sich, tat so, als zupfe er Unkraut aus der Wiese. In den Beeten, auch unter den Sträuchern war nichts, was da nicht hingehörte.

Also, wir könnten doch, was meinen Sie, also ich denke … Erstaunt hörte ich, wie Hugo, mein selbstgewisser Freund, ins Stottern geriet. Was hatte er vor?

Also ich würde mich sehr freuen, Herr Palm, Sie zeigen mir ein bisschen von Dondorf, den Rhein vor allem, und dann gibt es da doch diese Fähre.

Jo, rief die Mutter, Schluss für heut, bei dem Wetter is son Böötschen jenau dat Rischtije. Schnappte Hugo den Eimer aus der Hand und verschwand im Haus.

Dass dies alles unter den aufmerksamen Blicken der Nachbarn geschah, wird niemanden, der mit dem Leben auf einem Dorfe, Pardon, in einer Kleinstadt, vertraut ist, verwundern. Und dann erst unser Gang an den Rhein. Mitten in der Woche, nicht mal Feierabend: Dat Rüpplis Maria und die ganze Familie, auch dat Hilla us Kölle un dä Jung vom Militär un dann noch so ene mit Haare wie de Bietels und – nun gingen die Meinungen auseinander. Die einen schworen, es sei das weite karierte Hemd gewesen, das sich im Rücken gebauscht habe, dat Hilla nimmt sisch doch kene Puckel, die anderen schworen, eben der sei echt gewesen. Die Mutter erhobenen Hauptes Arm in Arm mit Hugo vorneweg, spähte nach allen Seiten, wen sie begrüßen könnte, meist kam man ihr mit einem Tach Maria, Juten Tach, Frau Palm, zuvor. Bertram und ich, den Vater in der Mitte, mussten uns mit neugierigen Blicken oder einem Tach zesamme begnügen.

An Süß' Eisdiele wurden die Schritte der Mutter zögernder, kürzer. Hugo tat, als bemerke er nichts; Einspruch wagte die Mutter nicht, und so zog mein Freund sie höflich verhalten weiter.

Auf dem Sandweg zum Rhein hinter dem Kirmesplatz vertauschten sich in unseren Grüppchen die Plätze. Hugo ging mit dem Vater voran, sein hinkender Fuß und die Verwachsung des Freundes schienen mir eine sonderbare Verbindung zu schaffen, Verwandtschaft beinah, die ein unbestimmtes Gefühl des Beschützenwollens in mir hervorrief.

Wat han dann die zwei zesamme ze kalle?, fragte die Mutter mit dem üblichen Missmut in der Stimme, den sie im Beisein Hugos ganz und gar abgelegt hatte.

Politik, sagte ich kurz, da gibt es doch genug zu debattieren.

Jojo, de Pollitick, die Mutter seufzte. Met us kleene Lück mät mer jo doch nur de Molli. Lauter und in bestem Hochdeutsch: Die Studenten haben janz Rescht, wenn sie et denen da oben mal zeigen.

Klar: Hugo sollte wissen, mit wem er es zu tun hatte.

Wie schön es war, gemeinsam heute zum zweiten Mal denselben Weg zu gehen. Auch er würde nun schon nicht mehr nur sehen, auch *wieder*-sehen könnte er so manches. Am Hexenbaum drehte er sich um und blinzelte mir zu. Erinnern konnte er sich wie ich an das, was wir vor ein paar Stunden gemeinsam gesehen, gehört, gerochen hatten, Kohlköpfe vor allem, rund wie prallgrüne Rosen. Unsere Erinnerungen, die nun *mein* Dondorf in *unser* Dondorf weiten würden. Das Vergangene, alles, was ich in diesem Ort erlebt hatte, war vergangen wie schon gelesene Kapitel in einem Buch. Nur in Gedanken würde ich dahin zukehren können, im Leben niemals mehr. Leben würde ich neue Kapitel. Mit Hugo. In Dondorf. In Köln. In Überall.

Der Nachmittag strahlend blau, der Himmel schwalbenklar. Über dem Rhein schienen zwei Flugzeuge aufeinander zuzufliegen, schnitten ein weißes Kreuz ins Firmament. Die Mutter im hellen Jäckchenkleid und halbhohen Pumps, adrett, beinah elegant wie zum Kirchgang. Sie so fröhlich zu sehen, war schön. Immer wieder warfen Bertram und ich uns komplizenhaft verblüffte Blicke zu. Kaum zurückhalten konnten wir die Mutter, Hugo von der Seite des Vaters zu sich hinüberzuziehen. Jank nit esu flöck, ermahnte sie ihn, mit deine Bein. Un dann sein Herz, wandte sie sich an Hugo und ging nun tatsächlich wieder neben ihm, hakte ihn vertraulich unter und ließ den Vater eiskalt links liegen.

Die Fähre schaukelte am Anleger. Fischers Pitter hatte mächtig zugelegt, sein Bauch hing ihm über den Gürtel wie ein Doppelkinn. Gut gelaunt zog er die Leine und bimmelte dreimal, viermal, gar nicht einkriegen konnte er sich, morgen würde ganz Dondorf von unseren Eskapaden widerhallen.

Alle Mann an Bord, schrie Bertram mit Kommandostimme.

Weißt du noch, suchten meine Augen die Augen des Bruders, wie wir vor meinem ersten Tag an der Uni von einem Ufer ans andere schipperten, so wie ich mich am nächsten Tag von einem Ufer ans andere aufmachte? Mit Bertram teilte ich die meisten meiner Erinnerungen. Und auch in meinem Leben mit Hugo sollte er seinen Platz behalten.

Na klar, sagte Bertram laut und legte seine Hand auf meine. Ganz schön aufgeregt warst du. Und weißt du noch, wie du damals gesagt hast: Omnia bona sunt. Alles ist gut. Ich glaube fast, du kannst wahrsagen.

Dafür hast du mir ja auch den Willstein mitgegeben. Und den Wunschstein, lachte ich. Wenn du auch einen brauchst, in deiner Panzeraufklärungssowieso, musst du nur sagen, ich helf dir.

Wie, mischte Hugo sich ein, du bist bei den Panzeraufklärern? Doch nicht etwa in Munster?

Genau da. Panzeraufklärungslehrbataillon.

Alle Achtung! Heute, ich kann es mir nicht verkneifen, hätte Hugo ›Wow!‹ gesagt. Da kommt nicht jeder hin. Kannst du stolz drauf sein.

Hugo brachte nun schon das zweite Familienmitglied zum Erröten. Wie wohl dem Bruder dieser Respekt tat. Dass seine Zeit dort nicht einfach als Zeitverschwendung oder Schlimmeres geschmäht wurde.

Und noch etwas teilten sie: Hugo und Bertram waren beide Messdiener gewesen. Gestanden sich ihre Messweinverkostungen und ihr vernuscheltes Latein, das sie regelmäßig mit Bitten für den Sieg des 1. FC Köln und eine Drei in Mathe vermischt hatten; aber auch den Stolz, bei der Fronleichnamsprozession direkt vorm Baldachin das Turibulum zu schwingen; kicherten und pufften sich in die Rippen wie kleine Jungs.

Während der Vater am Heck sein Gesicht in den Fahrtwind reckte, dem Möwenschwarm, der uns folgte, entgegen, unterhielt sich die Mutter in der Kabine mit Fischers Pitter. Na klar: Sie wollte ihre mit viel Taft festgesprühte Frisur schonen. Kein Haar hatte ihr der Wind gekrümmt, als die Fähre dem Steg am Gasthaus Piwipp entgegentuckerte.

Aus dem Ufergras am Anleger flatterten die Krähen in die Pappeln, und – Sieh mal, stieß Bertram mich an – die schwarzweiße Katze lag in der Sonne wie vor Jahren. Und wie damals blieb sie kugelig zusammengeknäult sitzen, doch als das Boot sich tutend entfernte, sprang sie in einer sonderbaren Drehung der Hinterbeine auf, hinkte in die Sträucher und starrte den lärmenden Spatzen aus ihren schmalen senkrechten Katzenpupillen gierig nach.

Hugo, gefolgt von den Eltern, steuerte gleich auf den einzigen freien Tisch an der Ufermauer zu. Alles wie damals, nur bedeckte die grün lackierten Platten jetzt rot-weiß gewürfeltes Tuch. Ich hielt Bertram am Arm zurück.

Hör mal, flüsterte ich, kannst du dich erinnern, dass wir jemals mit den Eltern in einem Lokal waren? Egal, wo? Ich meine, nur wir vier? Und sonst? Nur bei Beerdigungen gab es auswärts Essen oder Trinken. Bei der Omma und dem Oppa. Sonst doch nicht. Oder?

Hab ich nie drüber nachgedacht. Aber – Pause – du hast recht. Sogar bei Süß haben wir das Eis immer nur auf die Faust gekriegt und uns dann in die Anlagen gesetzt. Mannomann, dann ist das heute ja eine doppelte Premiere. Kuck mal, die Mamma!

Mit beiden Händen wedelte die Mutter vor dem Gesicht herum. Nä, rief sie uns mit gewohnt verdrossener Stimme entgegen, all die Möcke! Die sin abber auch überall!

Aber, aber, Frau Palm, Hugo legte ihre Rechte nachdrücklich sanft auf den Tisch. Sie werden sich doch nicht von so ein paar Mücken die Laune verderben lassen. Wo ist denn die Speisekarte? Haben Sie schon etwas gefunden, Herr Palm?

Gehorsam wie ein Schulmädchen stellte die Mutter ihre hektischen Bewegungen ein und griff nach der Karte. Der Mückenschwarm, nur eine Wolke eben geschlüpfter Fliegen, drehte ab in die Geranien auf der sonnigen Mauer.

Von unserem Tisch aus konnte man mühelos den Kiesstrand am anderen Ufer sehen, die Schnur der Pappeln, die Großvaterweide. Das Dorf entfernt und doch nah genug, um mich nicht bedrängt und nicht verlassen zu fühlen. Vom Kirchturm krähte der Wetterhahn in die Sonne.

Wisst ihr wat? Der Vater klappte die Karte zu. Seht ihr dä Kirschturm da hinten? Da hab isch als Kind jedacht, da oben drauf sitzt ne Taube, und die Taube is der Heilije Jeist. Wie se mir jesacht haben, dat is ene Hahn, da hab isch jeweint. Isch wusste ja, wat mit die Hähne passiert: Esu! Der Vater fuhr sich mit der Handkante über die Kehle.

Josäff! Die Mutter, eben noch versonnen zurückgelehnt, die Hände im Schoß, setzte sich gerade. Wat soll dä Kokolores! So wat verzällst de doch sonst nit. Sie zog den Kopf zwischen die Schultern und schaute unsicher forschend zu Hugo hinüber.

Und wissen Sie, was ich gedacht habe, lachte Hugo den Vater an. Dasselbe wie Sie. Als ich dann wusste, dass da oben ein Hahn sitzt, hielt ich auch den für heilig und wollte kein Brathähnchen mehr essen.

Was darf es denn sein, die Herrschaften, unterbrach uns der Kellner, ein ungeschlachter junger Mann, sicher von einem der umliegenden Bauernhöfe. Wer weiß, was Bertram noch in puncto Kirchturmhahn eingefallen wäre. Ich jedenfalls hatte den Vogel für maßlos heldenhaft gehalten: bei Wind und Wetter da oben, ohne sich ein warmes Plätzchen zu suchen. Der Großvater hatte mir das widerstandsfähige geduldige Tier gern als Beispiel vorgehalten, worauf ich gesagt haben soll: Dat könnt isch auch, wenn isch nix ze tun hätt un nur da oben auf der heilijen Kirsche sitzen müsst.

Dreimal Bier für die Herren, zweimal Piccolo für die Damen, wiederholte der junge Mann, bemüht, so zu klingen, als tue er von morgens bis abends nichts anderes.

Ein Schleppkahn tuckerte stromaufwärts, immer klang mir sein Tuten gerade so, wie ich mich fühlte: aufsässig oder ergeben, traurig oder froh. Heute wandelte sich der dumpfe Ton in meinen Ohren zum Freudengeheul.

Und zu essen?, fragte Hugo.

Viel gibt es hier nicht, sagte ich, wie wär's denn mit einer Runde Russisch Ei?

Wie beim Kaufhof, fügte die Mutter hinzu. Abber für *jeden* eins.

Nä, sagte der Vater.

Der Kellner stellte die Getränke ab.

Herr Ober! Der Vater reichte ihm die Karte: Fünfmal Kottlett …

… Bitte! Das letzte Wort stießen der Vater und ich wie aus einem Munde hervor, und – tatsächlich! – der Vater lächelte, verzog zwar kaum den Mund, aber die Augen. Wir verstanden uns. Wir beide aßen nicht nur dieses Kotelett an der Piwipp. Uns lag auch die gemeinsame Erinnerung an unser Kölner Kaufhof-Kotelett auf der Zunge.

Die Piccolos kamen mit den dazugehörigen spitzen Gläsern; bei uns zu Hause gab es so was nicht. Wein, ja, der wurde getrunken, wenn es etwas zu Feiern gab, aber wann war in der Altstraße 2 zuletzt gefeiert worden? Bei der ersten heiligen Kommunion des Bruders war das gewesen, vor beinah zehn Jahren.

Lassen Sie nur, nahm Hugo dem Kellner die Fläschchen aus der Hand, drehte den Schraubverschluss, geschickt, dass allein die Kohlensäure zischend entwich, kein Tröpfchen daneben; goss ein, erst der Mutter, dann mir.

Mumm, murmelte die Mutter, andächtig.

Prosit, geradezu übermütig schwang der Vater sein Bier zuerst Hugo, dann mir, dann der Mutter, zuletzt Bertram entgegen, kostete jeden Ruck, den er dem Glas mitgab in aller Ruhe aus, genoss es, wie wir ihm, dem Herrn des Hauses, dem Pater familias, eilfertig unsere Gläser entgegenhoben. Natürlich ließ es sich die Mutter nicht nehmen, mit Hugo direkt anzustoßen, doch Bier und Sekt brachten nur ein mattes Klacken zustande.

Die Koteletts kamen, dazu Messer und Gabel in Papierservietten.

Da jibt et tüschtisch wat ze schneide!, kommentierte der Vater den Umfang der Fleischstücke zufrieden und blinzelte mir zu. Auch mir stand der Imbiss im Kaufhof wieder vor Augen, wo der Vater sich mit Messer und Gabel über unser Russisch Ei hergemacht und ich ihn gestoppt hatte: Da gibt es nichts zum Schneiden, worauf er Koteletts bestellt hatte. Längst wusste er die Besteckteile so handzuhaben, dass niemand auf die Idee gekommen wäre, er hätte sich das erst vor ein paar Jahren beigebracht. Und wenn er es nicht gekonnt hätte? Wenn er sich das Fleisch in mundgerechte Happen geschnitten hätte, wie ich es irgendwann in Amerika sehen würde? Es hätte mir nichts ausgemacht, nichts *mehr* ausgemacht, aber ein bisschen stolz war ich doch auf den Vater: Auch de Prolete können mit Messer und Gabel umgehen.

Der ›hausgemachte Kartoffelsalat‹ kam sicher aus dem Eimer, das Kotelett war groß, aber zäh, wen kümmerte das? Zur Verdauung bestellte der Vater eine Runde Rheinfeuer, ein edler feuriger Kräuterlikör, wie das Etikett versprach, aus der Dondorfer Schnapsbrennerei am Schinderturm, wir seien gerade vorbeigekommen.

Auch einen Edelkorn namens Schelmenturm könnten wir haben oder einen milden Harten, rund und rein, erklärte der Kellner, einen weißen oder einen schwarzen Hoosemans. Die hätten die Brennerei 1881 drüben in Dondorf gegründet. Wir blieben beim Rheinfeuer, die Mutter bestellte ein Bröckemännche.

Noch einmal machte das Prosit die Runde, dann stand der Vater auf und hinkte ins Gasthaus. Hugo hinterher. Setzte sich jedoch achselzuckend gleich wieder zu uns. Ich stellte mir den Vater vor, wie er zu Hause die Scheine, stolze Scheine, aus dem Versteck im Stall unterm Werkzeug herausgenommen, geglättet und eingesteckt hatte. Und wie er in klammheimlicher Vorfreude, sie am Ende wieder herausziehen und für unsere Freude hier aufkommen zu können, den Ausflug die ganze Zeit über doppelt genossen hatte. Hoffentlich war vom Erbe der Tant noch etwas übrig. Wie gut ich ihn verstand: sich nichts schenken lassen. Sich nicht lumpen lassen. Ich gab ihm vor aller Augen so etwas wie einen Kuss, und wir beide wussten, dass mein Danke nicht den fünf Koteletts, Bier, Piccolo und Rheinfeuer galt. Es galt dem Vater, der in dem Vater steckte und nie zum Aufblühen hatte kommen können. Erstickt worden war. Im kleinen Josef vom Ochsenziemer des Stiefvaters, begraben unter der Arbeit an dr Kettemaschin.

Du musst hierbleiben, schob ich die Katze, die sich schwerfällig um meine Beine zu schmiegen suchte, vorsichtig beiseite, was hast du bloß angestellt, dass es dich so erwischt hat? Ein kräftiges Tuten vom anlegenden Bötchen jagte das grotesk verkrümmte Tier in eine Drehung, die seine verrenkte Hinterhälfte so schmerzhaft in die Luft schleuderte, dass es kläglich miauend in die Büsche holperte.

Die anderen waren schon an Bord. Fischers Pitter bimmelte nach uns. Die Mutter, Frisur hin oder her, mit Hugo am Bug, Bertram, ein wenig verloren an der Reling, winkte zur Eile.

Glaubst du nicht, stupste ich ihn an, der liebe Gott hat ein Gebot vergessen?

Na hör mal, Bertram ächzte, sind dir die zehn nicht genug? Und die Kirche und die Päpste haben sich ja auch im Lauf der Jahrhunderte nicht lumpen lassen. Du darfst dies nicht, du darfst das nicht, die ewige Litanei. Und du willst noch mehr? Seit wann bist du denn so fromm? Liegt das vielleicht an deinem neuen Freund? Möcht ja nicht wissen, was der Ohm dazu sagen würde!

Genau, sagte ich, nichts als Verbote und Pflichten, die Zehn Gebote. Wie wär's denn da mit einem elften: ›Freu dich!‹

Wie: ›Freu dich‹? Und weiter?

Einfach: ›Freu dich!‹ So wie: ›Du sollst nicht töten.‹ Ist ›Freu dich!‹ nicht genau so wichtig? Sich jeden Tag fragen: Worüber kann ich mich heute freuen? Und nicht immer Sünde, Sünde, Sünde. ›Du sollst deinen Nächsten lieben wie dich selbst‹ – Was heißt denn das anderes, als sich des Lebens zu freuen und Freude zu bereiten.

Bertram prustete: Werd ich mal dem Spieß vorschlagen. Frööööiiiit ööööiiich!, brüllte er los. Kehrt um! Freut Marsch!, dass jederman auf dem Boot zusammenfuhr.

Beim Aussteigen, es entging mir nicht, drückte der Vater Fährmann Pitter noch ein Trinkgeld in die Hand. Was steckte nicht alles in dem so gehemmten verschlossenen Mann?

Der Rückweg in die Altstraße 2 gestaltete sich triumphaler noch als der Hinweg. Halb Dondorf war zum Einkaufen unterwegs. Wieder ging die Mutter mit Hugo voran, lachte, redete, warf den Kopf in den Nacken, wer Augen zu schaun hatte, sah, wie's ihr wohl erging. Nur einmal drehte sie sich nach uns um, als Birgit, meine Klassenkameradin aus der Volksschule, ihren

Kinderwagen an uns vorbeischob. Noch vor einem halben Jahr wäre ihr Blick höhnischer Vorwurf gewesen: Und wann bist du so weit? Was mich damals gewurmt hätte, ließ mich heute einverständlich lächeln.

Zu Hause machten wir die Johannisbeeren fertig, die Mutter holte einen Aufgesetzten aus dem Keller, doch Hugo winkte ab, er müsse ja noch nach Köln zurück.

Kann er denn nicht hierbleiben? Wir haben doch Platz genug, meinte Bertram.

Jojo, seufzte die Mutter. Isch hätt jo nix dojejen. Aber wat solle de Lück denke? Besonders die nebenan. Die hange doch nur hinger de Jardinge un spingse! Vor Empörung war die Mutter ins Platt gefallen. Wat die denke, kann uns ejal sein, äwwer wenn die schwaade …

Die Mamma hat recht, Bertram, sagte ich. Leider.

Der Kuppeleiparagraph, ergänzte Hugo. Und wenn ich im Keller bei den Kartoffeln schlafe, das müsste ich erst mal beweisen.

Freut euch!, feixte Bertram.

Ich mach mich dann mal auf den Weg. Hugo stand auf. Und danke. Danke für alles. Vor allem für meine wunderbare Hildegard.

Ich wusste gleich: Der letzte Satz war zu viel des Guten. Die Mutter machte ihr Gesicht, das ich als Kind so gefürchtet hatte, diese Mischung aus Staunen, Stolz und Abwehr, wenn ihr die Kinderschwester Aniana von meinem reinen Herzen erzählt oder Pastor Kreuzkamp meine Phantasie bewundert hatte. Immer hatte mir ein Lob nur Verdruss eingetragen.

Die Mutter griff nach dem Kittel. Sie musste noch zur Krankenkasse. Putzen.

Kommt bald widder, Hujo, der Vater legte dem Freund die Hand auf die Schulter. Un dat Hilla is ja auch bald widder in Köln.

›Ob's stürmt oder schneit, ob die Sonne uns lacht‹, brummte der Bruder zum Abschied, die Mutter steckte Hugo ein Gläschen Erdbeermarmelade zu, die beste, die mit Stücken, dann fiel das Gartentor hinter uns zu.

Zum dritten Mal ging ich nun mit Hugo vorbei an Rathaus, Gänsemännchenbrunnen, die Dorfstraße entlang, durch den Schinderturm zum Kirchmarkt, wo sein Auto stand. Ich an seinem Arm. In den Augen der Dondorfer ein klarer Fall: Dat Kenk vom Rüpplis Maria ist verlobt.

Würdest du, fragte ich, gerne lesen, was wir heute Nachmittag erlebt haben? War ja, von außen betrachtet, kaum der Rede wert. Wenig Action, kein Sex, no Crime. Sex sells. Krimis dito. Nur der Ausflug einer studierenden Arbeitertochter mit ihrem Freund, mit Eltern und Bruder? Der Freund, ein Spross aus besserem Hause zu Besuch bei de kleine Lück? Nichts Perverses, nichts Exotisches, nichts Erhabenes, nur das Vertrauen auf schöne Wörter, schöne Sätze wie in meinen Heften?

Ich hatte Hugo nach unserer Lichtmess im Krawatter Busch meine Hefte gezeigt, auch die mit der Flucht in die Südsee, mein Abtauchen in diese perlmutternen Sätze, mit denen ich mich betäubt hatte wie andere mit Drogen oder Suff. Die Anteilnahme des Freundes an meiner Schöpfung, die Spiegelung meiner Wörterwelt in seinem Mit-Gefühl hatte mich froh und stolz gemacht.

Naja, überlegte Hugo, über kleine Leute muss man nicht klein schreiben. Du könntest sie schreibend groß machen. Ihnen ein Denkmal setzen …

… dauerhafter als Erz, lachte ich.

Warum nicht? Über kleine Leute groß schreiben, gibt's doch kaum. Es kann ja auch schnell schiefgehen. Sie in Kitsch verklären oder sich über sie lustig machen. Den richtigen Ton treffen, wie gesagt, schwierig. Kein Wunder. Es kennt diese Menschen ja auch kaum jemand, der schreibt. Wo kommen denn die meisten Autoren her? Sicher nicht aus Arbeiterfamilien. Deswegen wimmelt es in den Büchern nur so von Kleinbürgern und Akademikern, und wenn die Hauptfiguren dazu noch Schriftsteller sind, kann der Verfasser drauflosfaseln, wie es ihm grad in den Kram passt. Völlige Narrenfreiheit. Oder sie hängen ihren Figuren irgendeine Macke an, körperlich, physisch, am besten gleich'n Zwerg, der die Welt vom Unterrock aus sieht.

Exotisch eben, führte ich seinen Gedankengang weiter. Aber einfach von einfachen Leuten eine einfache Geschichte einfach erzählen – ob das überhaupt geht? Weißt du, ich würde diese ›kleinen Leute‹ nicht erhöhen oder verklären wollen, nur den Blickwinkel leicht ver-rücken. Das Normale zur Dichtung machen durch den besonderen Blick darauf. Dann wird es ein Wunder.

Wer's kann, seufzte Hugo. Du kennst doch deinen Schiller: Es ist die Form, die den Stoff vertilgt. Alles nur eine Frage der Form. Wer Geschichten sucht, soll die Zeitung lesen oder fernsehen. Und wer's stärker braucht, für den gibt's Krimis, Schnulzen, Horror …

Jetzt übertreibst du aber, die Geschichte zählt vielleicht nicht in erster Linie, aber ohne das, was Schiller ›Stoff‹ nennt, geht es auch nicht.

Da könnte ich mir vorstellen, dachte Hugo laut, dass der Autor beschreibt, wie ein Aufstieg aussehen könnte. Arbeiterhaushalt vom Dorf, womöglich sogar ein Mädchen und katholisch. Da könnte er schreiben, wie so ein Arbeiterkind, nie aus dem Dorf rausgekommen, zum ersten Mal in eine Vorlesung geht, meinetwegen über Hölderlin. Kapiert absolut nichts. Wie kommt die sich vor? Ist nicht jeder Aufstieg auch ein Ausstieg?

Oder, griff ich den Faden auf, dieses Mädchen setzt sich vor seinem Aufbruch in die Universität noch einmal mit der Mutter, der Tante und den Cousinen zusammen und studiert mit ihnen den neuen Quelle-Katalog. Da bricht gerade das Englische ein. Und das Mädchen erklärt den Frauen die englische Aussprache. Das brächte zum Beispiel meine Tante auf die Palme. Und Liebe. Eine schön traurige Liebesgeschichte muss auch dabei sein. Sag mal, musst du wirklich schon fahren? Es bleibt noch lange heute Abend hell.

Du hast recht, sagte Hugo, unbedingt gehören in die Geschichten von einfachen Leuten einfache Liebesgeschichten, aber schöne, die traurigen überlassen wir den höheren Ständen. Und in den Zeiten von *Kabale und Liebe* leben wir auch nicht mehr, Luise. Komm.

Mein Ferdinand, schmachtete ich.

Das Auto ließen wir stehen, gingen zum dritten Mal an Hexenbaum, Kohlfeld und Reithalle vorüber, den Damm hinauf und hinunter, diesmal weg von der Großvaterweide in die verlassenen Auen, vorbei am Holunder, der die Wiesenränder grün-weiß überschwemmte, dem Notstein entgegen.

Unweit der Erlen, wo der Vater mir von seiner bösen Kindheit und der unverhofften Erbschaft erzählt hatte, fanden wir ein von verwildertem Buschwerk umgebenes Gräsernest, legten uns mitten hinein, an unseren nackten Beinen winzige Graszungen schlüpfrig im Abendwind, der aus den Pappeln vom Damm zu uns herabwehte und die warme Luft bewegte, um unsere nackten Körper flutete, bis in der allmählich abflauenden Wärme der Abend heraufzog, Abendlicht, das die langen Pappelreihen zum Glitzern brachte, Licht, zerfallen in unzählige schillernde Teile, abwechselnd blinkend silbern und grün, Peter-Huchel-Licht, das mit Wort und Wi derwortenun auch die Wellen am Rhein ergriff, daher der Reim, von den Wellen am Rhein konnte eine nicht ohne die andere sein, und so fassten sie auch nach uns, die Pappeln, die Wellen, das lichte Gelichter, und so spielten auch wir einmal mehr das Du und das Ich ins Wir, hinein in das Kreischen der Möwen, das lang gezogene Tuten des Schleppers, in die sinkende Sonne der erst grünlich, später rötlich goldenen Dämmerung, aber das sahen wir, gefangen in Spiel und Wi derspiel schon lange nicht mehr, da unsere Zungen, unsere Glieder längst ihren eigenen süßen Gesetzen folgten, einfache Gesetze für einfache Leute, bis, ja, bis die Natur selbst unserem Naturschauspiel ein jähes Ende bereitete – die Natur in Form einer Wespe, die, von der Abendkühle zu unseren heißen Körpern getrieben, sich auf der höchsten Erhebung von Hugos Hinterteil niederließ. Und zustach. Was, auch das muss gesagt sein, den Liebsten nach einem jähen, unserem Zusammenspiel in keiner Weise abträglichen Vor-Stoß, nicht davon abbringen konnte, den Schlussakt mannhaft durchzustehen bis zum Höhe. Punkt.

Hugos Wespenstich kurierten wir mit Rheinwasser und Holunderblättern, es wurde nun rasch dunkel, die Wellen schlugen zögernder ans Ufer, und die Möwen verstummten und ließen sich lautlos wiegen.

Die Mutter sah, als ich zurückkam, noch fern, Mannix, neben Maigret ihr Lieblingskommissar. Der Vater saß, ganz ungewöhnlich, bei ihr.

Ja, Kind, da biste ja endlisch, sagte sie ohne jeden Vorwurf. Ist jleisch zu Ende.

Der Vater stand auf. Komm, isch hab dir wat zurescht jemacht. Schad, dat der Jung nit länger jeblieben is.

Auf dem Küchentisch der Mixer. Daneben ein Glas mit Saft aus den eben gepflückten Johannisbeeren.

Danke, Pappa. Lecker.

Dat nächste Mal krischt deine Hujo abber auch ein Jlas. Mit dem kann mer sisch unterhalten. Der ist vernünftisch. Der versteht wat von Pollitick.

Der versteht wat von de Johannisbeeren. Die Mutter kam vom Fernseher zu uns. Die haben zu Hause auch welche, sacht er. Warum warst du denn noch nie bei denen?

Nur die Haare, sagte der Vater, sagte die Mutter. Aber als am nächsten Tag die Tante kam, aufgebracht, dass sie den Besuch, der, wie vermutet, Dorfgespräch war, verpasst hatte, waren sich beide einig: Die Haare? Bissjen lang? Warum denn nit?

Und Bertram? Was sagte der? Ob ich keine Angst habe, wollte er wissen, dass es ausgehe wie damals mit Godehard. Das viele Geld, fragte er, stört dich das denn gar nicht?

Doch, sagte ich. Aber er ist anders. Er macht sich nichts draus.

Kunststück. Muss er ja auch nicht. Er hat's ja.

Da kann er doch nichts dafür. Hast du ihn denn nicht gern?

Doch. Er ist ja beinah schon *zu* nett.

Bertram hatte recht. Hugo hatte am Vermögen seiner Eltern keinen Schaden genommen. Im Gegenteil. Seit er mich kannte, schien es ihn beinah zu belasten. Das sollte sich bald bestätigen.

Am übernächsten Tag kam die Karte aus Köln:

Schönschrift

Schön
            Schreiben
            wie der Wind
im Wasser vom Rhein schreibt
das Pappelblatt am Baum –
dann fallen die schönen Wörter
von selbst aus der schönen Landschaft
bis kurz vors schöne Gedicht.

Ich schrieb ihm zurück.

Auf dem Dorfe

Samstags sang die Amsel lauter lockte in
verborgene Büsche hintern Damm am Fluss versanken
deine meine bösen Händchen in verschwiegene
schöne Schwaden unsere Zungen tief im Schlick

Abends dann ins Ohr des Beichtstuhls mussten wir
die Zahl angeben Reu erwecken Buße üben
Ach wie lag das böse Händchen auf dem süßen Sünden
spiegel der dich zeigte in den Büschen hinterm

Damm am Fluss mit mir unseren Bauch
mit Glück und Sünde vollzuschlagen so beschäftigt
dass mein Seufzer Küsse beißend Küsse büßend die Kapellen
kerzen der Immaculata ausblies mit dem ersten Hauch.

Mitte September holte Hugo mich samt Koffer und Kuchen in Dondorf ab, brachte der Mutter eine Schachtel Katzenzungen mit – woher wusste er um diese Vorliebe? –, dem Vater eine Rose im Topf, Marie Louise, frisch aus unserem Garten, lachte er. Zwischen Gloria Dei und Felicia gruben die beiden den Neuzugang ein, Hugo tauchte die Gießkanne in die Regentonne, goss auch gleich die anderen Rosen, den Phlox und die blaue Hortensie.

Den Haselnussstrauch, vom Vater vor Monaten eigens für mich im Park des Prinzipals ausgegraben und hier wieder eingepflanzt, mussten wir noch bewundern. Reine Gehirnnahrung, rühmte er. An vollen Büschelzweigen prangte, was im Winter meinen Geist versorgen würde. Wir folgten dem Vater ins Haus, und was blitzte auf dem Küchentisch? Na klar, der Mixer, dazu vier Gläser Apfelsaft, dick und trüb, der Abschiedstrunk.

Sie standen am Tor und sahen uns nach, wie sie mir nachgesehen hatten, als ich zum ersten Mal in die Mittelschule, dann ins Aufbaugymnasium gefahren war, zum Studium nach Köln. Dass der Vater den Strauch geklaut hatte, wussten nur er und ich; es machte uns einmal mehr zu Komplizen.

Was meinst du, sollen deine Eltern uns einmal in Köln besuchen? Hugo klappte das Autofenster runter.

Hmm, machte ich. Warum schlug er mir nicht endlich vor, *seine* Eltern zu besuchen? Ich würde mir alle Mühe geben, ihnen so gut zu gefallen wie er den meinen und die meinen ihm. Godehard, Frau Wagenstein, die Mutter Sigismunds schossen mir durch den Kopf, mein alter Argwohn reckte sich, war ich ihm nicht gut genug?

Als hätte er meine Gedanken erraten, legte Hugo seinen Arm um mich: Und dann wird es auch Zeit, dass ich dich meinen Erziehungsberechtigten vorstelle, seufzte er. Glaub mir, ich kann mir Schöneres denken. Aber Brigitte mit ihren blöden Bemerkungen will ich endgültig das Maul stopfen. Die sollen wissen: Ich meine es ernst. Die glauben nämlich, mit Geld kann man alles machen. Aber wir, der Druck seines Arms auf meiner

Schulter verstärkte sich, wir wissen es besser. Der Geist bringt Freiheit. Du bist der Beweis.

Ich legte seinen Arm ans Lenkrad zurück. ›Zum Golde drängt, am Golde hängt doch alles. Ach wir Armen‹, seufzte ich, unwillig, Hugo in eine Diskussion über die Vorteile einer Verflechtung zwischen Geist und Geld zu verwickeln, ihm zu gestehen, dass ich in der Berufsschule für meine Mitschüler Aufsätze verfasst und mal fürs Gold, mal für den Geist Partei ergriffen hatte, gegen Bezahlung natürlich. Der Geist bringt Freiheit. Gedankenfreiheit. Geld ist Freiheit. Ein zu weites Feld für eine Autofahrt von Dondorf nach Köln.

Na klar, sagte ich. Ab in die Johannisbeeren. Jetzt eher Brombeeren. Oder so. Am besten noch in den Ferien.

Es kam aber anders. Sobald Hugo die Materialsammlung zum Thema seiner Oberseminararbeit ›Die blaue Blume in Novalis' *Heinrich von Ofterdingen*‹ beendet hätte, ich mein Exzerpieren in der Unibibliothek, wollten wir uns mit einem Besuch im Café Campi belohnen. Bei mir dauerte es länger. Benno von Wieses *Deutsche Dichter des 19. Jahrhunderts* war ausnahmsweise am Platze, das musste ich nutzen. Hugo machte sich ohne mich auf den Weg.

Als ich endlich eintraf, saß er nicht allein am Tisch. Wer die Frau in dem modern gediegenen Kostüm und der schimmernden Bluse war, erriet ich sogleich. Hugos Mutter. Aschblondes Haar, kurzgeschnitten und friseurgewellt, diskretes Make-up, die Lippen leicht konturiert, was ihr für offizielle Zwecke gut einstudiertes Lächeln betonte. Mit diesem gefrorenen Lächeln begrüßte sie mich wie eine Internatsvorsteherin ihren Neuzugang. Von Kopf bis Fuß maß mich die vornehme Mutter, nicht mit einem dieser schnellen musternden Blicke, die ihre Neugier durch die Blitzartigkeit des Blicks zu verbergen suchen, nein, Frau Breidenbach umkreiste mich mit einem Freundlichkeit und Verständnis vorspiegelnden Lächeln gemächlich von oben bis unten, schien mich in Besitz nehmen, in mich hineindringen zu wollen wie unterm Mikroskop, sodass ich mich schon bei der Antwort auf ihre nichtssagende Frage, wie ich hierhergekommen sei, stammelnd verhedderte, indem ich weitläufig die Tücken der KVB-Anschlüsse darzustellen versuchte. Unter ihrem fixierenden Blick versagte mir die Stimme, ich schlug die Augen nieder und griff hilfesuchend nach Hugos Hand. Doch Frau Breidenbach hielt meine Rechte mit dem Kaugummiring in der Bewegung auf und führte sie sich, immer noch lächelnd, vor Augen. Blau, natürlich, stieß sie hervor und entblößte nun sogar die Zähne, doch stellte dieses Zeigen der Zähne, dieses äußerliche und sichtbare Zeichen von Beifall oder gar Zuwendung keinesfalls eine Verbindung her zu der Person, die diesem Lächeln ausgesetzt war, also zu mir. Gewogen und zu leicht befunden, legte sie meine Hand auf den Tisch zurück und spielte mit dem langstieligen Eislöffel, wobei jede Bewegung ihrer Hände die Facetten der schweren Ringe blitzen ließ, bunte mineralisch kalte Strahlen, die den Händen etwas Geiziges, fast Erbarmungsloses gaben. Flüchtig nickte sie Hugo zu, recht so, genau das ist sie wert, deine Hildegard. Der ergriff meine Hand und schmiegte sie an seine Wange: ›Der Himmel liegt seit heute Nacht in einem Ellenbogen‹, lächelte er mich an, ›darein hatt' ich gesmôgen das kin und ein mîn wange für alle Zeit.‹ Bei den letzten Worten führte er meine Hand an die Lippen und küsste sie.

Hugo, zischte Frau Breidenbach durch die Zähne: in aller Öffentlichkeit! Und zu mir gewandt: Möchten Sie etwas bestellen?

Danke, nein.

Dann nicht. Es ist auch schon spät. Frau Breidenbach nickte mir beinah zu, bemüht, eine harmlos lässige Wirkung zu erzeugen, in diesem Ton, den man gebraucht, eine Verlegenheit auszufüllen, indem man spricht und gleichzeitig etwas anderes tut, etwa in der Handtasche kramen oder die Zuckerdose, den Aschenbecher zurechtrücken, dergestalt den Angesprochenen auf die Stufe ebendieser Gegenstände herabmindernd.

Hugo winkte dem Kellner: Meine Mutter möchte gehen. Ich zahle den Eiskaffee. Und bringen Sie bitte noch einen für meine Verlobte.

Das war eine Kampfansage. Frau Breidenbach versuchte noch einmal ein Lächeln, doch wie zuvor hellte es ihr Gesicht nicht auf, ein fein geschnittenes Gesicht übrigens mit seinen hübsch geformten Lippen, die helle Haut fest über die hohen Wangenknochen gespannt, doch nun im vergeblichen Bemühen um Freundlichkeit verzogen bis zur Verzerrung.

Mein Mann und ich, die Familie, würde sich glücklich schätzen, Sie bald in unserem Hause begrüßen zu dürfen, ließ mich Hugos Mutter im Aufstehen und Hinausgehen wissen und, an Hugo gewandt: Ich erwarte dich zum Mittagessen morgen. Wie immer um eins.

Sie trug zu kleine Schuhe, ihre geschwollenen Füße quollen beidseitig aus dem Riemchenwerk der hochhackigen Sandaletten. Und ihr Hintern war zu dick.

Uff, Hugo sackte gespielt verzweifelt zusammen. Sie saß schon hier. Tut mir leid. Nun weißt du in etwa, was dich erwartet. Bringen wir es hinter uns.

Hastig löffelte ich meinen Eiskaffee, den ich sonst nie langsam und ausführlich genug genießen konnte. Bloß raus hier.

Komm, sagte ich, gehen wir noch ein paar Schritte, wir waren lange nicht mehr am Rhein, am Kölner Rhein, meine ich, an deinem. Gern gehst du da nicht hin, hab ich recht? Naja, hier gibt es genug andere schöne Ecken.

Hugo sah vor sich hin. Hörte er mir überhaupt zu?

Du hast recht, sagte er. Aber nicht hier in der Stadt. Wir fahren ein Stückchen weiter raus, da sieht der Rhein beinah so aus wie bei dir zu Hause.

Hier?, fragte ich zögernd, als Hugo das Auto abstellte.

Ist doch schön hier, oder? Hugo machte mir die Wagentür auf.

War es Zufall, dass wir ungefähr dort anhielten, wo ich mit Gretel die Kleider von der Abtreibung versenkt hatte? In den

Weißdornhecken glänzten schon die Hagebutten, unter den Pappeln wehten die ersten gelben Blätter. Gretels Kind wäre jetzt ein, zwei Monate alt. Rheinkilometer 678. Den schwarzen Granitblock würde ich nie vergessen. Herausgehauen aus Weiden- und Erlengebüsch, weithin sichtbar.

Doch wir ließen den Stein, vertieft in ein Gespräch über Hugos Seminararbeit – stand die blaue Blume nun für Sehnsucht oder Leidenschaft oder doch für beides? –, gelassenen Schrittes hinter uns. Dass mein Herz raste wie damals, als Gretel hier in die Knie brach, würde mein Freund, einer These Benno von Wieses nachgrübelnd, nie erfahren. Was noch würde er nie von mir erfahren? Ich nicht von ihm? Was wissen wir von einem Menschen, wenn wir nichts wissen von seiner Vergangenheit?

Die Oberfläche des Stroms glühte, das Wasser floss in weiß glänzenden Fragmenten dahin, man musste die Augen zukneifen, sah man hinein.

Genau einen Kilometer weiter waren wir gegangen, da machte Hugo halt.

Hier, er legte die Hand auf den Stein, der ist so etwas wie deine Großvaterweide. Nur mit ganz anderen Erinnerungen. Hier war ich mit dem Vater, am Abend vor meinem zehnten Geburtstag. Eine Überraschung hatte er mir angekündigt. Ich konnte es kaum erwarten. Vielleicht würde ich eines der ferngesteuerten Boote kriegen, wie sie damals gerade aufkamen, kosteten ein Heidengeld, aber das ist ja bei uns egal. Ein Boot, groß genug, auch für meinen Harry, das war mein Teddybär, mit dem bin ich aufgewachsen, der sollte mit auf weite Fahrt. Der Harry, weißt du, war für mich so etwas wie für dich deine Frau Peps, diese wunderliche Tasche. So wie du der Frau Peps hab ich meinem Harry alles anvertraut, Kummer, Freude, eben alles. Harry war mein Freund. Ich drängelte den Vater aus dem Haus. Er trug ein Paket unterm Arm, und es ging an den Rhein, meine Zuversicht wuchs, mein Wunsch würde in Erfüllung gehen.

Hugo zog mich eng an sich heran, ließ mich los, fast stieß er mich von sich und keuchte: Und was glaubst du, war in dem

Paket? Harry! Mit großen Gesten löste mein Vater eine Lage Packpapier nach der anderen, bis endlich mein Harry zum Vorschein kam. Aber das Paket war ja noch nicht leer. Und daher glaubte ich, ein Boot wäre doch noch drin, wenn auch keins von den modernen, ferngesteuerten. Aber vielleicht eines zum Zusammenbauen, vielleicht sogar mit dem Vater. Der gab mir den Harry zum Halten.

Hugo war weiß bis in die Lippen.

In meine Hände drückte er Harry und dann: Rein damit. In den Rhein. Du kennst seine Stimme noch nicht, eine Stimme, die so kölsch gemütlich klingen kann, wenn es etwas einbringt, und so kalt, dass du frierst. Waschen?, fragte ich verblüfft und presste Harry an die Brust, Harry ist doch sauber. Aber der Vater riss mir Harry aus den Armen, zwang mir die Hand auf und Harry hinein. Ins Wasser damit. Morgen zeigt dein Geburtstag die erste zehn. Du bist kein kleines Kind mehr. Harry, dass ich nicht lache. Ein Teddybär! Dieser Balg hat ausgedient. Vorwärts. Er, er …

Hugo konnte nicht weiter.

Komm, sagte ich, nahm ihn in die Arme, und so, ineinander verschränkt, ließen wir uns am Granitblock mit der Kilometerzahl hinabgleiten.

Vergewaltigung, flüsterte ich an seinen Hals geschmiegt.

Hugo verstand: Er schob mich ans Wasser. Ich umklammerte Harry. Er stieß mich weiter, die erste Welle schwappte über meine Schuhe. Ich weiß nicht mehr, was er alles zu mir sagte …

Wirklich nicht?, unterbrach ich ihn. Seinen Kopf an meiner Brust, hielt ich ihn in den Armen.

Hugo schwieg. Ein Ausflugsdampfer stampfte vorbei, an Deck heitere Menschen, die miteinander anstießen und dem innig verschlungenen Pärchen am Ufer aufgekratzt zuprosteten.

Wirklich nicht?, wiederholte ich.

Hugo zuckte zusammen. Doch, sagte er. Wie könnte ich das jemals vergessen. Einen Krüppel hat er mich genannt. Eine Null. Eine Blamage.

Um Gottes willen! Dein Vater!

Hugo löste sein Gesicht aus unserer Umarmung, und ich fühlte die warme Feuchtigkeit. Auf der Bluse ein dunkler Fleck.

Ja, mein Vater, sagte er hart. Gewiss. Auf dem Papier. Aber im Herzen? Da bin ich für ihn eine einzige Enttäuschung. Ein Fehlschlag. Nichts zum Vorzeigen. Nichts für sein Prestige. Hätte ich wenigstens diese moralische Kälte, diese Unverfrorenheit meiner Schwester, die mir ständig als Vorbild unter die Nase gerieben wird. Aber ich mit meiner Germanistik und Philosophie. Und mit meinem Gerechtigkeitsfimmel, wie es zu Hause heißt. Nichts wert.

Hugo! Das darfst du nicht sagen, nicht einmal denken.

Ach was, Hugo putzte sich die Nase, laut und umständlich, ließ sich Zeit, bis er das Taschentuch wieder verstaut hatte.

Da stand ich nun. Mit einem Fuß schon im Wasser. Umklammerte meinen Harry. Aber der Vater zerrte mich weiter. Auch ihm überspülte das Wasser jetzt die Stiefel. Gummistiefel. Er hatte sich vorbereitet. Lass den Balg los, zischte er, du Kröte, du …

Jaja, sagte ich, ist gut.

Als mir das Wasser über die Knie ging, gab er mir plötzlich einen Stoß. In den Rücken, ja, aber nicht in die Mitte, zwischen die Schulterblätter, oh nein. Auf meinen Buckel knallte seine Hand, ich spüre sie noch heute, wenn ich daran denke. Er muss mit dem Handrücken geschlagen haben, der Siegelring, du wirst ihn sehen, hinterließ einen Bluterguss. Tage-, wochenlang. Und ich … Ich klatschte vornüber mit dem Bauch ins Wasser, das Wasser schlug über mir zusammen, ich ging unter, tauchte auf, schnappte nach Luft, bis zur nächsten Welle, kam hoch und wieder runter, ich weiß nicht wie oft, Todesangst hatte ich, was blieb mir übrig. Ich griff nach seiner Hand und Harry … Harry schwamm weit draußen. Ich, Hugo knirschte mit den Zähnen, ich hab ihn losgelassen. Das hat der Alte geschafft. Harry losgelassen. Hugo stieß die Worte hervor wie sein Urteil: schuldig.

Immer wieder Pausen machte er, sprach langsam, gequält, wie der Vater damals am Rhein, als er mir von seinem Stiefvater und der Eifeler Tant erzählt hatte.

Jetzt bist du erwachsen. Das waren seine Worte.

Hugos Stimme hohnverzerrt wie noch nie zuvor.

So ist das Leben, das kann man nie früh genug erfahren. Ich will doch nur dein Bestes: Vaterworte. Es war ja nicht kalt, und mein Erzeuger hatte vorgesorgt. Im Auto konnte ich mich umziehen, und zu Hause zwang er mich, einen Whisky mit ihm zu trinken. Nur der beste. Sozusagen als Zeichen seiner Gunst und Einführung in die Männlichkeit. Jetzt weißt du auch, warum ich mir nichts aus Alkohol mache, aus harten Sachen schon gar nicht. Für ihn natürlich wieder ein Beweis für meine Schlappheit. Und er erzählte zum ersten Mal von seiner Zeit im Krieg. Das heißt, er hätte gern davon erzählt, hörte aber bald damit auf. Ich gähnte, was ich konnte, hatte schon begriffen, dass ich ihn, den großen Schwadroneur, damit ärgern konnte. Schweigen, Desinteresse. Das sind seither meine Waffen gegen ihn. Gegen die Familie überhaupt. Damals hab ich angefangen zu begreifen, es ist sinnlos, um seine Liebe zu werben. Und um die der Mutter. Du siehst, ich hatte einen Holzstall nötig wie du, auch wenn meiner komfortabler war als deiner. Ich zeig ihn dir, wenn du kommst.

Hugo stand auf, schüttelte den Sand aus den Kleidern, zog mich hoch, klopfte mich ab. Und jetzt …

… suchen wir jeder einen …

Wutstein!

Ich schenk dir meinen, sagte ich. Ich kenn ja sein Gesicht nicht.

Noch nicht, seufzte Hugo. Her mit deinem Finsterling.

Und dein Harry, bestimmt ist der damals an Dondorf vorbeigeschwommen, weit raus nach Rotterdam, ins Meer und hat schon dreimal die Welt umsegelt.

Hugo starrte den Stein so lange an, bis ihm noch einmal die Tränen kamen. Aber dann flog das Wutsteingesicht weit in den Rhein, wo am Grunde, mag sein, mit den wandernden Steinen noch ein Teddy-Atom schwamm.

Einen Blumenstrauß hatten wir verworfen. Du gehörst zur Familie, da brauchst du keine Blumen. Und überhaupt. Du hast ja meine Mutter schon kennengelernt.

Ich hatte getan, was ich konnte. Mir von Yvonne eine silberfarbene Handtasche und dazu passende Ohrringe geliehen, die Haare hochgesteckt. Trug Gretels rosa Jäckchenkleid mit der lila Paspel und kam mir sehr seriös vor und erwachsen.

Hugo machte große Augen, als er mich abholte. Donnerwetter, kommentierte er.

Donnerwetter plus oder minus?

Plusplus, nickte er anerkennend. Ich glaube, wir besorgen doch noch ein paar Blumen. Liegt auf dem Weg. In Marienburg, hatte Hugo gesagt, wohnten die Eltern, doch dann nahm er die Straße nach Braunsfeld, machte halt an einem verwilderten Acker, kornblumenblau gesäumt.

Ist das eine gute Idee?, fragte ich, als Hugo anhielt und die Blumen zu pflücken begann. Ich denke, deine Eltern machen sich nichts aus dieser Teufelssaat.

Die nicht, sagte Hugo. Komm, hilf mir. Wirst schon sehen.

Ein paar Haferstengel fanden wir auch noch, Gold muss dabei sein, weißt du ja, dann fuhren wir weiter, Aachener Straße, zum Friedhof Melaten.

Sagte ich doch, meinen Erziehern stelle ich dich vor, sagte Hugo. Dem mit den Kornblumen zuerst. Bevor ich meine Raupe kennenlernte, war das die schönste Zeit meines Lebens.

Hugo ergriff meine Hand mit dem Strauß. Die sind für ihn. Und noch etwas anderes. Wirst du gleich sehen.

Von Anfang an, erklärte Hugo, sei der Friedhof auch als Grünanlage geplant worden, als die Franzosen unter Napoleon alle Friedhöfe innerhalb Kölns hatten schließen lassen. ›Transi Non Sine Votis Mox Noster‹ – ›Geh nicht vorbei ohne Gebete, Du, bald der Unsere‹, empfing uns die steinerne Inschrift am Haupteingang. Hugo kannte sich aus in dieser verwirrenden Totenlandschaft, zielsicher ging es durch das von Platanen gesäumte Wegenetz, vorbei an Rosenbüschen, Wacholder, Birken und Ahorn, vom Sommer gebeutelt, Sonnentaschen wechselten mit dunklen Laubgruben, Licht stürzte durchs Geäst, Amseln schmetterten gegen die Stille an, so viel Trost und Hoffnung auf Leben, ›Ave In Beatius Aevum Seposta Seges‹ – ›Gegrüßt seist du, auf eine glückliche Zukunft angelegte Saat‹, auch das hatte überm Eingangstor gestanden.

Das Familiengrab der Breidenbachs erinnerte an das der von Kilgensteins in Dondorf. Neben der weit ausladenden Trauerweide erwuchs ein steinerner Mann mit Hirtenstab, der per Girlande versicherte: ›Ich bin die Auferstehung und das Leben.‹ Zwischen Efeu und Wacholder Grablichter und Steine, darin eingemeißelt die Namen der Toten, alle mit Titeln, Orden und anderen, meist kirchlichen Auszeichnungen, sogar die Frauen hatten teil an den oft märchenhaft klingenden Dekorationen, für sie gab es den Bene-Merenti-Orden. Petrus sollte gleich wissen, mit wem er's zu tun bekam, da oben an der Himmelstür. 1768 war der älteste der hier Bestatteten geboren. Hugo Karl Anton, der Großvater, vor zwanzig Jahren gestorben; auch er ein Ritter vom Ordine Piano, dem Piusorden.

Ja, der Oppa. Hugo verharrte ein paar Sekunden mit gefalteten Händen. Wir stellten die Kornblumen in die Vase, ins Wasser, so wie sich's gehört, über seinen Stein.

Was sagst du? Oppa? In deiner Familie doch eher ein Ohpa.

In der Familie schon, aber nicht für mich. Ich bin viel bei den Kindern unseres Chauffeurs gewesen, die hatten alle einen Oppa. Da wollte ich auch einen haben. Und die haben zu meinem Großvater auch Oppa gesagt. Wie ich zu ihrem. Die beiden waren befreundet, Kameraden aus dem Ersten Weltkrieg. Was haben wir mit den beiden nicht alles gespielt. Alles, nur nicht Krieg. Reiten, fechten, Brennnesseln köpfen, was weiß ich, durften wir mit unseren Stöckchen, nur nicht pengpeng. Dann wurden die Männer fuchsteufelswild. Ich glaube, der Großvater war sogar manchmal froh über meine Verwachsung. Das jedenfalls bleibt dir erspart, sagte er immer, wenn mein Vater von alten Zeiten palaverte, gut ist, was hart macht und ähnlichem Krampf.

Höllhitler!, kommentierte er dann oder: Litler! Ja, der Oppa. Auch wir sind oft an den Rhein gegangen, die ganze Truppe. Und Steine gesammelt haben wir auch. Besonders welche zum Titschen. Die Oppas haben uns nämlich erzählt, diese Steine, also die flachen, hätten ein Herz. Und wenn wir sie übers Wasser springen ließen, sagten sie, seht ihr, denen hüpft das Herz vor Freude.

Ja, der Großvater kannte seinen Vater Rhein. Am Klang der Wellen konnte er sogar die Jahreszeiten erkennen. Behauptete er jedenfalls. Wenn sie geschwollen vom Hochwasser lautstark voranrauschten, sagte er: Frühjahr; Sommer, wenn sie so dünnsilbrig dahindribbelten. Im Herbst, also ich weiß nicht mehr, was er da gesagt hat, irgendwas von ruhiger Gelassenheit, und den Winter könnt ich dir auch ansagen, wenn sich die Eisschollen aneinanderreiben.

Ein paarmal hat er mir auch gezeigt, wie man einen Drachen steigen lässt. Wenn es dunkel wurde, banden wir ihm einen Luftballon an, und er durfte rauf zu den Sternen. Dort wurde aus dem Drachen selbst ein Stern. Und als wir lesen lernten, buchstabierten wir aus den Sternen unsere Namen.

Hugo glühte in froher Erinnerung. Und heute habe ich ihm etwas ganz Besonderes mitgebracht. Ich hoffe, du hast nichts dagegen.

Hugo hielt mir die drei Buchsteine hin, die wir am Dondorfer Rhein entziffert hatten.

Keine Spur, lachte ich, da hat er tüchtig was zu lesen. Sicher sitzt er schon mit meinem Großvater zusammen und raucht Burger Stumpen. Und die Großmutter, also meine, kredenzt ihnen von ihrem Aufgesetzten. Und deine Oma, lebt die noch?

Auch tot, sagte Hugo kurz, hier, liegt gleich daneben. Aber die war eine Ohma. Schlimmer noch. So richtig etepetete war die, eine Großmamah, darauf legte sie Wert. Kein Wunder, dass der Oppa lieber bei den Chauffeurs war. Und zum Glück für mich. Gegen den Oppa wagte keiner einen Mucks. Sie wussten alle miteinander, was sie ihm zu verdanken hatten.

Aber gut verbuddeln, sagte ich. Die Steine, meine ich. Damit sie nicht in falsche Hände geraten.

Hinterm Grabmal für Hugo Karl Anton gruben wir die Steine, natürlich in der richtigen Reihenfolge, ein, wobei der Freund sich auffällig viel Zeit ließ, bis ich es war, die zum Aufbruch drängte, obwohl ich auch lieber hier verweilt hätte, lieber bei den Toten als am Tisch der Lebenden.

Schau, die Blumen, sagte ich. Ob Hugo Karl Anton da oben jetzt lacht? Ich steckte Hugo eine Kornblume ins Knopfloch.

Marienburg hatten wir fast hinter uns gelassen, da bog Hugo in einen Waldweg ein, wie damals Godehard, schoss es mir durch den Kopf. Dasselbe bange Vorgefühl, das sich schon mit der Erwähnung eines Familienchauffeurs eingestellt hatte, verstärkte sich mit jeder Umdrehung der Räder, die Auffahrt wollte kein Ende nehmen, ein Haus kam in Sicht. Der Wind trug die Klänge einer leidenschaftslosen Klaviermusik heran, die abbrach, als wir uns dem schlichten Backsteinbau näherten.

Das Kutscherhaus, erklärte Hugo, da hat zuletzt der Großvater gewohnt. Jetzt darf die Tochter unseres Chauffeurs dort Klavier üben.

Weiter ging die Fahrt, bis ein Gemäuer auftauchte, wie ich es nur aus Filmen und Romanen kannte, niemals aber in einem Kölner Vorort vermutet hätte.

Eine Kirchturmuhr schlug sechs, und das Feuer der scheidenden Sonne ließ die hohen Glasfenster einer Burg – wie sonst hätte ich dieses Bollwerk nennen sollen? – aufglühen. Mir blieb die Luft weg. Dass Hugos Familie wohlhabend war, wusste ich. Sie war es nicht. Sie war reich. Wer diese leicht ansteigende Auffahrt hinaufrollte, musste begreifen, er hatte es hier mit mehr als Geld zu tun. Hier regierte die selbstverständliche Macht *alten* Geldes, über Generationen vererbt und vermehrt. Hugos Familie besaß Geld, das nichts mit Geld in der Tasche, auf Sparbuch oder Girokonto zu tun hatte: kein erspartes, verdientes Geld, ängstlich oder umsichtig im Alltag ausgegeben, sondern ein in unsichtbaren Mengen verschwendbares und verschwendetes Geld; Geld wie Steine am Rhein, Sterne am Himmel, Geld in surrealer, irrealer Menge. Geld als Sesam öffne dich, als Universalschlüssel zur Welt der Dinge. Nun begriff ich, weshalb Hugo mir und auch den vorsichtigen Fragen meines Vaters nach dem Beruf seines Vaters ausgewichen war und etwas wie Verwalter gemurmelt hatte. Hugos Vater hatte keinen Beruf, weil er keinen brauchte. Hatte keine Fabrik und keine Firma, weil er keine brauchte. Nicht seine Arbeiter, sein Geld ließ er für sich arbeiten. Verwaltete er seinen Besitz? Er tat so. Die Arbeit der Verwaltung überließ er Fachleuten. Er besaß. Das war alles. Und das, dachte ich, ist der ganze Unterschied: Ob du für dein Geld arbeitest oder dein Geld für dich. Ob du reich bist, so selbstverständlich wie es tags hell und nachts dunkel ist, oder neureich wie die in den Illustrierten. Mein banges Vorgefühl verstärkte sich: Ich betrat eine Welt, für die ich nicht vorgesehen war. Und die nicht für mich.

Hoffentlich ist Onkel Adalbert nicht dabei mit seinen abgeschmackten Witzchen. Hugo nahm mich bei der Hand. Ein imponierender Kasten, was? Ja, die hatten einen sonderbaren Geschmack, die Alten.

Wirklich, der Freund tat sein Bestes, mir die Befangenheit zu nehmen.

Und dieses Haus, also all die Zimmer, da wohnt ihr ganz allein?

Fast, erwiderte Hugo verlegen, ein Onkel, Bruder von Mutter, wohnt noch hier, Junggeselle, und eine Großtante, Schwester der Großmutter, und dann noch eine Tante mit ihrem Mann, sind aber viel unterwegs, jetzt gerade in ihrem Haus auf Cap Ferrat. Und dann, ja, nur noch die Eltern, Brigitte und ich, wobei wir beide, also Brigitte und ich, ja auch in der Stadt wohnen. Der zweite Stock steht fast leer. Ach nein, die Dienstboten haben dort ihre Stuben.

Dienstboten! Schon wieder so ein 19.-Jahrhundert-Wort in Hugos Mund. Und nicht Zimmer hatten sie, sondern Stuben. Hugo, das begann ich zu begreifen, war aufgewachsen in der stillen Luft des Privilegs und hatte hinlänglich gelernt, die nervös unterdrückten beflissenen Nebengeräusche, die diese reibungslose Exklusivität gewährleisten, zu überhören. Ich nicht.

Soll ich dich erst einmal ein bisschen herumführen? Hugos Blick auf das Haus schien mir beinah feindselig. War ihm so unbehaglich wie mir? Doch ehe wir vor der Freitreppe in den Rosengarten abbiegen konnten, winkte uns eine Männergestalt, die gemessenen Schrittes die Treppe hinunterkam, auf sie zu warten.

Der Onkel, flüsterte Hugo, Onkel Adalbert.

Onkel Adalbert hatte einen großzügig geschnittenen, sozusagen auf weite Räume bezogenen Kopf. Er drückte mir jovial die Hand. Witternd wie die beiden Labradore, die ihm zur Seite trotteten, machte er den Eindruck, dass nichts ihm entging, was in seiner Nähe geschah. Gleichzeitig wandte er seinen Kopf fast von mir ab, als lausche er in die Ferne, meinte er mich überhaupt? Seine Eigenart, erkannte ich später. Er war im Krieg gewesen wie Hugos Vater, nahm noch immer die Haltung eines Offiziers an, und als er die Rabatten abschritt, schienen Phlox, Levkojen und Reseden in Habachtstellung zu gehen.

Durch den Garten und um das Haus herum führte er uns, betonte dessen trutzige, wie er sich ausdrückte, Architektur, erläuterte Bauweise und -stil, ließ keines der Ecktürmchen, Tor- und Fensterbögen, Erker und Brückengeländer aus, sprach unaufdringlich, überlegen, distanziert, ganze Generationen mussten an dieser Redeweise, die ein unüberhörbarer kölscher Ton begleitete wie ein Basso continuo, mitgeschliffen haben. Doch ungeachtet des Gemütlichkeit vorspiegelnden Dialektanklangs lief da unterhalb des zu Hörenden noch andere Rede mit. Was hast du hier zu suchen?, fragte es in den Pausen zwischen den Worten, dem Atemholen zwischen den Sätzen; im Schweigen hinter dem Gerede fragte es: Was willst du denn hier? Woher kommst du eigentlich?

Ich brachte kaum ein Wort heraus, begnügte mich mit hie und da eingestreuten Grunzern der Bewunderung und kämpfte gegen das wachsende Gefühl, in eine Falle geraten zu sein. Ein dunkler Haufen Spatzen brach von nirgendwo über das Kiesrondell, flügelschlagend, als applaudierten sie mir aus meiner Welt, übertrieben und ironisch.

Schließlich ging es dann doch die Treppe hinauf, die sich mit ihren bequemen Abmessungen meinen Schritten äußerst zuvorkommend anpasste. Oben blieben wir noch einmal stehen und warfen einen Blick zurück. In einer fernen Ecke tickten Rasensprenger und streuten feine Wasserbögen über Hortensien, Hibiskus und verblühten Jasmin.

Dort drüben, Hugo wies über Rosengarten und Staudenrabatten. Weit hinten, wo der Garten in einen Park oder ein Wäldchen überging, schimmerten die Glasdächer der Gewächshäuser in der Abendsonne. Dort hinten, ich hätte es dir gerne gezeigt, steht *mein* Holzstall, ein Gartenhaus. Wenn du genau hinschaust, siehst du das rote spitze Dach im Gebüsch.

Gerade wollte ich sagen, dass ich leider gar nichts sähe, da öffnete sich ein Flügel des Portals, und wir betraten eine Halle, sicher drei-, viermal so groß wie das gesamte Haus der Familie Palm, aber genauso düster. Die hohen Wände über und über mit Porträts von Malern unterschiedlichsten Talents bedeckt, eine Galerie in wuchtigen Gold- oder Holzrahmen, die sich die gewaltige Treppe hinaufzog, was sicher dem Besucher Respekt, wenn nicht Ehrerbietung abnötigen sollte. Von Spitzenkragen gesäumte Gesichter hingen nächst der Tür, Damen in großer Robe, kostbar geschmückt, es folgten hohe Kragen und Zylinder, Rüschenkleider, geschlossen bis unters Kinn, Frack und Orden, kecke Hüte und Mädchen im Damensattel zu Pferd. Die Gesichter zumeist rundlich rheinisch mit diesem selbstgewissen, manchmal ironisch ins Arrogante spielenden Ausdruck.

Die Familiengruft, flüsterte Hugo mir zu.

Und der Großvater, flüsterte ich zurück?

Weiter oben, Hugo deutete die Treppe hinauf. Ein Foto. Er wollte sich nicht malen lassen. Kokolores, hat er gesagt.

Lisbeth, so der Name der, laut Hugo, Dienstbotin, die uns die Tür geöffnet hatte, war kaum älter als ich, mittelgroß, aschblond und mit diesem gefrorenen Dauerlächeln behaftet, das sie ihrer Herrschaft wohl schon abgeschaut hatte; vielleicht aber gehörte es auch zur Grundausstattung in diesem Beruf. Bei der studentischen Arbeitsvermittlung hatte man mir vor kurzem eine Adresse mitgegeben für einen Job im Partydienst, Häppchen rumreichen und Getränke auf einer Cocktailparty wie bei Godehard. Ich überstand den Abend ganz gut, glaubte ich. Doch bei der Studentenvermittlung beschwerte man sich, was dieses Serviermädchen sich herausgenommen habe. Gesprochen, gar gescherzt und gelacht habe es mit den Gästen. Also: durchgefallen. Lisbeth, die mich mit undurchdringlicher Miene musterte, nicht länger als erbötig, würde das nicht passieren.

Ihr Herr Vater erwartet Sie im Studio, verlautbarte sie mit leicht zur Seite geneigtem Kopf, und als ich Hugo folgen wollte, ergänzte sie: Nur Sie, Sie nicht.

Hugo zog mich an der Hand mit sich.

Herr Adolph Ottokar Breidenbach, hinter seinem kolossalen Schreibtisch wie in einer Kommandozentrale thronend, steckte bei unserem Eintreten seine Füllfeder in die aufrecht wartende Krokodillederhülle und strich einige Papiere rasch, aber methodisch zusammen. Hinter ihm die Standuhr mit schwerem Gehänge schlug dreimal, ein Viertel vor sieben, als wolle man alle fünfzehn Minuten demonstrieren: Zeit ist Geld. Oder aber: dem Wissen um die Zeit den Müßiggang entgegensetzen.

Herr Breidenbach richtete sich auf und rückte sich zurecht, schlang den einen Arm um die Rückenlehne seines Sessels, klemmte den Daumen in den Ärmelausschnitt seiner Weste und lehnte den Kopf, das Kinn auf der Brust, weit von uns zurück. Die Urgestalt des Prüfers. So hatte Prokurist Viehkötter mich auf der Pappenfabrik empfangen, als Frau Wachtel mich, ihren Lehrling, wegen Aufsässigkeit bei ihm angeschwärzt hatte. Doch dessen Gesicht war glatt und nichtssagend gewesen. Das des Mannes vor mir gezeichnet. Breidenbachs Ober- und Unterlippe waren zerhackt. Unter einem kahlen Schädel lief ihm eine grimmige Narbe quer übers Gesicht, ein blasser sichelförmiger Bogen von der rechten Schläfe bis zur Mitte des Kinns. Ich konnte meinen Blick nicht davon lösen.

Teutonia Bonn, sagte er, mein Entsetzen genießend, erhob sich kaum, fasste meine Hand und deutete eine Verbeugung an, einen Handkuss? Er saß schon wieder.

Tja, da hatten wir noch Mumm, damals. Breidenbach wandte sich Hugo zu: Und da bist du ja auch. Küss mich. Hier. Hugos Vater zeigte auf einen Fleck unterhalb seines Jochbeins. Hugo beugte sich zu ihm hinunter und entledigte sich seiner Sohnespflicht, der solcherart Geküsste streckte sich zu voller Größe, zupfte Hugo die Kornblume vom Revers, warf sie irgendwohin und schritt uns voran.

Auf einem Tischchen nahe der Tür war ein Schachspiel aufgebaut.

Spielen Sie?, fragte Breidenbach.

Ich verneinte, und er nickte achselzuckend, als habe er das schon im vorhinein gewusst.

In unserer Familie spielen alle Schach, bemerkte er in einem Ton, als bestätige er $a^2 + b^2 = c^2$. Nur der nicht, er machte eine Kopfbewegung in Richtung Hugo, der sich die Kornblume wieder angesteckt hatte. Hoffnungsloser Fall, kommentierte Herr Breidenbach.

Warum musste ich bei jeder Äußerung von Hugos Vater an Mathematik denken? Was immer er sagte, so mein erster Eindruck, der sich im Laufe des Abends verfestigen sollte, geschah in einem Ton, der keinen Widerspruch duldete, so wie Mathematik eben. Ob er einem Gärtner eine Anweisung gab, das Essen lobte oder rügte, ob er den Wahlerfolg der NPD in Bayern und Hessen würdigte – über sieben Prozent, parbleu! – oder einfach feststellte: Das Wetter hält oder: Der Himmel ist blau. Ein Gespräch mit ihm zu führen, war unmöglich, sein ganzes

Reden eine Aneinanderreihung von Behauptungen, in denen stets eine leise Verachtung schwang. Für das Gesagte? Für den Angesprochenen? Schwer zu sagen. Bestenfalls diente ihm sein Gegenüber als Stichwortgeber. So, als ich auf die Frage nach meiner Familie erwähnte, mein Bruder sei in Munster beim Panzeraufklärungslehrbataillon stationiert.

Keine schlechte Sache das, reagierte er ungewohnt zugewandt, fragte, ob der Bruder Fabian von Ostrau kenne, Aribert von Buch oder Clamor von Trotha, was ich dreimal lügend bejahte, worauf sich seine Anerkennung zu: Gute Sache das, steigerte und nicht enden wollende Ausführungen über den Panzereinsatz im Zweiten Weltkrieg folgten.

Noch ehe er nach dem Beruf des Vaters fragen konnte, hatten wir Zimmerfluchten wie bei einer Schlossführung durchquert und schließlich das Esszimmer erreicht. Anders als die hohe Bibliothek, die mit einer umlaufenden Empore in zwei Ebenen unterteilt war; anders auch als das Musikzimmer mit seinem Flügel, Bechstein, hatte ich im Vorbeigehen erspäht, drückte die Esszimmerdecke nicht mit einer dunklen Holzvertäfelung, war vielmehr in klassizistischem weißem Stuck ornamentiert. Es roch nach Blumen, Wachspolitur und Parfüm, aber durchaus nicht nach Essen.

In allen Räumen waren mir die kunstvoll drapierten Vorhänge an den hohen Spitzbogenfenstern aufgefallen. Bei uns zu Hause kehrte man die Muster der Stores nach außen, für de Lück. Hier wandten sich die prunkvollen Ornamente auf Samt und Brokat ihren Besitzern zu. Zwischen den Fenstern des Esszimmers hingen Gobelins in fein abgestuften Grün- und Goldtönen, die die Sonnenfarben der Linden von draußen aufnahmen, Licht und Wärme ins Innere zu bannen schienen; im Winter würden sie die Pracht des Sommer heraufbeschwören.

Ich murmelte etwas von frischmachen. Hugo wies mir eine Tür am Ende eines Ganges, der vom Eingangsrondell abzweigte. Ein mannshoher Spiegel mit einem Hocker davor, Kamm und Bürste in einer Silberschale, brennende Kerzen, lavendel- und rosenduftende Trockenblumen auf der Kommode, Eau de Toilette in geschliffenen Bleiglaszerstäubern. Eine zweite Tür führte zu den Toiletten, geräumigen marmorvertäfelten Kabinen, Kupferstiche an den Wänden, die, so der Untertitel, Szenen aus dem Eheleben des 18. Jahrhunderts zeigten. Männer hoben die Röcke der Frauen, um ihre Rechte wahrzunehmen, vom Geschlechtsverkehr bis zur Tracht Prügel.

Ich suchte mein Gesicht im Spiegel. Ja, ich war noch da. Hilla Palm aus Dondorf, gepflegter Ort am Rhein, Altstraße 2. Ganz normal. Ich klappte den Deckel hoch. Dachte ans Dondorfer Plumpsklo, pisste in das malvenfarbene Porzellan und klappte den Deckel drauf. Spülen? Nö. Und tat es doch. Wer hätte die Schweinerei wegmachen müssen? Lisbeth.

Sie standen um einen der kleinen runden Tische herum und hielten Gläser in der Hand, die sie sinken ließen, als wir näher kamen. Offenes, fettes, leicht malziges Bouquet, tönte der Onkel, Spuren von überreifem Traubengut.

Hugos Mutter stellte mich der Verwandtschaft vor. Großtante Sibille zuerst, eine hagere Frau in den Siebzigern, der die rot hingemalten Flecken auf ihren Wangen weniger das freundliche Glühen einer alten Frau verliehen als eine protzende Lächerlichkeit. Ein Geruch nach Kölnisch Wasser und muffig vertrockneten Äpfeln ging von ihr aus, ein Dunst freudloser Vergangenheit. Meine hingereichte Rechte übersehend, griff sie nach meiner Linken, nahm sie in ihre beiden Hände und drückte sie, gleichzeitig einen Schritt zurücktretend und ihre Arme zu voller Länge ausstreckend, wobei sie mich mit einem Blick von oben bis unten blitzschnell abtastete, die Unterlippe vorschob, das Kinn in die Truthahnfalten ihres Halses eingrub und schließlich aus alterstrockenen dünnen Schildkrötenlippen ein kaum hörbares Willkommen verlauten ließ. Hatte die alte Dame zu viele Stummfilme mit Schlossherrinnen gesehen?

Onkel Adalbert prostete mir gemessen zu, murmelte: Süße Tannine, warme Cassis- und Heidelbeernase, bevor er: Hatten schon das Vergnügen, schnarrte.

Brigitte bedachte mich mit einem stummen Heben ihres Glases und einem wegwerfenden Kopfnicken: Sieh mal, wie Fräulein Palm ihre Haare trägt. Wie Audrey Hepburn in *Ein Herz und eine Krone*, stieß sie ihre Mutter an.

Bislang hatte ich mich mit meiner Frisur durchaus königlich gefühlt. Doch nun wurde ich mir nicht nur meines gebauschten Aufbaus bewusst, sondern meines ganzen Körpers, wie er so dastand vor aller Augen, fühlte zwischen den harten Rändern der schwarz-weißen Perlmuttdreiecke meine Ohrläppchen anschwellen, spürte, wie das Blut darin pochte und die Röte über Stirn und Wangenknochen brannte, über das hitzeprickelnde Gesicht bis hinunter zur Nasenspitze, dem Kinn, den Hals hinab.

Entzückend, jubelte die Großtante, wie entzückend sich das Mädchen zu färben weiß. Sieh nur, Hugo!

Fräulein Palm, bitte, fauchte Hugo. Oder meinetwegen: Hildegard!

Nur Onkel Adalbert schien einiges Interesse an mir aufzubringen. Doch nach ein, zwei Sätzen merkte ich, dass ich nur willkommenes Opfer war, seine selbstgefällige, etwas vulgäre Beredsamkeit an mir auszulassen, die sich im Wesentlichen auf den jeweiligen Wein bezog. Unablässig sprach er auf mich ein, schwärmte von langen, mundfüllenden Erlebnissen, an die er sich mit Ort und Datum erinnern konnte – im Mai 1956 zu Hause im Wintergarten nach Dauerregen verkostet –, schwatzte von Monstern in Rubens-Form, von molligen Gaumen mit pfeffriger Säure vermischt, schnalzte im Finish Dörrpflaume, Paprikapulver, Lakritze hinterher. Dabei behielt er mich scharf im Blick, als suche er, mich irgendwie einzuordnen, wie er es wohl in seinem Beruf, er war nach dem Krieg Notar gewesen, gelernt hatte.

Hugos Vater machte der Vorstellung ein Ende, indem er seinen Platz am Kopf des ovalen Tisches einnahm; der Rücken seines Stuhls, ein antikes Stück, sicher noch aus Ururgroßvaters Zeiten, war deutlich höher als die übrigen. Hugo wies er zu seiner Rechten, zu seiner Linken mich. Mir schräg gegenüber saßen Brigitte und Großtante Sibille. Onkel Adalbert neben mir, am anderen Ende der Tafel die Mutter.

Man plauderte weiterhin leichthin nebenhin: über die neuen Gartenmöbel, neue Autos, den Wein; Hugos Vater machte sich über seine Sekretärin lustig, nicht einmal Exzerpt von Expect unterscheiden könne sie. Die Hausfrau mokierte sich über Schneiderin und Friseur. Unernst, als erzähle man einen Witz nach dem anderen, als ginge einen das eigentlich überhaupt nichts an. Redete so dahin, wie Vögel zwitschern oder Bienen summen, ein ununterbrochener Wörterstrom, Sätze, die man sich zureichte, einander weiterreichte wie in einem Staffellauf, undenkbar, dass hier jemals einer einen Satz verpassen könnte, ihn entgleiten lassen, dass ein Stocken einträte, eine Pause, eine Stille, womöglich ein Schweigen, Leere, Abgrund. Oh nein, derlei wussten sie zu vermeiden, geübte Spieler pseudosozialer Gemeinschaft.

Alles in mir verkrampfte sich, nur ja nicht mein Stichwort zu verpassen, den Stab nicht fallen zu lassen, das rechte Wort am rechten Fleck, ich schwitzte und lauerte, bis ich merkte, dass die Stäbe, die Sätze einfach an mir vorbeigereicht wurden, niemand sich für mich interessierte. Ich saß dabei wie eine Attrappe, ein Statist für die Rolle des Gastes, des Zuschauers, vor dem man das Stück *Heile Familie* aufführte. Man sprach zu mir und gleichzeitig über mich hinweg, stellte Fragen an mich, die man im gleichen Atemzug beantwortete, erwartete Auskunft, die man gleich selber gab, wenn man mir zutrank, als tränke man mich weg, und ich fühlte, ich agierte wie ein Laienschauspieler unter Profis. Feucht, lappig und rauh fühlten sich meine Unterarme an, Haut, wie die der Hühner, wenn die Großmutter sie rupfte. Zwischen meinen Schulterblättern begann es zu jucken, das Jucken dehnte sich aus, zu kratzen wagte ich nicht. Als hätte ich vergessen, wie man einfach von irgendetwas spricht, vom Wetter, dem Essen, dem Fernsehen plaudert, war ich mir jeder meiner Gesten, meines Gesichtsausdrucks, meines Mienenspiels bewusst, wenn mein Mund Wörter und Sätze formte, die ich kaum hervorkramen konnte.

Und Hugo? Ging seine Stimme in denen der anderen unter? Schwieg er? Sehen konnte ich ihn kaum. Der massige Körper des Vaters versperrte die Sicht.

Das Serviermädchen, Olga, eine dünne schwarz-weiße Gestalt, hatte unsere Gläser aus einer überdimensionalen Champagnerflasche schon mehrfach nachgefüllt, als Frau Breidenbach ein silbernes Glöckchen bediente und eine Person, die mit Anna angesprochen wurde, erschien, Anna, wie meine Großmutter, einst Dienstmädchen beim Dondorfer Bürgermeister. Diese Anna war eine rotwangige, dralle Person, meinen Rüppricher Tanten nicht unähnlich, doch durch Umgebung und Herrschaft gleichsam veredelt, aber nicht verdorben. Sie trug den ersten Gang herein mit einer fröhlichen, unerschütterlich wirkenden Selbstsicherheit, als wollte sie klarmachen, dass es jetzt zur Sache, einer unbedingt begehrenswerten Sache gehe, die man nicht zuletzt ihr und ihrer Kochkunst zu verdanken habe.

Die Wachtelpastete, platzte Anna mit einer kleinen Verbeugung und deutlich kölschem Zungenschlag in dieses auf- und abschwellende Rinnsal gedämpfter Stimmen und hielt der Hausherrin die duftende Speise vor. Mit einer so zierlich wie geschickten Handhabung des Bestecks führte die sich ihre Portion auf den Teller, und so taten es auch die anderen, und ich versuchte es ihnen nachzutun, doch immer wieder glitschte mir die Scheibe zwischen Löffel und Gabel heraus, bis ich sie zu guter Letzt aufspießte und mit dem Löffel auf meinen Teller streifte. Hugo beugte sich so weit vor, dass er mich über den Körper des Vaters hinweg anlachen konnte, und stach ebenfalls zu.

Dann klopfte der Hausherr an sein Glas und hieß mich willkommen, und wir tranken und nickten und lächelten, und die Männer schnalzten dem ersten Schluck hinterher, dies alles, ohne das Silbengeplätscher auch nur für einen Augenblick zu unterbrechen.

Hugos Mutter gab den Takt vor, führte das Essgerät wie der Kapellmeister sein Stöckchen im Kurkonzert, lautlos ließ sie das Messer über das dünne Porzellan gleiten, lautlos spitzte ihre Gabel feinste Stückchen des umhüllten Geflügels auf und balancierte sie zwischen die Lippen.

Über der Tischplatte geriet nun alles in Bewegung. Gabeln und Messer hoben und senkten sich, die Gesichter bewegten sich lässig den Besteckteilen entgegen, Münder zogen sich in die Breite, rundeten sich, Kinnladen hoben und senkten sich, Backen dehnten und verengten sich, Speisebrei rutschte die Kehlen hinab, von Adamsäpfeln sichtbar begleitet.

Anna huschte, nachdem Hugos Mutter wiederum das Glöckchen bedient hatte, leise, leise herein, ergriff unsere Teller, nichts klapperte, als sie einen über den anderen türmte, schon war sie zurück mit neuen größeren leeren Tellern, gefolgt von Olga, die die Schüsseln, äh, Terrinen, erst herumreichte und dann auf silberne Untersetzer stellte.

Nun, da es endlich ans Essen ging, schienen Mutter, Schwester und Großtante es darauf anzulegen, mir keinen Bissen zu gönnen. Hatten sie mich vorher betont links liegen lassen, so wandten sie mir nun unablässig ihre Dreiviertelprofile zu, um in zuckersüßen Tönen Fragen an mich zu richten, die keiner Antwort wert waren, mich aber jedesmal zwangen, die jeweilige mehr oder weniger zerkaute Essensmenge in die Backentasche zu schieben und höflich den Mund zu öffnen. Dabei forderten sie mich immer wieder zum Essen, zum Zugreifen auf, das empfohlene Nahrungsmittel jeweils mit Nachdruck hervorhebend: Es sind auch noch *Bohnen* da, meine Liebe, nicht nur *Erbsen* und dann diese *Kartöffelchen*. Aber es lag nichts Einladendes in ihren Stimmen, und der Nachdruck, der den Nahrungsmitteln galt, teilte sich auch den übrigen Satzgliedern mit, was den theatralisch aufgesetzten Effekt dieser auf- und abschwellenden Flötentöne noch verstärkte. Erst nach Hugos Protest, nun lasst Hildegard doch einmal essen, wandten sie sich von mir ab und unterhielten sich halblaut über mich, als wäre ich gar nicht anwesend. Hastig nahm ich ein paar Bissen, kaute, schluckte, führte die Gabel drei-, viermal zum Mund.

Sieh mal, sagte Großtante Sibille, das Mädchen muss doch nicht so hetzen.

Hetzen. Vor meinen Augen lefzte eine Hundemeute einem Kaninchen hinterher.

Fräulein Palm, bitte, oder Hildegard, bitte, wies Hugo die Großtante zurecht. Seine Augen in meinen bettelten, nein, sie flehten: Lass dich nicht provozieren. Bleib cool.

Wurde ›cool‹ in den späten Sechzigern schon gebraucht wie heute? Ich habe es überprüft: ja.

Niemand verlor auch nur ein Wort über das Essen, man aß, als äße man nicht, dächte gar nicht ans Essen, dächte fortwährend an Höheres, den vergangenen Urlaub zum Beispiel, auf Kreta oder den Kanaren, da habe kürzlich ein Restaurant geschlossen, in dem daneben gebe es nur noch *ein* Menü am Abend und der Friseur, eine Katastrophe, vom einheimischen Personal ganz zu schweigen …

Hugos Vater hatte sich wenig beteiligt an den Gesprächen, wenn es denn solche waren. Doch wenn er etwas sagte, und sei es nur ein gebrummtes Hmhm, wandten sich alle ihm zu und schienen dem Gesagten einen Augenblick lang nachzulauschen, ihm weit mehr Gewicht beizumessen als den eigenen Äußerungen.

Tempo und Ton der Tischgesellschaft bestimmte die gedämpfte Gelassenheit der Mutter. Nur einmal, als Olga zum Käse den Port servierte und dabei ein paar dunkelrote Tropfen auf den weißen Damast verschüttete, sah es für Sekunden aus, als befiele sie maßlose Wut. Ihr ebenmäßiges Gesicht verzerrte sich, und die gepflegten Hände ballten sich zu Fäusten, doch mit dem nächsten Lidschlag saß sie schon wieder blass und gefasst, griff nach dem Salz und streute es über die Flecken, plappernd, dies helfe immer, und sofort müsse man das tun, Salz streuen, das sei dann gar kein Unglück. So bleich und kühl saß sie da und scherzte belanglose Redensarten nach allen Seiten, dass ich mir kaum mehr sicher war, wirklich einen Riss in der Maske gesehen zu haben. Und wenn – was hätte mir dieser Riss gezeigt? Dass all diese Gelassenheit, diese großbürgerliche Gediegenheit nur Schau war? Mühsames Rollenspiel, um et Kenk von nem Prolete hinters Licht zu führen? Egal. Mich einzuschüchtern sollte ihnen nicht gelingen. Mehr als einmal hatte ich an Frau Wagenstein und meine Nachhilfeschüler gedacht. War denn das ganze Leben für dat Kenk von nem Prolete eine einzige Nachhilfestunde? Aber damals war ich allein. Hier wusste ich Hugo bei mir.

Und dann fragte Herr Breidenbach nach dem Beruf meines Vaters.

Jetzt Rentner, sagte ich.

Aha, Pensionär. Und vorher?

Bei Krötz.

Kennen wir. Auf dem Büro, nehme ich an.

An der Maschine.

Sie meinen Ingenieur?

Nä, an dä Kettemaschin. Un de Mamm putz de Post un de Krankenkass.

Großtante Sibille kicherte in ihr Glas. Die rotierenden Kaubewegungen ihrer Kiefer wurden langsamer, hörten auf.

Hugos Mutter fuhr sich mit einem Ruck beidhändig übers Haar, als wolle sie sich versichern, dass auf ihrem Kopf noch alles in Ordnung sei.

Hugos Vater bescherte mein Bescheid den Blick einer Bulldogge. Schon wollte ich meine Antwort etwas abschwächen, da setzte er selbst zu einer Entgegnung an, verschluckte sich aber derart, dass er husten und sich den Mund bedecken musste. Alle blickten auf ihre Teller, damit er ungestört und unbeobachtet würgen konnte. Hugo ließ seine Gabel fallen und angelte unterm Tisch nach meinem Bein.

Sie studiert mit dem Honnefer Modell, Brigitte streckte ihr Kinn in meine Richtung und verzog ihr rotes Schlänglein links nach oben, rechts nach unten.

Arbeit schändet nicht, suchte Onkel Adalberts Kommandoton die Situation zu retten. Darauf einen Dujardin!

Das Serviermädchen erschien, kannte wohl das Stichwort, hielt die Hände in Brusthöhe angewinkelt wie ein männchenmachender Hund und presste sie, sobald der Befehl nach einer der Flaschen, dem Digestif, erging, wie zum Gebet aneinander, wobei ihr Kopf in rascher Folge auf- und niederwippte.

Zum Dessert, wenn ich bitten darf. Hugos Vater, auch er mit einer Klingel ausgestattet, schellte, spreizte die fünf Fingern seiner Rechten wie ein Klavierlehrer und trommelte auf das Tischtuch.

Adolph!, seufzte seine Frau gereizt. Die Finger erstarrten und zogen sich in das Nest einer Faust zurück.

Herbeigetragen, nein, auf einem Servierwagen gerollt wurde eine silberne Halbkugel, die Anna leichthändig lüftete: zuckerbraunkrustige Bananen. Ein Griff zur Kognakflasche, ein zweiter, nicht minder geschickter Schwung über die Fruchtbackware, ein Feuerzeug. Laut und heiß zischte die Flammenzunge empor und entwand sogar Hugos Mutter etwas, das wie ›Ah‹ klang, entlockte Großtante Sibille ein müdes wohlwollendes Klatschen, dem Vater ein ebensolches Nicken. Die Flammen glühten ein paar Sekunden blaugolden, um alsbald unter exakt drei Atemstößen des Onkels zu erlöschen, eine Übung, zu der er sich eigens erhob und die er sich, wie mir Hugo später erklärte, niemals nehmen ließ.

Hinter dem Rücken des Vaters, der sich weit vorbeugte, um das Schauspiel zu genießen, ließen Hugo und ich einander nicht aus den Augen, und so, gleichsam von Hugos Augen umarmt, gehalten, getragen, konnte ich mir die Nachspeise wirklich schmecken lassen.

Ich denke, wir nehmen den Kaffee im Salon, Hugos Mutter erhob sich.

Manieren hat sie ja, hörte ich die Großtante im Hinausgehen tuscheln. Und wenigstens ist sie katholisch. Aber man muss sich nur die Fingernägel ansehen.

Und die Zähne, ergänzte Hugos Mutter. Arme-Leute-Gebiss. Die kommt aus der Hefe.

Jawohl, hätte ich am liebsten geschrien. Aus der Hefe komme ich. Aus der Hefe, mit der die Großmutter den Platz gebacken hat, jeden Samstag zur Sterbestunde Christi in den Ofen geschoben und das Öllämpchen ausgemacht, den Docht zwischen Daumen und Zeigefinger.

Um Gottes willen bloß kein Kind!, beschwor die Großtante die familiäre Zukunft.

Hugo und ich blieben nicht lange und ließen die Gesellschaft einigermaßen verdattert zurück. Ich fasste seine Hand und wusste, solange man einen kennt, der denkt wie du, ist alles auszuhalten.

So, und jetzt gibt es erst einmal etwas Richtiges zu essen, Hugo warf die Autotür zu.

Wie bitte?

Naja, wie wär's mit einer Sibille à la Brigitte. Also, da ziehen wir der einen die Haut ab und spicken sie mit leichten Schwesternpfoten, die man vorher in heißem Onkelschmalz anbrät. Wässert das Ganze in ätzender Mamasäure, schlägt drei Kreuze darüber und schiebt es in einer Papparole in den Ofen. Wird es dort zu heiß, hebt man den Pappapott von unten nach oben und kitzelt dem gelbbraunen Tantenbraten gehörig die Rippen. Je nach Stärke und Dauer des Gelächters ist der Braten servierbereit.

Hmm, läcker, läcker, schmatzte ich lachend. Aber unbedingt gehört zum Schluss noch etwas Mutterstreusel drüber.

Dat schmaat wie Taat!*

* Das schmeckt wie Torte.

Bis zum Beginn des Wintersemesters nahm ich noch einen Job in einer Imbissbude an, konnte nach zwei Tagen keine Bratwürste, egal, welche, vor allem aber keine halben Hähnchen mehr sehen. Sie mussten roh auf Spieße gesteckt, im richtigen Bräunungsmoment abgezogen und halbiert werden.

Keine Angst, ich werde jetzt nicht erzählen, wie das so zugeht in einer Imbissbude der sechziger Jahre, obwohl, wenn ich das könnte, und zwar so, dass der Leser mit heißen Ohren dasitzt und das Buch gar nicht mehr aus der Hand legen kann, weil er oder sie fiebert zu erfahren, wie das nun weitergeht, wenn ein Hähnchen sich dreht und dreht und dreht und noch weiter, so ein aufgespießtes, gerupftes Federvieh, und dabei braun wird, brauner, am braunsten, also, wer das könnte, Worte finden für das Banalste, Unscheinbarste, so, dass es beim Leser Schauder des Erstaunens, Entzückens, Entsetzens auslöst, ja, das wär's.

Wenn einem bei den Wörtern vom sich drehenden Brathähnchen das Wasser im Mund zusammenläuft, wenn man an den Wörtern zu schlucken hat, als hätte man zugebissen, dann, ja, dann … Oder aber man bewundert die Kunst der Verwörtlichung des Hähnchens am Spieß so innig, dass man darüber den Appetit auf ein solches völlig vergisst, gesättigt vom puren Kunstgenuss. Ach ja, was einem so ein am Spieß sich drehendes Hähnchen alles abverlangen kann.

Zu Hugo ging ich nur noch mit Zwischenstation im Hildegard-Kolleg, wo ich mir das Geruchsgemisch von heißem Öl, verbrannter Hühnerhaut und Pommes frites aus Haaren und Poren dauerduschte, bevor mich der Liebste empfing wie einen Spätheimkehrer aus den Russenlagern, ein armes Schwein, das man nach allen Schikanen verwöhnen musste. Nicht nur kleine Speisen und immer ein Kölsch hielt er für mich bereit, geradezu süchtig machte er mich nach seinen Massagen, ah, wie ich da die Schultern wieder zu regen, zu räkeln begann, die Wirbelsäule vom Nacken bis zum Kreuzbein und später, wenn er sich, ich grunzend vor Behagen, weiter abwärts tastete, rundum und hinein ›where the wheel's on fire‹ und es sich rasend zu drehen begann unter Hugos geschicktem Fingerspiel, Lippenspiel, Zungenspiel, und Maxima und Ding an sich schlossen sich zusammen zum ewigen, ewigen Frieden. Vorübergehend.

Das Semester begann, auch für uns, mit einer Demonstration gegen den Krieg in Vietnam. Ho-Ho-Ho-Tschi-Minh, trabten wir durch die Schildergasse, Ho-Ho-Ho-Tschi-Minh, im Laufschritt, Tanzschritt, das brachte die stehende Luft in Bewegung wie Gelächter.

›Bürger runter vom Balkon, unterstützt den Vietcong‹, schrie ich, hundertprozentig überzeugt, was schon bei ›Lass den Kuchen, lass die Sahne, schnapp dir eine rote Fahne‹ nicht mehr ganz zutraf. Rote Fahne? Naja, dieses Bekenntnis ging mir fast zu weit. ›Macht kaputt, was euch kaputt macht‹? Nicht mit mir. Ich wollte nichts kaputt machen. Das, was die kaputt machen wollten, genau das wollte ich haben. Und vollends gegen den Strich gingen mir Sätze wie: ›Haut dem Springer auf die Finger‹ oder gar ›Brecht dem Schütz die Gräten, alle Macht den Räten‹. Grausame Worte waren das, die hier in die Wirklichkeit der Schildergasse gerufen wurden, nicht irgendwas auf Papier. Ohne mich. Ho-Ho-Ho-Tschi-Minh, das klang nach Ha-Ha-Ha-Hat-Schi, Gesundheit, Fastelovend. Aber Grätenbrechen, Fingerhauen. Autsch. Das war Lehrer Mohrens Lineal, drauf auf die Finger schwatzhafter Nichtsnutze bis zum wimmernden Schmerzschrei. Nicht einmal in den Mund nehmen mochte ich so was. Ich hasste Gewalt. Hatte sie als Kind erlebt. Das blaue Stöckchen hinter der Uhr. Das blaue Stöckchen in der Hand des Vaters. Das blaue Stöckchen auf meinem Fleisch. Der Hosengürtel über meine Hand mit dem Reclam-Heftchen darin. Die Wut-Faust.

Und die geballten Fäuste hier?

Sie waren leer, die geballten Fäuste hier, die eine oder andere Hand noch mit einem Siegelring geschmückt, der später verschwand, als die Fäuste Pflastersteine ausbuddelten, die Arbeiterhände verlegt hatten. Theatralisch müßiggängerische Drohgebärden. Kämpferisch? Da konnte ich nur lachen. Ich kannte die böse Faust des Vaters, ja. Aber ich sah auch die Hand des Vaters, um den Hammer geballt für die Eisenplättchen unter den Schuhen; die Hand der Mutter, den Putzlappen auswringend; ihre Hände geschwollen vom Kettenknipsen bei der Heimarbeit; die Hand der Großmutter mit dem Küchenmesser darin; die Faust des Onkels um die Kelle geschlossen, mit der er den Mörtel, den Spies, verstrich; sah die Fäuste meiner Verwandten am Werkzeug aller Art. Was erreicht man schon mit Gewalt? Gewalt. Noch flogen keine Steine. Nur Tomaten. Nur? Wie feierlich aßen wir sie in Dondorf zu Weihnachten, obwohl sie um diese Zeit nach nichts schmeckten, die Tomaten aus holländischen Treibhäusern; für jeden gab es eine, und jedem schmeckte das schale, labrig rote Bällchen köstlich.

Von Eiern ganz zu schweigen. Sorgsam verpackt in Silberpapier, den Schatz für die Heidenkinder, hatte mir die Großmutter beim Umzug nach Köln vier Eier frisch aus dem Hühnerstall mitgegeben. Was war das für ein Kampf um was, wenn der Papah via Monatsscheck Tomaten, Eier und Farbbeutel finanzierte?

Auf dem Neumarkt war die Demo friedlich auseinandergegangen, ich erleichtert wie nach einer bestandenen Prüfung. Auch Hugo schien auf eine Fortsetzung politischer Aufklärung im Keldenich nicht erpicht und lehnte die Einladung Arnfrieds ab, der uns sonderbar umwunden aufforderte: Wenn wir nun der Praxis folgen lassen den Überbau der Theorie, so ist das gut und nicht schlecht. Was hatte der denn gerade gelesen?

Doch wird auch unsere private Abendgestaltung in der Vorgebirgstraße den Vietcong seinem Ziel kein Stück nähergebracht haben.

Später fragte ich mich, ob ich ohne Hugo nicht schon nach wenigen Metern kehrtgemacht hätte. Wahrscheinlicher: Ich wäre nie auf die Idee gekommen, mich zu ›Solidarisiiieeeren, Mitmarschiiieeeren‹. Und noch später kam mir in den Sinn, ob ich wohl damals mitgelaufen wäre, hätte Hugo den Nazis angehört. Ja, fürchte ich, verliebt wie ich war, ich wäre mitgelaufen, zumindest am Anfang und eine Zeitlang. Jeder hatte einen persönlichen Grund, seinen personifizierten Grund mitzulaufen. Wer läuft schon einer Idee hinterher. Ideen werden verkörpert, meist in nahestehenden Menschen, ein Professor, ein Lehrer, ein Vorgesetzter oder einfach einer, der gerade zufällig für uns da ist; doch dies führt zu weit in die große Geschichte. Oder auch nicht.

Gemeinsam besuchten wir in diesem Semester Vorlesung und Seminar bei Professor Gerhard Fricke. Ein wenig gekrümmt und mit kurzen schnellen Schritten betrat der magere mittelgroße Mann den Hörsaal, begleitet vom Eichendorff-Assistenten meines ersten Semesters. Er sah krank aus, wirkte matt und fahl, vor allem sein schütteres, rostig verblichenes Haar, das einmal eine Mähne gewesen sein mochte. Blau geäderte Hände, von Altersflecken übersät, der tadellos ausrasierte Nacken zwischen die Schultern gezogen, als müsse er auf der Hut sein. Er begrüßte uns freundlich, die Stimme dunkel und fest; die Formalitäten, Referate verteilen und so fort, werde Herr Dr. Keller erledigen.

In der ersten Sitzung des Seminars zur Vorlesung ›Das Bild vom Spiel der Zeit in der Dichtung des Andreas Gryphius‹ führte der Professor in die Gedankenwelt des Barockdichters ein, seine Zeit und Philosophie. Die Greuel und das Elend des Dreißigjährigen Krieges handelte Fricke in ein paar trockenen Sätzen ab. Doch dann rezitierte er einige Sonette, und es ging eine wundersame Wandlung mit dem ältlichen Mann vor sich. Noch nie hatte ich einen Professor gehört, der die Wörter und Sätze der Dichter so ernst nahm. Silbe für Silbe holte Fricke die Dichtung in die Gegenwart, als überreiche er uns ein Geschenk. Etwas nahebringen. Welch ein Vorgang verbarg sich in diesem Alltagswort.

Es ist alles eitel

Du siehst, wohin du siehst, nur Eitelkeit auf Erden.
Was dieser heute baut, reißt jener morgen ein:
Wo itzund Städte stehn, wird eine Wiese sein,
Auf der ein Schäferskind wird spielen mit den Herden.

Was itzund prächtig blüht, soll bald zertreten werden.
Was itzt so pocht und trotzt, ist morgen Asch' und Bein:
Nichts ist, das ewig sei, kein Erz, kein Marmorstein.
Itzt lacht das Glück uns an, bald donnern die Beschwerden.

Der hohen Taten Ruhm muss wie ein Traum vergehn.
Soll denn das Spiel der Zeit, der leichte Mensch, bestehn?
Ach! Was ist alles dies, was wir für köstlich achten,

Als schlechte Nichtigkeit, als Schatten, Staub und Wind;
Als eine Wiesenblum', die man nicht wieder find't.
Noch will, was ewig ist, kein einzig Mensch betrachten!

Wie tief begriffen wir nun die Schiller'sche Maxime, die Voraussetzung jeder Dichtung: ›Es ist die Form, die den Stoff vertilgt.‹ Warum trösten uns Gedichte wie diese? Gedichte so heil-losen Inhalts? Weil sie uns Vollendung spüren lassen, die Vollendung der Form. Darin liegt ihr Trost, der Trost der Dichtung. Für den ungeübten Leser mag der Inhalt, die ›Botschaft‹ eines Kunstwerks, am wichtigsten sein. Dann aber ist er von dem, was ihm allein das Kunstwerk vermitteln kann, noch ein stückweit entfernt. Inhalt und Botschaft liefern auch Zeitungsartikel.

Hugo hatte recht. Tatsächlich war beides möglich: Germanistik als Wissenschaft mit hermeneutischem Zirkel, Strukturanalyse, Analyse der Funktionen rhetorischer Figuren, struktureller und historischer Betrachtung und gleichzeitig – Fricke sagte sogar: zuvor! – Germanistik als die Liebe zur Dichtung und zum Dichter. Sich ergreifen lassen, Dichtung als eine Möglichkeit, sich und die Welt besser zu verstehen.

Von Andreas Gryphius sprach Fricke wie von einem Freund, machte ihn zu einem lebendigen Menschen, der nicht nur unter den physischen Greueln des Krieges litt. Des jungen Gryphius' hochgelehrter Freund und Förderer, Georg Schönborner, wechselte aus politischem Ehrgeiz vom protestantischen zum katholischen Glauben, was Gryphius als schmerzlichen Verrat empfand. *Tränen des Vaterlandes,* eines seiner berühmtesten Sonette, breitet in wortmächtigen Bildern die Verheerungen des Krieges aus und schließt mit dem Terzett:

Doch schweig ich noch von dem, was ärger als der Tod,
Was grimmer denn die Pest und Glut und Hungersnot,
Dass auch der Seelen-Schatz so vielen abgezwungen.

Bei der letzten Zeile versagte Fricke beinah die Stimme. Ich sollte bald erfahren, warum.

Zur zweiten Sitzung kamen wir ein bisschen zu spät, Knurzig mit seiner Jean-Paul-Vorlesung hatte mal wieder überzogen.

Schon von weitem hörten wir einen ungewöhnlichen Lärm aus Hörsaal 18, der überquoll von Besuchern, die wir hier noch nie gesehen hatten. Die Männer, um deftige Behaarung von Kinn und Kopf bemüht, gekleidet in taillenkurze abgewetzte Lederjacken, Schaffellwesten, Jeans, eine Art Uniform, die signalisierte: Achtung, links. Die Mädchen, langhaarig, kurze Röcke, enge Pullis, unterschieden sich von uns übrigen Studentinnen nur durch die betonte Nähe zu dem linken Trupp und durch Luftballons, die sie büschelweise mit sich trugen. Gemeinsam hielten sie die vorderen Reihen besetzt, saßen auf den Tischen und benutzten die Bänke davor als Fußbank, dergestalt den Herrschaftszwang bürgerlicher Sitzmöbel demonstrativ aushebelnd. Ein paar von ihnen rauchten trotz Verbotes und schnippten die Kippen dem Pult entgegen, wo Professor Fricke seine Papiere ordnete. Einige erkannte ich wieder. Sie waren vorneweg marschiert bei der Demonstration zu Semesterbeginn. Und war das nicht Katja da bei denen? Was hatte die denn hier verloren? Auch unsere Plätze, die meist ein Kommilitone für uns freihielt, hatten sie in Beschlag genommen, und so drückten wir uns in die letzte Bank.

Fricke erhob sich. Mit ihm erhoben sich auf das Kommando einer Männerstimme die Luftballons, schwebten unter die Decke, schwirrten Papierschwalben durcheinander.

Fricke setzte sich wieder. Stand auf, versuchte ein paar beschwichtigende Handbewegungen. Meine … Damen … und … Weiter kam er nicht.

Die da vorne stampften mit den Füßen auf die Bänke, einer schrie: Raus!, und es war nicht klar, wen er damit meinte, die Stampfer oder den Professor, der den Kopf einzog und sich setzte.

Gegen den Krieg in Vietnam, gegen das Entlauben des Urwaldes, gegen die Jagd auf Frauen und Kinder, gegen die Politik der Amis, gegen die Notstandsgesetze: alles gut und schön. Ich war dabei. Aber hier wurde ein leibhaftiger Mensch, ein Professor, fertiggemacht, kein Handlanger des Kapitals, keine Marionette der Bonner Volksverdummer, keine bürgerliche Charaktermaske oder wie die Schlag!wörter alle hießen. Dieser Mann liebte die Dichtung. Er wollte uns etwas geben. Dafür hatte das Honnefer Modell meine Studiengebühren bezahlt. Wer das nicht haben wollte, konnte ja gehen.

Drei, vier, kommandierte die Anführerstimme erneut und: Haut dem Fricke ins Genicke!, gab sie vor, ein paar Stimmen folgten, und wie ein Stein, der sich im Gebirge lockert, rissen die wenigen Schreier andere mit, lösten sie aus ihrem Gefühl für Anstand und Takt, ließen sie Scham oder mindestens Feingefühl vergessen.

Empört schaute ich Hugo an. Ruhe, rief die Stimme wieder, und diesmal war klar, wen sie meinte, klar aber auch, wie sinnlos der Appell war: Als hätte sie zum Gegenteil aufgefordert, nahmen immer mehr der Anwesenden die bösen Wörter in den Mund, Wörter wie Köter, die nach dem Professor schnappten. Hugo knuffte seinen Nebenmann, der mitzubrüllen begann, in die Rippen.

›Gestern braun und heute braun und immer immer wieder‹, grölte es aus den vorderen Bänken, und dann war da plötzlich ein Megaphon, und der es hielt, das war Hugos Studienfreund Arnfried, kaum wiederzuerkennen. Seit unserer Begegnung auf dem Neumarkt war er nicht mehr beim Friseur gewesen, hatte die schwarze eckige gegen eine runde Nickelbrille, den Anzug gegen Karohemd und Schaffellweste getauscht.

Zwischen Belustigung und Empörung raunte ich Hugo zu: Na, mit der Veränderung der Verhältnisse hat dein Freund zumindest bei sich schon angefangen.

Doch wie schnell mir der Spott verging.

›Die nationale Revolution ist in ihr entscheidendes Stadium getreten‹, schrie das Megaphon. Der Gesang, die Sprechchöre verebbten. Arnfried baute sich neben dem Professor auf. ›Rede des Privatdozenten Dr. Fricke‹, brüllte er, ›gehalten am 10. Mai 1933 im Auditorium Maximum der Universität Göttingen, zitiert aus dem *Göttinger Tageblatt* vom 11. Mai 1933.‹

Totenstille. Und was ich nun hörte, hören musste, das konnte doch dieser ernsthafte, kluge Germanist nie gesagt haben.

›Mit der Übernahme der Macht‹, tönte das Megaphon, ›eröffnet sich der Blick in das eroberte braune Land … Die schöpferische Durchdringung des ganzen Volkes ist in Angriff zu nehmen. Denken und Wollen des Führers hat eine kopernikanische Wende herbeigeführt. Anstelle von Demokratie, Liberalismus und Internationalismus hat er den völkischen Sozialismus zum schlagenden Herzen im Organismus der Nation erhoben. Am 1. Mai hat es sich gezeigt: Die Schranken zwischen Ständen und Klassen sind gefallen, Deutschland hat begonnen, zu einer Nation zu verschmelzen.‹

Wer Ohren hat zu hören … Ich hörte. Und begriff nichts. Die Stimme war schon weiter.

›Was aber tun die Gebildeten? Sie haben sich bis jetzt dem Ruf der Nation verschlossen. … Die deutsche Hochschule hat noch einmal die Möglichkeit, neue Würde zu gewinnen.

Diese Flammen sind Symbol der Reinigung und des Kampfeswillens gegen alle Kräfte des Zerfalls. In allen Universitätsstädten sollten sie lodern, um Schmutz und Unrat zu verzehren, die Deutschland und das geistige Leben der Nation zu ersticken drohten.

Dabei bewegt uns an diesem Abend ein Dreifaches: ein Gefühl der Schuld, der Befreiung und der Verpflichtung. Wir, die Hochschullehrer, sind schuld daran, dass dieser Akt der Vernichtung nun nötig ist. … Wir haben uns in die Geschichte geflüchtet. Dabei ist uns der Instinkt für die ewigen Maßstäbe von gut und schlecht, von deutsch und undeutsch verloren gegangen.

Ziel dieser Zivilisationsliteratur war es, den deutschen Geist hemmungslos dem Franzosentum und Amerikanismus einzugliedern. Undeutscher Geist gab damit den Ton an. Schreibselige Judengenossen vom Schlage eines Tucholsky haben mit der Technik eines virtuosenhaften Literatentums alles, was dem deutschen Empfinden heilig und unantastbar erschien, ins Lächerliche gezogen. Gemeinheit wurde von diesen Literaten zum Grundsatz erhoben, die deutsche Sprache zum Instrument ihrer Gesinnungslosigkeit herabgewürdigt. Die Einheitsproduktion von Remarque, Zweig, Tucholsky und Emil Ludwig hat mit Kultur nichts zu tun. Dieser Schmutz und Schund vergiftet die Wurzeln und Quellen unseres kulturellen Lebens. Deshalb lassen wir uns auch heute nicht mehr in unserem Kampf wider den undeutschen Geist irremachen durch den zeternden Zwischenruf, man zerstöre die Kultur. Ja, das Ausland blickt voll Entrüstung und Spott auf unsere Flammenzeichen – wir aber tun, was wir tun müssen. Eine neue deutsche Kultur steigt auf, die die Überreste jener absterbenden Epoche beseitigt. Kunst ist unmöglich, wenn sie neben dem Volke und nicht im Volk entsteht. Euer symbolischer Akt, der Akt der Studenten dieser Nation, ist zunächst freilich nur ein Nein, Absage und Vernichtung, unfruchtbar ohne verantwortungsvollen Aufbau. Das Entscheidende ist, dass wir uns ganz durchdringen lassen vom deutschen Geist.‹

Was verlas Arnfried da vorne für fürchterliches Zeug? Was hatte der gelehrte Mann mit dieser Nazi-Suada zu tun? Ratlos suchte ich Hugos Blick.

Fricke saß regungslos. Er ließ Arnfried lesen. Und uns zuhören. Schob die Papiere zusammen. Mühsam wie in Zeitlupe richtete er sich auf; ein Papierflieger schnellte vor seine Stirn. Seine Hände zitterten, suchten Halt an dem Pult, er stemmte sich hoch und verstaute Gryphius und Manuskript in seiner Aktentasche. Ich glaubte, Tränen in seinen Augen zu sehen, Tränen wie sie ihm beim Zitieren der *Tränen des Vaterlandes* gekommen waren. Nun verstand ich, was er uns von Gryphius' Freund erzählt hatte, ›dass auch der Seelenschatz so vielen abgezwungen‹. Wie ihm.

Fricke machte eine Verbeugung, hob die Hand wie zum Abschied, zwei Studenten drängten sich nach vorn, Fricke entgegen, Hugo, ich und ein paar andere folgten ihnen, Katja sah mich, kam zu uns, die Megaphonstimme las unerbittlich weiter, brach ab, ›gestern braun und heute braun und immer immer wieder‹, ging der niederträchtige Gesang wieder los. Wir nahmen den Professor in unsere Mitte, geleiteten ihn zu seinem Zimmer. Kein Wort fiel. Ich hätte gern etwas gesagt, aber was?

Vor der Tür hielt Fricke inne: Danke, sagte er und gab jedem die Hand. ›Was grimmer denn die Pest und Glut und Hungersnot/Dass auch der Seelen-Schatz so vielen abgezwungen …‹ Wir holen das Pensum nächste Woche nach. Bitte warten Sie einen Augenblick.

Der Professor war gleich zurück, drei Kopien in der Hand: Meine Erklärung aus dem Sommersemester 1965. Wer hat die nicht gehört? Er trat auf mich zu: Sie?

Ich nickte verlegen.

Dann ist das für Sie. Er reichte mir eines der Papiere. Wer sonst hat mich damals nicht gehört?

Entweder war die Rede den Kommilitonen bekannt, oder sie mochten ihre Unkenntnis nicht zugeben, jedenfalls konnte Fricke die beiden Exemplare wieder mitnehmen.

Etwas trinken?, fragte Hugo.

Die Kommilitonen mussten los, aber Katja und ich folgten ihm in die Cafeteria. Ich stellte die beiden einander vor, Hugo holte drei Cola.

Das hat mein Vater sicher nicht gemeint, platzte Katja heraus, als er mir ans Herz legte, unbedingt mal in eine Fricke-Veranstaltung zu gehen. Besonders eine über Gryphius. Hatte nie Lust dazu. Heute seh ich zufällig diese Gruppe dahin marschieren und bin einfach mit. Aber was da abging! Was steht denn da in dem Papier?

Hugo verteilte die Cola. Das kann ich euch sagen. Ich war dabei im Sommer 65.

Dabei?, staunte ich. Du hast den Fricke damals gehört?

Ja, hab ich.

Und warum hast du mir nichts davon erzählt?

Da kannten wir uns doch noch gar nicht. Und jetzt? Ist doch besser, du machst dir selbst ein Bild von dem Mann. Dass er die Rede verteilt, finde ich gut. Er versucht darin zu erklären, wie es zu seinem Mitlaufen bei den Nazis gekommen ist.

Mitlaufen?, empörte ich mich. Das hörte sich aber anders an.

Aber er hat wenigstens versucht, seine Verirrung zu verstehen, beharrte Hugo. Ich wünschte, mein Vater hätte dazu den Mut gefunden.

Katja nickte. Ja, unsere Väter. Unbekannte Wesen. Kriegen den Mund nicht auf.

Sie haben recht, Katja. Hugo prostete ihr mit der Cola zu. Väter in der Nazizeit. Meiner zum Beispiel. War ja noch ein Schuljunge, als die Nazis drankamen. Mein Großvater war bestimmt nicht für die, aber die Großmutter. Streng katholisch. Die haben sie mit dem Mutterkreuz und den Tugenden der deutschen Frau und Mutter eingefangen. Und mit dem Hass auf die Juden. Die haben unseren Herrn Jesus ans Kreuz geschlagen, das war ihre Litanei. Der Vater und Onkel Friedrich ab zu den Pimpfen. Jedenfalls wurde der Vater schon früh braun getauft. All die Nazi-Sprüche: ›Gut ist, was hart macht‹ – ›Flink wie Windhunde, zäh wie Leder, hart wie Kruppstahl‹. Dieses Gefasel von Blut und Ehre und Rasse. Und die Familie der Mutter? Auf einem Foto steht sie vor dem Eingangsportal ihres Internats. Darüber in Stein gemeißelt: ›Wie die Zucht, so die Frucht.‹

Was die Juden betrifft, da war die Familie gespalten. Man kannte sie als fähige Bankiers, wenn es um das ging, was bei uns zu Hause ›gewinnträchtige Investitionen‹ heißt. Einigen soll die Familie die Ausreise in die Schweiz ermöglicht haben. Dafür gab's dann nach 45 den Persilschein. Der kölsche Klüngel eben. Weiß ich aber alles nur vom Großvater. Der hatte die Geschäfte schon früh dem Vater übertragen. Und dafür gesorgt, dass nicht nur Strohschein ausreisen durfte, sondern seine ganze Familie. Ich glaube, der Großvater hat wirklich gelitten in dieser Zeit, aber gesprochen, jedenfalls mit mir, hat er darüber nie. Ich war ja auch noch zu klein. Er ist zu früh gestorben.

Und der Vater? Der spuckt große Töne. Nur von seiner Zeit bei der Wehrmacht. Schwärmt davon wie ein Kind von Weihnachten. War mit Familienbeziehungen schnell auf der Offiziersschule und dann beim Stab in Paris. Seit dem sechzehnten Geburtstag hatte ich leider die Ehre, im Raucherzimmer dabei zu sein, wenn die Männer nach dem Essen unter sich waren. In der Erinnerung meines Erzeugers war ganz Paris ein einziges Bordell. Da muss es ein sagenhaftes Etablissement gegeben haben. Jedes Zimmer anders. Vom Iglu übers Venedigzimmer mit Originalgondel bis zum Folterstübchen. Wo es am anregendsten gewesen sei, darüber konnten die Herren richtig in Fahrt geraten. Jedenfalls: eine bizarre Kombination aus Restaurant und Edelpuff. Die Serviermädchen nackt, nur mit kleiner Schürze.

Katja kicherte. Wär was für unser Fräulein Oppermann. Die Heimleiterin, nickte sie Hugo zu.

Kenn ich, Hugo verdrehte die Augen. In der Tat bedachte Fräulein Oppermann den Breidenbacher Spross stets mit besonderer Aufmerksamkeit.

Wie ihr seht: nur für feinstes Publikum. Der Vater will sogar Marlene Dietrich und Charlie Chaplin begegnet sein.

Im Kreise der Familie redete er natürlich anders. Da ritt er mit *Sieg Heil, Victoria* durch den Arc de Triomphe und rauchte als Zeichen der Verbrüderung mit dem Feind Gauloises. Jede

Menge Fotos zeigen ihn hoch zu Ross, mit Truppen und ohne oder in Straßencafés. Nach August 44, der Übergabe von Paris zurück an die Franzosen, machte es mein Vater so wie Ihrer, Katja. Schweigen. Er war kurz in Kriegsgefangenschaft und bald wieder zu Hause.

Was Hugo von seinem Vater erzählte, passte in mein Bild von ihm. Fast war ich versucht zu sagen: leider. Lieber wäre mir ein Riss in meinem Bild gewesen, durch den freundlichere Farben die unsympathische Gestalt aufgehellt hätten. Menschlich gemacht. Hugo ähnlicher.

Nach meinem Besuch im Hause Breidenbach war es mir ganz und gar unwahrscheinlich vorgekommen oder wie ein Wunder, was ja dasselbe ist, dass wir, Hugo und ich, von vier so verschiedenen Menschen kamen, Männern und Frauen, die in zwei Nächten beieinandergelegen hatten. Und diese zwei einmaligen Nächte kamen nun bei uns beiden in jeder Nacht wieder zusammen, und dafür war ich dankbar. Jedem Einzelnen von ihnen. Sogar den Breidenbachs.

Hugo stand auf und brachte neue Cola.

Ich jedenfalls, sagte er, wär froh, wenn mein Vater die Courage von Fricke hätte. Und die Einsicht natürlich. Die vor allem. Da würde ich ihm zuhören. Und vielleicht endlich einmal mit ihm reden können. Aber dieses frivole Kriegsgeschwafel. Kann er sich sparen.

Immerhin macht er den Mund auf, nahm Katja das Wort. Bei meinem Vater rede ich gegen die Wand. Ist dazu noch Lehrer. Oberstudienrat für Latein, Griechisch und Geschichte.

Sie trank die Cola in einem Zug aus. Natürlich war er gegen die Nazis, immer gewesen. Gegen die Verfolgung von Juden, aber auch von Sozis und Kommunisten. Zitiert gern Rosa Luxemburg: ›Freiheit ist immer die Freiheit der Andersdenkenden.‹ Da hält er flammende Reden. Die Bücherverbrennung zum Beispiel. Die hatte er als Schüler erlebt, in Berlin. Da kann er sich in Rage reden. Oder sein Deutschlehrer, Markus Wolfsohn. Dass der gehen musste, empört ihn noch heute. Und nach dem Abitur wurde er, also mein Vater, sofort eingezogen. Und seit dieser Zeit, also von 38 bis 45 weiß ich von ihm nichts. Gar nichts. Manchmal schreit er nachts im Schlaf. Dann heißt es: schlecht geträumt. Und ich durfte keine hohen Stiefel tragen, keinen Ledermantel. Katja griff nach ihrem Glas. Ich schob ihr meines hin. Sie stürzte es hinunter.

Vom Gallischen und Trojanischen Krieg, von der Schlacht bei den Thermopylen, Hannibals Zug über die Alpen, da hält der Oberstudienrat aus dem Stegreif druckfertige Referate. Aber wenn ich wissen wollte: Und du? Du warst doch auch eingezogen. Auch im Krieg. Achselzuckendes Seufzen: Ach, Kind. War die Mutter dabei, fuhr die mir sofort übern Mund: Der alte Kram. Und legte mit immer derselben Geste dem Vater die Hand auf die Schulter. Bloß keine Aufregung. Drehten mir den Rücken zu, die beiden, und ließen mich sitzen. Irgendwann habe ich zu fragen aufgehört. Aber wochen-, nein, monatelang habe ich mir Bücher über die Wehrmacht besorgt, vor allem Dokumentationen. Forschte auf unzähligen Fotos nach dem Vater. Ganz besessen war ich davon. Bis ich ihn eines Abends in meinem Zimmer antraf. Das war unüblich, denn bei uns betritt keiner das Zimmer des anderen, wenn der nicht da ist. Nun saß er dort über meinen Stapel Kriegsbücher gebeugt und schluchzte. Beinah lautlos. Nur die zuckenden Schultern verrieten ihn. Ich trat hinter ihn und legte ihm die Hand auf die Schulter, so wie die Mutter. Er schrak zusammen, fasste sich rasch und, ohne mich anzusehen, sagte er: Verzeih, ich hätte nicht eindringen dürfen. Und ehe ich überhaupt reagieren konnte, war er draußen.

Wir haben nie über dieses Zusammentreffen gesprochen. Das Buch, das damals offen auf meinem Schreibtisch lag? *Deutsche Soldaten im Osten.* Noch einmal forschte ich in den Gesichtern der Männer, die da in endloser Kolonne durch Kornfelder marschierten, lachend ihre Näpfe einer Suppenkelle hinhielten, ihre Gewehre auf Gefangene in Zivil, also Partisanen, richteten oder versonnen einem Akkordeonspieler zuhörten, in allen Gesichtern forschte ich nach dem des Vaters. Und schlug das Buch in Panik zu. Jeder sah aus wie der Vater. Nie mehr habe ich seitdem ein Buch über die Wehrmacht angerührt.

Wir schwiegen. Der Gong zeigte die volle Stunde an. Zeit zum Aufbruch, die nächste Vorlesung, das nächste Seminar. Wir blieben sitzen.

Noch eine Cola?, brach Hugo das Schweigen.

Wir schüttelten den Kopf.

Nun war ich an der Reihe. Der Vater hatte mir seine Geschichte erzählt, damals, für die Jahresarbeit, die Rebmann, der Deutschlehrer, uns aufgegeben hatte. In Familie und Bekanntenkreis sollten wir nach dem persönlichen Erleben der braunen Jahre fragen. Der Vater, älter als Katjas und Hugos Vater, war nie zum Militär eingezogen worden, da der Versailler Vertrag die Reichswehr auf hundertfünfzehntausend Mann beschränkte und die Wehrpflicht verbot. Die hob erst Hitler wieder auf, 1935. Da aber war der Vater schon Invalide. Ein Jahr zuvor hatte ihn ein SA-Mann, blau wie ein Veilchen, zusammengefahren; er wurde freigesprochen. Im Krankenhaus hieß der Vater nur ›der tote Mann‹. Mit dem kaputten Bein musste er nicht zur Wehrmacht. Aber 44 doch noch zum Volkssturm. Isch war abber nit verröck, so der Vater, von wejen bis zum letzten Mann un sunne Driss, in Remagen bin isch direck bei die Amis. Nur bis Aujust war isch da im Lager.

Und wollt ihr wissen, was er von dem Nazikram hielt? Ich feixte. Seinen Stahlhelm mit dem Hakenkreuz hat er an einen Schüppenstiel montiert. Ein 1-a-Jaucheheber. Wir haben nämlich erst seit kurzem ein WC. Vorher Plumpsklo.

Wie bitte? Katja sah mich an, als zöge ich gleich Baströckchen und Bananen aus meiner Eingeborenenaktentasche. Ich genoss ihre Verwirrung.

Hugo lachte. Da haben wir aber ein ganz schönes Stück Kulturgeschichte abgehandelt: Von Gryphius über die Nazis, unsere Väter bis zum Plumpsklo. Wobei Gryphius? Wenn der mal musste?

Katja und ich prusteten los.

Habt ihr schon gehört?, unterbrach uns ein Mädchen, das Hugo und ich vom Sehen aus dem Tschirch-Seminar kannten: Den Fricke haben sie gesprengt.

Es ging wie ein Lauffeuer durch die Uni. Gesprengt. Auch so ein Wort.

Abends zu Hause vertieften wir uns in Frickes Papier. Länger als eine Stunde hat der Vortrag damals gedauert, so Hugo. Die Brandrede haben wir ja nicht gekannt.

Und in diesem Papier hat er sie kaum erwähnt, unterbrach ich.

Es geht ihm ja auch um etwas anderes, um mehr, wandte Hugo ein. Steht ja hier: ›Für den Lehrenden wie den Lernenden bedeutet gerade im Bereich geisteswissenschaftlicher Arbeit eine Atmosphäre des Zweifels, des Geraunes, des moralischen Zwielichts eine kaum erträgliche Belastung – sie droht Sinn und tieferen Ertrag der gemeinsamen Arbeit infrage zu stellen.‹

Er wollte also, führte ich Hugos Gedanken weiter, das ›Verhältnis der Achtung, des Vertrauens und der Redlichkeit‹, wie er sagt, wiederherstellen. Deswegen diese zentralen Fragen, wie wir sie auch unseren Vätern stellen: ›Was ist damals eigentlich geschehen? Gehörtest du auch dazu? Wie kannst du dir, wie kannst du uns, das erklären? Wie denkst du heute darüber? … Wie kam man, wie kamst du eigentlich auf diesen Weg?‹

Hugo nahm mir das Papier aus der Hand: Ich les noch mal vor. Fricke nennt die Bücherverbrennung ›ein Geschehen, das nach allgemeinem Urteil zu den schlimmsten, kaum vergebbaren Barbareien gehört, zur Sünde, wenn nicht gegen den Heiligen Geist, so doch wider den Geist im eigentlichen Sinne: Ich meine die Tatsache, dass ich die Bücherverbrennung durch die Göttinger Studenten wenige Monate nach der nationalsozialistischen Machtübernahme im Frühjahr 1933 durch eine Ansprache bejaht habe. Ich habe schon zu Beginn Heines Wort zitiert, dass wo Bücher verbrannt werden, schließlich auch Menschen verbrannt werden – ein Wort, das in der Zeit, in der es ausgesprochen wurde, wie eine phantastische Übertreibung klang und das sich rund hundert Jahre später so schauerlich bewahrheitet hat, dass, von rückwärts, von Fortgang und Folgen her, klar gesehen – und das bleibt ja der maßgebende, der definitive Gesichtspunkt – jedes Wort abschwächender, begreiflich machender Erklärung wirklich zu Schall und Rauch wird. Das Ende richtet die Anfänge – mögen sie es weder gewollt noch geahnt haben.‹

Aber die Frage bleibt doch, fiel ich Hugo ins Wort, die Fricke sich ja auch selbst stellt: ›Wie konntest du dich zum Beispiel mit der Bücherverbrennung durch Göttinger Studenten befreunden, ja, durch eine Ansprache mit ihr solidarisch erklären?‹ Mit ›größtem Widerstreben‹, sagt er, habe er zugestimmt, um zu verhindern, dass ›sich Unverantwortliche dieser Aufgabe bemächtigen‹. Aber: ›Ich war nicht grundsätzlich dagegen.‹ Er führt ja auch so allerlei Beispiele aus der Literaturgeschichte an, wo ähnlich mit missliebigen Büchern umgegangen wurde.

Ja, er holt weit aus, um das zu erklären, stimmte Hugo zu. Er hielt diese Rede nicht nur für uns, sondern auch für sich. Wollte sich Rechenschaft ablegen. Mit seinem Aufwachsen in einem deutschnationalen Pfarrershaus nahe Posen, als Jugendlicher mit der ›Abwärtsbewegung‹ der Gesellschaft und den militanten Auseinandersetzungen zwischen Kommunisten und Nationalsozialisten konfrontiert. Er glaubte eben an einen ›Neubeginn mit der NSDAP‹, an einen ›sinnvollen Dienst am Ganzen‹. In seiner Lehre, das betont er, sei er nie Nationalsozialist gewesen. Und ich glaube ihm auch, wieder mit seinen Worten, ›dass alles nicht so einfach war, wie es *nur* von rückwärts gesehen, erscheinen muss‹. Trotzdem: Reinwaschen will er sich nicht; er will sich und uns begreiflich machen, wie es dazu kommen konnte.

Aber das heißt noch lange nicht, unterbrach ich den Freund erregt, dass, wie er sagt, begreiflich machen auch heißt, ›verzeihlich machen‹. Der ›Seelenschatz‹, er hat ihn sich abzwingen lassen.

›Aber‹, beharrte Hugo, wieder Original Fricke, ›aber vielleicht ist selbst unzulänglich und unangemessen darüber zu sprechen besser als zu schweigen.‹ Es ist die Rede eines Sünders, der sich um Absolution bemüht. Eine Beichte.

Hatte Fricke aus seiner Erfahrung mit dem Dritten Reich gelernt? Empfand er Reue? Mit Sicherheit. Nie, heißt es in seiner Rede, werde er, derart in Schuld verstrickt, damit fertig werden. Tat er Buße? Über seine idealistische Sicht auf die Welt kam er nicht hinaus, doch dass er seine Aufgabe als Lehrer darin sieht, ›die Jüngeren dazu zu erziehen, künftigen Verführungen gerüstet (zu) begegnen‹, das ist sein Versuch einer Wiedergutmachung.

In der nächsten Sitzung bei Fricke taten wir, als wäre nichts geschehen. Zurück zu Gryphius. Und doch. Ich sah den Professor mit anderen Augen. Wenn er jetzt die Dichterworte sprach, stieg gleichzeitig das Feuer auf, sah ich die Mistgabel mit dem aufgespießten Buch vor mir, stapften ›Die Fahne hoch‹ heulende Studententrupps um qualmende Scheiterhaufen, brüllte eine Professorenstimme den Feuerspruch.

Kann jemand Nazi sein und doch den Idealen der Dichter ergeben?

Der hier war kein Mengele, der Mädchen in Auschwitz Mozart spielen ließ und dann umbrachte. Das war ein anerkannter Geisteswissenschaftler, einer, der sich von Dichtung ergreifen ließ und andere mitreißen konnte in diese Ergriffenheit. Der nur mit Wörtern … Nur?

Er hatte den Eindringling reden lassen, dem Geschrei zugehört. Gewaltsam die Stimme erheben war seine Sache nicht. Oder hatte er es nur vergessen? Hatte er 33 bei der Bücherverbrennung geschrien wie die anderen? Die Lautstärke gesteigert, bis er sich selbst nicht mehr hören konnte? Oder ergriffen die Stimme gesenkt wie beim Vortrag der *Tränen des Vaterlandes*, als ihn die Rührung zu überwältigen drohte? Ach, Herr Professor: ›Was sind wir Menschen doch! Ein Wohnhaus grimmer Schmerzen …‹

Und doch: Fricke hatte nicht recht. Etwas verstehen wollen heißt noch lange nicht, das, was ich verstanden habe, auch entschuldigen zu wollen. Begreiflich-machen schließt Verzeihlichmachen nicht automatisch ein.

Die Seminare verliefen ungestört, bis kurz vor Weihnachten ein Referat zum Thema ›Die dialektische Frömmigkeit in den Sonn- und Feiertagssonetten von Andreas Gryphius‹ auf dem Plan stand.

Herr Hubert Klein wurde zum Vortrag nach vorn gebeten. Ein etwas schwammiger Junge in einem zu engen Jackett überm schmuddeligen Karohemd, das Kurzhaar wassergescheitelt, baute sich hinterm Katheder auf. Thema und Vortragender harmonierten auf den ersten Blick so perfekt, dass ich mich leicht gelangweilt zurücklehnte.

Ich habe, begann Klein in einem etwas näselnden, pastoralen Tonfall, der gut zu seiner Erscheinung passte, mir erlaubt, die Fragestellung des heutigen Referats etwas abzuwandeln. Er sah den Professor, der neben ihm am Pult saß, von der Seite wie entschuldigend, ja, unterwürfig an.

Fricke nickte zerstreut. Seit Jahrzehnten handelte er dieses Thema immer wieder ab. Und nun hatte jemand einen Buchstaben ausgewechselt, abwandeln statt abhandeln, na gut.

Ich habe, so der Referent, mir erlaubt – schon wieder, dachte ich, ein begnadeter Redner ist der nicht.

Zur Sache, flüsterte Hugo neben mir und: Warum grinsen die denn so?

Tatsächlich stierten einige Kommilitonen nach vorn wie Kinder beim Kasperl in Erwartung des Krokodils.

… mir erlaubt, Klein verschwand hinterm Pult, kam hoch, stellte ein Tonbandgerät auf, drückte eine Taste. Ein paar Beats, eine Männerstimme:

Think of what you're saying
You can get it wrong and still you think that
It's all right

Think of what I'm saying
We can work it out
And get it straight or say good night

We can work it out
We can work it out
Life is very short and there's no time
For fussing and fighting, my friend
I have always thought that it's a crime
So I will ask you once again

Try to see it my way
Only time will see if I am right or I am wrong
While you see it your way
There's a chance that we might fall apart
Before too long

We can work it out
We can work it out

Während das Tonband lief, hatte der Referent Abzüge mit weiteren Beatles-Songs verteilt: *A hard days night, Nowhere man* und *Yesterday.*

Fricke zuckte bei den ersten Takten zusammen, einige von uns auch. Unbewegten Gesichts hörte er konzentriert zu, machte Notizen, nickte ein paarmal, lächelte er?

Hoffentlich, flüsterte ich Hugo zu, fängt niemand an, mitzusingen oder steht auf und hüpft rum.

Doch stören wollte diesmal niemand. Umfunktionieren war die neue Parole: ›Schlagt die Germanistik tot, färbt die blaue Blume rot.‹ Die Lebenswirklichkeit der Studierenden sollte das Fach widerspiegeln, raus aus dem Elfenbeinturm von Barock, Klassik und Romantik. Bei Kuntz, einem Kollegen Frickes, hatte in der vorigen Woche ein Student statt Rilkes *Duineser Elegien* Bob Dylans *Blowing in the wind* einer werkimmanenten Analyse unterzogen, der Professor ihm die Benotung wutschäumend verweigert.

Die Kassette war abgelaufen. Stille. Klein schaute Fricke erwartungsvoll an.

Nun, Herr Klein, wir warten. Fricke machte eine Pause. Dazu lässt sich so einiges sagen. Dankenswerterweise haben Sie uns ja die Verse mitgebracht. Vielleicht sollten Sie die zunächst einmal übersetzen.

Frickes Stimme klang kühl, beherrscht, sachlich, was Klein sichtlich irritierte. Und manchen Zuhörer auch. Offenbar hatte nicht nur der Referent mit einem Skandal gerechnet. Kleinlaut stotterte der eine Übersetzung zusammen und stahl sich unter ironischem Klopfen samt Kassettenrecorder zurück auf seinen Platz.

Fricke trug den Songtext auf Englisch und Deutsch gleichermaßen fließend vor. Wir waren beeindruckt. Unseren Respekt, jedenfalls den der meisten, aber errang er, weil er die Beatles ebenso innig sprach wie seinen geliebten Gryphius, seinen Kleist, seinen Schiller. Ebenso verfuhr er mit *Yesterday*. Schloss die Augen und ließ zwei Sonette von Gryphius folgen. Gewann er auch unsere Herzen zurück?

Der anschließende Vergleich zwischen den Beatles-Texten und den Gryphius- Sonetten machte uns zu atemlosen Zuhörern. Gryphius ein alter Hut? Lennon eine Modeerscheinung? Ein Gammler, Bürgerschreck, Provokateur? Fricke machte klar: In der Kunst gibt es keinen Fortschritt. Es sind die alten Themen – Liebe, Vergänglichkeit, Natur, Schicksal –, die sich immer neue Formen suchen, und diese Formen leben im gleichberechtigten Miteinander, Gegeneinander auch, aber nie in einer zeitbedingten Rangordnung.

Und der Professor, der seine Dichterpersonen doch so sehr liebte, ging noch einen Schritt weiter: Was zählt, rief er uns mit seiner dunklen Stimme zu, die auch im Alter nichts von ihrer

Fülle verloren hatte, was zählt, seid ihr. Ihr, die Leser. (Dass er damals noch nicht Leserinnen sagte, sei ihm verziehen, das ›geschlechtergerechte Sprechen‹ kam erst später, aber ich versichere, keine der weiblichen Hörer fühlte sich ausgeschlossen.) Ihr und der Text: Das muss so etwas sein wie ein Liebesverhältnis. Ob ihr etwas vom Dichter wisst, von seiner Zeit, seiner Philosophie, das ist unbedingt – hier machte der Professor eine Kunstpause, da er wusste, dass so manch einer seiner Kollegen anderer Ansicht war –, unbedingt – und er stieß das Wort hervor wie eine Verdammung: Zweitrangig ist es. Nichts muss ich wissen, nicht einmal seinen Namen muss ich kennen, wenn ich mich von einem Kunstwerk ergreifen lasse, wenn ich eins mit ihm werde, mich ihm hingebe.

Frickes Stimme war immer leiser geworden. Wir auch. Stecknadelstill. Hier legte jemand sein Glaubensbekenntnis ab.

Life is very short and there's no time
For fussing and fighting, my friend.
Itzt lacht das Glück uns an
Bald donnern die Beschwerden
Try to see it my way
We can work it out
Im Spiel der Zeit

Und hier ergreife wieder ich, die Autorin, das Wort. Fast auf den Tag zehn Jahre später sollte mich ein ähnliches Schicksal wie Gerhard Fricke ereilen. Kurz nach meiner Promotion vertrat ich als Lehrbeauftragte die Professorin Hildegard Brenner in Bremen: ›Einführung in die Methoden der Literaturwissenschaft.‹ Ein Rotschopf der KPD/ML hatte seine Truppen gegen mich, den ›bürgerlichen Wolf im marxistischen Schafspelz‹, mobilisiert. Sie wollten mich dazu bringen, ihre albernen Papiere, die sie als Referate eingereicht hatten, nicht zu benoten und bei Störung des Seminars das Hausrecht geltend zu machen, das heißt, die Polizei zu rufen. Ich saß ihr Rumhüpfen auf den Tischen, ihre läppischen Hassgesänge im Kreise meiner StudentInnen so gelassen aus, dass sie nach zweimaligem Einmarsch wegblieben, sicher auch, weil ihr Anführer eigens aus Bayern herangeschafft werden musste.

Rund fünfzig Jahre später las ich in der Alten Aula der Universität Heidelberg zum zwanzigjährigen Jubiläum der Literarischen Gesellschaft Palais Boisserée. Die Feier wurde eingeleitet mit der Universitätshymne: *Heidelberg, sei hochgepriesen.* Es sang der Chor des Germanistischen Seminars. Die rot gefärbte Blume längst wieder natürlich blau. ›Unendlich steht, mit der freudigen Kornblume gemischt, der goldene Weizen da, licht und heiter steigen tausend hoffnungsvolle Gipfel.‹

›Grundfragen der allgemeinen Sprachwissenschaft‹ hieß das Seminar bei N. N., das ich mit Hugo in diesem Wintersemester belegte.

Ich war dem Nomen nominandum, der dann zu Fräulein Dr. Yvonne Bergmann-Schleck gehörte – sie legte in der Anrede durchaus Wert auf diesen Unterschied zur Frau –, gleich verfallen: kurzer Rock, hochhackige Schuhe, kupferblonde Locken, Lippenstift, als wollte der neue Zugriff auf unser altes Deutsch sich auch optisch vom traditionellen Professorenbild abgrenzen.

So also konnte ein weiblicher Wissenschaftler aussehen, selbst wenn dieser als eine ›Sie‹ nur in einem Fach, das sich Linguistik nannte, auftrat. Sowohl sie selbst wie das Fach mussten erst einmal im Wissenschaftsbetrieb Fuß fassen.

›Ferdinand de Saussure‹, schrieb sie, uns den wippenden Rockrücken zukehrend, an die Tafel. Sein Buch mit dem Titel dieser Veranstaltung, gerade als Taschenbuch erschienen, galt es schleunigst zu beschaffen.

Hugo und ich verschlangen die knapp dreihundert Seiten wie … einen Krimi? Einen Schlüsselroman? Eine Tatsachenenthüllung? Es war viel mehr. Wir drangen in die Sprache ein wie ein Chemiker in die Elemente, der Physiker in die Struktur der Materie. Wir stießen zum Kern der Wörter, ihrem Wesen vor.

Einiges kam uns bekannt vor. Tschirch hatte uns mit den Grundlagen versorgt. Dass Sprache sich nach Gesetzen entwickelt, hatte er uns beigebracht, und diese Gesetze, so weit erforscht, beherrschten wir. Doch Saussure interessierte in erster Linie nicht die Entwicklung der Sprache. Saussure ging es um den rätselvollen ungreifbaren unergründlichen Stoff ›Sprache‹ selbst. Was war das: ein Wort? Woher kam es? Dass und wie es sich wandeln konnte in Laut und Bedeutung hatten wir bei Tschirch gelernt. Saussure grub tiefer. Was unterschied das Wort vom Laut? Was machte aus dem Laut ein Wort? Wodurch wurde aus Laut Wort?

Zwischen Sprechen und Sprache unterscheiden müsse man. Das Sprechen ist erforderlich, damit die Sprache sich bilden kann. Damit das Sprechen verständlich ist, muss es die Regeln der Sprache geben. Sprache und Sprechen sind also untrennbar voneinander abhängig, müssen aber gesondert erforscht werden. Sprache als das allgemeine Regelwerk. Sprechen als der individuelle Sprechakt. Wieso gibt es aber überhaupt Wörter? Wie kommen sie zustande? Indem ein Gegenstand mit einem Lautbild zu einem ›Zeichen‹ verbunden wird. Dazu formulierte er Grundsätze: ›Das sprachliche Zeichen ist beliebig.‹

Ha! Dacht ich mir's doch! Seit meiner ersten Englischstunde! Als das Fräulein Funke die Stecknadel aus ihrem Pompon gezogen, in die Luft des Klassenzimmers gestreckt und siegesgewiss geschmettert hatte: A pin? Is it a pin? It is a pin!

Meine hartnäckigen Fragen, warum ein und derselbe Gegenstand mal ›pin‹ und mal ›Stecknadel‹ hieß, schlimmer noch, warum ›pig‹ nicht ›pin‹ hieß und umgekehrt; ein ›cock‹ ein ›Hahn‹ und ein ›tree‹ ein ›Baum‹ war, hatten mir einen Tadel im Klassenbuch eingebracht: Palm stört den Unterricht.

›Der Grundsatz der Beliebigkeit des Zeichens wird von niemandem bestritten‹, schrieb mein Saussure, ›aber es ist oft leichter, eine Wahrheit zu entdecken, als ihr den gehörigen Platz anzuweisen.‹

Wie wahr! Was hätte ich, die Avantgarde der Geisteswissenschaft im Rücken, darum gegeben, noch einmal gegenübersitzen zu dürfen. Stattdessen explodierte, gewissermaßen im Schutz der sprachwissenschaftlichen Vorhut, meine Lust am Spiel mit Buchstaben wie vor Jahren, als ich, gerade des Lesens und Schreibens kundig, aus der ›Tante‹ ›Tinte‹ und dem ›Hund‹ eine ›Hand‹ gemacht hatte. Nun bat ich morgens beim Frühstück den Liebsten um einen Ramunkel aufs Zickerl, worauf er mir mit plofdel die Terbutt und ein Chentröb reichte.

Prankel, sagte ich.

Und er verputzte ein Krupf auf Schlobbidl, ein Schwarzbrot mit Käse, was sonst.

Oder wir nannten alles um. Reich mir mal die Nähmaschine, deutete Hugo auf die Tischmitte.

Ach, du meinst die Lokomotive, ich reichte ihm die Butter.

Vergiss den Kochtopf nicht, es regnet, drückte er mir den Schirm in die Kiemen.

Setz den Mülleimer auf, warf ich ihm seine Mütze zu.

Komm her, ich hau dir eine rein, drohte er finster, und ich schmiegte mich in seine Arme: Ich find dich einfach widerlich.

Das ging so wochenlang. Wir ließen uns von den Wörtern führen, verführen, an die Hand nehmen, über-hand nehmen, weiter- und wegführen vom Sinn zum Un-Sinn, zur Überraschung. Wir entdeckten den Reiz der Laute, die mutwillige Lust, den Wörtern den Sinn zu rauben, sie zu ertauben, den Zusammenhang zwischen Bezeichnetem und Bezeichnendem zu zerstören und neu zu schaffen, eine Sprachgemeinschaft nur für uns beide. Den Klang des Wortes aus der Fessel seiner Bedeutung lösen, erlösen, den Klang von seiner Bedeutung, wie die abstrakten Maler die Farbe von den Dingen. Kein Ding ohne Farbe, doch die Farbe gäbe es auch ohne Ding. Nein. Dann wäre die Farbe selbst ein Ding und die Dinge ohne Farbe unsichtbar, aber durchaus spürbar, mit Händen zu greifen, dem Kopf durch die Wand.

Alles war Schrift und Laut, was kümmerten uns Vor-Schrift und Vor-Laut. Und überhaupt: Wer will uns vorschreiben, wie wir mit der Sprache umzugehen haben? Wir können alles mit ihr anstellen, solange wir sie lieben. Achten und nicht missbrauchen. Missbrauchen? Zum Lügen und Betrügen. Zum Ruf-Mord. Mund-Tot machen.

Hugo und ich erforschten und liebkosten die Wörter wie unsere Körper.

Wir leugneten die Dinge nicht, aber den Zusammenhang zwischen Ding und Namen. Übermütig zerstörten wir das Doppelwesen des Wortes, das sowohl Mitteilung als auch Ausdruck ist; Begriff und Musik, Aussage und Farbe, Werkzeug der Verständigung und Element der Komposition.

Kurz gesagt: Das Symbol ist nicht die Sache, beziehungsweise das Wort ist die Sache nicht.

Kann man ausprobieren, wie das funktioniert? Nimmt man etwa das Wort ›Kotelett‹ in den Mund, hat man noch lange kein Kotelett im Mund. Andererseits: Man setze sich mal vor ein leckeres Steak, Vegetarier meinethalben Tofu, und nenne es ›Putzlappen‹ oder, übler noch, ›Kackeimer‹. Bei jedem Bissen: Ich beiße in einen Kackeimer oder in ein Stück Scheiße. Bei jedem Bissen, bei jedem Auf und Ab der Kiefer. Na, schmeckt's? Ob man will oder nicht: Die Vorstellung von dem, was ›Kackeimer‹ bezeichnet, legt sich nolens volens via Hippocampus über das Steak und dringt in die Geschmacksnerven ein, wetten?

Nach einer Weile brachte die schöne Sprachgelehrte Ludwig Wittgenstein ins Spiel, Bertrand Russell, Charles Sanders Peirce und Rudolf Carnap, was unseren albernen Umgang mit der Wissenschaft jedesmal neu befeuerte. Vor allem Wittgenstein mit seinen Behauptungen von verblüffender Eindeutigkeit. Schlichtheit, wie wir befanden. Dass wir in Worten denken, ist so wahr, dass wir darüber gar nicht nach-denken, nicht diskutieren können – außer in Worten. Worte sind beides: der Stoff, den der Geist bearbeitet, und die Werkzeuge, mit denen er arbeitet. Doch die Welt ist viel größer als unser sprachlicher Umgang mit ihr. Man versuche nur einmal, einen Grashalm zu beschreiben. Jemandem, der noch nie einen Grashalm gesehen hat. Und dabei weiß man doch genau, was ein Grashalm ist, oder?

Um das Maß vollzumachen, kam Hugo eines Abends mit einem kleinen roten Buch nach Hause, das ihm Arnfried Tannhäuser geschenkt hatte: Musst du lesen, einfach großartig. Von wegen Amerika. Die sind nach dem Vietnamkrieg doch fertig. In China spielt die Musik der Zukunft.

Arnfried, so Hugo, war nach der Trauerkundgebung für Benno Ohnesorg noch einen trinken gegangen; wir hatten ihm einen Korb gegeben, um im Dom unsere Kerze für den Toten anzuzünden. Dort in der Kneipe war er SDSlern in die Finger beziehungsweise Sprechorgane geraten, und seither ließ der bis dahin nicht gerade übereifrige Student aus gutbürgerlichem Hause, der allerdings nirgends so recht Anschluss finden konnte, keine Zusammenkunft der außerparlamentarischen Avantgarde aus. Druckfrisch waren dort gerade die kleinen roten Bücher verteilt worden, direkt aus der Volksrepublik China.

Ich hob das Büchlein, etwa so groß wie ein Kindergebetbuch, unter die Nase, schnupperte: Der unverwechselbare säuerlich muffige Geruch der Plastikhülle sollte mir Jahre später wieder begegnen, in Schwerin, bei den Arbeiterfestspielen der DDR. Mit diesem Buch in seinem eigenartig riechenden Einband, darin eingeprägt über einem fünfzackigen Stern: *Worte des Vorsitzenden Mao Tse-tung*, schien etwas beinah Verbotenes, zumindest aber äußerst Fremdartiges Einzug zu halten in unsere wissenschaftliche, schöngeistige Büchergemeinschaft.

Stinkt! Ich reichte Hugo das Büchlein. Hier, riech selbst.

Hugo schnüffelte: Nur äußerlich.

Schon mal was von Inhalt und Form gehört?

Hugos Grinsen wurde noch breiter. Er klappte das Buch auf: ›Proletarier aller Länder, vereinigt euch!‹, las er das Motto. 1. Auflage 1967.

Hier, das ist er. Hugo schlug das seidene Deckblatt über dem Foto zurück. Ein lächelndes Chinesengesicht mit Kinnwarze über dem Kragen eines Anzugs, ähnlich dem Blaumann des Vaters.

Nächste Seite, forderte ich.

›Studiert die Worte des Vorsitzenden Mao Tse-tung, hört auf seine Worte und handelt nach seinen Weisungen!‹ Lin Biao.

Amen!, sagte ich. Was will er denn? Gib her.

Hugo reckte das rote Buch hoch übern Kopf. Wie oft sollte mir diese Geste noch in hundertfacher Vervielfältigung auf Versammlungen begegnen.

Also gut, du zuerst. Ich machte es mir in meinem Sessel bequem. Hugo mir gegenüber.

Aha, dieser Lin Biao hat ein Vorwort geschrieben. Genosse Mao ist der größte Marxist-Leninist unserer Zeit … Blablabla … ›mächtige ideologische Waffe … Ideen Mao Tse-tungs ein unversiegbarer Kraftquell … eine geistige Atombombe von unermesslicher Macht …‹

›Geistige Atombombe‹, wiederholte ich. Steht das wirklich da?

Da lies selbst. Hugo warf mir das Rechteck zu. Es hatte sich in seinen Händen erwärmt, der Gestank stieg mir jetzt direkt in die Nase.

Bäh, ich hielt das rote Ding von mir weg, gerade so weit, dass ich noch lesen konnte, und schlug das Buch bei seinem orangefarbenen Lesebändchen auf.

›Wo der Besen nicht hinkommt, wird der Staub nicht von selbst verschwinden‹, fischte ich aufs Geratewohl einen Satz heraus. Ich kicherte. Das wär was für die Mutter. Und die Tante. Werd ich mir merken für meinen nächsten Besuch. Ich lass die raten, wer das gesagt hat. Freu mich schon auf die Gesichter. Die denken bestimmt, das hab ich vom Kirchenkalender.

Ich blätterte weiter. Aber hier. Da geht's zur Sache: ›Weg mit den Illusionen, zum Kampf bereit. Eine Revolution ist kein Gastmahl, kein Aufsatzschreiben, kein Bildermalen oder Deckchensticken; sie kann nicht so fein, so gemächlich und zartfühlend, so maßvoll, gesittet, höflich, zurückhaltend und großherzig durchgeführt werden. Die Revolution ist ein Aufstand, ein Gewaltakt, durch den eine Klasse eine andere Klasse stürzt.‹

So isses. Der Mann versteht sein Geschäft. Reden kann er.

Genau! Hör! ›Wenn der Feind uns bekämpft, so ist das gut und nicht schlecht.‹

Und wenn du mir jetzt das Buch zurückgibst, ist das gut und nicht schlecht. Wo das Buch nicht hinkommt, wird das Wort nicht verlauten.

Da!

Hugo fing das Büchlein im Flug, schlug es irgendwo auf: ›Ein weißes Papier ist durch nichts beschwert, auf ihm lassen sich die neuesten und schönsten Schriftzeichen schreiben, die neuesten und schönsten Bilder malen.‹ Klingt direkt poetisch. Hugo blätterte weiter. Ziemlich aggressiv das Ganze, ich nehme die Poesie zurück. Hier, hör mal: ›Jeder Kommunist muss die Wahrheit begreifen: Die politische Macht kommt aus den Gewehrläufen.‹

Na dann. Und so was schenkt dir dein Arnfried.

Der weiß doch gar nicht, was er da in der Hand hat. Dem könntest du doch sonst was aufschwatzen, wenn er sich nur ernst genommen fühlt. Und das tun die im SDS. Ich werd ihn morgen mal fragen, was er davon hält, ›dass die ganze Welt nur mithilfe der Gewehre umgestaltet werden kann‹. Hier, willst du noch mal? Hugo reichte mir, leicht angeekelt, das Sammelsurium.

Wieder steckte ich den Finger zwischen die Blätter.

Oh, das ist schön, rief ich. ›Alle Reaktionäre sind Papiertiger. Dem Aussehen nach sind sie furchterregend, aber in Wirklichkeit sind sie gar nicht so mächtig… Darauf müssen wir unser strategisches Denken gründen. Andererseits sind sie aber wiederum lebendige eisenharte wirkliche Tiger, die Menschen fressen können. Darauf müssen wir unser taktisches Denken gründen … Mit taktischem Geschick den Tigerberg erobern.‹

Papiertiger – Hugo lehnte sich zurück –, das ist gut, wirklich gut. Werd ich dran denken, wenn ich das nächste Mal meinen Vater treffe.

Aber vergiss nicht: Er ist auch ein lebendiger eisenharter Tiger, der Menschen fressen kann, warnte ich. Denn sonst … Hier: ›Der Stein, den sie erhoben haben, fällt auf ihre eigenen Füße.‹

›Wer anderen eine Grube gräbt …‹, lachte Hugo. Das ist ja wirklich Kalenderblättchen.

Also: ›Niemals vergessen: Strategie und Taktik.‹

Genau. Hör zu: ›Strategisch gesehen ist die Einnahme einer Mahlzeit kein Problem: Wir können sie ohne weiteres bewältigen. Aber taktisch gesehen, schlucken wir einen Happen nach dem anderen. Man kann nicht ein ganzes Festessen auf einmal verschlingen.‹

Hugo klopfte sich den Bauch. Für diesen Papiertiger wäre jetzt strategisch gesehen die Einnahme einer Mahlzeit kein Problem. Taktisch gesehen, bin ich bereit, einen Happen nach dem anderen zu vertilgen. Isst der Mensch, so er hungrig, so ist das gut und nicht schlecht.

Jawohl! ›Alle finsteren Mächte werden restlos vernichtet werden.‹

Zeig her. Klingt wie das Alte Testament, nicht wie Mao.

War es aber. Und viele andere markige und blumige Sprüche auch. Dazu eine Gleichnissprache wie in der Bibel.

Jeder durfte nun mal. Wir spielten Mao-Stechen, wie es Hugo von seinem Großvater mit der Bibel gelernt hatte. Wusste man nicht weiter, nahm man die Bibel zur Hand, brachte sein Anliegen vor Gottes Ohr und schlug das Buch aufs Geratewohl irgendwo auseinander, Finger auf eine Zeile: Der Satz dort brachte die Erleuchtung zur Lösung des Problems.

›Seid einig straff und regsam. Gegen Schlemmerei vorgehen und auf Sparsamkeit achten.‹

›Weißt du etwas, sprich; sprichst du, sage alles. Dem Sprecher nicht zum Tadel, dem Zuhörer zur Lehre. Hast du Fehler gemacht, korrigiere sie; hast du keine gemacht, sei noch mehr auf der Hut.‹

Seneca, sagte Hugo. Oder Bibel. ›Wir Kommunisten sind wie Samenkörner, und das Volk ist wie das Erdreich. Im Volke Wurzeln schlagen und in seiner Mitte aufblühen.‹

›Für Menschen starken Willens gibt es auf der Welt nichts Schwieriges.‹

Schiller, kommentierte Hugo. ›Es ist der Geist, der sich den Körper baut.‹

Wie Pingpongbälle warfen wir uns die Sätze zu:

›Ziehe die Brauen zusammen, und du kommst auf eine Idee.‹

›Wer keine Angst vor Vierteilung hat, wagt es, den Kaiser vom Pferd zu zerren.‹

›Man muss das Gesicht regelmäßig waschen, sonst wird das Gesicht schmutzig.‹

›Lasst hundert Blumen blühen. Lasst hundert Schulen miteinander wetteifern.‹

Wir kamen zu dem Schluss: Dieses Konglomerat aus Hetze und Kalendersprüchen war nicht gerade ein rhetorisches Glanzstück, konnte aber gerade seiner Schlichtheit wegen bei Parteiversammlungen, Kongressen, Gedenkfeiern seiner Wirkung sicher sein. Auch auf uns. Wenngleich kaum im Sinne des Urhebers. Wir überboten uns in der Erfindung von original Mao-Zitaten. Kein Halten gab es im Spiel mit den Sprich und Wörtern, den Slo und gans, den Sen ten zen; Saussure, Carnap und Wittgenstein, all unser halbgares Wissen warfen wir in die Nachfolge des Großen Vorsitzenden.

Wenn wir jetzt aufstehen, ist das gut und nicht schlecht, seufzte ich, wenn morgens der Wecker klingelte.

Alle Uhrzeit ist ein Papiertiger, Hugo zog die Decke über die Ohren.

Sei eilig, flink und regsam!

Zieht die Sonne auf, schwindet der Mond. Schwindet der Mond, schwindet darin der Mann. Hugo zog sich die Decke über die Ohren.

Der Kommunist lenkt seine Schläfrigkeit mit Strebsamkeit in Heiterkeit zur Wachsamkeit.

Bin ein Reaktionärrrr. Hugo markierte Tiefschnarch.

Frühstück ist Strategie. Salamibrötchen Taktik. Ich griff nach Hugos Fuß unter der Bettdecke. Dem Fuß entgegengehen, heißt den Tag bestehen. Raus jetzt! Mit taktischem Geschick den Butterberg erobern! Lasst hundert Brötchen knacken. Lasst Tee und Kaffee miteinander wetteifern.

Okay, okay, Hugo wälzte sich ins Bad. Die weiße Paste putzt den Zahn.

Das scharfe Messer schneidet Brot. Ich mach schon mal Strategie.

Zwischen Vorlesungen und Seminaren konnten wir es kaum erwarten, uns ein Stichwort zuzurufen, das der andere zu einem Mao machen musste.

Segel. Hugo ließ sich in der Cafeteria auf einen Stuhl fallen. Das war vielleicht wieder eine dröge Vorstellung bei dem Mennekes. Ich brauch Luft. Also: Segel. Mach mal.

Füll das Segel mit Wind und zerteile den Schneid.

Zerteile den Schneid? Muss ich drüber nachdenken. Jetzt du.

Haar.

Haar?

Haar.

Am gescheitelten Haar erkennt man den Weltmann.

Dieser Mao ist gut und nicht schlecht. Schwachsinn.

Schwachsinn schafft sein eigenes Gesetz. Berufsfeuerwehr.

Das ist gemein!

Wir kicherten, gluckten, lachten laut heraus. An den Nebentischen wurde man auf uns, die Handys, aufmerksam. Einige machten mit, andere guckten schief. Was kümmerte uns das. Unsere Maos waren gut und nicht schlecht.

Mit Liebe und Linguistik, Mao und Chaos genießen Hilla und Hugo ihren ersten Herbst nach dem ersten Sommer, ihrem ersten Lenz, tja, das Wort gibt es immer noch, also nutzen wir es, solange dem Frühjahr noch kein spring blüht.

Wirklich hatte ich in diesem Herbst das Gefühl, mein Leben sei bunt und vielfältig, unbegrenzt wie die Muster in einem Kaleidoskop, verlässlich gefügt von Hugos Hand. Er allein hielt all die Facetten meines Erlebens zusammen. Und sorgte für immer neue Drehungen, neue Eindrücke, Überraschungen. Etwa mit 37 *Gedichte* vom Verfasser der Mao-Bibel selbst, Poesie in der alten chinesischen Tradition, wie es im Vorwort hieß. Pablo Neruda hatte das Motto geliefert: ›Miguel, fern dem Gefängnis Osunas, fern der Grausamkeit, führt Mao Tse-tung deine zerfetzte Poesie in den Kampf unserem Sieg entgegen. Pablo Neruda: Für Miguel Hernandez, ermordet in den Verliesen Spaniens.‹ Wie andere Männchen malen, so das Nachwort, habe Mao auf Sitzungen der Sowjetregierung Gedichte gekritzelt und dann achtlos weggeworfen, was regelrecht zur Jagd auf die Verschmähten geführt haben soll.

Die Gedichte waren poetisch geformte Notizen, verdichteter Alltag, metaphorische Kommentare zum Kampf- und Weltgeschehen. Oder, wir mussten es zugeben, einfach schön. Die Gedichte des Genossen Massenmörder Mao Tse-tung.

Ode an die Winterkirsche

Wind und Regen schicken den Frühling heim,
wirbelnder Schnee empfängt des Frühlings Ankunft.
Längst sind Abhänge, Abgründe tausend Fuß unter Eis,
doch es gibt sie: erblühte Zweige, Schönheit.

Schönheit, die nicht wetteifert mit dem Frühling,
nur ein Wächter, des Frühlings Kommen zu melden.
Warte ab die Berge in blütenprächtiger Zeit:
Sie, im dichten Drängen die Mitte, lächelt.

Im Linguistik-Seminar erhielt unser verliebt-verspielter Alltag wöchentlich neue Impulse, bis eines Nachmittags ein Kommilitone ein Papier verteilte, hellgelb mit blasslila Druckschrift, Matrizenabzüge, wie ich sie später noch oft sehen und selbst herstellen würde. Ich warf einen flüchtigen Blick darauf und gab Hugo, der in seiner Mappe kramte, einen Rippenstoß.

Sieh mal: Karl Marx und Friedrich Engels, *Die deutsche Ideologie*. Was haben die mit Linguistik zu tun?

Auch Fräulein Dr. Bergmann-Schleck fand einen dieser Zettel vor, spähte darüber hinweg und erklärte sich bereit, in einer der nächsten Stunden darauf einzugehen.

Für Hugo und mich eröffnete dieses Papier eine neue Sicht auf unser Verhältnis zur Sprache.

›Der ›Geist‹ hat von vornherein den Fluch an sich, mit der ›Materie‹ behaftet zu sein, die hier in der Form von bewegten Luftschichten, Tönen, kurz, der Sprache auftritt. Die Sprache ist so alt wie das Bewusstsein – die Sprache ist das praktische, auch für andere Menschen existierende, also auch für mich selbst erst existierende wirkliche Bewusstsein, und die Sprache entsteht wie das Bewusstsein erst aus dem Bedürfnis, der Notdurft des Verkehrs mit anderen Menschen. Wo ein Verhältnis existiert, da existiert es für mich, das Tier ›verhält‹ sich zu nichts und überhaupt nicht. Für das Tier existiert sein Verhältnis zu anderen nicht als Verhältnis. Das Bewusstsein ist also von vornherein schon ein gesellschaftliches Produkt und bleibt es, solange überhaupt Menschen existieren … Die unmittelbare Wirklichkeit des Gedankens ist die Sprache … Das gesellschaftliche Leben ist wesentlich praktisch.‹

Es war meine erste Begegnung mit Karl Marx. Ein Kommunist. Das Wort dräute aus meiner Kindheit herüber, besudelt mit Pech und Schwefel. Die Kommunisten, die Russen. Das Wahlplakat der CDU von 1953: schwarz-rote Streifen, die auf zwei stechende Augen unter einer Soldatenkappe mit Hammer und Sichel zulaufen, darunter in roter Druckschrift: ›Alle Wege des Marxismus führen nach Moskau. Darum CDU.‹ Die rote

Gefahr. Der Antichrist. Die Philippika Kreuzkamps von der Kanzel: ›Religion ist Opium für das Volk‹ habe dieser rote Teufel verkündet. Der Berliner Mauerbau 1961. Und von Meyerlein, Mathematiklehrer am Aufbaugymnasium, jahrelang in russischer Kriegsgefangenschaft, hatte ich im Ohr: ›Kommunismus das ist, wo keiner nichts hat und keiner nichts weiß und wo alles gemeinsam ist.‹

Doch führten wirklich alle Wege nach Moskau? Was war mit dem Befreiungskrieg der Vietnamesen? Was mit Che Guevara in Bolivien? Mit Martin Luther King? Gehörte nicht auch Ernesto Cardenal mit seinem Kampf für bessere Lebensbedingungen in diese Reihe? Egal: Dass der Text von Karl Marx kam, allein sein Name, machte ihn mir suspekt, selbst wenn er zum Lesen der Bibel aufgerufen hätte.

Hugo dachte nüchterner. Er erfasste gleich, worum es ging – und war begeistert. Des ausufernden, von jeder Wirklichkeit abgekapselten Begriffsgetümmels der Linguisten war er längst überdrüssig. Er hatte mehr als genug von Lemma, Phrase, Simplex; Sem und Semen, Morphem und Monem, Lexem und Ekzem, äh, hat sich einfach reingematscht, klingt ja auch alles so, wie wenn's juckt, und du darfst nicht kratzen.

Unsere neuen Schlüsselwörter hießen ›gesellschaftlich‹ und ›praktisch‹. Die Zeichentheorie Saussures ließ sich mühelos eingliedern. ›Der Name einer Sache ist ihrer Natur ganz äußerlich‹, wusste der marxkundige Kommilitone in der Diskussion seines Papiers den Bogen zu schlagen. Der Mensch: Ensemble der gesellschaftlichen Verhältnisse, die Sprache durch gesellschaftliche Praxis entstanden und auf sie einwirkend. Auch was wir bei Tschirch über die historische Entwicklung der Sprache gelernt hatten, widersprach dem nicht. Und so nahmen Hugo und ich Abschied von unseren sprachvernarrten Possen und wurden zu Feldforschern im Dienst der historisch-materialistischen Sprachwissenschaft.

Hieß es bei Marx und Engels ›Die unmittelbare Wirklichkeit des Gedankens ist die Sprache‹, so definierte Wittgenstein: ›Die

Grenzen meiner Sprache bedeuten die Grenzen meiner Welt.‹ Bei beiden: Sprache im Bezug zur Wirklichkeit, zu denen, die sie sprechen. Das war neu. Nicht allein die Wörter im literarischen Text, die Sprache der Dichter wollten wir ergründen, vielmehr dem Volk aufs Maul schauen wollten wir, erforschen, wie Sprache im Alltag gebraucht wird, unserem Alltag.

Und noch einen Ziehvater brachte uns die schöne Linguistin nahe: den englischen Sprachphilosophen John Langshaw Austin. Seine These: Realitäten werden durch Wörter, durch verbale Handlungen, ›Sprechakte‹, wie er es nannte, geschaffen: *How to do things with words.* Er unterscheidet Äußerungen, die eine Behauptung aufstellen oder Dinge oder Ereignisse beschreiben, von Äußerungen, die Sachverhalte hervorrufen, also Wirklichkeit erschaffen. Und fragt: Wie haltbar ist eine solche Wirklichkeit? Kann man sich auf Versprechen verlassen? Ist einem Schwur zu trauen? Bedeuten Worte der Versöhnung wirklich das Ende einer Feindschaft? Waltet Diktatur, wo das Herrscherwort gilt und nicht die Fakten? Und wenn das Herrscherwort Fakten schafft? ›The hand that signed the paper.‹

Im Dezember kam Rudi Dutschke nach Köln. Die Sartory-Säle überfüllt. Wie bei meiner ersten Vorlesung – ›Der pathetische Held ist unbedingt‹ – hockte ich auf dem Fußboden; Hugo neben mir.

Warum war es diesmal so anders, auf dem Boden zu sitzen? Wegen Hugo? Das auch. Doch hauptsächlich war es dieses Gefühl aufsässiger Gemeinsamkeit, das uns alle ergriff. Kaum zu glauben, dass seit jenem ersten Vorlesungstag nur ein paar Semester vergangen waren. Nichts mehr von akademischer Sammlung, andächtigem Schweigen, wie es weiland der Fall gewesen war, wenn der Professor eintrat. Was verband uns hier miteinander? Hätten wir ohne den Tod Benno Ohnesorgs auch so zusammengesessen?

Allerdings verlor sich mein Gefühl der Zugehörigkeit zusehends und machte einer Fremdheit Platz, ähnlich der im

Hause Breidenbach erlebten. Die hier Versammelten sollten der ›Kopf der Arbeiterbewegung‹ sein?

Ein Spruchband, ›Alle Macht den Räten‹, Sprechchöre, die den Slogan wiederholten, abwandelten und ergänzten, begrüßten den Hauptredner, der, wie seinerzeit der Professor von seinen Hilfskräften, ebenfalls von zwei Gefolgsmännern begleitet wurde. Trugen die Adlati damals gut geöltes, kurzes und gescheiteltes Haar, Anzug, Schlips und Kragen, um ihren Aufstieg in die akademische Elite zu bekunden, so traten die Begleiter des Hauptredners heute in entgegengesetzter Aufmachung an, um durch Haar-, Barttracht und Kleidung ihren Bruch mit eben jenem Establishment zu manifestieren, dokumentieren, signalisieren, -ieren, -ieren, ja, diese Endungen würden Hugo und mir noch oft begegnen bei unserer Feldforschung zum Wortschatz im neulinken Denken. -ieren und -ion. Ohne diese Silben ging gar nichts. Zunächst aber brach der Saal in ein nicht endenwollendes Ho-Tschi-Minh aus, das Gast und Begleitung mit gereckter Faust und gesenktem Kopf entgegennahmen, bis sie die freigehaltenen Plätze vor dem Pult besetzten. Hugo und ich schrien nicht mit.

Erster Redner war ein dünner langer Mensch, sein bleiches Gesicht feucht von Schweiß, hohe Stirn, ausdünnendes Haar, flaumig wie sein weicher rotstichiger Bart: das Gesicht eines Strebers, der gern ein Abenteurer wäre. Er begrüßte den Hauptredner, die Genossinnen und Genossen, die Kommilitoninnen und Kommilitonen; erste Zwischenrufe: Zur Sache! Der Redner griff ein Papier, setzte an zu einer Solidaritätsadresse Richtung Vietnam, verhaspelte sich, seine hohe Stimme mit dem leicht kölschen Akzent gab den kämpferischen Parolen einen parodistischen Anhauch. Rudi-Rufe wurden laut. Der ließ auf sich warten.

Ans Pult trat ein schmächtiger Mann, eine zu große schwarze Hornbrille im gleichfalls bleichen Gesicht. Mit sämiger Stimme leierte er eine Resolution herunter, die den Unwillen des SDS an der Notstandsgesetzgebung bekräftigte und erhielt kurzen ungeduldigen Beifall. Der Höhepunkt stand bevor, die Spannung im Saal sprang auf mich über, was mir beinah unheimlich war. Ich griff nach Hugos Hand, er nickte mir achselzuckend zu: Jetzt wird's ernst. Gut aufpassen. Gesellschaftlich praktisch. ›Die unmittelbare Wirklichkeit des Gedankens ist die Sprache.‹

Der erste Mann der Revolution trug die von seiner Gefolgschaft inzwischen hundertfach nachgeahmte linke Tracht aus Jeans, kariertem Hemd und – wer es sich leisten konnte – Lederjacke, abgewetzt im Proletarierlook der zwanziger Jahre. Mittelgroß, schlank, fast mager, langes schmales Gesicht, buschige Brauen, dunkler glattrasierter Bartwuchs, stoppelrauhe Haut um Mund und Kinn, rechts gescheiteltes, halbwegs die Ohren bedeckendes, nachtschwarzes glattes Haar. Bleich wie seine Vorredner, wenn man dieses Begleit-Gespann als Redner bezeichnen wollte, ungesundes Aussehen schien ein Kennzeichen linker Gesinnung zu sein. Eine eher unbedeutende Erscheinung. Wenn man die Augen vor seinen Augen verschloss, flammende Ausrufungszeichen, die ihre eigene Sprache entbrannten. Aus einer Aktentasche, braun genarbt und abgeschabt wie die des Vaters auf der Querstange des Fahrrads, mit dem er jahrzehntelang in die Fabrik gefahren war, zog der Redner ein Manuskript, das er dann jedoch kaum beachtete.

Genooossinnen uuund Genooossen! Antiautoritäääre! Der Mann stemmte die Arme aufs Pult, schob die schmuddelig roten Strickbündchen der Jacke zurück, beugte sich dem Mikrophon entgegen, schien die Wörter, bevor er sie aus sich herauspresste, wie Steine auf der Zunge zu wiegen, ihre Kampfkraft zu prüfen.

Savonarola, flüsterte Hugo, schau dir das Gebiss an.

Ein leichter Unterbiss, starke gerade Zähne in einem kantigen Kiefer, rief in der Tat das Bild eines unerbittlichen Idealisten hervor, ein Eindruck, der durch die sonderbare Artikulation, die übertriebene Dehnung und Betonung einzelner Silben, besonders der Endsilben verstärkt wurde. Etwas einprägen: Das Wort gewann in diesem Mund seine Bildkraft, seinen Ursprung zurück. Einhämmern, einprägen, der da vorne war ein begnadeter Redner, obwohl er so ziemlich alles anders machte, als es Rhetorikfachbücher lehren. Denn der überdeutlichen, fast affektierten Artikulation entsprach die Betonung keineswegs. Wie eine schlecht gekurbelte Leierkastenmelodie schleppten sich die hemmungslos verschachtelten Sätze vorwärts, mal eintönig langsam und auf einer Tonhöhe, dann wieder abgehackt, stakkato, fast brüllend im Ton eines Fußballreporters.

Innstrrummennnte, stabilisiiiierrren, signalisiierren, reproduziiierren, manipuliiierren, mitmarschiiieren, solidarisiiierren, revolutioniiierren, relativiiierren, reflektiierren, intendiiieren, provoziiierren, funktionalisiiieren …

Etwas glühend Pathetisches, beinah Flehendes lag in seiner Redeweise, als wolle er, überzeugt von seiner guten Sache, für etwas sammeln oder darum betteln; doch gleichzeitig schwangen Verachtung und Empörung mit, eine Drohung an alle, die seiner Werbung widerstanden oder gar feindlich gesinnt waren. Weit beugte er sich bei jedem neuen Absatz dem Mikrophon entgegen, um sich nach getanem Sprechakt befriedigt aufzurichten, als verleihe er so dem Gesagten zusätzliche Standfestigkeit, eine besondere Kraft.

Nicht von sich redete er, natürlich nicht, aber auch nicht aus sich heraus; nicht an und für sich stand er da auf dem Podest, um ins Mikrophon zu eifern, sondern als Verkünder, als Vertreter, der nicht allein in seinem Namen sprach, vielmehr als Anwalt einer Gemeinde, die sich nach unausgesprochenen Regeln gebildet hatte und nun an Frisuren, Körperhaltung, Kleidung und nicht zuletzt am Gebrauch eines bestimmten Vokabulars erkennbar war. Merkmale, deren eines oft schon genügte, Zugehörigkeit zu signalisieren, von einem hervorgehobenen Vertreter aber gehäuft verlangt wurden, manchmal zudem mit einer Prise Originalität versehen, die das Übliche der gängigen Kennzeichen steigerte. Vertretern dieser Art konnte man auf jedem Teach-in, Sit-in, Go-in begegnen. Hier aber offenbarte sich uns der Vertreter aller Vertreter, ihr Urbild, erster Vertreter, sozusagen der Erfinder aller Merkmale. An seiner taillenkurzen Lederjacke mit Strickbündchen, vor kurzem noch sein höchst persönliches

Kennzeichen, konnte ich nun aus nächster Nähe das Ausmaß der Verschlissenheit begutachten. Die Lederjacke: Symbol und Panzer der Revolution. Nonverbale Zeichensprache à la Saussure.

Wie ein Prediger, der sein öffentliches Glaubensbekenntnis ablegt, stand er da, Verkünder seiner Frohen Botschaft: Siehe, ich mache alles neu. ›Umfunktionieren‹ hieß das jetzt. Dazu seine erste Frage: Wo stehen wir? Mitten im Leiden. Leiden unter gesellschaftlichen Konflikten aller Art, unter Ausbeutung, Leistungsdruck, Bürokratisierung, Charaktermasken, Entfremdung; dem Parlamentarismus, der Obrigkeit, der Parteienherrschaft, dieser Plattform für Karrieristen. Unter Repression so gut wie unter repressiver Toleranz. Mit einem Wort: Wir litten unter dem Establishment! So weit die Lage. Und warum merkten wir das nicht? Wir waren manipuliert! Von System und Kapital.

Neulich hatte ich Yvonne in der Küche getroffen. Seit kurzem teilte sie ihre Gunst zwischen ihrem angepassten Wiegeautomaten-Bernhard und einem langmähnigen Bartträger, der das rechte revolutionäre Bewusstsein links in der Jeans trug, ohne dass Ersterer davon erfahren durfte, dann hätten ihr die Eltern womöglich den Wechsel gesperrt. Ihre frisch lackierten Fingernägel zum Trocknen schüttelnd, fragte sie mitleidig, wieso ich denn hinginge, in dieses Seminar, reine Zeitvergeudung bei dem Thema. Leistungsfixiert sei ich, manipulieren lasse ich mich, vom Leistungsdruck unterjochen, und wie.

Genau, sekundierte Lilly, die eben eine Limo aus dem Kühlschrank holte, da packt dich doch nur der Frust. Sind doch allesamt Fachidioten die Profs.

Ihr habt gut reden. Ich brauch den Schein, verteidigte ich mich. Sonst ist es aus mit meinem Honnefer Modell. Ich warf die Küchentür hinter mir zu und ab in mein Zimmer.

Scheine machen. Jawohl, genau das wollte ich. Yvonne brauchte keine Scheine. Jedenfalls nicht für ihre Leistung. Sie konnte sich auf andere Scheine verlassen. Und Fachidiot? Auch das. Ich wollte einer werden. Meinetwegen auch eine FachidiotIn. Eine gelehrte Privatperson. Ganz schön pervers in den

Augen Yvonnes. Ihr musste alles Spaß machen. Ja, du meine Güte, es *machte* mir Spaß, ›Die Bedeutung von Wanderer und Hütte in der Lyrik des jungen Goethe‹ zu diskutieren, ich fühlte mich nicht manipuliert, wenn ich morgens um sieben bei Tschirch Ablautreihen bildete, warum sollte es repressiv sein, für ein Referat oder eine Seminararbeit eine Note zu bekommen, für Anwesenheit einen Schein? Als ob mein Vater jemals auf die Idee gekommen wäre, fürs Auf-der-faulen-Haut-Liegen Geld zu verlangen.

Und was half gegen all das Unheil dieser Welt? Gegen Manipulation, Repression, Depression … Ein politisches Bewusstsein. Natürlich kritisch. Kritisch-politisch. Hatte ich so was? Nein, eher nicht. Wollte ich eines haben? Wozu? Fehlte mir etwas? Nein. Wozu brauchte ich eine außerparlamentarische Opposition, eine direkte Demokratie, eine Rätedemokratie, wo Volksvertreter auf Zeit direkt gewählt und abgewählt werden konnten, wie der Redner triumphierend in die andächtige Menge warf. Permanente Revolution hieß das, also Räte solange stürzen, bis alles paletti, das heißt, bis alle kapiert haben, dass so eine Rätedemokratie für jeden das Beste ist. Was der Redner natürlich vornehmer ausdrückte: Eine ununterbrochene Fortführung der Revolution in allen Bereichen des gesellschaftlichen Lebens sollte es geben, damit endlich die Herrschaft von Menschen über Menschen auf das kleinstmögliche Maß reduziert wurde. Wer möchte das nicht. Das klang gewaltig nach Bibel und dem Garten Eden. Wo gab es das schon? War das denn überhaupt möglich?

Ja, so der Redner, denn wir leben in einer Vergeudungsgesellschaft, wo mit Rüstung, Bürokratie und Reklame eine systematische Kapitalvernichtung stattfindet. Diese Ressourcen könne man nutzen, um ›ein eigenes Milieu, ein eigenes Leben, gegenseitige Hilfe, ein eigenes Zirkulationsfeld zu schaffen und die Bedürfnisse des Körpers, in welcher Form auch immer sie auftreten, nicht zu verdrängen‹. Noch fehle den Massen das revolutionäre Bewusstsein, auch könne und wolle er, ein Einzelner, keine Antwort geben, das sei ja schon wieder Bevormundung. Aus dem revolutionären Prozess müsse eine konkrete Utopie erwachsen und die, schmetterte der Redner in den Raum, diese unsere konkrete Utopie muss ausgemalt werden.

Und wie kam man dahin, ins Paradies auf Erden?

Was tun?, rief der Redner und schnellte aus seiner Krümmung überm Mikrophon empor. Was tun? Wir müssen die irrationalen Autoritäten aushöhlen! Wissenschaft betreiben als Befreiung der Massen von unbewussten Mächten. Ein begriffsloser Objektivismus darf das emanzipierende Subjekt nicht erschlagen.

Wie das? Indem Professoren lächerlich gemacht werden, mit Happenings und roter Grütze, Papierschwalben, Tomaten und Eiern?

Demonstratiooonen, Proteeeste, Provokatiooonen sind nur Vorstufen zur Bewusstwerdung der Menschen. Wir müssen zu direkten Aktiooonen übergehen, wo wir Gelegenheit finden, ganz nahe an die Menschen heranzukommen. Ja, wir müssen die Arbeiter bei ihren Streiks unterstützen, indem wir Großküchen und Kindergärten einrichten. Wir müssen ihr subjektives politisches Bewusstsein auf die Höhe unserer Zeit bringen: Springer muss enteignet werden. Aktionen gegen die Auslieferung von Springer-Zeitungen sind aber nur *ein* Mittel; dazu kritische und informative Zeitungen für alle Teile der Bevölkerung. Gegenuniversitäten innerhalb der bestehenden Einrichtungen müssen eingeführt werden, wo endlich die chinesische Revolution und ihre Konsequenzen für unsere gegenwärtige Auseinandersetzung diskutiert werden.

Unser Ziel, so der Redner wörtlich – ich kam kaum mit beim Notieren –, unser Ziel ist die Organisation der Permanenz der Gegenuniversität als Grundlage der Politisierung der Hochschulen. Dazu der Aufbau einer Universität in Gegenden zwischen Fabrikarbeitern, zum Beispiel in Baracken, wo sexuelle Aufklärung und Rechtshilfe geleistet werden können und Mieterstreiks organisiert werden. Unsere Theorie, kam der Redner zum Schluss, unsere revolutionäre Theorie richtet sich gegen alle Verhältnisse, unter denen der Mensch verlassen, einsam und ausgebeutet ist.

Amen, murmelte Hugo.

Mir aber war vor allem eines klar: Dass mir das meiste unklar war. So wie ich in meiner ersten Vorlesung im Wörterstrudel des Professors untergegangen war und ich nichts als den einen Satz ›Der pathetische Held ist unbedingt‹ hatte schwarz auf weiß nach Hause tragen können. Ungetrost. So auch hier. Auch hier vermochte ich dem atemlosen Wirbel vergitterter Begriffe nur lückenhaft zu folgen. War das gewollt? Der Zuhörer konnte die Abstrakta mit seinem eigenen Erleben füllen wie die Bilder in einem Gedicht. Konnte sich Wörter und Sätze wie Amulette herauspicken, Fetische, die eine Mauer errichteten vor der Realität und Tore öffneten in eine Traumwelt.

Was wussten die hier schon vom subjektiven politischen Bewusstsein eines Arbeiters, meines Vaters? Wie konnten die sich anmaßen, ihm vorzuschreiben, was er für seine Pflicht und sein Glück zu halten hatte? Vorschriften hatte man ihm ein Leben lang gemacht; allerdings war es dem Prinzipal egal gewesen, was der Vater für Glück hielt, wenn er seine Pflicht tat. Kämen Leute wie mein Vater durch diese Apostel nicht eher vom Regen in die Traufe? Wie sollte man diese vielen guten Absichten verwirklichen? Und wollte man am Ende überhaupt haben, was die einem anpriesen? Mein Vater und seine Kollegen? Die hatten doch nicht ihre Ketten zu verlieren, sondern ihr Häuschen mit Garten, ihren Ford Mustang, ihren Urlaub in Oberstdorf.

Und ich? Was hatte ich mit diesen Heilsverkündern zu schaffen? Hier hatten sie sich zusammengefunden: die Söhne und Töchter aus dem Hause Maternus und Wagenstein, aus dem Hause Godehards und des Schulzahnarztes, aus Rechtsanwalts- und Oberschulratsfamilien, hatten Probleme mit deren Familienautorität und lebten sich jetzt aus – auch so ein Modewort: ausleben –, gefielen sich in antiautoritären Provokationen, die sich gegen alles und jedes richteten. Hauptsächlich wohl gegen ihre

Eltern. Selbstverwirklichen wollten sie sich. Was sollte das heißen? Die neue Freiheit, die sie propagierten, das war eine für die, die die alte schon hatten, in die sie hineingeboren waren: in die Freiheit von Anträgen fürs Schulgeld, fürs Studiengeld, für den Freitisch; frei von abgelegten Kleidern und Leistungsnachweisen. Frei vom Alpenveilchen mit Knicks vor dem Bürgermeister. Was wussten die schon von Abhängigkeiten?

Dä kann alles, alles met dr Muul, hätte die Tante den Wörterprotz da vorne kommentiert. Mit Worten, ja, da schaffte er eine neue Wirklichkeit. Nach seinem Bilde. Schaffte er die Veränderung der Verhältnisse. Die Revolution. Die Umwertung der Werte durch ihre Umbenennung. Neue Namen braucht das Land. Als ließen sich durch neue Namen neue Verhältnisse schaffen. Die Wirklichkeit blieb doch die alte. Die neuen Wörter änderten daran nichts. Fragen, die die Wirklichkeit stellte, wurden mit Begriffen beantwortet, die die Fakten nicht aus der Welt schafften. Die Welt verändern, indem man die Worte veränderte. Wörter ließen sich verdrehen, die Wirklichkeit nicht. Dieser Redner und seine Anhänger glaubten an das Wort mehr als an Tatsachen. Aber sie verkauften ihre Worte als Tatsachen. Mir nicht!

Obwohl mich, das war nicht zu leugnen, der Verkäufer beeindruckte. Er glaubte an seine Ware, sein Wort. Wie als Kind bei der Predigt ging es mir, wenn ich nur hin und wieder etwas verstand, dem Pastor aber vertraute. Eine bittere, wütende Sehnsucht nach einer besseren Welt sprach aus den Worten des Redners in den Sartory-Sälen.

Erst Monate später, als nicht mehr nur Eier und Tomaten, sondern Steine und noch später Molotowcocktails flogen, wurde mir klar: Wörter können Taten zeugen. Gesellschaftlich praktisch. Die unmittelbare Wirklichkeit des Gedankens ist die Sprache. Ja. Aber es ist auch der Geist, der sich den Körper baut. Die Sprache, der Gedanke schafft auch Wirklichkeit. Ich war gewohnt, diese Bereiche strikt zu trennen. Das konnte verhängnisvolle Folgen haben. Wenige Jahre später würde ich erleben, wie das Wort ›Gewalt‹ aus dem Gewirr der Satzbausteine von der ›Gewalt als sozialökonomischer Struktur‹, als der viel beschworenen ›strukturellen Gewalt in der Gesellschaft‹, aus der wissenschaftlich-verharmlosenden Abstraktion sich in Brandbomben und Maschinengewehren materialisierte. Das Wort wurde Ding.

An jenem Abend nach der Begegnung mit Dutschke in den Sartory-Sälen saßen wir bei einer Tanten-Flasche Montepulciano noch lange in der Küche und diskutierten.

Ein Dutschke will keine Antwort geben, äffte Hugo den Redner auf ungewohnt bissige Weise nach. Er will keinen manipuliiieren, keinem sein Bild von der Zukunft suggeriiieren. ›Was Menschen nicht verstehen, glauben sie noch am ehesten‹, schreibt Montaigne. Ich sag dir: Der Dutschke hat keine Ahnung, worauf das ganze hinauslaufen soll. Was ist denn ein Revolutionär ohne revolutionäre Lage? Eine komische Figur.

Das wollte ich nun doch nicht gelten lassen: Ich glaub ihm schon, was er sagt. Ich meine, ich glaube zu wissen, was er meint, und das, was ich dann vermute, gefällt mir.

Dann glaubst du ihm auch, erwiderte Hugo, wenn er in diesem Interview mit Günter Gaus über das Foto der nackten Bewohner der Kommune 1 sagt: ›Das Bild reproduziert das Gaskammermilieu des Dritten Reiches; denn hinter diesem Exhibitionismus verbirgt sich Hilflosigkeit, Angst und Schrecken. Die Kommunemitglieder begreifen sich als Unterdrückte und Ausgestoßene der Gesellschaft.‹ Alles klar?

Du hast recht. Das ist ein gutes Beispiel, wie das läuft mit dem Umfunktionieren. Du erinnerst dich an Lewis Carroll: ›Kannst du denn ein Wort so benutzen, wie du es willst?, fragt Alice den verrückten Hutmacher. Und der antwortet: Die Frage ist nicht, was ein Wort wirklich bedeutet. Die Frage ist: Wer Herr ist und wer nicht.‹ Gilt ja auch nicht nur für Wörter. Denk an die arme Kornblume. Nichts ist sicher im Spiel der Zeit.

Genau, stimmte Hugo zu: Auch die Sprache, das heißt, die

Zerstörung der Sprache kann, oder noch genauer, der allgemeine Konsens über die Bedeutung von einzelnen Wörtern kann dazu beitragen, bestehende Ordnungen zu zerstören. Sprache hat eben immer mit Wirklichkeit zu tun, wird von ihr geschaffen und wirkt auf sie zurück …

… Dialektik, haben wir ja gelernt …

… und wir sollten sie nicht wie etwa die Linguisten zu einem eigenen Bereich machen. Sie vom Leben abtrennen.

Oder wie eine bestimmte Sorte Schriftsteller, nahm ich den Gedanken auf, für die Sprache nur Material ist.

Hugo schlug sich vor die Stirn: Du, der Dutschke. Eigentlich ein Schriftsteller. Statt Science-Fiction zu schreiben, schwingt er große Reden.

Genau: *Was* er sagt, hört sich ziemlich wirr an, aber *wie* er redet, das ist gekonnt und lässt den Inhalt fast verschwinden. Schriftsteller dürfen allmächtig sein. Auf dem Papier! Unserem Redner verwischen sich da ganz gewaltig die Grenzen.

Hugo nickte. Da liegt der Schlüssel. Man muss sich auch nur einmal ansehen, was unsere Autoren in diesen Tagen so von sich geben. Ich zeig dir gleich mal das neue *Kursbuch*. Ziemlich bedenkenlos, wie denen da alles durcheinandergerät. Die Wirklichkeit auf dem Papier und die gelebte Wirklichkeit. Kunst und Leben. Und von Wirtschaft sowieso keine Ahnung.

Verblüfft sah ich Hugo an. Du etwa?

Hugo spitzte die Lippen: Zumindest so viel, dass ich die Zusammenhänge kenne zwischen Soll und Haben auf meinem Konto. Lohnarbeit und Kapital. Warum kommen die denn keinen Schritt weiter mit ihrer Arbeiterklasse? Weil Männer wie dein Vater einen gesunden Menschenverstand haben.

Alles manipuliert!, warf ich ein.

Jaha, von der Wirklichkeit. An der kommt keine Utopie vorbei. Der Mensch ist nun mal und Gottseidank kein Apparat an dem man beliebig rumschrauben kann, um ihn zu verändern.

Und in welche Richtung denn überhaupt? Ist doch immer eine Clique da, die bestimmt, wo's langgeht, maulte ich. Prost.

Ich, zum Beispiel, Hugo griff mein Glas, goss nach und steuerte sein Zimmer an: Solidarisieren, mitmarschieren …

Was blieb mir übrig? Manipulare mellitus est. Einfach süß.

Danach besuchten wir noch ein paar Teach-ins, die immer nach demselben Muster verliefen: Die Stimmen der Diskutanten standen sich gegenüber wie bei einem Schlagabtausch, sei es im Ton dieser milden Rechthaberei, gegen die so schwer anzukommen ist; sei es mit dieser Selbstgewissheit des Fanatikers, der seine Meinung wie klingende Münze unters Volk wirft.

Meist flitzten die Sätze wie Eidechsen durch meinen Kopf, fanden weder im Sprechakt selbst halt noch in der Wirklichkeit, auf die sie verwiesen. Ohne Hugo – wäre ich den Phrasen dennoch auf den Leim gegangen? Den Floskeln, Formeln, Gemeinplätzen wohl kaum. Eher hätte mich die Form, die Art und Weise, *wie* diese hohlen Worte als Gewissheiten, Prophezeiungen, Glaubenswahrheiten verkündet wurden, verführen können. Und dann war da noch das Du statt des bisher üblichen Sie. Zunächst ungewohnt, suggerierte es Freundlichkeit und Entgegenkommen. Es schuf ein neues Wir-Gefühl, ein Gefühl gegen die Alten, gegen die Konvention – und wurde doch bald selbst zur solchen.

Anfangs aber konnte dieses Du für vieles herhalten. Von den Studenten geduzt zu werden, empfanden die meisten Professoren als Provokation, als Beleidigung. Professor und Du: Das war billig zu haben. Irgendwie musste Stimmung gemacht werden. Von irgendwoher musste die revolutionäre Situation ja kommen. Not, materielle Not, verspürte niemand von uns. Wir hatten unser hinlänglich fettes Huhn im Topf. Was brachte uns also zu diesem gemeinsamen, mehr oder weniger bewussten Gefühl, dagegen zu sein – gegen wen und was auch immer?

Es war das Rebellische, mir vertraut aus Kinderzeiten, das mich anzog, und wenn diese Rebellion nur darin bestand, nicht mehr zu siezen, sondern jeden zu duzen. Doch auch ohne Hugo hätte sich dieser Reiz des Aufsässigen schnell verflüchtigt. Gefolgt wäre ich den antiautoritären Heilsverkündern auch ohne ihn nicht. Denn die hier palaverten, bauten die Zukunft wie ein Architekt, der sich nur am Entwurf berauscht, ohne Rücksicht auf Standort, Statik, Material, ganz zu schweigen von den Kosten. Diese Gesellschaftsentwürfe waren Kunstwerke, wie ihre Sprache eine Kunstsprache war, losgelöst von der Wirklichkeit oder doch nur locker verbunden; so wie auch ein Kunstwerk lockere Verbindung hält mit der Realität, allein schon durch das Material, das immer von dieser Welt sein muss. Sie nahmen Begriffe aus dem Alltag, auch diese schon sehr abstrakt, und bauten sie neu zusammen, deuteten sie um, schafften etwas Neues. In der Sprache. Verfuhren mit den Wörtern wie der Dichter. Dort, wo dieser allmächtig ist, auf dem Papier, kann er vieles offenlassen. Im Dunkeln lassen. Kann Menschen und Welten schaffen nach seinem Bilde. Der Dichter hat das Recht, vernunftlos zu träumen. Papier muss keine Antwort geben. Der Dichter muss sich nicht verantworten, außer vor seinem Material, der Sprache. Doch sobald er politisch wird, kommt Verantwortung ins ästhetische Spiel. Dann ist sein Schreiben, sein Reden kein Spiel mehr und muss sich an der Wirklichkeit, dem Machbaren, messen lassen. Gesellschaftlich praktisch.

Die auf den Teach-ins, den Kundgebungen, den Flugblättern redeten politisch. Aber: Wo blieb ihre Verantwortung? Sie träumten von einer besseren Welt. Aber sie waren keine Dichter. Hatten kein Recht, vernunftlose Träume als Wirklichkeit zu verkaufen. Doch sie verhielten sich genau so. Gärtner der blauen Blume. Romantiker. Auch deren Programm war es gewesen, die Kunst ins Leben zu überführen. Aber – und das war der gewaltige Unterschied – mit Gefühl *und* Reflexion. ›Klarer Verstand mit warmer Phantasie verschwistert, ist die echte gesundbringende Seelenkost‹, heißt es bei Novalis.

Mit Hugo erlebte ich diese Teach-ins wie Besichtigungen einer anderen Welt. Wir beide brauchten keine Rhythmen, keine Regeln aus zweiter Hand, keine Vorschriften eines Kollektivs, weder des Establishments noch ihrer Gegner. Wir mussten uns keine Stimmen, keine Wörter leihen. Wir wollten nichts umfunktionieren. Keine Ordnung aufbrechen. Wir hatten uns. Verweile doch.

Und ein Problem hatten wir auch. Entgegen der gerade in Umlauf gesetzten Parole ›Das Private ist politisch‹ beunruhigte uns das Private allein privat.

Weihnachten stand bevor. Heiligabend und den ersten Weihnachtstag würden wir bei unseren Familien verbringen, klar. Aber den zweiten? Dondorf, keine Frage, entschied Hugo. Wir saßen uns in seinem Zimmer bei zwei Adventskerzen, Spekulatius und Rotweinpunsch gegenüber. Hugo zerkrümelte schon den zweiten Keksengel: Ich muss dir was gestehen …

Ich warte. Bist du enterbt? Ich räkelte mich tiefer in den Sessel, zog die Decke über die Knie.

Hugo ächzte. Schlimmer. Wir können uns nicht mehr sehen, wenigstens nicht hier. Mit einer ausladenden Armbewegung beschrieb Hugo einen Kreis um seine vier Wände.

Hat sich doch ein Hausbewohner wegen mir beschwert?

Die Tante kommt. Hugo reichte mir einen hellblauen Umschlag. Luftpost, die weite Welt. Lag gestern im Kasten.

Und das hast du mir nicht gleich gesagt?

Ich wollte erst mal eine Nacht darüber schlafen. Abwarten, ob mir was einfällt. Den Seinen …

… jaja, im Traume. Und? Hat er dir was gegeben?

Nix.

Und wann?

Mittwoch.

Dann pack ich schon mal meine Sachen.

Seit Wochen hielt ich mich fast so viel bei Hugo wie im Hildegard-Kolleg auf. Seit wir einige Vorlesungen und Seminare gemeinsam besuchten, konnten wir auch gut gemeinsam lernen, ich am Schreibtisch der Tante, bevor wir uns in Hugos Zimmer zum Diskutieren trafen. Dann freuten wir uns, wenn wir exakt dieselben Stellen unterstrichen hatten; ich mit Bleistift, Hugo mit Kugelschreiber, barbarisch, schalt ich, doch Hugo ließ sich davon nicht abbringen. Auch inhaltlich wichen die Kommentare oft voneinander ab, und dann ging's los, bis unsere sprachgewetzten Zungen wortlos ins Spiel gerieten und wir, Wittgenstein aufs Müheloseste Lügen strafend, die Grenzen unserer Welt sprach-, doch nicht tonlos ins Himmelreich verschoben.

Und wie lange? Ich stand auf.

Das schreibt sie nicht. Bestimmt bis nach Neujahr. Hugo zog mich auf seinen Schoß. Langsam, langsam. Erst mal eine Nacht darüber schlafen. Den Seinen …

Ich kuschelte mich in Hugos Arme. Erzähl mal, wie ist sie denn, deine Tante? Mutter oder Vater?

Die Tante war eine Schwester des Vaters, und Hugo hatte sie seit ihrer Abreise vor drei Jahren, als sie ihm die Wohnung anvertraute, nicht mehr gesehen. Auch vorher selten, zuletzt bei der Beerdigung des Großvaters, nur kurz, sie sei schnell wieder gegangen, einfach verschwunden nach der Zeremonie im Dom. Wo auch sonst, schoss mir durch den Kopf, und ich schämte mich meines Widerwillens gegen die Spezies Breidenbach, die unverdientermaßen nun sogar den Großvater traf.

Die Familie, seufzte Hugo, hat ihr das sehr übel genommen. Wochenlang hat die Mutter lamentiert, was für ein Bild das abgegeben habe.

Kenn ich, sagte ich. Wat sollen de Lück denken, was glaubst du, wie oft ich mir das als Kind von meiner Mutter anhören musste.

Tja, heute traut sich das deine aber nicht mehr. Meine will mich immer noch in ihr Bild zwingen.

Weg mit der Herrschaft der Erwachsenen über die Kinder. Der Kampf des Kindes ist so alt wie die Ausbeutung des Kindes.

Die Sklaverei des Hauswesens muss in eine Quelle humaner Entwicklung umschlagen, dozierte ich, Sätze von einem Teach-in zu ›Grundfragen proletarischer Erziehung‹ noch im Ohr.

Genau! Hugo küsste meine Nase. Macht kaputt, was euch kaputt macht. Da wüsste ich schon einiges. Du und ich: Wir sind ei-ne klei-ne ra-di-kale Minderheit!

Mam-ma, wir kom-men!

Hugo strampelte mich von seinem Schoß. ›Mein sind die Jahre nicht …‹, zitierte er Gryphius, ›der Augenblick ist mein …‹ Mit ein paar Griffen klappte er die Schlafcouch auseinander. Dreimal werden wir noch wach, aua, dann ist Tantentach. Ich wünschte, ich könnte dich fressen, essen und trinken, dann wärst du …

Dann wär ich für immer weg und nicht erst in drei Tagen, küsste ich ihm das Wort vom Mund.

Auf dem Foto, das mir Hugo anderntags zeigte, entsprach die Tante bis aufs (glatt zurückgekämmte) Haar exakt meinen Vorstellungen einer Breidenbach. Gedrungen wie Hugos Vater und sicher zehn Jahre jünger, Schneiderkostüm, Perlenkette, dito Ohrringe. Die Augen leicht zusammengekniffen; die Brille, so Hugo, habe sie für das Foto abgenommen.

Und ein Mann?

Nein, kein Mann. Hugo feixte. Soviel ich weiß. Kann sich ja schnell ändern. Welche Kirche hast du denn für heute ausgesucht?

War ich nicht in Dondorf, ging es sonntagsmorgens in die Kirche, jede Woche eine andere – en Kölle han mer mie Kersche als Tach em Johr, hieß es. Seit dem Wintersemester hatten wir noch kein Hochamt, am liebsten nach dem alten, dem tridentinischen Ritus in lateinischer Sprache, ausgelassen. Kreuzkamp konnte zufrieden sein.

Kerzen spendeten wir immer. Meist drei: eine für uns, eine für unsere Familien und eine für den Sieg des Vietcong. Heute sollte eine vierte dazukommen. Für Che Guevara. Damit er nicht allzu lange im Fegefeuer schmachten musste, bevor er im

Himmel mit seinen Freunden von Franz von Assisi bis Karl Marx, Friedrich Engels, Rosa Luxemburg, Ho-Tschi-Minh und Gottes Segen neue Melodien für den Himmel auf Erden harfen könnte. Anfang Oktober war er von einem Feldwebel der bolivianischen Armee erschossen worden. Zudem würden wir im Seitenaltar Ches Foto mit seinen gläubig aufgeschlagenen Augen unter die Gestalten des Gemäldes kleben, auf dass der verklärte Blick des revolutionären Weltverbesseres die Himmelfahrt seines Bruders Jesu fortan begleite.

Viel einzupacken gab es nicht. Meine Hefte und Bücher räumte ich ohnehin morgens vom Schreibtisch der Tante in meine Aktentasche, um jederzeit von der Uni auch ins Hildegard-Kolleg gehen zu können.

Ausgiebig Abschied feiern wollten wir, kuschelten auf der Bettcouch in Hugos Zimmer bei Rotwein und Aachener Printen, bei Kerzenschein und Glenn Gould; seine *Goldberg-Variationen*, die erste Studioaufnahme von 1955, ein Geschenk des Meraner Onkels, hatte Hugo erst ein Mal aufgelegt, damals, als wir aus dem Krawatter Busch zurückgekommen waren. Mein Kopf in seinem Schoß, seine Hände in meinem Haar.

Wir hatten sie nicht kommen hören. Nicht den Schlüssel im Schloss, die Schritte im Flur. Wie auch. Versunken im kühlen mühelosen Reichtum der Musik, der selbstverständlichen Geborgenheit in Geschlecht und Gedanken, wunschlos, wortlos im ›Verweile doch‹, im Augenblick.

Und dann stand sie in der Tür. Falsch. Sie platzte herein. Die Tür spielte dabei gar keine Rolle. Plötzlich – ich schlug das Wort, das mir nie so sinnfällig wurde wie in diesem Moment, später im Kluge nach: Es kommt von ›plotz‹ aus dem 14. Jahrhundert, bedeutet ›Aufprall‹. Und so ein Plotz platzte plötzlich durch die Tür. Explodierte, plotzierte herein aus weiter Ferne und trompetete Huugoo, mir nichts, dir nichts über Gould, Bach, Goldberg hinweg.

Hugo schreckte hoch, mein Kopf schlug auf die Sofakante.

Tante? Du? Noch nie, nicht einmal angesichts gelegentlicher Attacken seiner Schwester, hatte ich Hugo in solch einer, ich muss es zugeben, dümmlichen Fassungslosigkeit gesehen, doch wie sollte diese nicht dümmlich sein angesichts des unzweifelhaft Sichtbaren, nämlich eines weiblichen Wesens, das dort vermutlich in der Tür stand, was ich aber noch nicht durch Augenschein verifizieren konnte, allerdings mit meiner Nase unleugbar wahrnehmen musste. (Dieser Satzbau ein einziger Spiegel meines Durcheinanders, Entschuldigung!) Ich roch das fremde Weibliche, ehe ich es sah, rappelte mich auf und starrte nun mit Hugo gemeinsam den Plotz im Türrahmen an. Der in ein unbändiges Gelächter ausbrach, was uns aus unserem Schockschreck löste und den Freund zu einem zweiten: Tante, du?, veranlasste, diesmal gefasst und sogar eine Spur ironisch.

Wie begriff und teilte ich Hugos Verwirrung! Was hatte diese Frau mit der auf dem Foto zu schaffen? Nicht einmal eine Ähnlichkeit zwischen beiden konnte ich entdecken. Die Besucherin, nein, die Besitzerin, die Tante also, nein, ich kann das Wort Tante für diese Erscheinung einfach nicht benutzen. Eine Tante ist, wenn schon nicht alt und dick, so wie die meinen, doch mindestens eine Respektsperson, in mindestens mittleren Jahren. Die hier trug einen knöchellangen Fellmantel, der die Figur, anders als auf dem Foto, nicht gedrungen, eher groß, gänzlich verhüllte; braunes Wildleder, Ärmel und Knopfleiste speckig, verfilzte Fellzotteln an Kragen, Kapuze und Säumen. Schwarze Stiefel mit lila Applikationen. Langes dunkles Haar; vom lila-grünen Stirnband fiel eine rote Perle in die Stirn; Silbersonnen und bunte Glassternchen baumelten von den Ohren. Aus dem blassen Gesicht – ob geschminkt oder echt, das ließ sich im Kerzenlicht nicht auf den ersten Blick ausmachen – stachen draculagleich zwei schwarz umrandete Augen wie Todesanzeigen.

Tante! Hugo streckte die Hand aus und sagte, auch das nicht eben erleuchtet: Du bist ja schon da.

Hey, sieht ganz so aus, wie? Statt Hugos Hand zu ergreifen, hob die Tante lässig die Linke zum Gruß, stieß mit der Rechten die Tür ein Stück weiter auf und zog einen jungen Mann ins Zimmer: Und das ist Tim.

Auch Tim trug einen Fellmantel, dazu weiße Stiefel, silbern gesteppt; sein rotbraunes Haar mit einem – wie ich später sah – weißen Lederband zu einem Schwanz gebunden. Ein dünner Bart umrahmte sein ovales Gesicht mit leuchtend braunen Augen, breiten Kinnladen und einer ausgeprägten Nase.

Hey! Hugos Hand, von der Tante verschmäht, verschwand in Tims Fellpranke, wurde tüchtig geschüttelt, und damit nicht genug, klopfte Tim kumpelhaft Hugos Rücken, schreckte von der Berührung mit dem Buckel kurz zurück, um nur noch fester zuzuschlagen, als wolle er alle Freundschaft und Herzlichkeit Amerikas in ihn hineinklopfen.

Und nenn mich nicht Tante!, zischte die Tante dem Neffen zu und warf mir einen Einverständnis heischenden Blick zu. Das macht mich ja zehn Jahre älter. Hey, sie legte ihre Rechte auf meine linke Schulter und drückte zu. Ich bin Lilo. Und du?

Hilla, brachte ich heraus, ich bin ... ich, äh ... Meine Güte, so was wollte eine Tante sein!

Hilla Palm, meine Verlobte! Hugo legte mir den Arm um die Schultern.

Nur nicht so förmlich, Kinder, lachte die Tante, äh, Lilo. Verlobte! Wie das klingt! Da kann man ja gleich Silberhochzeit feiern. Die Tante schmiegte ihren Fellmantel an den des Mannes, wie zwei entsprungene Fabelwesen sahen die beiden aus. Dann sind wir auch verlobt, was Timmy?

Timmy lächelte breit, kräftige große, gelb verfärbte Zähne entblößend.

Jetzt aber erst mal raus aus den Klamotten. Ist ja eine Affenhitze hier drinnen.

Lilo schleuderte den Mantel vom Leib, Tim auch, einfach in die Ecke flogen die Mäntel und blieben dort liegen, schön hast du's hier, Lilo ergriff mein Glas, runter damit. Ah, das tut gut. Habt ihr noch ein Glas? Oder zwei? Tiim! Lilo klopfte neben sich aufs Sofa. Mit einem Satz war Tim bei ihr. Flower Power,

Frauen Power, flachste Lilo, dauert aber noch ein paar Jährchen, bis die Buchstaben richtig sitzen. Bis dahin gilt noch: ›If you're going to San Francisco, be sure to wear some flowers in your hair…‹, kennt ihr?

›If you're going to San Francisco you're gonna meet some gentle people there‹, sang ich die Antwort. Na klar. Seit Wochen Nummer 1 in unserer Hitparade. Wofür hielten die uns?

Lilo rückte sich zurecht, ließ ihre stattlichen Brüste schwingen, zwei anmutige Freiheitsglocken unterm locker fallenden Baumwollkleid, dessen Farben an Speiseeis erinnerten, Erdbeer, Zitrone, Waldmeister; dicke bunte Glasperlen an Lederschnüren bis zur Taille.

In den nächsten Tagen würde ich noch weitere Stücke ihrer Garderobe kennenlernen: wallende Batikgewänder, blumenbestickte Blusen, alles Handarbeit, wie sie nebenher und doch beeindruckt erklärte; ausgefranste, abgewetzte Bell-Bottom-Jeans, auch die vor allem auf dem Hinterteil bestickt. Dazu ein paar Miniröcke und dicke Wollstrumpfhosen, schwarz oder bunt geringelt. BHs oder Miederhöschen? Da konnte Lilo nur lachen: Let's flow. Wär was für Tante Berta, dachte ich.

Tim und Lilo liebten ihre Wildlederjacken im Indianerstil, Fransen, wo immer man sie anbringen konnte, die Ärmel entlang, im Rücken, am Saum. Lederfransen und Perlen an Lederschnüren, ohne die war der ›look‹, wie Tim sich ausdrückte, nicht perfekt. Unter seinem Fellmantel kam eine Art veredelte Cowboykleidung zutage wie ich sie mal bei einem Rodeo im Zirkus gesehen hatte. Weiße bestickte Nappalederjeans, die zottelfransige, gleichfalls bestickte Weste über einem knallroten Hemd. Friedenszeichen wie vom Ostermarsch, auf Broschen und Anhängern am Lederband. Später enthüllte er sein Tattoo: auf einem ansehnlichen Bizeps Picassos Friedenstaube, die, wenn er den Arm anwinkelte und streckte, in Bewegung geriet, als flöge sie nach Haus.

An diesem Abend plünderten wir den Kühlschrank, Lilo gab Hugo den Schlüssel zum Keller, da findest du jede Menge

Flaschen, bring den Roten, und bald durchtränkten Schwaden von Räucherstäbchen die nüchterne Professorenwohnung mit ihrem träumerischen Geruch. Glenn Gould musste den Doors weichen, ›This is the end‹, sangen sie, ›when the music is over‹, war aber noch lange nicht vorbei, der Duft, der Wein, die Musik entrückten uns aus den buchgelehrten Wänden in eine Welt harmonischen Aufruhrs. Als nur noch das Knistern der letzten Umdrehung der Doors-LP und der heruntergebrannten Kerzen zu hören war, schlug Lilo ein paarmal rhythmisch mit der Hand auf den Tisch und: ›Jaja, der Chianti-Wein‹, trällerte es plötzlich aus ihr heraus, ›der lädt uns alle ein, drum lasst uns glücklich sein und uns des Lebens freun, beim goldnen Chianti-Wein‹, bediente sich das Lied der Zunge Lilos, die sekundenlang genauso verdutzt aussah wie wir, als wisse sie selbst nicht, woher diese Stimme komme, als habe sie mit dieser Stimme und diesem Lied so wenig zu tun wie wir, die Zuhörer. Und jetzt alle, rief sie nach ein paar Takten, und wir, unter dem Einfluss des besungenen Weines, folgten bereitwillig, feierten Chianti, Lebenslust und Lebensglück aus voller Kehle. Tim, der kaum Deutsch sprach, steuerte seinen Teil bei, indem er das letzte Wort jeder Zeile ein paarmal chorartig wiederholte, was unsere Darbietung beträchtlich in die Länge zog.

Mit Lilo ging dabei eine seltsame Veränderung vor sich. Das Lied aus ihrer Jugendzeit brachte ihr mit noch so vielen Strophen und Wiederholungen die Jugend nicht zurück. Es machte sie alt. ›Jaja, der Chianti-Wein‹, verwandelte sie mit jedem Ton in eine Tante, eine meiner älteren Cousinen hätte sie sein können, Cousine Hanni oder Maria, und ich legte Tante Lilo einen Arm um die Schultern und gab ihr einen Verwandtenkuss. Und als Hugo dann zudem, was ich ihm nie zugetraut hätte, anstimmte: ›Wenn isch su an ming Heimat denke‹ und Lilos Stimme bei ›un sinn dä Dom su für mir stonn‹, ins Schwanken geriet, hatten Blumenkinder und rheinische Frohnaturen zueinandergefunden. Zumindest diesen Abend lang. Begleitet und verstärkt durch Tims melodisches Gepiepse auf seiner Blockflöte, die er, wie er versicherte, immer bei sich hatte. Später zeigte er uns auch noch seine Panflöte. Die spielte er seit dem Monterey Pop Festival im kalifornischen Monterey County Fairground. Lilo und er schwärmten noch immer von dieser ›celebration of music, love and flowers‹, von Janis Joplin, Jimi Hendrix, Simon & Garfunkel. Blumenkind Pan hatte für das Logo mit seiner Flöte Pate gestanden.

Am nächsten Morgen erwachte ich mit Brummschädel und schlechtem Atem, und Gottseidank lag Hugo neben mir, räkelte sich, biss mir ins Ohr und flüsterte: Was man nicht vertagen kann …

… vertragen kann, warf ich ein.

… das wollen wir vertanten. Das wird ein Weihnachten! Kannst du dir das vorstellen? Lilo und meine Mutter? Meine Familie?

Konnte ich nicht. Lilo schien mir der leibhaftige Beweis für die alte Erkenntnis: Das Gegenteil eines Fehlers ist ein Fehler. Vertraten Hugos Eltern das Groß-Geld-Bürgertum auf eine nicht zu übertreffende Art und Weise mit ihren dünkelhaften Wert- und Moralvorstellungen, so legte es Lilo darauf an, diese Zug um Zug zu entkräften. Sie hatte nichts von diesem gelassenen, wie aus einem Block geschliffenen Hochmut, dem ich in Hugos Familie begegnet war. Anders als Hugos Mutter und Schwester kam sie mir kumpelhaft freundlich entgegen, auch wenn ich den Eindruck nicht loswurde, dies alles sei eine Spur zu dick aufgetragen, als spiele sie eine Rolle, die ihr gefiel, doch beileibe noch nicht in Fleisch und Blut übergegangen war. Ihrer Aufgaben und Verpflichtungen überdrüssig hatte sich die Sozialwissenschaftlerin Fräulein Prof. Dr. Lilo Breidenbach ein Jahr beurlauben lassen, ein Sabbatical nannte man das in Berkeley. Entschlossen, dem Leben entspannt und gut gelaunt zu begegnen, nur noch zu tun, was nützlich war und gefiel. Oder: Was nützlich war, weil es ihr gefiel? Oder entfiel das Nützliche ganz? Kaum. Da schoben Breidenbach'sches Erbgut und Erziehung einen Riegel vor.

Wohl bevorzugte Lilo einen alternativen Kleidungsstil, doch gepflegt sein musste auch der. Ein perlenbesticktes langes Kleid aus Rohseide hatte in der Reinigung – der besten Reinigung Kölns, extra nach Lindenthal bin ich gefahren, stöhnte sie – ein paar Perlen verloren; man gab sie ihr in einem Tütchen mit. Lilo machte ein Drama daraus. Fluchte in der Küche bei einer Flasche Chianti auf das verantwortungslose Pack und drohte sogar, einen Anwalt anzurufen. Nicht irgendeinen natürlich, der Breidenbach'sche musste es sein. Hugo lachte böse, nahm ihr die Flasche weg und – Schluss jetzt, Tante! – kippte den Rest in den Ausguss.

Tim war bis vor kurzem ihr Student gewesen und hatte nun eine Stelle als Assistent Professor an ihrem Department. Er bemühte sich, Deutsch zu lernen, doch meist verständigten wir uns auf Englisch. Lilo benutzte die Sprache ihrer Studenten, ein lässiger Jargon, den sie uns oft übersetzen musste. ›Trau keinem über dreißig.‹ Lilo, gut über vierzig, gebrauchte die Sprache der Jugend wie ein zu grelles Make-up, wie Kleidung und Frisur, die Jugend vortäuschen sollten und sie dadurch erst recht älter machten. Wenn sie mit Sandalen und Fußkettenglöckchen durch die Wohnung bimmelte und uns, kaum dass sie unser ansichtig wurde, zu irgendeinem Vergnügen einlud, spürte ich: Nicht Hugo und mir, ihrer entschwundenen Jugend war sie hinterher.

Obwohl Lilo mich beschworen hatte zu bleiben, verbrachte ich die meisten Nächte wieder im Hildegard-Kolleg. Nach dem ausschweifenden Abend in der Küche war mir im Bett mit Hugo sonderbar unbehaglich gewesen, als färbe ein Beigeschmack dessen, was Lilo und Tim die ›freie Liebe‹ nannten, auf Hugos und meine unbekümmerte Vertrautheit ab, als sei auch unsere einzigartige Liebe nichts anderes als ein Vollzug der modischen Parole ›Make love not war‹, als zwänge uns das fremde Paar in seinen Gleichschritt mit dem Zeitgeist.

Die Kölner Kneipen kannten die beiden bald besser als wir. Den Musenhof und Anitas kleine Galerie, Schorsch und Louis am Ubierring, den Invalidendom am Severinstor, Oma Plüsch mit Plüschsofas und Sesseln in Separees. Mit Tipps konnten wir ihnen wenig nützen.

Hugo, rief Lilo mit ihrer etwas schrillen Stimme, wenn der nur verneinend den Kopf schütteln musste, Hugo, eine Enttäuschung!

Nur einmal glaubte Hugo, sie warnen zu müssen: Die Petrusschänke, ein allzu schräger Laden sei das; nicht nur an der Theke werde dort ausgeschenkt, sondern auch darunter, kein Alkohol, sondern Drogen. Eine Warnung, die Lilo zu einem vielsagenden Blick in Tims Richtung veranlasste.

Ein-, zweimal überredeten sie uns, mitzukommen, ins Olshausen, wo die Post abging, so Lilo, ins Storyville oder Big Ben; doch mir taten nach ein paar Minuten von der Musik die Ohren und vom Geschrei die Kehle weh, dass ich nur noch eines wollte: raus!

Lilo streifte in den ersten Tagen nimmermüde durch die Kölner Kaufhäuser und Boutiquen. Seltsame Dinge brachte sie mitunter zurück. Aufgereiht an einer Plastikschnur zehn transparente Folien, darin je ein Wegwerf-Slip mit dem Aufdruck ›Weil Höschenwaschen doof ist‹, Messinggefäße, die aussahen wie Weihrauchfässchen und zum Verkokeln ähnlicher Materialien dienten. Vogelfutter, von dem sie behauptete, es enthalte und spende bestes Karma. Ein Geschirrspüler wurde geliefert.

Ob ich schon den Carnaby-Pavillon neben dem Kaufhof kenne, gar nicht so schlecht, befand die Vielgereiste, sehe wirklich ein bisschen aus wie die berühmte Londoner Straße. Man spiele zwar meist die doch recht braven Beatles, immerhin aber schon ihre neue LP, und an der Cola-Bar könne man auch einen richtigen Drink kriegen, ab einundzwanzig natürlich. Und die Klamotten, ja, Lilo sagte wirklich Klamotten, auch nicht ohne. Komm mit, drängte sie mich anfangs, komm doch mit, aber ich erfand immer neue Ausreden. Ich wollte mir von ihr nichts schenken lassen. Warum eigentlich? Die blumenbestickte Wildlederweste, die sie mir dann mitbrachte, gefiel mir, anziehen mochte ich sie nicht. Irgendwie roch die Weste nach den abgelegten Kleidern aus dem Sack der Oberpostdirektion. Der Vorbehalt gegenüber der Geberin übertrug sich auf die Gabe.

Empört stürzte sie eines Abends zur Tür herein, Tim, beladen mit Kartons, hinterher. Auf der Domplatte seien sie bei den jungen Männern stehen geblieben, ein bisschen wie in San Francisco sehe es da aus, und unsere verdutzten Blicke bemerkend, erklärte sie, naja, Schlafsäcke, Parkas, Jeans und Selbstgestricktes. Man sei schnell ins Gespräch gekommen, Tim habe sich zu den Jungs gehockt, ihr sei das zu kalt gewesen, man habe zusammen eine geraucht, alles ganz gemütlich.

Bis ein älterer Mann gekommen sei, Aktentasche unterm Arm, Lodenmantel, ich dachte, das gibt es nur in Bayern, und eins von diesen Lederhütchen auf dem Kopf. Der habe die Tasche gegen sie, Lilo, und dann gegen die Sitzgruppe geschwungen, Hippiewief*, habe er sie genannt: Un bis de nit e bisje ze alt für sone Kokolores?** Zu alt! Lilo feuerte den Fellmantel in die Ecke und ließ sich auf einen Küchenstuhl fallen, ganz so wie Tante Berta, wenn die, geladen auf hundert, die Altstraße erstürmte.

Tim stand dabei und lachte, abwechselnd auf Lilo und die Kartons blickend. Jammler, fuhr Lilo fort, den kölschen Singsang aufgreifend, habe er die Jungs angepöbelt, Abschaum, gezischt und: Ihr sollt leever ärbede jonn. Sag doch lieber gleich ins KZ, habe einer von denen zurückgegeben. Und der Mann darauf: Beim Adolf wär dat nit passiert.

Der rheinische Tonfall verlieh dem reaktionären Inhalt etwas Surreales. Ein Hitler mit kölschem Zungenschlag – hätte der seine Mordreden mit demselben Feuer abbrennen können? Diesen Flächenbrand erzeugen? Tja, leider, Goebbels wurde die Dialektfärbung nie los.

Inzwischen hatte Tim die Kartons auf dem Tisch aneinandergereiht, stellte sich hinter Lilo und knetete ihren Rücken, drückte die Empörung in seine geschickten Hände und schüttelte sie,

* Hippieweibsbild

** Und bist du nicht ein bisschen zu alt für solchen Unsinn?

als zerstäube er eventuell noch anhaftenden Ärger ins All. Mit großer Geste lüpfte er den Deckel des ersten Kartons und voilà! schüttelte am ausgestreckten Arm eine Perücke. Pechschwarzer Afrolook. Lilo zog Tim das Lederband vom Pferdeschwanz, fasste ihre Haare zusammen, schnappte den Schopf, verschwand im Bad, war im Nu zurück. Aber wie! Unter schwarzkrausen Locken die Brauen zusammengezogen, die Lippen breit überschminkt fletschte sie uns die Zähne entgegen. Die perfekte Verwandlung in ein afrikanisches Urwesen. Tim legte Jimi Hendrix auf, Hugo öffnete die nächste Schachtel und warf mir einen tomatenroten Pagenkopf zu: Aufsetzen! Lilo stellte ihren Schminkspiegel auf den Küchentisch.

Du dich anschaun!, befahl sie wild herumfuchtelnd, was sie wohl für eine Art Eingeborenengestik hielt.

Wer war das denn? Zaghaft bewegte ich den Kopf nach rechts und links, ja, der Kopf war der meine, aber die Person, die mir da entgegensah, die war doch nicht ich! Etwas Freches, geradezu Unverschämtes hatte sich meiner Gesichtszüge bemächtigt, hatte mich meinem Bild von mir mit ein bisschen Haar und Farbe gründlich entfremdet.

Da! Ich zog mir den Kunstskalp vom Kopf und warf ihn Hugo zurück: Anziehn.

Na klar! Hugo, et Füssje, genoss das Spiel, Alaaf!, warf Kussmäulchen und salutierte. Ermutigt griff ich nach einer schulterlangen grünen Innenrolle, die Tim gerade abgestreift hatte, Lilo präsentierte sich nun weiß geschminkt mit schwarzen Lippen und Augenringen unter schwarz-weiß gestreiften Zotteln.

Unheimlich, wie sich mit den fremden Frisuren nicht nur unsere Gesichtszüge verwandelten, vielmehr auch unser Auftreten, unsere Gesten, unser Reden. Bis in den Tonfall unserer Stimmen passten wir uns der jeweiligen Kopfbedeckung an, selbst das Licht in der Küche schien ins Zwielichtige zu spielen, das Gewohnte zweifelhaft zu werden.

Je öfter ich die Perücken wechselte, desto mehr fühlte ich mich verschwinden: alte Zausel, freche Göre, fieses Biest und onduliertes Dämchen. Beinah unsichtbar glaubte ich mich, hinter Kunst und Haar verborgen, als hätte ich mir mit den geliehenen Haaren ebenso viele Personen ausgeborgt.

Bis Lilo uns mit einer blonden Gretchenperücke überraschte, deren Preisetikett noch neben ihrem vom vielen Auf- und Abziehen der falschen Haare rot geschwollenen Ohr baumelte. Sie sah gar zu verkleidet aus, ihr Gesicht zwischen den wippenden Schulmädchenschwänzchen um Jahre gealtert. Plötzlich tauchte das Gesicht Marias im Krankenhaus vor mir auf, nach ihrer Brustentfernung. Der Wagen mit den Perücken und die Verkäuferin, die sich – ›Schönheit, meine Damen‹ – das Kunsthaar vom Kahlkopf streifte.

Das Spiel war aus, und wir waren wieder Hilla und Hugo, Lilo und Tim, ein paar Perückte-Verrückte mit einer Kopfhaut, die plötzlich juckte.

Bald nach Lilos Einzug trafen Hugo und ich in der Wohnung fast täglich neue Gesichter, junge Männer und Frauen, die sich zum großen Wir-Gefühl der Familie der Hippies bekannten: Hippie, das bedeute ›hip‹, also ›up to date‹ sein, so Lilo. Sie saßen in der Küche, lagerten im Salon, in der Bibliothek vor oder unter Lilos würdigem Schreibtisch, und eines Tages fanden wir ein Pärchen in Hugos Zimmer auf unserer Schlafcouch, die sie, offenbar Opfer eiliger Lust, Gottseidank nicht aufgeklappt hatten. Unsere demonstrative Inbesitznahme des Raumes störte die beiden nicht, erst als Hugo das Vorspiel zum *Lohengrin* voll aufdrehte, rappelten die beiden sich zusammen, zogen die Hosen hoch und stolperten, Scheißspießer, zur Tür hinaus. Hugo warf ihnen den Button, den sie im Getümmel verloren hatten, hinterher: ›Fuck for peace.‹

Auch unbekannte Gerüche zogen ein. Patschuli, sagte Lilo, aus Indien, der Duft wehte ihr voran wie eine Standarte. Bislang hatte ich mich gegen ihre Versuche, mein Handgelenk zu betupfen, wehren können. Dazu kamen Räucherstäbchen, ihr Moschusduft gemischt in Schwaden von Zigarettenqualm.

Die durchziehenden Gäste – oder war es die Gastgeberin selbst? – fügten noch einen anderen Geruch hinzu, den Hugo und ich aus der Mischung von Patschuli, Moschus und Zigaretten kaum herausfiltern konnten, zumal wir für diese fremde Witterung keinen Namen hatten.

Bis wir gegen Ende der zweiten Woche Lilo und Tim mit untergeschlagenen Beinen im Kreis ihrer Gäste in der Bibliothek antrafen, die seit ihrem Einzug um einige Titel ergänzt worden war: Carlos Castaneda und Alain; Marcuse und McLuhan; Sartre und Camus: ›Ich rebelliere, also bin ich.‹ Wilhelm Reich: *Die Funktion des Orgasmus.* Dazwischen hoch aufragend zwei gebundene Quartbände: Lin Yutangs *Weisheit des lächelnden Lebens,* Lilos Bibel. Ganze Kapitel widmete der Autor dem Wert des Müßiggangs, dem Im-Bett-Liegen, dem verderblichen Sitzen auf Stühlen, der Unmenschlichkeit europäischer Kleidung. Der blaue Band daneben, dessen Geruch an den kleinen roten Verwandten, die Mao-Bibel, erinnerte, fiel bei einem Lesezeichen aus bunten Federn beinah auseinander. Offenbar ergötzte man sich immer wieder an der Vorhersage seines Verfassers, wonach es einmal möglich sein werde ›morgens zu jagen, nachmittags zu fischen, abends Viehzucht zu treiben, nach dem Essen zu kritisieren, wie ich gerade Lust habe, ohne je Jäger, Fischer, Hirt oder Kritiker zu werden‹. Alles dick unterstrichen, Lust zweimal.

Wieder verkündeten die Doors *The end,* und wieder war da dieser namenlose Geruch. Die Gesichter der Mädchen und Männer durch bläulich grauen Dunst verschleiert, in sich gekehrt, friedlich, gelöst, eine warme, freundliche Atmosphäre.

Hey, riefen Lilo und Tim, nein, sie riefen nicht, sie sangen uns zu, lockten uns, Hugo und Hilla, mit Engelszungen, und die anderen winkten und sangen mit, unsere Namen, Sirenengesang.

Wie immer, wenn ich nicht weiter wusste, griff ich nach Hugos Hand. Der hatte den Urgrund des Wohlgefühls ebenfalls ausgemacht. In Form eines fingerdick gerollten, am Ende tütenförmig geknifften Papiergebildes wanderte der Urgrund von Hand zu Hand und von Mund zu Mund.

›Haschu Haschisch inne Tasche, haschu imme waschu nasche.‹ Ein Mann unbestimmbaren Alters, das Gesicht von Bart und Haar fast zugewachsen und so rund, dass sein Bauch in der Hocke halbwegs die Oberschenkel bedeckte, schwenkte den Urgrund in unsere Richtung. Das Mädchen neben ihm juchzte, Fastelovend zesamme, winkte uns zu, Lilo wollte aufstehen, wankte, blieb sitzen.

Die Doors waren abgelaufen. Tim griff zur Flöte, lang gezogene leise Töne, ich sah Hugo fragend an, der zog mich mit sich fort. Später dachte ich, dass ich dem Urgrund gern auf den Grund gegangen wäre. Immerhin kannte ich nun seinen Geruch. Und seinen Namen. Jedenfalls den Familiennamen. Später würden Eigennamen dazukommen: Schwarzer Afghane. Grüner Türke. Lady Jane.

Knapp fünfzig Jahre später, in der Zeitung, Witz des Tages: Eine Oma geht einkaufen. Fragt der Verkäufer: Wollen Sie eine Tüte? Darauf die Oma: Nein danke, wenn ich jetzt eine rauche, vergesse ich wieder die Hälfte.

Und noch etwas schwappte von Amerika in die Vorgebirgstraße. Mittwochabends ging mein Romantik-Seminar bis in den späten Abend, und ich kam hungrig nach Hause. Hugo saß in der Küche und leckte sich mit verklärtem Blick die Lippen.

Probier mal, reichte er mir das letzte Drittel seines Weißbrots, bestrichen mit einer undefinierbaren beigegrauen Masse.

Bevor ich zubiss, sah ich ihm scharf ins Gesicht. Nur allzu leicht konnte er mich, ähnlich wie Bertram, hinters Licht führen. Doch ein solches Entzücken ließ sich nicht vortäuschen. Ich biss zu. Süß. Süß und fettig.

Ich gab Hugo die Schnitte zurück.

Und?

Was, und? Du hast mich drangekriegt.

Wieso? Schmeckt es dir etwa nicht?

Doch, doch, beeilte ich mich. Aber ehrlich gesagt, Pflaumenmus …

… und Krücksche, fiel mir Hugo ins Wort. Ich weiß, ich weiß. Aber das hier ist Erd-nuss-but-ter. Hugo ließ die Silben auf der Zunge zergehen wie die Sache selbst. Wort und Ding ein Brei.

Erdnussbutter. Bei Lilo und Tim, wie sie uns später gestanden, stets im Gepäck. Tim konnte nicht ohne Erdnussbutter. Hugos Begeisterung und meine Gleichgültigkeit, wenn nicht Abneigung gegenüber diesem Brotaufstrich blieb eine der wenigen Ansichten, die wir nicht teilten.

Bepackt wie der Weihnachtsmann fuhr ich nach Dondorf. Wieso eigentlich Weihnachtsmann, dachte ich, räkelte mich in die Ecke des Bummelzugs nach Großenfeld und ließ den Blick über die schneebestäubten Felder schweifen, als könnte er dort jeden Augenblick auftauchen, wieso eigentlich Weihnachtsmann und nicht Christkind? In der Altstraße 2 war es immer das Christkind gewesen. Was hätte die Großmutter gesagt, wäre man der mit einem Weihnachtsmann gekommen und mit Heiligabend? Am ersten Weihnachtstag fing Weihnachten an, alles davor war Auftakt, fast noch Heidenzeit. Das Christkind musste es sein, ganz allein. Und wie konnte dieses halbnackte Kleinkind all die Geschenke schleppen? Ich musste lachen. Schade, zu spät. Diese Frage hätte die Großmutter richtig schön in Rage gebracht. Das arme Christkind. Vom Weihnachtsmann aus dem öffentlichen Weihnachtsleben fast verdrängt. Das Wunderbare auf ein wahrscheinliches Maß geschrumpft, das zudem aus dem weltlichen Zweck des Festes keinen Hehl machte: den Geschenken. Daran mahnte der geräumige Sack des rotröckigen Gabenübermittlers wochenlang im voraus. In Amerika, dem Land der unbegrenzten Möglichkeiten, durfte er die Päckchen sogar auf flinke Kufen häufen und mit Rudolf, the Red-Nosed Reindeer, losziehen. Tim trällerte seit Tagen nichts anderes vor sich hin.

Wie das Christkind also schleppte ich meinen Koffer in die Altstraße 2 – und ich kann mir nicht verkneifen anzumerken, dass die Erfindung des Rollenkoffers, eine der schönsten Erfindungen des menschlichen Geistes, zum Zeitpunkt dieser Geschichte noch auf sich warten lässt, und zwar noch sieben Jahre; wie gerne hätte ich meiner Hilla diese Schlepperei erspart.

Mit Koffer, Matchbeutel und Stofftaschen, alles pickepacke voll, biegt sie also gerade in die Altstraße ein. Sie kennen die Szenerie: Vom Busbahnhof am Gänsemännchenbrunnen geht es an der Linde vor Piepers Laden vorbei, hinein in die Sackgasse der Altstraße, wo noch vor wenigen Jahren Blumenfelder und Treibhäuser, Komposthaufen und ein prächtiger Ziegelbau dem halben Haus der Palms gegenüberlagen. Dorthin schleppte Hilla ihr Gepäck, Schmutzwäsche und weihnachtliche Gaben. Hilla, da biste ja schon, würde die Mutter sagen, wenn sie noch nicht in Stimmung war für die töchterliche Ankunft. Hilla, wie schön, dat de da bist, wenn sie schon wartete.

Stattdessen begrüßte mich die Mutter: Hilla, komm schnell rein, is dat nit en schönes Lied? Die Mutter schob mich in die Küche, legte den Finger auf die Lippen, drehte das Radio lauter, zog mich neben sich auf die Eckbank unter das Großvaterkreuz. Da saßen wir und lauschten – die Mutter mit verklärter Miene – der sieghaft-sanften Männerstimme, die, begleitet von ungewöhnlich hellen Bassakkorden, wieder und wieder nach San Francisco lockte, bis die aufgekratzte Stimme des Ansagers unserer Andacht ein Ende machte. Die Mutter drehte das Radio ab.

Nä, wie is dat schön! Hilla, kennste dat Lied? Dat spielen se jetzt überall. Isch versteh ja nit, wat der singt, nur immer Sän Fränzisko.

San Francisco, warf ich ein, das ist …

San Francisco?, unterbrach mich die Mutter, meinste dat is der heilije Franziskus? Hört sich ja auch son bissjen an wie in der Kirsche. Nur in modern. Abber esu schön. Rischtisch heilisch.

Eigentlich gar nicht so daneben fand ich die Übersetzung der Mutter, durchaus nahe lag es, den heiligen Franziskus, der auf ein reiches Geschäftsleben verzichtet und anschließend vornehmlich den Vögeln und Tieren des Waldes gepredigt hatte, nur mit Blumen im Haar zu besuchen, ganz so wie die schöne Stadt mit der goldenen Brücke.

Mit Blumen in de Haare, wiederholte die Mutter träumerisch. Stell dir vor, kicherte sie, isch jing so dursch Dondorf. Wat täten de Lück sage? Un wat singt der sonst noch? Dat hört sich alles so, so zufrieden an, so ohne Zank und Streit, un ohne Jedöns un Krach un Jeschrei, wie mer dat meistens hört in der Hitparade. Sän Fränzisko, dat muss ene schöne Stadt sein.

Ja, Mama, und der Sänger verspricht allen, die dorthin kommen, eine gute Zeit, einen Sommer voller Liebe. Laff-in. Zugegeben, eine etwas freie Übersetzung von einem Love-in.

Einen Sommer voll Liebe. Laff-in, probierte die Mutter das neue Wort: Laff-in. Sie stand auf. Schön, dat de da bis. Zieh disch schon mal um. Oben in dat Zimmer hab isch für disch en Heizöfjen hinjestellt. Un jetzt mach isch erst mal en Tässjen Kaffe.

En Tässjen Kaffe. Es gab mir einen Stich. En Tässjen Kaffe. Die höchste Ehre für einen Besucher. Es machte klar: Ich war zu Hause. Aber auch zu Besuch. *Nur* zu Besuch? Dass mir die Mutter mit einem Vorabteller Spritzgebäck zur höchsten noch allerhöchste Ehre angedeihen ließ, war ein Trost. Ein schwacher.

Beim Tässjen Kaffe wollte die Mutter aber doch noch wissen, ob der Sänger von dem schönen Lied denn einer von denen wäre, die dä janze Tach nur erum jammele und nix dunn. Von wejen Blome in de Haar un nix als wie Liebe.

Nä, Mamma, entkräftete ich ihr Misstrauen. Wenn der faul wäre, wie könnte der denn dann eine Platte aufnehmen? Der gammelt bestimmt nicht rum. Der verdient ja damit sein Geld.

Jo, seufzte die Mutter. Dat liebe Jeld. Dat bruche mer all.

Ein zweiter Seufzer bekräftigte den ersten, die Mutter seufzte sich zurück in ihren üblichen Gemütszustand. Aber es tat gut zu wissen, dass unter dieser Kruste eine Sehnsucht weiterlebte, die noch nicht von den Alltagssorgen erstickt war. Eine Sehnsucht nach einem leichten, sorgenfreien Leben, nicht erst im Jenseits wie vom Pastor auf der Kanzel, nicht erst nach einer permanenten Revolution, wie von Dutschke in der Uni verheißen, nein, hier und jetzt, wie es die Blumenkinder aus San Francisco, wie es der heilige Franziskus im Sonnengesang versprachen.

Die Magie dieses einen Liedes, besser, dieser Melodie, dieser Stimme, denn die hatte die Mutter vor allem Wörterverstehen angerührt, diese Zauberkraft ging ihr nicht mehr verloren. Wann immer die ersten Töne erklangen, hellten sich ihre Züge auf. Dann warf sie mir einen komplizenhaften Blick zu, nahm mit daadaadaadahaa die Melodie auf, ich gab den Text dazu, das Sän Fränzisko frohlockten wir gemeinsam wie das Amen in der Kirche, und für die Dauer einiger Takte und Zeilen trugen wir einen Sommer lang Blumen im Haar, tanzten barfuß durch die Straßen von Haight Ashbury, und nachts im Traum ging ich mit der Mutter Arm in Arm durch Dondorf wie zwei Schwestern, die sich nie streiten.

Am zweiten Weihnachtstag, kurz nach dem Mittagessen, hielt Hugos Ente vor unserer Tür. In Windeseile, nein, in Liebes-Leibes-Seeleneile liefen wir uns entgegen, legten einander, ungeachtet der nachbarlichen Fenster, die Arme um Brust und Hüften, mein Schatz, mein Fest, mein Weihnachtschristkindsmann.

Der für jeden etwas aus der Tasche zog. Für den Vater einen Bildband mit alten Rosensorten, für die Mutter ein paar gefütterte Nappalederhandschuhe, und Bertram freute sich über ein Kofferradio, das mühelos in eine Jackentasche passte und ihm die Zeit beim Bund aufheitern sollte.

Wir hielten uns nicht lange im Haus auf. Wir wollten allein sein, am Rhein, am Wasser. Doch auf dem Damm schlug Hugo nicht den Weg zur Großvaterweide ein, sondern lenkte mich in die entgegengesetzte Richtung. Warum? Das war aus ihm nicht herauszukriegen.

Stattdessen erzählte er vom Zusammentreffen Lilos mit ihrer Verwandtschaft, schilderte den Abscheu des Vaters, der die Schwester und ihren Galan, wie er sich ausdrückte, am liebsten des Hauses verwiesen hätte, was einzig Heiligabend, vor allem aber Onkel Adalbert, verhindert habe. Nicht aus Nächstenliebe, o nein, sein teuflisches Vergnügen habe der an diesem Zusammentreffen, eher Zusammen*stoß*, gehabt. Wie ein Soziologe in der Feldforschung habe der Onkel Lilos Anschauungen hemmungslos unterstützt und damit den Schwager zur Weißglut gebracht. Zuletzt sei der Onkel nicht mal davor zurückgeschreckt, in einem Akt der Verbrüderung mit Tim die Weste zu tauschen. Onkel Adalbert in Tims Zottelleder! Natürlich habe der Alkohol seinen Teil zum Frieden auf Erden beigetragen. Bis auf ihn, Hugo, und den Vater sei um Mitternacht keiner mehr nüchtern gewesen. Die Mutter ausgelassen wie nie. Nur mit Mühe habe er sie davon abhalten können, die Wunderkerzen, die sie sich in die festlich aufgetürmte Frisur gesteckt hatte, abzubrennen.

Und Brigitte?, fragte ich.

Die wusste anfangs nichts mit den beiden anzufangen, ist aber dann Tims Charme erlegen, wollte immer wieder mit ihm anstoßen und sich verbrüdern, mit Kuss und so, bis Lilo der Schnäbelei ein Ende gemacht hat: Stimmte einfach *Stille Nacht* an, du weißt ja, wie die ein Lied anstimmt, grinste Hugo. Da haben wir erst mal gestutzt, ›heilige Nacht‹ noch ausgelassen, aber bei ›alles schläft, einsam wacht‹ waren wir dabei. Nur der Vater nicht. Der knallte die Tür und fuhr in die Christmette. Allein.

Am nächsten Morgen waren dann alle verkatert und ernüchtert, und der Alleingang und das Gerede der Kirchenbesucher wurden natürlich der Tante in die Schuhe geschoben. Die ist mit Tim bald nach dem Frühstück gegangen und wird sich fürs Erste in den Breidenbach'schen vier Wänden nicht mehr blicken lassen.

Während Hugo erzählte, gingen wir am Sportplatz vorbei, grüßten die Piwipp auf der anderen Seite, schmiegten uns in die Freude unseres Wieder-Beisammenseins und setzten die Füße in der zunehmenden Dämmerung nur vorsichtig und langsam auf dem Weg aus fest gewalzter Schlacke. Hinter den Kämpen lag die Krautfabrik, wo wir im Herbst mit dem Großvater, dann mit dem Vater die Äpfel im Leiterwagen hingefahren und als

Saft wieder abgeholt hatten. Vor uns die Rhenania, die Shell-Raffinerie, noch immer der größte Arbeitgeber Dondorfs. Isch arbeed op dr Shell, das war eine Lebensstellung.

Ich wurde ungeduldig. Wie weit willst du denn noch?

Wir sind gleich da. Hugo drückte meine Hand in seiner Manteltasche. Du siehst es schon.

Das Kapellchen?

Erraten. Komm, nur noch über die Straße.

Die Straße nach Strauberg war menschenleer, in der Ferne die Rücklichter eines Autos. Die Kapelle dunkel. Aus Gethmanns Gaststätte klang gedämpft ein *Oh, du fröhliche*.

Warte einen Augenblick. Hugo zog meine Hand aus der Manteltasche und gab ihr einen Kuss. Ich muss eben mal rein, was nachschauen.

Kopfschüttelnd sah ich ihm hinterher. Dehnte mich, kniff ein paarmal die Augen zusammen und öffnete sie wieder, ein Spiel, das mir schon lange gefiel, blieb doch am Schluss jedesmal ein Stück Wirklichkeit hängen und öffnete sich für alles Mögliche.

Diesmal war es mein ganz und gar wirklicher Hugo in grünem Parka und blau-gelb gestreiftem Schal, der mich aus der Kirchentür heranwinkte.

Im dunklen Kapellenrund flackerten ein paar Kerzen vor dem Marienaltar, darunter die Krippe, umgeben von Moos; ein rotes Öllämpchen schimmerte.

Hugo sah mich liebevoll an. Wir sind da, sagte er. Sie warten schon auf dich.

Ich fixierte den violetten Vorhang des Beichtstuhls, als könne der sich plötzlich heben und heraus käme, ja, was wohl, ich fasste nach Hugos Hand. Der legte mir den Arm um die Schultern und führte mich an die Krippe. Maria und Josef, Ochs und Esel, zwei Hirten, Schafe, eine Krippe wie tausend andere. Auf den ersten Blick.

In der Krippe lagen zwei. In der Krippe lag der schwarze Fritz. Mein Negerlein aus Zelluloid, meine Kinderpuppe aus Kindertagen. Der schwarze Fritz war weiß. In seinen Armen das Christkind pechschwarz.

Hugo klaubte das schwarz-weiße Pärchen aus dem Stroh, bettete das legitime Dondorfer Christkind zurück in seine Krippe und legte mir das umfunktionierte Duo in die Hände: mein schwarzer Fritz, mein weißes Negerlein, um das ich als Kind so heiß gebetet hatte, mein weißes Negerlein beim schwarzen Christkind, ein Wunder, ja, und das Wunder hieß Hugo, und wer anders als Derdaoben hatte ihn mir geschickt, meinen Ritter, meinen Lohengrin, meinen Gottgesandten, ich hielt die Tränen nicht länger zurück und wunderte mich, dass sie gleichzeitig die Nase entlang und zu den Ohren laufen konnten, bevor sie auf die beiden Puppenleiber fielen. Auf dem schwarzen Kind malten sie weiße und auf dem weißen schwarze Punkte, stellten gewissermaßen den gottgewollten Naturzustand wieder her. Lachen musste ich, dass mir die Tränen auch noch in den Mund hineinliefen.

Meine Hildegard, Hugo zog mich an sich. Manche Wunder brauchen eben etwas länger. Geduld müssen wir haben. Und manchmal etwas nachhelfen. Komm, es wartet noch jemand auf dich. Und auf die beiden auch.

Pastor Kreuzkamp bedachte das Weihnachtswunder von Dondorf mit seinem vertrauten liebevoll-verschmitzten Lächeln. Glaubst du, der liebe Gott hätte die Schwarzen schwarz gemacht, wenn er sie lieber weiß gehabt hätte? Das waren seine Worte gewesen, damals an jenem Weihnachtstag, als ich den schwarzen Fritz in die Krippe der Georgskirche gelegt und gewartet hatte, dass meine wochenlangen Gebete ihn mithilfe des Christkinds weiß waschen würden. Nach einem solchen Wunder musste die Großmutter doch endlich an mein reines Herz glauben. Wutentbrannt hatte die Mutter, die hämischen Blicke der Gemeinde im Nacken, mich zu Kreuzkamp geschleppt, das priesterliche Donnerwetter erwartend. Und da war dieser Satz gefallen. Wie hilfreich hatte er mich durch die Kindheit begleitet, dieser Satz, der es in sich hatte, wie man so sagt, der mit mir gewachsen war, seine Bedeutung entfaltet und erweitert hatte. Dem lieben Gott nicht ins Handwerk pfuschen. Ihm vertrauen, sich anvertrauen.

Und Gretel? Ihr Kind hätte heuer das erste Weihnachtsfest erlebt. Was war aus Gretel geworden? Wie ging es ihrer Familie? Ich hatte die Telefonnummer noch.

Wie zuvor Hugo legte nun Kreuzkamp die Püppchen in meine Hand. Ihr Kind hat eine ungewöhnlich lebhafte Phantasie, hatte er damals die Mutter zu besänftigen versucht. Ich war für sie dat dolle Döppe geblieben.

Kreuzkamp nickte Hugo anerkennend zu: Wenn ihr nicht werdet wie die Kinder …, lächelte er. Da ist meine Hildegard ja an den Richtigen geraten. Wie schön, dass ihr beiden euch auch darin einig seid. Ja, es muss mehr geben als das, was wir auf Erden sind und haben. Und ich hoffe natürlich – er machte eine Pause, wir erhoben uns, er nahm unsere Hände und legte sie ineinander –, ich hoffe – sein Lächeln wurde breiter, der Backengoldzahn blitzte –, dass diese beiden sich eines Tages in schöne Gotteskinder aus Fleisch und Blut verwandeln. Lasst euch Zeit. Ich kann warten. Und das Christkind erst recht.

Bevor Hugo zurückfuhr, machten wir dann doch noch unseren Gang den Rhein entlang zur Großvaterweide.

Wir hielten uns an den Händen und hörten den Wellen zu, die uns versicherten, das alles könnt ihr haben, immer und immer, mehr und Meer schlugen die Wellen ein ums andere Mal ans Ufer, schlugen an, schlugen vor, schlugen uns vor, schlugen uns einander vor, versicherten Dauer, Zukunft, nahmen Abschied vom alten, zogen uns hinein ins neue Jahr, keine Woche mehr, und das neue Jahr, unser erstes volles gemeinsames Jahr, 1968, bräche an. Über den Wellen glänzte der Mond, um die Kribben schäumte Gischt und der Wind warf einen Schatten, der hart gefror.

Noch am selben Abend reihte ich mich ein in die Schlange der Weihnachtsgrußwilligen vor der einzigen Telefonzelle Dondorfs. Es klingelte lange, endlich eine Stimme: Hallo?

Kann ich bitte Herrn Fischer sprechen?

Schweigen.

Oder seine Frau?, drängte ich. Ich bin doch richtig bei Herrn Dr. Heinrich Fischer?

Die Familie wohnt hier nicht mehr. Tut mir leid. Ein Knacken. Aufgelegt.

Ich hängte den Hörer zurück in die Gabel. Er schien sein Gewicht vervielfacht zu haben. Die Verbindung zu Gretel war endgültig abgebrochen. Ein Wink von Demdaoben? Loslassen. Geschehen lassen. Schlussstrich. Schlussstrich? War das möglich? War nicht jeder Schlussstrich ein Ausweichen, Abweichen vor peinigenden Erinnerungen? Jede Rechtfertigung ein rhetorisches Ausweichmanöver? Es gab ihn nicht, diesen Schlussstrich, weder in der großen Geschichte noch in der eigenen, die sich manchmal auch überschneiden. Den Schlussstrich ziehen kann nur die Zeit. Die wundenheilende Zeit. Und das, was besungen wird, beschrieben und besprochen.

Abends schreckte mein Fuß im linken Pantoffel vor einem Stückchen Papier und kaltem Metall zurück. Hugo! Wann hatte er das dort hineinpraktiziert? Ein Kettchen fiel aus dem Papier, daran ein Anhänger, darauf ein fliegendes Pferd, Pegasus, rückseitig ein behelmter Kopf, Pallas Athena. Eine griechische Münze aus Lesbos, 6. Jahrhundert vor Christus, ein Stater, so die angehängte Erklärung. Und ein Gedicht in Hugos Kritzelschrift. Ich hatte ihm irgendwann von der stärkenden Kraft dichterischer Schuheinlagen während meiner Lehrlingszeit erzählt.

Der Mond ist schon untergegangen
und auch die Plejaden
Mitternacht schon vorüber
die Stunde verrinnt –
Ich aber liege
nie mehr
allein

Silvester fuhr ich nach Köln zurück. Bertram war längst schon abgerückt, wie er es nannte, und die Eltern würden ins neue Jahr hineinschlafen. In der Vorgebirgstraße hatte Lilo zu einer großen Fete geladen: Schleppt ran, wen ihr kennt, wer euch gefällt, wer euch einfällt, nur ihre Lieblingsmusik sollen sie mitbringen.

Im Hildegard-Kolleg hatte ich meinen Mitbewohnerinnen eine Einladung unter die Tür geschoben, die meisten waren noch verreist; aber Yvonne würde kommen, ob mit Konvention oder Revolution wusste sie noch nicht, auch Katja sagte zu. Sie hatte sich seit der Demo gegen die Fahrpreiserhöhung am meisten von uns allen verändert. Studierte jetzt Pädagogik, und Sätze wie ›Karl Marx allein gibt uns die Richtung vor, in der wir suchen müssen, wenn wir die Erziehungsmittel und -methoden des Proletariats in seinem Kampf gegen Verseuchung und Vergiftung der Arbeiterkinder durch die bürgerlichen Erziehungsorgane feststellen wollen‹, flossen ihr nun mühelos und voller Überzeugung, wenn auch ohne Überzeugungs*kraft*, von den Lippen. Diesen Mangel versuchte sie wettzumachen durch scharfe Blicke hinter entspiegelten Brillengläsern und eine gleichförmig angespannte Stimme, die den Zuhörer unwillkürlich ins Unrecht setzte. Wer dieser Stimme nichts entgegenhalten konnte, musste sich nolens volens für die von ihr angeprangerten Missstände mitverantwortlich fühlen und sie abschaffen. Im Klartext: dafür sorgen, dass aus der kleinen radikalen Minderheit des SDS eine große starke Massenbewegung wurde.

Nach dem Gespräch über unsere Väter im Anschluss an das gesprengte Gryphius-Seminar war Katja nicht mehr bei Fricke erschienen. Ich wollte ihr seine *Geschichte der deutschen Dichtung*, dies sei Schul- und Unipflichtlektüre, leihen. Sie lehnte ab. Sie brauche das Buch nicht zu lesen, um zu wissen, dass der Mann ein Faschist sei. Faschist: Das Wort genügte. Es funktionierte als Verdammung von links wie der Kommunist von rechts, entband den Benutzer angenehm und nachhaltig von der Mühe der eigenen Urteilsbildung. Auch mit ihrem Vater sei sie fertig, erklärte sie. Einer wie der andere.

Du als ehemaliger Naturwissenschaftler – die Endung -in als sprachliches Merkmal der Weiblichkeit kam erst viel später, noch nachdem das Fräulein für ledige Frauen verschwand –, du als ehemaliger Naturwissenschaftler, sagte ich, solltest doch gerade Wert auf Fakten und deren Überprüfung legen. Worauf sie mir einen gepfefferten Vortrag über den Marxismus in den Naturwissenschaften und die Naturwissenschaften im Marxismus hielt; anschließend die Gründe ihrer Konversion zur Pädagogik auseinandersetzte, dabei fortwährend Begriffe wie Weltanschauung, Bourgoisfamilien, Austromarxismus gebrauchend, um mir schließlich entgegenzuschmettern: Eine Gewinnung der Professoren- und Lehrermasse für den Sozialismus ist vor der Eroberung der Macht kaum denkbar. Und wer, glaubst du, soll inzwischen die Erziehung der proletarischen Kinder zum Sozialismus und die Entgiftung ihrer bürgerlich verseuchten Gehirne besorgen?!

Da hatte ich resigniert.

Wer noch aus dem Kolleg zur Silvesterparty kommen würde, keine Ahnung, Hugo hatte Arnfried Bescheid gesagt, vielleicht käme auch Brigitte. Den Hausbewohnern verkündete seit Tagen ein Aushang im Flur: ›Herzlich willkommen bei Tim und Lilo!‹

In Lilos Wohnung empfing mich ein neuer Geruch. In die Melange aus Moschus, Patschuli, Kerzenwachs, Zigaretten und einer Prise Schwarzer Afghane mischte sich das Aroma eines guten deutschen Tannenbaums. Das festliche Exemplar reichte bis zur Decke, seine ausladenden Zweige boten viel Platz für Schnüre aus Glasperlen an Lederriemchen, Lametta und Fotos von Che, Ho, Mao, Jimi Hendrix, Zappa, den Beatles, Marx, Engels, Lenin, Luxemburg und wemsonstnoch, die in den merkwürdigsten Konstellationen zusammenklebten. Durch Uhu-Alleskleber und einen Faden vereint, der sich im Luftzug drehte, kehrten Lenin und Hendrix, Zappa und Mao, Marx und Ringo Starr und andere sonderbare Paarungen dem Betrachter abwechselnd ihr revolutionäres Potenzial zu. Nicht zu vergessen die Buttons: Sowjetstern und Mao, Hammer und Sichel, Donald Duck, Mayor White, MarxEngelsLenin im Profil vereint; Wimpel mit dem Geißbock des 1. FC, dem Adler von Eintracht Frankfurt, der Raute des HSV, Friedenszeichen, Lumumba und Luther King, Che Guevara und Carmichael, ein Gartenzwerg mit heruntergelassener Hose, ›Fuck for peace‹, Halleluja.

Tim, erklärte Hugo, hat darauf bestanden, er wollte richtige deutsche Weihnachten feiern. Wie das bei uns in der Familie ausging, habe ich dir ja erzählt. Und der Baum hier? Hugo schob die Unterlippe vor. Meine Tante und Tim, die beiden sind eben Pioniere neuer Lebensweisen wie ihr Guru, Marshall McLuhan, sagen würde. So, Hugo drängte mich in sein Zimmer und schloss die Tür hinter sich ab, jetzt gibt es erst mal hier eine schöne Bescherung.

Äktschen!, klopfte es uns nach einer Weile ziemlich frech aus unserem Weihnachtsoratorium. Tim mit seinem dauernden Äktschen, wenn er nicht mehr weiterwusste oder -wollte. Wir seufzten. Ein letzter Nasenkuss (Nase, weil wir sonst womöglich doch weitergemacht hätten mit unserem Feiern). Raus ging's und Tür zu hinter uns. Und zwar wieder abgeschlossen. Wie immer. Da konnten uns Lilo und Tim noch so verächtlich als Spießer bespötteln, our room was our castle.

Tim lotste uns durch den Flur in die Diele. Schön?, wollte er wissen und rollte ein Bettlaken aus, darauf in triefend roten Buchstaben: ›Make love not war.‹ Da drüber, winkte er. Über die Bücherwand, die dem Eintretenden auf den ersten Blick einschüchternden Respekt abnötigte. So war's gedacht, so hatte es sollen sein – yesterday, vor Zeiten.

Zum neuen Album von The Byrds, *Younger than yesterday*, brauten wir in zwei Riesentöpfen unter Tims Anleitung eine mysteriöse Suppe zusammen, nach dem Rezept seiner Großmutter, die es angeblich geerbt hatte; ein wahrhaft globales Gebräu, vom Knoblauch regiert, der die exotische Duftmischung der Wohnung mühelos überstank. Dazu Baguette, Dutzende waren am Morgen geliefert worden. Wir kochten Eier und schnitten sie in dünne Scheiben, dekorierten Räucherlachs mit Dill, häuften Krabben auf Salatblätter, ordneten ungarische Salami, Eifeler Mettwurst, Pfälzer Leberwurst auf einem Holzbrett, drapierten sechs verschiedene Käsesorten unter eine Glasglocke; Kapern, Oliven, Radieschen, Tomaten. Im Kühlschrank Bier, Wein, Sekt, Cola. Auch als Verächter des Establishments hatte man so seine Maßstäbe.

Lilo tauchte erst auf, als alles fertig war. Da war sie es auch. Trau keinem über dreißig? Von wegen. Lilos Lippen schimmerten perlmuttweiß, die graublauen Augen unterm schwarzen falschen Wimpernwald schwammen in grünem Lidschatten, unter der rotblond gelockten Perücke baumelten Sichelmonde an Silberkettchen fast bis auf die Schultern. Lose übereinanderfallende Lagen von Bourette-Seide in Grün, Gelb und Rot verliehen der schlanken Gestalt etwas Majestätisches; golden schimmernde Ketten reichten bis zur Taille, die ein himmelblauer, gold und silbern bestickter Perlengürtel umschloss. Ein Schlangenreif wand sich bis zum Ellenbogen, der andere Arm steckte in einem breiten nietenbeschlagenen Lederband.

Sehr gut, Kinder, die Gastgeberin klatschte in die Hände, es klingelte, sie stöckelte zur Tür, rote Schuhe mit Silberschnallen, Schuhe aus, Schuhe aus, rief sie den Eintretenden statt einer Begrüßung entgegen, Hugo, mach mal ein Schild: ›Bitte Schuhe ausziehen.‹

Wir hatten uns daran gewöhnt. Der Schmutz von draußen, nein, darum gehe es nicht, schlechtes Karma werde in die Wohnung eingeschleppt, hatte Lilo erklärt. Was das ist, Karma, hatte sie uns gerne und ausführlich erklärt.

Schnell stapelte sich vor der Tür eine Kollektion kunterbunten Schuhwerks. Zeige mir deinen Schuh, und ich sage dir, wer du bist. An ihrem Laufschuh sollt ihr sie erkennen. Ließen die Schuhe schon einige Rückschlüsse auf die Träger zu, so deren Kleider erst recht. Ob man vor allem die Gesellschaft verändern und befreien wollte oder erst einmal sich selbst, ließ sich fraglos an den Kleidungsstücken ablesen. Zwei Fraktionen schälten sich heraus: in Pullover, Lederjacken, Schaffellwesten gekleidete junge Männer, eskortiert von Mädchen in Jeans, kurzen Röcken, Stiefeln, Blusen und Pullis: die Revolutionäre der Gesellschaft. Die andere Gruppe trug phantasievoll farbige Gewandungen, wie sie Lilo und Tim umhüllten. Ehe wir die Gesellschaft aus ihren Zwängen befreien und die Welt verändern, müssen wir uns selbst befreien und verändern, war Lilos Credo, das sie Heiligabend auch der Familie entgegengeschleudert hatte.

Und ich? Und Hugo? Wozu gehörten wir? Was uns alle verband, egal, ob in Lederjacke oder Fransenweste, Minirock oder indischer Folklore, ob wie Hugo heute in seiner dunkelblauen Strickjacke überm weißen Hemd, oder ich in meiner gelb-braun gestreiften Häkelweste, meinem Bienenwestchen, uns alle verband ein Wort: antiautoritär. Ein magisches Wort so groß wie das Meer, so verlockend, so stürmisch, so bedrohlich wie lebensspendend. Ein Haus mit tausend Zimmern für jeden nach Belieben, zum Hinein- und Hinausspazieren, mit Fellweste und Perücke ausstaffiert, auch mal für einen Abend oder ein Abenteuerwochenende. Mal konnte man sich dahinter verschanzen, mal kokett daraus hervorwinken, alles und nichts steckte in diesem Wort; es ließ sich ausdrücken wie ein Schwamm, und in der Brühe konnte jeder schmecken, was ihm gefiel.

Okay, man trauerte um Che Guevara, war gegen den Krieg in Vietnam und für Martin Luther King, alles bequem weit weg. Gegen die Notstandsgesetze waren wir, keine Diskussion, auch Hugo und ich hatten mit dreißigtausend Studenten und Dozenten das Hochschulmanifest unterschrieben. Und nicht zuletzt verband uns der Tod Benno Ohnesorgs.

Gleich nach ihrer Ankunft aus dem revolutionären Berkeley, gleich nachdem Lilo und Tim uns aus unserer selbstgenügsamen Zweisamkeit aufgeschreckt hatten, hatten Hugo und ich dieses antiautoritäre Gefühlsgemenge zu ergründen versucht.

Wer oder was ist denn dieses ›Autoritär‹, gegen das du bist?, wollte ich wissen.

Hugo sah mich groß an. Und das fragst du noch? Denk an meine Erziehungsberechtigten. Naja, auf dem Papier ist die Zeit vorüber. Doch in Wirklichkeit … Dein Vater zum Beispiel. Er war hart und ungerecht zu dir. Aber er wusste es nicht besser. Heute ist er stolz auf dich. Und du weißt, was er als Kind durchgemacht hat. Da kannst du ihm vieles verzeihen. Aber ich? Du hast ihn kennengelernt. Ihn und die anderen. Und da fragst du, was ich unter ›antiautoritär‹ verstehe? Wogegen ich bin? Bestimmt nicht gegen die ›Gesellschaft‹, das ›Establishment‹, die ›verkrusteten Strukturen‹ und wie die Phrasen alle heißen. Gegen Männer wie meinen Vater lehne ich mich auf, gegen eine Autorität, die nach unten tritt und nach oben buckelt, du hast gesehen, wie er mit unserem Personal umspringt. (Unser Personal, Hugo, Hugo!) Wie er die alte Anna herumscheucht, die ihm schon den Brei gekocht hat. Und du solltest mal sehen, wie er dem Kardinal den Ring küsst, damit der bei der Baubehörde oder sonstwo ein Gotteswort einlegt, wenn wieder mal was am zuständigen Mann vorbei genehmigt werden soll. Und jetzt wird er auch noch zum Komtur des Gregoriusordens ernannt, rot-goldene Halskrause vom Vatikan, ›Um das Wohl der katholischen Kirche hat er sich verdient gemacht‹, steht in der Urkunde. Hugo lachte bitter. Das Wohl der katholischen Kirche! Verdient gemacht. Das tut die Anna, das tun Frauen wie deine Großmutter tagtäglich mit ihrem ganzen Leben. Ohne die wär die Kirche längst bankrott. Aber, Hugo schnaufte: Pecunia non olet. Und jetzt du. Anti welche Autorität bist du?

Ich zögerte keine Sekunde: Den Prinzipal.

Hugo stutzte.

Den Fabrikherrn, erklärte ich, wo der Vater bis vor kurzem gearbeitet und nach Feierabend noch den Park gepflegt hat. Tagsüber an der Maschine und im Urlaub den Nachtwächter vertreten. Und … den Doktor meine ich, der den Vater einen Simulanten genannt hat, nachdem der gerade einen Lungeninfarkt überstanden hatte. Geistliche wie den Ohm meine ich, die ›demütig glauben‹ predigen, sich das größte Stück vom Braten picken und die Menschen in Furcht und Schrecken vorm lieben Gott kleinhalten. Höllenstrafen statt Himmelsseligkeit. Den Maternus mein ich und seinen Prokuristen und den Meister, der den Frauen das Fließband schneller einstellte, damit die bei gleichem Akkordlohn schneller und mehr packen. Den …

Stop, stop, unterbrach Hugo lachend meine antiautoritäre Litanei, du bist ja die reinste Klassenkämpferin. Das ist mehr als antiautoritär, das ist antikapitalistisch. Und da gehe ich mit dir auf die Barrikaden. Aber vorher müssen wir noch ein bisschen dieses autoritäre Sofa umfunktionieren und die verknöcherten Verhältnisse tanzen lassen, du meine kleine labiale Lieblichkeit.

Da hatte ich nach Hugos Nacken geschnappt, ihn zu mir gebogen, ihm meine Zunge zwischen die Zähne getänzelt und genuschelt: Lasst blaue Blumen blühen, lasst rote Küsse miteinander wetteifern.

Daran aber war an diesem Silvesterabend auf keinen Fall zu denken. Wir hatten Lilo versprochen, uns um die Gäste zu kümmern, Ankommende in die Küche zu dirigieren, sie dort auf Speis und Trank und Tim zu verweisen, der von seinen Töpfen nicht wegzukriegen war. Oder sie einfach ihrem Schicksal zu überlassen, sie sitzen oder lagern zu lassen, Lilo und Tim hatten eigens für diese Fete Flokatis angeschleppt.

Diese flauschigen Matten wurden insbesondere von Vertretern des Lustprinzips und der Selbstbefreiung bevorzugt. Im hinteren Winkel der Bibliothek, wo die Doors nur noch als Untermalung zu hören waren, hatte die Lederjackenfraktion Stühle zusammengetragen. Hier ging es um die großen Themen, sozusagen eine Fortsetzung der Teach-ins auf privatgesellschaftlichem Boden.

Ein schmaler blasser Junge mit Brille (schmal, blass, mit Brille, das wurden immer mehr, was kann ich dafür) führte das Wort: Es ist an der Zeit, er ließ die Bierflasche in die flache Hand klatschen, die Wissenschaft als Moment der Selbsterlösung von unbegriffenen Mächten zu erobern.

Ich winkte Hugo heran, das ist Gerd, flüsterte er mir zu, mit mir bei Scheuch, und gemeinsam lauschten wir Gerd, der im Tonfall desjenigen, der sich entschlossen hat, die Dinge ein für allemal zurechtzurücken, verkündete: Spaß machen soll das Denken, dialektisch soll es sein, ein Abenteuer, nicht das Herunterbeten eines orthodoxen Kanons. Fröhlich soll es zugehen in der Wissenschaft, weg mit dem Leistungszwang, weg mit den Scheinen. Weg mit dem geistigen Eigentum, her mit den Raubdrucken. Weg mit der Konkurrenz, her mit der Gruppe.

Genau, pflichtete ein Mädchen, allerdings weit bescheidener, bei: Was der Gesellschaft der Konsumzwang, ist der Prüfungszwang an Schulen und Universitäten. Und wohin das führt, wissen wir: zum Krieg. Der Konsum ist das Opium fürs Volk, nicht die Religion.

Gerd würdigte diese Äußerung mit einem zweimaligen Aufklatschen der Bierflasche in seine Handfläche und wollte eben fortfahren, als ein anderer, gleichfalls glatt rasiert und straff gescheitelt, mit einem Lächeln, das kaum seine schmalen Lippen kräuselte, das Wort übernahm und forderte, die Ausbildung an den Universitäten in den Dienst der Arbeiterklasse zu stellen. Es war Martin, ein Kommilitone, mir aus dem Geschichtsseminar flüchtig bekannt. Nur so – auch Martin bediente sich der Bierflasche zur Unterstreichung seiner Argumentation, indem er sie in weitem Kreis vor der Brust schwenkte –, nur so ist die Theorie, ist der Überbau, gerechtfertigt. Nur so, nur mit der Arbeiterklasse können wir den Kampf gegen das Kapital führen. Und dieser Kampf …

Also, murmelte ein Junge neben mir und drehte winzige Haarbüschel an seinem schütteren Kinnbart, also ich kenne aber gar keine Arbeiter.

Na hör mal, zischte es neben ihm: Briefträger, Klempner, Schornsteinfeger.

Vom Sehen klar, flüsterte der Angesprochene, legte den Zeigefinger an die Nasenwurzel und zog in angestrengter Suche die

Stirn kraus, aber wirklich kennen … Und dann geht es ja auch um Fabrikarbeiter. Die haben doch mit uns nichts am Hut.

Gerd hatte sich bei Martins Rede scheinbar gelangweilt zurückgelehnt, um bei der ersten Atempause dazwischenzufahren: Wir bringen auch heute schon mit unseren Aktionen, ja, auch mit den Provokationen, die Bedürfnisse und Wünsche der schweigenden Massen zum Ausdruck.

Die da wären? Martin hob die Augenbrauen und drückte die Bierflasche an die Brust; eine Brust übrigens, die ein Jackett umschloss, gut gebügelt wie die dazu passende Hose.

Frei sein, selbstverständlich. Sich selbst verwirklichen, gab Gerd gelangweilt zurück.

Martin ließ einige Augenblicke verstreichen und verstärkte sein verkniffenes Lächeln: Dann weißt du wohl auch, wie sie aussehen soll, deine Selbstverwirklichung? Für den, der von sieben bis siebzehn Uhr am Fließband steht, an der Schreibmaschine sitzt, an der Kasse, und was weiß ich noch alles.

Gerd, der aufmerksamen Zuhörer bewusst, verstärkte den Ernst seiner Stimme: Wir bräuchten keine Fließbänder, wir bräuchten keine entfremdete Arbeit, wenn wir alle weniger konsumieren würden. Dann hätten wir auch genug übrig für die Hungernden in der Dritten Welt. Wenn wir nur noch herstellen würden, was wir brauchen. Und miteinander teilen.

Martin, kaum die Lippen bewegend, stieß hervor: Und wer bestimmt das? Wer ist ›wir‹? Und wer bestimmt, wie und was miteinander geteilt werden soll?

Jeder für sich, rief Gerd und bohrte seinen Raubvogelblick in die Runde. Es geht ja auch nicht gleich. Bis dahin brauchen wir die permanente Revolution. So lange, bis es alle kapiert haben, was für alle gut ist oder schlecht. Rudi hat ja erst vor kurzem in einem Interview gesagt, bis 1980 könnte das glatt dauern. Und du kennst doch den Spruch: ›Manche Arbeiter sagen: Wenn die Studenten nicht mit Steinen werfen würden, könnte man sich mit ihnen verbünden. Und die Studenten: Wenn sich die Arbeiter mit uns verbünden, brauchen wir nicht mehr mit Steinen zu werfen.‹

Ganz genau, mischte sich nun jemand ein, den ein frisch gestärkter Blaumann als Anhänger des Großen Vorsitzenden mit der Warze auswies: Vertraut den Massen, ließ er uns wissen, wobei er ein leichtes Lispeln vergebens zu unterdrücken suchte: Vertraut den Massen! Stützt euch auf sie und achtet ihre Initiative. Habt keine Angst vor der Unordnung. Die Massen müssen sich in dieser großen revolutionären Bewegung selbst erziehen und es lernen, richtig und falsch zu unterscheiden. Für einen Augenblick presste der Blaumann die Kiefer aufeinander, dass die Muskelstränge zu beiden Seiten des Halses hervortraten.

Hugo zwinkerte mir zu: Wenn der jetzt die Klappe hält, ist das gut und nicht schlecht.

Aber die Diskussion marschierte voran: mit taktischem Geschick den Schwafelberg erobern.

Rudi sagt, Gerd ließ eine zweite Bierflasche aufploppen: Unsere Chance der Revolutionierung der bestehenden Ordnung besteht nur darin, dass wir immer größere Minderheiten bewusst machen. Die spezifisch menschliche Verstandeskraft soll in sprengende Vernunft gegen die bestehende Gesellschaft transformiert werden.

Also gilt es die Transformation der antiautoritären Bewegung in eine proletarische Organisation, präzisierte Martin und strich sich mit seinem langen spitzen Zeigefinger über die Augenbrauen, dann ein paarmal über die Nase.

Jawohl, erscholl eine resolute, beinah rücksichtslose Stimme aus der hintersten Ecke: Es gilt die Befreiung der Tat aus dem Kerker der Theorie. Die Tat. Die Tat. Die Propaganda der Tat. Die direkte Aktion. Praxis ist augenblicklich möglich. Unsere anarchistische Praxis ist die Zerstörung der Theorie.

Hugo und ich hörten noch eine Weile zu, schauten uns an, wenn wieder ein ›Mao sagt‹ oder ›Rudi sagt‹ oder ›Marx sagt‹ vorangeschickt wurde, um den nachfolgenden Parolen die wahre Weihe zu verleihen. Groß und gewaltig schlotterten die Worte um die Wirklichkeit herum wie die Kleider der Eltern, wenn Kinder damit Erwachsensein spielen. Welche Massen wollten diese Leute denn damit für sich gewinnen? Höchstens ein paar Intellektuelle, die es verpasst hatten, einmal selbst jung zu sein, und jetzt noch einmal so tun wollten als ob. Und die Arbeiterklasse? Die kannte ich, und die würde denen hier was husten. Dieses präziöse Gestelzte, dieses Um-sich-selbst-Kreisen der Wörter und Begriffe, Satztänze, Kulissen.

Den Zuhörerinnen, die den Rednern nicht nur physisch zu Füßen saßen, war das egal. Auf sie übten die revolutionären Redeblumen ihren Zauber aus. Wie schon nach der Begegnung mit Dutschke in den Sartory-Sälen fragte ich mich: Wäre Hugo nicht gewesen, der mich gegen Verführungen aller Art immunisierte, wie hätte diese intellektuelle Siegerpose, Siegerposse auf mich gewirkt?

Es waren Schaukämpfe, diese Teach-ins, diese Podiums- und Grundsatzdiskussionen, bei denen nicht mit dem Brust-, sondern mit dem Hirnkasten geprotzt wurde. Wäre es mir ergangen wie Katja? Auch sie hatte ein paarmal das Wort ergriffen. Ergreifen, ja. Das Wort zu *führen* war Männersache. Den herr-schaftsfreien Raum der revolutionären Bewegung beherrschten die Herren der Schöpfung. Katja schien das nicht zu stören. Als Katholikin war ihr diese Dominanz vertraut. Wie zuvor dem Dreieinigen Gott wandte sie sich nun mit gläubiger Inbrunst der permanenten Revolution zu. Die Revolution musste kommen wie der Messias. Hingebungsvoll, mit Sehnsucht, Leidenschaft und Opfermut erwartet, erarbeitet und erlitten. Das Ziel: eine Gesellschaft der Gleichen. Vor Gott sind alle Menschen gleich. Im Himmel sowieso. Warum nicht auch auf Erden? Egal, ob gegen den Krieg in Vietnam, die Junta in Griechenland, Franco in Spanien, ob gegen Springer, den Schah oder die Notstandsgesetze: Katja war dabei wie früher bei den Prozessionen. Gemeinschaft der Gläubigen, vereint im Gefühl: Venceremos! Wir werden siegen. Brüderschaft und Befreiung. Der Kampf um die gerechte Sache. Das Feiern des Kampfes. Und solange die Massen noch nicht gewonnen waren: permanente Diskussion bis zur permanenten Revolution. Teach-in statt Rosenkranz.

Der aber war auch bei denen abgemeldet, die manche Gemeinsamkeiten von Christentum und Kommunismus entdeckten. Die linken Frommen saßen zwar in demselben Raum wie ihre rauhen marxistischen Brüder, doch in der entgegengesetzten Ecke, wie zufällig nahe einer gotischen Madonna, die mit rheinisch verschmitztem Lächeln ihr Jesulein präsentierte. Sie hatten es sich auf einem der Flokatis bequem gemacht und tranken im Unterschied zur radikalen Minderheit Wein statt Bier.

Komm, Hugo klopfte neben sich, mal hören, was es hier gibt.

Schon halbwegs in der Hocke blieb ich hängen, verharrte und schnellte wieder hoch. Wer war denn das? Dieses Gesicht kannte ich doch! Lukas saß da, der Diakon, der mich damals von Godehards Party nach Hause gefahren und damit vorm Verschleudern meines ›Kapitals‹ gerettet hatte. Belustigt ließ ich meinen Blick von einem Mädchen zum anderen wandern. Lauter ›Kapitalisten‹? Wie viele hielten ihr ›Kapital‹ noch unter Verschluss? Ich streichelte Hugos Nacken. Wie süß es war, mein ›Kapital‹ mit ihm zu vermehren.

Auch Lukas sah mich nun, sprang auf: Hilla, du?

Wie du siehst, sagte ich, um im dümmlichen Duo mit ihm zu fragen: Wie kommst du denn hierher?

Ich stellte Hugo vor, Breidenbach rief bei Lukas ein ebenso unverhohlenes Stutzen hervor wie sein van Keuken bei Hugo, die Familien schienen bekannt zu sein. Lilo und Lukas, stellte sich heraus, waren Nachbarskinder gewesen, Lilo, einiges älter, aber man hatte sich nie ganz aus den Augen verloren. Lukas trug ein blaues Hemd unterm braunen Pulli, die Haare locker überm halben Ohr. Hatte er die Priesterweihe nicht längst hinter sich? War er etwa abgesprungen?

Lukas lachte: Ich seh dir an, was du denkst. Doch, doch, du kannst bei mir beichten und alles andere auch. Ich bin seit zwei Jahren Kaplan in Rheydt. Vaticanum II, da müssen wir nicht immer mit diesem steifen Kollar und in Schwarz herumlaufen. Aber hier drinnen, Lukas klopfte sich auf die Brust, alles echt katholisch. Setzt euch doch. Hier ist schön was los. Ich glaube, da hätte Jesus gern mal mitgemischt.

Befeuert von südlichen Weinen, einem sozusagen biblisch abgesegneten Getränk, ging es in dieser Runde hoch her. Wie Papierschwalben schnellten die Sätze kreuz und quer, hörte man einander überhaupt zu?

Die ersten Christen haben alles geteilt. Alles gehört allen. Kommunismus oder Reich Gottes auf Erden ist dasselbe. Die Menschheit war sozialistisch, bis das Privateigentum entstand. Schon der heilige Basilius sagte: Eine perfekte Gesellschaft ist die, die jedes Privateigentum ausschließt. Engels meinte, Armut und Enthaltsamkeit der Urchristen seien ein Protest gegen die Reichen gewesen. Ein Satzgewirr, als probe man ein vielstimmiges *Großer Gott, wir loben dich*. Nur der Chorleiter fehlte.

Na, was meinst du, wandte ich mich an Lukas, du bist doch Experte. Was ist dran an dem Ganzen?

Auch Hugo mit seiner Vorliebe für die Befreiungstheologie der Dritten Welt sah den jungen Priester erwartungsvoll an.

Der reckte sich und goss nach. Ich bekenne mich, bedächtig ließ er einen Schluck über die Zunge gleiten, als Christ und als Kommunist, denn eigentlich waren die ersten Kommunisten Christen. Oder umgekehrt.

Lukas verstand, seine angenehm tragende Stimme wohl einzusetzen. Das Stimmengewirr in unserer Flokatizone ebbte ab. Aller Augen wandten sich ihm zu.

Tatsächlich hat der Kommunismus einen christlichen Ursprung, fuhr er fort. Unser Christentum zum Werkzeug des Antikommunismus zu machen, ist grobe Verfälschung. Und traurig dazu. Wie heißt es doch bei meinem Namensvetter, dem Apostel Lukas, so treffend: ›Er stößt die Mächtigen vom Thron und erhebt die Niedrigen. Die Hungrigen füllt er mit Gütern und lässt die Reichen leer ausgehen.‹

Die Flokatirunde raunte. Lukas machte eine Pause.

Der Kommunismus ist gescheitert, sagen viele. Lukas hielt inne. Das ist richtig. Es ist nicht gelungen, ihn in die Praxis umzusetzen. Ich frage hingegen: Und das Christentum? Ist es jemals in die Praxis umgesetzt worden? Ist es deshalb gescheitert? Dasselbe gilt auch für den Kommunismus. Er ist nicht gescheitert, denn was er will, ist noch nie Praxis gewesen. Deswegen bleibe ich trotzdem weiter Christ und glaube weiter an den Kommunismus.

Hugo drückte meine Hand: Du, der redet sich ja um Kopf und Kragen. Das kann der aber auch nur hier riskieren, sonst ist der sein Amt los.

Lukas hatte gemerkt, dass er sich hatte fortreißen lassen, und ruderte zurück zu den Quellen, der Bibel.

Apostelgeschichte, sagte er, da heißt es, es gab unter ihnen keine Armen, jedem wurde nach seinen Bedürfnissen gegeben. Ähnlich definierte Marx Jahrhunderte später den Kommunismus: jedem nach seinen Bedürfnissen. Jedem nach seinen Fähigkeiten. Von den ersten Christen erzählt uns der Apostel Lukas: ›Alle aber, die gläubig geworden waren, blieben beieinander und hielten alle Dinge gemein. Keiner sagte von seinen Gütern, dass sie sein wären.‹ Und: ›Ein jeglicher unter euch, der nicht allem absagt, was er hat, kann nicht mein Jünger sein.‹ Wir Christen haben spät zum Marxismus gefunden. Aber wir sind gekommen, um zu bleiben. Besser gesagt: Wir sind zu unseren Wurzeln zurückgekehrt. Es ist längst überfällig, dass Christen und Marxisten zusammengehen. Sagt übrigens auch der große Mystiker Teilhard de Chardin. Lohnt sich zu lesen.

Lukas Worten folgte beeindrucktes Schweigen. Keiner stimmte zu, keiner widersprach. Vom Salon wehte *Along comes Mary* herüber. Ein Mädchen in unserer Runde nestelte aus ihrem Matchbeutel einen Kassettenrecorder: Hab ich mitgebracht, extra für Silvester. Zurück zu den Wurzeln. Sie drückte die Taste.

Von andächtiger Gänsehaut überrieselt, schmiegte ich mich an Hugo, schob sich Lukas dichter an mich, rückten wir alle näher zusammen unter der Wucht dieser Wurzeln, *Dies irae* und *Salve Regina, Da pace, Domine* und *Regina Coeli*, ach Gott, ja, *Along comes Mary*, schön und gut, soll wohl Marihuana mit gemeint sein. ›Beschimpfender Unfug‹, wie Gotteslästerung im Strafgesetzbuch – bis zu drei Jahre Gefängnis – definiert ist, war das sicher nicht. In Holland war der Paragraph gerade abgeschafft worden. Im sogenannten Eselsprozess hatte man den Autor, der sich mit Gott in Gestalt eines ›einjährigen mausgrauen Esels‹ vereinigt hatte, freigesprochen.

Der ergriffene, ergreifende Gesang der herben Männerstimmen hatte auch politische Diskutanten herübergelockt. Katja setzte sich zu uns, die meisten blieben stehen, bis die Kassette zu Ende war, *Da pace, Domine*, Gib Frieden, Herr, und zogen sich wieder in ihre Ecke zurück. Vom Salon klang *God only knows* herüber. Über tausend Jahre lagen zwischen diesen Gesängen. Was war hässlich, was schön? Was war zeitgemäß, was veraltet? Würde im Jahre 2967 noch jemand die Beatles hören, die Doors, Beach Boys, Association, Kinks, Velvet Underground? Diese Frage lesen? Doch ob Fortführung oder Verstoß, ohne die Wurzeln, ohne Tradition ging gar nichts, zum Umfunktionieren gehörte, was funktionierte, zum Kaputtmachen das Heile.

Unsere Gruppe war nun beim Katholikentag in Essen angelangt: Welche Anträge sinnvoll seien, wie man sie formulieren solle, würden sie erfolgreich sein. ›Hengsbach, wir kommen, wir sind die linken Frommen.‹ Schließlich war man engagiert. Engagement: auch ein Leitwort des Jahres 1967. ›Engagement als Pflichtfach‹, forderte Martin Walser in den *Rothenfelser Heften*.

Ich stand auf, nickte Hugo zu, der blieb sitzen. Sicher würde er nun Nicaragua und die Dritte Welt ins Spiel bringen.

Im Salon war die Luft zum Schneiden, der Geräuschpegel beträchtlich. Täuschte ich mich, oder waren Männer an diesem Abend deutlich in der Überzahl? Sie hockten in Grüppchen, mal die Bierflasche, mal ein Glas in der Hand, die Zigarette in der anderen, zeigten wenig Interesse füreinander, waren wohl nur hereingeschneit, weil sie nichts Besseres vorhatten.

Tim legte die neue Platte der Bee Gees auf und zog Lilo hoch, ein schönes Paar, die beiden, zwei Paradiesvögel, befreit von Repression und Konventionen, hatten dem Establishment den

Rücken gekehrt, allerdings mit Festanstellung und Erbschaft auf dem Konto. Salonhippies, dachte ich, wie Salonkommunisten, weichgespülte Überzeugungen, Freiheit als Freizeit, Wohlfühlexistenzen, die sich mit allem möglichen Klimbim behängen, die Wörter ausgefranst wie die Westen, Flower Power, Blumenmacht: Schon im Begriff wird zusammengezwängt, was nicht zusammengehört. Statt zu reden hielt man sich ans Kommunizieren; statt Entbehrung sagte man Frust, Männer waren Typen, und man hatte nicht mehr einfach ein Gefühl, sondern ein Feeling, wenn Bob Dylan sang: ›You better start swimming or you'll sink like a stone, for the times they are a-changing.‹

Vor allem eines durfte man nicht sein: spießig. Die schlimmste Beleidigung: spießiger Kleinbürger. Wie die Familie, aus der man selber kam. Revolutionäre Gebärden von Leuten, die alles hatten, Revolte aus Langeweile und Überdruss an dem, was ihnen in den Schoß gefallen war. Und doch: Aus der Rebellion gegen die Familie erwuchs die Sehnsucht nach einer neuen Gemeinschaft. Diese Sehnsucht war echt. Dazugehören. Frei sein, neu sein, dagegen sein. Aber: wofür?

Lilo, das Blumenkind, wurde nicht müde ihr Evangelium von Lust und Spaß zu verkünden. Sie saß neben einem Mann mittleren Alters, der ausgesucht stilvoll gekleidet war in seinem olivgrünen Hemd aus dünner Rohseide unterm dunkleren grünen Tweedsakko, den erdbeerroten Hosen und nougatbraunen Mokassins, die er erstaunlicherweise hatte anbehalten dürfen. Im Hemdausschnitt kräuselte sich dichtes schwarzes Haar, der Schädel überm breiten Brustkasten war kurz geschoren, ins fingerdicke Kinnbärtchen eine lila Perle geknotet.

Glaubst du, fuhr er ein unscheinbares Mädchen an, das sich einen ›Fuck for peace‹-Button an die flache Brust gesteckt hatte, glaubst du, dein Button da ist ein Beitrag zum Sieg des Vietcong?

Das Mädchen fuhr zusammen. Ne, kicherte es tapfer, aber wenn wir es tun, mein Freund und ich.

Was tun?, röhrte es unerbittlich.

Uns lieben, äh, zusammen schlafen, äh …

Immer mehr Augen richteten sich auf das Mädchen, dem das Blut in die Wangen schoss, als es ›ficken‹ hervorstieß, Stromstoß, wie mit einem Shocker verabreicht.

Bravo!, donnerte der Grünrote. Ficken, bumsen, vögeln, poppen. Die Sprache, diese verwurzeltste aller Konventionen, die müssen wir befreien. Weg mit den verklemmten Verklausulierungen, den Verkrampfungen, den Verboten und Tabus. Fotze, Möse, Pimmel, Schwanz, skandierte er und leckte sich die Lippen.

Sollte das die neue Sprache der Leidenschaft, der Sinnlichkeit und der Lust sein? Glaubte der Grünspecht wirklich, wenn er Menschen dazu brachte, Möse, Schwanz und ficken zu sagen, war das die sexuelle Revolution? Wenn Wörter wie diese den Reiz des Heimlichen, des Geheimnisvollen, des Verbotenen verloren, wurden sie öffentlich und damit banal wie das, was sie benannten. Würde die Lust nicht schon im Reden über die Lust verbrannt? Und mit Liebe hatte das schon gar nichts zu tun.

Unterdessen hatten sich zu den Pärchen unterm Tannenbaum einige Kinder gesellt, die zuvor durch die Wohnung gewieselt waren; sie hatten sich Eimer und Töpfe besorgt, die sie nun mit Löffeln, Kellen und sonstigem Küchenmetall traktierten. Dazu warteten die Stones noch immer oder schon wieder auf ihre ›satisfaction‹, was Wunder bei dem Heidenlärm.

Weißt du noch, schwärmte ein Mädchen, an dem ich mich vorbeidrückte, im März in der Sporthalle.

So was vergisst man doch sein Lebtag nicht. Ich hab die rote Nelke noch immer.

Und ich die weiße, seufzte die Freundin.

Ob der meinen Pulli noch hat?

Sicher sprachen die beiden vom Konzert der Rolling Stones, dem ersten in Köln, die Sporthalle kaum voll. Aber was los. Das hatten auch Moni und Marion erzählt. Mick Jagger hatte rote und weiße Nelken in den Zuschauerraum geworfen, die Fans sich mit Schuhen, Pullis, Kappen und Schals revanchiert. Einen Tag nach unserem Ostermarsch war das gewesen.

Ich brauchte frische Luft, wo war Hugo? Ich musste raus hier, wich im Flur zwei Gestalten aus, die einander mit bierklammer Zunge versicherten, einen Präsidenten, egal, ob Uni oder Staat, in Zukunft nicht mehr Präsident, sondern allenfalls einen korrupten Präsidenten, am besten aber einfach einen Volltrottel oder Scheißarsch zu nennen. Oder Trockenpisser, grölte einer der beiden, so könne man es denen mal richtig zeigen.

Am Ende des Ganges vor der Tür zu Hugos Zimmer stolperte ich beinah über ein kleines Mädchen, das dort im Dunkel kauerte; es mochte vier sein, höchstens fünf.

Hoppla, ich beugte mich zu ihm. Was machst du denn hier so allein?

Die Kleine war puppenhübsch, blonde Löckchen, Schnullermund, Kulleraugen, Stupsnase, das bunt bestickte Kleidchen fiel auf ihre bloßen Füße. Eine Augenweide.

Die Mama sagt, nicht vor den Leuten.

Ja, was denn? Wie heißt du denn? Was sollst du nicht vor den Leuten?

Kiki heiß ich, und du? Kiki patschte mit einem feuchten Händchen nach meiner Wange. Bist du eine Liebe? Hier, ich zeig dir was.

streckten sich, klemmten das Händchen ein, der Lockenkopf bog sich weit nach hinten.

Kiki! Fassungslos schaute ich zu. Schon war es vorbei.

Kiki zog ihr Händchen raus aus dem Schenkelmündchen, und hinein in den Schnullermund schob sie einen Finger nach dem anderen und schleckte ihn ab.

Die Mama kann das auch, strahlte das Kind. Und du? Hast du auch eine Mieze?

Ja, nein, ich glaube … Wo ist denn deine Mama?

Kiki schlüpfte ihre klamme Hand in meine: Komm, jetzt gehen wir bei die Mama.

Die Mama saß zwischen Lilo und dem Grünspecht, der soeben Tabakkrümel in ein schwarzes Pülverchen mischte, das er behutsam aus einem Pergamentpapier dosierte. Sie war eine zierliche Person im knöchellangen Baumwollkleid, von einer zerzausten Perücke im Afrolook entstellt, die ihren schmalen Kopf grotesk vergrößerte.

Mama, schrie Kiki und riss sich von mir los, ich hab meine Miez besucht.

Die Mutter schaute kurz auf, war aber zu beschäftigt, das tütenförmige Zigarettengebilde entgegenzunehmen, an den Mund zu führen, beidhändig zu umfassen und mit geschlossenen Augen zu inhalieren. Kiki zwängte sich durch die Beine der Tanzenden zur Mutter.

Mmm, riecht gut, Kiki schnupperte und langte nach der qualmenden Tüte. Kiki auch mal.

Der Grüne lachte schallend auf. Die Kleine weiß, was gut ist. Na, was meint die Mama?

Die Mama meinte gar nichts, lächelte selig auf ihre über der Tüte gefalteten Hände hinab und nahm einen zweiten Zug.

Na hör mal. Lilo nahm der ›Mama‹ die Tüte aus der Hand. Nun gib erst mal weiter.

Yeah, Tim in der Hocke hinter Lilo konnte es kaum erwarten. Morgens ein Joint, und der Tag ist dein Froind, deklamierte er mit deutschschwerer Zunge. Richtig?

Mama, Kiki warf sich der Mutter in den Schoß, die Frau hier, sie deutete auf mich, weiß nicht, ob sie eine Miez hat wie du und ich. Und die Lilo hat auch eine, das weiß ich. Und Onkels haben Elefanten in der Hose, das weiß ich auch.

Gut gesagt, rief der Grüne in das Gelächter, während die Mama Kiki aufrecht zwischen ihre Beine stellte und kichernd abküsste, wobei sie mir einen misstrauischen Blick zuwarf.

Onkels haben aber noch ganz andere Sachen in der Hose. Sieh mal, was ich hier habe, sagte ein schlaksiger junger Mann, der genauso aussah, wie sich die Tante einen Hippie vorstellte – man musste gehört haben, wie sie dieses Wort geradezu ausspuckte –, das runde gesunde Gesicht von einem krausen Vollbart umrahmt, Haare, die nach Schere und Shampoo verlangten, ein schwarzes kurzärmeliges Trikot unter der silberfarbenen Weste, Lederimitat. Aus seiner zerrissenen, schmuddeligen Jeans zog der mit Jupp Angeredete ein Plastikschwein hervor, das in seinen Pfoten ein Akkordeon hielt. Kiki jauchzte: Haben.

Warte, sagte Jupp, steckte ein Schlüsselchen in das Schwein, drehte ein paarmal und ›Völker, hört die Signale‹ quietschte es aus dem Tier, ›auf zum letzten Gefecht‹ ging das Akkordeon auf und zu.

Pig is pig und pig muss put!, jubelte der Junge neben Jupp, schlug sich auf die Schenkel und verschluckte sich vor Lachen, pickpickpick, wiederholte Kiki und wollte das Pickpickpick nun endlich haben, pig, big pig, fiel mir ein, hatte ich dem Vater entgegengeschrien, wenn er aus der Fabrik nach Hause kam und im Blaumann im Schuppen verschwand.

Die Musik der Doors brach jäh ab, Katja machte sich am Plattenspieler zu schaffen. ›O Himmel, strahlender Azur!‹, verkündete eine glühend klare Männerstimme, ›enormer Wind die Segel bläht! Lass Wind und Wolken fahren! Nur, lasst uns um Sankt Marie die See!‹

Was war in Katja gefahren? Woher ihre plötzliche Vorliebe für Seemannslieder? Das musste sie mir erklären. Aber nicht jetzt.

Hugo saß noch immer bei den linken Christen, man war in

Nicaragua angekommen, bei Cardenal in Solentiname, beim heiligen Franziskus und der Kenosis-Kirche. Ich klopfte ihm auf die Schulter. Hugo sprang hoch. Was ist passiert? Wie siehst du denn aus?

Nichts ist passiert, ich muss nur raus hier. Bitte, komm.

Aber … Hugo schaute auf die Uhr, es ist gleich zwölf, nur noch eine knappe halbe Stunde.

Bitte.

Wir machten uns davon. Mussten uns nicht einmal wegschleichen, die Leute kamen und gingen, auf der Treppe überholten wir einen, dem ein silberner Kerzenleuchter, der vom Flügel oder von der Anrichte, aus der Parkatasche stak. Mir egal. Auch eine Form der Umverteilung.

Was war denn so schlimm da drinnen?

In der Nähe ging ein Böller los, es zischte und krachte schon überall in der Stadt an diesem milden letzten Abend im Jahr. Unserem Jahr. Unseren ersten elf Monaten.

Ach, schon gut, ich brauch nur frische Luft. Und dich. Sind doch die letzten Minuten im alten Jahr. Und die ersten im neuen. Die will ich nur mit dir und keinem sonst.

Komm, wir gehen ein paar Schritte. Hugo hakte mich unter, ich steckte meine Hand in seine Manteltasche. Nur mit Bertram war mir jemals ein solcher Gleichschritt gelungen. So, dachte ich, so im Gleichschritt ins neue Jahr hineingehen, durchs Leben gehen, ich liebte Hugo, und weil ich Hugo liebte, liebte ich das Leben. So wie es war. Ich brauchte keine Aufblähungen, keine Kicks, weder durch direkte Aktion noch durch Schwarzen Afghanen, Roten Libanesen oder Grünen Türken.

Weißt du, brach es dann doch aus mir heraus: All das Geschwätz vom Anti, vom Umfunktionieren und Verändern. Ich kann es nicht mehr hören. Ich brauch das alles nicht. Ich brauch keine Anti-Dichtung, kein Anti-Theater, keine Anti-Familie, keine Anti-Institutionen, keine Anti-Kunst und keine Anti-Musik und was weiß ich noch alles. Warum soll das denn Anti sein, wenn ich Janis Joplin höre? Muss ich dann vor Schuberts *Winterreise* flüchten?

Kann ich nicht die Doors *und* die *Goldberg-Variationen* hören? Jimi Hendrix und *Lohengrin*? Muss ich den verdammen, weil das Hitlers Lieblingsoper war, angeblich? Und die Dichter? Alan Watts, Gary Snyder, Allen Ginsberg und wen Lilo noch alles angeschleppt hat – muss ich jetzt die Klassiker weglegen? Oder dieser Brinkmann hier, mit seinem *Keiner weiß mehr*, deswegen muss ich doch nicht meinen Schiller als Schonkost für Bildungsspießer abtun! Und überhaupt: Arm dran ist der Brinkmann, wirklich arm dran.

Hugo verschloss mir den Mund mit einem Kuss. Du hast recht, lachte er. Passt doch ganz leicht alles in einen Kopf. Und Drogen? Um unser Bewusstsein zu erweitern? Good vibrations?

Zum Beispiel solche, gab ich ihm den Kuss mit Zins und Zinseszins zurück. Die Böller krachten jetzt dicht aufeinander, die ersten Raketen stiegen auf.

Verflixt, nicht mal etwas zum Anstoßen haben wir dabei, fiel mir plötzlich ein.

Denkste! Hugo zog einen Piccolo aus der Manteltasche, und Hugo, mein Hugo, wäre nicht mein Einziger, Unvergleichlicher gewesen, hätte er nicht auch noch an zwei Pappbecher gedacht. Und so standen wir die letzten Sekunden im alten Jahr draußen vor der Tür, spottete Hugo, und um zwölf halfen die Glocken der über zweihundert Kirchen ihren Schäflein ins neue Jahr hinüber, sprach der Dicke Pitter vom Dom uns Unverzagtheit zu und Mut. Die Neujahrsluft roch nach Glühweingewürz und Silvesterraketen, und das Geäst der Bäume unterm Laternenlicht zeichnete feine Schattenlinien auf den Asphalt.

Schau, sagte Hugo, was für ein herrlicher Buchstein. Kannst du den lesen?

Kann ich, gab ich zurück, verrat ich aber nicht. Kannst du doch selber lesen. Prosit!

Einverstanden, Hugo stieß seinen Becher an meinen. ›Prodesse‹, ›nützen‹. Prosit! Es möge nützen! Das neue Jahr!

Über uns ging die Balkontür auf, Konfettiflocken wirbelten im Lampenschein in die Neujahrsnacht, Alaaf, ihr beiden da unten.

›Kutt erupp, kutt erupp, kutt erupp rupp rupp, bei Palms do es de Pief verstupp‹, johlten ein paar Stimmen.

Du, die meinen dich, ulkte Hugo, willst du hoch?

Bloß nicht, komm weiter! Ich denke, wir sehen mal nach Lilo, Tim und den anderen.

›Help‹, gellte es uns im Treppenhaus entgegen, ›I need somebody‹, in der Wohnung hatten sich die Fraktionen aufgelöst, Sakkos und Bügelfalten lagerten zwischen Fransenwesten und Batikblusen, die Lufthoheit teilten sich Moschus und Hasch in a yellow submarine. Wir drehten eine Gutes-neues-Jahr-Runde, Kiki sah mich aus seltsam geweiteten Pupillen an, kicherte blöde und erkannte mich nicht, und dann machten wir die Tür hinter uns zu. ›We all live in a yellow submarine, yellow submarine, yellow submarine‹, dröhnte es von draußen, und so, eingeschlossen in unsere vier Wände, glitten wir in unserer Wärme, unserem Geruch, unserem Flüstern in das Jahr 1968. Gedämpft drangen noch eine Weile der *Rote Wedding*, der *Kleine Trompeter*, die *Jarama Front* in unser Sofaparadies, schmetterte die glasscharfe Stimme, die mich zuvor mit ihrem strahlenden Azur ergriffen hatte, ›und das war im Oktober, als das so war, in Petrograd in Russland, im siebzehner Jahr.‹ Dann aber obsiegten nach einer Beatles-Session die LPs von Lilo und Tim, die sie ›psychedelic‹ nannten.

Kurz vorm Hinüberdämmern in den 68er Morgen stupste mich Hugo noch einmal an. Wir trauten unseren Ohren nicht: Das Durcheinander der Stimmen schloss sich zusammen zum kölschen Choral. ›Wenn isch su an ming Heimat denke un sinn dä Dom so vür mir stonn‹, sangen alle wie aus einem Munde, Martin, Gerd und Lukas, Katja, Kikis Mama und der Grünspecht, und ich glaubte Lilos majestätischen Sopran herauszuhören wie als Kind die Stimme von Cousine Maria beim Halleluja im Kirchenchor. Tja, und was taten wir? Wir sprangen aus unserem Kuschel-Eden, warfen uns die Bademäntel über und sangen mit. Heidewitzka, we fuck for Kölsch.

Den nächsten Tag, den ersten Tag im neuen Jahr, verbrachten Hugo und ich damit, die Spuren vom letzten Tag im alten Jahr in der radikal umfunktionierten Fünf-Zimmer-Wohnung von Fräulein Professor Dr. Lilo Breidenbach zu beseitigen. ›The times they are a-changing‹, sang Bob Dylan. Nicht nur ein Kerzenleuchter war vergesellschaftet worden, sondern auch diverses geistiges Eigentum. Auf den ersten Blick fehlten einige blaue Bände Marx und Engels, Horkheimer, Marcuse und Adorno, es fehlte Tims ziemlich zerlesenes Exemplar von Wilhelm Reich: *The function of orgasm.* ›Wir sind die Jünger Maos und lieben das Chaos‹, hatte einer unter Tims Bettlakenmotto ›Make love not war‹ gekrakelt, und hinterm Tannenbaum fand Hugo ein kleines Scheißhäufchen: Kiki?

Kurz nach Neujahr gehörte die Wohnung wieder uns allein. Lilo und Tim waren auf Europareise, Postkarten aus Wien und Paris trudelten ein; Rom, Athen, Madrid standen noch aus und, falls nicht wegen der Visa zu kompliziert, auch aus Ost-Berlin, Warschau, Budapest und Prag.

Professor Fricke kehrte nach den Weihnachtsferien nicht an die Universität zurück. Gesundheitliche Gründe, hieß es. Wir brachen das Seminar ab. Eine unbestimmte Unruhe hatte auch uns ergriffen. Gegen die große Welle des Umfunktionierens, des Alles-Infragestellens einen klaren Kopf zu behalten war schwer. Auch bei Teach-ins hörten wir gelegentlich wieder zu, besonders wenn es um unser Fach, die Germanistik, ging. ›Schlagt die Germanistik tot, färbt die blaue Blume rot.‹ War nicht doch etwas dran an diesem Spruch, den Hamburger Studenten den Ordinarien bei der feierlichen Rektoratsübergabe des Wintersemesters 67/68 vorangetragen hatten: ›Unter den Talaren – Muff von tausend Jahren.‹ Lernten wir hier wirklich unsere ›produktive Phantasie zu entwickeln‹?

›Was passiert gegenwärtig mit unserer Arbeitskraft? Was können wir mit unserer Arbeitskraft anfangen? Wie stellen wir uns sinnvolle Arbeit vor? Wie können Forschung und emanzipatorische Arbeit vermittelt werden?‹, fragten die Flugblätter. Und hielten auch die Antwort parat: ›Wir müssen die Verfügung über die Produktionsmittel erlangen, um endlich über uns selbst verfügen zu können. Das bedeutet nichts weniger als die Antizipation einer neuen Wissenschaft im Medium der Solidarität. Glück wird in den Bibliotheksräumen vorstellbar, die uns vorher terrorisiert haben. Es ist klar, dass die Transformation der Germanistik in eine aufklärerische Produktivkraft nicht Werk der Germanistik sein kann. Wir fordern daher die Aufhebung der Kompetenzverteilung der Fakultäten, mit der sich jede Einzelwissenschaft in die Unverantwortlichkeit salviert.‹

Wie das? Tschirch sollte einem Mathematiker die Monophthongierung im Altsächsischen erklären und dieser dem Altphilologen die berühmteste Formel der Welt $E = mc^2$? Wozu?

Doch es gab Alternativen. In unserem zweiten Seminar ging es um Brecht. Dieser Brecht, dieser Kommunist, der aus dem Exil nicht etwa nach Westdeutschland zurückgekehrt war, sondern zu den Russen nach Ost-Berlin, dieser Zonendichter machte sich plötzlich neben dem germanistischen Dichter-Establishment im Vorlesungsverzeichnis mausig. Wer auf sich hielt im antiautoritären Lager oder wie wir einfach neugierig war auf diesen bunten Vogel, der sein eigenes Theater in Ost-Berlin, seinen Verlag in Westdeutschland, sein Konto in der Schweiz und seinen Pass aus Österreich hatte, wer also im Nietzsche'schen Sinne etwas Neues kennenlernen wollte, der besuchte das Hauptseminar ›Zur Funktion der Tradition im Werk des frühen Bertolt Brecht‹. War jede Beschäftigung mit den Altvorderen wirklich nur affirmativ, wie es auf zahllosen Flugblättern hieß, oder hielten die Alten am Ende doch, was die Profs versprachen?

Erwartungsvoll sahen wir Prof. Dr. Walter Henke entgegen, ein unscheinbarer Mann in den Vierzigern, den ich in der Straßenbahn für einen abgearbeiteten Buchhalter oder Kassenwart gehalten hätte. Die Distanz, die Brecht vom epischen Theater forderte, bestimmte auch seinen Vortrag, wenn er die Linien verfolgte von der Commedia dell'arte zu Brecht, Parallelen zog von Büchner zu Brecht und ein Theater der Hoffnung skizzierte. Anders als Fricke ließ er sich von der Dichtung niemals fortreißen und riss daher auch keinen mit. Seine Rede blieb sachlich, brillant allein in der Hingabe an ihren Stoff. Doch ein Fricke, der mit derselben Leidenschaft wie über Kleist, Schiller oder Gryphius auch über Brecht gesprochen hätte, war ohnehin schwer vorstellbar. Der Unterschied lag in den Dichtern selbst. Brechts *Gesammelte Werke*, gerade erschienen, hatte Hugo uns zu Weihnachten geschenkt.

Wir lernten neue Maßstäbe und Betrachtungsweisen kennen. Nichts mehr vom hermeneutischen Zirkel, wo jede Silbe unverrückbar für das Ganze stand, wo fraglos die Troika des Guten, Schönen und Wahren regierte. ›Man muss dem Schönen durchaus misstrauen‹, befand der Meister aus Buckow. Nottat die ›Umfunktionierung der Kunst in eine pädagogische Disziplin‹. Gebrauchswert contra ästhetische Eigengesetzlichkeit. Weg mit den Charaktergemälden, Charaktermasken?, her mit den gesellschaftlichen Prozessen. Schluss mit dem Erzählen aus der Perspektive der herausragenden Persönlichkeit; stattdessen Erzählen aus gesellschaftlich-historischer Perspektive. Nicht den Kunstwert, den Kampfwert der Dichtung galt es zu ergründen. Allerdings, und gerade das machte Brecht in Hugos und meinen Augen so anziehend, nahm er es mit dem Entweder-Oder nicht so genau. Anziehend war er gerade in seiner Widersprüchlichkeit: Tabula rasa machen mit den Vergessenen und gleichzeitig auf die Tradition bestehen.

Vom Ostermarsch hatten wir Broschüren mitgebracht: Protestsongs gegen die Bombe, gegen den Krieg in Vietnam, gegen Zechenschließungen: Texte, direkt von der Wirklichkeit veranlasst, wollten direkt zurückwirken. Texte von schreibenden Arbeitern der Gruppe 61 hatten wir mitgenommen, Texte, die sich einmischen wollten, Gehör verschaffen bei denen, von denen sie handelten.

Ich hatte an der Verbindung zwischen Literatur und Leben, Politik, Gesellschaft und Literatur nie gezweifelt. Mag sein, die Autoren saßen im Elfenbeinturm, wenn sie schrieben; ich, die Leserin, saß da zu keiner Zeit. Literatur sollte mir etwas zu sagen haben, egal, ob sie aus dem Elfenbein- oder dem Förderturm kam. Ich hielt an meiner Frage fest: Wo finde ich mich wieder? Was entwickelt mich weiter? Diese Autoren banden die Literatur an den vergänglichen politischen Augenblick. Und nahmen mich nicht als ganze Person, sondern als politisch-gesellschaftliches Objekt wahr. In der Tat, diese Belletristik war eine umfunktionierte. Sie gefiel uns keineswegs. Von Brecht erwarteten wir Aufschluss. Hugo übernahm ein Referat zu den *Buckower Elegien,* und ich vertiefte mich in Brechts Gedanken *Über Formalismus und neue Formen.* Was ist Formalismus? Und war getröstet. Kunstwert hin, Kampfwert her, Brecht hielt es mit meinem Friedrich. Auch für die Kunst im Klassenkampf gilt die Forderung nach einer ›Form als der vollkommenen Organisierung des Inhalts‹ und sein Verdikt, dass ›eine Vernachlässigung der Form ein Werk zunichtemacht‹.

Wir konzentrierten uns aufs Studium. Dass Anfang Februar der SDS zu einem Sit-in im Unifoyer aufrief, merkten wir erst, als wir aus dem Seminar kamen und nach Hause wollten, aber nicht konnten und so noch den Schluss einer Kundgebung gegen den Unikanzler mitkriegten. Sätze aus seinem Brief an das Studentenwerk wurden zitiert und mit höhnischem Beifall quittiert. Es ging um das Besuchsrecht von Studenten in den Zimmern von Studentinnenwohnheimen.

›Viele Mädchen kommen in einem Alter zur Universität, in dem sie die Herrschaft über sich selbst noch nicht zu Ende gelernt haben ... Die Dame erwartet die Besuche nicht wie sonst ziemlich, zum Beispiel im Elternhaus oder Privathaus in einem neutralen Zimmer. Das Besuchszimmer wäre zu gleicher Zeit vielmehr Schlafzimmer der Dame mit dessen Fluidum und Gegebenheiten! … Es dürfte keinem Zweifel unterliegen, dass die Möglichkeit und die Wahrscheinlichkeit dass ›etwas geschieht‹, bei einem Besuch des Herrn im Zimmer der Dame größer ist, ja, dass man dazu zumindest zusätzliche Gelegenheiten schafft.‹

Anschließend verlas man das Gutachten eines Psychologen: ›Studentinnen sind nicht behütete höhere Töchter, denen in der Hochzeitsnacht zu ihrem Schrecken die physischen Gegebenheiten des Mannes aufgehen. Zum großen Teil haben sie bereits Erfahrungen mit Männern während ihrer Schulzeit gesammelt. Die Unversehrtheit des Hymens ist kein allgemeinverbindlicher Wert, sondern Privatangelegenheit der Studentin.‹

Ich folgte dem Spektakel, als säße ich in einem Brecht'schen Theaterstück. Hugo neben mir, wir beide auf dem Sprung nach Hause, die sturmfreie Bude, dazu noch kostenlos, wozu sollte ich hier auf zwei Fingern pfeifen, den Kanzler zum Teufel wünschen, das Establishment zur Hölle? Wäre ich dann schon ein aktiviertes Publikum à la Brecht? Hugo amüsierte sich wie ich. Eher noch mehr. Ein Meister der Analyse, blieb er skeptisch gegenüber jedem, der die Wahrheit im Ganzen und mit einer einzigen Bewegung umarmen wollte. Diese Ungeduld, nicht genau zu prüfen, sondern sich zufriedenzugeben, mit *einer* Ansicht, wo schon das geringste Ding mindestens zwei Seiten hat, diese Ungeduld sei es, die zu Verfolgungen führe und am Ende den Skeptiker und Hinterfrager auf den Scheiterhaufen schicke. Alles müsse geprüft werden dürfen. Auch das Prüfen?, fragte ich. Auch das Prüfen. Vor allem aber: Kein Problem löst rohe Gewalt. Gewalt kann niemals Recht sein. Ein echter Popper-Schüler, mein Hugo.

Es ging friedlich zu an diesem Abend, jedenfalls so lange wir dabei waren. Als man vom lüsternen Hausbesuch zu Mitbestimmung, Drittelparität und politischem Mandat des AStA wechselte, als es losging gegen Ordinariendiktatur, oligarchische Herrschaft, die vergreiste Universitätsverfassung und hundert andere Phrasen, die uns seit Monaten blühten, eroberten wir mit taktischem Geschick die Tür nach draußen und machten uns auf den kurzen Marsch zur Straßenbahn unserem sturmfreien Budenberg entgegen.

Karneval stand bevor, die Sprüche auf den Flugblättern wurden verrückt und verrückter, Feiern gegen die repressive Toleranz, ›Heute blau und morgen blau und allzeit blaue Blumen‹ – ›Lieber rot als doof‹. Heiß begehrt war das Flugblatt der Einladung zum Philosophenball. Motto: ›Zum Scheesse‹[*]. Frei nach Aristoteles hatten die rheinischen Weisen die acht Punkte uminterpretiert, die nach Meinung des großen Griechen die Klugheit ausmachen.

Treues Gedächtnis: Do stunden Lück, also oppasse beim Scheese!
Klarer Einblick: Ihr wisst Bescheid, also hürt op ze scheesse!
Belehrbarkeit: Saach denne Lück, die solle besser fottjonn!
Scharfsinn: Wenn jeschosse weed, jitt et Duude!
Beschlussfähigkeit: He weed nit jeschosse!
Voraussicht: Besser nit scheesse, süns künnt et Duude jevve!
Umsicht: Loss mer leever ene drinke jonn, dat es jesünder, jesünder.
Vorsicht: Die Klabüs[**] eraf, ävver jaaanz langsam!

Auch die Katholische Hochschulgemeinde und die KaJuJa luden wieder ein. Natürlich wollten wir hin, auch Yvonne drängte. Sie hatte sich nun endgültig gegen den Wiegeautomaten und für den Bärtigen entschieden und lebte mit ihm in einer Zwei-Zimmer-Wohnung, die sie vom Erbe einer Großtante bezahlen konnte. Die monatlichen Überweisungen hatte der Vater gesperrt, bis sie wieder zur Vernunft käme. Der getreue Bernhard ließ sie

[*] Zum Schießen
[**] Gewehr

unterdes mit Pralinen und Blumen wissen, wie das von ihr verschmähte Leben aussehen könnte.

›Märchen und Wunder unserer Zeit‹ hieß das Motto in diesem Jahr, ein Slogan wie für Hugo und mich erdacht. Ja, das vergangene Jahr war unsere Zeit gewesen, der Beginn unserer Zeit.

Dem Jahr der Entdeckungen folgte nun das Jahr der Wiederholungen. Schwer zu sagen, was tiefer erfüllt, die Wiederholung oder die Entdeckung. Bislang hatte ich die Entdeckungen gesucht, das Neue, Aufregende. Nun lernte ich die Lust an der Wiederholung kennen. Zum Weißt-du-schon das Weißt-du-noch. Zur Lust des gemeinsamen Entdeckens trat die Freude gemeinsamen Erinnerns. Das Erinnerte, herausgelöst aus dem Vergessen: sicherer Besitz. Ich liebte diese Gewissheit, Hugo sagen zu können: Erinnerst du dich, wir waren dabei. Weißt du noch, die Reibekuchen vom Büdchen am Dom? Weißt du noch, wie der Mann in der Lupe 2 umgefallen ist? Wie der Fricke gezittert hat? In Dondorf an dr Piwipp? Wie schön ist es, mit jemandem zu reden, der all das kennt, was man selber kennt. Wenn ein Gespräch, wenn ein Satz seine Wurzeln in der gemeinsamen Vergangenheit hat.

Geschichte schreiben, unsere eigene Geschichte inmitten der großen. Unsere Kerzen für Benno Ohnesorg und Che Guevara. Unser Referat zum Vergleich der Sprache von Karl Marx und Rudi Dutschke. Wir hatten begonnen, unsere Geschichte zu leben. Satz für Satz, Kapitel für Kapitel, Buch um Buch würden wir unsere Geschichte leben. Ganze Bände füllen würden wir. Prall mit gemeinsamer Vergangenheit. Mit Hugo würde ich alt werden. Mein alter Hugo. Auch im Alter würde ich mich auf sein zärtliches Herz stützen können. Seine Bewegungen würden langsamer werden, zögerlich; seine Fürsorglichkeit würde sich zur Ängstlichkeit steigern, Gefahren witternd, wann immer ich nicht bei ihm sein könnte. Bluthochdruck würden wir haben, mag sein, oder die Schilddrüse machte nicht mehr mit, Vitamintabletten schluckten wir und abends im Winter die Wärmflasche im Bett. Und wenn wir uns dereinst mit erinnerungssatten

Herzen lieben würden, würfen unsere Augen den Schleier der ersten Tage und Jahre über die verblühenden Körper, in denen sich jahrzehntelange Liebe angesammelt hatte, angesammelt und wieder ausgegeben, freigiebig und im Vertrauen auf Unerschöpflichkeit.

Tag für Tag war die Gewissheit in mir gewachsen: Hugo war der Mann, für den ich Vater und Mutter verlassen würde, wie es in der Bibel stand. Oder galt das nur für Männer? Mein Hugo: wichtiger als Studium und Diplombibliothekarin; Kinder wollte ich haben mit ihm, einen Garten, ein Haus. Seltsam, immer dachte ich in dieser Reihenfolge. Und warum nicht alles zusammen? Hausfrau, Mutter, Diplombibliothekarin? Hildegard Elisabeth Maria Breidenbach. Plötzlich hatte ich den Geruch frischer Wäsche in der Nase, sah mich am Bügelbrett stehen, mit geübter Hand die Wäsche einsprengend, so wie ich es bei Hanni und der Mutter oft bewundert hatte. Ich strich mir über die Stirn. Wir hatten ja alle Zeit der Welt.

Das unruhige Semester neigte sich dem Ende zu. Kurz nach Rosenmontag kam es zum ersten Mal in der Geschichte der Universität zu einer Begegnung von Studenten mit den viel zitierten Massen, dem Volk. AStA und Betriebsrat der Ford-Werke luden zur Solidaritätsveranstaltung mit den streikenden Arbeitern ein. Hörsaal I, kaum kleiner als die Aula, gesteckt voll, das AStA-Transparent so konkret wie nie: ›Wir protestieren gegen Kurzarbeit. Gegen Entlassungen für Mitbestimmung.‹ So weit so gut. Doch das, was die Arbeiter aus ihrem Arbeitsalltag berichteten, und die klangvollen Analysen von Herrschafts- und Produktionsverhältnissen aus dem Munde der studentischen Gastgeber hatten so gar nichts miteinander zu tun. Es fehlte nicht nur eine gemeinsame Sprache; die gemeinsamen Erfahrungen fehlten. Guten Willens redete man aneinander vorbei. Hätte mich der studentische Jargon nicht so eingeschüchtert, wäre ich am liebsten aufgesprungen und hätte als Dolmetscherin das Wort ergriffen. Das Wort ergreifen. Das setzt Mut voraus. Den hatte ich nicht. Auch war das Bedürfnis, mich einzumischen, nicht stark genug. Kopfschüttelnd saß ich neben Hugo, der mir ironisch den Rücken klopfte: Ist dir nicht gut?, als sich ein fahler junger Mann aus der ersten Reihe erhob, die Krawatte lockerte und nach einem ausführlichen Beitrag zu dem Schluss kam: Nur wer mit dem Proletariat lebt und arbeitet, kann mit seinen revolutionären Zielen überzeugen, und seine Kommilitonen – Mädchen waren kaum anwesend – aufforderte, massenhaft in die Betriebe, äh, in die Produktion zu gehen, um dem Proletariat zu zeigen, wo der Hammer hängt: Schlagt die Faschisten, wo ihr sie trefft. Dieser letzte Satz, im krassem Gegensatz zu der gelehrten Analyse, erreichte allerdings nur noch wenige: Das Proletariat hatte sich erst gruppen-, dann haufenweise verdrückt.

Ende März kam es zu einem wilden Streik bei Klöckner-Humboldt-Deutz. Aber da war es mit der Solidarität schon nicht mehr weit her. Die letzten Klausuren mussten geschrieben, Referate abgeschlossen werden, keine Zeit, morgens um halb fünf vor den Werkstoren Flugblätter zu verteilen, die keiner haben wollte. Auch beim Schichtwechsel am späten Nachmittag gelang es kaum, das feierabendliche Bewusstsein müder proletarischer Massen mittels Straßentheater auf revolutionären Vordermann zu bringen.

Wir gaben unsere Referate bei Henke ab, und Hugo trug ihm sein Thema für die Doktorarbeit an: ›Die Funktion der Sprache im Spielfilm.‹ Thesen dazu hielt er schon seit langem parat. Neu war, für diese Untersuchung den Computer zu nutzen. Die Universität hatte im vergangenen Jahr diesen Apparat von der Größe eines mittleren Hörsaals angeschafft. Das Ungetüm stand bei den Wirtschaftswissenschaftlern. Im Raum daneben saßen die Nutzer wie in einer Bibliothek an langen Tischen; doch nicht Bücher hatten sie vor sich, sondern schreibmaschinenartige Gebilde, mit deren Tastaturen sie ihre Texte auf Lochkarten übertrugen, die dann vom Computer ausgewertet wurden.

Hugo hatte für sein Projekt – Projekt, ein Wort, das gerade in Mode kam – einen literarisch interessierten Mathematiker kennengelernt, der ihm das Programm schrieb. Erste Szenen des Drehbuchs *Abschied von gestern* waren schon übertragen und ausgewertet und Hugo legte die Auswertungsbögen, unhandliches, grün-weiß gestreiftes, harmonikaförmig gefaltetes Papier, Henke vor. Der war beeindruckt. Er war für alles zu haben, was die gute alte Ergriffenheit, das Kunstwerk als Gefühlsspender, auf eine rationale Ebene transferierte. Ihm musste der Versuch einer Quantifizierbarkeit und Berechenbarkeit gefallen. Am vorletzten Tag des Semesters war klar: Henke nahm das Thema an. Hugo Breidenbach, Doktorand. Sogar seinem Vater schien das zu imponieren, auch wenn er über das Thema mit spöttischem Achselzucken hinwegging. Ein Doktortitel schmückte selbst Familie Breidenbach. Tausend Mark war dem Vater der Dr. phil. in spe wert.

Weißt du, lachte Hugo nach einem Blick auf sein frisch gefülltes Konto, was wir damit anfangen? Wir fahren nach Meran.

Nach Meran? Ebenso gut hätte Hugo sagen können: nach Honolulu oder auf den Zuckerhut.

Nach Meran, bekräftigte Hugo, dann, nachdem er sich ausgiebig an meiner Verblüffung geweidet hatte, fügte er hinzu: Den Onkel besuchen.

Ogott, entfuhr es mir.

Ich denke mir, was du dir denkst: noch ein Breidenbach. Du irrst. Dann würde ich das doch nicht vorschlagen. Das ganze Gegenteil von meinem Vater. Eher der Großvater.

Der mit dem Ezra Pound? Der Arzt? Und warum? Und wann denn?

Also, Hugo holte Luft: Das sind ja mehr Fragen als ein Computer auf einmal beantworten kann. Komm, wir gehen ins Campi.

Dafür war ich immer zu haben.

Beim Espresso – stell dir vor, wie der erst in Meran schmeckt – setzte mir Hugo seine Reisepläne auseinander. Der Onkel, jüngerer Bruder des Vaters, musste wegen seiner Lungenschwäche im Dritten Reich nicht zum Militär, hatte in Bologna Medizin studiert und Giusi, eine Italienerin, geheiratet, die vor ein paar

Jahren gestorben war. Hugo geriet ins Schwärmen, als er die kleine drahtige Person aus Palermo vor mir auferstehen ließ. Von Haus aus Germanistin, habe fabelhaft Deutsch gesprochen und ihn mit ihren Kenntnissen der Literaturgeschichte immer wieder verblüfft. Bis kurz vor ihrem Tod habe sie an der Übersetzung der *Gesammelten Schriften* von Carl Einstein ins Italienische mitgearbeitet. Den Eltern, seinen Eltern, sei sie zeitlebens ein Dorn im Auge gewesen. Natürlich machte mir das die Verstorbene sofort sympathisch, aber was half's.

Und der Onkel?

Der freut sich auf unseren Besuch.

Unseren?

Sag ich doch. Er ist ganz gespannt auf dich. Aber erst verabschieden wir uns noch in Dondorf. Hugo prostete mir mit der Espressotasse zu. Einverstanden?

Na hör mal, wo du hingehst …

… da komm ich mit. Aber erst einmal nach Dondorf.

Nach Dondorf. Dort hatte die Mutter dafür gesorgt, dass unser Abschieds*besuch* zu einer Abschieds*feier* wurde. Endlich konnten auch meine Dondorfer Verwandten diese geheimnisvolle Kreatur namens Hugo in Augenschein nehmen, dieses Fabelwesen, das seit unserem sommerlichen Spaziergang ausgiebig betuschelt wurde, was die Tante maßlos verdross. Meist selbst die beste Gewähr für Neuigkeiten aus erster Hand konnte sie zu dieser Fama bislang nichts beisteuern. Das sollte sich ändern. Diesmal hatte sie alle verfügbaren Familienmitglieder zur pünktlichen Einkehr in der Altstraße 2 verdonnert.

Bertram lief uns entgegen, salutierte ironisch und machte Meldung: Verwandtschaft vollzählig angetreten.

Am beidseitig ausgezogenen Kaffeetisch vor den besten Sammeltassen und Rosenmustertellern harrten unser bei Kirschstreusel, Napfkuchen und Spritzgebäck: Tante Berta, Onkel Schäng, Cousine Hanni mit Kinderwagen, Cousine Maria, der Vater. Die Mutter lief aus der Küche herbei, wusste nicht, wohin mit der Kanne, drückte sie Bertram in die Hand und schob uns ins Wohnzimmer. Das Gespräch verstummte.

Herr Palm, Hugo fasste den Vater um die Schulter, oje, nun bleiben Sie doch sitzen, wie schön, Sie wiederzusehen.

Der Winter hatte dem Vater zugesetzt, die Nase länger und spitzer, die Wangen hohl, die beigebraune Strickjacke hing locker um die schmal gewordene Brust. Aber seine Wangen färbten sich rosig und die Narbe zuckte in freudiger Erregung, als er Hugo die Hand drückte und ich vor aller Augen sein Ohr mit meinen Lippen streifte: Tach, Pappa.

Und das ist sicher Tante Berta, Hugo ergriff die weit ausgestreckte Rechte der Angesprochenen, die, dat mööt ald sinn, Hugos Hand mit beiden Händen umklammerte und herzhaft schüttelte: So viel haben mir schon von Eusch jehört, Herr Breidenbach, so viel, un nur Jutes! Dat is ja heutzutage nit immer so bei de Studente. Die Tante lachte anzüglich und gab den Schüttelhänden einen letzten Schwung. Abber et jibt ja übberall sone und sone, wat, Hilla?

Hilla, sagte die Tante, Hilla, nicht Hildegard. Das hieß: Hugo hatte Gnade gefunden vor ihren Augen. Und als der noch hinzufügte: Aber sagen Sie doch Hugo zu mir, Frau Obhoven, hatte er im Herzen der Wortführerin der Familie einen ausbaufähigen Platz erobert.

Dann kommen Se mal bei misch bei. Die Tante rutschte zur Seite und klopfte auf den frei gewordenen Spalt neben sich. Schäng, nu mach dem Hujo doch ens Platz. Röck ens erövver.

Onkel Schäng, der ohnehin nur Augen für den Streusel hatte und sich seit dem Tag der Eheschließung in allen Belangen menschlichen Zusammenlebens widerspruchslos den Urteilen der Tante anschloss, rutschte hart an die Kante, schob einen Krümel Spekulatius in die Backentasche und lüpfte den Hintern, während er Hugos Händedruck erwiderte, Anjenehm, Obhoven.

Maria sah blendend aus in ihrem knappen Jäckchenkleid, sicher ein Oestergaard-Modell. Sie hatte den Krebs und die Treulosigkeit ihres ehemaligen Verlobten nicht nur überstanden. Maria war Siegerin. Stolz gab sie, nein, reichte sie Hugo die Hand, an der ein Aquamarin funkelte. Ein Verlobungsring. Zu Weihnachten. Sie hatte den Schreinermeister aus Strauberg im Kirchenchor kennengelernt. Heiner Karl, so der Name des Mannes in den besten Jahren, hatte einen Hodenkrebs ausgeheilt. Sobald ihm der Vater den Betrieb überschrieben hätte, wollten die beiden heiraten. Und dann, strahlte Maria, jibbet auch wat Kleines. Untenrum is ja alles in Ordnung bei mir un beim Heiner auch.

Ich würde für Maria eine Kerze bei ihrer Namenspatronin im Dom aufstellen. Seit ich mit Hugo so eins war, hätte ich am liebsten die ganze Welt paarweise geteilt und verheiratet. Mit Nachwuchsgarantie.

Höhepunkt der Runde aber war zweifellos Hanni mit ihrem kleinen Anton. Wie ganz anders konnte ich das neue Menschlein heute wahrnehmen als bei seiner Taufe. Ich, damals niedergedrückt von der Last der Lichtung, von Gretels Abtreibung und ihrem Verschwinden. In mich verschlossen, hatte ich der frohen Gesellschaft, so schnell es ging, den Rücken gekehrt, was meinen Ruf einer, die sich für jet Besseres hält, einmal mehr gefestigt hatte.

Die Erinnerung ließ noch einmal Tränen aufsteigen, als ich Hanni in die Arme schloss, mich über den Wagen beugte und nach Antons wild rudernden Fingerchen griff. Der juchzte und quietschte.

Willste ihn mal nehmen, Hilla? Hanni war nach der Geburt rund geblieben, ihr mütterlich satter Anblick eine Augenweide. Schon zog sie das strampelnde Bündel unter der Decke hervor und streckte es mir entgegen, und ich, einem jahrmillionenalten Reflex gehorchend, griff das Körperchen unterm Po und im Nacken und drückte es an meine Brust, eine Geste so alt wie Mann und Frau und Kind. Und so wie eine Mutter, das Kind auf den Armen, den Blick ihres Mannes sucht, suchte ich den Blick meines Mannes, suchte Hugos Blick, der seine einverständlich lächelnden zwiefarbenen Augen auf die meinen gerichtet hielt.

Ich blinzelte Hugo zu und machte einen Katzenbuckel. Wir hatten ja alle Zeit der Welt.

Wat, Hilla, dat is doch wat anderes als en Abitur? So wat Kleines? Der Tante war unser Liebäugeln nicht entgangen.

Nänä, schaltete sich die Mutter ein und stellte die Kanne auf den Tisch, dass die Kuchengabeln klirrten. Immer schön eins nach dem anderen, wat, Hujo? Un jetzt jibbet erst mal für jeden en Tässjen Kaffe. Nehmt Euch, Hujo. Alles selbst jebacken.

Jo, ließ sich nun auch Onkel Schäng vernehmen: En Tässjen Kaffe is jut. Damit dat dat rutscht. Und damit auch wirklich etwas ins Rutschen kam, säbelte er sich ein gehöriges Stück vom Napfkuchen herunter und legte auch Hugo eins auf den Teller.

Un der Rudi?, erkundigte ich mich. Das ist der Pappa vom Anton, setzte ich für Hugo hinzu.

Es klingelte, und wie aufs Stichwort platzte der Pappa herein. In weinrotem Nappaledermantel und mit Pepitahut. Die Mutter sah mich vielsagend an und rieb Daumen und Zeigefinger aneinander. Rudi hatte wohl wieder ein paar Felder als Bauland verkauft.

›Ra ra ra ra Rachengold, nimm wenn draußen Petrus grollt‹, sang der neue Gast statt einer Begrüßung, schwenkte den Hut, der orangefarbenes Futter aufblitzen ließ, tat ein paar tapsige Schritte auf den Kinderwagen zu und sang weiter.

Anton begann zu kreischen.

Rudi!, mahnte Hanni ihren Mann, der sich des Nappamantels entledigte und sein eng geschnittenes dunkelblaues Nadelstreifensakko Knopf für Knopf öffnete. Nun kuck doch mal, wer hier is. Dat Hilla hat dä Hujo mitjebracht. Seine Freund.

Klardoch, Rudi schlug Hugo komplizenhaft die Hand auf die Schulter, daröm simmer doch all hier.

Die Mutter rückte Rudi einen Stuhl zurecht, goss Kaffee ein.

Rudi griff zu: ›Hoch die Tasse, hoch die Tasse – hm, Eduscho-Spitzenklasse‹, schmatzte er genießerisch. ›So delikat nach Schweizer Art‹.

Hür ens, dat is doch Majonäs, korrigierte die Tante und zu Hugo gewandt: Dat is der Rudi, am liebsten tät dä von morjens bis abends nur de Werbesprüsch trällere.

›Ei ei ei Verpoorten, Verpoorten aller Orten‹, brummte Rudi zustimmend, eine Tonart, die Anton zu gefallen schien, denn er stellte sein Gebrüll unter dem Einfluss des Eierlikörs umgehend ein.

Rudi, jetzt is et aber jenuch. Schwer zu sagen, ob Hanni es ernst meinte oder ob sie doch stolz war auf die Darbietung des Gatten. Mit dem kann mer sisch nirjends mehr blicken lassen, fuhr sie fort. Wenn de mit dem Einkaufen jehst, blamiert dä de janze Innung.

›Wer schafft, braucht Kraft‹, warf der Vater ein. Er schwor auf Buerlecithin.

›Hab immer K2R zur Hand, der Fleck ist weg, ganz ohne Rand‹, wat Schäng? Die Mutter wies auf den Kaffeefleck neben der Tasse des Onkels, der kurz aufsah und weiterkaute.

›Nicht nur sauber, sondern rein. Ariel in den Hauptwaschgang‹, sprang die Tante ihrem Angetrauten zur Seite. Jojo, dat Clementine. ›Wenn's so sauber wie gekocht sein soll‹.

Dat sacht abber nit dat Clementine, wies die Mutter die Schwester zurecht. Dat is Coral und nit Ariel.

›Mach mal Pause, trink Coca-Cola.‹ Rudi streckte sich. Offenbar wollte er sich das Heft nicht aus der Hand nehmen lassen. Jetzt haben mir doch zwei Studente hier, die könne mir doch direkt mal fragen, wo et längs jeht bei all dem Demonstriere. Wat wollt ihr denn eijentlisch? Freie Liebe, wat? Rudi lachte, dass er sich am Spritzgebäck verschluckte. Un dann diese Strubbelkopp, dä Teufel! Wie dä sisch im Jerischt aus der Bank jeräkelt hätt, wie der Rischter sacht, er soll aufstehen. Un do säät dä Kääl: ›Wenn es der Wahrheitsfindung dient.‹ Dat war jut! Der Spruch war Spitze!

Alle nickten einvernehmlich. Fritz Teufel aus der Berliner Kommune I, wegen Steinewerfens vor Gericht, war der Aufforderung des Richters, sich zu erheben, mit eben diesem Spruch gefolgt. Und der hatte es bis nach Dondorf gebracht.

Verzäll, schnitt die Tante dem Schwiegersohn das Wort ab. Sie ließ nicht locker. Eusch jeht et doch jut, eusch Studente, ereiferte sie sich. Un dä Kiesinger in Bonn konnt ze Weihnachten nit mal ruhisch en de Kirsch jehen! Nänä, dat jeht wirklisch ze weit. So wat jehört sisch nit. Wat, Hujo? Die Tante versetzte dem Angeredeten einen Rippenstoß, dass der erst mal Luft schnappen musste, bevor er der Klägerin unumwunden Recht gab. Auch wir hatten kein Verständnis für diese Demo vor dem Bonner Münster. Reine Schikane. Und im Gänsemarsch vier-, fünfmal hintereinander mit ›Fuck for peace‹-Buttons bepflastert zur Kommunionbank zu gehen: War das revolutionär?

Aber jejen dä Krisch in Vietnam seid ihr doch auch, rischtisch?, mischte sich Hanni ein. Da bin isch auch dajejen. Wat, Bertram? Du bis ja noch nit am Studieren, dafür bis de abber selbst Soldat. Wenn isch mir vorstell, dat meine kleine Toni … Hanni ließ ihr Söhnchen im Schoß auf- und niederwippen, was begeistertes Krähen auslöste.

Sie haben völlig recht, ergriff Hugo das Wort. Die Amis haben in Vietnam nichts verloren. Und die Notstandsgesetze sind auch nicht ohne. Aber mich interessiert, wie man das bei der Bundeswehr sieht, wandte er sich an Bertram. Wird das bei euch überhaupt diskutiert?

Bertram winkte ab. Wird es. Aber nur in der Freizeit. Am Abend. Klar, da geht kaum einer hin. Vietnam ist tabu. Und die Notstandsgesetze interessieren sowieso keinen. Komisch eigentlich, denn im Falle eines Falles sind wir ja dran, zusammen mit der Polizei. Nur als es um Verhütung ging, kamen mehr. Da ging es sogar hoch her, die Kompanie ist so ziemlich halbe-halbe, Evangelische und Katholische, meine ich. Rom lässt sich ja auch mächtig Zeit mit der Entscheidung, Pille: ja oder nein.

Jut, dat mir die nit mehr brauchen, wat Maria, wandte sich die Tante an ihre Schwester, doch Hanni warf Rudi einen vielsagenden Blick zu. Der fingerte eine Zigarette aus der Packung; dazu gab es noch keinen Spruch.

Un jetzt sacht der auch noch, dat man dä Wehrdienst nit verweijere soll, haben se in de Nachrischte jebracht, empörte sich der Vater. Wat jeht dat den an? Sollen se sisch um ihre eijene Kram kümmere.

Wie recht Sie haben, Herr Palm! Als ob Jesus nicht gesagt hätte: ›Selig sind die Friedfertigen‹.

Jojo, der Kriesch in Vietnam is schlimm, schaltete sich die Mutter ein. Aber wat sacht ihr denn von dä Conterjankinder? Dat is doch wirklisch furschtbar. Für die jeht keiner op de Straß, dat die Jiftmischer ne Straf kriejen.

Jo, pflichtete die Tante ausnahmsweise der Schwester bei. Un die arme Kinder. Wat wird aus denen in dreißisch, vierzisch Jahr?

Wenn die überhaupt so lang durschhalten. Die Mutter verzog den Mund.

Abber dat se dä Bartsch lebenslänglisch verknackt haben, war endlisch mal wat Jutes, wat meint ihr?, fragte Maria, rückte diskret ihren Brustersatz unterm Kostümjäckchen zurecht und lächelte, gewillt, das Leben nur noch von der positiven Seite zu sehen.

Die vier Kinder, die dä op dem Jewissen hat, macht dat auch nit wieder lebendisch, beharrte die Mutter auf ihrem schwarzen Blick.

Dä war doch selber ne arme Kerl. Hanni drehte uns den Rücken zu, knöpfte ihre Bluse auf und gab Anton die Brust. Nur rumjeschubst habense den, keine Eltern und bei die Pflegeeltern im Keller einjesperrt, bis dat dat Männchen in de Schul kam. Dann in et Internat. Katholisch. Un wat da passiert is … Die Dreckskääls, sisch an die arme Kinder zu verjreifen. Un alles im Namen Jottes. Dafür solltet ihr mal auf de Straß jehen. Damit nit noch mehr so wat passiert. Liebevoll klopfte Hanni Antons Rücken, der prompt sein Bäuerchen machte.

Un dat ihr euch all warm anzieht! Jestern Abend in der *Tagesschau*: De Hongkong-Jrippe jreift um sich, haben se jesacht. Die is oft tödlisch. Hilla, haste jehört? Damit hatte die Mutter ihre Hiobsbotschaften erschöpft und winkte mich in die Küche, wo es die wirklichen Neuigkeiten gab.

Diesmal ging es um Birgit, eine Freundin aus Volksschulzeiten, der ich damals beim Besuch des Glasbläsers meine mundgeblasene Kugel geschenkt hatte. Sie war ein unscheinbares schüchternes Kind gewesen, und ich hatte ihr eine Freude machen wollen, sozusagen zwei Außenseiter unter sich. Es war uns beiden schlecht bekommen: Die Rädelsführerinnen der Klasse hatten Birgit die Kugel auf dem Heimweg weggenommen und zerschmettert, mich verprügelt. Kurz nachdem ich mit dem Aufbaugymnasium fertig war, hatte sie geheiratet.

Stell dir vor, die Mutter spitzte die Lippen, der Kääl hat dem Birjit die janze Wohnung ausgeräumt und is damit verschwunden. Der hat jedacht, seine Frau jeht fremd. Dabei hat dat Birjit doch nur ne Stelle anjenommen, se wollt wat dazu verdienen. Dat hatte ihr der Mann verboten. Dat hammer nit nüdisch, hat der jesagt. Aber leisten konnten se sisch auch nix. Jetzt will dä zerück. Mit de Möbele natürlisch. Aber dat Birjit will nit. Et sagt: nur die Möbel. Dä Kääl kütt mer nit mehr unger de Augen. Et hat jetzt ne volle Stelle beim Edeka und sieht aus wie jeleckt. Su kann et kumme. Die Mutter seufzte. Ein schlechter Ausgang allein für den Mann war nur halbwegs nach ihrem Geschmack.

Bertram kam, er wollte an den Rhein, das Hochwasser lockte.

Der Abschiedstrubel war herzlich und laut, wie es sich für lieben Verwandtenbesuch gehört, und die Tante flüsterte mir ins Ohr, wat ene liebe Mensch und so jarnit esu, die Tante stupste ihren Zeigefinger unter die Nase. Nur de Haare.

Hanni drückte erst mich, dann Hugo an ihre Mutterbrust, Schäng prostete uns mit einem letzten Aufgesetzten zu, und Rudi verabschiedete sich mit: ›Heute bleibt die Küche kalt, wir jehen in de Wienerwald.‹

Maria nahm mich beiseite: Im Herbst ist Hochzeit. Da hätt isch euch zwei jern als Trauzeugen. Meinst du, dat dat der Hujo tut?

Bestimmt, antwortete ich, Herzklopfen bis in die Haarwurzeln. Hier war es wieder, das Leben jenseits der ›Funktionen der Sprache im Spielfilm‹, jenseits von ›Wer zweimal mit derselben pennt, gehört schon zum Establishment‹, jenseits vom Kampf gegen den barbarischen US-Imperialismus, gegen den Konsumterror, gegen, gegen, gegen. Aber: wofür? Die hier wussten es.

Es war kalt geworden, der Mond klebte am Himmel wie angefroren, und die Menschen bewegten sich schwerfällig unter immer dickerer Kleidung. In der Dorfstraße waren nur ein paar Frauen zu sehen, letzte Einkäufe für das Abendbrot. Einträchtig gingen wir, Bertram, Hugo, ich in der Mitte, nebeneinander her, ließen die Gespräche noch ein wenig nachklingen. Schließlich, die Auen kamen in Sicht, brach Hugo das gesellige Schweigen.

Wenn wir den Feind der Sprache fügen …, verkündete er im Tonfall gespielter Gelehrsamkeit, und ich wusste, Bertram konnte den Halbsatz genauso verrückt ergänzen. Unsere Briefe in die Kaserne waren gespickt mit selbstgebastelten Mao-Sprüchen, und der Bruder ließ ebenfalls hundert Schweine pfeifen und tausend Schnuller miteinander wetteifern, so in der Art.

Doch Bertram schwieg, trat nach einem fest gefrorenen Stein, noch einmal. Der Stein blieb kleben. Auch am Kaffeetisch hatte er kaum etwas gesagt.

He boy, Hugo wechselte zu Bertram hinüber und rüttelte ihn an der Schulter: Was ist los?

Dieser Saftladen! Bertram schnaubte, sein Atem starr in der Luft, bis der Wind ihn zerstäubte.

Was ist los?, legte ich meinen Arm um ihn. Bertram war seit einigen Monaten Vertrauensmann der Kompanie. Bislang hatte ihn das nicht belastet. Meist beschwerten sich die Männer, wie er seine Kameraden nannte, über das Kantinenessen oder einen Tadel, etwa wenn sie verspätet zum Appell erschienen oder nicht rechtzeitig aus dem Wochenende zurückgekommen waren. Das galt als Entfernung von der Truppe, und wenn dann noch die Feldjäger ausgeschickt wurden, konnte es Arrest, mindestens aber Ausgangssperren geben. Vor kurzem hatte Bertram wegen einer Befehlsverweigerung mit dem Hauptmann verhandeln müssen. Ein Rekrut wollte das MG 42, ein Gewehr aus dem Zweiten Weltkrieg, erst gar nicht in die Hand nehmen: Ein Gewehr mit Hakenkreuz drauf fass ich nicht an. Hakenkreuze sind verboten. Man gab ihm recht. Diesen Waffen aus Wehrmachtsbeständen waren Hakenkreuze eingeprägt wie eine Fahrgestellnummer. Man drückte ihm ein anderes Gewehr in die Hand.

Ach, Leute. Diesmal war es ernst. Wartet, bis wir am Rhein sind.

In der Niederung hatte es leicht gefroren, der Winter machte es dem Frühling noch einmal schwer, unter unseren Füßen knirschte das harte, brüchige Gras. Wind kam auf, strich durch die gelb gesträhnten Trauerweiden und brachte das Gefieder der Krähen zum Flattern. Auf dem Damm blies uns der Wind scharf ins Gesicht, Wiesen und Weiden am Ufer standen im Wasser, das schon ein Stück weit die Böschung hinaufreichte. Die Großvaterweide kaum noch auszumachen. Wir schlugen den Weg zur Marienkapelle ein, und Bertram erzählte.

Felix, Bertrams Freund seit Kinderzeiten, zusammen Abitur, gemeinsam zum Bund und zu beider Freude nach Munster: Felix war tot.

Und ich, kam es tonlos von Bertrams Lippen, hätte auch in dem Auto sitzen können.

Viele Rekruten wohnten in Nordrhein-Westfalen, und so bildeten sich immer aufs Neue Fahrgemeinschaften. Aus Angst vor dem Zapfenstreich kam es häufig zu Rasereien, oft zu Unfällen. Die Unglückswagen ließ der Kommandant zur Abschreckung in die Kaserne schleppen, und montagmorgens hieß es für die gesamte Kompanie: vorbeimarschieren.

Manchmal, so Bertram, stand da nicht nur *eine* kaputte Karre, manchmal sah es da aus wie auf dem Schrottplatz. Und vorletzte Woche, Bertram griff nach meinem Arm, da mussten wir an drei Wracks vorbei, aber erst am Mittwoch, wegen der Ermittlungen, und das eine war das Auto von Felix. Der Fahrersitz voller Blut.

Außer Felix waren noch zwei Kameraden umgekommen, aus Essen und Erkelenz. Mit militärischen Ehren begraben, stieß Bertram hervor. Das macht sie nicht wieder lebendig. Und darum, also um die Ehren, hat unser Hauptmann auch noch kämpfen müssen. Den Unfall hatten sie ja als Zivilisten. Selbst verursacht.

Mensch, Bertram, versuchte ich zu trösten, sei bloß froh, dass du nicht dabei warst. In dem Auto, meine ich.

Ja, sagte der Bruder bitter, na klar. Und warum? Ich war auf Funkerlehrgang und hatte Sonderurlaub, bin erst am Mittwoch zurück. Hatte bis dahin keine Ahnung. Auch nicht, als ich Halbmast mit Trauerflor sah auf dem Ausguck. Dachte an irgendwas Politisches. Aber da schleppten sie gerade die Autos an. Waren freigegeben von der Polizei. Und ich kenn ja das Auto von Felix. Hab oft genug dringesessen.

Bertram brach ab. Hugo legte ihm den Arm um die Schulter, ich hielt seine Hand.

Sag der Mama nichts, bat Bertram. Sie hatte den Felix gern. Und passt ja auf, wenn ihr losfahrt. Bis Meran ist kein Katzensprung.

Nein, der Mutter durften wir wirklich nichts von Felix erzählen. Sie war besorgt genug.

Hoch und heilig versprachen wir, bei Piepers anzurufen, sobald wir angekommen seien. Und Postkarten schicken würden wir auch. Gleich unterwegs wollten wir damit anfangen.

Letzte Umarmungen, auch mit dem Vater, ein Kuss für den Bruder, Spritzgebäck, Spekulatius, Kuchenscheiben in Pergamentpapier, ich schlug die Autotür zu, klappte das Fenster hoch und schwenkte den Arm in die Dunkelheit gegen die von einer Laterne schwach erleuchteten Gestalten, noch als wir schon lange um die Ecke gebogen waren, und Hugo sagte: Wenn du jetzt den Arm einziehst …

… dann ist das gut und nicht schlecht.

Immer dieser alte Mao!

Und was hätte der Großvater gesagt?

Lommer jonn!

Bis hück han isch misch
dat nit jetraut:
en Jedischt in minger Moddersproch.
Jo, en de dicke Bööscher
do dürfe se Kölsch kalle
de kleene Lück
Un dat Kenk vun nem Prolete
kallt Huhdüksch
op Kölsch.

Noch bevor wir nach Meran aufbrachen, trugen wir uns in die Kondolenzlisten für Martin Luther King ein.

Von der Trauerfeier lasen wir, als wir am Brenner eine deutsche Zeitung kauften. Die Kölnische Gesellschaft für christlich-jüdische Zusammenarbeit hatte in den großen Sendesaal des WDR eingeladen, mit viel Prominenz aus Kirche und Politik, Establishment eben. Nach der Ansprache des nordrhein-westfälischen Ministerpräsidenten eroberte einer vom SDS das Rednerpult. Er wurde in unserer Zeitung wörtlich zitiert. Hugo las vor: ›Die letzten Demonstrationen, die MLK anführte, waren eine Demonstration von schwarzen Müllmännern und eine Demonstration für das vietnamesische Volk. Ich vermisse hier die Müllmänner, und ich vermisse die Vertreter des vietnamesischen Volkes. Stattdessen vergießen hier ihre Krokodilstränen die Vertreter all der Institutionen, die MLK zutiefst verachtete: die Würdenträger der Kirchen, die den Völkermord in Vietnam absegnen, die Vertreter der deutschen Obrigkeit, die in Vietnam die westliche Freiheit verteidigt sehen, und als größte Unverschämtheit sogar US-Generäle.‹

Weiter, so die Zeitung, kam der Redner nicht. Der Vorsitzende der Kölnischen Gesellschaft stieß ihn die Bühnentreppe hinunter. Polizei wurde gerufen, der SDS habe den Sendesaal besetzt. Circa hundert Mann rückten an mit sieben Wannen. Aber der Student war der einzige SDSler, also legte sich die Polizei mit Besuchern an, die gegen dessen gewaltsame Entfernung protestierten. Unter Buhrufen wurde er im Polizeigriff abgeführt und in eine der Wannen verfrachtet.

In eine Wanne? Auch Hilla musste in jenen Tagen Hugo noch fragen, was unter Wanne zu verstehen sei: die grüne Minna, Kastenwagen der Polizei.

Kurz vor dem Grenzübergang lasen wir das, schleckten dazu ein Eis am Stiel, und ich fühlte mich ausgesprochen weltläufig, so weit weg von allem, was mich hätte behelligen können. Ob einen die Nachricht am Ferienort als Zeitungsbericht erreicht oder in der Mensa, auf dem Campus, im Hörsaal als Neuigkeit aus erster Hand, macht einen enormen Unterschied. Aus den Augen, aus dem Sinn. Physische Entfernung schafft psychische Distanz, die aktuelle Erfahrung gedämpft in einer Zeitungsnotiz.

So lutschten wir unser Eis und ließen die Geschichte draußen vorbeipoltern, zwei glückliche Zwerge, die Weltgeschichte fern hinter den sieben Bergen.

Ja, die Erde war eine Scheibe
Wir saßen am Rand
und ließen die Beine
ins Blaue baumeln.

Hugo hatte nicht zu viel versprochen. Das Gehöft lag auf halber Höhe zwischen dem Meraner Tal und einem Berggipfel, dem Tschigat, gehört zur Texelgruppe, erklärte Hugo, umgeben von Weinbergen und Weideland, eine Zierde für jeden Werbeprospekt. Die knospenden Bougainvillea wetteiferten mit dem Efeu, der Wände und Mauern hinaufkletterte.

Sogar Rebstöcke aus der Toskana versuchte der Onkel heimisch zu machen. Das Ergebnis war dürftig. Doch er verlor nicht den Mut. Jedes Jahr leitete er die Weinlese selbst, ließ sich sogar dafür beurlauben. Unterstützt von seinem Verwalter, Richard, der das kleine Gut mit ein paar Dorfleuten bewirtschaftete.

Er war es auch, der uns empfing, da der Onkel noch im Krankenhaus Dienst tat. Zeigte uns die Zimmer, jaja, im Plural, doch wie die genutzt würden, kümmerte keinen. Er versorgte uns mit Kaffee und heißer Milch, würzigem dunklem Brot, Butter und Tiroler Bauernschinken, nach dem mir Hugo unterwegs schon den Mund wässrig gemacht hatte und der mich an die luftgetrockneten Schinkenstücke vom Rüppricher Bauernhof erinnerte.

Es tat gut, nach der langen Fahrt die Beine auszustrecken, ein Kätzchen strich um den Tisch herum, kläglich miauend, da uns Richard das Füttern streng untersagte, und schoss, als es draußen einen Vogel witterte, zur Tür hinaus.

Richard, ein Mann in den späten Fünfzigern, frühen Sechzigern, sein wirkliches Alter war schwer zu schätzen, erinnerte mich an den Großvater, wie überhaupt so vieles hier mich an das Gute meiner Kindheit denken ließ. Jetzt, da es mir in neuer Form und neuer Umgebung begegnete, wurde das Vergangene als Gutes erkennbar, oder wenn nicht gerade als Gutes, so doch als Angenehmes, gerne Erinnertes, meist Nebensächliches wie das Kätzchen am Tisch oder der herzhafte Schinken.

Richard setzte sich zu uns, und ganz so wie der Großvater seinen Krüllschnitt begann er, den Tabak mit dem Zeigefinger in den Pfeifenkopf zu drücken, riss ein Streichholz an, wirbelte es kreisförmig durch die Luft und führte die abgeschwächte Flamme an die Pfeife heran. Die dreieckige Lohe sprang und tanzte, als er sie an den Pfeifenkopf hielt und mit leise ploppenden Lippen die Luft einsog. Dabei nickte er und blickte zufrieden von einem zum anderen, wiederum so wie der Großvater bei den Weiden am Rhein, wenn er sein Pfeifchen anschmauchte, während wir unsere Hasenbrote vertilgten.

Auch zu erzählen wusste er nicht minder spannend. Nur waren es keine Ritter, Prinzen und Könige, die Drachen, Riesen und Hexen besiegten und Prinzessinnen erlösten. Zur See gefahren war Richard, Hochseefischerei im Atlantik. Dazu schlug die Standuhr im Viertelstundentakt, was sie jeweils mit einem lang gedehnten, sich steigernden Surren ankündigte, und dann schickte Richard Hugo und mich auf unsere Zimmer wie vor vielen Jahren der Großvater Bertram und mich auf die Decke unter der Weide.

Wir hatten kaum ausgepackt, als eine Autotür zufiel, und ich sah, wie ein mittelgroßer schlanker Mann aus dem Wagen sprang.

Wir rannten die Treppe hinunter, und Hugo fiel dem Ankommenden in die Arme, ein Willkommen, wie ich es nur vom Theater oder Kino kannte. Verlegen stand ich daneben. Richard kam mir zu Hilfe, räusperte sich und klopfte dem Onkel kurz den Rücken, sodass dieser zögernd von Hugo abließ und seinen Blick auf mich heftete, als stelle er eine Diagnose. Sein Gesicht wirkte ernst und ein wenig melancholisch, änderte sich aber gleich, wenn er lächelte. Onkel Friedrich lächelte nicht nur mit Lippen und Augen, auch seine Haut konnte lächeln wie die von Gretel. Um die Augen strahlenförmige Falten, Lächelfalten, mit denen er Kranke ermutigte, Freunde begrüßte, Frauen verführt haben mochte. Er streckte mir seine Hand entgegen, und ich wusste: Prüfung bestanden.

Sein Onkel, hatte Hugo prophezeit, sei der perfekte Gastgeber. Und sein – ja, wie sollte man Richard nennen? Ein bloßer Verwalter war er sicher nicht, aber war er wegen der beruflichen Vertrautheit schon ein Freund des Onkels? Konnte man in so einseitiger Abhängigkeit befreundet sein? Hugo und ich sollten das Verhältnis zwischen den beiden Männern noch oft diskutieren. Doch wie auch immer Richard zu dem Onkel stand, in puncto Gastfreundschaft war er ihm ebenbürtig.

Was ist das, ein perfekter Gastgeber? Einer, der sich und sein Haus ganz und gar der Freude des Gastes widmet, den Gast zum Hausgenossen macht. Sich wie zu Hause fühlen, sagt man. Und das taten wir. Nein. Viel mehr. Wir fühlten uns zu Hause, ohne dieses in ein Hier und Da unterscheidende Wie. Wir fühlten uns zu Hause ohne Wie und Wenn und Aber. Wenn Taktgefühl eine Art Gedankenlesen ist, so besaßen beide Männer dieses Talent in Fülle. War Friedrich wirklich der Bruder von Adolph Ottokar Breidenbach?

Nicht zuletzt das Haus, das Gebäude selbst, trug zu diesem Gefühl des Angekommenseins, der Geborgenheit, des Dazugehörens bei. An den Bergrücken geschmiegt im Vertrauen auf den Schutz vor der Natur durch die Natur war das Haus allein zum Nutzen seiner Bewohner gebaut, bequem, schnörkellos und schlicht, und gerade in dieser Einfachheit schön. Alles an seinem Platz. Diese Zweckmäßigkeit rief ein Gefühl der Zugehörigkeit, des Richtigseins hervor. Zimmer, eher klein und niedrig, gab es im Überfluss. Allein die Bibliothek erstreckte sich über sieben dieser Stuben, die Bücher nach Themen sortiert. Hier und da ein Foto; auch eines von Hugo. Dünn und durchscheinend sah er aus mit seinen vorsichtig zu einem Lächeln nach oben gebogenen Lippen, einem Lächeln, das über sich selbst mit mildem Spott zu lächeln schien.

Richard und Friedrich wohnten im ersten Stock, wo auch die Gästezimmer lagen, Türen und Treppengeländer durch Generationen von Händen glatt poliert. Kaminzimmer, Esszimmer, Lesezimmer im Erdgeschoss gingen ineinander über, dahinter die geräumige Küche, wo vermutlich einstmals das Gesinde seine Mahlzeiten eingenommen hatte, jetzt zugleich die Vorratskammer. Sein einziger Luxus sei die Bibliothek, lächelte der Onkel, die habe schon so manches Bild von der Wand verdrängt; läse oder höre er von einem Buch, das ihn interessiere, müsse er es haben, und unglücklicher- oder glücklicherweise, wie man's betrachte, teile Richard diese Leidenschaft.

Auch der Onkel griff jetzt zu Brot und Schinken, und Richard bat mich, mit ihm in den Keller zu steigen. Und wieder war da das Gefühl des Zuhauseseins, wenngleich alles weit größer und wohlhabender war als in der Altstraße 2. Äpfel überwinterten auf Stellagen und Kartoffeln im Dunkel unter der Treppe, Einmachgläser, nach Obst und Gemüse geordnet, standen in den Regalen, eingelegte Schnippelbohnen in irdenen Fässern neben dem Sauerkraut. Dazu der Weinkeller und zwei Holzfässer, aus denen Richard Bier zapfte, das er in der Küche mit einem Kräuteraufguss versetzte. Baldrian, verriet er, sei zwar nicht jedermanns Geschmack, aber dem Onkel tue er gut, nach einem langen Tag in der Klinik. Er, Richard, habe nämlich ein Steckenpferd: seinen Kräutergarten. Den werde er uns noch erklären. Zeit genug hätten wir ja. Erklären, sagte Richard, nicht zeigen, so wie der Vater, wenn es um das Okulieren der Obstbäume ging.

Das Baldrianbier schmeckte sonderbar, doch nie hätte ich gesagt, dass es mir *nicht* schmeckte. Für die nächsten Krüge nahm ich Hugo in den Keller mit, und der Kräutersud blieb in der Küche.

Dann machte uns der Onkel noch einmal mit dem Haus bekannt. Auf seine Weise.

Es war, erklärte er, damals, als ich unten in Meran ans Krankenhaus kam, Liebe auf den ersten Blick. Ein alter Bauer bewohnte das Haus, allein, und ich werde nie vergessen, wie mir, als ich hineinkam, der Geruch von Ziegenkäse in die Kehle biss. Der Bauer musste verkaufen, und wir wurden bald einig. Er lebte hier mit uns, Giusi und mir, bis er starb. Ja, die Liebe auf den ersten Blick. Sofort perfekt und, wenn man Glück hat, endgültig. Doch eine treue Freundschaft, die reift ein Leben lang. Und wenn man einen Ort und seine Umgebung wirklich kennt, dann ist es, als kennte man einen Menschen.

Der Onkel strich sich über die Stirn und durchs Haar und erhob sich: Es ist spät, wir hatten alle einen langen Tag. Träumt etwas Schönes. Ihr wisst ja, was man in der ersten Nacht unter einem fremden Dach träumt, das geht in Erfüllung.

Richard blies die Kerzen aus und machte ein Fenster auf. Wie Brüder sahen die beiden Männer aus, nicht mehr jung, noch nicht alt, der Onkel wohl etwas jünger. Sein Gesicht beherrscht von den dunklen Augen, die alles, was sie sahen, einer gründlichen Prüfung zu unterziehen schienen, der Blick eines Arztes, der der ganzen Welt den Puls fühlt und, auch das sollte ich noch erfahren, freimütig die Diagnose stellt und das geeignete Medikament verordnet.

Im Hinausgehen hielt mich Hugo zurück und zog mich ins Kaminzimmer vor ein Gemälde.

Schau's dir an, sagte er, fällt dir was auf?

Das Bild im schlichten Ebenholzrahmen zeigte einen schwarz gekleideten Herrn auf rotem Grund, dessen Blick uns mit inquisitorischer Strenge verfolgte.

Unangenehmer Bursche, ich zuckte die Schultern, gähnte.

Schau genau hin.

Das tat ich und sah nun, dass der Eindruck der durchbohrenden Unerbittlichkeit nicht zuletzt durch einen Wurmstich im linken Augapfel hervorgerufen wurde. Ich musste lachen.

Du meinst, es ist der Holzwurm im Auge des Gemalten, der im Auge des Betrachters Furcht und Schrecken auslöst.

Scharfe Augen, scharfer Sinn, lobte Hugo.

Von wegen, die fallen mir gleich zu.

Dass du mir ja das Richtige träumst, Hugo umfing meine Hüften und schob mich die Treppe hinauf.

Das Richtige? Ich ließ mich schwer in seine Hände fallen. Und was soll das sein?

Das werd ich dir schon gleich zeigen. Zu dir oder zu mir?

Es folgten Tage herrlichen Sonnenscheins und ausgedehnter Erkundungen. Wie es im Buche steht. Den Tappeinerweg hinunter zur Gilf an der Passer, St. Peter oberhalb von Gratsch, weite Spaziergänge entlang einem Waal, über einen Obsthang, von dem aus man das Krankenhaus des Onkels sehen konnte. Oben lagen die Berge noch im Schnee, aber hier unten wehte die Luft voller südlicher Versprechungen. Noch rankten die Reben blatt- und blütenlos, doch an den Abhängen des Küchelbergs dufteten schon die Mandelblüten, und den niedrig gestutzten Apfelbäumen konnten wir Tag für Tag beim Aufblühen zusehen. Aus den Steinen an den Wegrändern sprossen die Spitzen grüner Weinbergslilien, und in den Gärten sprangen die Magnolien auf.

Am liebsten aber saßen wir in den Lauben bei einem Verlängerten, wie hier der Kaffee mit viel Milch hieß, und genossen die Wärme, erfreuten uns an diesem glücklichen Unentschieden zwischen drinnen und draußen, frischer Luft und bedachter Geborgenheit, wo sich Häuslichkeit und offene Straße durchdringen, eine Mischung, die diesen leichten Schwindel erzeugt, dieses Flattern, dieses Abheben, erregend und besinnlich zugleich.

Später am Tag versammelten wir uns zum Abendbrot, das Richard bereitete, mal Eintopf, mal Braten, meist einfach Brot, Speck, Käse und dazu sein Baldrianbier. Gselchtes, ein Fleischstück, härter als Speck, das Richard uns wie Hobelspäne auf die Teller säbelte. Oft roch das Brot noch nach Backofen und mehlte uns die Finger weiß.

Danach wechselten wir ins Kaminzimmer hinüber. Abends war es auch in Südtirol frisch, und auf dem Eisenrost brannte ein kieferndufendes Feuer.

Bald schon brachte der Onkel das Gespräch auf seinen berühmten Patienten, Ezra Pound; es schien, er hatte uns Germanistikstudenten ungeduldig erwartet. Auch Kafka habe versucht, hier seine Schwindsucht zu heilen, im Frühjahr 1920.

Dann aber gab es für den Onkel nur noch Pound: Zum ersten Mal gesehen habe ich ihn, als er aus Amerika zurück nach Italien kam. 1958 war die Anklage wegen Hochverrats fallen gelassen worden.

Hochverrat?, unterbrach Hugo. Und wieso kam er hierher, nach Meran?

Richtig, das muss ich erklären. Pound lebte schon weit über zehn Jahre in Italien, meist in Rapallo, als Mussolini an die Macht kam. Er war fasziniert von ihm …

Friedrich brach ab, als ich meinem ungläubigen Erstaunen Luft machen wollte.

Wart ab, Hilla, ich komme gleich darauf zu sprechen. Jetzt nur so viel, es war Mussolini, den er verehrte, nicht Hitler. Wusstet ihr, das sogar Ricarda Huch, sicher über jeden braunen Verdacht erhaben, ein signiertes Foto von Mussolini auf dem Nachttisch stehen hatte?

Mussolini also, dem war Pound verfallen, fuhr der Onkel fort. Das entschuldigt nichts, macht aber seine Verirrung doch erträglicher. Für diesen Mussolini und seine Truppen hielt Pound im Radio seine Ansprachen. Üble Hetze, wirres Zeug, da gibt's nichts zu deuteln. Davon später mehr.

Würde mich aber schon jetzt interessieren, wagte Hugo den Onkel zu unterbrechen, der offensichtlich so schnell wie möglich zu Pound als Patienten kommen wollte.

Na dann, seufzte dieser. Ich habe mich natürlich ausgiebig mit der Vorgeschichte meines Patienten beschäftigt. Mir sogar die Manuskripte der Sendungen besorgt. Pound war vom Radio fasziniert. In Amerika hatte man seine Ideen zurückgewiesen. Da konnte er nichts mehr veröffentlichen.

Ermutigt von Hugo traute ich mich jetzt auch: Welche Ideen?

Der Onkel atmete hörbar aus. Welche Ideen? Gute Frage. Richard, ich glaube, jetzt brauchen wir etwas Stärkeres. So ein Roter, ein Magdalener oder ein Küchelberger, wär das Richtige.

Richard zwinkerte uns zu, verschwand und kam mit Gläsern und Flasche wieder: Garantiert baldrianfrei, lachte er. Ist wirklich auch für'n alten Seemann starker Tobak, was jetzt kommt.

Und wie alt war er da? Ich meine, als er diese Reden hielt?, wollte ich wissen.

Wie alt? 1885 geboren, dann war er 1922 bei Mussolinis Marsch auf Rom siebenunddreißig und ein angesehener Poet. Das könnt ihr aber alles in den nächsten Tagen selbst nachlesen. Warum er diese Reden hielt, fragt ihr? Tja, was trieb ihn dazu, für einen Faschisten Propaganda zu machen?

Der Onkel ließ den Wein im Glas spielen, als könne der ihm, in vino veritas, den Weg zur Wahrheit weisen, einer Wahrheit hinter Worten und Geschehen.

Pound sah sich zweifellos als Patriot. Seine Mission: den USA die Wahrheit zu sagen. Und diese Wahrheit … Schon während seiner Jahre in London und Paris beschäftigte Pound das Kernproblem jeder kapitalistischen Gesellschaft: die Ausbeutung von Mensch und Natur. Er hielt schon Papiergeld und das ganze Kreditwesen für Teufelszeug, für eine perfide Taschenspielerei von Bankherren und Finanzgrößen, um die wirklichen Werte aus der konkreten Arbeit des Einzelnen betrügerisch an sich zu raffen. Der Finanzmann und der Wucherer, Pound zufolge meist jüdisch, daher auch sein Antisemitismus. Diese beiden bestimmen aus seiner Sicht den Lauf der Welt. Und der Dichter, weder seine Person noch sein Wort, hat dabei auch nur das geringste Gewicht. Dies muss Pound aufs Tiefste gekränkt haben. Er hielt es für ein Verhängnis: denn bei ihm, beim Dichter war ja ›die Wahrheit‹.

Friedrich stockte, nickte, als lausche er dem gewaltigen Wort ›Wahrheit‹ hinterher und fuhr fort: So erkläre ich mir seine Faszination von Mussolinis Risorgimento. Es bedeutete für ihn geistiges Erwachen. Ein Wechsel, der alles umfasste, nicht nur die musische Kultur, auch Politik und Wirtschaft, das Leben als Kultur. Eine Welle der Befreiung erwartete er von dieser Bewegung, Befreiung von der Tyrannei des Reichtums und des Militärs. Auch dem Dichter, dem Künstler werde Mussolini wieder mehr Gewicht in seinem Staat einräumen, hoffte er. Pound ersehnte eine Erneuerung der Gesellschaft. Daher sein Feldzug gegen ›usura‹, ›den Wucher‹, als dem Bösen schlechthin.

Egal, was Pound in den Blick fasste, ob Geschichte oder Volkswirtschaft: Der Wucher war immer Ausgangs- und Endpunkt seiner Überlegungen. Rothschild der Prototyp des Wucherers. Er war an allem schuld, sogar am amerikanischen Bürgerkrieg, wie man in *Canto LVIII* nachlesen kann. Ja, leider gibt es Parallelen zwischen den Pamphleten und seiner Dichtung.

Aber Antisemit? In den *Cantos* gibt es wenig eindeutige Äußerungen dazu. Und hätten die ohne Hitlers Verbrechen so viel Aufmerksamkeit erregt? Pounds Feind waren die Juden im internationalen Finanzwesen. Diese Ansicht war seit der zweiten Hälfte des 19. Jahrhunderts in Europa wie in Amerika weit verbreitet. Da konnte sich der tödliche Antisemitismus Hitlers später bedienen.

Pound war Mitte fünfzig, als er im Februar 1940 auf Sendung ging. Gegen die Alliierten, gegen sein Heimatland USA. In englischer Sprache auf Radio Rom, zur sogenannten amerikanischen Stunde, die man dann auch in den USA hören konnte, insgesamt bis 1945 etwa fünfundsiebzig Sendungen. Später, nachdem Amerika mit Deutschland, Italien und Japan im Krieg war, wurden diese Reden bombastisch angekündigt. Auch das wird Pound gefallen haben. Endlich Wirkung!

Und die Sendungen, drängte Hugo, du sagst, du hast sie gelesen.

Es war ein riesiges Durcheinander, das Pound da zu Gehör brachte. Er beleidigte Roosevelt, forderte eine Abkehr vom Kapitalismus, verfluchte die Banken, dann wieder pries er seine literarischen Freunde Joyce, Eliot, Cummings, Lewis, Céline. So überspannt und wirr waren die Hetzreden mitunter, dass die Mussolini-Faschisten Pound zeitweilig für einen Spion hielten.

Der Onkel machte eine Pause, blickte in die Flammen. Ein Holzblock glühte auf, fiel zusammen, Scheite krachten, Asche und Funken wirbelten hoch. Dass Knistern so laut sein kann. Richard legte nach und warf noch ein paar Kiefernzapfen ins Feuer, die alsbald ihren erquickenden Sommerduft verströmten. Wir tranken und schauten der roten Flüssigkeit im Glas hinterher. Der Onkel räusperte sich.

Im April 1942 brach die amerikanische Zeitschrift *Poetry* mit ›Das Ende von EP‹ die Verbindung ab. 1943 erreichte ihn die Anklage wegen Landesverrats, und Pound schrieb an den Generalstaatsanwalt der USA: Er habe nur das amerikanische Volk informieren wollen. Seine patriotische Pflicht getan im Sinne der Verfassung und für wahre Demokratie.

Nun, das Schicksal nahm seinen Lauf, wie man so sagt; erst kapitulierte Italien, dann Deutschland. Pound wurde verhaftet und in den berühmten Käfig gesperrt. Ihr habt vielleicht davon gehört.

Ich zuckte die Schultern, Hugo wiegte den Kopf hin und her, vages Wissen andeutend.

Also, dieser Käfig …

Ich, die Autorin, nehme mir hier ein einziges Wort heraus: Guantánamo.

Also dieser Käfig, im Militärstraflager bei Pisa, ein zwei Meter hohes, ein Meter achtzig breites Eisengittergestell wurde eigens für Pound noch durch einen Stacheldrahtverhau verstärkt. Dahin brachten sie ihn nach seiner Verhaftung in Sant'Ambrogio, wo er damals wohnte. Der nun knapp Sechzigjährige hatte angenommen, dass man ihn in die USA bringen würde. Stattdessen: Käfig. Der stand an einer staubigen Straße, tags in praller Sonne, nachts in blendendem Scheinwerferlicht. Bei Strafe war jedem verboten, auch nur ein Wort an Pound zu richten. Sechs Wochen. Anfangs suchte er sich mit Kniebeugen und Phantomboxen fit zu halten. Dann brach er, von dem grellen Licht und dem Straßenstaub fast erblindet, zusammen, durfte nun in ein Zelt und nachts im Militärbüro sogar die Schreibmaschine benutzen. Auch Ehefrau und Tochter, das Kind seiner Geliebten, konnten ihn einige Male kurz besuchen.

Ungefähr ein halbes Jahr hielt man Pound unter diesen Bedingungen gefangen, dann flog man ihn nach Washington, wo ihm der Prozess wegen Hochverrats gemacht wurde.

Wie hat denn die amerikanische Öffentlichkeit reagiert?, wollte Hugo wissen und goss dem Onkel nach.

Ein Hass ohnegleichen empfing ihn in den USA. Die Presse rief nach dem elektrischen Stuhl. Alles, was man von den Naziverbrechen wusste, wurde mit ihm in Verbindung gebracht.

Vor Gericht erschien Pound als psychisches Wrack, außerstande, der Verhandlung zu folgen. Anwalt und Gutachter plädierten auf geistesgestört, man wies ihn in eine staatliche Anstalt für geistesgestörte Kriminelle ein, das St. Elizabeth's Hospital. Er blieb dort fast dreizehn Jahre.

Aber womöglich hat ihm das am Ende das Leben gerettet, warf ich ein. Und seine Kollegen, seine Dichterfreunde, was war mit denen?

Ein Jahr lang saß Pound in der Abteilung für gewalttätige Geisteskranke, ein Gemeinschaftsraum ohne direktes Tageslicht, jeder Zweite in der Zwangsjacke. In diesem Höllenloch, wie Pound es nannte, durfte er ab und an für fünfzehn Minuten unter der Aufsicht bewaffneter Wärter Besuch empfangen. Charles Olson, T. S. Eliot, E. E. Cummings waren die Ersten. Später erhielt er eine eigene kleine Kammer.

Dann: der Bollingen-Preis! Tausend Dollar für die beste Dichtung des Jahres. Endlich die Anerkennung für das, was Pound wirklich war: ein großer Dichter.

Warte, warte, unterbrach ich den Onkel: Beste Dichtung des Jahres? Wann hatte Pound die denn geschrieben? Im Käfig etwa oder in der Anstalt?

Genau da, nickte Friedrich. Im Käfig. Die *Pisaner Cantos*. Sie erschienen 1948 und gelten vielen als sein Bestes. Ich bin gespannt, was ihr davon haltet.

Richard räusperte sich.

Ja, und Richard erst, nickte Friedrich uns zu. Auch er hat sich in Pound vertieft, vor allem in seine Dichtung.

Der Onkel streckte sich, wollte Richard zuvorkommen, der eben nach dem Korkenzieher griff. Nun stemmte ihm Friedrich die Flasche entgegen, und Richard drehte das Gerät in den Pfropfen und zog ihn heraus, so elegant und gekonnt, als hätten die beiden das schon viele Male geprobt.

Ich sah zu Hugo hinüber. Wurde er ungeduldig wie ich? So viel über einen, zugegeben, berühmten Dichter zu hören, aber eben nur über ihn zu hören, ohne jemals eine Zeile von ihm gelesen zu haben, bereitete mir Unbehagen. Ohne diese Kenntnis, die das Phänomen Pound doch eigentlich ausmachte, blieb alles, was der Onkel ausbreitete, voyeurhaft, hatte eher Unterhaltungswert. Am liebsten hätte ich erst weiter zugehört, wenn ich mir wenigstens einen ungefähren Eindruck von Pounds

Dichtung verschafft hätte. Und Hugo? Der lächelte mir zu und zuckte kaum sichtbar die Achseln, kann man nichts machen. Der Onkel war in seinem Element.

Der Bollingen-Preis also. Der machte Pound richtig berühmt. Falsch, fiel Friedrich sich selbst ins Wort. Nicht der Preis war es. Vielmehr die Kontroverse. Random House hatte damals dem Sturm der Entrüstung nachgegeben und seine Gedichte gedruckt, die man vorher aus einer Anthologie amerikanischer Dichtung verbannt hatte: ›It may be wrong to confuse Pound the poet with Pound the man‹, war die Begründung. Was meint ihr, darf man den Menschen Pound mit dem Dichter Pound gleichsetzen? Eine Kernfrage im Umgang mit Poeten und Poesie, oder?

Dazu müsste man aber erst mal kennen, was er geschrieben hat, Pound, meine ich, konnte ich mich nun doch nicht mehr zurückhalten.

Wirklich?, gab Richard an Stelle des Onkels gedehnt zurück. Wie großartig muss ein Werk denn sein, damit der ›poet‹ den ›man‹ exkulpiert? Damit ihm so etwas wie ›moral luck‹ widerfährt? Und wer befindet darüber? Du siehst, wir haben noch so einiges zu diskutieren.

Wie gesagt, fuhr der Onkel fort, Pound war berühmt, auch innerhalb der Anstalt, und hielt dort Hof wie ein Star. Die Bemühungen um seine Freilassung liefen ununterbrochen weiter; in einem neuen Verfahren erklärte man ihn für unheilbar paranoid, und die ihm zur Last gelegten Verbrechen schob man seiner Geisteskrankheit zu. Anfang Mai 1958 kam er frei – und unter die Vormundschaft seiner Frau. Zwei Monate später traf er dann hier ein. Hier, auf der Brunnenburg. Tochter Mary und ihr Mann hatten vier Jahre zuvor das heruntergekommene Gemäuer gekauft und wieder hergerichtet.

Die Bewohner von Dorf Tirol empfingen den berühmten Mann mit Musik, mit Fackeln und Trommeln. Aber Pound kam nicht allein. Seine Frau war seit seiner Entlassung immer dabei. Dabei auch seine letzte Muse und Sekretärin, Marcella, die er im Hospital kennengelernt hatte. Ich wurde Pound als Nachbar vorgestellt, als Arzt. Er war jetzt dreiundsiebzig, ein alter Mann. Hochgewachsen, gebeugt, gebeutelt, fahles struppiges Haar, ein Kinnbart. Seine graublauen Augen unter der vorspringenden Stirn konnten einen das Fürchten lehren.

Bald kam es, wie man im Dorf munkelte, zu Reibereien zwischen den drei Frauen, besonders zwischen Tochter und Ehefrau. Kurz bevor ihn Mary zu mir ins Spital Martinsbrunn brachte, erzählte sie bei einem unserer zufälligen Treffen, dass Pound ständig nachdächte über das deutsche Wortpaar Schöpfung und Er-Schöpfung.

Ja, Pound war erschöpft, körperlich und seelisch. Pound war ein gebrochener Mann. Weigerte sich zu sprechen und zu essen und musste künstlich ernährt werden. Als er wieder zu sprechen begann, nahm er zunächst nur seinen Konfuzius in den Mund und Zeilen seiner *Cantos*, doch dann verlor er auch daran das Interesse. Das Schweigen wurde undurchdringlich, die ganze Gestalt ein einziger Ausdruck resignierter Einsamkeit.

Ende 1961 ging es ihm dann zumindest körperlich wieder so gut, dass Olga Rudge, Marys Mutter, ihn mit sich nach Sant'Ambrogio nahm, wo er früher mit ihr gelebt hatte. Seine Ehefrau war nach London zurückgekehrt. Sie hat Pound, so munkelt man, wohl endgültig an seine Geliebte abgegeben oder verloren. Was danach kam, weiß ich nur noch vom Hörensagen. Mary zufolge nimmt Pound noch an Konferenzen und Dichtertreffen teil, verkapselt in sein Schweigen. Bösartig würde man sagen: Er lässt sich vorführen. Aber vielleicht hält ihn auch gerade das am Leben. Zur Zeit ist er in Paris.

Richard hatte bei den letzten Sätzen des Onkels das Zimmer verlassen und kehrte mit einem Buch zurück, das sich ziemlich weit vorn wie von selbst aufschlug.

Ich lese, Richard räusperte sich, eines der frühen Gedichte Pounds, das er noch vor den *Cantos* geschrieben hat. Richard räusperte sich ein zweites Mal und begann seinen Vortrag, ein leichtes Tremolo in der Stimme, das bei jedem anderen affektiert oder übertrieben geklungen hätte, doch aus seinem Mund gerade richtig schien. Richard entschuldigte sich für das, was er vortrug, nicht durch einen Unterton distanzierender Ironie. Er lud sich an den Zeilen auf wie eine Batterie, machte sich die Energie des Gedichtes zu eigen und schaute im Lesen so häufig auf, dass ich vermutete, er könne dieses Gedicht so gut wie auswendig.

Hugo suchte meinen Blick. Fricke, murmelte er. Ich nickte, dieselbe Hingabe.

Auftrag

Geht, meine Lieder, zu den Einsamen und Unzufriedenen,
Geht auch zu den psychisch Kranken, geht zu
den Gefangenen der Konvention
Zeigt ihnen meine Verachtung für ihre Unterdrücker.
Geht wie eine große Woge kühlen Wassers,
Zeigt meine Verachtung für Unterdrücker. …

Sprecht gegen die unbewusste Unterdrückung,
Sprecht gegen die Tyrannei des Abstrakten,
Sprecht gegen Fesseln. …

Geht zu dem Bourgeois, der vor Langeweile stirbt
Geht zu den Frauen in den Vorstädten. …

Geht zu den grauenhaft Verheirateten
Geht zu denen deren Scheitern verborgen ist
Geht zu den unglücklich Gepaarten
Geht zu der gekauften Gattin
Geht zu der beglaubigten Frau. …

Geht auf freundliche Art,
Geht mit offener Rede.
Seid bemüht, neue Übel und neues Gutes zu finden
Seid gegen alle Formen der Unterdrückung. …

Ein paarmal verlor ich den Faden, verlor mich, den Blicken Richards ausweichend, in den Feuerfunken der Scheite und war froh, dass der Onkel aufstand, bevor Richard seinen Vortrag fortsetzen konnte. Der begriff, schlug das Buch zu, wünschte mit einer knappen Verbeugung allseits eine gute Nacht und zog sich zurück.

Der Onkel setzte sich noch einmal, bedeutete uns zu bleiben und verteilte den letzten Wein. Er blickte in den Kamin, hohe Flammen umarmten einander über den Holzklötzen und brachen dann jäh zusammen.

Auffallend langsam hob der Onkel das Glas zum Mund; der Arm nicht zu dicht am Körper, nicht zu weit weg; ein bedächtiges prüfendes Kreisenlassen der rot flirrenden Flüssigkeit; der Mund nicht zu viel, nicht zu wenig geöffnet; der Winkel des Glases an den Lippen, das Tempo der Kippbewegung, Einziehen der Wangen, Zunge an Lippe und Gaumen: Der Onkel schien mit den fachkundigen Gesten die richtigen Worte heranlocken zu wollen.

Richard Odenthal. Seit mehr als zehn Jahren sieht er hier nach dem Rechten. Ich wüsste nicht, was ich ohne ihn machen würde. Der Onkel trank uns zu: Auf Richard. Hat er euch schon von seinen Seefahrten erzählt?

Hat er, bestätigten wir in lebhafter Bewunderung für den Freund des Onkels, froh, ihn endlich so nennen zu dürfen.

So, hat er das, schmunzelte der Onkel kopfschüttelnd. Er kann es nicht lassen.

Nein, zur See gefahren ist Richard so oft und so lange wie ihr und ich. Im Gefängnis hat er gesessen. Paragraph 175. Ja, was soll's. Dürft ihr ruhig wissen. Es macht ihn nicht kleiner. Im Gegenteil.

Wie Jupp aus der Gärtnerei, schoss es mir durch den Kopf, Richard ein Hundertfünfundsiebziger, verkehrt herum, wie man das in Dondorf hinter vorgehaltener Hand nannte, als mache man sich schon durch bloßes Aussprechen strafbar.

Ja, dieser verdammte Paragraph, wetterte der Onkel. 1935 von den Nazis so richtig verschärft und von der Bundesregierung nicht geändert. Zuchthaus bis zu zehn Jahren. Sicher gibt es seit einiger Zeit die berühmten ›Bestrebungen‹, den Paragraphen zu Fall zu bringen, bisher vergeblich. Richard ist damals von einem verschmähten Liebhaber angezeigt worden. Nach dem Krieg arbeitete er als Lektor, sein Sachgebiet war – und ist – alles, was mit Garten und Landwirtschaft zu tun hat. Die Familie hatte in Königsberg eine große Gärtnerei. Aber auch für die Belletristik war er zuständig. Und da hat er den Roman eines Autors abgelehnt, der Richard nicht nur als Lektor schätzte. Also eine doppelte Zurückweisung. Der hat ihm die Sitte ins Haus geschickt. Quasi in flagranti haben die Richard und seinen Freund überrascht, und der war auch noch ein paar Tage vor seinem einundzwanzigsten Geburtstag. Das brachte Richard zwar nicht die Höchststrafe ein – wie gesagt: zehn Jahre Zuchthaus –, aber immerhin.

Und wie überlebt man so etwas? Richard las. Bücher durfte man ihm bringen. Einiges stand auch in der Gefängnisbibliothek. Besonders zwei Autoren waren es, erzählte er mir, ohne die er diese Zeit nicht überlebt hätte. Hermann Melville und Ezra Pound. Mit Captain Ahab und Billy Budd sei er mehr als einmal um die Welt gesegelt. Dutzende von Pounds frühen Gedichten, die aus der Sammlung *Personae*, hat er in diesen Jahren auswendig gelernt und übersetzt. Nach seiner Entlassung kam er hierher. Hatte sich in seiner unfreien Freizeit, wie er sie manchmal nennt, nicht nur in Gedichte und die Seefahrerei geflüchtet, sondern durchaus praktisch auch in seine alten Sachgebiete Garten, Acker- und Weinbau. Wir, Giusi und ich, suchten einen Verwalter, eine Allroundkraft. Der Pfarrer von St. Nikolaus in Meran schickte Richard vorbei, ein Resozialisierungsprogramm der katholischen Kirche. Außer uns beiden weiß das niemand. Offiziell bleibt es bei der Seefahrt. Schadet ja auch keinem, und erzählen kann der Richard, das müsst ihr zugeben.

Alles hätte ich zugegeben, um endlich mit Hugo allein zu sein. Mit Hugo im weichen warmen Bett. Ezra Pound im Käfig, im Irrenhaus, auf der Brunnenburg, Richard als Homosexueller im Gefängnis: Für dat Dondorfer Mädschen ziemlich viel große böse Welt an einem Abend. Wirkliche Welt und wirkliche Menschen. Nicht aus Büchern. Auf dem Papier kommt es ja auf ein paar Grausamkeiten und Schicksalsschläge mehr oder weniger nicht an.

Der Onkel stand auf, nahm den endgültig letzten Schluck an diesem Tag: Na, ich wünsche eine gute Nacht. Und gute Träume. Ihr habt wohl so einiges zu bewältigen. Und ich muss morgen früh raus.

Eng aneinandergeschmiegt stiegen Hugo und ich die Treppe hinauf. Ohne voneinander zu lassen streiften wir die Schuhe ab, streiften einander die Kleider ab, ohne auch nur einen Augenblick den anderen aus den Händen zu geben. Sich in des anderen Hand begeben. Haut an Haut schlüpften wir unter die Decke, nahmen einander in die Arme, einer des anderen Schutz und Schirm. Lagen da, von einer Angst gebannt, die wir beide nicht in Worte fassen konnten. Eine unklare Angst vor der ungeheuerlichen Offenheit des Lebens jenseits unseres verliebten Studentenlebens, so übersichtlich, klar, beinah beschaulich, auch wenn die revolutionäre Stimmung, die seit dem letzten Semester in der Luft lag, uns nicht ganz unberührt gelassen hatte. Nichts davon hier. Was konnte mir schon Böses geschehen, solange ich meine Nase in Hugos Kuhle zwischen Hals und Schlüsselbein stecken konnte.

Zum Durchatmen ging es am nächsten Tag mit Richard und Friedrich, gleich nach dessen Rückkehr aus der Klinik, in den Garten, den Apothekergarten, wie der Onkel ihn nannte. Richard hatte sich seiner gleich angenommen.

Die Beete entlang der buchsbaumgefassten Kieswege widmeten sich unterschiedlichen Körperteilen und deren Krankheiten. Niedrige Drahtgeflechte trennten die Bereiche voneinander, Emailletafeln wiesen auf die jeweiligen Gebresten hin. Innerhalb dieser Bezirke wuchsen in Rabatten verschiedener Größe die dazugehörigen Heilkräuter. Und wie die wuchsen! Noch ließ sich die Pracht nur erahnen, brachen sich erste Triebe Bahn durch den weichen dunklen Humus, doch ich wusste, wie sich Beifuß und Beinwell, ein Ysop, ein Akanthus, ein Besenginster, eine Liebstöckelstaude ausbreiten konnten. Rosensträucher und Jasmingehege, Nelkenbüsche und der Jelängerjelieber am Zaun würden im Sommer ihren Duft in die herbe Würze von Zitronenmelisse und Salbei, Boretsch und Minze, Eibisch, Wermut und Lavendel mischen, Thymian und Oregano, Basilikum und Rosmarin südliche Lust hinzufügen. Die Tafeln mit deutschen und lateinischen Namen wiesen auf Vorkommen, Herkunft und Anwendungsweise hin. Im Sommer, so der Onkel, kämen Schulklassen aus ganz Südtirol hierher, dürften auch Tee oder Limonaden aus Kräutern und Früchten kosten, und Richard, der die Führungen begleite, verstünde es wie kein Lehrer, die Schüler mit seinem Wissen über die frommen und mystischen Bräuche ferner Jahrhunderte zu fesseln, zeige ihnen auch die verborgenen Schätze, Schierling, Fingerhut und andere finstere Verwandte. Im Sommer dringe aus dem verschlossenen Teil des Gartens manchmal ein Geruch, der an Opfertische und blutige Bräuche erinnere.

Richard ließ den Onkel reden und lächelte. Später würde er uns von seinen Streifzügen zu den wilden Kräutern berichten und bedauern, dass es für einen gemeinsamen Ausflug noch zu früh im Jahr war. Von diesen Gängen erzählte er wie von Reisen zu Freunden, wusste, wann die Zeit für einen Besuch beim Wiesenschaumkraut am günstigsten war, wann das seltene Karlszepter sich bewundern ließ oder der Blutalant zu sprießen begann. Und der Quendel gedieh so herb wie nirgends sonst nahe der Alm, wo er im Frühjahr von zahllosen Hufen niedergetrampelt wurde. Deswegen, so Richard, könne er sich dort umso kräftiger entwickeln. Ganz so wie Menschen, die es in der Jugend schwer hatten, später erst recht das Beste aus ihrem Leben machen können.

Wir waren auf unserer Wanderung beim Buchstaben Y angekommen, hatten noch einmal Kalmus, Kamille, Eibisch und viele andere mehr angetroffen. Hier beim Ysop konnte Hugo glänzen. Als Aspergill, als Segenssprenger, habe die Pflanze im alten

Israel gedient. Mehrfach sei sie im Alten Testament erwähnt. Besonders zur Reinigung der Wohnung von Aussätzigen habe man sie benutzt.

Bevor der Freund mit Bibelstellen aufwarten konnte, zog ich ihn zu Z wie Zahn.

Hier winkte uns der Onkel zurück: Seht ihr, das Lungenkraut, sagte er und deutete unter einen Haselnussstrauch, es will sich einfach nicht ausbreiten. Ja, mit manchen Pflanzen ist es wie mit Menschen. Sie stehen am falschen Platz und können daher nicht recht gedeihen.

Gewiss, dachte ich, ist auch der Vater solch eine Pflanze, der das richtige Klima, das richtige Erdreich fehlte. Und ich dachte an die Mutter, an Tante Berta und Onkel Schäng, an Cousine Hanni und Maria und manch andere aus dem Dorf, was aus ihnen hätte werden können und wie viele Talente einfach verschleudert werden wie Samen in der Natur. Was heißt hier ›kleine Leute‹, dachte ich. Ein zu enges Netz äußerer Umstände verhindert, dass ihre Fähigkeiten sich entfalten können.

Hugo legte mir den Arm um die Schultern. Das hier wär was für deinen Vater, sagte er. Nächstes Mal fahren wir zu dritt. Und auf jeden Fall bringen wir ihm ein paar Ableger mit. Hillas Vater, wandte er sich an die beiden Männer, hat nämlich auch so einen grünen Daumen wie ihr.

Naja, wehrte ich verlegen ab, das kann man wirklich nicht vergleichen. Doch ich drückte Hugos Hand: Danke.

Während wir die Wege abschritten, wurde es wolkig, und ein Schatten fiel über die dunkler werdenden Rabatten, die plötzlich ein Sonnenstrahl durchbrach, genau auf die frühen Blätter einer Alraune.

Wenn das kein gutes Omen ist, freute sich Richard. Diese Alraune wuchs hier schon, bevor ich herkam. Ihr wisst, was von dieser Pflanze behauptet wird?

Nun trugen meine Dondorfer Wanderungen für mein Herbarium Früchte. Richard, Friedrich, aber auch Hugo staunten nicht schlecht, als ich ihnen aus dem Stegreif einen Vortrag über die Mandragora officinarum hielt, besonders über die zwielichtige Wurzel. Null Komma fünf Gramm davon führen zum Tode, schloss ich maliziös lächelnd, besonders beliebt war ein Stückchen in einem Glas Wein. Männer schrieben ihr allerdings eine verstärkende Wirkung zu. Sie soll aussehen wie ein Naja …

Ding an sich, ergänzte Hugo trocken.

Und Glück und Geld, schloss ich, Glück und Geld bringt sie obendrein. In Wien sagt man, wenn einer viel Glück hat, der hat ›a Olraunl im Sack‹. Und die Zukunft vorhersagen kann die Wurzel auch.

So wie ich, Hugo packte mit einer Hand den Onkel mit der anderen mich im Nacken: Jetzt geht es ab ins Haus und zum Abendbrot. Ich brauch jetzt was Reelles. Vor allem ein gutes Stück Schinken nach all dem Grünzeug.

Richard zog die Brauen hoch. Wie immer servierte er sein Spezialbier. Durstig tranken wir einander zu. Hugo zog die Brauen hoch. Es schmeckte scheußlich, verriet er mir später. Richard hatte sich in Hugos Krug für das ›Grünzeug‹ mit einer Extraportion Baldriansud und Tausendgüldenkraut gerächt.

Die nächsten Tage vergingen mit weiten Spaziergängen und ebenso ausgedehnter Lektüre, meist in umkehrter Reihenfolge. Was immer bis zu diesem Frühjahr 68 von und über Pound zu lesen war, fanden wir in Friedrichs Bibliothek.

In das Werk dieses Dichters mussten wir, muss der Leser, im wahrsten Sinn des Wortes eindringen, muss sich seinen Weg durch Unterholz und Gestrüpp von Fremdsprachen, Zitaten, Satzfetzen bahnen. Doch Richard und Friedrich hatten ihre Köder klug ausgelegt. Je weiter wir vorankamen, desto bohrender wurde die Frage: Was zählt bei der Würdigung eines großen Künstlers, eines Dichters? Darf allein das Werk Maßstab sein? Wiegt nicht auch die moralische Haltung im Leben?

Und noch eine Frage diskutierten wir immer wieder: Können allein ästhetische Maßstäbe an ein Werk angelegt werden? Sind nicht auch der Stoff und die Haltung des Autors dazu gleichrangig zu bewerten? Kann es ›gute, wahre, schöne‹ Faschistenliteratur geben?

Ist es möglich, dass jemand einen so niederträchtigen Antisemitismus verbreitet und dennoch schöne Verse schreibt? Dass jemand hanebüchenen Unsinn über Finanzprobleme, aber hellsichtige Aufsätze zu Sprache und Dichtung verfasst?

Ja, mussten wir eingestehen: Beides ist möglich. Doch wie konnte es zu diesem Unsinn, dieser Hetze kommen?

Pound war größenwahnsinnig, behauptete ich. Nicht weiter schlimm, wenn er es denn beim geduldigen Papier belassen hätte. Aber er wollte ja um jeden Preis seine Anschauungen in die Tat umsetzen. Pound, dem Prediger, verwischten sich Wort und Tat.

Ja, nahm Hugo den Faden auf, die Irrtümer des Staatsbürgers Pound stehen in direktem Zusammenhang mit denen des Dichters. Jedesmal wollte er das alte Wahre wieder herstellen. In der Dichtung hieß das, die Wörter wieder direkt an die Dinge koppeln, das Ding Wort als Wort Ding. Daher seine Liebe zu den chinesischen Schriftzeichen, die ja eine große Nähe zum Bezeichneten erkennen lassen. Und in der Realität: Tauschwert statt Geldwert. Hass auf das abstrakte Kreditwesen, den ›stinkenden Goldstandard‹.

Und um zu diesem alten Wahren, wie du es nennst, zurückzukommen, eiferte ich, schreckte er auch nicht vor Gewalt zurück. Im Gegenteil: Er war fasziniert von Gewalt. Findest du ja auch in den Gedichten. Das alte Wahre wieder herstellen? Aber wie? Mit extremen Mitteln. Allein schon dieses herrische Protzen mit angelesenen Weisheiten. Nichts als Bruchstücke, ein Müllberg der Kulturen und Menschheitsgeschichte. Alles kaputt machen, oder vornehmer ausgedrückt, alle Ordnungen aufgelöst, aber keine neue aufgebaut. Beliebigkeit als ästhetisches Prinzip, na danke. So kann man sich leicht aus der Affäre ziehen: Bitte sehr, ich überlasse das Ordnen, die Sinnstiftung dem Leser. Pound macht sich doch einfach davon: aus den zeitlichen und den sprachlichen Zusammenhängen und zuletzt sogar aus den menschlichen.

Kann man so sehen, Hugo zögerte, wenn auch ziemlich hart formuliert. In seinen *Cantos* findest du aber beides: taubes Wortgeröll und zugleich immer wieder schöne Formulierungen.

Schöne Formulierungen, äffte ich, musst du aber lange suchen. Diese Zwangsidee einer Universalpoesie war größenwahnsinnig und musste scheitern. Was kippt der nicht alles zusammen: Geschichte, Sprachen, Mythen, Wirtschaftstheorie, Soziales, Zitate aus Dichtungen, ach, was weiß ich.

Verdrossen kickte ich einen Stein aus dem Weg in die Weinberge. War es wirklich nur Pound, der mich so aufbrachte? Warum fiel mir immer wieder die Bande von der Silvesterparty ein? Alles, was ist, verdammen, aber selber nichts Eigenes zustande bringen.

Nicht einmal die Rast auf meiner Lieblingsbank, der Blick ins Tal über das erste Grün und die lodernden Forsythien konnten mich besänftigen. Im Gegenteil, der treuherzige zweckdienliche Schwung der Weinberge, die von Menschenhand wohlgeordnete Natur stachelten meinen Zorn über das Chaos, das Pound und seine Exegeten als ästhetisches Konzept verkauften, nur noch weiter an.

Dieser ganze Bildungswust, dieses unverdaute ökonomische Gefasel … Weißt du, ich hab ihn im Verdacht, er schreibt mit Absicht so, dass es keiner versteht, verstehen *soll*, damit erst mal die Literaturkritik ran muss und die Wissenschaft. Je undurchschaubarer der Text, desto größer die Herausforderung. Dann fühlen die sich richtig ernst genommen. Joyce hat ja selbst gesagt, er habe den *Ulysses* deshalb so geschrieben. Hast du den noch im Kopf?

Hugo lachte. Dieser Spruch von Joyce hat's wirklich in sich: ›I've put in so many enigmas and puzzles that it will keep the professors busy for centuries arguing over what I meant, and this is the only way of insuring one's immortality.‹

Langsam, noch mal auf Deutsch, unterbrach ich. Ganz schön raffiniert von Joyce, reichlich Rätsel und Gedankensplitter einzubauen, um so die Diskussion von Professoren darüber, was er damit gemeint haben könnte, noch Jahrhunderte in Gang zu halten. Aber ob das wirklich der einzig richtige Weg zur Unsterblichkeit ist, wie er meint?

Die Rechnung scheint doch aufzugehen, Hugo zuckte die Achseln.

Also, seufzte ich, sollte man sich Joyce zu Herzen nehmen. Wenn ich jemals Gedichte oder Romane schreiben …

… dann bitte so, fiel Hugo mir ins Wort, dass auch deine Mutter die verstehen kann, Bertram sowieso.

Dann kann ich mir aber die gediegene Kritik und erst recht den germanistischen Segen abschminken, maulte ich theatralisch.

Wieso? Du kannst es doch mit Lessing halten: Wer wird nicht seinen Klopstock loben, doch wird ihn jeder lesen? Nein. Wir wollen weniger gelobet und mehr gelesen sein. Oder so ähnlich.

Mann, das glaubst du doch selbst nicht, dass ein Buch besser wird, je mehr Leute es lesen. Denk an Goethes Schwager, der hat mit seiner Räuberpistole *Rinaldo Rinaldini* mehr verkauft als Goethe in seinem ganzen Leben. Und heute … Böll, Grass, Simmel, Lenz. Wissen wir ja seit ein paar Jahren, wenn wir die Bestsellerliste im *Spiegel* sehen.

Aber das sind doch keine Groschenhefte, protestierte Hugo, die werden auch noch in hundert Jahren gelesen. So wie du.

Und du erst!

Abwarten, grinste Hugo: Wenn wir das Werk vor den Taten loben, ist das schlecht und nicht gut.

Und morgen hätt ich gern ein Meraner *Canto* im Schuh!

Hugo zog mich von der Bank hoch. Du hast dich ja noch gar nicht über Pound und die Frauen beschwert, frotzelte er. Heirat mit wohlbetuchter Tochter aus gutem Hause, kurz darauf eine Geliebte, Kinder, fast gleichzeitig von beiden, zeitweilig mit beiden unter einem Dach …

Dacht ich mir, dass das noch kommen musste, lachte ich, da bin ich aus dem Brecht-Seminar aber schon ziemlich abgehärtet. Ich sage nur: Dänemark. Mit der Weigel im Haus und draußen im Garten die Geliebte, Margarete Steffin, im Zelt. Dass du mir ja nicht anfängst zu dichten. Jedenfalls nicht mit Damen.

Die Warnung wirkte. Das Gedicht im Schuh war jugendfrei.

Hell und weithin leuchtend stehen die Pflanzen
an den Wegen nach Dorf Tirol und darüber hinaus
Vom gelben Huflattich dem Krokus dem Hamamelisstrauch
von den Forsythien bis zu den wilden Narzissen
dem Seidelbast:
Was hier wächst glänzt glücklich und blüht ins glückliche Alter
Leichthin wiegen und singen die Kinder des Lichts vom Licht
recken sich bis in die letzten Zellen Zeilen der Sonne entgegen.
und gehören in ein Herbariumsschuhgedicht.

Was immer wir in den nächsten Tagen unternahmen: Pound war dabei. Je mehr ich von ihm las, desto unentschiedener schwankte ich zwischen Mitleid und Wut. Als hätte ich es mit einem lebendigen Menschen zu tun.

Hugo war mit Richard im Apothekergarten, als ich den Onkel beinah feierlich um ein Gespräch bat. Ich hatte mich vorbereitet, fast wie auf ein Referat.

Richtig festgebissen hab ich mich in diesen Kerl, brach es aus mir heraus, und Friedrich wusste gleich, um wen es ging.

Und in sein Zeugs, das ich nicht mal gern hab. Angeber, Großmaul, Blender.

Und dann wieder: der arme Kerl. Nicht nur wegen des Käfigs und der Irrenanstalt. Immer wieder frage ich mich: Was war sein entscheidender Irrtum? Dass er eben *nicht*, wie er es wollte und behauptete, zum Ursprung zurückgekehrt ist. Das Forschungsfeld des Dichters ist das menschliche Herz, sein eigenes Herz. Hierfür muss er Worte finden, alte Worte neu erfinden, neue Bilder und Metaphern, anstatt sich vorfabrizierter Zeilen zu bedienen. Er tat doch in seiner Dichtung oft genau das, was er den Finanzleuten vorwarf: mit dem, was andere geschaffen hatten, wuchern. Mit wenig eigener Anstrengung viel erreichen, viel

Eindruck machen. Das persönliche Ich hat er ausgeschlossen und sich nicht der Anstrengung unterworfen, aus dem persönlichen Ich in der ästhetischen Transformation ein überpersönliches Ich zu machen. Ein lyrisches Ich, in dem auch der Leser aufgehen kann. Ich finde, er hat sich der Mühe, ja, der Pflicht des Dichters, aus Erfahrungen Erfindungen zu machen, entzogen. Neues machen, war seine Parole. Aber man macht nicht Neues, indem man das Alte nur als Steinbruch nutzt. Das Ergebnis: ein Raub-Stück-Werk.

Kredit ist da, um Neues zu schaffen. Pound nahm sozusagen Kredit bei der Tradition auf, aber er schaffte nichts Neues damit, wandelte das Gefundene nicht um für seine Zeit, für seine Dichtung. Dies ist keine schöpferische Aneignung, sondern bloßes Nutzen. Könnte man sogar Ausbeutung nennen.

›Gelehrsamkeit ist eine Magd der Kunst‹, sagt Pound. Doch er selbst machte sie zur Herrin.

Der Onkel – er hatte mir ohne ein Zeichen von Ungeduld zugehört – hob die Hand.

Darf ich auch mal?, lächelte er. Du hast ja recht. Pound trauerte den uralten Zeiten nach, in denen der Dichter noch der ›vates‹, der Künder und Seher der Wahrheit, war. Dafür sind jetzt Naturwissenschaftler zuständig, Physiker, Chemiker, Biologen. Die Entwicklung setzt schon mit Descartes ein, der die Mathematik anstelle der Sprache setzen wollte. Und ungefähr zu diesem Zeitpunkt begann dann der Siegeszug der Prosa gegenüber der Dichtung. Weißt du ja alles. Und du weißt auch, dass aus diesem Verlust ihrer Wichtigkeit all die formalistischen Theorien und Schulen erwuchsen, die heute modern sind. Weil die Dichter uns so wenig zu sagen haben oder sich nicht trauen, uns etwas zu sagen, wird die Sprache beschuldigt, mangelhaft zu sein. Das ärgert mich immer wieder. Sprache als sogenanntes Wortmaterial. Pound aber wollte zurück zum Dichter als ›vates‹, als Seher und Künder. Die Frage ist nur: Was soll gedeutet und verkündet werden? Der Onkel nickte mir auffordernd zu.

Sagte ich doch, erwiderte ich. Er soll seine Erfahrungen zur Sprache bringen; zu sprachlichen Erfindungen machen.

Darauf der Onkel: Nur die eigenen? Was Pound wollte, war die menschliche Welterfahrung in all ihrer Komplexität. Und seine persönlichen Erfahrungen sind, du hast es ja selbst gesagt, *auch* alles, was er *gelesen* hat. Und das war eine ganze Menge.

Ja, sagte ich ungeduldig, unverdaute Bruchstücke. Neu ist allein der Vorgang des hemmungslosen Zusammenwerfens. Eigentlich hätte er die *Cantos* nicht auf Buchseiten drucken lassen, sondern zeilen- oder wortweise auf Bausteinen anordnen sollen, dreidimensional, zum Darumherumgehen, Darumherumlesen.

Der Onkel nickte und stand auf. Ich muss mich wohl geschlagen geben, Fräulein Professor Dr. Hildegard Palm in spe. Ich seh dich schon hinterm Katheder. Zu deiner Antrittsvorlesung krieg ich aber eine Einladung. Und diese Verbindung, die du hergestellt hast zwischen Pounds dichterischem Umgang mit der Tradition und seinen Ansichten zum Kreditwesen: Das war selbst mir als Kenner der Sekundärliteratur neu. Trotzdem: Lies die letzten *Cantos* noch einmal. Auch die Fragmente, die vor allem.

Beinah schüchtern legte mir der Onkel seine Hand auf die Schulter und zitierte:

I have tried to write Paradise
Do not move
        Let the wind speak
                that is Paradise.

Let the Gods forgive what I
            have made
Let those I love try to forgive
            what I have made.

Das sind seine letzten überlieferten Verse. Ihr seid ja noch ein paar Tage hier, hoffe ich. Und jetzt schauen wir mal, was die beiden da draußen treiben.

Hab versucht, das Paradies zu erschreiben
Nicht bewegen
        Lass den Wind sprechen
                das ist Paradies.

Lass die Götter vergeben was ich
                gemacht habe
Lass die die ich liebe versuchen zu vergeben
                was ich gemacht habe.

Das Gefühl, das mich nun wieder überkam, war mir schon allzu bekannt. Je länger ich mich mit Pound beschäftigte, desto heftiger spürte ich dieses Gefühl meiner Unzulänglichkeit und glaubte, ihm Unrecht zu tun. Stellte ich das politisch-menschliche Versagen über seine Dichtung oder seine Dichtung über das menschliche Versagen: Schuldig fühlte ich mich jedesmal.

Meine Trauer, meine Wut über sein Versagen, waren auch die Trauer und die Wut, dass ich, seine Leserin, all seine Irrtümer und Irrwege, sein Versagen selber nach-vollziehen musste. Meine Lektüre seiner Zitathalden führte nicht zur Ablehnung oder gar zu diesem selbstgerechten Triumph, wie ihn Kritiker bei der Aufdeckung von Fehlern in einer ästhetischen Konzeption oft durchscheinen lassen. Im Gegenteil. Es war eine vage Trauer über seine Unzulänglichkeit im Leben und in der Dichtung, die mich immer erneut in die Lektüre trieb. Als hätte ein nahestehender Mensch etwas getan, das wir nicht wahrhaben wollen, weil es so gar nicht in unser Bild von ihm passt. Konnte ich dem Dichter verzeihen, was der politische Autor verbrochen hatte? Pound hatte meine Erwartungen enttäuscht. Erwartungen, die Richard mit seinem Vortrag geweckt hatte. Wie Liebe auf den ersten Blick, aufs erste Hören, war das gewesen. Enttäuschte Liebe war es also, vielleicht sogar ein Gefühl, betrogen worden zu sein. Er hätte es ja anders, besser gekonnt, wenn … Ja, wenn was? Er zu seinen Prinzipien gestanden hätte. Die hatte der Onkel zu seiner, Pounds, Verteidigung an einem unserer

Pound-Abende zitiert, und ich hatte sie notiert: ›Objektivität und nochmals Objektivität, kein Hinterteil-nach-vorne, keine gegrätschten Adjektive (wie wirre Moose feucht), keine ›poesievolle‹ Sprache. Nichts – NICHTS, was man nicht unter dem Ansturm der Gefühle tatsächlich sagen könnte. Jedes Literatentum, jedes Buchwort vertut ein Stück von der Geduld des Lesers, ein Stück vom Glauben an deine Ehrlichkeit.‹

Ach, Pound. Wenn's so einfach wäre, das Leben und das Schreiben. Ach, Ezra.

Hugo und Richard hatten den Garten bereits verlassen und waren durch die Weinberge höher gestiegen. Ohne die beiden Figuren aus dem Blick zu verlieren, folgten wir ihnen, spätestens an der Hütte würden wir sie treffen.

Hinter den Weinbergen führte der Pfad durch ein Gehölz von Tannen und Latschenkiefern, das sich in Farn und Heidelbeeren verlor. Vor uns dehnte sich wildes Weideland, zwischen mächtigen Felsblöcken dicht gedrängt die grauen Rücken der Schafe, die das feine Gras fraßen. Hier und da stach kurzer Wachholder in die milde, würzige Luft.

Plötzlich blieb der Onkel stehen und nickte, als träfe er auf einen alten Bekannten. Der Gruß galt einer Erle, die aus einer Felsspalte wuchs.

Sieh dir das an, Hilla, sagte er. Ich habe sie seit Jahren im Auge. Manchmal findet man Bäume, die direkt aus dem Stein zu wachsen scheinen. Keine Schaufel Erde zu sehen. Und doch ernährt so ein Baum seinen grünen Wipfel auch im trockenen Sommer. Hier, der Onkel führte mich dicht an den Felsbrocken, legte sich platt auf den Boden und presste sein Ohr auf die Erde. Rutschte ein Stückchen weiter, blieb ein paar Sekunden liegen, stand auf und klopfte sich zufrieden lächelnd die Hosen glatt.

Und jetzt du. Genau hinhören!

Das tat ich und wusste sofort, was der Onkel mir zeigen wollte. Mein Ohr auf der Erde, hörte ich es rieseln, murmeln, eine Quelle.

Ja, sagte der Onkel und zog mich hoch. Solche Bäume haben ihre eigene Quelle – und wir Menschen brauchen die auch.

Bald hatten Richard und Hugo uns entdeckt. Sie gingen uns entgegen, und wir machten uns gemeinsam auf den Heimweg. Kein Wort mehr über Pound. Obwohl auch Hugo und Richard nur über ihn gesprochen hatten. Gerade dessen Zerrissenheit, diese Kapitulation vor jedem Bemühen, ›Sinn zu stiften‹, habe Richard damals fasziniert, erzählte mir Hugo später, heute jedoch sei dies nicht mehr so, und Richard wisse nicht, ob er diese Distanzierung bedaure oder begrüße.

Jetzt, auf unserem Heimweg, davon nichts. Wir plauderten, tauschten Nichtigkeiten aus, einfach froh, des anderen Stimme zu hören. Friedrich schob seinen Arm unter meinen, und wir redeten von Forsythien und von Benn – ›Blüht nicht zu früh/ach, blüht erst, wenn ich komme‹, zitierte der Onkel, ganz ohne Dichtung ging es doch nicht –, und ich tauschte einen Blick mit Hugo: Nein, jetzt nichts von Benns fürchterlicher ›Züchtung‹. Lieber lobten wir den vorzüglichen Käse vom Bauern Atterer und den Wein von Malls Sepp, redeten von Vollmond und Mondkalb, von Stockfisch und Stockschnupfen, Hölzchen und Stöckchen und von den Schafen in den Wiesen, die aussahen wie herabgestürzte Lämmerwölkchen.

Aus dieser schwerelosen Zusammengehörigkeit erwuchs eine festliche Stimmung, die am Abend, sicher auch um Pound-Debatten zu vermeiden, in einer vorösterlichen Überraschung gipfelte. Richard und Friedrich gaben ein Konzert. Sie sangen. Richard von Friedrich am Flügel begleitet. Sie sangen *Am Brunnen vor dem Tore* und die *Loreley*, sangen *Ging heut morgen über's Feld* und *Des Baches Wiegenlied*, mehr Lieder folgten, vor allem Schubert und Mahler. Zwei sichere Baritonstimmen, die des Onkels vielleicht ein bisschen dünn und zerbrechlich; er konzentrierte sich auf die Tasten. Aus Richards Mund klangen die alten Lieder wie neu, und wenn der Freund die hohen Töne sparte, schien er ihm seine kräftige, unbehinderte Stimme zu leihen, Noten und Melodie für beide weiterzutragen. Umgekehrt musste der Onkel nur zwei, drei Töne anschlagen, und Richard wusste, was gemeint war, griff die Melodie auf und folgte dem Takt, den der Onkel vorgab. Eine friedliche Harmonie lag in diesen Stimmen, die sich einander annäherten und wieder entfernten, sich stützten und verbanden, einander steigerten und miteinander ineinander verebbten.

Nach dem letzten Lied zogen sich beide beinah verlegen zurück, als hätten sie mit dieser Demonstration ihrer Gemeinsamkeit zu viel offenbart.

Hugo nahm mich bei der Hand, und wir gingen nach draußen unter einen Sternenhimmel, wie ich ihn noch nie gesehen hatte.

Hörst du?, sagte Hugo und legte den Finger auf die Lippen: Die Sterne spielen einander etwas vor. Ewige Melodien. Sagt Pythagoras.

Ich war froh, mit Hugo allein zu sein, obwohl ich in Gesellschaft der beiden Männer auf eine mühelose Art ich selbst sein konnte wie sonst nur in Hugos Gegenwart. Auch sie verstanden es, mich für mich selbst zu begeistern. Ich hatte es nötig. Immer noch.

Der schlimmste weibliche Fehler ist der Mangel an Größenwahn, würde ich wenige Jahre später bei Irmtraud Morgner lesen. – ? –

Gern möchte ich, die Verfasserin, in dieser Idylle aus Natur und Gelehrsamkeit verweilen, möchte die Gesellschaft von Hilla und Hugo, Richard und Friedrich fernab jeder Behelligung durch die Wirklichkeit jenseits der Alpen genießen, doch Ostern 1968 steht vor der Tür, und man wird sich erinnern, die meisten wahrscheinlich an Tagesschau und Zeitungsberichte. Auch Hilla und Hugo saßen fassungslos vor den Bildern aus Frankfurt, München, Köln, Berlin und Hamburg, die das Fernsehen am Ostersamstag zeigte.

Es war zwei Tage zuvor passiert. Ein vierundzwanzigjähriger Anstreicher kam um 9.10 Uhr in Berlin am Bahnhof Zoo mit dem Interzonenzug aus München an. Beim Einwohnermeldeamt erkundigte er sich nach einer Adresse: Kurfürstendamm 140. SDS-Zentrum. Dort packte der Gesuchte Bücher ein. Der Fremde klingelte. Ein Student öffnete. Der Gesuchte sei da, beschied der Student dem Fremden. Der machte wortlos kehrt. Minuten später schloss der Gesuchte, gegen halb fünf, im Hausflur sein Fahrrad auf. Draußen warte jemand, rief ihm ein Kommilitone zu. Der Gesuchte hatte es eilig, wollte in der Apotheke noch Medizin für seinen kleinen Sohn besorgen. Hängte seine braune Aktentasche an den Fahrradlenker und schob sein Rad auf die Straße. Auch der Fremde hatte eine Tasche bei sich. Eine braune Kollegmappe mit Pistole, Munition und einem Aufruf aus der *Deutschen National-Zeitung* vom 22. März 1968: ›Stoppt Dutschke jetzt! Sonst gibt es Bürgerkrieg. Die Forderung des Tages heißt: Stoppt die linksradikale Revolution jetzt! Deutschland wird sonst das Mekka der Unzufriedenen aus aller Welt.‹ Darunter fünf Fotos von Rudi Dutschke, aufgereiht wie zur Fahndung.

Eine zweite Pistole trug der Fremde im Schulterhalfter.

Sind Sie Rudi Dutschke?

Ja.

Der Mann sprang ihn an, Dutschke versuchte, ihn abzuschütteln, das Fahrrad geriet ihm zwischen die Beine, er verlor den Halt.

Der erste Schuss traf ihn in die rechte Wange, zwei weitere Schüsse in Kopf und Brust. Er raffte sich hoch, wankte in Richtung SDS-Zentrale, Männer fassten ihn unter die Arme, stützten ihn. Dutschke brach zusammen. Die Männer setzten ihn auf eine Bank vor dem Haus.

Innerhalb von Sekunden ist die Bank von einer Menschentraube umringt. Vater! Mutter!, ruft der Verwundete, Soldaten, stöhnt er und Mörder und immer wieder Vater! und Mutter! Ein Gaffer unter zustimmendem Gemurmel: Sieh mal an, wenn's ans Sterben geht, ruft sogar der nach Vater und Mutter. Und ein zweiter: Man braucht ja nicht gleich zu schießen, aber dass der mal einen Denkzettel kriegt, ist ganz gut. Zehn Minuten später ist die Funkstreife am Tatort. Dann ein Unfallwagen der Feuerwehr. Die Männer schnallen das Opfer auf eine Bahre, Dutschke röchelt: Schneller, schneller. Er wird in das nächste Krankenhaus gebracht; von dort wegen der schweren Verletzungen in die Uniklinik.

In der ersten OP wurde ein Projektil entfernt, das den Schädel an der linken Seite oberhalb der Schläfe durchschlagen hatte. Zu dem befürchteten Hirnödem kam es nicht. Dauernde Schäden würden ausbleiben, hofften die Ärzte. Die OP dauerte über fünfeinhalb Stunden. Es folgte die Entfernung des Projektils aus der rechten Wange, das bis zur Ohrspeicheldrüse vorgedrungen war. Diese OP dauerte neunzig Minuten. In einer dritten OP wurde die Kugel eines Steckschusses aus der rechten Brustwand gelöst.

Abends meldete der Sender Freies Berlin Rudi Dutschkes Tod.

Am Karfreitagvormittag erwachte der Totgesagte aus der Narkose: Guten Morgen, Schwester. Und zu Gretchen, seiner Frau: Die Hunde. Und: Und der Junge?

Aus der Hirnverletzung haben sich keine groben Lähmungen ergeben, und es gibt Kontaktmöglichkeit mit Dutschke, so der Oberarzt.

Bild am Sonntag titelte: ›Dutschke flucht wieder.‹

Wir sahen die Bilder. Bilder, die wir nie vergessen würden: das rostrote Damenfahrrad, Lenker, Sattel, Gepäckträger, Vorder- und Hinterrad zur Hälfte auf dem Bürgersteig, der andere Teil über der Straße in der Luft. Ein Stück weiter ein Paar brauner Halbschuhe, fest verschnürt, wie zum Schritt gespreizt, Dutschkes Schuhe. Riss er sie von sich im Sturz? Platzten sie ab vom zerkrampften Fuß? Weder Polizei noch Mediziner, lasen wir später, konnten sich dies erklären. Schon bücken sich Feuerwehrmänner über die Bahre, den ohnmächtigen Mann, blutgetränkt seine Lederjacke, blutig das helle Hemd, das er trägt an diesem strahlenden Sonnentag, Gründonnerstag, blutverschmiert Gesicht und Hände, mit den Händen wird er nach den Einschüssen gegriffen haben, zu greifen versucht haben, was nicht zu begreifen ist. Dann wird er festgeschnallt, Blut, noch mehr Blut, blutig jetzt auch die Hände der Helfer.

Und vor unseren Augen wieder das Bild aus dem Jahr zuvor: Benno Ohnesorg, die toten Augen weit in die Nacht des 2. Juni geöffnet.

Und wir sahen Dutschke im Sartory-Saal. Seine Antwort auf die Frage, ob Gewalt nur gegen Sachen angewandt werden dürfe: ›Wir müssen der Gewalt auch Gewalt entgegensetzen.‹ Aber auch: ›Das Maß der Gewalt bestimmt die andere Seite‹. Und: ›Auf unserer Seite jedenfalls beginnt die Gewalt nicht.‹

Alles war wieder da: Unsere nächtelangen Diskussionen, der Silvesterabend in Lilos Wohnung, das Teach-in mit den Ford-Arbeitern. Ein Arbeiter hatte auf Rudi Dutschke geschossen. Vorher hatten wir immer nur als Dutschke von ihm gesprochen. Jetzt war er nur noch Rudi. Unser Rudi. Wie unser Benno.

Aber diesmal war da kein Scheuch, der zur Besinnung rief. Diesmal war da ein Genosse des Opfers, Bernd Rabehl, der noch am selben Abend in der TU in Berlin die entscheidende Rede hielt. Diesmal siegte über die Trauer die Wut. Das Springer-Haus, so Rabehl, ist schon mit Stacheldraht umgeben. Springer erwartet unseren Angriff. Andere Bilder deckten die des Opfers beinah zu. ›Springer-Mörder!‹ – ›*Bild* hat mitgeschossen‹. Mit roten Fahnen und Fackeln marschieren die Studenten untergehakt zum Springer-Haus. Parole: Keine Springer-Zeitung darf die Druckerei verlassen. Wasserwerfer fahren an. Ein Wasserwerfer wird erobert und gegen die Polizei gerichtet. Auslieferungswagen gehen in Flammen auf. Lodernde Transporter prägen das Bildgedächtnis dieser Nacht von Gründonnerstag auf Karfreitag.

Was man nicht sah: Die zündfertigen Molotowcocktails stammten aus einem großen harmlos aussehenden Weidenkorb, den ein Agent des Verfassungsschutzes mit sich trug. Heiße Ware, die nur allzu bereitwillige Abnehmer fand.

In mehr als zwanzig Städten kam es in den nächsten Tagen zu Protestaktionen gegen Springer und *Bild*, Straßenschlachten, die über vierhundert Verletzte forderten. Und zwei Tote.

Einzig in Köln war der Verleger Alfred Neven DuMont zum Gespräch bereit und gestattete den Protest auf dem Firmengelände des *Kölner Stadt-Anzeigers*, von wo auch die *Bild*-Zeitung ausgefahren werden sollte. Dies wird verhindert. Alle anderen Zeitungen werden geliefert. Springers Strafe folgte auf dem Fuß: Der Druckauftrag wurde gekündigt; den übernahm ausgerechnet das SPD-eigene Druckhaus Deutz.

Ähnlich wie Scheuch ein Jahr zuvor sprach Neven DuMont in Köln mit der Stimme der Vernunft: ›Die Argumente der gewählten Vertreter von zwanzigtausend Studenten lassen sich nicht einfach unter den Teppich wischen. … Wenn man am eigenen Leibe, wie der Schreiber dieser Zeilen, … zum Angriffspunkt der *Bild*-Zeitung wird, kann einem leicht Angst und Bange werden: Wie hier in der Berichterstattung an Hand eines kurzen telefonischen Interviews Sätze frei erfunden werden, um endlich zur gewünschten abenteuerlichen Kommentierung zu kommen, das steht im bundesdeutschen Blätterwald – mit Dankbarkeit sei es gesagt – einsam da. … Wer heute nach ›Ruhe‹ ruft, hat die Pflicht, mit allen demokratischen Mitteln die Ruhe zu suchen. Aber das wird nur erfolgreich sein, wenn man den Übeln auf den Grund zu gehen bereit ist. … Stellen wir die Studenten auf die Probe, ob sie eine echte Demokratie mit uns zu führen bereit sind. Die Mehrheit wird bereit sein. …‹

War sie. Jedenfalls in Köln. Sogar etwas mehr als sechshundert Mark hatten Kölner Anti-Springer-Demonstranten für die *Bild*-Verkäufer vor Ort gesammelt, um deren Verdienstausfall auszugleichen.

›Berlin brennt! Köln pennt!‹, wurde dieses besonnene Verhalten von radikalen Aktivisten bundesweit kommentiert.

Am Dienstag nach Ostern fuhren wir hinunter nach Meran, zündeten für Rudi Dutschke in der Nikolauskirche eine Kerze an und kauften an deutschen Zeitungen, was wir kriegen konnten. Die Bilder jetzt nicht mehr flüchtiges Vorbeiflimmern im Fernsehen. Die Schuhe. Das Fahrrad. Der blutende Kopf. Die brennenden Autos. Wasserwerfer, fliehende Menschen. Verzerrte Gesichter. Pferdeköpfe über Niedergetrampelten. Und die *Bild*-Zeitung am Tag des Attentats: ›Rudi Dutschke – Staatsfeind Nr. 1.‹

Wir lasen und lasen. In den Lauben saßen wir bei einem Verlängerten und wagten doch kaum, die Wärme zu genießen, fühlten uns seltsam unwohl, als hätten wir uns vor einer Gefahr gedrückt, die andere mutig bestanden hatten. Aus dieser komfortablen Distanz entrückten sich uns die Ereignisse in Deutschland beinah ins Literarische, Romanhafte.

Abends stürzten sich Richard und Friedrich auf die Zeitungen. Besonders Richard bewegten nicht nur die Studentenunruhen, die APO, wie er sagte, sei eine sehr viel breitere Gruppe. Von Dutschkes Fernsehgespräch mit Günter Gaus hatte er sich sogar Notizen gemacht.

Hatte Dutschke nun zu Gewalt aufgerufen oder nicht? Immer wieder kamen wir auf diese Frage zurück.

Nicht direkt, meinte Richard. Aber … Richard richtete seinen Blick in eine Ferne, irgendwo zwischen Kamin und Bücherwand, und wir wussten: Nun holte er zu einem seiner Vorträge aus: Ich halte das bestehende parlamentarische System für unbrauchbar, das hat Dutschke gesagt. Und sonst? Zumindest mehrdeutig klang das: Wäre ich in Lateinamerika, ich würde mit der Waffe in der Hand kämpfen. Ich bin nicht in Lateinamerika, ich bin in der Bundesrepublik. Wir kämpfen dafür, dass es nie dazu kommt, dass Waffen in die Hand genommen werden müssen. Aber das liegt nicht bei uns. Wenn aber bundesrepublikanische Truppen in Vietnam oder in Bolivien kämpfen, führt das dazu, dass wir dann im eigenen Land auch kämpfen werden. Ungefähr so hat Dutschke es formuliert.

Und wie wenig er selbst von der Freiheit der Andersdenkenden hielt, wie sie sein Vorbild Rosa Luxemburg fordert, konnte man in Bad Boll hören. Die Diskussion mit Bloch, Flechtheim und Maihofer war ja zum großen Teil im *Spiegel* abgedruckt. Die Freiheit des Andersdenkenden, sagt Dutschke da klipp und klar, meint die Freiheit der verschiedenen Fraktionen des sozialistischen Lagers, die endlich ernst machen mit der Entfaltung der Demokratie. Wer nicht zum sozialistischen Lager gehöre, könne sich folglich auch nicht auf Meinungsfreiheit berufen. Repräsentative Demokratie und Parlamentarismus waren für Dutschke nur Ausdruck repressiver Toleranz. Ihr kennt den Ausdruck, Herbert Marcuse, noch ein Leitstern Dutschkes. Die Demokratie, wie wir sie kennen, verstand Dutschke nur als ein Instrument, um die Ausbeutung der Arbeiter zu verschleiern und die Privilegien der Besitzenden zu schützen. Das System sei nicht reformierbar. Da braucht es den Umsturz. Tolerant?

Richard machte eine Pause, zog seinen Blick von den Buchrücken zurück zu uns.

Aber wie versteht ihr ihn denn? Ihr habt ihn doch in Köln erlebt? Und gehört?

Unschlüssig sah ich Hugo an. Der verschaffte sich mit einem lang gezogenen Jaaa erst einmal einen Denkanlauf.

Was soll ich sagen? Hugo zuckte die Achseln. Ein Träumer. Einer, dem die Ebenen durcheinandergeraten sind. Weißt du noch, Hilla, wie wir nach der Veranstaltung meinten, der Dutschke sollte eigentlich unter die Dichter gehen? Und wenn ich jetzt an unsere Gespräche der vergangenen Tage denke, also vor dem Attentat, da fällt mir jetzt auf, wie viel Pound und Dutschke doch gemeinsam haben. Diese Sehnsucht, etwas Gutes zu wollen, nicht für sich, nein, wirklich selbstlos, nur für die Gesellschaft. Und wie sie sich dabei so ins vernunftlose Träumen verlieren. Undemokratisch sowieso.

Hugo sah, wie ich zum Protest ansetzen wollte, und legte mir den Finger auf die Lippen.

Ich weiß, ich weiß. Rechts und links soll man niemals, auch in ihren Extremen nicht, über einen Leisten schlagen. Tu ich auch nicht. Aber ihre Ziele dürfen wir doch vergleichen und besonders die Wege, auf denen sie diese Ziele erreichen wollen. Beide wollten nichts für sich, sondern für ›die Gesellschaft‹. Wie alle Politik. Beide dachten uneigennützig. Klar. Ihre Empörung über das, was sie verändern wollten, war echt. Beide hatten ihre Ideale. Fanatisch. Ausgerichtet auf das Absolute. Und so sahen auch ihre Reden aus. Emotional verkürzte Fakten und ein Zauber ferner Zukunft. Dazu holzschnittartige Feindbilder. Und wie da mit Worten und Bildern jongliert wird. Sprüche wie: ›Brecht dem Schütz die Gräten‹ oder ›Haut dem Springer auf die Finger‹. Da begreife ich, was das heißt: Schreibtischtäter.

Du hast Recht!, fiel ihm Richard ins Wort. Und deswegen bleiben die Fronten auch so verhärtet. Weil man keine gemeinsame Sprache findet. Was für das sogenannte Establishment die Aufrechterhaltung des Rechtstaats ist, nennt die Gegenseite Faschismus. Und was für Dutschke und seine Anhänger die Befreiung des Menschen durch Bewusstwerdung ist, wird vom Establishment als Kommunismus und Revolution verteufelt. Intolerant und selbstgerecht sind beide Seiten. Die einen wollen am Gestern festhalten; die anderen das Morgen herbeizwingen. Und in der Gegenwart führt das dann zur Gewalt. Beide, Pound und Dutschke, glaubten, den Schlüssel zur Rettung der Menschheit gefunden zu haben. Dutschke in seiner Vorstellung einer permanenten Revolution. Pound in einem Gemisch aus Konfuzius und verquasten Finanztheorien. Wobei gerade er bei seinem ganzen Bildungsballast und seiner obsessiven Forderung Zurück-zu-den-Quellen doch hätte sehen müssen, dass die Juden eine der ältesten Kulturen der Welt beherbergen und das Alte Testament allein daher nicht weniger wichtig sein kann als der Konfuzianismus. Aber das nur am Rande.

Und um jeden Preis wollten sie nun beide, Dutschke wie Pound, ihre Anschauungen in die Tat umsetzen. Auch um den Preis demokratischer Freiheit. Man kann aber die Wirklichkeit nicht mal eben nach Wunsch zurechtrücken. Und bei Pound versagten Logik und Grammatik am Ende sogar auf dem Papier. Und bei Dutschke, dem Redner, war es häufig so wie bei Pound, dem Dichter: Weniger *was* als *wie* er sprach, machte seine Vorträge attraktiv. Oft verhedderte er sich ja in seinen heiseren Schachtelsätzen derart, dass nicht viel mehr blieb als dieser charismatische Sound. Denn das hatten beide: Charisma. Und wie!

Richard stockte. Er sah traurig aus: Was wohl jetzt aus der APO wird? Dutschke ist kaum zu ersetzen. Schluss mit der Gewalt? In jeder Form? Auch mit dieser unsinnigen Unterscheidung: Gewalt gegen Sachen: ja; gegen Menschen: nein. Brandbomben wie in diesem Frankfurter Kaufhaus sind kein revolutionärer Akt, sondern kriminell.

Niemand widersprach. Der Onkel legte Richard sekundenlang die Hand auf den Rücken, eine brüderliche, beruhigende Geste, die der mit einem Kopfnicken beantwortete. Die Diskussion schien zu Ende. Doch dann streifte der Blick des Onkels eine der Zeitschriften auf dem Tisch beim Kamin.

Nur noch eines, sagte er mit einem Seufzer, beinah widerwillig. Ich muss doch noch einmal auf die Dichter zurückkommen. Ihr erlebt den Wahnsinn ja nun selbst. Heute, nicht gestern. Ich meine nicht nur, was jetzt auf den Straßen passiert. Sondern in den Köpfen. Schaut euch eure Dichter von heutzutage doch einmal an. Allen voran dieser Hans Magnus. Einen ›neuen Faschismus‹ sieht er als ›keine Drohung, er ist längst Wirklichkeit‹. Und was hilft dagegen? Auch das weiß er: ›Tatsächlich sind wir heute nicht mit dem Kommunismus konfrontiert, sondern der Revolution. Das politische System in der Bundesrepublik lässt sich nicht mehr reparieren. Wir können ihm zustimmen oder müssen es durch ein neues System ersetzen. Tertium non dabitur (Eine dritte Möglichkeit wird es nicht geben)‹, schreibt er in der Londoner *Times*. Die außerparlamentarische Opposition werde zu Tode gehetzt. Was tun? ›Die Lehre ist klar: … Protest ist nicht genug. Unser Ziel muss sein: Schaffen wir endlich, auch in Deutschland, französische Zustände!‹ Damit meint er wohl das, was jetzt in Paris beginnt. Wo das wohl noch hinführt?

Oder, Rudolf griff erneut nach dem *Kursbuch*. Lest das Gespräch, das er mit Dutschke, Rabehl und Semmler geführt hat, im letzten Kursbuch. Ein Gespräch über die Zukunft. Auch nicht sinnvoller als Pounds Gewäsch über Finanztheorien. Diese Forderungen! In Kleinkollektiven mit zwei- bis dreitausend Leuten möchten sie gern wohnen; die hätten dann noch direkte Beziehung zueinander. Und ›es wäre zu erwägen, ob nicht Leute in der Fabrik wohnen sollten. Juristerei und Polizei gehört abgeschafft, und jede bürokratische Funktion muss in drei Wochen erlernbar sein‹. Fazit, ich zitiere wörtlich: ›Als einzige Gruppe in Deutschland hat der SDS Ansätze zu einer politischen Theorie entwickelt, die im Gegensatz zum herrschenden ›Gedankengut‹, vom Godesberger Programm bis zu den üblichen Regierungserklärungen, frei von wahnhaften Zügen ist.‹

Und die Folgen dieser ›Dichtung‹? Schert er sich nicht drum. Scheuch nennt ihn kurzerhand einen ›Schreibmaschinenobristen‹. Und wenn euch das zu krass oder zu rechts ist, nehmt Habermas. Für den ist dieser Dichter ein ›zugereister Harlekin am Hof der Scheinrevolutionäre‹. Wirft ihm einen Sprachgebrauch aus den zwanziger Jahren vor und dass er sich um die praktischen Folgen seiner, wie er sich ausdrückt, ›auslösenden Reize‹ nicht kümmert. Das rückt den Enzensberger ziemlich nahe an Pound, oder?

Und dann Mao. Was für Pound Mussolini war, ist für viele Linke dieser Mao. Ist der etwa besser? Um bei Enzensberger zu bleiben. Im vergangenen Jahr gab es in seiner Zeitschrift eine achtzig Seiten lange Eloge auf die Kulturevolution. Dabei muss man nur Jürgen Domes lesen, um zu wissen, was in China wirklich los ist. Der Chinakenner Jürgen Domes. Kennt ihr nicht? Schaut in der Bibliothek nach.

Mir scheint, diese Dichter können sich mit ihrer Rolle in der Gesellschaft nicht abfinden. Sie haben nun mal keinen direkten Einfluss mehr. Was für Pound das Radio, ist für Enzensberger das *Kursbuch*: ein Anlauf, diesen Einfluss wieder zu gewinnen. Und mit schrillen Tönen verschafft man sich eher Gehör als mit vernünftigen Argumenten.

Der Onkel brach ab, und nun war es Richard, der ihm die Hand auf die Schulter legte. Die der Onkel ergriff, um sich, gespielt ächzend, daran hochzuziehen. Das Zeichen zum Aufbruch.

Wir haben ja auch schon oft darüber gesprochen. Die einen rennen *Bild* hinterher, die anderen Mao. Und Pound und Dutschke? Und jetzt Enzensberger und Kollegen? Ihnen allen ist wohl diese komplizierte Welt allzu verzwickt. Darum will jeder auf seine Art zurück ins Romantisch-Irrationale. Aber der Mensch ist nun mal, wie er ist. Und ich hab morgen eine Gallenblase auf dem Tisch. Und ihr beiden könnt hierbleiben, solange ihr wollt.

Das Semester ist schon im Gange, sagte ich. Aber in der ersten Woche passiert nicht viel. Jedenfalls nicht in den Seminaren.

Richard sammelte die Gläser ein: Wie recht du hast, Friedrich. Nur eins noch. Richard lächelte: August Bebel. Der hat gelegentlich auf geradezu klassische Weise die Entfernung zwischen Wunsch und Wirklichkeit definiert: Es ginge schon, aber es geht nicht.

Ich seufzte. Einen Vater zu haben wie einen dieser beiden Männer. Jemanden mit so anderer Lebenserfahrung, so viel Wissen. So einen Lehrer und Mentor. Aber tauschen? Gegen meinen Pappa? Um nichts in der Welt. Ich seufzte noch einmal.

Müde?, fragte Hugo.

Ich schüttelte den Kopf.

Aber ich, sagte er und gähnte verhalten. Und wenn wir noch ein paar Tage bleiben wollen, muss ich morgen einen Arbeitstag einschieben. Die *Buckower Elegien*, du weißt ja. Hab ich Henke nach den Semesterferien versprochen.

Und so stieg ich am nächsten Tag allein den Weg zur Hütte hinauf. Durch die Weinberge ging ich und weiter über das Weideland hinter der Landstraße, hörte die Kuhglocken zwischen den kargen Büschen und Wacholdern, die sich in den Höhen an den Felsrippen verloren. Aus dem Tal schnitt eine Kreissäge in die Stille.

Schon von weitem sah ich die Hütte, ein scharfkantiger Glanzfleck in der Sonne, Menschenwerk, das wie Natur aussehen wollte.

Das kleine Haus schien mit dem Boden verwurzelt, als steckte der größere Teil unter der Oberfläche wie bei einem Eisberg.

Vor der Hütte, unter den Geranienkästen, saß der Senn auf der Bank. Friedrich hatte uns von dem menschenscheuen Alten erzählt, der früher in seinen Weinbergen gearbeitet hatte und jetzt ein Auge auf die Kühe haben sollte. Gebt nichts darauf, hatte er uns gewarnt, wenn er vor euch flüchtet oder euch nicht beachtet. Seit dem Tod seiner Frau ist er immer eigenbrötlerischer und wunderlicher geworden.

Näher kommend sah ich, dass der alte Mann an einem braunen Wollstrumpf strickte. Sekundenlang stand Gretel mit der Schere, dem Strumpffetzen in der Hand am Rhein vor mir. Für die Jahreszeit war der Mann zu leicht gekleidet in seinem rotschwarz karierten Baumwollhemd, einer verschossenen Weste und der verschlissenen Leinenhose.

Guten Tag, grüßte ich freundlich und blieb in einiger Entfernung stehen. Der Alte ließ sein Strickzeug sinken.

Griaz di, sagte er und schaute mich sekundenlang an. Griaz di, sagte er noch einmal und nickte. Du bischt vom Breidenbacher Friedrich, gell?

Ermutigt durch den doppelten Gruß nickte ich und deutete auf den Strickstrumpf: Zwei rechts, zwei links?

Der Alte blinzelte, rückte auf die Seite und zeigte mit der Nadel neben sich.

Danke.

Jo, meine Ursula, sagte er und rutschte ans Bankende, um mich besser ins Auge fassen zu können. Jo, meine Ursula, de hot stricken gekennt. Und nit lei seill.*

Der Mann schwieg und sah mich aus seinen dunklen Augen, denen das Alter noch nichts von ihrem Glanz genommen hatte, prüfend an.

Der Alte schüchterte mich ein. Wie lange sind Sie denn schon allein?

* Ja, meine Ursula, die konnte stricken. Und nicht nur das.

Zu Matthäi sein nein Johr. Mir kimp vor, es war erscht gestern gwesen. An Tog wie heit trau i mi kaum in die Hütt.

Der alte Mann brach ab. Ließ die Nadeln fliegen, als wolle er ihn zurückspulen, den Faden der Zeit, vorwärts in die Vergangenheit, die Zeit der Gemeinsamkeit.

Sie hot es mir glernt, das Stricken, fuhr er fort. Zem, als i wochnlong nit gian fegearft hon. A Felsbrockn hot sich glöst, isch mir aufn Hax aui, beim Mahnen. Die Sens isch mir in den Fuaß gfohrn, ich hon froah sein gekennt, dass die Sehne gonz gebliebn isch. Zem hot sie mir beigebrocht, s'Strickn. Donn hon i wieder gian gekennt. In Heilpullover hon i heit no. In sem hon i a schun zem lei gonz speziell unlegn gedearft, im Winter, wenn i's mit der Bruscht kop hon.

Der alte Mann zog die Nase hoch und nahm sein Strickzeug wieder auf.

Mühsam hatte ich ihm folgen können: Ursula hatte ihm das Stricken beigebracht. Beim Mähen hatte sich ein Felsbrocken gelöst und war ihm ans Bein geschossen. Da ist ihm die Sense in den Fuß gefahren, und er konnte froh sein, dass die Sehne heil geblieben ist. Er hat einen Heilpullover gestrickt, den er nur im Winter anziehen durfte, wenn er es auf der Brust hatte.

Zwei rechts, zwei links, wiederholte ich, einfach, um etwas zu sagen. Zwei rechts, zwei links, eine fallen lassen. Woher mir der Zusatz über die Lippen kam, Weißgott. Dunkel entsann ich mich meiner erfolglosen Bemühungen in den Handarbeitsstunden der Mittelschule, dafür umso plastischer meiner Betrugsmanöver mit James-Dean-Bildchen im Tausch gegen eine Kochschürze zum Vorzeigen, genäht von einem Mädchen aus der Klasse über mir. Doch die Großmutter hatte mich an Winterabenden immer wieder vom Buch an die Nadeln genötigt, stricken konnte ich.

Augenblick. Der Alte tappte in die Hütte, kam nach einer Weile mit einem weiteren Wollknäuel und zwei Stricknadeln zurück und stellte einen Teller mit zerbrochenen Keksen zwischen uns.

De gibt's gratis untn im Dorf, zwinkerte er mir zu. Schmecken ober gleich wia gonze.

Gehorsam steckte ich mir ein paar Krümel in den Mund, und während ich dem alten Mann zwei rechts, zwei links, eine fallen lassen erklärte, erzählte er von seiner Ursula, bis es empfindlich kühl wurde. Da schlurfte er noch einmal in die Hütte und überreichte mir zum Abschied eine gepresste Blüte. Einen Enzian.

Ja, meine Ursula, sagte er noch einmal und sah mich so zärtlich an, dass ich wusste, er meinte nicht mich. Durch mich hindurch schaute er in ein anderes Gesicht, eine andere Zeit, in die Jugend. Aber dann streckte er mir seine Hand entgegen, die eben noch die dürre Blüte gehalten hatte, und war wieder in der Gegenwart. Seinen Händedruck zu spüren tat gut. Die alte Männerhand war warm und glatt wie polierter Stein. Den Händen des Vaters glich sie, nur hatte deren Zartheit die Krankheit erzwungen.

Langsam, beinah vorsichtig stieg ich den Pfad wieder hinab, mühsam die Balance haltend, bedacht, die zerbrechliche Blüte heil nach Hause zu tragen. Ich hatte eine Begegnung mit der wirklichen Welt bestanden. Ich fühlte mich geehrt, erhoben wie nach einer Auszeichnung.Was zählte mehr? Das, was ich gerade in diesen wenigen Stunden erlebt oder was ich in den vergangenen Tagen im Fernsehen und in den Zeitungen gesehen und gelesen hatte? Wie wenig das Leben des Menschen verändert wird durch das, was er nur weiß, aber nicht am eigenen Leibe spürt. Mit eigenen Augen sieht. Wer Ohren hat zu hören.

Die Stimme kam von weither, näher mit jedem Schritt, eine Stimme, vom Alter verdunkelt und verlangsamt, eine gebrochene Stimme. ›What thou lovest well remains‹, hörte ich, ›the rest is dross/What thou love'st well shall not be reft from thee/ What thou love'st well is thy true heritage …‹ Ein sakraler Singsang, sinnwidrige Pausen, die Rs scharf artikuliert, die Silben zusammengeschnellt oder gedehnt, die Stimme eines Magiers, der eine andere Welt beschwört. Ich kannte die Zeilen. ›Was du wirklich liebst, bleibt,/der Rest ist Schrott/Was du wirklich liebst, wird dir nicht entrissen/Was du wirklich liebst, ist dein wahres Erbe …‹ Aus den *Pisaner Cantos* hatte ich sie in mein Ringheft abgeschrieben und gleich übersetzt. Und nicht nur diese.

›Trees die & the dream remains‹, erwiderte ich wie in Trance. ›Not love but that love flows from it/ex animo/… UBI AMOR IBI OCULUS EST.‹ – ›Bäume sterben und es bleibt der Traum/ Nicht Liebe, aber dass die Liebe aus ihr fließt/ex animo/… UBI AMOR IBI OCULUS EST.‹

Die Sonne war hinter den Bergen versunken, Nebel stiegen auf, und ich konnte den gebeugten mageren Mann in seinem zu weiten Überzieher immer besser erkennen. Buschiges weißes Haar überm zerfurchten Gesicht und ein kurzer Bart, er wurde den Fotos, die ich kannte, immer ähnlicher.

Ich weiß, dass du mich hart und gefühllos genannt hast, sagte er in einem Tonfall, der ahnen ließ, dass diese Stimme einst unduldsam und herrisch geschäumt hatte. Die Radiostimme. Nun, ich wollte dich eines Besseren belehren. In deinem Ringheft hast du eine gute Auswahl getroffen. Und ganz unrecht hast du nicht. Schon Yeats sagte, nachdem er meine ersten Gedichte gelesen hatte: ›Gib mir die Welt, wenn du willst, aber sichere mir eine Zufluchtsstätte für meine Gefühle.‹ Wie hast du vor ein paar Tagen gesagt: Das Forschungsfeld des Dichters ist das menschliche Herz. Hatte ich Angst, hinabzutauchen? Und dann war da noch etwas. Du hast doch Zeit für mich?

Alle Zeit, hätte ich am liebsten geantwortet, aber ich wagte nur zu nicken.

Als hätte er meine Gedanken erraten, rammte mein Begleiter seinen Stock in den Kies, ließ die Steinchen hoch aufspritzen. Warrrte nur, knurrte er, bis du deine Rrromane schreibst. Lass dich ja nicht zum Kürzen kommandieren. Schon gar nicht bei den Passagen, in denen es um mich geht. Denn da geht es auch um dich. Mit einem Krächzen, das wohl ein Lachen andeuten sollte, brach der alte Mann ab.

Aber, wagte ich schüchtern einzuwenden, wieso sollte ich Romane schreiben? Wenn schon schreiben, dann doch lieber Gedichte. Und Lyriker können keine Romane schreiben.

Papperrrlapapp. Wenn ich mich nicht irre, wirrst du beides schreiben. Der Rrroman, in dem ich vorkomme, wird ein stolzer

Brrrocken. Was gibt es da zu lachen? Das wird dir schon noch vergehen.

Was sollte ich dazu sagen? Der Mann war eben ein Dichter.

Schweigend legten wir den Weg zurück hinunter ins Tal, von Zeit zu Zeit blieb der alte Mann stehen und betastete hier und dort seine Kleidung, als suche er etwas, oder er rieb die Knöchel der einen an den Fingern der anderen Hand, die den Stock hielt.

Wie in Dondorf an den Rhein ging es in Meran an die Passer. War der Rhein schon von weitem zu riechen, schickte die Passer dem Besucher ihr Brausen entgegen.

Menschen waren kaum noch unterwegs, die Bänke leer. Mit weit ausholender Geste wies mein Begleiter auf den Platz neben sich. Knöpfte den Mantel bis oben hin zu, baute sich breitbeinig, beidhändig auf seinen Stock gestützt, vor mir auf und begann ohne Umschweife.

With usury has no man a good house
made of stone, no paradise on his church wall
With usury the stone cutter is kept from his stone
the weaver is kept from his loom by usura
Wool does not come into the market
the peasant does not eat his own grain
the girl's needle goes blunt in her hand
The looms are hushed one after another
ten thousand after ten thousand …*

Sobald die ersten Silben des *Canto* gegen das Rauschen der Passer rasten, verwandelte sich der alte Mann in ein Wesen nicht von dieser Welt. Jahre und Geschlecht fielen von ihm ab, vor mir stand ein altersloser Mensch, die Stimme erfüllt von Trauer und Wut über das, was die Menschen am Paradies auf Erden hindert: ›usura‹, ›der Wucher‹.

* Deutsche Übersetzung im Anhang

Die Silben stürzten sich dem Tosen der Passer entgegen, berannten ihr gleichmütiges Brausen wie eine Festung, rauschten, berauschten mich. Der da sprach, war ein Hohepriester, Verkünder einer Theologie des Wortes, so musste Dichtung klingen, wenn sie zurück zu den Wurzeln strebte, zurück zu Magie und Gebet. Von nun an würde ich seine Dichtung mit seinen Ohren lesen. Und mit den Ohren würde ich auch irgendwann einmal selber schreiben.

Als er sich schließlich schwer neben mich auf die Bank fallen ließ, war es beinah dunkel.

Ich muss gehn, sagte ich. Es wird kalt.

Warte. Ich weiß, was du auf dem Herzen hast. Allen Ginsburg hat mich gerade in Venedig besucht, und ich wiederhole für dich, was ich ihm gesagt habe: ›Mein schlimmster Fehler war dieses dumme kleinbürgerliche Vorurteil, war der Antisemitismus. I lost my center/fighting the world/The dreams clash/and are shattered –/and that I tried to make a paradiso/terrestre‹.

Wie froh war ich, diese Einsicht aus seinem Mund zu hören: ›Kämpfend gegen die ganze Welt/verlor ich meine Mitte./Die Träume prallen aufeinander/und sind zertrümmert –/und dass ich versuchte, ein irdisches Paradies zu errichten.‹

Wieder machte ich Anstalten, mich zu erheben, wieder hielt er mich zurück. Hör zu, nur noch einmal, bat er. Und dann mit tonloser Stimme, zusammengesunken, so dicht an meinem Ohr, dass mich sein Atem streifte:

The ant's a centaur in his dragon world.
Pull down thy vanity, it is not man
Made courage, or made order, or made grace,
Pull down thy vanity, I say pull down.
Learn of the green world what can be thy place
In scaled invention or true artistry.
Pull down thy vanity,
                    Paquin pull down!
The green casque has outdone your elegance …

Der alte Dichter erhob sich, wir brachen auf.

> But to have done instead of not doing
> This is not vanity
> To have with decency, knocked
> That a Blunt should open
> To have gathered from the air a live tradition
> Or from a fine old eye the unconquered flame
> This is not vanity
> Here error is all in the not done,
> All in the diffidence that faltered…

Seine Stimme wurde schwächer, er blieb allmählich hinter mir zurück. Aber seine Verse pochten in meinem Ohr, noch als ich atemlos auf den Weg zum Haus des Onkels einbog, wo mir Hugo schon entgegenkam. Wie gut es tat, ihn zu sehen. Die Re-a-li-tät.

Da, sagte ich, ehe Hugo zu einem Vorwurf ansetzen konnte, und hielt ihm den Enzian entgegen. Vor den Augen meines unfassbaren Begleiters hatte ich den Schatz verborgen gehalten wie einen Talisman, der mir versicherte, in der wirklichen Welt zu sein. Hugos Welt. Und meine.

Vom Senn auf der Hütte, sagte ich, für dich.

Hast du mich denn gar nicht vermisst? Behutsam nahm Hugo mir die Blüte aus der Hand, die im Schein der Laterne vorm Haus aufzublühen schien. Und erzähl von dem Enzian ja nichts Richard. Er glaubt, er sei der Einzige, dem der Senn einen geschenkt hat, und ist mächtig stolz darauf.

Pull down thy vanity, lachte ich. Hab ich einen Hunger. Und wie ich ihn vermisst hatte, den einzig wahren Hauptdarsteller in meinem Erdenleben. Nicht in Dichtung entrückt. Einfach nur da. Hier. Bei mir.

Nachts kam er noch einmal, der alte Dichter, oder war es nur seine Stimme; seine Tochter werde ich kennenlernen, prophezeite er mir, Mary de Rachewiltz, zusammen mit Alfred Gruber, einem Meraner Pfarrer, werde ich sie besuchen an einem Tag im Mai kurz vor der Jahrtausendwende. Nein, Hugo sei nicht dabei. Damit beugte er sich vor und strich mir über die Stirn, oder spürte ich nur einen kalten Hauch, dass ich auffuhr, schlaftrunken, verwirrt.

Hugo lag neben mir. Wie ein Läufer mitten in der Bewegung, das rechte Bein gestreckt, das linke angewinkelt, desgleichen die Arme, links gekrümmt, rechts gerade, und obwohl ich mit seinem Körper so vertraut war, flößte mir seine Nacktheit jedesmal von neuem Scheu ein. Sachte legte ich ihm die Decke wieder um und drehte mich auf meine linke Seite, ihm entgegen, so, dass mein Fuß den seinen leicht berührte: Ja, ich bin noch da.

Dichter im Käfig

In meiner ersten Nacht im Krankenhaus
träumte ich
von einem Mann der Kniebeugen machte
an einer sonnigen Straße in einem Käfig.
Kniebeugen und ruckartige Bewegungen

mit einem Holzstock in der rechten Hand
Degenstöße Golfabschläge ein Hauen und Stechen
ins Leere. Manchmal klirrten die Eisenstäbe
die man vor seiner Ankunft verdoppelt hatte.

Ich versuchte ihm ins Gesicht zu sehen
seinen Blick zu fassen. Noch unterm wilden Bart
war ein Lächeln erkennbar. Die Augen lichter
loh im Widerschein entrückter Sterne.
Ich streckte die Hand aus
durch das Eisen nach der Hand die den Stock hielt
die andere raffte die lumpige Hose hoch. Gürtel
und Hosenträger fehlten. Keine Schuhe.

Der Mann holte seine Augen von weither zurück
Wie hast du mich gefunden? – Auch seine Stimme
aus weiter Ferne rauh wie wieder und wieder
verwendetes Packpapier. Ich erschrak. Nicht ich
hatte ihn jemals gesucht. Er war doch zu
mir gekommen. Aber wie war das möglich?
Er im Käfig. Ich an Schläuchen und Drähten.

Lass uns singen – schlug er vor und hob den Stock
wie zum Taktschlag. Ich wagte kein Wort
geschweige denn eine Note gar eine Melodie. Er aber
sang. Sang von weißen Ochsen Zelten und zipflig
geschlitzten Monden von Feigenholz Pinienzapfen
und Zedern sang von Parder und Basseriden Reblaus
und Reben von Geld und usura Aufklärung und Sperrgebiet

Schönheit ist schwer – sang der Mann im Käfig
Sang Samenkorn Bücher Waffen Goldbarren
mathematische Musik
Später – der Mond war schon untergegangen
und such die Plejaden – verschwand er hinter
der spanischen Wand die mein Bett von
dem der sterbenden Nachbarin trennte

Ade du einsamer schwarzer Vogel
so mutig ängstlich wachsam entsetzt
A dieu.

(Ob wir einmal gemeinsam singen?
Dann aber ein Lied von den Menschen)

Am Abend vor unserer Abreise war es frühlingshaft warm. Wir saßen zu ebener Erde im Gartenzimmer, der Boden mit Terrakottaplatten belegt, die Flügeltüren offen. Auch hier Bücherwände bis unter die Decke. Ein paar welke Blätter wehten herein, und aus den verblühten Forsythien piepste ein verschlafener Spatz. Wir schwiegen und ließen den Rotwein in den Gläsern kreisen. Jeder wartete auf ein Zeichen des anderen. Schließlich ergriff der Onkel das Wort.

Etwas wünsche ich mir zum Abschied noch von euch beiden. Einen Satz zu Pound – was er für euch nach all dem, was ihr nun von ihm wisst, bedeutet. Und einen, was ihr von diesem Jahr erwartet. Nicht für euch, da kann ich es mir ja wohl denken. Vielmehr, wie es politisch weitergehen soll.

Richard nickte aufmunternd.

Sirs first, sagte ich. Musste das sein? Hugo würde die passenden Worte schon finden. Ich hatte fürs Erste von Pound genug. Was mich wirklich umtrieb, war diese verstörende Erfahrung, die ich mit ihm gemacht hatte: dass ich mich von jemandem so sehr angezogen fühlen konnte, obwohl mich seine Fehler abstießen. Oder auch deswegen? War es gerade diese Mischung aus Charisma und Verfehlung? Gelingen und Versagen?

Hugo nahm einen Schluck. Sicher wollt ihr wissen, was ich am meisten schätze. Das ist, jedenfalls fällt mir das spontan ein, Pounds Rolle als Wegbereiter für viele Kollegen. Ganz direkt, indem er sich auf mancherlei Art für sie einsetzte. Aber vor allem als Vorreiter. Er machte die angelsächsische Dichtung flott für eine neue Sprache.

Ja, griff ich den Gedanken auf. Und dazu brauchte er Mut. Den bewundere ich am meisten. Dass er sich nie entmutigen, nie unterkriegen ließ. Weitermachte. Trotzdem. Mut bis zum Über-Mut. Größe bis zum Größen-Wahn. Und dass er seinen schlimmsten Fehler, den Antisemitismus, bereut.

Stop, rief der Onkel, der spürte, dass mein nächster Satz alsbald ein kritischer werden könnte. Zum Abschied nur das Beste. Und den Satz hast du hiermit geliefert.

Und dass er ein sehr guter Koch sein soll oder gewesen sein soll, ergänzte Richard lachend.

So wie du. Der Onkel prostete ihm zu. Und was die Politik betrifft? In Deutschland, meine ich.

Hugo zögerte. Keine Ahnung, gestand er. Um ehrlich zu sein: Ich will so schnell wie möglich meinen Doktor machen. Nicht nur wegen der Wissenschaft. Hugo strahlte mich an. In Bonn werden wir aber wohl dabei sein. Gegen die Notstandsgesetze. Was meinst du, Hildegard?

Auf jeden Fall, bestätigte ich. Kaum zu glauben, diese SPD für diese Gesetze!

Aber was ist denn so furchterregend an diesen Gesetzen?, mischte sich Richard ein, die Gesetze wollen doch gerade einen Missbrauch von Regelungen verhindern. Dafür sorgen, dass Ähnliches wie die Weimarer Notverordnungen nicht mehr passieren kann. Wenn wirklich einmal eine Katastrophe eintritt …

… und was bitte soll diese Katastrophe sein?, fiel ihm Hugo erregt ins Wort. Demonstrationen, die denen da oben nicht passen, Streiks oder was …

Das ist unfair, Hugo, unterbrach ihn der Onkel. Du weißt doch, worum es geht. Nur im Verteidigungsfall, nur bei inneren Unruhen und schweren Unglücken kann die Bundeswehr eingesetzt werden. Zum Beispiel bei einer Flutkatastrophe wie vor sechs Jahren in Hamburg. Damals allerdings ungesetzlich.

Und das Briefgeheimnis? Das Abhören von Telefonen? Und wer sagt, was eine ›innere Unruhe‹ ist?, sprang ich Hugo bei. Die Demos gegen Springer, Ostern, waren das ›innere Unruhen‹?

Jedenfalls haben sie erheblich dazu beigetragen, dass die Gesetze kommen werden, beeilte sich Richard zu antworten, ohne auf meine Frage einzugehen. Und dann diese idiotische Bombe in diesem Frankfurter Kaufhaus. Das alles hat die Fronten ganz fatal verhärtet.

Zum Wohle! Der Onkel hob sein Glas. So war meine Bitte nicht gemeint. Nicht noch eine Diskussion am letzten Abend. Am letzten Abend dieses Besuches. Auf dass viele weitere folgen mögen!

Am nächsten Morgen drückte mir Friedrich Breidenbach ein Felsstück in die Hand. Vom Erlenstein, sagte er. Damit du die Quelle nie vergisst.

Richard überreichte mir eine blaue Glockenblume, Campanula caerulea. Auf einer weißen Pappe, mit Fundort, Datum, Namen und Familienzugehörigkeit, so wie ich es vor wie vielen Jahren, mit den Blumen vom Rhein in meinem Herbarium gemacht hatte. Auf der Rückseite ein Vers von Sappho:

> So wie der Süßapfel rot wird ganz hoch an
> der Spitze des Zweiges,
> hoch an dem höchsten von allen – ihn
> haben die Pflücker vergessen
> (nein doch! o nein! nicht vergessen! sie
> konnten ihn nur nicht erreichen!)

Richard und Friedrich waren zu einem Teil meines Lebens geworden.

Auch diesseits der Alpen war der Frühling in diesem Jahr ungewöhnlich warm. Ich genoss die Rückreise unbeschwerter als die Hinfahrt, genoss sogar den leisen Abschiedsschmerz von den beiden Männern, die ich so schnell so lieb gewonnen hatte, spürte dieses leichte Ziehen in der Brust wie den Hauch eines bitteren Gewürzes, das die Süße einer Speise noch erhöht. Es war ja kein Abschied für immer. Es tat gut zu wissen, wo Hugo ein Zuhause hatte, eine Familie, eine Zuflucht. Schon ein Bild, ein Gesprächsmoment, einen Geruch mir ins Gedächtnis zu rufen, stärkte und ermutigte mich. Wir konnten die Kraft guter Erinnerungen gebrauchen. Je näher wir Köln kamen, desto unleugbarer legten sich die Bilder aus Fernsehen und Zeitungen über die leuchtenden Landschaften, verlor das anmutig aufgeräumte Heimatland seine Unschuld.

Zu Hause holte uns der politische Alltag wieder ein. Doch zuvor bezogen wir Stellung auf unsere Art.

In der Zoohandlung am Alter Markt kauften wir eine Schildkröte. Wir tauften sie Rudi, bemalten ihren Panzer mit einem roten Stern und einer blauen Blume und schickten sie auf den langen Marsch durch die Institutionen der Tantenwohnung.

Dem Ernst der Lage konnten wir uns dadurch nicht entziehen, besonders nicht dem Sog der allenthalben verteilten Flugblätter – der ›Flyer‹ kam erst Jahrzehnte später in Mode –, der überall im Uni-Gebäude klebenden Plakate mit Aufrufen zum Sternmarsch nach Bonn: gegen die vermaledeiten Notstandsgesetze. Zwar hatten Richards Argumente uns aus unserem fraglosen Nein aufgescheucht, doch einmal wieder zu Hause zerstoben aufkeimende Zweifel rasch. Gerade rechtzeitig kamen wir zurück, um diese ›Diktatur im Wirtskörper unserer demokratischen Verfassung‹ zu verhindern. Seit' an Seit' mit den Schriftstellern Böll, Wellershoff und Becker würden wir zur Kundgebung auf dem Neumarkt schreiten, Seit' an Seit' mit dem Bezirkssekretär der IG Metall und dem AStA-Vertreter unserer Universität. Ja, wir wollten mitentscheiden über die ›Zukunft dieser Gesellschaft und dieses Staates‹, … denn ›jetzt geschieht eine Wendung zum Besseren oder Schlechteren hin‹.

Dieter Wellershoff stand da, wo vor nahezu einem Jahr Erwin Scheuch seine prophetische Rede gehalten, zur Besonnenheit aufgerufen und vor Gewalt gewarnt hatte. Beide Seiten. Ein Demagoge war Wellershoff nicht. Lehrerhaft versuchte er, die Gründe darzulegen, die seines Erachtens zu den Notstandsgesetzen geführt hatten: Die Notstandsgesetzgebung sei das sich bewaffnende schlechte Gewissen, ein Symptom der Angst vor den eigenen Versäumnissen, vor der Rückkehr der versäumten Realität.

Mit Sätzen wie diesem ließ sich keine Revolution machen, und wir traten ungeduldig von einem Fuß auf den anderen, als weitere, sprachlich deutlich weniger geschliffene Verdammnisse der Bonner Politik folgten. Doch anders als in Paris – ›Die Phantasie an die Macht‹ – führte unser Unmut nicht zum revolutionären Schulterschluss auf den Straßen, sondern zum gemütlichen Schulterklopfen in den Kneipen: Drink doch ene mit. Hugo und ich waren nicht die Einzigen, die das Weite beziehungsweise dat Kölsch suchten. Wobei es uns beide allerdings nicht an die Theke trieb, sondern in den Dom zur Schmuckmadonna, zum Kerzengruß, als kämen wir nach unserer weiten Reise hier endlich nach Hause.

Drei Tage später aber waren wir dabei. Beim Sternmarsch auf Bonn. Aufgerufen hatten die Kampagne ›Für Demokratie und Abrüstung‹ und das ›Kuratorium Notstand der Demokratie‹, das mit klangvollen Namen von Wissenschaftlern, Schriftstellern, Geistlichen und Spitzenfunktionären einiger Einzelgewerkschaften Seriosität und Gewicht ausstrahlte. Leider fehlte der DGB. Dessen Plakate riefen zur Großkundgebung nach Dortmund in die Westfalenhalle und zu Demonstrationen in Frankfurt, München, Göttingen, Hamburg, Berlin und Freiburg, gleichzeitig, am selben Tag. In Köln, besonders an der Uni, gaben biedere SDS-Plakate den Ton an: groß das Datum, seitlich klein gedruckt der Anlass, wie im Kalender der Großmutter die Namen der Heiligen. Und genauso brav sahen die meisten der Kölner SDSler auch aus; trugen zwar nicht mehr Schlips und Kragen, aber durchaus bürgerliche Kleidung und vor allem eine artige Haarlänge. Noch. Auf dem einen oder anderen Haupt ließen sich schon Anzeichen einer Verwilderung erkennen, eines entschiedenen Widerstands gegen Kamm und Schere im Kampf gegen das Establishment, ein Trend, der sich im Laufe des Jahres durchsetzen sollte und den ideologischen Wandel des Verbandes kundtat. Die antiautoritäre Linie besiegte die orthodox-marxistische. Die fand ein Jahr später ihre neue Heimstatt im Marxistischen Studentenbund – kurz MSB – Spartakus. Doch noch demonstrierte man gemeinsam, verteilt in Busse und PKW Richtung Bonn.

Hugo und ich ergatterten Plätze in der Rhein-Ufer-Bahn, die eigentlich für Ford-Arbeiter gechartert war. Etwa dreitausend seien sie, erklärte uns der Betriebsrat stolz, da komme es auf zwei Studierte auch nicht mehr an.

Ich suchte Hugos Blick: Die hier hatten sich in Schale geworfen, nass gekämmte Scheitel, Sonntagsstaat, Regenschirme und Kleppermäntel. Auf den hinteren Bänken streckten junge Männer die Beine von sich. Hatten so der junge Vater, der junge Onkel Schäng ausgesehen? Einige waren in Begleitung ihrer Frauen oder Freundinnen, fein gemacht, als kämen Gäste. Und so war auch die Stimmung: heiter, erwartungsvoll, beinah ausgelassen, eine Fahrt ins Blaue. Doch alsbald griffen Sprecher zum Megaphon und lasen uns den Aufruf des Sternmarsch-Komitees vor: ›Die gemeinsame Aktion der gesamten Notstandsgegner wird friedlich demonstrieren und sich nicht provozieren lassen. Wir halten eine Konfrontation mit der Polizei für politisch sinnlos und gefährlich.‹ Diesen Satz hatte man wohl noch wegen des brutalen Vorgehens der Polizisten in Paris hinzugefügt.

Eine ›Konfrontation mit der Polizei‹? Die suchte in unserem Wagen niemand. Der Appell wandelte die Ferienlaune in eine ernste, beinah feierliche Stimmung. Auf den hinteren Bänken ließen sie ab vom schenkelklopfenden Witzeerzählen und nahmen Haltung an. Jeden von uns beseelte der Auftrag: als freiheitlich-demokratischer Bürger das Grundgesetz zu schützen. Das hier war etwas anderes, als einfach nur dagegen zu sein. Gegen den Krieg in Vietnam, weit weg; gegen die Junta in Griechenland, weit weg; gegen die Fahrpreiserhöhung der KVB; herrje, was waren schon acht Pfennig mehr, wenn es um die Aushöhlung unser aller freiheitlich-demokratischen Grundordnung ging. ›Lasst das Grundgesetz in Ruh – SPD und CDU‹, stimmten wir in den Sprechchor ein.

Einer der jungen Männer zwängte sich von den hinteren Bänken in die Mitte, nahm dem Kollegen das Megaphon aus der Hand und zog ein Faltblatt hervor.

Hier, er schwenkte das Papier: Das hat die Junge Union in Bonn an alle Haushalte verteilt: ›Agitation, Provokation, Revolution ist das Programm derer, die morgen durch unsere Straßen ziehen werden‹, las er unter Johlen und Pfeifen vor. ›Wer morgen aufpasst, parkt seinen Wagen nicht in den Straßen, durch die die Gegner einer Notstandsgesetzgebung ziehen werden. Er schützt seine Fenster, denn Versicherungen ersetzen Krawallschäden nicht immer. Halten Sie sich und Ihre Kinder von dieser Demonstration fern. Halten Sie Ihre Türen geschlossen, wenn die Demonstranten zu Diskussionen in Ihre Wohnungen eindringen.‹

Lachend ließ Hugo eine Packung Vivil herumgehen, immer noch das grüne rechteckige Päckchen, wie es mir die Mutter vor Prozessionen zugesteckt hatte. Ich war froh, als wir ankamen, war mir doch, als sei halb Dondorf mitgefahren und hätte mich beobachtet.

Auf dem Bonner Bahnhof verloren wir unsere Mitfahrer aus den Augen; unbedingt musste ich noch mal eine Treppe tiefer, mal verschwinden, mal für kleine Mädchen, mal für … Diesem Müssen-müssen haftet immer eine gewisse Verlegenheit an, die sich nicht wegreden lässt. Als ich wieder auftauchte, traf ein gelblich grüner Sonderzug der DDR-Reichsbahn aus Berlin ein, dessen Fahrgäste schon eher aussahen wie die Revoluzzer vom Faltblatt der Jungen Union. Olivgrüne Parkas und Lederjacken, lange glänzende Kunstledermäntel, knallbunte Schutzhelme, verwegene Kappen, freche Mützen, am liebsten hätte ich ein Mädchen gefragt, wo es dieses schicke blaue Wolldings auf dem Kopf her hatte, wahrscheinlich selbst gestrickt. Fast alle Männer mit Bärten und seit längerer Zeit in ungestörtem Wachstum begriffenem Haar. Dazu ein lose um den Hals geknotetes Tuch, viele Palästinensertücher. Und Fahnen. Ein Wald, ein Meer, ein Himmel roter Fahnen, dazwischen Spruchbänder und Papptafeln: ›Wir sind alle aus dem Osten, Mao zahlt die Reisekosten‹ – ›Notstand ist ein Ungeheuer, erstens Scheiße, zweitens teuer‹ – ›Notstandsväter–Volksverräter‹ – ›Bundesbürger denkt daran, so fing es schon einmal an‹ – ›Bonn und Benda üben fleißig für ein neues 33‹. ›Ho Ho Holstenbier, Notstandsgegner spenden hier‹, ließ ein Trupp, vermutlich aus Norddeutschland, leere Bierbüchsen klappern, wohl, um die Fahrtkosten zu mindern.

Um an einen der drei Sammelpunkte am Stadtrand zu gelangen, musste man sich vorm Bahnhof nur einem der Trupps anschließen. Wären da nicht Hugos Arm und sein verlässlich-vertrauter Geruch gewesen, ich hätte angesichts dieser überwältigenden Menschenmenge kehrtgemacht. Doch so folgte ich dem Freund tapfer und ergeben, wie er einer Gruppe folgte, die sich hinter ›Es wird wieder Zeit – auszuwandern‹ (letztes Wort natürlich in brauner Farbe) formiert hatte, eine Kieler SDS-Abordnung. Die sich allerdings durchaus staatstragend zu geben wusste. Ohne den Protest*ruf* ›No No Notstand No‹ zu unterbrechen, setzte sie den Protest*marsch* an jeder roten Ampel aus und erst wieder bei Grün im revolutionären Laufschritt fort. Hugo und ich mit ihnen.

Bonn lag wie ausgestorben an diesem wolkenverhangenen frühen Samstagvormittag. Die Hauspost der Jungen Union wirkte. ›Bürger lasst das Sauerkraut, es geht auch um eure Haut‹, brüllten wir in gepflegte Vorgärten gegen den weißen Verputz schicker Gründerzeitvillen, ›Bürger lasst das Schnarchen sein, kommt herunter, reiht euch ein‹, zuckelten wir durch eine Reihenhaussiedlung, ›Wir sind eine kleine radikale Minderheit‹, scheuchten wir Mäuse und Karnickel in den Schrebergärten auf.

Von der Sammelstelle aus, wo wir uns alle einen gelben Zettel anhefteten: ›Ich bin ein Ordner‹, setzte sich unser Zug Richtung Hofgarten in Bewegung. Die Bundeshauptstadt noch immer beinah menschenleer. Unsere Rufe: ›Bürger holt die Kinder rein, jeder Linke ist ein Schwein‹, wirkten eher surrealistisch, und wenn wir uns in Trab setzten und dazu brüllten: ›Füüürchteeeet eujjjch nicht‹, blieben höchstens ein paar ältere Frauen stehen, winkten uns mit ihren noch leeren Einkaufstaschen beinah komplizenhaft zu, und wir grüßten zurück. Mal rannten, mal schlenderten wir, von Marschieren konnte keine Rede sein, besonders nicht, wenn ich an Bertrams Berichte von der Grundausbildung bei den Panzeraufklärern dachte.

Am Beethoven-Denkmal auf dem Münsterplatz machten wir Pause zum ersten Teach-in. Sprecher hämmerten uns noch einmal ein, dass wir am ›Vorabend des Untergehens und Absterbens der formalen Demokratie‹ stünden. Schlugen vor, man müsse ›Modelle entwerfen, die versteinerte Öffentlichkeit aufzubrechen‹, und gaben zu bedenken: ›Wir dürfen die Menschen hier nicht als Feinde betrachten, sondern wir müssen davon ausgehen, dass sie ein manipuliertes Bewusstsein haben.‹

Ein manipuliertes Bewusstsein. Konnten die nicht endlich einmal anders reden! Für alle verständlich. Sogar wir, die protestierende Masse, redeten aneinander vorbei. Warum sie denn hier mitmarschierten, hörte ich eine Frau, die mit ihrem Einkaufsnetz stehen blieb und ihre Frage ganz ohne Provokation im rheinischen Singsang an die Nächststehenden richtete. Dat braucht man, für den Notfall eben, damit dat dat dann alles klappt, die Versorjung, Strom un Wasser, Lebensmittelkarten un all dat, beschrieb ein korpulenter Mittfünfziger in dunkelgrünem Kleppermantel seine Beweggründe, und einer aus der Fraktion der bärtigen Lederjacken beschied die wissbegierige Hausfrau: Die Gesetze sind, objektiv gesehen, die konsequente Weiterführung des Klassenkampfes von oben, sie bezeichnen den Übergang zur faschistischen Diktatur.

Worauf die Frau, Jong, isch muss heem, ihr Einkaufsnetz raffte und floh.

Ich stieß Hugo an: Wer hat wohl hier das manipulierte Bewusstsein?

Komm, wir gehen, Hugo zog mich weiter, Lebensmittelkarten. Der Mann hat recht. Ich habe einen gänzlich unmanipulierbaren Magen, und der sagt: Gib, gib, gib mir Kost.

Und ich sag: Mit taktischem Geschick das Käsebrot erobern. Wir sind doch eben an einem Stand vorbeigekommen.

Der Tisch mit einer blau-weiß gewürfelten Plastiktischdecke, wie ich sie aus Dondorf kannte, stand unter einer voll erblühten Kastanie. Darauf zwei Glasschüsseln, deren gelblicher Inhalt sich beim Näherkommen als Kartoffelsalat entpuppte, und ein ebenfalls umfänglicher Topf auf einem Esbitkocher, aus dem es verlockend dampfte. Ein Transistorradio quäkte deutsche Schlager.

Würzige Würstchen wollen wir wressen, stabreimte Hugo, der sich offenbar nach so viel Politdeutsch auf nahezu nüchternen Magen Luft verschaffen musste.

Ganz schöne Schlange hier, murrte ich, spricht aber für sich.

Wir standen noch ziemlich weit hinten, als der Ton voll aufgedreht wurde: ›Zwei Apfelsinen im Haar und an der Hüfte Bananen‹, trällerte eine Frauenstimme mit leichtem Akzent, ›trägt Rosita seit heut zu einem Kokosnusskleid …‹ Die Schlange geriet in Bewegung, ein paar Marschierer schüttelten den letzten Schlaf aus den Knochen, zuckten und ruckten, Bauch vor, Hintern raus, vertraten sich die Füße im Takt. Der nächste Song. ›La La Bamba La La Bamba lalalala Bamba lalala‹.

Bis heute kann ich davon nicht mehr mitsingen als diese paar Silben, die aber kräftig. Und ich wette, vielen, die dies lesen, geht es nicht anders, jaja da greift Mnemosyne, die Muse der Erinnerung, nach einem, ruft so mancherlei wach im Gedächtnis, hoffe ich: La la bamba, la la bamba, es schwangen die roten Fahnen im Feuer mexikanischer Rhythmen, reckten sich Arme, verrenkten sich Beine, stampften die Füße in Stiefeln, Turn- und Lederschuhen, ruckten die Hüften beiderlei Geschlechts in revolutionärer Ekstase, fasste Hugo nach meiner Hand und wirbelte mich rechts herum, links herum, außer Rand und Band geriet die Schlange, löste sich auf in tanzende Paare, una poca de gracia para mì para ti, tanzende Grüppchen, mit und ohne Würstchen, ›Wir sind lang behaarte Affen und studiern auf eure Taschen‹, grölte ein schmächtiges Exemplar der studentischen Zunft, egal, la bamba hatte uns alle im Griff, la bamba im Ohr, im Blut, in Bauch und Bein, Studenten, Lehrlinge, Jungarbeiter, hier war sie, die Einheitsfront von Kopf- und Handarbeit, im dreihundert Jahre alten Volkslied mexikanischer Fischer, ›Ya arriba la bamba la la la No No Notstand No lalalalala Bamba lalala nonononono Notstand nonono …‹.

Das Radio wurde abgestellt. Tänzer essen nicht. Wir ordneten uns wieder ein, und das Radio wurde wieder angestellt. ›Una festa sui prati‹, tönte Adriano Celentano beschwichtigend, klar, lief Radio Luxemburg. ›Una bella companihija.‹

Wisst ihr denn auch, wie unsere Brüder und Schwestern das Lied von den Bananen singen?, dröhnte ein berlinernder Bass: ›Zwei Apfelsinen im Jahr und zum Parteitag Bananen: Das ganze Volk schreit Hurra, der Kommunismus ist da.‹

Jo, Jong, da hammer dat hi bei us doch besser. Un dat wolle mir auch behalte, erwiderte eine resolute, dick bebrillte Frau im beigen Trench, eine geräumige Kunstledertasche überm Arm und ein selbst gemaltes Pappschild beidhändig an die Brust pressend: ›Was das Grundgesetz verspricht, hält es nicht!‹

Inzwischen waren wir – ›Wir wollen niemals auseinandergehn‹, schwor eine Radio-Frauenstimme, ›wir wollen immer zueinanderstehn‹ – vorgerückt und konnten die beiden geschäftstüchtigen Verkäuferinnen hinter dem Tisch ins Auge fassen. Sichtlich Mutter und Tochter, aus einem Holz geschnitzt, dem Holz der tüchtigen kleinen Leute. Die Ältere gedrungen und rund, spack, hätte Tante Berta gesagt, die aschblonde Dauerwelle kraus von der feuchten Luft der Kölner Bucht. Die Jüngere in Jeans und selbst gestricktem, blau-grün-gelb gestreiftem Pulli, ihr blondiertes Haar hochgesteckt, mit weißrosa Lippen und schwarzen Augenrändern geschminkt wie für eine Party. Ihre Kiefermuskeln hielten einen Kaugummi, den sie gelegentlich in die Backentasche schob, um einen geschätzten Schlager mitzuträllern in schmatzender Bewegung. ›Oh pardon, sind Sie der Graf von Luxemburg‹, flötete es aus dem Lautsprecher, als Hugo das Geld aus der Jacke nestelte. ›Alles für eine Mark‹, verkündete das Pappschild auf dem Tisch. ›Mag auf der großen Welt auch noch so viel geschehn, wir wollen niemals auseinandergehn.‹

Kenger, ihr künnt öfter kumme, strahlte die Mutter in ihrer knallbunten Kittelschürze, während uns die Tochter die Kartoffelmasse auf die Pappe klatschte und das dazugehörige Würstchen aus dem Kessel fischte.

Dat schmaat wie Taat, zählte die Mutter Hugo das Wechselgeld in die Hand. Maat, dat ihr en dat Drüje kütt. Et jit Rän.*

Stimmt so, Hugo drückte der Frau die Münzen in die Hand zurück, was diese sprachlos, fast entgeistert akzeptierte. Wahrscheinlich das erste Trinkgeld ihres Lebens. Ne feine Minsch, hörte ich sie zu ihrer Tochter sagen. Nur schad öm dä Rögge. Ein feiner Mensch.

Gestärkt und entspannt suchten wir unter dem Plärren einer Mädchenstimme – ›Wärst du doch in Düsseldorf geblieben‹ – wieder Anschluss an die revolutionäre Bewegung.

Eine Weile liefen wir hinter ›Christen und Demokraten gegen Notstandsgesetze‹ her, eine Reihe protestantischer Geistlicher, das Barett auf dem Kopf, in schwarzem Talar und gespreiztem weißem Lutheraner-Beffchen vorneweg. Ließen uns zurückfallen in eine Gruppe von Musikanten, die auf ihren Banjos die Lieder vom Ostermarsch vergangenen Jahres zupften. ›We shall overcome‹, versicherten wir der nicht anwesenden Bonner Bevölkerung, liefen vorwärts und trafen auf eine Kolonne in schwarzer Bergmannstracht, einer hatte sich sein Arschleder umgeschnallt, darauf mit roter Farbe: ›Leck mich.‹ Noch weiter vorn sahen wir Männer in gestreiften Häftlingsanzügen, Plakate mit Ort und Dauer ihrer KZ- und Zuchthausstrafen vor der Brust. Dazu Spruchbänder: ›Ein Adolf war genug‹ – ›Wollt ihr die totale SPD‹ – ›Wehrt euch jetzt, ehe es wieder zu spät ist‹. Durch die Anwesenheit dieser Männer gewann unser Protest eine ernsthaftere, seine historische Dimension. Die Beglaubigung seiner Notwendigkeit.

Doch auch, wenn der Gießener Professor Ridder unseren Marsch als ›erste demokratische Erneuerungs- und Bürgerrechtsbewegung‹ der Bundesrepublik adelte: Die Hauptstädter sahen das anders. Fahnenschwingende Jungmänner, begleitet von Mädchen im Minirock, prägten unser Bild, und die Demonstranten mit Totenkopf-, Schweine-, Micky-Maus- oder Kiesinger-

* Macht, dass ihr ins Trockene kommt. Es gibt Regen.

Masken lösten bei den Bonner Zaungästen ganz andere Zurufe aus: De Zuch kütt! Kamelle! Strüsjer!

Zwischen buchsbaumgefassten Stiefmütterchenbeeten, abgeblühten Fliederbüschen und alten Linden wurde es im Hofgarten ernst. ›Treibt Bonn den Notstand aus‹, so das Motto auf der Stellwand hinterm Mikrophon. Die Redner: Erich Fried und Heinrich Böll, VDS-Vorsitzender Christoph Ehmann, SDS-Chef KD Wolff und die Professorin Klara Faßbinder, Mitglied der DFU, der Deutschen Friedensunion.

Neues erfuhren wir nicht. Wie auch, das Thema wurde seit Monaten, nein, seit Jahren diskutiert. Nur gut, dass Hugo an unsere Regencapes gedacht hatte, scheußliche Plastikhüllen, aber bequem in der Manteltasche zu verstauen. Der spärlich mit Gras bewachsene Boden war klamm, und der Himmel über der provisorischen Hauptstadt zog sich zu, als gälte es, kommenden Katastrophen einen naturgemäßen Nachdruck zu verleihen. Und so machten wir es wie die meisten Pärchen hier: Ich verkroch mich in Hugos Parka, schaute den Vögeln in den Linden zu, baute ihnen Nester und legte Junge hinein, ließ sie aufschwirren unter die roten Fahnen, die wie Standarten in die Wiese gerammt waren. Hörst du, sie zirpen No, stieß ich Hugo an, No No Notstand No.

Heinrich Böll, wie immer in Baskenmütze, offenem Hemdkragen, Manchesterhose und saloppem Sakko, sprach als Erster, beklagte die mangelnde Informationsbereitschaft von Regierung und Parteien. So habe in Köln ein CDU-Politiker mit Schülern die Notstandsgesetze diskutieren wollen und dazu auf die Broschüre des Kuratoriums Notstand der Demokratie zurückgreifen müssen. Dunkel und trickreich gehe es zu in der Bundesrepublik. Dass man ausreichend informiere, sei eine Lüge, die durch ständige Wiederholung nicht zur Wahrheit werde. Böll rückte die Baskenmütze weiter nach hinten: ›Dort, wo der Staat gewesen sein könnte oder sein sollte, erblicke ich nur einige verfaulende Reste von Macht, und diese offenbar kostbaren Rudimente von Fäulnis werden mit rattenhafter Wut verteidigt. Schweigen wir also vom

Staat, bis er sich wieder blicken lässt. In diesem Augenblick von ihm zu sprechen, wäre Leichenfledderei oder Nekrophilie.‹

Der Beifall für Böll hielt sich in höflichen Grenzen. Ich kuschelte mich enger an Hugo und fischte in seiner Tasche nach einem Kaugummi.

Böll folgte ein kleiner dicklicher Mann mit Wuschelkopf und einer schweren dunklen Brille. Erkennbar gehbehindert, stemmte er sich mühsam die wenigen Stufen zum Podest empor. Das ist der Fried, raunte es, eigens aus London eingeflogen. Hugo und ich hatten seine Gedichte gegen den Vietnamkrieg gerade gelesen und uns, ähnlich wie bei den Mao-Sprüchen, nicht enthalten können, in ihrem Tonfall weiterzumachen. In aller Ehrerbietung versteht sich. Mit Respekt vor dem Schicksal des österreichischen Juden, der jetzt in England lebte. Nach dem Mord der Gestapo an seinem Vater war er als Siebzehnjähriger dorthin geflohen. Doch sein lyrisches Verfahren zu parodieren war zu verlockend. Unter dem frischen Eindruck der wortgewaltigen Dichtung Ezra Pounds mutete uns Frieds Dichtung naiv, beinah kindlich an. Treuherzig. Gut, Fried schrieb Zeilen, die eindeutig politisch Stellung bezogen, und diese Eindeutigkeit war das Beste, was sie dem Leser boten. Peter Rühmkorf brachte es in seiner Rezension im *Spiegel* auf den Punkt: ›Die Qualitäten solcher Verse und ähnlicher zu ermessen, bedarf es keiner neuen Ästhetik, sondern allenfalls des Kehrbildes der alten romantischen.‹ Mehr noch, befanden Hugo und ich erbarmungslos: Sie bedurften gar keiner Ästhetik, weil sie gar keine Gedichte waren, sondern zeilenumbrochene Zeitungsschnipsel. Basta.

Einschub von Hillas großer Schwester: Zwischen fünfzehn und fünfundzwanzig ist der Mensch am schlausten. Danach nimmt mit zunehmender Erfahrung die Schlauheit unwiderruflich ab. Es sei denn, man leugnet die Erfahrungen. Sich bis ans Lebensende dumm zu stellen, bleibt natürlich jedem unbenommen. Doch (unter vier Augen): Hatten die beiden so unrecht?

Logik

Wenn es
gestattet ist
dass man
die Kinder
bestattet
dann
ist es
auch
erlaubt
dass man
die Bäume
entlaubt.

Nun stand er da, ein verwuselter, selbst noch von weitem schmuddelig wirkender Mann, und ich schämte mich. Wie konnten wir bloß unseren Nietzsche und seine *Liebe als Kunstgriff* vergessen, als wir uns über Frieds Gedichte lustig gemacht hatten? Fried sprach nur ein paar Sätze, bevor er aus seiner Aktentasche einen Packen Din-A4-Blätter herauszog, schwenkte und rief: Neue Gedichte!

›In der Hauptstadt‹, hub der Dichter in tragischem Tonfall an, als verkünde er einem Todgeweihten Ort und Stunde der Hinrichtung. ›In der Hauptstadt‹, wiederholte er. ›Wer herrscht hier?‹ Die düster gedehnte Stimme führte uns dicht an den Abgrund der Existenz. ›Fragte ich/Sie sagten:/Das Volk natürlich.‹ Die Stimme dröhnte Spott. ›Ich sagte:/Natürlich das Volk./ Aber wer/herrscht wirklich?‹

Schwermut schwappte vom Rednerpult über den Hofgarten bis an den Horizont der Hoffnungslosigkeit. Der Dichter rückte die Brille gerade, ließ den Blätterpacken aufs Rednerpult sinken. Pause.

Beifall tobte los. Ho Ho und No No, tschi und -stand, minh und Not, brüllte alles durcheinander, einer schrie, und alle schrien mit, ich schrie mit und Hugo schrie mit, auch wir nahmen die pathetischen Plattitüden ihrem Verfasser, zumindest für die Dauer des Vortrags, als Erleuchtung ab. Mehr noch: Sie zündeten, sie rissen uns in ihren Bann. Weil, so mutmaßten wir später auf der Heimfahrt, wir seine literarischen Bemühungen nicht von seinem Schicksal trennen wollten. Und sicher auch, weil seine Meinung mit der unsrigen übereinstimmte.

Doch Fried übertrieb. Nestelte ein Gedicht nach dem anderen aus seinem umfänglichen Bündel, konnte kein Ende finden, seiner Zuhörerschaft ein ›Stück verstellten Daseins zur Kenntlichkeit zu entwickeln‹, wie der Ansager ihn vorgestellt hatte.

No No Erich No, ließen sich erste Stimmen vernehmen, wurden niedergezischt. Wind kam auf, schwarze Wolken unter dem grauen Himmel. Ein Windstoß wirbelte dem Dichter die Blätter aus der Hand, eine himmlische Antwort auf die trostlos-poetische Frage: ›Aber wer/herrscht wirklich?‹

Beifall. Der Ordner sprang aufs Podium, half, die Blätter einzusammeln und geleitete den Dichter nach unten.

Was meinst du, fragte ich, und deutete nach oben. Ich glaube, es geht bald los.

Du hast recht, Hugo rappelte sich auf.

Wenn wir jetzt
ein Bein
vors andere
setzen
und die Kund
Gebung ver
setzen
vers
ätzen
wir dann auch
die Revolution?

Erste Strophe. Jetzt du.

Und wenn
wir uns jetzt
in die Straßenbahn
setzen
ent
setzen
wir dann … Du, es fängt an.

Die ersten Tropfen. Am Rednerpult ging KD Wolff zur Sache, und wir rannten zur Rhein-Ufer-Bahn. Richtung Heimat.

Anderntags lasen wir im *Stadt-Anzeiger*, nicht zuletzt das schlechte Wetter habe zum friedlichen Verlauf des Sternmarschs beigetragen. Selbst als der harte Kern noch am Abend pitschnass nach Bad Godesberg marschierte, um vor der französischen Botschaft Solidarität mit den Pariser Rebellen zu bekunden, blieb es ruhig. Vor allem dank der besonnenen Polizei, lasen wir. Richtig. Auch uns war aufgefallen, dass uns die ›knüppelnde Staatsgewalt‹ gar nicht aufgefallen war. Die Innenstadt hatte man für den Autoverkehr gesperrt, das Regierungsgelände abgeriegelt, die wenigen Polizisten, weiß gekleidet, was friedfertiger wirken sollte, lauerten diskret im Hintergrund.

Aber dann: die Zahl. Achtzigtausend waren wir gewesen! Achtzigtausend! Und da waren die Protestierer in Dortmund und in den übrigen Städten noch nicht mitgezählt. Wenn das nicht ein Schlag gegen das politische Establishment war. Oder hatten wir am Ende doch nur, so Rudi Dutschkes Warnung im September vergangenen Jahres in *Konkret*, durch unsere ›friedliche Demonstration das Feigenblatt für die schon abgeschaffte Demokratie abgegeben‹?

Hugo lief in sein Zimmer und kam mit einer alten Nummer von *Pardon* zurück.

Hier hast du es, was der Meister von unserem Marsch erhofft hat, nämlich, dass die APO ein Stück weiterkommen würde. Der Protest gegen die Notstandsgesetze war nur Mittel zum Zweck. Hör zu: ›Besetzt Bonn!‹, fordert er. Hugo blätterte weiter. Hier:

›Am Tage der zweiten Lesung sollte Bonn eine ›Besetzung‹ durch Notstandsgesetzgegner erleben!‹, schreibt er. ›So bleibt die Voraussetzung einer befreienden Vergesellschaftung der wichtigsten Bereiche des gesellschaftlichen Lebens die durch Aufklärung und Aktionen gegen das System vermittelte tendenzielle Loslösung der Lohnabhängigen vom staatlich-gesellschaftlichen Apparat. Durch die Aktionen gegen den Springer-Konzern und gegen die Notstandsgesetze werden wir diesem Ziel viel näher gekommen sein. Denn die Befreiung der Lohnabhängigen kann nur durch ihre praktisch-umwälzende Bewusstwerdung geschehen, nicht durch eine Partei, eine Bürokratie oder durch ein Parlament.‹

Jongejong, seufzte ich. Und das auf leeren Magen. Kann ja mal meinen Vater fragen, was er davon hält, als Lohnabhängiger vom staatlich-gesellschaftlichen Apparat tendenziell losgelöst zu werden. Da brauchst du ja nen halben Vormittag, um das zu verdeutschen. Was meinst du, sind wir vergangene Woche ›der Befreiung der Lohnabhängigen‹ ein Stück näher gekommen? Achtzigtausend machen doch wirklich was her. Das war sie doch, die ›Besetzung Bonns‹, oder?

Bis zum Mittagessen konnten wir uns an der Berichterstattung des *Stadt-Anzeigers* erfreuen, dann drückte uns ein SDSler vor der Mensa ein Flugblatt in die Hand.

›Der Sternmarsch in Bonn hatte nur kanalisierende und frustrierende Wirkung. Gründe: Die Argumentation zur zweiten Lesung war von der manipulativen Behauptung getragen, dass eine Teilnahme möglichst vieler am Sternmarsch einen Einfluss haben könnte. Dies impliziert ein Vertrauen ins Parlament und unsere Regierung, das durch diese selbst notgedrungenermaßen erschüttert werden musste und von uns in Misstrauen umfunktioniert werden konnte. Diese Chance wurde nicht genutzt. Die Herrschenden waren schneller in der Ausnützung des systemfestigenden Teils des Sternmarsches – es gelang durch Presseberichterstattung und Regierungserklärungen Frustration in Resignation umschlagen zu lassen.

Viele Sternmarschierer waren zu weiteren ›Notstandsaktionen‹ nicht mehr zu bewegen, nachdem sie ihre Pflichtübung abgeleistet glaubten.

Demonstrationsform und Kundgebung waren vollständig dem niedrigsten Bewusstseinsstand unter den Teilnehmern angepasst. Man nützte nicht die Chance, die einen weiterzubringen im antikapitalistischen Protest, und frustrierte die anderen, deren Protest sich schon einmal anders artikuliert hatte. Eine negative Auswirkung von Einheitsfrontpolitik. Die Frustration war allgemein, da sich keine neuen Perspektiven im Notstandskampf gezeigt hatten, keine neuen Ziele aufgezeigt worden waren, der Kampf quasi beendet erschien. Parolen wie ›Generalstreik‹, ›Vom Protest zum Widerstand‹ blieben rein verbal und ohne Ansatzpunkte zur Realisierung.

Ich sah Hugo schuldbewusst an. Jawohl, wir zählten zu den Teilnehmern mit dem niedrigsten Bewusstseinsstand, waren durch ›langjährige funktionale Manipulation … auf die Reaktionsweise von Lurchen regrediert‹, so Dutschke in seinem *Pardon*-Artikel, hatten uns doch Würstchen und *La Bamba* unterm Kastaniengrün zur Äktschen gerissen wie der Kampf gegen das System der Interessendemokratie noch niemals, hatten ein paar Regentropfen schon verhindern können, dass unsere Empörung über die Notstandsgesetze zum revolutionären Bewusstsein erstarkte.

Hugo knüllte das Flugblatt zusammen und grinste. Ich grinste. Mit verliebten Leuten war keine Revolution zu machen. Nicht einmal eine sexuelle. Wir hatten, was wir wollten. Und das sollte ewig und drei Tage so bleiben. Keine Experimente. Jedenfalls nicht außerhalb der eigenen vier Beine. Aber da herrschte ja auch kein Notstand. Manipulationen hingegen höchst willkommen. Wie hieß es doch in meinem alten *Brockhaus:* das Wort kommt aus dem Lateinischen, ›manus‹, die Hand, und ›plere‹, füllen, was ursprünglich die Behandlung mit einer Handvoll Kräuter meinte: ›Insbesondere heißt Manipulation aber die Bearbeitung, Berührung und Streichung eines Körpers mit der Hand, um heilsame Veränderungen in demselben zu bewirken.‹

Manipuliieeren – Ausprobiiieren!

Unseren Rudi, Rudi Schildkröte, manipulierten wir am Abend mit Salat, so frisch und grün und viel, dass sein Erleben und Verhalten gegenüber der Tyrannei der Manipulateure der Konsumgüterverteilung nicht auf der theoretischen Ebene – wie auch bei einer Schildkröte –, vielmehr mittels direkter Aktion in unverbrüchliche Treue umschlug: Er fraß uns aus der Hand. Eine degradierende Wirkung der Manipulationsapparate, eine Lähmung und Verkrüppelung durch das Manipulationsmittel Salat stellten wir allerdings auch nach Wochen nicht fest. Doch dann war Rudi über alle Berge.

Wie oft an schönen Sommertagen hatten wir ihn morgens auf den Balkon gesetzt. Etwaigen Ausbruchsbestrebungen versperrten wir, die herrschende Klasse, den Weg durch ein übermächtiges Haupthindernis, ein Brettchen vor der Fuge zwischen Betonboden und Eisengitter. Alles wie immer.

Abends aber war Rudi weg. Im Kampf des manipulativen Apparats, sprich der häuslichen Futterversorgung, versus Selbsttätigkeit von unten, hatte das revolutionäre Bewusstsein, der Freiheitsdrang der Unterdrückten, gesiegt. Das Establishment, Hugo und ich, in heller Aufregung. Rudi musste den Weg in die Freiheit im freien Fall getan haben, direkt in den Rhododendron. Doch da war er nicht. Wir suchten den Garten ab, riefen Rudi, Rudi, wie nach einem Kind oder Hund. Fenster gingen auf, wieder zu, als man hörte, dass es sich nur um eine Schildkröte handelte.

Rudi blieb verschwunden. Gekräftigt durch unablässig entgegengenommene Manipulationen hatte er in einem spektakulären Akt die reale Möglichkeit ergriffen, die repressive Praxis umzuwälzen, die bestehende Ordnung abzuschaffen und mit der Befreiung der Massen bei sich begonnen. Auch er bekam eine Kerze im Dom. Und ein Stoßgebet, er möge in den neuen Herrschaftsverhältnissen die alten Widersprüche und Manipulationsmechanismen genießen wie bei uns in der Vorgebirgstraße.

Doch noch war Rudi von dieser praktisch-umwälzenden Bewusstwerdung Monate weit entfernt, noch glaubten Hugo und ich an die Kraft der großen Zahl: Achtzigtausend gegen die Notstandsgesetze, das musste Folgen haben. Wir blieben dran.

Waren dabei als der SDS-AStA ein paar Tage nach dem Marsch ein Teach-in zu den Notstandsgesetzen durchführte, auf dem auch Professoren, der Philosoph Volkmann-Schluck und der Rechtswissenschaftler Ulrich Klug, gemeinsam mit Studentenvertretern einzelne Gesetzesvorlagen analysierten und diskutierten. Für den folgenden Tag wurde ein Streik beschlossen.

Streik. Was für ein Wort. Ein wildes, ein Arbeiterwort, ›Fünf Finger sind eine Faust‹. Kumpels im Ruhrgebiet, Männer im Blaumann, ölverschmiert an Werkbank und Stechuhr. Was hatte das Wort in der Alma Mater zu suchen? Wen wollten wir Studenten zu was zwingen? Die Professoren, uns nicht zu lehren? Uns selbst, nicht zu lernen? Also zwangen wir uns am Ende selbst zu unserem Schaden?

›Professoren und Studenten streiken gegen die Notstandsgesetze‹, meldete das Spruchband über der Unterführung der Universitätsstraße am nächsten Morgen. Bis der Rektor befahl, die ›Professoren‹ abzuschneiden. Doch einige Studenten meinten, das sei falsch, und klebten die ›Professoren‹ zurück. Das passte plötzlich dem AStA-Vorsitzenden nicht, und der rollte die ›Professoren‹ wieder weg. Was nun den SDS-Chef verdross, der die habilitierten Vollakademiker flugs erneut anbrachte. Doch mittags streikten die Studenten mutterseelenallein und waren zudem sichtbar geschrumpft durch den Zusatz: ›Nicht alle‹. ›Nicht alle Studenten streiken gegen die Notstandsgesetze.‹ Das blieb hängen. Und entsprach der Wirklichkeit. Der Unibetrieb lief bis auf ein paar Ausnahmen weiter.

Es blieb unruhig in der Stadt, an der Uni, in den Schulen. Hugo und ich mussten uns trotzdem aufs Studium konzentrieren. Ich konnte mir ein Semester ohne Scheine nicht leisten. Hugo wollte seine Promotion hinter sich bringen. Doch zwei Tage vor der dritten Lesung der Gesetze am 30. Mai marschierten wir noch einmal mit.

Aufgerufen hatte die IG Druck und Papier. In den Druckereibetrieben standen die Maschinen von fünfzehn bis achtzehn Uhr still. Auch Ford-Arbeiter nahmen an der Kundgebung teil. Und wir. Im geübten Protestlaufschritt stürmten wir, etwa tausend Studenten, von der Uni zum Alter Markt, wo uns die Gewerkschafter begeistert begrüßten.

Flugblätter wurden verteilt mit einem Text von Wolfgang Borchert, der zwischen den Reden immer ohrenbetäubender über den Platz donnerte, was jegliche Meinungsäußerung per Sprechchor unterband. Aber das Nein schrien wir von Mal zu Mal lauter aus wilder Rebellenkehle mit.

> Du. Mann an der Maschine und Mann in der Werkstatt. Wenn sie dir morgen befehlen, du sollst keine Wasserrohre und keine Kochtöpfe mehr machen – sondern Stahlhelme und Maschinengewehre, dann gibt es nur eins:
> Sag NEIN!
> Du. Mädchen hinterm Ladentisch und Mädchen im Büro. Wenn sie dir morgen befehlen, du sollst Granaten füllen und Zielfernrohre für Scharfschützen montieren, dann gibt es nur eins:
> Sag NEIN! …
> Du. Mutter in der Normandie und Mutter in der Ukraine, du, Mutter … in Hamburg, in Köln und Kairo und Oslo – Mütter in allen Erdteilen, Mütter in der Welt, wenn sie morgen befehlen, ihr sollt Kinder gebären, Krankenschwestern für Kriegslazarette und neue Soldaten für neue Schlachten, Mütter in der Welt, dann gibt es nur eins:
> Sagt NEIN! Mütter, sagt NEIN!

Das Köln ist falsch, schrie mir Hugo ins Ohr. Hat der Borchert nicht geschrieben.

Na und? War doch egal. Da wir in Köln waren, warum nicht

ein bisschen Textanreicherung. In München hätte München reingehört. Hugo konnte den Germanisten aber auch nie vergessen. Ohnehin hatte das Gedicht mit uns konkret nichts zu tun. Ich konzentrierte mich auf den Redner. Die dritte Lesung der Notstandsgesetze sollte wegfallen, Bundestagsabgeordnete, die für die Notstandsgesetze stimmten, aus der IG Druck und Papier ausgeschlossen werden. Große Enttäuschung über die Haltung des DGB. Der hatte erklärt: ›Der Bundesvorstand des DGB lehnt einen allgemeinen Streik zur Verhinderung der Notstandsgesetze ausdrücklich ab, denn er hält es für einen Verstoß gegen die Grundsätze der parlamentarischen Demokratie, gegen einen mit großer Mehrheit gefassten Beschluss des Bundestages zum Streik aufzurufen.‹

Nein, in Frankreich waren wir nicht. Dort streikten Millionen Arbeiter und hielten Betriebe besetzt. Post und Bahn waren stillgelegt und Präsident de Gaulle musste seinen Besuch in Rumänien abbrechen.

Und wir? Was konnten wir noch tun? Wir, Kölner Arbeiter und Studenten? Fünftausend hatten wir auf die Beine gebracht, lasen wir am nächsten Tag in der Zeitung, und der Verkehr musste umgeleitet werden. Sonst aber auch nichts. Mit der Ablehnung eines Generalstreiks hatte der DGB für die Verabschiedung der Notstandsgesetze de facto grünes Licht gegeben.

Nach der Kundgebung diskutierte ein großer Teil unserer Gruppe in der Uni weiter. Ohne Hugo und mich. Das Studium ging vor. Hugo sammelte Stoff für sein Philosophiereferat ›Existenzphilosophie und Religion bei Karl Jaspers unter besonderer Berücksichtigung des Wahrheitsbegriffs‹, ich für mein Referat zur Brecht'schen Formalismustheorie. In Hörsaal A wurde der Generalstreik aller Fakultäten der Albertus-Magnus-Universität beschlossen. Zum Tag der dritten Lesung, dem 30. Mai.

Doch in die Annalen der Kölner Uni ging dieses Datum nicht wegen der Verabschiedung der Notstandsgesetze ein.

Schon von weitem schallte uns am Morgen der Lärm entgegen. Auf dem Platz vor dem Hauptgebäude drängten sich die

Kommilitonen, johlten, klatschten Beifall, brachen in No- und Ho-Rufe aus.

Zwischen den tragenden Säulen auf dem grauen Granit über dem Portal der Albertus-Magnus-Universität prangte in weißen Großbuchstaben ›Rosa-Luxemburg-Universität‹. Das mannshohe Plakat ›STREIK! Keinen Notstandsstaat. Weg mit den Notstandsgesetzen‹ reine Nebensache.

Eine Barrikade aus Latten, Knüppeln, Pappen, Plakaten versperrte sämtliche Eingänge und wurde von Anhängern des SDS bewacht.

Auch Hugo und ich blieben stehen, hielten, wie man so sagt, Maulaffen feil und nahmen teils kopfschüttelnd, teils belustigt wahr, was sich da vorne abspielte. Irgendetwas knallte, stinkender Nebel stieg hoch, hüllte die Barrikadenkämpfer ein, schemenhafte Gestalten mit Stöcken und Latten rannten gegen den Bretterverhau an, anscheinend Gegner der Gegner der Notstandsgesetze, Kommilitonen aus dem Umkreis des RCDS. Schon griffen auch die SDSler zu den Waffen – Hölzer aus der Barrikade –, als ein scharfer Wasserstrahl die Fronten auseinandertrieb. Die Gegner der Gegner zogen sich zurück, anscheinend waren die Güsse eine Verstärkung von Verbündeten; das Wasser schoss weiter aus zwei Feuerwehrschläuchen auf die Barrikade und ihre Verteidiger, die triefend vor den Brettern hockten. Was kam als Nächstes? Es wurde ungemütlich.

Lass uns gehen, drängte ich Hugo aus den vorderen Reihen nach hinten.

Im Gegenteil, erwiderte der, und zog mich wieder nach vorn. Siehst du denn den da nicht?

Einer mit Mao-Mütze – Hugo meinte später, es sei eine Bauarbeitermütze gewesen, die Kappe des Klassenfeindes setze dieser Mensch niemals auf seinen Kopf, und ich gab ihm recht –, also ein älterer dicklicher Mann mit Bauarbeitermütze (die wie eine Mao-Mütze aussah!), runder Nickelbrille und kariertem Hemd machte sich an der Barrikade zu schaffen.

Das ist der Rubin!, schrie Hugo. Und nicht nur er. Der Rubin!, johlte es um mich herum.

Der Rubin?, wiederholte ich ungläubig. Der mit dem Fallschirm?

Genau!

Vor knapp drei Wochen war Berthold Rubin, ein siebenundfünfzigjähriger Professor der Byzantinistik, mit dem Fallschirm über Schottland abgesprungen aus Entrüstung über die Inhaftierung von Rudolf Hess. Wollte den damit freikriegen. Und dieser rechte Extremist drang nun mit einem höchst sonderbaren Gegenstand auf die Barrikade ein.

Ein Lötkolben, schrie der Kommilitone neben uns.

Erste Flammen sprangen auf. Die Menge geriet aus dem Häuschen. Doch die Flammen verzischten am nassen Holz. Die wasserspritzende Vorhut des Professors hatte die Barrikade feuerfest gemacht.

Ich komme wieder! Der verkleidete Gelehrte schwenkte den Lötkolben über der Arbeitermütze und verschwand unter den Ho-Tschi-Minh-Rufen des Publikums um die Ecke.

Hat wahrscheinlich einen Schlüssel für den Nebeneingang, nickten sich unser Nachbar und Hugo zu. Und richtig. Kaum weg, war er zurück. Ein Klappmesser schwingend stürmte Rubin, diesmal in Anzug, Schlips und Kragen, von hinten durch die Menge der Barrikade entgegen. Der Kultusminister sei eingetroffen, fing ihn der Hausmeister ab. Worauf Rubin etwas in die Luft schnitt, das wie Hakenkreuze aussah, sein Messer einschnappen ließ und uns noch einmal zurief: Ich komme wieder!

Das macht der wirklich, versicherte unser Nachbar und sog genießerisch an seiner Zigarette. Wisst ihr noch? Ein Jahr nach dem Bau der Mauer: Da wollte er mit Hammer und Meißel ein Loch in die Mauer schlagen. Und zwei Jahre später ist er dann in den USA mit dem Fallschirm abgesprungen. Siebzehn Mal! Auch aus Protest gegen die Teilung.

Der ist doch verrückt, entfuhr es mir und meiner Nachbarin.

Auch diesmal mussten wir nicht lange warten, bis der rechtsrebellische Einzelkämpfer, jetzt im offenen hellbeigen Oberhemd, das weiße Unterhemd überm vorgewölbten Bauch, die Kampfpause beendete. Mit dem Schlachtruf: ›Ich bin der deutsche Che Guevara!‹, setzte er im Alleingang zum Sturm auf die Barrikaden an. Bewaffnet. Mit Teerbeuteln. Nicht nur gegen die Streikposten schleuderte er seine schwarze Farbe. Vor allem die Schmach der Alma Mater, die Schandschrift an der Wand, sollte getilgt werden. Wogegen er nun anlief, war allerdings inzwischen unklar. Handlanger des Establishments oder einfach ein paar kölsche Jecken hatten über das ›Rosa‹ ein Laken mit ›Radio‹ gehängt. Albertus Magnus also nicht mehr in der Hand von *Rosa*, sondern von *Radio* Luxemburg.

Nach kurzem Kampf ging der fitte Gelehrte zu Boden, einer der klatschnassen Barrikadisten zog dem strampelnden Che Rubin die Schuhe aus, ein Student kam mit Blaulicht ins Krankenhaus. Die Kniescheibe zerschmettert, erfuhren wir später.

Hugo und ich waren mit der Menge zurückgewichen und verfolgten die Teerbeutelschlacht aus sicherer Entfernung. Als der über und über schwarz verschmierte Althistoriker mit dem Aufschrei: ›Es lebe das Vierte Reich!‹, den Kampfplatz räumte, war das Spektakel vorbei. Die Menge zerstreute sich rasch. Hugo und ich brachen zu einem unserer Gänge am Aachener Weiher auf.

Alles nur Symbol, analysierte der Freund das soeben Erlebte. Nichts als ein Spiel. Die Barrikaden: Symbol. Das Umtaufen: Symbol. Lötkolben, Klappmesser, Teerbeutel: Symbole. Als ob man so die Massen mobilisieren könnte. Hugos Stimme triefte von Spott. Und in Bonn werden genau jetzt die Notstandsgesetze verabschiedet.

Abends sahen wir die Bilder im Fernsehen. Der Bonner Bundestag mit Absperrgittern umzäunt, Polizei und Wasserwerfer in Bereitschaft, keine Menschenseele weit und breit. Bilder von Demonstrationen und Uni-Streiks aus Berlin, Hamburg, Frankfurt, München. Im Mittelpunkt das Kölner Happening: Rubin ante portas.

Auch Ausschnitte der Debatte zu den Notstandsgesetzen wurden gezeigt. Abgestimmt wurde namentlich. Hundert Parlamentarier stimmten dagegen. Dreihundertvierundachtzig, mithin mehr als die erforderliche Zwei-Drittel-Mehrheit, dafür.

Ein Bild aus Leipzig gab es nicht. Dort wurde am 30. Mai 1968 die völlig erhaltene Universitätskirche aus dem 13. Jahrhundert gesprengt. Das Ding muss weg, hatte Walter Ulbricht befohlen.

Die Notstandsgesetze traten am 28. Juni 1968 in Kraft. Angewendet werden mussten sie Gottseidank noch nie.

Mit der Universitätskirche hatte man mehr ausgelöscht als ein Gotteshaus. Für einen Wiederaufbau fand sich nach der Wende keine Mehrheit; heute steht dort ein Universitätsgebäude. Der Kapellenraum, von der Aula durch eine Glaswand abgetrennt, darf gelegentlich genutzt werden.

Für Hugo und mich brach der zweite Sommer an.

Seit Lilo und Tim durch Europa reisten, wohnte ich meist bei Hugo. Unser Alltag glich beinah dem eines alten Ehepaars; frühmorgens raus in die Uni, ohne uns durch Teach-, Sit-, Go-ins beirren zu lassen. Unsere Love-ins hielten wir privat. Aber war nicht neuerdings das Private auch politisch? Dann machten wir in der Vorgebirgstraße fast jede Nacht große Politik. Mit unseren Love-ins zwangen wir das Establishment gehörig in die Knie.

Nach der Verabschiedung der Notstandsgesetze und der Rubin-Attacke war es ruhig geworden an der Kölner Universität. Nur einmal noch ging es hoch her. Gegen Semesterende rief der RCDS zu einer Diskussion mit dem Innenminister auf; dem Mann, der seit dem 30. Mai im sogenannten Spannungsfall die Bundeswehr auf die Bevölkerung schießen lassen konnte. Thema: ›Fortschritt – ohne Terror‹. Den machte der SDS: mit Spielzeugpistolen, Patrouillen in Wehrmachtsuniform und einer SS-Ehrenwache mit Hakenkreuz vor dem Rednerpult. Kuhglocken, weithin hörbar, lockten Hugo und mich in den Hörsaal. Faule Eier, fast schon Standardausrüstung im Kampf gegen die Bonner Charaktermasken, platzten irgendwo hinterm Pult, und ich dachte an die Putzfrau. Unterm Kuhglockengebimmel stürzten sich Studenten des RCDS auf die vom SDS, wurden getrennt, und Benda konnte seinen Vortrag halten. Immer wieder unterbrochen von einer Gruppe, die vorm Redner auf den Knien lag und einen ›Gedächtnisernstesdienst‹ abhielt. Ernst, der Vorname des Innenministers Benda. Ein Flugblatt lud dazu ein: ›Notstand unser, der du bist auf Erden, geheiligt werde dein Schöpfer, sein Reich komme, sein Wille geschehe, wie im Frieden also auch in Köln. Unser täglich Not gib uns heute, und verbiete uns unsere Meinung.‹

Gegen Ende der Rede stimmten sie an: ›Auf Wiedersehn, auf Wiedersehn, jetzt ist er endlich fort, jetzt ist es noch einmal so schön, und hier kein Notstandswort.‹ Fast alle sangen mit. Hugo und ich machten uns davon. Ein paar schlossen sich an.

Die wollen antiautoritär sein, überhörte ich im Hinausgehen zwei Kommilitonen. Dann sollten sie den Gegner wenigstens ausreden lassen. Die sind doch selbst repressiver als das ganze repressive Establishment!

Draußen sorgte wiederum Professor Rubin für die Fortsetzung des Tumults. Umging die Absperrungen für den Minister und preschte in einem alten Opel über die Grünflächen vor das Hauptgebäude, um dort vom Dach des Wagens eine Rede zu halten. Mit unverbrauchtem Kampfesmut zerrten ihn ein paar Aufständische aus Hörsaal 18 beiseite, zerschnitten ihm die Reifen und schütteten Zucker in den Tank.

Für Hugo und mich blieben derlei Abstecher in revolutionär-studentische Tagespolitik eine Ausnahme. Kamen wir – Die Bibliothek wird geschlossen! – abends wieder ins Freie, rochen selbst die Kastanien an der Straßenbahnstelle nach Papier und Druckerschwärze.

Außerdem hatte ich einen neuen Job: Testesser.

Textesser?, hatte Hugo geflaxt.

In angemessener Kleidung, mal in Jeans mit Bluse, mal im schwarz-rosa Jäckchenkleid, betrat ich Restaurants mittlerer Preisklassen, die sich in der Einstufung verbessern wollten. Nachdem ich einige Gutachten abgeliefert hatte, fragte man mich bei der studentischen Arbeitsvermittlung, ob ich zuverlässige Herrenbegleitung mitbringen könne. Mal solo, mal begleitet sollte ich feststellen, ob allein speisende Frauen in Restaurants anders behandelt würden. Zusammen mit Hugo wurde aus jedem Test ein Fest. Beim Ausfüllen der Fragebögen und dem Abfassen des Berichts lachten wir mitunter Tränen. Was die aber auch alles wissen wollten!

Wird man begrüßt und an den Tisch geführt, oder muss man ihn selbst aussuchen? Kann man einfach so hingehen, ohne Anmeldung? Stürzen alle Kellner auf einen zu oder keiner? Wies die Tischdecke Spuren der Vorgänger auf? Das Besteck: Blech oder Silber oder irgendwas dazwischen? Sogar unter den Teller musste ich gucken.

Alsdann die Bestellung. Wie war die Beratung? Wurde das passende Getränk zum Menü empfohlen? Verging zwischen Bestellung und Servieren mehr als eine halbe Stunde? Entsprach das Ergebnis dem Preis-Leistungs-Verhältnis? Über 8 DM musste ein Tessiner Schnitzel aus Kalbfleisch sein; bis 6 DM durfte Schwein unters Paniermehl.

Ganz übel wurde Betrug geahndet. So bestellten wir einmal Ananas mit Kirsch und bekamen stattdessen Ananas mit Kirsch-e. Und dann redete sich der Kellner auch noch heraus, er habe das E auf der Speisekarte vergessen.

Sogar die Toilette spielte eine Rolle: War die Klobrille intakt? Die Wasserspülung? Konnte man sich die Hände waschen? Abtrocknen?

Zum Schluss: das Befinden nach der Mahlzeit. Lag das Essen schwer im Magen? Stimmte der Preis?

Für Sterne war ich nicht zuständig. Ich war sozusagen nur der Vorkoster. Wer schon bei mir durchfiel, kam für Profis erst gar nicht in Betracht.

Doch der Job hatte es leider buchstäblich in sich. Testesser, Textesser, Festesser, Fettesser: Ende des Semesters passte ich in keine Hose mehr. Ich bat um Rückstufung in die Statistenkartei.

Verreisen? Nein, das wollten wir in diesem Sommer nicht. Hugos Eltern hatten ihn zu einer Griechenlandreise verlocken wollen. Er lehnte ab. Ich ahnte, warum. Das Haus in Hydra war nicht nur von Familie Breidenbach gemietet, sondern auch von den Rodenkamps. Die würden dort mit ihrer Tochter, Hugos Sandkastenliebe, Ferien machen.

Am Abend ihrer Abreise schleppte Hugo Bildbände von Griechenland an. Wir tranken Retsina, hörten Sirtaki, und nach dem zweiten Uso tanzten wir Arm in Arm mit Alexis Sorbas. Wir gingen ins Akropolis essen und lasen uns aus der *Mythologie der Griechen* von Kerényi vor. Klebten ein Foto aus einem *Merian*-Heft auf eine Postkarte und schickten den Eltern einen Gruß vom Peloponnes. Als Kind, erzählte Hugo, habe er die Bilder in Büchern immer überkritzelt, um sie zum Verschwinden zu bringen, ihre toten Gesichter, die stummen Münder, und ich gestand, Buchbilder grundsätzlich gehasst zu haben, weil sie Platz wegnahmen für meine geliebten Buchstaben, die Geschichte.

Wir genossen unsere Gewohnheiten. Gewohnheiten als sorgsam gehütete Gehege. Man begibt sich hinein und ist geschützt.

›Die Wiederholung ist eine geliebte Gattin, deren man nie müde wird. Denn es ist nur das Neue, dessen man überdrüssig wird, nie das Alte; und wenn man dies vor sich hat, wird man glücklich‹, zitierte mein schlauer Hugo Kierkegaard, und ich gab ihm eine Kusskopfnuss.

Wir streiften durch Köln. Schlenderten dahin, wie ich mich an meinem ersten Tag im Hildegard-Kolleg hatte durch die Straßen treiben lassen. Fast so. Nun waren es zwei Augenpaare, die mit: ›Siehst du, da, schau mal‹, die Stadt immer lieber und vertrauter machten. Dabei wusste abwechselnd einer den anderen so zu lenken, dass unser Müßiggang nie in Zielstrebigkeit umschlug, aber am Ende doch auf einen insgeheim auserkorenen Höhepunkt zulief. Dort spielte man den Fremdenführer und hielt einen kleinen Vortrag. (Hugo meist einen längeren!) In der Regel machten wir bei Denkmälern, Kirchen, Plätzen halt, doch hin und wieder probierten wir auch einen gerade neu erkorenen Leitsatz aus unserem Brecht-Seminar aus: ›Kultur ist, wie der ganze Mensch lebt.‹ Auf ging's in die Rolltreppe am Rudolfplatz, dem ersten Schnellimbiss Kölns. Nur was für Schulschwänzer und Gammler, hatte uns Fräulein Oppermann gewarnt. Pommes frites und halbe Hähnchen konnten wir vom Tresen weg gleich mit an einen der Tische nehmen, die noch deutliche Spuren der Voresser trugen. Die meisten hier so jung, dass wir uns uralt vorkamen. Mir, mit meiner vierwöchigen Imbissbudenpraxis, konnte man in puncto Brathähnchen nichts vormachen. Die hier waren an den Knochen noch blutig roh. Die Cola lauwarm, Gläser Fehlanzeige. Papierchen mit Senf oder Mayonnaise wurden in die Gegend geschnippt. Als eines in meinen Pommes landete, stand Hugo auf, sah sich um. Grinsen, Johlen: Lurens, dä Puckel! Wir gingen.

Immer noch hingen hier und da Plakate zum Sternmarsch nach Bonn, scheuchte schwarz-rot-gold umrandet ein schwarzer Stiefel die weiße Taube auf. Ihre realen Verwandten ließen es sich wie eh und je gut gehen, besonders vorm Dom. Zum ersten Mal stieg ich hoch in den Turm und erzählte davon ein paar Tage später der Mutter so begeistert, dass die mich versonnen ansah: Ja, da rauf möscht isch auch mal.

Zurück in Köln ging mir der Satz, mehr noch der Blick dazu, nicht mehr aus dem Kopf. Ob sie mich besuchen könnte, diese Bitte wäre der Mutter nie über die Lippen gekommen. Sie fürchtete mein Nein. Das kannte ich nur zu gut. Bitten und Fordern hatte auch ich lernen müssen, musste es immer noch.

Also, druckste ich und stellte das Glas mit dem Dondorfer Apfelmus auf den Tisch in der Vorgebirgstraße, letzten Sommer hab ich dir ja mein Dondorf gezeigt. Wir wär es denn, wenn … Ich stockte, ließ den Satz ins Leere laufen.

Du meinst, wenn ich den Dondorfern aus der Altstraße 2 mal meine Stadt zeige …

Hugo schnappte unter meinem Kuss nach Luft. Manchmal war es unheimlich, wie er meine Gedanken erriet.

Also Postkarte. Beinah förmlich schrieben wir, wann es ihnen recht sei, wir würden uns freuen, mit jeder Floskel rückten die Eltern ein Stück weit von mir ab, wurden aus Eltern Besucher.

Hilla, schrieb die Mutter, der Pappa hat ja Zeit. Aber ich muss die Kasse puzen. Am besten is der Samstag oder Sontag. Macht eusch keine Umstände. Die nächste Woche is auch der Bertram da. Grüß den Hugo. Mama.

Also am Wochenende. Samstag oder Sonntag? Vor oder nach dem Mittagessen? Zweimal noch gingen Postkarten hin und her. Dann stand der Samstag fest. Um elf hielt Hugos 2CV vor der Altstraße 2; die Eltern und Bertram schon am Gartentor, Julchen und Klärchen auf Posten hinterm Fenster. Der Vater stieg vorn ein, was der Mutter nicht recht schien, doch die Vorfreude siegte.

Wisst ihr wat, sagte sie versonnen, isch bin noch nie im Auto nach Köln jefahre.

Sie genoss die Strecke am Rhein entlang, vorbei am Bayer-Werk, durch Mülheim und Deutz, die Fahrt übers Wasser, den Blick auf die Hohenzollernbrücke, wo ein Zug Richtung Bahnhof glitt. Sie trug ihr geblümtes Sommerkleid und duftete nach Farina Gegenüber.

Und der Vater? Im sommerlichen Sonntagsstaat diskutierte der mit Hugo die Situation in Prag. Würden die Russen noch länger zusehen, was der Dubček da machte? Dieser ›Sozialismus mit menschlichem Antlitz‹? Würden die Russen am Ende doch einmarschieren? Es berührte mich, wie der Vater so fremde Wörter, Sozialismus, Manifest, Reaktionär, herausbrachte. Rund um die Uhr lief bei ihm im Arbeitsschuppen das Radio mit politischen Sendungen, auch im Fernsehen ließ er kaum eine Diskussion, kein Magazin aus, und manchmal war er besser informiert als ich. Ihn freute diebisch, wenn er mich mit entlegenen Einzelheiten verblüffen konnte. Gerade hatte er mich erwischt. Dass die Frauen in der Schweiz nicht wählen durften, konnte doch nicht wahr sein! Kein Wahlrecht. Und das im Jahre 1968! Mitten in Europa! Zum ersten Mal, so der Vater, seien sie jetzt dafür auf die Straße gegangen. Wetten? Ja, hatte Hugo meine ungläubige Nachfrage bestätigt, die Schweiz habe nun endlich im Internationalen Jahr der Menschenrechte diese Charta unterschrieben, aber ausdrücklich ohne Frauenwahlrecht. Und ich stellte dem Vater die Wettschuld, eine Flasche Buerlecithin, auf den Tisch.

Die Mutter zog es gleich zum Dom. Kaffeetrinken könne man später, ins Hildegard-Kolleg auch. Im Café Reichardt würden wir, ich und der Vater, der sich die gut fünfhundert Stufen nicht zumuten durfte – dat dolle Herz –, die Aufsteiger erwarten. So wie mir, würde Hugo der Mutter und Bertram all die schönen Geschichten erzählen, vom dicke Pitter, der größten frei schwingend geläuteten Kirchenglocke der Welt, von Ursula-, Josephs- und Aveglocke, die sie nun nach genau zweihunderteinundneunzig Stufen besichtigen würden, bevor sie Wendel- und Metalltreppe im Südturm geschafft und sich die glücklichen Augen den Blick über die Stadt bis weit ins Bergische, Eifel und Rheinebenen verdient hätten.

Doch anstatt das Café anzusteuern, erkundigte sich der Vater nach der Straßenbahn zum Zülpicher-Platz.

Was willst du denn da?, fragte ich entgeistert.

Abwarten. Mir haben doch Zeit. Bis die do erop sind un widder eraff.

Also Straßenbahn und Zülpicher-Platz. Von da aus gingen wir noch ein paar Schritte in die Taubengasse. Vor der Nummer 5 machte der Vater halt: Hier hab isch jewohnt.

Du? In Köln? Ich war baff.

Warum denn nit? Da staunste, wat? Un hier, der Vater ging ein Stück weiter, da hat et Resjen jewohnt, et Therese. In derselben Straß.

Resjen?, echote ich.

Ja, isch hab Resjen für et jesacht. Un hier war früher die Bäckerei. Da hab isch jearbeitet. Beim Vatter vom Resjen. Sah früher anders aus hier. Komm, mir jehen zurück. Jetzt haste et jesehen.

Die Taubengasse, nicht weit vom Hildegard-Kolleg entfernt. Sicher war der Vater auch in die Mauritiuskirche gegangen. Doch diese Häuserreihen, nach dem Krieg schnell hochgezogen, kannte der Vater so wenig wie ich. Seine Bilder im Kopf sah nur er. Irgendwo ging ein Pressluftbohrer los. Zwischen den Wohnblocks staute sich die Hitze.

Der Vater hakte sich bei mir ein. Das tat er selten. Es war mühsam, sich seinem hinkenden Schritt anzupassen, aber ihn loslassen? Niemals. Der Vater drückte meinen Arm und begann, als spräche er nur für sich; erzählte, wie er mit einundzwanzig weg sei von zu Hause, vom Bauernhof; da konnte dä Ahl ihm ja nichts mehr antun. In die Stadt habe er gewollt. Bloß nicht mehr in den Stall und aufs Feld. Die Stadt. Das war Köln, was sonst? War es bis heute. Dat Hilla wohnt jetzt in dr Stadt. Mir fahren zum Einkaufen in de Stadt. Bei Meister Vetten habe er Arbeit gefunden. In der Bäckerei. Erst mal nur Handlanger, aber bald voll dabei. Brot und Brötchen, kein Kunststück, später auch Kuchen. Nur die Torten, dat war nix für misch. Hier hatte er Resjen getroffen. Therese Vetten, die Tochter des Meisters. Sie ging noch auf die Hauswirtschaftsschule. Et war mein Ein un Alles. Un isch dat seine. Und da er fleißig gewesen sei, habe auch der Meister nichts dagegen gehabt. Und, noch viel wichtiger, der Bruder auch nicht. Er würde die Bäckerei einmal übernehmen, und den Schwager gleich mit.

Vom Zülpicher-Platz fuhren wir zurück und fanden im Café sogar einen freien Tisch mit Blick auf den Dom.

Isch mach et kurz, sagte der Vater, sie können ja jeden Moment hier sein. Dat Datum stand schon fest. Für die Hochzeit. Da krischt dat Resjen Lungenentzündung. Zu spät erkannt. Da is et jestorben dran. Sie haben et im Brautkleid in de Sarsch jelescht.

Pappa!

Ja, so war dat. Is ja lang her. Abber dat sollste doch wissen, wo de jetzt in Köln wohnst. Isch bin dann weg. Wollt auch nix mehr mit Backen ze tun haben. War dann in Solingen, in Wuppertal, in Burscheid. Un dann hab isch die Mamma kennenjelernt. Da war schon Kriesch. Der Vater brach ab, winkte: Ach, da kommen se ja.

Bertram vorneweg, die Mutter an Hugos Arm, verschwitzt und freudestrahlend.

Wat sitzt ihr dann hier so bedröppelt? Haben mir eusch zu lang warten lassen? So, jetzt hammir uns abber en Tässjen Kaffe verdient, wat, Hujo? Die Mutter tupfte sich den Schweiß von der Stirn. Ohne zu klagen. Und wir ließen uns, ganz großstädtisch, einen Eiskaffee schmecken; den gab es in Dondorf nicht.

Kuck dir die mal an, schadenfroh ruckte die Mutter den Kopf in Richtung Nebentisch. Dort wedelten drei Frauen hektisch mit Händen und Servietten vorm Gesicht herum. Sie aßen Pflaumenkuchen. Pflaumenkuchen hieß in diesem Sommer: Wespen inklusive.

Un jetzt jehn mir bei disch, Hilla. Die Mutter ließ den Löffel im leeren Glas klicken. Auf jeht's.

Bei misch: Das war gar nicht so einfach. Wir kamen zwar alle ins Haus, doch auf mein Zimmer durfte nur die Mutter mich begleiten. Da war Fräulein Oppermann, auch wenn sie die Eltern wohlwollend begrüßte, eisern. Mann ist Mann, flüsterte Hugo mir zu. Brecht, murmelte ich zurück.

Schlecht, haste Recht, pflichtete die Mutter mir bei, warf Hugo noch einen Blick zu und folgte mir durch die Glastür, die wie immer mit ihrem gemeinen Klirren hinter uns ins Schloss fiel: bis hierher und nicht weiter.

Den Dondorfer Wandbehang mit dem weißen Hirschen hatte ich, obwohl verboten, an die Wand gepinnt; die karierte Decke überm Bett sollte ein Sofa vortäuschen; auf dem Schreibtisch protzte meine Schreibmaschine, die ich am Vortag von Hugo hierher verfrachtet hatte.

Un dat is dein Zimmer? Dat is abber klein. Wo kann mer sisch denn hier setzen? Die Mutter war enttäuscht. So wohnte eine Studentin der Jermanistik?

Dat is ja nit viel jrößer wie dä Holzstall.

Ja, Mamma, ich bin ja auch nur zum Lernen hier. Und zum

Schlafen, fügte ich schnell hinzu. Komm, ich zeig dir noch die Küche.

Abber dat Kreuz da, die Mutter wies im Hinausgehen auf die Tür, dat Kreuz da is schön. Dä passt auf disch auf, wenn dä Hujo nit da is.

Auch Küche und Duschen machten wenig Eindruck auf die Mutter, und wir waren alle froh, als dieser Teil des Besuchs bewältigt war.

Hugos Tantenwohnung hingegen wirkte auf die Familie wie beim ersten Mal auf mich. Allein die Bücher in der Diele! Der Vater stand starr und hielt den Hut vor den Bauch wie in der Kirche. Die Türen zum Salon und zur Bibliothek waren geschlossen, Hugo drängte uns durch den Flur in sein Zimmer, nötigte uns an das runde Tischchen, brachte Cola, ich holte Gläser. Die Mutter ließ die Augen wandern und atmete auf. Genau so stellte sie sich eine Studentenbude vor. Und dann all die Kornblumen. Die Iris, bislang ihre Lieblingsblume, hatte ausgedient.

Der Vater sah auf die Uhr. Er war schweigsam seit unserem Abstecher in die Taubengasse. Und in die Vergangenheit.

Die Mutter nahm eine Zeitschrift vom Stapel. Lagos, las sie, brach ab. Wat ist dat, Lagos.

Eine Stadt. Soviel wusste ich.

Un wo lischt Lagos?

In Afrika, mutmaßte Bertram.

Nigeria?, riet der Vater.

Sagenhaft, wie viele Ort es auf der Welt gibt, lenkte Hugo ab. Ein Leben würde nicht ausreichen, die alle zu kennen. Wie Sand am Meer.

Komisch, sinnierte die Mutter, Namen sind wat Komisches.

Zum Beispiel Maria, foppte Bertram, ei ei ei Maria, Maria von Tahija.

Hürens, dä fiese Jung, die Mutter knuffte den Bruder, übermütig wie ein Schulmädchen.

Lommer jonn, sagte der Vater, et wird spät. Un isch brauch jetzt wat Reelles nach dem kalten Kaffe.

Hör mal, Pappa, nahm ich ihn auf der Treppe beiseite: Sollten wir nicht alle Du sagen?

Dat tuen mir doch, sagte der Vater, stockte, ach, du meinst dä Hujo?

Genau.

Un warum soll isch dat zuerst sagen?

Du bist doch der Vorstand der Familie.

Hugo hatte vorgesorgt. Ein Tisch für fünf Personen beim Früh. Punkt sechs. Wir saßen kaum, da stand schon vor jedem ein Kölsch.

Der Vater hob sein Glas. Setzte es wieder ab. Ich nickte ihm verstohlen zu.

Hör mal, Hujo, der Vater hob sein Glas erneut: Wolle mir nit Du sagen?

Prost, Josef, ich griff mein Glas und gab Hugo unterm Tisch einen Tritt. Es wäre nicht nötig gewesen.

Hugo stand auf. Der Vater stand auf. Jeder ein Kölsch in der Hand, die andere um die Schulter des neuen Duzfreundes. Jetzt erst bemerkte ich, dass der Vater seinen Siegelring trug; den hatte ich bisher nur zweimal gesehen: bei meiner und Bertrams erster Kommunion.

Bertram klatschte. Ich auch. Von den Nebentischen schallte: Alles Jute! Hätzlischen Jlückwunsch! Wer hat denn Jeburtstach? Prosit! Verlegen ließen die beiden voneinander ab. Die Mutter schaute in ihr Glas; sie fühlte sich links liegen gelassen.

Auf Maria!, rief Hugo und warf der Mutter ein Luftküsschen zu.

Auf disch, Hujo. Dat mir jesund bleiben. Die Mutter war versöhnt.

Ich kniff Bertram ein Auge. Der schnitt eine Grimasse. Wieder die alte Mama: immer eine mögliche Katastrophe im Ärmel.

Schad, dat deine Eltern in Jrieschenland sind. Beschwingt strich sich die Mutter eine Strähne aus der Stirn. Denen tät isch auch mal jern Juten Tach sagen. Wo die Leut hier alle so freundlisch sind.

Ich schluckte, und sogar mein zungenfertiger Hugo kam ins Stottern. Äh, ja, das hat Zeit, aber wenn sie zurück, äh, dann …

Wat darf et denn sein?, wedelte der Köbes mit der Speisekarte, und Hugos Erzeuger waren erst einmal über kölschen Köstlichkeiten vergessen.

Rheinischer Sauerbraten, dicke Bunne mit Speck, Himmel un Ääd, Hämmsche[*] mit Sauerkraut, Kottlett mit Schawu[**], Rievkooche. Rievkooche mit Krücksche oder Appelkompott. Die Mutter und Hugo tauschten die Teller, Sauerbraten kam zu Himmel un Ääd, dicke Bunne zum Hämmsche, beim Rievkooche waren alle dabei. Und beim Kölsch. Das flog wie im Schlaraffenland immer frisch gezapft auf den Tisch.

Irgendwann verschwand Hugo Richtung Theke. Diesmal waren wir seine Gäste.

Auf geht's! Jetzt ist ein Spaziergang fällig.

Draußen nahm er die Mutter in die Arme. Und die gab Hugo einen Kuss. Auf der Straße. Auf den Mund. Arm in Arm flanierten die beiden vorneweg, der Vater ein wenig verloren hinterher.

Sag mal, stieß ich Bertram an, kannst du dich erinnern, jemals von der Mama ein Küsschen gekriegt zu haben?

Ehe er antworten konnte, hakte der Vater mich wieder unter. Wat für eine feine Jung. Un wenn ihr jeheiratet habt, darf dä Pappa für misch sagen. Dat kannste ihm schon mal sagen.

Wann hatte ich das vorher jemals gefühlt: Wir, die Palms, waren eine Familie. Hugo hatte uns zu einer Familie gemacht. Zumindest diesen einen Nachmittag lang. Es sollte ein Anfang sein, schwor ich mir.

Abends lag ich lange wach. All die Geschichten, dachte ich, den Arm des Vaters auf meinem spürend, all die Geschichten, die sich in den Menschen verbergen, die sie mit sich herumtragen wie ungeschriebene Bücher. Brauchen wir deshalb geschriebene, verfilmte, gemalte Geschichten, stellvertretend festgehal-

* Eisbein

** Wirsing

tene Geschichten für die eigenen vergänglichen, die mit uns verschwinden? Brauchen wir deshalb die Geschichte von Gott, der ewigen Geschichte, der unsterblichen Geschichte von der Unsterblichkeit? Die Geschichte vom Leben nach dem Tod? Die Erzählung vom ewigen Leben?

Der Vater sollte recht behalten: die ›Tschechische Tragödie‹, so der *Spiegel*-Titel, begann mit dem Einmarsch der Warschauer Vier – die DDR-Truppen blieben an der Grenze in Lauerstellung. Es war wieder so ein Tag wie damals, als wir in der Altstraße 2 am Radio hingen, die Großmutter in die Gewehrschüsse aus dem Lautsprecher den Rosenkranz murmelte, der Reporter aus Budapest mit tränenerstickter Stimme. Für die Kämpfer gegen den Kommunismus beteten wir und für Kardinal Mindszenty, den sie aus lebenslanger Kerkerhaft befreiten. Vergeblich. Der Kommunismus war stärker als unser Flehen. Dass die Großmutter die Gefallenen zu Märtyrern erklärte, tröstete mich nicht. Mein Gottvertrauen hatte einen weiteren Riss bekommen.

Auch diesmal wollte ich es nicht wahrhaben: Abermals waren sie da, die Bilder von Tapferkeit und Leid, Heldentum, Hoffnung, Verzweiflung und Not. Wieder verschlangen wir die Zeitungen wie nach der Erschießung Benno Ohnesorgs, nach dem Attentat auf Rudi Dutschke, saßen in zorniger Ohnmacht vor Radio und Fernseher. Aber jetzt war ich kein Kind mehr. Gebete helfen nur, wenn Gott will. Durch Beten ließ sich nichts umfunktionieren. Wir hielten es nicht mehr aus in unserer einsamen Zweisamkeit.

Was hältst du von einem Besuch im Republikanischen Club?, schlug Hugo vor. Vielleicht erfahren wir da mehr.

Kann man denn da einfach so hin?

Warum nicht? Ich hab noch das Flugblatt, in dem sie zum Mittun aufrufen. Und wer da alles dabei ist! Einen Assi von den Soziologen kenn ich, dann jede Menge Redakteure vom WDR, sogar der Scheuch und der Volkmann-Schluck. Da kriegt man nicht gleich ne Meinung aufgedrückt.

Also, auf zum Römerturm.

Der Republikanische Club im Erdgeschoss eines gutbürgerlichen Mietshauses, jedenfalls der Raum, den wir nun betraten, war eine Mischung aus Kneipe, Büro, Küche und guter Stube. Ein Tisch mit Schreibmaschine und Abziehpresse; ein zweiter mit Unterschrank und vier Kochplatten, aus zwei Töpfen roch es nach Erbsensuppe und Würstchen; ein Bierausschank. Polstermöbel mit rotem Cordsamt oder Kunstleder überzogen, runde Tische, Bücherregale, Zeitungsständer. Im Nebenzimmer Stimmengewirr. Zigarettenqualm, die Luft zum Schneiden.

Was darf's denn sein, Genossen? Offenbar war dem Mann hinter der Theke unser zögerlicher Eintritt aufgefallen. Nehmen Sie doch Platz. Zum ersten Mal hier?

Genossen und Sie! Wo waren wir denn da hingeraten?

Wir saßen kaum, da stand schon das Kölsch vor uns. In Flaschen. Bier aus Gläsern ist konterrevolutionär, zwinkerte Genosse Barmann uns zu. Wohl zum Informieren hier? Trinken Sie in Ruhe aus, und dann hören Sie da drüben zu. Da geht's seit heut Mittag hoch her. Aber wer Action will, ist hier fehl am Platz. Wir betrachten uns eher als eine Art Dienstleistungsbetrieb. Schreibmaschine, Abzugspresse, Schulungsmaterial: kann alles genutzt werden. Nur nicht zu laut das Ganze. Und wenn's rausgeht, bitte leise und diszipliniert. Die Nachbarn. Wieder kniff uns der Barmann ein Auge.

Dienstleistungsbetrieb! Disziplin! Was waren das für Vokabeln? Meinte er es ernst? Wollte er uns testen? Gutbürgerliche Kleidung, weißes Hemd und Sakko, weder Marx noch Mao im Knopfloch. Wes Geistes Kind war der denn?

Auch die im Nebenzimmer ließen das im Unklaren. Anders als auf Lilos Silvesterparty, wo man auf den ersten Blick hatte erkennen können, wer vorzugsweise die Gesellschaft oder das eigene Ich optimieren wollte, waren Bärte, Locken, Lederjacken, Jeans und Stiefel selten. Die Signale der Glaubensrichtungen – Hammer und Sichel, roter Stern oder Mao – trug man beiläufig am Jackett.

Wir verdrückten uns auf Stühle im Hintergrund.

Selbst die Sprache glich sich; man sagte Paper zum Matrizenabzug, nannte eine Mitgliederversammlung MV, GO war eine Geschäftsordnung und AKO war kein Dreher von AOK, sondern meinte Arbeitskreis Organisation. Aber Bullen für Polizisten, Pinguine für Richter oder Popos für Politische Polizei? In diesen Räumen tabu.

Die unterschiedlichen Positionen, eher die unversöhnlichen Gegensätze, hörten wir dennoch schnell heraus. Zwar trank man noch gemeinsam sein Bier, aber schon an getrennten Tischen. An denen es um das eine ging, weswegen auch wir hergekommen waren: Musste man nicht gegen den Einmarsch der Russen in Prag genauso demonstrieren wie gegen den Krieg der Amis in Vietnam? Was war denn daran kommunistisch, ein Brudervolk am eigenen Weg zum Sozialismus zu hindern?

Doch dann traute ich meinen Ohren nicht: Abstrakte Freiheitslosungen habe man dort in Prag verzapft, gerade noch rechtzeitig sei diese Rechtsabweichung im internationalen Kommunismus gestoppt worden. Eine Rückkehr zum Privateigentum hätten diese Leute gewollt, kurz, eine Wiedergeburt des Kapitalismus sei vereitelt worden. Die SU habe das Bruderland vor dem Klassenfeind gerettet.

Ihr seid ja von Moskau gesteuert!, schallte es vom Nebentisch herüber. Geht doch nach drüben!

Und ihr? Geht doch nach Peking!

Natürlich war die Mao-Fraktion gegen die SU. Anhand dieser historischen Steilvorlage konnte sie ihr Feindbild einmal mehr problemlos festigen. Den Einmarsch als eine verbrecherische Untat des imperialistischen Hegemonismus der UdSSR entlarven. Der Große Vorsitzende würde es richten.

Auch Vietnam und Kuba haben den Einmarsch begrüßt!, brüllte einer von den randständigen Stühlen dazwischen.

Für die APO-Einheitsfront war der Einmarsch ein herber Schlag. Klar, die Maoisten verurteilten den Aggressor UdSSR; aber waren sie deshalb für Dubček? Keineswegs. Seine Reformbestrebungen wurden von beiden Gruppierungen als ›linksbürgerlicher Weg‹ verteufelt.

Der Dubček wär doch am liebsten in der SPD!, zischte der hagere Anwalt von Hammer und Sichel seine endgültige Verdammung.

Und dann war da noch eine dritte Gruppe, die weder mit Moskau, Peking noch Reformen zu tun haben wollte. Ihr Ziel: der Rätesozialismus. Die permanente Revolution. Wie sie Dutschke verkündet hatte. Ohne Parlamente und ohne Partei.

Noch manches Bier rann aus der Flasche in die revolutionären Kehlen, die Argumente drehten sich immer schneller im Kreis. Ich schubste Hugo ein paarmal an, komm, weg. Der aber wollte wissen, wie's ausging.

Kurz nach Mitternacht war man sich einig: Man dürfe dem Klassenfeind nicht in die Hände arbeiten. Genau das geschehe aber, wenn man jetzt gegen die SU protestiere. Also: keine Resolution. Keine Demonstration.

In den Zügen des moskautreuen Wortführers malte sich kaum verhohlener Triumph. Der Jünger Maos schob sich sein viertes oder fünftes Würstchen ins rundlich rosige Mündchen. Der Rätesozialist revolutionierte sich ins permanente Prosit.

Wir machten, dass wir fortkamen. Für Scheißliberale wie uns war hier kein Platz. Da konnten die auf ihren Papers noch so viel erzählen.

Für die tschechischen Kämpfer gab es am nächsten Sonntag eine Kerze im Dom. Und Gebete. Wenn es nicht verlässlich half, schaden tat es nicht. Und ich sah Hugo zu gerne beten. Aus dem selbstsicheren Freund wurde dann ein kleiner Junge. Der Meine.

Den ganzen Sommer über hatte Kaplan Lukas gedrängt: Ihr müsst kommen. Zum 82. Deutschen Katholikentag nach Essen. Ihr verpasst was. Wir lassen uns das nicht bieten. ›Das‹ war die Pille, und die war verboten. Laut Enzyklika Pauls VI. *Humanae vitae*. Gegen die Empfehlung der bischöflichen Expertenkommission, die hatte mit vierundsechzig zu vier Stimmen gegen das Verbot gestimmt. Das Verbot jeder Form von Empfängnisverhütung, sogar des Coitus interruptus. Zeugung pur und basta. Ausgerechnet unter dem Motto dieses Katholikentages: *Mitten in dieser Welt*. Der Papst schien, was sein Verständnis katholischer Frauen anging, eher nicht in dieser Welt zu sein, wenn seine Enzyklika befürchtete, der Mann könne durch die ›Anwendung empfängnisverhütender Mittel … die Achtung vor der Frau verlieren und sich … dahin verirren, sie einfach als Werkzeug selbstsüchtiger Befriedigung und nicht mehr als seine Gefährtin zu betrachten, der er Achtung und Liebe schuldet‹.

Offenbar, spottete ich, kann sich so ein zölibatärer Junggeselle nicht vorstellen, dass auch eine katholische Frau Spass an dr Freud im Bett hat. Das verlangte sogar der Bundesgerichtshof, jedenfalls ungefähr: ›Die Ehe fordert von der Frau eine Gewährung des Beischlafs in Opferbereitschaft und verbietet es, Gleichgültigkeit und Widerwillen zur Schau zu stellen.‹ (Urteil vom 2. November 1966. Erst 1996 fand Gewalt in der Ehe als Straftatbestand Einlass ins Gesetzbuch.)

Vor dreieinhalb Jahrhunderten, kommentierte Hugo das päpstliche Verdikt, hat Papst Urban VIII. nicht wahrhaben wollen, dass sich die Erde um die Sonne dreht. Und jetzt will ein Papst befehlen, wie seine Schäflein sich lieben sollen.

Hugo wollte in Essen sein Wissen über die Dritte Welt vertiefen. Siehst du, Rom lernt dazu, hatte er sich vor einem Jahr gefreut, als derselbe Papst eine ganz andere Botschaft in die Welt gesandt hatte: die Enzyklika *Populorum progressio*. Die nicht eben als Speerspitze des Katholizismus geltende *Frankfurter Rundschau* hatte damals geschrieben, dieses Rundschreiben lese sich ›stellenweise wie das *Kommunistische Manifest* von

Marx und Engels‹. Der Papst fand darin nicht nur deutliche Worte gegen Hunger, Armut und die soziale Ungerechtigkeit der kapitalistischen Wirtschaftsform. Sozusagen mit päpstlichem Segen erlaubte er den Menschen in der Dritten Welt, notfalls ihr Recht auch mit Gewalt zu erkämpfen. Womit das Oberhaupt der Katholiken nicht weit von der Linie des SDS lag.

Auch Vertreter der Befreiungstheologie hoffte Hugo zu treffen. Dom Hélder Câmara, Gustavo Guitérrez oder unser beider Liebling Ernesto Cardenal.

Ich aber hatte ganz anderes im Sinn. Wo, wenn nicht bei dieser Riesenversammlung katholischer Christen, hätte ich eine Chance, auf meine alte Freundin Gretel Fischer zu stoßen?

Wohnen würden wir bei Lukas. Kurz nach unserem Wiedersehen auf Lilos Silvesterparty hatte er in Essen-Rüttenscheid die Stelle als Kaplan angetreten; wohnte dort in einer Bergarbeitersiedlung, eine Frau aus der Gemeinde versorgte ihn.

Eigentlich gar nicht schlecht, konstatierte Hugo, Platz im Himmel sicher und Rundumversorgung auf Erden.

Rundum? Na, hör mal!

Naja, nicht ganz. Hugo nahm mich in die Arme und schwenkte mich im Kreis.

Das will ich doch meinen, du mein Rundumversorger, zappelte ich mich auf die Füße. Vamos! Oder wie heißt das auf Kampfsprech?

Wie ein paar Monate zuvor nach Bonn nahmen wir auch nach Essen unsere Regenmäntel mit. Eine Art polittaugliche Bekleidung hatte sich herauskristallisiert: bequem vor schön, was mit den Schuhen begann, und Hose statt Rock. Hugo hatten wir eine Fletschkapp besorgt, wie sie Onkel Schäng auf dem Bau trug; seit der Perückenschau hatte er die Freude am Verkleiden entdeckt. Sein Haar fiel ihm längst über die Ohren, was seinen Zügen etwas fast Mädchenhaftes verlieh und seinen Vater in Rage brachte.

Die Zimmer in Lukas' kleinem Haus, ähnlich dem der Altstraße, waren schon in Beschlag genommen. Der Kongress hatte am Vortag begonnen. Zu unserer Überraschung trafen wir auch Katja, die im Wohnzimmer auf einer Luftmatratze kampierte. Das Sofa hatte eine ältere Frau aus Freiburg. Katja nahm mich gleich beiseite und gab mir – zum wievielten Mal – zu verstehen, dass sie unsere, also Hugos und meine, Harmonie als unerträglich spießig verachtete. Harmonie sei etwas für Zurückgebliebene, etwas für Naive. Disharmonie und Destruktion sei der Humus, in dem die Intelligenz gedeihe.

Kannte ich alles schon. Und du? Was hast du denn hier verloren?

Sie selbst sei sozusagen in subversiver Mission unterwegs, Undercover des SDS zur Unterstützung der KAPO.

Kapo? Ist da nicht ein Buchstabe zu viel?

Katholische Außerparlamentarische Opposition. Hier, unser Flugblatt. Wir machen auch eigene Veranstaltungen, Aktionen und so. Sieh mal.

Katja rollte die Spruchbänder auseinander: ›Sündig statt mündig‹ – ›Gehorsam und neurotisch‹ – ›Sich beugen und zeugen‹. Damit wolle man das Publikum zu einer kritischen Diskussion provozieren. Dieser Papst! Hatte doch von der Ehe keine Ahnung. Was mischte der sich da ein!

Obwohl das Forum, *Ehe = 2x1 – sonst nichts?*, kaum der Ort war, auf Gretel zu treffen, ging ich mit. Immerhin versprach das spannend zu werden. Hugo würde Lukas zu einer Gruppe lateinamerikanischer Priester begleiten. Kurt aus West-Berlin erwartete ihn dort. Er war einer der acht Studenten, die Heiligabend in die West-Berliner Kaiser-Wilhelm-Gedächtniskirche marschiert waren. Mit Fotos von einem gefolterten Vietcong und Matthäus 25,40: ›Was ihr dem geringsten meiner Brüder getan habt, das habt ihr mir getan.‹ Dazu die Losung: ›Helft dem Frieden in der Welt – helft dem Vietcong.‹

Wascht euch erst mal, Schämt euch, Raus, ihr Schweine, hätten die festfromm gestimmten Gläubigen gerufen und die acht rausgeschmissen. Kurt war jetzt Mitglied der KHG, der

Katholischen Hochschulgemeinde West-Berlins, die sich von der kirchenamtlichen Katholischen Studentengemeinde losgesagt hatte, und leitete dort die AG, die Arbeitsgruppe, Christentum und Revolution.

Mit Katja fand ich mich nach einem kurzen Weg in Halle 4 wieder, ganz vorn, und hielt zusammen mit ihr ein Transparent in der Hand: ›Alle reden von der Pille – wir nehmen sie‹. Von meiner Seite eine glatte Lüge. Hugo und ich überließen die Sache, darauf hatten wir uns von Anfang an geeinigt, Demdaoben. Leichtsinnig? Vielleicht. Aber früher oder später wäre es ja ohnehin so weit.

Doch nicht deshalb war mir das Bekenntnis peinlich. Dass ich diesen Satz ohne jede Überzeugung hochhielt, die Protestgeste selbst, schien mir verlogen.

Heilsfroh war ich daher, dass wir unser Spruchband gleich wieder einrollen konnten. Denn auf dem Podium eröffnete man nach kurzen Statements ohnehin gleich die Diskussion für das Publikum. Ich verdrückte mich in die hinteren Reihen der überfüllten Halle.

Ausgiebig ging es nun um den außerehelichen Geschlechtsverkehr. Oft mit einem Vokabular, als hätte man in Vorbereitung auf diese Tage gewissenhaft seinen Kinsey oder andere Aufklärungsschriften studiert. Dazu viel Freud. Von Kind an sei der Mensch darauf angewiesen, seelische Empfindungen körperlich auszudrücken und daher selbstverständlich, dass junge Menschen ihre Liebe körperlich auslebten. So ein Psychologe. Natürlich nicht aus reiner Triebbefriedigung, sondern als verantwortungsvolle Partner.

Ausgerechnet ein evangelischer Theologe pochte an dieser Stelle auf Paulus, der verkündete, ›dass sich das Verlangen des Fleisches gegen den Geist richtet‹, und auf Augustinus, der sich keinen rechten Christen vorstellen konnte, der ›nicht lieber, wenn er es könnte, ohne Begierde Kinder erzeugte‹. Unerbittlich las der strenge Lutheraner die Strafe Gottes vom Zettel ab: ›Unerlaubt und unsittlich ist der eheliche Verkehr selbst mit der rechtmäßigen Gattin, wenn dabei die Weckung neuen Lebens verhütet wird. Das hat Onan, des Judas Sohn, getan, und darum hat Gott ihn getötet‹.

Aber ›Liebe, und dann tue, was du willst!‹, das ist auch Augustinus!, schmetterte ein Megaphon aus den hinteren Reihen. Die Kapo war gut vorbereitet. Applaus für den Zwischenrufer.

Vorn wies nun im gemütlich rheinischen Tonfall ein pausbäckiger Christ mittleren Alters den evangelischen Amtsbruder darauf hin, dass es sich bei diesen Ansichten Augustinus' um heidnische und stoische Ansichten handle, die keineswegs mit christlichen Anschauungen in einen Topf geworfen werden dürften. Und ein Student der Soziologie stellte des Langen und Breiten einen Zusammenhang zwischen repressiver Triebbeherrschung und autoritären politischen Systemen her.

Nach mehreren Stunden einigte man sich darauf, dass ›das Phänomen geschlechtlicher Lust‹, so der Diskussionsleiter, ›für die menschliche Sexualität und Ehe positiv zu beurteilen‹ sei. Ich machte, dass ich nach Hause kam.

Hugo wartete schon. Beeilung! Er drückte mir einen Kuss auf den Hals. Wir haben doch Karten! Vergessen?

Das hatte ich tatsächlich. Paul Claudel: *Der seidene Schuh*. Im Grillo.

Aber danach müsst ihr unbedingt noch in die Kirche kommen, schaltete Katja sich ein. Das schafft ihr, geht erst um halb zwölf los. *Politisches Nachtgebet* nennen die das. Der Böll ist dabei. Und die Sölle mit ihrem Mann, früher Pater, wisst ihr ja.

Wussten wir, interessierte uns aber nicht besonders. Mal sehen, vertrösteten wir die KAPO-Missionarin.

Und gingen dann doch. Nach drei Stunden Claudel, nach so viel hehrem Christentum mit noch mehr herber Entsagung und Gnade, Gnade, Gnade, bis mithilfe eines Schutzengels ›irdische Liebe und innere Berufung endlich kein Gegensatz mehr sind‹, so der Schlusssatz des Programmhefts, brauchten wir etwas Handfest-Irdisches. Also KAPO-Kirche. Wir schafften es gerade noch. Die Organisatoren hatten den Veranstaltern bewusst diese späte Stunde zugewiesen.

Wir drückten uns in die letzte Reihe nahe der Tür. Überm Altar das Kreuz, überm Kreuz ein Spruchband: ›Vietnam ist Golgatha‹. Rechts und links Stellwände. Fotos aus Vietnam auf der einen; die Hinrichtung eines Vietcong durch einen südvietnamesischen General, Kinder, die mit hocherhobenen Händen vor grinsenden GIs fliehen. Entlaubte Wälder, brennende Häuser, Reihen ermordeter Zivilisten. My Lai.

Auf der anderen Tafel Fotos vom Einmarsch der Russen in Prag.

Vorm Altar die Veranstalter. Liebe Schwestern und Brüder, begrüßte uns die zierliche Frau mit dem Pagenkopf, nicht gern gesehen werde, was man hier veranstalte.

Kann ich mir denken, flüsterte ich Hugo zu.

Weder der Präses meiner Kirche noch der Kölner Erzbischof unterstützen diese Form der Liturgie. Sogar von Häresie ist die Rede.

Ein Raunen ging durch die Versammlung.

Ja, von meiner Kirche, fuhr Dorothee Sölle fort, vom Präses der Evangelischen Kirche des Rheinlandes. Doch ›Mitten in dieser Welt‹ gelte es auch, neue Formen des Gottesdienstes zu erproben.

Was haben wir uns vorgestellt?, ergriff nun ihr Mann, Fulbert Steffensky, das Wort. Was uns vorschwebt, ist eine Mischung aus Gesang und Gebet; aus politischer Information und Diskussion.

Und Äktschen!, rief der Mann mit der Baskenmütze, die er allerdings in diesem Hause ums Knie garniert hatte, gut gelaunt dazwischen.

Steffensky nickte ihm zu. Keine langen Predigten. Kurze Ansprachen. Aufrufe zur Aktion. Aber, er machte eine bedeutungsvolle Pause, auch die Meditation darf nicht zu kurz kommen. Das Schweigen. Das Gehörte, die Informationen eindringen lassen, reflektieren, im Herzen bewegen. Seine, er deutete auf das Kreuz, Seine Stimme hören. Dann die Bibel. Wir wollen versuchen, sie anders zu lesen.

Weiter. Aktueller, übernahm Dorothee Sölle. Wir wollen politische Ereignisse mit Bibelstellen zusammenbringen. Konfrontieren. Schauen Sie auf diese Fotos. Und dann hören Sie.

Dorothee Sölle reichte Heinrich Böll das Buch vom Altar. Der stand auf und las: Matthäus 25,35ff. ›Denn ich bin hungrig gewesen, und ihr habt mir zu essen gegeben. Ich bin durstig gewesen, und ihr habt mir zu trinken gegeben. Ich bin ein Fremder gewesen, und ihr habt mich aufgenommen. Ich bin nackt gewesen, und ihr habt mich bekleidet. Ich bin im Gefängnis gewesen, und ihr seid zu mir gekommen … Was ihr dem geringsten meiner Brüder getan habt, das habt ihr mir getan.‹

Böll legte das Buch auf den Altar zurück.

Dorothee Sölle nahm es wieder an sich, drückte es mit beiden Händen an die Brust. Fasste einen unsichtbaren Punkt über der Tür ins Auge und begann: ›Ich hatte Hunger‹, heißt es in der Bibel, ›und ihr habt mich gespeist.‹ Was aber lesen wir dort? Sie machte eine Kopfbewegung in Richtung der Vietnam-Fotos.

›Ich bin hungrig gewesen, und ihr habt die Ernte meines Landes chemisch vernichtet.

Ich bin durstig gewesen; ihr aber habt meine Brunnen verseucht.

Ich bin ein Fremder gewesen, und ihr habt mich aus euerm Land gejagt.

Ich bin nackt gewesen, ihr aber habt mich mit Napalm übergossen.

Ich bin gefangen, und ihr lasst mich im Kerker vermodern.‹

Stille breitete sich aus. Ja, auch so konnte man die Bibel lesen. Aber *nur* so?

Ja, nur so. Jedenfalls nach Meinung der Veranstalter. Aus der vorderen Reihe erhob sich ein Mann und erklärte die christliche Buße ›als kritische Rückfrage an die Gesellschaft und die eigene Lebensführung‹. Buße sei immer vorwärtsgerichtet und auf Aktion. Und dann kam noch einiges zu Vietnam, zur ČSSR und zum Kommunismus der Sowjetunion. Per Handzeichen erklärten wir uns zu guter Letzt mit Dubček und Svoboda solidarisch.

Auf den Punkt brachte es Dorothee Sölle, die Initiatorin dieses neuen ökumenischen Modells: ›Theologisches Nachdenken ohne politische Konsequenzen kommt einer Heuchelei gleich.‹ Und: ›Jeder theologische Satz muss auch ein politischer sein.‹

Das ging mir zu weit. Wo blieben da Wunder und Zeichen? Das ganz und gar Andere? Was Claudel des Göttlichen zu viel beschwor, das schliffen die sich hier allzu sehr auf menschliches Maß herunter. Da konnte ich ja gleich ein Teach-in zu Vietnam besuchen.

Ich sah Hugo von der Seite an. Der schien ganz bei der Sache.

Komm, wir gehen, sagte er. Und draußen: Ohne dich wäre ich geblieben.

Du, erwiderte ich empört, das machst du aber nicht noch einmal.

Was? Was soll ich nicht noch einmal machen?

Gehen, wenn du bleiben möchtest.

Aber du wolltest doch gehen, das habe ich gemerkt. Also in Zukunft werfen wir einen Groschen. Gottesurteil.

Einverstanden, Schlaukopf.

Groschen, schreibe ich. Wie das klingt. Wie aus dem vorigen Jahrtausend. Gott hingegen … Das Wort und seine Bedeutung hat schon so manches überstanden. Und hört sich noch immer abgründig frisch und geheimnisvoll an nach so vielen Jahrtausenden, und das in allen Sprachen. Und provokativ. Heraus-fordernd.

Weißt du, sinnierte ich auf dem Heimweg, warum ich gehen wollte? Es war dieser Kurzschluss zwischen Politik und Religion. Bei Kurzschluss geht das Licht aus. Auch das göttliche.

Dann hältst du sicher auch hiervon nicht viel, sagte Hugo, als wir schließlich bei Lukas ankamen, und zog ein Papier aus der Tasche. Hab ich im Hinausgehen eingesteckt. Ich les mal vor.

Auch Lukas, Katja und die Frau aus Freiburg waren schon zurück und hörten zu.

Credo von Dorothee Sölle

Ich glaube an gott
der die welt nicht fertig geschaffen hat
wie ein ding das immer so bleiben muss
der nicht nach ewigen gesetzen regiert
die unabänderlich gelten
nicht nach natürlichen ordnungen
von armen und reichen
sachverständigen und uninformierten
herrschenden und ausgelieferten
ich glaube an gott
der den widerspruch des lebendigen will
und die veränderung aller zustände
durch unsere arbeit
durch unsere politik

Ich glaube an jesus christus
der recht hatte als er
›ein einzelner der nichts machen kann‹
genau wie wir
an der veränderung aller zustände arbeitete
und darüber zugrunde ging
an ihm messend erkenne ich
wie unsere intelligenz verkrüppelt
unsere phantasie erstickt
unsere anstrengung vertan ist
weil wir nicht leben wie er lebte
jeden tag habe ich angst
dass er umsonst gestorben ist
weil er in unseren kirchen verscharrt ist
weil wir seine revolution verraten haben
in gehorsam und angst
vor den behörden
ich glaube an jesus christus
der aufersteht in unser leben

dass wir frei werden
von vorurteilen und anmaßung
von angst und hass
und seine revolution weitertreiben
auf sein reich hin

Ich glaube an den geist,
der mit jesus in die welt gekommen ist
an die gemeinschaft aller völker
und unsere verantwortung für das
was aus unserer erde wird
ein tal voll jammer hunger und gewalt
oder die stadt gottes
ich glaube an den gerechten frieden
der herstellbar ist
an die möglichkeit eines sinnvollen lebens
für alle menschen
an die zukunft dieser welt gottes
amen

Amen, bekräftigte Lukas. Kann ich unterschreiben. Jedes Wort. Aber das eine schließt das andere doch nicht aus. Und jetzt bin ich dran: ›Credo in unum Deum‹, intonierte Lukas die gregorianische Melodik, um dann auf Deutsch fortzufahren:

Ich glaube an den *einen* Gott,
den allmächtigen Vater, Schöpfer des Himmels und der Erde, aller sichtbaren und unsichtbaren Dinge,
Und an den einen Herrn Jesus Christus, Gottes eingeborenen Sohn.
Er ist aus dem Vater geboren vor aller Zeit
Gott von Gott, Licht vom Licht, wahrer Gott vom wahren Gott,
Gezeugt, nicht geschaffen, eines Wesens mit dem Vater; durch ihn ist alles geschaffen.

Für uns Menschen und um unseres Heiles willen ist er vom Himmel herabgestiegen.
Er hat Fleisch angenommen durch den Heiligen Geist aus Maria, der Jungfrau, und ist Mensch geworden.
Gekreuzigt wurde er sogar für uns. Unter Pontius Pilatus hat er den Tod erlitten und ist begraben worden. Er ist auferstanden am dritten Tage gemäß der Schrift; er ist aufgefahren in den Himmel und sitzet zur Rechten des Vaters.
Er wird wiederkommen in Herrlichkeit, Gericht zu halten über Lebende und Tote, und seines Reiches wird kein Ende sein.
Ich glaube an den Heiligen Geist, den Herrn und Lebensspender,
der vom Vater und vom Sohne ausgeht.
Er wird mit dem Vater und dem Sohne zugleich angebetet und verherrlicht. Er hat gesprochen durch die Propheten.
Ich glaube an die eine, heilige katholische und apostolische Kirche.
Ich bekenne die eine Taufe zur Vergebung der Sünden. Ich erwarte die Auferstehung der Toten.
Und das Leben der zukünftigen Welt. Amen.

Wer hätte Dorothee Sölles Glaubensbekenntnis nicht auf Anhieb unterschrieben? Aber dieses *Credo*? Eine Zumutung! Weiß Gott. Besonders da, wo's irdisch wurde. Hugo, Katja und ich hatten bei ›heilige katholische und apostolische Kirche‹ nur noch gemurmelt, irgendwas von Kenosis und KAPO.

Zwei weitere Gäste hatten sich dazugesellt, wünschten uns eine gute Nacht und gesegnete Träume.

Die aber hatte ich ganz und gar nicht.

In meinem Traum lag der Papst babyklein im Kinderwagen und quengelte. Ich: Maria; Hugo: Josef. Die Mitra war verrutscht und deckte ihm ein Auge zu, dem kleinen Piraten. Wir steckten ihm eine rote Nelke in den Mund. Als ich Baby Papst die Windeln wechseln musste, wachte ich auf. Musste ich das beichten?

Hugo machte sich am nächsten Morgen früh mit Lukas auf zum Gottesdienst, ich mit Katja wieder ins Forum 2. Ein Riesenandrang. Wir wechselten in eine größere Halle. Es ging um das Kernproblem: Ist der Mensch wirklich nur ›seine Natur‹ und damit jede Schwangerschaftsverhütung ›widernatürlich‹? Oder war es nicht ganz anders: Menschen sind wir erst durch Menschlichkeit geworden, und diese erwuchs aus Verantwortung füreinander. Und gilt das nicht auch für Liebe und Partnerschaft? Verantwortung. Dieses Wort fiel immer wieder. Verantwortung gegenüber Gott, dem Partner, dem Kind. Also dankten wir den deutschen Bischöfen für ihre *Königsteiner Erklärung*, in der sie sich von der Enzyklika distanzierten. Stehenden Applaus bekam der Moraltheologe Häring, Geistlicher des Redemptoristenordens: ›Eheleute, die aus guten Gründen und mit ehrlichem Gewissen verantwortliche Methoden der Geburtenregelung anwenden … können das, ohne schuldig zu werden, tun.‹

Wir waren schon ziemlich erschöpft, als Katja plötzlich aufsprang und, wie mir schien, völlig aus dem Stegreif in einer temperamentvollen Rede forderte, wir sollten dem Papst einen Brief schreiben. Nur so könne er aus erster Hand erfahren, wie es an der Basis aussehe. Die ›Basis‹ gegen den Papst? Gottseidank war ›Basis‹ das einzige verräterische Wort. Ansonsten traf sie genau den katholisch-kritischen Ton, gespickt mit soliden Bibelkenntnissen.

Einen Brief an den Papst. Respekt. Ob sie das mit den Genossen abgestimmt habe, wollte ich später wissen. Nein, verriet sie mir. Da sei der alte katholische Gaul noch einmal mit ihr durchgegangen. Der Kinderglaube an den Stellvertreter Gottes auf Erden. Die Kirche war doch noch nie zimperlich, Irrlichtern einen Widerruf abzuringen; warum sollte dann nicht auch der Papst einen Irrtum widerrufen? Letztlich habe er kein

Dogma verkündet. Und den Vater habe sie vor Augen gehabt. Sein Schweigen. Da musste ich einfach den Mund aufmachen.

Katjas Vorschlag wurde vom Podium einstimmig angenommen. Während die Diskussion im Publikum weiterging, verfasste eine Redaktionsgruppe den Brief, den die Versammlung mit überwältigender Mehrheit annahm.

> An den Heiligen Vater Papst Paul VI.
> Über die deutsche Bischofskonferenz
> Resolution der Teilnehmer des Ehe-Forums
> Die Teilnehmer des 82. Deutschen Katholikentages in Essen, die an zwei Tagen über das katholische Verständnis der Ehe beraten haben, sind mit großer Mehrheit (bei ca. 3000 Teilnehmern 90 Gegenstimmen und 58 Enthaltungen) zu der Überzeugung gekommen, dass sie der Forderung nach Gehorsam gegenüber der Entscheidung des Papstes in Fragen der Methoden der Empfängnisregelung nach Einsicht und Gewissen nicht folgen können.
> Sie halten es für unbedingt erforderlich, dass eine grundsätzliche Revision der päpstlichen Lehre in diesem Punkt stattfindet. Wenn das päpstliche Lehramt das tut, braucht es nicht um das Ansehen seiner Autorität zu bangen. Hierdurch kann das Lehramt und die ganze Kirche in unserer Zeit nur glaubwürdiger werden.

Während wir uns selbst begeistert applaudierten, erinnerte ich mich an ein Gespräch zwischen dem Vater und Onkel Schäng, das ich als Kind belauscht hatte. Es ging um die Mutter Gottes; mit Leib und Seele aufgefahren in den Himmel. Dogma.

Jongejong, hatte der Onkel räsoniert, dicke Wolken aus seiner Sonntagszigarre dampfend. Dat jlöw dä doch sälws nit.

War dieser ›Dä‹, Pius XII. oder Pastor Kreuzkamp? Beider Erklärungsversuche waren offenbar nicht sehr überzeugend ausgefallen.

Driss, hatte der Vater geknurrt, und ich belauerte tagelang seine Fingernägel, ob sich dort die weißen Flecken der Todsünde zeigten. Sie blieben rissig und dreckig vom Maschinenöl der Kettenfabrik. Und für die kleine Hildegard? Mariä Himmelfahrt? Kein Problem. Vielleicht hatte sich die Mama vom Jesuskind einen fliegenden Teppich oder einen heiligen Besenstiel besorgt, vielleicht die Spezialpantoffeln vom kleinen Muck geborgt.

Und jetzt? Warum sollte nicht diesmal ein wirkliches Wunder geschehen? Der Papst einlenken? ›Großer Gott, wir loben dich‹, sangen wir zum Abschluss dieser denkwürdigen Sitzung, und wir priesen Seine Stärke und neigten uns vor Ihm. ›So bleibst Du in Ewigkeit.‹ Darin waren wir uns einig.

Du kannst dir nicht vorstellen, was meine Großmutter dazu gesagt hätte, rief ich Hugo statt einer Begrüßung zu, als wir uns später am Würstchenstand vorm Dom trafen. Jammerschade, dass du sie nicht mehr kennengelernt hast. Einen Brief an den Papst zu schreiben! Ihn zu bitten, er möge seine Meinung ändern. Wo er doch ausdrücklich betont hat, der Heilige Geist habe ihm diktiert. Und einer hat sogar gefordert, der Papst solle zurücktreten! Wie viele Rosenkränze hätte die Großmutter ihm wohl für eine solche Frechheit aufgebrummt!

Hugo war beeindruckt. Und getröstet. In seinem Forum *Mission – Heilsdienst an den Völkern* hatte ein Pater behauptet, Mission sei nicht dazu da, um Menschen zu retten oder gar ihnen nur zu helfen, vielmehr allein zur Verherrlichung Gottes – ›und sonst nichts‹. Genau so hat der sich ausgedrückt. Hugo stöhnte. Worum geht es hier? Um Menschen oder Taufquoten? Ich habe gehungert, und ihr habt mich getauft. Ich habe Durst, und ihr kippt mir das Wasser übern Kopf. Aber ich muss gleich wieder weg. Ich schreibe mit Kurt noch an der Resolution. Damit die wenigstens vernünftig wird.

Hugo war von seinem Forum enttäuscht. Die Befreiungstheologie war nur am Rande zur Sprache gekommen. Der Missionsbegriff eng und traditionell gefasst.

Und ich? Hatte ich über all den spannenden Erfahrungen vergessen, weshalb ich eigentlich hergekommen war? Das nicht. Aber bei herrlichem Spätsommerwetter wimmelten die Menschen durch die Straßen so wie vor Zeiten, als wir uns hier zum Ostermarsch versammelt hatten. Es war schon schwierig genug, sich zu verabreden, jemanden aufzuspüren fast unmöglich. Gretels Nonnentracht engte zwar meine Zielgruppe ein, erschwerte aber im gleichen Maße ein Erkennen. Selbst von nahem sahen die schwarz verschleierten Frauen ziemlich gleich aus.

Am ehesten vermutete ich sie in einem der Bibelforen: *Die Welt und Gottes Wort.*

Und so folgte ich auf gut Glück einer Gruppe Nonnen, die Halle 5 anstrebte.

Um Armut und Gehorsam ging es. Wie kann der Einzelne arm sein, wenn der Orden reich ist? Was heißt Gehorsam? Gegen wen? Die Mutter Oberin ist nicht der liebe Gott. Und: Man soll endlich die über dreihundert verschiedenen Ordenstrachten abschaffen.

Das wünschte ich mir auch. Ich erinnerte mich an Gretels Locken, sah die Schere, die in die Haare fuhr, das Waschbecken voller Strähnen; merkte, wie mir die Tränen kamen, und machte mich davon. Ich hatte genug. Würde Hugo bitten, noch heute Abend nach Hause zu fahren. Missmutig blinzelte ich in die Sonne. Auf dem Platz vor der Erlöserkirche, wo wir uns damals zum Ostermarsch versammelt hatten, warben Vereine und Zeitschriften, eine Skiffle-Band spielte mal wieder *When the saints go marching in*. Rings um mich fröhliche Menschen, diskutierend, lachend, gemeinsam. Ich trat nach einem angebissenen Apfel, ab in die Gosse. Lange hatte ich nicht mehr dieses Gefühl verspürt, fehl am Platz zu sein, und so zog ich mich zurück wie zu Kinderzeiten, machte, dass ich aus dem Getriebe fortkam, bog in eine Nebenstraße nach der anderen ein, bis ich auf eine Kirche stieß, die man offensichtlich nach dem Krieg schnell hochgezogen hatte. Ich drückte die Tür hinter mir zu, als brächte ich mich in Sicherheit auf der Flucht.

Wovor? Gewissenserforschung, schoss mir ein Wort aus dem *Politischen Nachtgebet* durch den Kopf. Gewissenserforschung. Auch so ein Wort aus der Kindheit. Ich setzte mich. Wieder in die letzte Bank. Das schien mir hier in Essen zur Angewohnheit zu werden. Schaute auf den gemarterten Leib des Gekreuzigten und durch seinen Körper rotglühend auf den der Freundin in der Kinderbadewanne, ihre zitternden Glieder nach dem Besuch bei E. Schmitz. Kaum merklich tippte mir jemand auf die Schulter. Ich schrak zusammen. Sah hoch. Schaute an einem schwarzen Stofffaltenberg empor in das Gesicht, das ich so sehr herbeigesehnt hatte.

Ja, es war Gretel. Nie hätte ich sie entdeckt. Selbst die Stirn verschwand hinter einem weißen Streifen, und die schwarze Haube ragte so weit über die Seiten, dass nichts mehr sichtbar blieb von ihrem Profil, Blicke nach rechts oder links unmöglich waren. Kaum den Hals bewegen konnte sie unter diesem bis ans Kinn reichenden engen Stehbund. Aber sie war es. Sie trug eine schwarz umrandete Brille und erinnerte mich damit in ihrem schwarzen Habit an einen Advokaten. Ihre Augen lächelten noch, als ihre Lippen die schönen Zähne schon wieder verbargen. So wie früher. Nur saßen die großen blauen Kinderaugen nun hinter Glas, aber sie schauten daraus nach außen, neugierig wie aus einem Fenster.

Gretel! Ich sprang auf, stand vor ihr und wusste nicht weiter. Sie nahm mich bei der Hand. Fast wäre ich zurückgezuckt, so fremd schien sie mir in ihrer schwarzen Verhüllung, die sie viel weiter von mir entfernte als die vergangene Zeit

Hilla, komm, wir gehen ein paar Schritte. Das ist doch kein Zufall. Du hier.

Gretel, sagte ich noch einmal und folgte ihr zur Tür.

Ja, ich bin's, lachte sie draußen ihr altes Lachen, beinah ihr altes Lachen; denn über ihrem Wesen lag eine neue Ernsthaftigkeit, fast möchte ich sagen, eine Würde.

Nun ja, so ganz bin ich es nicht. Nicht mehr. Bertholdis heiße ich jetzt.

Ich sah den Ordensnamen vor mir wie gedruckt auf einem Straßenschild in einer fremden Stadt. Er rückte sie noch weiter von mir weg. Sie schien es zu bemerken und fügte schnell hinzu: Aber für dich bleibe ich Gretel. Gretel – Bertholdis – du kannst wählen. Komm, da drüben. Gretel deutete auf eine Bank, von der eine Frau mit Kinderwagen sich gerade erhob und davonging. Du hast doch einen Augenblick Zeit? Nach so langer Zeit? Denk an den Mönch von Heisterberg.

Wir setzten uns, ein paar Spatzen flogen heran. Gretel tauchte irgendwo seitlich in die schwarze Stoffmasse und hatte plötzlich ein paar Erdnüsse in der Hand, über die sich die Vögel lärmend hermachten. Wind bewegte die Blätter der Kastanie über uns, und manchmal ließ ein Vogel die Zweige erzittern. Dann gerieten die ruhigen Schattenmuster auf dem Asphalt durcheinander. Über dem Kirchturm drehte ein Krähenschwarm seine Kreise, als gälte es, dem Himmel sein Geheimnis zu entreißen.

Jaja, murmelte ich, tausend Jahre sind dem Herrn ein Tag. Oder so ähnlich. Ja, ich hab Zeit. Ich hab dich gesucht, fügte ich mit einem Anflug von Trotz hinzu.

Gesucht? Mich?

Ja, bei den evangelischen Räten. Was heißt das eigentlich: evangelische Räte? Klingt irgendwie nach Luther oder so. Wäre ich nicht einem Haufen Nonnen gefolgt, ich wär da nie hingegangen.

Gretel lächelte. Meine Hilla. Ganz so wie früher. Immer alles wissen wollen. Also, evangelische Räte sind die Ratschläge, die das Evangelium denen gibt, die vollkommen werden wollen. Und eine Nonne bin ich nicht.

Wie das?

Streng genommen, jedenfalls. Nonnen sind so etwas wie Mönche, leben nur hinter Klostermauern. Exakt gesprochen bin ich eine Ordensfrau. Ich weiß doch, was dir die Wörter bedeuten. Gretel streifte lächelnd meinen Ärmel. Nein, bei denen hättest du mich lange suchen können. Nichts für mich. Ich war bei den Naturwissenschaftlern. Biologie und Bibel. Aber da hab ich mich abgesetzt. Ich brauchte mal ein Stündchen mit dem Meinen allein.

Wir schwiegen. Wieder landete ein Vogel in der Kastanie, und eine Frucht fiel uns vor die Füße. Die Kapsel sprang auf und gab den Kern frei.

Siehst du, sagte Gretel, das habe ich dir zu verdanken.

Und da möchte ich sie am liebsten lange sitzen lassen, das Mädchen und die Nonne, pardon, Ordensfrau, unter der früchteschweren Kastanie im Schatten der Sonne eines Septembertages anno 1968. Hilla, das dunkle Haar lang über den Rücken die eine, weit über die Brust die andere Strähne. Helle Bluse, blaue Jeans, kleine Stiefel. Daneben die junge Bertholdis, ein schwarzes Memento mori, die Körperformen kaum erkennbar. Gern legte ich ihnen noch ein Windspiel zu Füßen, das manchmal seinen Schweif im Traum bewegt. Und in Bertholdis überm Rosenkranz gefaltete Hände steckte ich eine weiße Lilie wie in die des heiligen Antonius oder eine rote Amaryllis.

Mir zu verdanken? Was?

Den Kern. Dass wir hier sitzen. Dass ich meinen Weg gefunden habe. Du erinnerst dich an meinen Brief?

Wie sollte ich nicht. Keine Sorge, hatte die Freundin geschrieben und ein ums andere Mal versichert, sie habe reinen Tisch gemacht. Wolle büßen.

Ich schwieg. Wartete. Ein Moped ratterte vorbei. Halleluja, schrie der auf dem Rücksitz und schwenkte eine Bierflasche zu uns herüber. Das Echo des krakeeligen Motors hallte noch lange nach.

Nicht mal ein ›Deine‹ vor deinem Namen bin ich dir noch wert gewesen, brach es aus mir heraus.

Gretel erschrak. Ich auch. So unverheilt war diese Wunde.

Ja, ich weiß, ich hätte es dir erklären müssen. Aber das konnte ich damals nicht. Ich musste vorwärtssehen, alles Vergangene verlassen. Auch dich. Erst einmal. Aber was glaubst du, wie froh ich jetzt bin. Und dir alles sagen kann. Dir verdanke ich, dass ich noch lebe.

Gretels Stimme zitterte. Du warst mein Schutzengel. Ohne dich wäre ich ins Wasser gegangen. Ich. Nicht die Kleider. Das kannst du büßen, hast du gesagt. Das hat mir das Leben gerettet. Buße tun. Und bereuen werde ich wohl ein Leben lang. So was Kleines, von wem auch immer …

Gretel lächelte unter Tränen, und ich schwor mir, unser Erstes würde Gretel heißen (oder Hänsel) und Bertholdis Patentante.

Derdaoben, haben wir immer gesagt, weißt du noch? Gretel lächelte. Und dich hat er mir als seinen Wegweiser geschickt. Schutzengel eben. Er hatte etwas anderes mit mir vor.

Dass ich Gretel als Schutzengel den Weg zu E. Schmitz gewiesen hatte, schien mir eine kühne Auslegung des allerhöchsten Willens; aber hatte nicht sogar der Ohm auf jede Frage, die er nicht beantworten konnte, den Allwissenden aus dem Ärmel gezaubert: ›Gottes Wege sind unerforschlich‹? Wenn Gretel damit und dazu mit Beichtvaters Segen leben konnte, wie sollte mir das nicht recht sein? Mehr noch: Gretel mit dem lieben Gott persönlich verkuppelt, sie zu seiner Braut gemacht zu haben – das gefiel mir. Für mich hatte ich die Verbindung zwischen Lichtung und Hugo ja ganz ähnlich geknüpft. Ohne Lichtung kein Hugo. Ohne E. Schmitz kein Kloster.

Gretel lebte bei den Franziskanerinnen in Olpe und würde von dort auf die Philippinen oder nach Brasilien gehen. Missionsschule oder Krankenpflege. ›Er führt, ich gehe‹ war der Leitspruch der Stifterin des Ordenshauses. Auch Bertholdis hatte sich einen Spruch wählen dürfen: ›Er stillt mein Verlangen. Er leitet mich auf rechten Pfaden, treu seinem Namen‹. Doch mehr als Einzelheiten ihres neuen Lebens, so exotisch die in meinen Ohren klangen, schlug mich die Art und Weise, wie sie von Demdaoben sprach, in den Bann. Sie nannte ihn nur noch bei seinem rechten Namen oder sagte einfach Er und schwärmte von Ihm, ich kann es nicht anders sagen, wie ein Teenager von seiner ersten großen Liebe oder was er dafür hält. Wie Er sich ihr in seiner Schöpfung offenbare, vom Grashalm bis zu den Gestirnen. Sie war durchdrungen von diesem Gott, diesem Geliebten. Manchmal klang das in meinen Ohren wie Goethes Pantheismus oder wie Novalis, Eichendorff, Mörike, die Erzromantiker; vor altmodischen Adjektiven, Pathos und Genitivmetaphern scheute sie nicht zurück. Das festzustellen, konnte mein Germanistendrill nicht umhin, obwohl ich hingerissen zuhörte.

Nur dieses Dings hier, sie zerrte an ihrem Schleier, das könnten sie abschaffen. Wir brauchen doch keine Scheuklappen.

Meine Schilderung der vergangenen Zeit fiel dagegen dürr aus. Einen Freund habe ich, der sei auch hier. Beim Missionsforum. Dass ich weiterhin im Hildegard-Kolleg wohne, nahm Gretel erleichtert zur Kenntnis; aber sie hakte nicht nach. Wahrscheinlich fehlte ihr dazu ohnehin das Vokabular.

Du, den möchte ich gern kennenlernen, deinen Hugo, bat sie. Den meinen kennst du ja schon. Wenn auch nicht so gut wie ich, fügte sie mit einem Anflug von Stolz hinzu. Habt ihr heute Abend schon was vor? Ihr müsst unbedingt auf den Burgplatz kommen. Da wird heute Nacht eine byzantinische Liturgie gefeiert. Mit Gesängen! Ich sag dir, da sehen deine Beatles alt aus.

Ob die Beatles das Letzte waren, was Gretel vor ihrem Rückzug hinter Klostermauern mitgekriegt hatte? Sie stand wohl wirklich schon mit einem Bein im Himmel, ertappte ich mich bei einem spöttischen Kommentar, Gottlob nur in Gedanken.

Ein Spott, der mir am Abend vergehen sollte. Auch Hugo, Kurt, Lukas und seine Gäste hatten von dieser Feier gehört und wollten hin. Sogar Katja. Gretel und zwei Mitschwestern erwarteten uns am Stand der Schönstatt-Bewegung.

Die Abendveranstaltung *Unruhe in der Welt – Verantwortung aller Christen* ging gerade zu Ende. Eine Jazz-Combo spielte. Ich machte Hugo und Gretel miteinander bekannt. Mein Gefühl für die einstmals so vertraute Gefährtin flatterte zwischen Fremdsein und Verbundenheit, eine unstete Mischung, die noch kein festes Neues ergab aus Gretel und Bertholdis. Vielleicht nie geben würde.

Zu mehr als einem bereitwillig lächelnden Händedruck und ein paar freundlichen Worten kam es nicht zwischen den beiden. Zu laut, zu viel Gedränge. Dann zog die Jazzband ab, das Rednerpult wurde weggetragen. Weithin sichtbar der Altar, die Fahnen des Bistums, des Katholikentags. Wir standen zu weit entfernt, um der Liturgie mit den Augen folgen zu können. Aber die Gesänge klangen aus diesen gewaltigen Kehlen wie von Anbeginn und in alle Ewigkeit. ›Gebenedeit ist das Reich des Vaters und des Sohnes und des Heiligen Geistes‹, sang der Bass. ›Amen‹, donnerte der Chor. ›Um Frieden lasset zum Herrn uns beten – Gospodi pomiluj – Herr, erbarme dich unser.‹

Frieden und Erbarmen. Kyrie eleison. Die Verehrung des Buches. In endlosen Runden wurde das Evangeliar unter Lobpreis, Weihrauch und flackernden Fackelkerzen um den Altar getragen, Feier der Würde des Wortes. Wort vom Wort. Licht vom Licht. Gebärde, Handlung, Gesang, Dialog entfalteten ihren jahrtausendealten Reichtum und ließen ein Haus voll Glorie in den Nachthimmel steigen. Im Scheinwerferlicht funkelten Kelch und Monstranz zu uns herüber.

Ich griff nach Hugos Hand. Dies hier war unser Nachtgebet. Worte, die das Herz ergreifen. Harmonien, die zu einer Kuppel aus Tönen zusammenfanden, uns überwölbten, Unshierunten mit Demdaoben zu einer Einheit verbanden mitten in dieser Welt.

Bis ich dieses Gesicht sah. Vielleicht hätte ich ihn nach so langer Zeit nicht wiedererkannt, doch er stand nicht weit von uns, zusammen mit Kreuzkamp und dem Dondorfer Kaplan. Der Aushilfskaplan aus Düsseldorf. Der mit mir, dem Kommunionkind, und einer Klassenkameradin nach der Beichte zur Belohnung auf den Glockenturm gestiegen war. Und dabei in meine Kniekehlen onaniert hatte. Ja, das war geschehen, und so wagte ich jetzt auch, das Wort zu denken. Nichts mehr von Kuckucksspucke und Gelobt sei Jesus Christus. Lachen stieg in mir auf wie ein Schüttelfrost, Halleluja, brauste der Chor, der

Schluckauf warf mich an Hugos Brust: Lass uns gehen, ich kann nicht mehr.

Mit Groschen oder ohne, flachste der Freund. Sicher wäre er gern noch geblieben. Er sah mich an und begriff.

Ich sagte Gretel Auf Wiedersehen; ich würde mich melden.

Warte, sagte sie und drückte mir etwas in die Hand. Ich hab dir was aufgeschrieben. Sie küsste mich auf die Stirn. Bertholdis küsste mich auf die Stirn. Bloß weg, ehe Kreuzkamp mich entdeckte.

Hugo fragte nichts und nahm mich in die Arme. In die Arme wie ein Bruder. Oder ein Schutzengel. Oder – einfach so.

Früh brachen wir am nächsten Morgen auf. Machten einen Umweg über Dondorf, wo wir die Mutter überraschten, die auf den Knien den Flur schrubbte. Dass Hugo sie so sah, war ihr gar nicht recht. Aber sie freute sich über frische Brötchen und kochte Kaffee. Der Vater war mit dem Rad nach Rüpprich, Bertram hatte noch Ausgangssperre wegen der ČSSR, und wir fuhren bald weiter. In den Feldern hinterm Friedhof fanden wir noch ein paar Kornblumen für das Grab der Eheleute Fritz Rüppli, und dann ging es an den Rhein, ans Wasser. Hugo liebte die Großvaterweide nun schon beinah wie ich. Hier endlich holte ich Gretels Kärtchen aus der Hosentasche und las vor: ›Gott richtet nicht. Gott richtet auf.‹ Und dann erzählte ich Hugo unsere Geschichte, die Hand um einen Stein gekrampft, den ich lange ansah und am Ende ins Wasser schleuderte. Auch Wörter, ganze Geschichten konnte man mit einem Wutstein versenken.

Und ein anderer Weg war wirklich nicht drin?, fragte Hugo.

Mir ist keiner eingefallen, versetzte ich mit einem Anflug der Verzweiflung von damals. Wenn Gretel ins Wasser gegangen wäre? Hätte ich dann ein reines Gewissen? Wenn wir jemandem zum Reden gehabt hätten. Wenn du und ich uns schon gekannt hätten. Vielleicht dann …

Aus Gretels Zettel falteten wir ein Schiffchen, setzten ihm aus einem Blättchen der Großvaterweide das Segel und schickten es per Vater Rhein um die Welt. Wir küssten uns, scheu wie zwei Kinder, und ich fühlte mich und den Liebsten umhüllt von einer Brise, einem Licht, einem Klang, irgendetwas, das Augustinus Gnadenmantel genannt hätte.

Wie gut es tat, zu Hause zu sein. In der Vorgebirgstraße. Die *Goldberg-Variationen*. Tee mit Honig unter der Decke. Diesen Sonntag ganz für uns. Ab morgen hieß es für mich Blumen ein- und austopfen in einer Gärtnerei bei Königsforst. Um halb neun Abfahrt der Komparsen mit dem WDR-Bus vom Neumarkt. Die meiste Zeit saß und stand ich herum, musste aber auf Abruf parat sein, um im Hintergrund rumzuwerkeln. Abends war ich vom Nichtstun schlapp und lebte erst unter energischen Nackenmassagen und den Abenteuern biestiger griechischer Götter wieder auf.

Das ging so einige Tage, bis bei meiner Rückkehr ein sonderbarer VW-Bus vor der Tür stand. Das ursprüngliche Blau über und über mit leuchtend bunten Blumen bemalt. Hugo! Ich riss die Wohnungstür auf. Schau mal draußen, wollte ich rufen. Nicht nötig. Der Geruch machte klar: Tim und Lilo waren zurück. Braun gebrannt und verwegener noch gekleidet als bei ihrer Abreise. Dieser Sommer ließ die Blumen von Feld und Wald bis auf Blusen und Hemden erblühen. Ein Ereignis, das uns Katja und Lukas in Essen schon ans Herz gelegt hatten, führte sie früher als geplant zurück: die Internationalen Essener Songtage. Damals hatten wir etwas von Arbeiten und Studieren gemurmelt und waren uns insgeheim einig: nicht mit uns. Der Katholikentag hatte genügt. Doch Tim und Lilo machten unserer arbeitsamen Beschaulichkeit mit Flower Power ein Ende.

Die Kunde hatte sie auf Ibiza erreicht. Kaum zu glauben, dass Frank Zappa mit den Mothers of Invention und auch die Fugs eigens aus den USA einfliegen würden. Ganze Trupps, so Lilo, hätten sich aus der Bahia de Sant Antonio aufgemacht nach Essen. Karten für vier legte sie auf den Tisch. Restlos ausverkauft.

Zappa! Ausgerechnet. Auf dem Poster, das Lilo gleich an die passende Tür pinnte, kauerte der Sänger nackt auf dem Klo. Von unserem äußerst zögerlichen Beifall war sie enttäuscht. Aber sie würde diese beiden Haustiere, diese Nesthocker, diese Fugs schon auf Vordermann bringen. Den Lehrstoff hatte sie im Gepäck. William S. Burroughs *Naked Lunch*. Unbedingt lesen! *Understanding Media!* Sie wurde nicht müde, uns mit ihrem Guru zu verfolgen: Marshall McLuhan.

›Die Elektrizität‹, zitierte sie den Meister, ›verunmöglicht Reihenfolgen, Sequenzen, den roten Faden, weil sie alles gleichzeitig macht. Die neue Mosaikform des Fernsehens hat die strukturellen Postulate der Gutenbergpresse endgültig über den Haufen geworfen. Die Psyche des Westens wird vom Fernsehen tiefgreifend umgeformt: Das Konfigurative ersetzt das Lineare …‹

Und genau das, predigte sie, würden wir in Essen erfahren. Involvement. Verwicklung, Verworrenheit, heißt das, sagte das Lexikon. Neue Ästhetik. Neues Erleben, sagte Lilo. Auch das *Song-Magazin* mit dem Programm hatte sie besorgt. Auf dem Titelblatt ein jugendfrei stilisierter Zappa als Klohocker. Es gab kein Entkommen. Wieder qualmten die Räucherstäbchen, flackerten die Kerzen, und so saßen wir wie bei ihrem ersten Hereinplatzen am Küchentisch und versuchten, reichlich versorgt mit Rotwein, uns gegen Lilos Überredungskünste zu wappnen. Sie zog alle Register. Mit erhobener Stimme, die mich irgendwie an Onkel Adalbert erinnerte, wenn der seine Somelierkenntnisse zum Besten gab, las sie uns das Geleitwort vor. Stattfinden werde ein Musikhappening, das ›andere Erlebnisweisen erschließt, bewusstseinserweiternd und bewusstseinserweitert, psychedelisch‹. Was immer das heißen mochte. Lilo gefiel es. Bloß das Logo der Songtage nicht: Da hätte man sich was Besseres einfallen lassen können, als so ne Mischung zwischen Gitarre und Bratpfanne.

Tim hatte Pan- und Blockflöte durch eine indische Querflöte aus Bambus, eine Bansuri, ergänzt; dazu eine Tabla, eine indische Trommel, mitgebracht, eigentlich ein Trommel*paar*, von dem er aber nur eine beklopfte und bestrich. So auch an diesem Abend. Mal mit der Bansuri, mal mit der halben Tabla begleitete er Lilos Vortrag; auch das sei, erklärte sie, eine Art Involvement: die Abstraktion eines Programms ergänzt und aufgehoben durch die Sinnlichkeit der Musik.

Lilo sprang auf, kehrte mit einer Bürste zurück und drückte sie mir in die Hand: Sei doch so lieb!

Ich warf Hugo einen flehenden Blick zu. Der zuckte die Achseln und verdrehte die Augen. Und während ich für Hugos Tante – Tante, Tante, Tante, dachte ich erbost – das Involvement Bürstenstrich für Bürstenstrich perfekt machte, berauschte die sich am Zukünftigen. Die Fugs, schwärmte sie, die heißeste Rockgruppe der Welt, da werde es zur Sache gehen mit der sexuellen Revolution. Die kennen keine Tabus.

Schade, dass die Franzosen nicht kommen, jedenfalls nicht die großen, Greco oder Brassens. Hat denen die Gewerkschaft glatt verboten. Weil alle ohne Gage auftreten, steht hier. Und aus der SU kommt auch keiner. ČSSR.

Lilo seufzte und blätterte weiter. Mir wurde der Arm lahm. Tim piepste auf seiner Bansuri. Hugo goss Rotwein nach und nahm mir die Bürste aus der Hand, Lilo knurrte, überließ die Pflege der Tantenhaare aber nun dem Neffen.

We-de-kind, buchstabierte er lautlos hinter ihrem Rücken und summte ein paar Takte: ›Ich hab meine Tante geschlachtet, meine Tante war ahalt und schwach, ihr aber, ihr Richter, ihr trachtet meiner blühenden Jugend Juhugend nach …‹ Er hatte mir diese fiese Ballade damals kurz nach Lilos Einzug vorgelesen. ›Wedekind‹ war unser Stichwort geworden, unser Anti-Tanten-Frust-Code.

Ich kicherte. Lilo schaute irritiert auf. Hier, ein Herr Hübner verspricht für Essen ›ganz neue Erlebnisdimensionen mit original Strobe-Lights der Leisure Society‹ und garantiert ›ekstatische Höhepunkte‹. Lilo reckte und schüttelte sich, Hugo flog die Bürste beinah aus der Hand.

Guuut machst du das, gurrte sie. Jaha, das verspricht Involvement pur. Sich vergessen! Neue Gefühle entdecken! Also, wenn ihr da nicht dabei seid, gibt's die Kündigung. Freie Liebe in freier Wohnung – nicht für Spießer.

Tim, der bemerkte, dass die Stimmung zu kippen drohte, wechselte das Instrument und haute einen Wirbel auf seine Tabla.

Aber, lenkte Lilo ein. Ist ja für jeden was dabei. In Essen, meine ich. Die alte Garde. Degenhardt, Wader, Süverkrüp, Hüsch. Und dieses Kabarett von hier, Floh de Cologne, da müssen wir unbedingt hin, diesmal. Jede Menge Seminare. Lilo lachte auf. Na, die kann man sich schenken, die Seminare. Mach ich bald selbst wieder, was, Tim?

Der hörte seinen Namen und strahlte. Seine Schläge fielen behutsamer, schließlich raschelte er über die Membran nur noch drüber weg wie Wind im Schilf. Wir saßen still. Die Stille tat gut. Der Klang der Tabla erstarb. Der Kühlschrank sprang an.

Ja, versprachen wir. Wir würden dabei sein. Zumindest am Samstagabend. Beim Höhepunkt der Songtage in der Grugahalle, wo alle noch einmal aufträten. ›Famos, famos, heute machen wir ein richtig duftes Fest‹, lud das Jugendamt im *Song-Magazin* ein. Klang eher nach Rucksack und Pfadfinder als nach New Dimension und von Hemmungen befreiter Energie.

Wohnen, so Lilo, könnten wir für die eine Nacht bei ihnen im Wohnwagen. Sozusagen nur die Untermiete wechseln. Gemeinsam das Chi wecken. Die Stadt stelle am Baldeneysee ein Zeltlager auf. Wir hofften auf Lukas.

Bis Freitag hatte ich einen Job in der Gärtnerei, wo ich zuvor für den WDR ein- und ausgetopft hatte. Auch dort konnten die beiden Lehrlinge den Feierabend kaum erwarten, zogen sich im Betrieb um und stiegen zu ihren Freunden in den Käfer nach Essen. Ich erkannte sie fast nicht wieder in ihren weiten Hosen, lose Hemden darüber, rosaorange der eine, blumenbunt der andere, eine Gerbera im Stirnband, das wohl die kurzen Haare kaschieren sollte. Längere duldete der Meister nicht. Ehe sie jemand in ihrer Verwandlung vom Blumenpfleger zum Blumenkind ertappen konnte, waren sie fort.

Hugo und ich machten uns am Samstagmorgen auf den Weg zum großen Ereignis: ›Let's take a trip to Ashnidi.‹ Ashnidi, der alte Name für Essen, von Tim und Lilo gleich in Hashnidi umgetauft. Gern hätten wir Bertram mitgenommen, aber der hatte immer noch Ausgangssperre. Dabei war längst klar, wegen der ČSSR würde der Westen keinen Krieg mit der SU anfangen.

Zwei Verkehrshütchen hielten uns den Parkplatz vor Lukas' Haustür frei. Er wartete schon draußen, als wir am späten Nachmittag endlich ankamen. Volle Autobahn, verstopfte Straßen. Auch Katja war wieder da. Ihr blasses Gesicht in rosiger Erregung. Vor Wut. Kaum sah sie uns, brach es aus ihr heraus: Also, jetzt müsst ihr euch erst mal anhören, was ich schon alles erlebt habe. Fing an mit: ›Ein deutscher Liederabend‹. Degenhardt, Neuss, Hüsch, Süverkrüp. Alle unter dem Banner: ›Gegen den Krieg in Vietnam‹, daneben, handgemalt: ›Freiheit für Cohn-Bendit‹.

Degenhardt ist gleich zur Sache gekommen: ›Zwischentöne sind nur Krampf – im Klassenkampf‹. Der Große Saal hat getobt. Protestieren ist bloß Krampf im Klassenkampf. Zum Angriff übergehen. Von der Agitation zur Aktion.

Katja verzog den Mund zu einem schiefen Lachen. Und dann dieser Süverkrüp. Kennt ihr das schon? Katja klopfte ein-, zweimal auf den Tisch und begann: ›Der Heilige Vater ist ein Kapaun. Zumindest wär's ihm zuzutrau'n, bedenkt man die Enzyklika, Alleluja.‹ Der ganze Saal hat mitgesungen.

In der Diskussion hab ich dann gefragt, wieso niemand zum Empfang des Oberbürgermeisters eingeladen sei. Man wolle doch hier keine Klassen schaffen. ›Das Establishment gibt sich die Ehre‹, steht im Programmheft. Und da hab ich das ganze Publikum eingeladen! Sind ne Menge gekommen. Aber erst mal mussten wir den OB ziemlich lange warten lassen. Julie Driscoll! Katja schnaubte und verzog verächtlich die Mundwinkel, diese Rockröhre hat einfach kein Ende gefunden. Und das dämliche

Publikum: begeistert! Keine Rede mehr von Diskussion und Politik. Zum OB, zum Künstlerempfang sind wir aber doch noch. Da hat es der Genosse Brenner nicht mehr ausgehalten und dieser Charaktermaske nachgewiesen, dass die Politik der Herrschenden und die Bedürfnisse der Masse sich in einem tödlichen Widerspruch befänden. Wisst ihr ja, muss ich nicht erläutern.

Lukas hatte uns zwei Cola hingestellt und sich verdrückt. Hugo verdrehte die Augen und prostete mir zu. Katja war nicht zu bremsen.

Dieser Oberbürgermeister! Meinte doch glatt, dass wir miteinander diskutierten, zeige, wie freiheitlich der Staat ist. Wir sollten mal nach Griechenland gehen. Freiheitlich! Dabei hat der uns erst mal das Mikro abgeschaltet. Nutzte aber nichts, wir haben ja immer ein Megaphon parat. Welche Funktion er mit dieser Einladung verbinde, wenn nicht, die APO in eine tödliche Umklammerung zu bekommen, hat Genosse Brenner gefragt und befohlen: Hinsetzen!

Da hat der OB nur noch gesagt, als ob man mit Musik die Gesellschaft umstürzen könnte. Das sei doch eine Illusion. Da müsse man sich von der Musik lösen und, so wörtlich, die Musik durch Dynamit ersetzen. Und ist gegangen.

Leider sind so ein paar Antiautoritäre dann wieder mal ausgeflippt. Haben erst gesessen und gesoffen und dann den Rest vom Freibier auf den Boden gekippt. Wirklich eine revolutionäre Tat! Katja schäumte.

Und am nächsten Tag. Ihr glaubt es nicht! Diskussionsrunde. Thema: ›Seht euch diese Typen an.‹ Lief erst mal gut. Aber dann steht plötzlich so ein Kerl auf, mindestens dreißig, stellt sich als ›Laut-Lyriker‹ vor und redet permanent dazwischen. Mist, sinnloses Zeug. Dann wieder Sätze, die politisch klangen, aber Blödsinn. Wollte uns wohl auf den Arm nehmen. Naja, den haben wir dann rausbefördert. Sowieso: Diskutieren will hier kaum einer. Lieber stricken! Zwei rechts, zwei links, natürlich mit dem richtigen politischen Bewusstsein. Katja musste erst mal Luft holen. Nicht lange.

Aber dann. Seit der Driscoll war alles anders. Ich brauch nur so ne E-Gitarre zu sehen, dann weiß ich, was kommt. Ist doch nichts als Krach, was die Musik nennen, wirklich underground, unterirdisch. Und da gehört es auch hin. Ganz nach unten. Diese Schreihälse behaupten, Politik zu machen? Da soll revolutionäres Potenzial erzeugt werden? Nein, Katja funkelte uns durch die Nickelbrille an: Sänger sollen argumentieren, Einsichten vortragen. Zum Diskutieren anregen.

Ist eben überall Schiller, Hugo grinste. Die Form, die den Stoff vertilgt. Obwohl: Ob der sich das so vorgestellt hat? Bleibt ja vom Stoff nix mehr übrig.

Ich grinste zurück. Katja hörte sich nicht viel anders an als der von ihr geschmähte Oberbürgermeister. Oder wie Tante Berta oder Onkel Schäng, wenn die über Jammler, Hippies und Revoluzzer herzogen.

Ich wurde immer neugieriger. Auf dem Katholikentag war Katja von der Offenheit, der Diskussionsbereitschaft überrascht gewesen. Hier hatte sie beides vorausgesetzt. Und nun wollte die manipulierte Masse nichts als massenhafte Manipulation. Sich terrorisieren lassen vom Konsum. Sie war wütend. Als habe man sie und ihre Genossen hinters Licht geführt.

Was hatte sie erwartet? Im Programm waren etwa sieben Stunden für Diskussionen, aber über fünfzig für Musik vorgesehen. Da mochte man noch so viel revolutionäre Energie mobilisieren, um diese dem Konsumterror erlegene Masse ihrem manipulierten Bewusstsein zu entreißen.

Für Katja war schon vor dem abendlichen Trip nach Ashnidi klar: Festivals wie dieses waren nichts als ein neuer harmloser Freizeitspaß, nur Kommerz. ›Kommerz‹, ein Wort, das im antikapitalistischen Wortschatz schon bald dem ›Establishment‹ Konkurrenz machte.

Lukas drängte zum Aufbruch. Ein wenig verkleidet sah er aus, so in Zivil; mit Silberkreuzkettchen im offenen Hemdkragen und der verschlissenen Jeans passte er perfekt mitten in diese Welt; allerdings frisch vom Frisör. Gemeindemitglieder hatten sich nach dem Katholikentag über seinen Haarwuchs beschwert. Beim Pastor. Anonym. Wenn's dem lieben Gott dient, hatte er in Anlehnung an Fritz Teufels Wahrheitsfindung geseufzt und sein Haupt der Schere gebeugt.

Etwas Feierliches, Festliches lag in der Luft, das den Alltag außer Kraft setzte. Eine bunte Prozession strömte durch die Stadt. Spätestens seit dem Tod von Benno Ohnesorg, also seit gut einem Jahr, waren viele aus Protest gegen das Establishment nicht mehr beim Frisör gewesen. Die Nazi-Väter hatten einem gar nichts zu sagen. Sollten die sich doch an die eigene braune Nase fassen.

Was uns einte, war der Gang. Keiner machte uns Beine. Weder die Altvorderen und ihre Disziplin noch die politische Vorhut mit ihrem Protestschritt. Wir schlurften. Betont lässig, den unerträglichen Zwang der gesellschaftlichen Zustände mit jedem Fußtritt verhöhnend. Wir Mädchen schlappten in wallenden Gewändern, Miniröcken oder Jeans einher; viele Jungen in Militärparkas, die deutsche Fahne rausgetrennt und durch Friedenstaube oder Micky Maus ersetzt. Die Avantgarde latschte zwischen Mahatma Gandhi und Großvaters Nachthemd. Ganz vorn: Pluderhosen, so wie sie uns Lilo vor ihrem Aufbruch nach Ashnidi vorgeführt hatte. Dazu ihre Bluse, die an einen Kosakentanz erinnerte, ein kariertes Tuch hinterm Kopf geknotet, unter dem die rotblond gefärbten Haare hervorquollen, grüne Ohrringe. Trau keinem über dreißig. Diese Parole musste ihr jedesmal einen Stich geben. Natürlich hielten wir Ausschau nach ihr und nach Tim, die nicht weit von hier, am Baldeneysee, ihren Wohnwagen abgestellt hatten. Aber unter zehntausend Menschen?

Wer sich ins Establishment begibt, kommt darin um, torkelte ein Betrunkener an uns vorbei. Hinter einem Baum schlackerte ein junger Kerl die letzten Tropfen aus dem Hosenschlitz.

Mitten in dieser Welt, feixte Hugo.

Der verwechselt ausleben mit auspissen, empörte sich Katja.

Selbstverwirklichung, steuerte ich bei.

Es wurde nun rasch dunkel. Die Peitschenlampen flackerten auf. Vor der Halle flehende Gebärden, Pappschilder: ›Suche Karte‹.

Drinnen im Foyer waren Verlage, Galerien, APO-Gruppen mit ihren Ständen vertreten. Alles, was sich als links begriff. Katja zog mich schnell weiter; ich konnte ihre Entrüstung über diesen Krimskrams mit dem Etikett ›progressiv‹ gut verstehen. Hugo und Lukas nahmen sich Zeit. Wer sich informieren wollte von Mao bis Matetee, reiner Lehre bis reiner Schurwolle, Befreiungstheologie bis Befreiungskampf, Urkirche bis Urschrei kam hier auf seine Kosten.

Doch allein traute ich mich nicht in den Saal, ich winkte Hugo heran, griff nach seiner Hand – und ließ sie nicht mehr los, den Abend, die Nacht lang. Ich hatte Angst. Auf den ersten Blick. Angst.

Die Halle quoll über, die Luft verbraucht, stickig schwer, Geruchsschwaden wie auf Lilos Party, nur gröber, Weihrauch, Räucherstäbchen, Haschisch, Körperschweiß vernebelten den Saal. Zwei Bands auf zwei großen Bühnen nebeneinander spielten gleichzeitig. Riesige Leinwände, Filme, Undergroundfilme hieß es im Programm. Zu erkennen war wenig. Rotierende Farbmuster aus Großprojektoren oszillierend und ineinanderfließend vergewaltigten die Augen, Blitze aus dem Nirgendwo, doch nicht wie die Lichterscheinung vorm Donner, das wäre ja noch auszuhalten gewesen. Jede Bewegung von denen da vorn auf der Bühne vollzog sich in abgehackten, unverbunden aufeinanderfolgenden Bildern, geblitzte Segmente natürlicher Bewegungen, gesplitterte Räume, Aufhebung der Zeit. Bilder, kurz emporgeworfen, sprühten auseinander, flirrten im Licht, zerstäubten wie Gischt, perlten nieder. Lichter zuckten, schossen, strömten, schwangen in Schwaden, elektrische Wolken, dazu das Dröhnen der Bands voll Klang und Wut. Das einzig Normale war die Beleuchtung an den Notausgängen.

Neue Dimensionen? Ja. Involvement? Total. Hier wurden wirklich alle fünf Sinne revolutioniert, kosmische Energie aus dem ›Strobo-Light‹. Brothers and sisters freak out, donnerte es von der Bühne. Bassgitarren, elektrisch verstärkt, dröhnten durch meine Ohren, in mir heulten die Stahlseiten des Flügels, in mir raste das Licht, mein Körper ein Resonanzboden, den Schwingungen ausgeliefert. Übersteuerte Mikrophone, Synthesizer, Schlagzeug. Wände, Decke, Boden wurden durchlässig und schmolzen zu einem Traumraum rund um Sonne, Mond und Sterne, Herz und Hirn.

Ja, das war, was Lilo mit McLuhan Involvement nannte. Die Gefangennahme aller Sinne; Gier der Augen, Gier der Ohren. Rückhaltlose Hingabe an den Augenblick. Sich gehen lassen. Aber wohin?

Ich presste mich an Hugo. Um uns herum trampelte und stampfte es. Was traten die da mit Füßen? Die Eltern? Nazi-Eltern? Das Establishment? Die repressive Toleranz? Den Kapitalismus? Den Kommerz? Oder ihr eigenes Ich?

Warum hatte ich Angst und wollte nur eines: raus hier? Die Gesichter der Tänzer entrückt wie von Heiligen auf alten Gemälden. Gejubelt wurde, geschrien, gelacht, geküsst, und ich war doch jung wie die anderen und wollte doch wie sie das Alte hinwegfegen. Aber nicht mit diesem Licht, nicht mit dieser Musik, diesem blinden Gehorsam gegenüber denen da oben auf der Bühne, die immer neue Kommandos in die Masse da unten kreischten. Wenn das keine Manipulation war. Wenn schon mein Verstand ausgeschaltet werden sollte, dann bitte nur von einem mit Verstand: meinem Hugo. Ich sah Katja und Lukas, beide aufgesogen von der absoluten Gewissheit dieses Augenblicks, dieser Augenblicke, die einander jagten von einer Gegenwart zur nächsten, zum Augenblick der Ewigkeit, Ewigkeit des Augenblicks, pure Gegenwart, ach, wer da mitreisen könnte. Ich konnte es nicht.

Hugo, mein Hugo, kannte mich viel zu gut, um mich zum Bleiben zu überreden. Wir wickelten uns in unsere Regenmäntel und setzten uns auf eine Bank im Grugapark.

Nicht dabei sein müssen, nicht dabei, aber zu zweit, das war Freiheit. Die blaue Blume rot.

Wie vor wenigen Wochen saßen wir hier. Über uns die Musik des Sternenlichts. Wir vermehrten die Lichter mit Küssen, und wenn etwas hämmerte, dann war es mein Herz, und wenn etwas aufleuchtete, dann Hugos Augen. Aus den Wiesen stieg der Duft herbstlichen Cumarins, ab und zu raschelte es in den Zweigen, und wenn wir genau hinhörten, hörten wir aus der Grugahalle – nichts. Unter Kants gestirntem Himmel saßen sie, der Erstgeborene aus einem guten Stall und dat Kenk vun nem Prolete – zwei spätbürgerliche Individualisten katholischer Machart.

Saßen da, ließen uns aus der Zeit fallen, drehten eine Runde durch den Himmel und landeten vor Gottes Füßen, bis uns von irgendwoher ein Kofferradio mit Heintje und *Maaama* in die Gegenwart zurückschnulzte und Beine machte.

Es blieb lange laut in Rüttenscheid. Das Konzert ging bis in die Morgenstunden, und danach zogen die Besucher durch die stillen Straßen, hauten hier einem Gartenzwerg die Rübe ab, pieksten ihm dort einen Mao-Button in den Bauch oder steckten ihn einfach in die Tasche. Späte Rosen und frühe Astern aus den Vorgärten wurden von den Blumenkindern ins Gemeineigentum der Frisuren überführt; Tage später erzählte Lukas am Telefon, Gemeindemitglieder hätten ihm kopulierende Paare gemeldet.

Beim Frühstück gegen Mittag verschlangen Katja und Lukas einander mit den Augen, und Lukas sah uns an wie ein Schaf, das um Verzeihung bittet, weil es nichts dafür kann, dass es über Nacht schwarz geworden ist.

Das war mehr als Musik, sagte er traurig. Es war Wärme. Licht. Es war Brot. Brot, das wir ihnen nicht mehr geben können. Wir. Meine Kirche. Die Leute wollen ja glauben. Wollen mehr als das, was sie auf die Hand bekommen. Früher konnte das einmal die Dichtung: die Welt im Kunstwerk zum Leuchten bringen. Da hat die Dichtung versucht, die Religion zu ersetzen. Da schien es, als sei der Verlust an Religiosität ein Zuwachs an Bedeutung für die Dichtung, die Kunst. Aber gegen diese gigantische Gleichzeitigkeit, diese Gefangennahme aller Sinne, die wir gestern erlebt hatten, kommen deren leise Töne nicht an. Lukas hielt inne. Vielleicht, überlegte er laut, ist diese Musik aber auch die Stimme der Unterdrückten, Selbstausdruck des industriellen Subproletariats. Musikalischer Ausdruck auf der Höhe der Produktivkräfte.

Ich sah Hugo verzweifelt an. Niemals würde ich es lernen, so mit diesem Wortschatz zu jonglieren.

Katja war ungewöhnlich kleinlaut.

Klar, dachte ich, dass die beiden gestern außer Rand und Band waren. Sie hatten diese Entfesselung der Sinne sicher nötiger als Hugo und ich. Doch als ich Katja ein paar Tage später vor der Mensa am Infostand des SDS traf, war sie wieder ganz die Alte.

Genützt hat das Ganze doch nicht der Politik, sondern diesem Popzeug, legte sie gleich los. Ich sag dir, der Kommerz lauert auch dort schon. Und die unbekannten Gruppen? Amon Düül, Tangerine Dream oder so nen Mist – geht denen doch nur um nen Vertrag bei ner Plattenfirma. Das bisschen politisches Kabarett und ein politisches Lied, in Essen waren das reine Feigenblätter.

Und dann die Fugs mit diesem Schwein. Das soll politische Aufklärung sein? Ist ja zum Lachen. Oder zum Heulen. Katja haute auf den Büchertisch, dass die Broschüren durcheinanderhüpften.

Ihr werdet sehen, in ein, zwei Jahren müsst ihr mir recht geben. Dann gehen Pop und Politik getrennte Wege. Wenn ich E-Gitarre höre, weiß ich, was mich erwartet: nichts als narzisstische Selbstentäußerung.

Was willst du? Hugo zuckte die Schultern, als ich ihm Katjas Prognose berichtete. Entweder Kommerz oder ab in die Versenkung. Bedeutungslosigkeit. Wie kannst du ein Leben lang subversiv sein? Oder rumtönen wie Katja.

Was Katja verdammte, den Synthesizer, das Stroboskop – keinen klaren Gedanken kann man mehr fassen –, war genau das, was Tim und Lilo faszinierte. Sie kamen von den Songtagen zurück wie vormals die Großmutter von ihrer Pilgerreise zum Heiligen Rock nach Trier. Noch immer high. Für sie war das

Ganze ein Riesenjoint aus Licht und Klang gewesen. Beide beladen mit Devotionalien. Obwohl Lilo klagte: Keine Poster, keine Buttons gab es vom großen Fest. Man wollte sich eben vom Kommerz nicht vereinnahmen lassen. Dafür lagen jede Menge Zeitschriften und Broschüren aus. Offsetdruck, erklärte mir Hugo später. Eine einfache und billige Technik. Die macht's möglich. Hier die Idee und, zack, schon gedruckt.

Song und Sounds, Crash und *Linckeck, Hotcha – die Schweizer Underground Zeitschrift*: ›Kreative Sippenzeitung für Subkultur, alternative Mutation, (R)evolution, Bewusstseinserweiterung, Leben, bizarre und Community-Bedürfnisse.‹ *Ulcus Molle, Agit 888* und *Päng* von den Frankfurter Provos. Die hatten es Lilo besonders angetan: Hier, hört euch das an, ihr Trauerklöße, empfing sie uns und bat wie üblich in die Küche zum Sit-in. Ich, abgekämpft aus der Königsforster Gärtnerei, Hugo aus dem Rechenzentrum, wo er Drehbücher auf Lochkarten übertrug. Immerhin hielt sie ihren Rotwein parat, lieber wäre mir ein Kölsch gewesen. Ergeben nahmen wir unsere Plätze ein, etwas anderes ließen die häuslichen Herrschaftsverhältnisse nicht zu.

›Das Moment des Lachens‹, dozierte Lilo aus einem der Blättchen, ›das Weltempfinden, das der Groteske zugrunde liegt, zerstört die beschränkte Ernsthaftigkeit sowie jeden Anspruch auf eine zeitlose Bedeutung. Sie befreit das menschliche Bewusstsein für neue Möglichkeiten. Deshalb geht den großen Umwälzungen eine gewisse Karnevalisierung des Bewusstseins voran.‹

Dezente Tamburinklänge untermalten den Vortrag. Tim hatte sich dieses Instrument nach dem Auftritt der Amon Düül besorgt. Er war hin und weg von Uschi Obermaier. Wie die in dieser Gruppe die Rasseln bewegt habe. Und ihren Körper! Gestanden hätte sie, als würde sie liegen mit etwas ganz anderem in der Hand. Diese Harmonie. Man merke eben, dass die Mitglieder dieser Band nicht nur zusammen musizierten, sondern alles gemeinsam taten.

Naja, machte Lilo dieser Schwärmerei ein Ende. Eine Bande von Anfängern. Keiner konnte was. Katzenmusik. Aber, muss ich zugeben: inspirierte Katzenmusik. Spielt sowieso keine Rolle.

Für Lilo stand fest: Die Klampfe hatte ausgedient. Klampfentöne sind bloß Krampf im Konkurrenzkampf. Ja, da kam der gute alte Song aus dem Takt. Alles ohne Verstärker oder Synthesizer war von gestern. Und das hieß für Lilo: passé.

Gleichwohl waren sich Tim und Lilo über die Fugs sogar mit Katja einig. Okay, die USA waren ein Schweinestaat. Sich gegen Nixon und Humphrey ein Schwein als Präsidentschaftskandidaten zu wünschen, voll in Ordnung. Aber so ein armes Schwein aus einem Essener Bauernstall auf die Bühne der Grugahalle zu entführen und dort zum Präsidentenschwein zu küren: Das ging zu weit. Tierquälerei.

Ganz still, wie tot lag es da, das arme Tier, dabei haben die gehofft, es würde herumrennen und quieken, empörte sich Lilo über die Fugs, bis dato ihre Lieblinge, jetzt so herzlos! Schließlich sprang jemand, wohl ein Tierarzt, auf die Bühne und holte die Sau da runter. Mit armen Schweinen, da stimmten Flower Power und Politprofis überein, konnte man keine Tabus einreißen. Bewusstseinserweiterung? Höchstens für einen Beitritt zum Tierschutzbund.

Ohnehin waren wir uns in der Hauptsache alle einig. Wir, die wir dabei gewesen waren, damals in Essen, ob am Baldeneysee im Zelt oder Wohnwagen, in der Kaplanswohnung oder bei Onkel und Tante zu Besuch; ob an allen Tagen oder nur für ein paar Stunden; ob bei Zappa, den Fugs, der Driscoll oder bei Hein&Oss; bei Dunja Rajter oder Alex Kulisiewicz, der Lieder sang, die ihm Mithäftlinge im KZ übergeben hatten; ob man Heine-Liedern lauschte oder Lautpoesie. Man war dabei, ob unterm Sternenhimmel oder unterm Strobo-Light: Die Luft flammte vor Energie, sprühte Funken, Zukunftsfunken verbrannten das Alte, entzündeten das Neue. Und das Alte war schlecht und das Neue gut, und wir würden das Alte beiseitefegen – diese Gewissheit verband uns alle. Die Gewissheit, auf der richtigen Seite zu stehen, die Gewissheit, richtig zu sein. Wir konnten alles und uns konnte keiner und alle konnten uns mal.

Time was on my side. Alles schien möglich, und wir waren forever young.

Das Wintersemester begann für mich mit einer Erkältung. Eine Woche vorher war ich mal wieder als Komparsin unterwegs gewesen. Mit einem Dutzend anderer Mädchen sollte ich im Badeanzug oder Bikini durch ein Tulpenfeld rennen.

Das Feld erstreckte sich hinter Hoffnungsthal-Sülze, die Tulpen blühten aus Plastik und Draht. Wir wie normal durch das wie normale Tulpenfeld. Anfang Oktober. Im Bikini. Aber die Bezahlung stimmte. Dreihundert Mark, ein Monat Honnefer Modell.

Wieder karrte uns ein Kleinbus an Ort und Stelle; neben mir ein Mädchen, das sich ständig auf die Lippen biss.

Bist du aufgeregt?, fragte ich.

Sie nickte erlöst.

Das erste Mal dabei?

Wieder Nicken und, fast verschämt: Ich brauch das Geld.

Ja, denkst du denn, jemand macht das hier freiwillig? Ich brauch das Geld auch.

Rita, sagte sie und streckte mir die Hand hin.

Hilla. Aber du hast recht. Der Traum von der Statistin zum Star. Vom Tellerwäscher zum Millionär. Die richtigen Leute kennen und so. Na, ich bin froh, wenn ich mein Geld in der Tasche hab.

Am Drehort erwartete uns ein Wohnwagen zum Um- und Ausziehen, und ich begriff, was Rita meinte. Während wir beide uns in züchtige Einteiler hüllten, beschränkten sich unsere Mitläuferinnen auf knappste Stoffmengen. Zugegeben, jede Einzelne war, was Onkel Schäng als läcker Mädsche bezeichnet hätte. Mit blöden Tricks suchten sie das Interesse der beiden Kameramänner und besonders das des Regisseurs auf sich zu lenken. Auch sie waren wohl zum ersten Mal dabei, sonst hätten sie derlei Faxen gar nicht erst probiert: sinnloses Sich-dumm-Stellen, kicherndes ›Können Sie mir das noch mal erklären?‹, Stolpern über ein Kabel oder eine Kiste, um vom Arm eines Leistungs- oder Entscheidungsträgers aufgefangen und die Stufen zum Erfolg hinaufgeschoben zu werden. Sie erreichten das Gegenteil. Eine Standpauke des Regisseurs: Hier sei man nicht im Underground, sondern beim Film, Production, und da sei Time Money, schon mal gehört?

Wir drängten uns bibbernd zusammen.

Der Regisseur hatte dunkle krause, schon ein wenig angegraute Haare, dünne Beine in Röhrenjeans und machte die Sprünge ein paarmal vor. Eines der Mädchen lachte laut heraus. Dabei hatte er Schuhe und Strümpfe an und eben auch sonst alles. Wir nicht. Vor allem keine Schuhe.

Ihr vier, er winkte Rita, mich und zwei andere heran, erklärte uns noch einmal, worum es ging, und dann: Tulpe zum Ersten. Kamera läuft. Äktschen!

Barfuß über einen Acker, über rauhe Scholle und sonstigen Feldunrat – bei Gotthelf heißt das Ackerkrume, schoss es mir durch den Kopf –, barfuß also über die Hoffnungsthal-Sülzener Ackerkrume, ohne sich den Draht einer Plastiktulpe zwischen die Zehen zu rammen oder Blüte und Sohle vollends zu ramponieren, über die Ackerkrume in langen Sätzen nacktfüßig zwischen die Tulpen. So wie normal. Und schnell.

Wir vier taten unser Bestes. Die Wartenden hüllten sich fester in ihre Decken. Dann hieß es antreten in einer Formation wie beim Fußball mit starker Verteidigung, Rita und ich im Mittelfeld, hängende Spitzen. Eine Kamera filmte von vorn, die andere von hinten.

Wir gaben alles. Bis: Kamera läuft, Tulpe zum Siebten, Äktschen, auf halber Strecke ein Mädchen in die Knie brach, rein und rauf

auf die Tulpen, die ohnehin nach jedem Lauf von zwei mageren Jünglingen, die es wohl auch noch weiter zu bringen hofften, wieder exakt auf- und ausgerichtet werden mussten. Da lag das Mädchen und schluchzte. Ihre linke Fußsohle blutete. Es war hoher Nachmittag, die Sonne im Sinken flach überm Feld. Im goldenen Oktoberlicht glühte die Plastikpracht, ein Anblick grotesker Erhabenheit. Die Zeit bis zum Sonnenuntergang wurde knapp. In den letzten Strahlen tanzten die Mücken wie blonder Staub.

Der Regisseur zog das Mädchen in die Höhe, ein Jüngling schleppte sie vom Acker.

Los jetzt, die anderen, befahl er, das Licht ist einmalig.

Wir aber auch, dachte ich. Dachte an den Streik bei Maternus und wie wir mithilfe der Hornissen den Prokuristen in die Flucht geschlagen, das Fließband zu langsamerem Lauf gezwungen hatten. Wie lange war das her.

Pause!, rief es aus der Deckung der Viererkette, und als hätte es nur dieses Stichworts bedurft, riefen wir alle: Pause, und schlenderten Richtung Bus.

Zehn Minuten und für jeden gab es eine Cola, immerhin.

Zehn Minuten, genug, um mich meiner Taten bei Maternus zu erinnern. Und sowieso: Die überall brodelnde Aufsässigkeit, die auf Teach-ins, Sit-ins und all diesen Diskussionen aufgeschnappten Theoriefetzen sowie das Wort, das ich auch heute schon Dutzende Male gehört hatte, stachelten mich an zum höchsten Ziel revolutionären Aufbegehrens: zur Äktschen.

Hört mal her! Ich schraubte mich aus meinem Sitzplatz hoch: Der hier braucht uns genauso wie wir ihn. Er uns aber noch mehr. Jedenfalls im Augenblick. Was haltet ihr davon: fünfzig Mark mehr. Eher rühren wir keinen Fuß.

Meinste, nee, bloß nicht, ich brauch das Zeugnis, ich brauch das Geld, warum nicht, recht hat sie, hundert mehr, zweihundert, schrie es durcheinander.

Der Regisseur kam: Weiter geht's, meine Damen.

Das Mädchen neben mir wollte aufstehen. Ich drückte sie zurück. Rita vor mir ihre Nachbarin.

Hundert!, meldete sich eine forsche Stimme von hinten.

Streik, sagte ich und noch einmal: Streik! Was für ein Wort. Ich kostete es aus. Das weiche ›ei‹ wie ein Kinderschlaflied, aber die Konsonanten! Anfang und Ende, scharf gezielt wie ein Hieb, nachhallender Hieb, durch den das lang gezogene schallende ›ei‹ zwischen ›Str‹ und ›k‹ seine Schmiegsamkeit verlor. Zu Hause würde ich nachschauen, wo es herkam, dieses Wort. Ja, ich war dat Kenk vun nem Prolete, und die neue Zeit würde kommen: ›Alle Räder stehen still, wenn dein starker Arm es will‹, so stand es auf dem Plakat des DGB zum 1. Mai. Nicht in den Sartory-Sälen bei Dutschkes Verkündigung einer neuen Gesellschaft, nicht vor der Tür der Rosa-Luxemburg-Universität, noch in Essen beim Aufstand von Synthesizer und Stroboskop gegen die alte Welt: Hier im Tulpenfeld hinter Hoffnungsthal-Sülze ahnte ich den Trotz, die Kraft, die so viele in ihren Bann zog. Streik. Der Rausch dauerte nur kurz. Das höhnische Gelächter des Regisseurs brachte mich rasch wieder zu mir.

Entweder – ihr macht jetzt weiter – oder – es gibt keinen Pfennig. Für keine.

Wieder redeten wir alle durcheinander, und wieder rief uns die forsche Stimme zur Ordnung: Wir haben unseren Vertrag erfüllt. Das Mädchen von der hinteren Bank wedelte mit einem Papier – wo die das so schnell her hatte, wir waren doch noch immer im Badezeug.

Die Sonne stand nun schon sehr tief. Sie stand auf unserer Seite wie damals die Hornissen.

Dann kommt morgen keiner von uns wieder, wagte sich Rita hervor. Dann können Sie von vorn anfangen. Das dauert. Und das kostet.

Der Regisseur überlegte kurz: Fünfzig für jede. Aber dalli.

Ich stand auf. Alle standen wir auf. Warfen die Decken weg und rannten in exakter Formation noch zweimal gold überglänzt über rot leuchtende Ackerkrume, Tulpen umkreiselnd, akrobatisch leicht, fünfzig Mark plus beschwingt, jetzt und hier war mein wheel on fire, wir hatten gekämpft, und wenn es nur mit ein paar Worten war, wir hatten gesiegt, und wenn es nur für fünfzig Mark war. Die aufrührerische Masse hatte ihren historischen Augenblick erlebt.

Abends in der Küche gab ich meinen Einsatz gegen die geballte Macht der Konsumindustrie zum Besten. Hugo nannte mich seine Maxima Leader, was Tim und Lilo irgendwie auf Castro bezogen und unser anzügliches Grinsen nicht kapierten, und dann demonstrierte Lilo uns die Kraft des I Ging. *Die Geheimnisse der chinesischen Astrologie*. Ein Handbuch zur Selbstentdeckung, hatte sie aus Essen mitgebracht, dazu schwarze und weiße Plättchen, einige davon schon verloren. Macht nichts, man könne das Orakel auch mittels Münzen befragen, Zahl weiß, Bild schwarz.

Tim machte es vor: Sich geheim etwas wünschen, die fünf Groschen schütteln und auf den Tisch damit in eine Linie: schwarzweißschwarzweißschwarz. Lilo, Hohepriesterin der Zukunft, warf sich eine bestickte Stola über die ziemlich weiße Bluse, schlug das Buch auseinander und las vor: ›Fortschritt und Aufstieg werden den verachteten Schüler belohnen. Er wird sein schlichtes Kleid gegen eine bestickte Robe tauschen. Für den Empfänger dieses Orakels wird alles gut.‹

Bei den letzten Zeilen ließ Tim seine Bambusflöte aufjaulen und begleitete alsdann Hugos Münzorakel mit leisen Tönen. Hugo traf mit fünf Weißen ins Schwarze und Lilo musste gar nicht erst nachschlagen. Das Beste überhaupt! Hier! Tim griff zur Tabla. Trommelwirbel. ›Der prächtige Phönix des Ostens zeigt seine günstigsten Zeichen. Das Einhorn erreicht den Königshof. Glück herrscht hier und vertreibt böse Geister. Die Freude der Glückseligkeit und des Friedens sind hier.‹

Nach so viel Glückssträhne war mir ziemlich mulmig zumute, ich rüttelte die Groschen, warf sie von einer Hand in die andere.

Nun mach schon, rief Lilo. Wir wissen sowieso, was ihr beide euch wünscht.

Ich ließ los: ein Weißes vorn, vier Schwarze.

›Soldat in Waffen!‹, psalmodierte Lilo. ›Die Zeit zum Wandel und Vorwärtsgehen ist gekommen. Der Karpfen springt über den Drachen, und eine gewöhnliche Person wird transformiert in eine Unsterbliche.‹

Tim verlor sich in Trommelwirbeln. Hugo legte die Rechte aufs Herz und ballte die Arbeiterfaust.

Gibt es denn nur gute Aussichten?, wollte ich wissen.

Von wegen, Lilo war gekränkt. Manche können ganz schön runterziehen. Ihr seid eben alle drei Glückskinder.

Das fanden wir auch. Jedenfalls taten Hugo und ich unser Bestes, die gewöhnliche Person ins Unsterbliche zu transformieren, sobald wir wieder unter uns waren und auch drüber und drunter und rundherum in immer neuen Improvisationen unseres ganz privaten Involvements, bis ich in Träume von blauen Tulpen hinüberglitt, die sich im Morgenrot revolutionär verfärbten.

Anständiges Sonett

Komm beiß dich fest ich halte nichts
vom Nippen. Dreimal am Anfang küss
mich wo's gut tut. Miss
mich von Mund zu Mund. Mal angesichts

der Augen mir Ringe um
und lass mich springen unter
der Hand in deine. Zeig mir wie's drunter
geht und drüber. Ich schreie ich bin stumm.

Bleib bei mir. Warte. Ich komm wieder
zu mir zu dir dann auch
›ganz wie ein Kehrreim schöner alter Lieder‹.

Verreib die Sonnenkringel auf dem Bauch
mir ein und allemal. Die Lider
halt mir offen. Die Lippen auch.

Die Einladung kam ein paar Tage später. Nur an Hugo. Eine zweite für Lilo.

Wird sich nicht vermeiden lassen. Hugo reichte mir die Doppelkarte. In Hochglanz vorn ein Farbfoto des Breidenbach'schen Anwesens. Innen gaben Adolph Ottokar und Irmgard Breidenbach sich die Ehre, Herrn cand. phil. zu einem festlichen Dinner einzuladen. Ein Trio der Kölner Philharmoniker werde den Abend musikalisch begleiten. Der Anlass war nicht schriftlich fixiert, aber stadtbekannt: Das Oberhaupt der Familie Breidenbach beging einen runden Geburtstag. Der *Stadt-Anzeiger* hatte das Ereignis reich bebildert angekündigt.

Natürlich ist die Einladung auch für dich, beharrte Hugo. Du gehörst doch zu mir. Glaubst du, ich geh da allein hin?

Sag mal, wieso laden die dich denn extra schriftlich ein?

Angeberei, knurrte Hugo. Und du gehst mit. Bitte!

Auch für Lilo stand fest: nicht ohne Tim. Sie kaufte ihm bei Peek & Cloppenburg sogar einen Anzug. Zu einer Krawatte konnte er sich nicht durchringen; aber wie wär's mit einer Fliege? Konnte er von Hugo kriegen. Tim fasste sein schulterlanges Haar zu einem Pferdeschwanz zusammen, und Hugo kämmte seinen antiautoritären Haarwuchs mit Brillantine hinter die Ohren. Zwar hingen die Zottel im Nacken über den Kragen, aber diese Zentimeter der Schere zu opfern weigerte er sich. Wieder staunte ich, was Frisur und Kleidung aus einem Menschen machen können. Vor uns standen zwei Gestalten, die in den zwanziger Jahren jederzeit mit den Comedian Harmonists hätten auftreten können. Fehlten nur noch der Smoking, weiße Hand- und schwarze Lackschuhe. Tim wollte auf seine perlenbammelnden Mokassins ebenso wenig verzichten wie Lilo auf ihr Fußkettchen.

Lilo trug ein weißes über und über mit bunten Blumen besticktes Batistkleid, dazu schönen alten Familienschmuck aus ihren zahlreichen Schatullen, die sie überall mit sich führte. Ein weißes Stirnband entfaltete sich über den Schultern wie ein Schleier. In den sichelförmigen Ohrringen schaukelten grüngelb emaillierte Papageien.

Ich selbst hatte mir vom Flohmarkt ein altmodisches Chiffonkleid mit vielen Rüschen und Spaghettiträgern besorgt; Wüstenhimmelfarbe taufte Hugo das strahlende Azur und nannte mich seine Maienkönigin. Der Ausschnitt gerade so, dass man ahnen, aber nicht sehen konnte. Darüber ein weißes Bolero, gehäkelt von der Mutter.

Tim und Lilo mussten natürlich in ihrem Wohnwagen vorfahren. Wir folgten ihnen im 2CV.

Vor dem Haupthaus waren Fahnen hochgezogen. Ich erkannte das Banner des Bistums, die Fahne der Stadt, die dritte, erklärte Hugo, sei das Breidenbach'sche Wappentuch – Wappentuch, oh Hugo! –, gekreuzte Klingen unter betenden Händen. Fackeln am Weg warteten noch auf die Dunkelheit. Vor der blumengeschmückten Freitreppe stolzierte ein Musikkorps der Schützenbrüder mit klingendem Spiel, Schellenbaum und Kesselpauke auf und ab. Elegante Menschen standen um runde Tischchen, Champagner und Kanapees, gleich würde Godehard auftauchen, meine kleine Frau, ich griff nach Hugos Hand, warum konnte er nicht einfach der Sohn eines Lehrers sein, eines Ingenieurs oder ordentlichen Angestellten? Hier musste ich wieder einen Auftritt hinter mich bringen wie im Tulpenbeet, Statistin: so wie normal, auch wenn es nicht mehr so schwer war wie bei meinem ersten Besuch. Ich wusste ja, was mich erwartete – glaubte ich wenigstens –, und diesmal war ich mit Hugo nicht allein. Lilo und Tim, klar, aber auch Friedrich und Richard entdeckten uns gleich und nahmen uns in die Mitte, als wir die Stufen zum Geburtstagskind emporschritten, das in der Eingangshalle die Gratulationen entgegennahm. Keine Geschenke; Spenden für Opus Dei erwünscht.

Herrn Breidenbachs Haar verriet einen übereifrigen Friseur, was die gut genährten Wangenpartien kräftig hervortreten ließ. Die Schmisse glänzten frisch gecremt. Der Papah im Puff, schoss es mir durch den Kopf, ich lächelte, streckte die Hand aus.

Ach, Sie auch, entfuhr es Herrn Breidenbach, er biss sich aber gleich auf die Lippen, hätte die drei Silben vielleicht sogar gern zurückgenommen. Zu spät. Ich tat, als hätte ich nichts gehört, sprach: Herzlichen Glückwunsch und dachte: Fahr zur Hölle. Ach, Sie auch, die Worte bohrten sich in mein Herz, wo sie sich entzündeten und zu schwären begannen, da konnte auch Friedrichs demonstrative Umarmung, mit der er mich von seinem Bruder erlöste, nichts ändern. Ob Hugo die Worte seines Vaters gehört hatte? Friedrich hatte neben mir gestanden, Hugo mit Richard schräg hinter uns hatte wohl nur den Austausch unserer Festtagsfloskeln mitgekriegt. Wir hatten beide unser Gesicht gewahrt. Das Gesicht wahren. Das konnte man im Hause Breidenbach lernen. Szenen? Geschrei?, hatte Hugo einmal durch die Zähne gezischt, als er in Dondorf einen Krach zwischen Tante Berta, Onkel Schäng und Cousine Hanni mitgekriegt hatte, was mir ziemlich peinlich war. Sei bloß froh, dass es das hier gibt. Bei uns wär so ein Temperamentsausbruch undenkbar. Wir sind eine fürnehme Familie. Hugo spuckte mir die Fürnehmheit geradezu vor die Füße. Oh nein, wenn es bei uns Streit gibt, das heißt: Streit gibt es ja nicht, es gibt Differenzen, dann bleiben beide ganz ruhig. Je ruhiger, desto schlimmer. Und schauen mich scharf und durchdringend an, als hätte ich das Vermögen durchgebracht.

Innen schien das Haus sich verdoppelt zu haben; auch das Personal war verstärkt worden. Anna, die Köchin, sah heute in der Küche nur nach dem Rechten. Das Kommando führte der Chefkoch des Hotels Ernst mit seiner Truppe, erklärte Friedrich, das mache sein Bruder immer so. Ich erkannte nur Lisbeth wieder, die sehnsüchtig mein Kleid musterte, doch vorgab, mich noch nie gesehen zu haben.

Draußen wurde es nun rasch kühl. Die Schützenbrüder brachten ein letztes Ständchen – ein Potpourri kölscher und kirchlicher Lieder – und marschierten die fackelflackernde Allee zum Tor hinaus. Ins wirkliche Leben.

Für mich begann nach dem Vorspiel der erste Akt. Eine Glocke erklang, alles strömte ins Haus. Dort sorgten Männer im Frack, die von einigen der Gäste nur durch die Fliege mit dem diskreten Schriftzug des bewirtenden Hotels zu unterscheiden waren, für Ordnung und Orientierung. Ich an Hugos Arm, noch immer flankiert von Richard und Friedrich, inmitten der erwartungsfrohen Menge. So viele unterschiedliche Festlichkeiten hatte ich zusammen mit Hugo, dem Mann an meiner Seite, in den vergangenen Wochen erlebt, ich, die Frau an seiner Seite. Dazu nun hier die beiden Meraner, Tim und Lilo, so etwas wie Vorfreude kam in mir auf. Sogar Frau Breidenbach, ihre Wangen vom Aperitif leicht gerötet, Glanzlichter ins aschige Haar gefärbt, war zu uns herübergekommen und hatte mich nicht anders als die anderen begrüßt. Dreireihige Perlenkette zum dezenten Dekolletee, passende Ohrclips, Ringe an manikürten Fingern mit rosig schimmerndem Lack: Alles an ihr war unauffällig auffallend. Exquisit. Sie lächelte schmallippig, als sei jeder von uns schon von vornherein im Irrtum, und das fände sie amüsant. Friedrich gab mir einen aufmunternden Rippenstoß. Ich suchte Hugos Blick. Vielleicht würde es ja doch noch ein schöner Abend werden.

Das Geburtstagskind saß schon am Tisch in der Mitte des Esszimmers. Ich erkannte den Raum kaum wieder. Ja, bestätigte Hugo, man könne Trennwände einsetzen und herausnehmen. An den drei Türen verteilten die Befrackten die Plätze. Hugo durch den Haupteingang an den Mitteltisch, ich ab an die Tür hinten. So bestimmt, geschickt und flink wusste der Türsteher unsere Trennung zu handhaben, dass wir kaum wussten, wie uns geschah. Tim erging es nicht anders, Anzug hin oder her. Auch die Kinder der Gäste saßen bei uns, mit Kinderfrau oder Mutter, das war nicht auszumachen. Nun ja, dachte ich, die Tische sehen sowieso alle gleich aus, und alle bekommen das gleiche Essen. Nicht, wo der Tisch steht, wer mit dir am Tisch sitzt: Das macht den Unterschied.

Richard war ebenfalls hierher verbannt und eine kleine Frau unbestimmbaren Alters, grauhaarig, junge braune Augen, die niemand von uns kannte und die anscheinend nicht erkannt werden wollte, das Tischkärtchen mit ihrem Namen hatte sie gleich in der Handtasche verschwinden lassen. Sie lächelte uns freundlich an und schloss gleich Kameradschaft mit den beiden Teenagern, Freddy und Molly, die sehr geheimnisvoll taten, als hätten sie noch etwas vor.

Die Glocke ging. Das Mädchen, unterwegs mit Wasser und Wein, schrak zusammen, ein paar Tropfen fielen daneben, die Fremde legte ihr beruhigend die Hand auf den Arm. Tim und Richard verstanden sich auf Anhieb, und die herzliche Ausstrahlung meiner Nachbarin erleichterte mir die Trennung von Hugo. Ich konnte ihn von meinem Platz aus nicht einmal sehen.

Das Trio begann. Irgendetwas von Haydn. Die Reihenfolge der Stücke, gekoppelt mit der Speisenfolge, war auf der Menükarte verzeichnet, doch die Musik vom anderen Ende des Saales drang kaum zu uns durch. Tim unterhielt die Runde mit Schilderungen von den Essener Songtagen. Freddy und Molly konnten nicht genug davon kriegen; die Eltern hatten ihnen verboten hinzufahren. Auch meine namenlose Nachbarin offenbarte erstaunliche Kenntnisse, kannte die Fugs, gar kein schlechter Dichter dieser Tuli Kupferberg, befand sie, begann ein Gespräch über Dichtung und wusste Richard zu bezaubern durch ihre geradezu intimen Details aus Leben und Werk Ezra Pounds. Die Songtage waren vergessen, als sie vom Mann im Käfig erzählte, von seiner verächtlichen Verblendung und seiner großen Dichtung. Fasziniert hörten Freddy und Molly zu.

Aber war er nicht doch ein Nazi?, wagte Freddy schließlich zu unterbrechen, also, wenn er für Mussolini war.

Ein Nazi sicher nicht, Richard war in seinem Element und hielt einen seiner Vorträge, den die freundliche Unbekannte kopfnickend begleitete.

›Pull down thy vanity‹, kniff sie ihm ein Auge, und dann trugen die beiden, Richard und die Fremde, dieses großartige Gedicht vor. Ihre Stimmen wechselten einander ab, gingen ineinander über, überschnitten, überlagerten sich, Tim zog seine Blockflöte aus der Rocktasche, an den Tischen rings um den unseren wurde es ruhig, der Saal beinah zweigeteilt, bis wiederum die Glocke erklang, das Trio einsetzte, neue Getränke, die Vorspeise.

Freddy und Molly verstanden die Welt nicht mehr. Zwei erwachsene Menschen sagten freiwillig ein Gedicht auf. Dazu noch auf Englisch. Ich lachte in mich hinein. Von den Songtagen über Tim mit der Blockflöte zu Ezra Pound, wenn das kein Involvement war. Ich fühlte mich bestätigt: Wichtiger als der Standort des Tisches war eben doch, mit wem man zusammensitzt.

Nach der Suppe hielt Onkel Adalbert die erste Rede. Viel Familiensinn, Tradition und Kriegszeiten. Heldenhaft habe man die überstanden, an vorderster Front, oh, wie vermisste ich Hugos bissigen Kommentar zu so viel Verlogenheit. Nur gut, dass Richard mir unterm Tisch einen kumpelhaften Fußtritt gab, während er demonstrativ gelangweilt an die Wand starrte. Verstohlen versuchte ich den Gesichtsausdruck meiner Nachbarin zu deuten; ihr Lächeln schien gefroren, aber das konnte ich mir auch einbilden. Bis, kaum merklich, ihr Ellbogen den meinen berührte. Da verstand ich: Sie machte es wie Richard. Setzte ein Gesicht auf. Ein Gesicht aufsetzen. Wie einen Hut. Auf und ab.

Persona, sagte Richard halblaut zu mir herüber, und wieder nickte die Fremde Einverständnis. Ich begriff: Persona – die Maske. Sich nicht durchschauen lassen. Jedenfalls nicht von jedem. Oder wie Hugo gesagt hätte: cool bleiben.

Hipp, hipp, hurra, donnerte es vom Familientisch, Ehrentisch. Hipp, hipp, hurra im Geiste der alten Kameraden, rief Onkel Adalbert. Als gälte es, Schlimmeres zu verhüten, griff das Trio mit Händel ein. Sorbet. Wer wünscht Champagner?

Die Stimmung stieg. Vom Nebentisch erhoben sich drei Kinder, fußlang wallend weiß gewandet. Sie hielten hellrosa, hellblaue und hellgraue Gazeschleier über dem Kopf. Vor dem Ehrentisch, wo ein Platz für die Redner freigehalten war, blieben sie stehen. Wir von den hinteren Tischen schlängelten uns nach vorn. Ein viertes Kind im gleichen Aufzug kam dazu. Alle mit kinnlangem Haar, ob Junge oder Mädchen ließ sich kaum ausmachen. Das vierte Kind hielt etwas in der Hand, das ich von Gemälden kannte, holde Knaben im lockigen Haar. Diese Engelsharfe setzte der Spieler entschlossen in Gang, worauf die anderen sich zu einem Dreieck formierten und die Tücher schwenkten, elegisch pathetisch, nach rechts nach links, nach hinten nach vorn, übern Kopf zu den Füßen, Bewegungen, als wollten sie eine schwere Barkasse bei leichtem Seegang kielholen. Was war der Sinn dieser Wallungen? Aha! Mit schleppender Stimme, die sich dem feierlichen Rhythmus der Bewegungen anpasste, taten sie kund: ›Wie war zu Köln es doch vordem, mit Heinzelmännchen so bequem …‹ Jeder hier kannte das Gedicht, zumindest die erste Strophe, vor allem aber sein Zeitmaß, das vom Metrum eindeutig vorgegeben war. Diese vier Gestalten ruuupften und zuuupften, beraaapten und kaaappten und schwaaangen Stoffbaaahnen, wo dalli, dalli angesagt wäre, genau dafür waren die fleißigen Kleinen ja berühmt.

Kinder auslachen gehört sich nicht, sagte ich mir, aber das da vorne war doch zu arg.

Eurythmie, flüsterte mir die Fremde ins Ohr, so nah, dass es kitzelte.

Arithmie?, flüsterte ich zurück. Was hatte das da vorn mit Mathematik zu tun?

Oi-rit-mi, wiederholte die Frau. Rudolf Steiner.

Keine Ahnung, nie gehört, sollte ich das zugeben?

Doch ehe ich nachfragen konnte, hielt ausgerechnet Tim, der Immi, es nicht mehr aus, sprang mit seiner Flöte dem Harfenkind zur Seite und brachte die Schleierschwinger erst mal aus dem Takt. Dann aber übernahm die Trompete des Trios die Führung, und Lilo ließ den Stirnbandschleier kreisen und die Heinzelmännchen rocken. Kurz. Die Kinder wurden von vier aufgebrachten Müttern entfernt. Das Trio intonierte einen Tusch. Der Hausherr erhob sich, warf die Arme wie ein Politiker beim Wahlsieg in die Luft. Lilo drückte ihm ihren Schleier auf den Kopf. Tusch. Applaus. Der Beschleierte schleuderte den Schleier von sich.

Zurück an unseren Plätzen drückte mir die Frau einen Zettel in die Hand. Hier, Eurythmie; ich hab's Ihnen aufgeschrieben.

Sollten Sie sich zur Gewohnheit machen, immer was zu schreiben dabeihaben. Gute Ideen fallen einem zu wie Sternschnuppen. Kennen Sie Kairos?

Ja, den kannte ich, dank unsrer abendlichen Kerényi-Lektüre. Kairos, sagte ich, der Gott des glücklichen Augenblicks. Vorne langer Schopf, hinten kahl. Beim Schopfe packen muss man den Gott im Vorüberfliegen, hinten ruscht man ab und das Glück rauscht vorüber.

Das Glück beim Schopfe packen, wiederholte die Frau versonnen, und manchmal geht das eben Herz über Kopf im Spiel der Zeit, zwinkerte sie mir zu, wie bei Hilla und Hugo, wie bei euch beiden.

So liebevoll sah die Fremde mich an, wie eine Mutter, dachte ich. Wie Aniana schaute sie mich an, als ich die grüne Vase zerbrochen hatte, und wie der Großvater, der wusste, sogar aus Scherben kann man etwas Schönes machen, seine Kästchen.

Die Glocke ging. Der zweite Hauptgang. Das Trio. Brigitte wurde angekündigt. Hugo hatte sich mit dem Hinweis auf seine Doktorarbeit gedrückt, und der Vater, so Hugo, habe es kommentarlos akzeptiert, im Innern wohl froh, dass nicht der Buckel die Familie repräsentierte, sondern Brigitte, begleitet von ihrem Hubertus, cand. iur., kurz vorm zweiten Staatsexamen, in derselben Verbindung wie der Schwiegervater in spe. Auch dessen Eltern hätten zugesagt. Brigitte, zukünftige Freifrau von Hassepohl.

Sehen konnte ich sie von meinem Platz aus nicht, aber ich wusste, sie sah großartig aus, Breidenbacher Repräsentanz im Stil der Mutter, bodenlanges dunkellila Seidenkleid, damenhaft, hätte das im Quelle-Katalog geheißen, lädilaik.

Verschmitzt zupfte meine Nachbarin eine Rüsche an meinem Kleid zurecht. Denn zu hören bekamen wir Brigitte, und zwar so einiges. Die Tochter des Hauses sang den Lobpreis der Familie. Faselte von der strengen, aber gerechten Hand des Pater familias – den Ausdruck benutzte sie tatsächlich –, strich seine Verbundenheit mit den alten Werten heraus, schilderte eine Reise an die Riviera, in der die Mutter die Hauptrolle bei einem desaströsen Kleiderkauf spielte. Über allem aber stand der Zusammenhalt, Blut dicker als Wasser; gar nicht genug rühmen konnte sie den. Hugo kam nur im allgemeinen ›wir‹ vor.

Ob er sich ärgerte? Oder war es ihm gerade recht?

Applaus für Brigitte. Trio. Der Fleischgang.

Dem Bœuf Wellington folgte der Oberbürgermeister, der das soziale Gewissen des Ehrenbürgers pries, ihm zu Frau und Tochter gratulierte und sich, ohne ihn beim Namen zu nennen, einen mahnenden Fingerzeig auf Hugo nicht verkneifen konnte: Die Familie sei Keimzelle der Gesellschaft, in der Familie beginne die Erziehung zum – hier brach am Ehrentisch ein Zuhörer, der sich später als Onkel Friedrich entpuppte, in einen so gewaltigen Husten aus, dass uns in den hinteren Reihen Ziel und Zweck dieser Erziehung verborgen blieb. Tim hatte schon wieder seine Flöte gezückt, doch meine Nachbarin schüttelte den Kopf, und er gehorchte. Wie sie überhaupt an diesem Tisch unmerklich so etwas wie den Vorsitz übernommen hatte. So wie sie, dachte ich, möchte ich einmal sein, wenn ich alt bin.

Der Rede des OB folgte Applaus, aber kein Trio. Stattdessen schloss sich ein Mann in angedeuteter Uniform – Malteser, erklärte meine Nachbarin – seinem Vorgänger nahtlos an, Tradition, alte Werte, fügte noch den katholischen Glauben dazu, Gottesfurcht und Spendenfreude, die Familie als Keimzelle der Kirche. Familie. Familie.

Gerade sitzen!, wieder machte sich meine Nachbarin an meinen Rüschen zu schaffen.

Am Nebentisch begannen die Kinder zu quengeln. Bonbons wurden verteilt. Dann endlich: Applaus. Das Trio. Der Hausherr. Hörbar zufrieden mit dem Ablauf der Feier. Und doch. Eine winzige Enttäuschung, als vermisse er etwas, schwang mit. Wir ließen ihn hochleben mit Trio, Engelsharfe und Tims Flöte, Freddy und Molly lüfteten ihr Geheimnis und sangen Willi Ostermann im Duett, die Musiker packten ein, die Kinder hörten zu quengeln auf: Es gab Dessert.

Im Pavillon hatte man Mokka, Petit Fours, Liköre und Kognak bereitgestellt; ich konnte es kaum erwarten, wieder bei Hugo zu sein. Der aber war vom Malteserritter in ein Gespräch verwickelt und warf mir hilfeflehende Blicke zu. Noch ehe ich zu seiner Befreiung ansetzen konnte, vertrat mir Brigitte den Weg. Sie erhob sich, im Mundwinkel eine Zigarette, nahm diese, als sie vor mir stand, zwischen die Finger, betrachtete einen Augenblick das aufgeweichte Ende, leckte kurz ihre Lippen, um einen Tabakkrümel zu lösen, spuckte ihn mit leisem Zischen von sich und drückte die Zigarette, ohne mich einen Augenblick aus den Augen zu lassen, auf dem Tisch im Aschenbecher aus.

Nun, sagte sie, sich aufrichtend, da hast du es ja geschafft. In die inneren Kreise. Und Hugo, der hat es auch geschafft.

Ich starrte das herablassend lächelnde Gesicht verständnislos an. Hugo und ich, sagte ich mit fester Stimme, Hugo und ich. Wir lieben uns. Bestimmt war ich jetzt feuerrot.

Brigitte rang nach Atem, doch schon gelang es ihr, sich zu fassen, stieg der Zorn der Verachtung wieder in ihre Augen: Was glaubst du denn, wer du bist? Was glaubst du, warum Hugo dich, ausgerechnet dich – nie hatte ein Dich so verächtlich, so zerstörerisch geklungen wie aus diesem Mund –, erkoren hat?

Brigitte stand vor mir, einen Fuß unter dem lila Seidensaum locker vorgeschoben, ihren Arm mit ebenso gespielter Lässigkeit in die Hüfte gestemmt, um den Mund ein Lächeln, so falsch, dass es wie sein Gegenteil aussah.

Glaub ja nicht, es geht ihm um dich. Wieder zischte das Dich wie ein Hieb. Brigitte machte eine Pause, musterte mich mit siegessicherem Blick, ob der Hieb, der Stich, das Dich, gesessen hatte, bevor sie die Pranke zum letzten Schlag ausfuhr.

Ach, du verstehst noch immer nicht? Der hat dich genommen, weil du eine arme Maus bist. Wie romantisch. Ja, Armut ist ein großer Glanz von innen. Haha. Du? Bist ihm ganz egal. Aber wie er Papah und Mamah damit treffen kann, das ist ihm wichtig. Hat ja auch geklappt. Die Alten ärgern sich schwarz.

Besonders meine Mutter. Deine Familie ... Unsere Familie ... So was geht doch nie!

Ich hörte nicht mehr zu. Nur noch: Familie, Familie.

Wörter können wie Gift wirken. Manche schnell, unversehens hervorgestoßen, Schimpfwörter wie Rindvieh, Trottel, Depp; Treffer, die leichthin abzuschütteln sind. Zu allgemein. Schlimm sind die mit Langzeitwirkung, die chronisch vergiften. Das Wagenstein'sche: ›aus keinem guten Stall‹. Das Breidenbach'sche: ›Sie auch hier?‹ So ein harmloses Sätzchen, das aus einem freundlichen Mund das genaue Gegenteil besagen könnte. Wer das Wort verabreicht und wie, entscheidet über die Wirkung: Gift oder Gabe; Gnade oder Gnadenstoß.

Und dann gibt es Sätze wie die von Brigitte. Sätze, die sich wie Hände von hinten um deinen Hals legen.

Ich sah die Hand von Großtante Sibille, wie sie mich zurückwischte auf meinen Gang in das Familienfoto der Breidenbachs; die Hand des Türstehers, der mich von Hugo am Familientisch, Ehrentisch, trennte.

Und Hugo? Hatte er mich in der Gruppe für das Foto nicht vermisst? Natürlich hatte der Herr Baron neben Brigitte gestanden, aber neben Lilo auch Tim. Einfach die Hand der Tante abzuschütteln, mich durchzusetzen, um dabei zu sein, hatte ich nicht gewagt. Und jetzt? Wo war Hugo? Der Ordensfachmann dozierte nun auf das Haupt einer Dame mittleren Alters herab. Keine Spur von Hugo.

Das verschlägt dir die Sprache, was? Brigitte wechselte Standbein und Hand in der Hüfte und brach in Lachen aus. Lachte so falsch, wie sie vorher gelächelt hatte, ein Geheul, das ich noch tagelang zu hören glaubte, wenn sie mir durch den Kopf schoss oder ihr Name fiel.

Und du? Du bist doch nur hinter seinem Geld her, keuchte sie mir zwischen zwei Lachsalven ins Gesicht.

Brigittes Lachen brach ab. Eine Hand, die Hand der fremden freundlichen Frau legte sich ihr auf die Schulter. So, wie auf dem Handrücken die Adern hervortraten, packte die Fremde zu: Es reicht, mein Fräulein. Es reicht. Kommen Sie, Fräulein Palm, dieses Geschwätz müssen wir uns nicht anhören. Und ob Sie nun auf einem Foto mit der Bagage dabei sind … Glauben Sie mir, die werden noch froh sein, einmal mit Ihnen abgelichtet zu werden. Aber nun schauen wir endlich nach Hugo.

Brigitte schien unter den Worten der Fremden zu schrumpfen wie im Märchen, der böse Riese, wenn er seine Kraft verliert. Sie machte sich wortlos davon. Hinkte sie neuerdings?

Hugo traf ich in der Eingangshalle mit Tim und Lilo, die sich, das roch ich gleich, bei einer Selbstgedrehten mit Schuss entspannten.

Was wollte denn Brigitte von dir? Hugo legte seinen Arm um mich. Ich hab euch gesehen, wollte nicht stören, kommt ja nicht oft vor, so ein Tete-a-Tete zwischen euch beiden.

Ehe ich antworten konnte, wurde das Portal aufgestoßen. Er kommt, er kommt, riefen Serviermädchen, Kellner und Gäste durcheinander. Er kommt!, donnerte Onkel Adalbert, der draußen Wache geschoben hatte.

Der Kardinal, ohne seine Messgewänder kaum zu erkennen, war endlich eingetroffen und wurde von seinem Begleiter am Ellbogen unauffällig gestützt und dirigiert, wenn auch nicht ganz zuverlässig. Unversehens wand sich das Oberhaupt der rheinisch-katholischen Christenheit los, tat ein paar Schritte in unsere Richtung, schnupperte. Die Nase des feinen listigen Altmännergesichts witterte wie die eines Kaninchens: Hier riecht et aber jut. Was ist das für eine Sorte? Wär was für den Dom.

Lilo konnte Tim, der den Arm mit der Tüte schon ausstrecken wollte, gerade noch aufhalten, und Onkel Adalbert brachte den Gottesmann gleich wieder in die Spur. Schnaubend vor Vergnügen erklärte Lilo ihrem Tim, dass der Kardinal ihren Schwarzen Afghanen für eine exquisite exotische Sorte Weihrauch gehalten hatte.

Auch die fremde Frau, die nun mit Friedrich und Richard zu uns gestoßen war, schnupperte, während Richard die Stirn runzelte und Friedrich fragend ansah. Aus medizinischer Sicht, meinte der gedehnt … außerdem kenne ich meine Lilo. Er fasste die Schwester um die Schulter. Die bot ihm das Tütchen. Er wandte sich ab.

Die freundliche Fremde, die mir im Lauf des Abends immer vertrauter geworden war, nahm mich beiseite: Gut haben Sie das heute Abend gemacht. Auch ohne Hugo. Wissen Sie, zwischen Ihnen und ihm wird es immer diesen haarfeinen Riss geben, den zwischen Palm und Breidenbach. Sie wissen, was ich meine. Aber der Brückenbogen trägt, und er wird fester mit jedem Kuss. Und noch etwas: Der Katzentisch ist für unsereins nicht die schlechteste Position. Da sein, ohne dabei zu sein. In Ihnen steckt noch viel mehr. Und genießen Sie die Zeit mit dem Liebsten. Die Stimme der Frau verdüsterte sich:

Der Mensch das Spiel der Zeit   spielt weil er allhie lebt
Im Schau-Platz dieser Welt;   er sitzt und doch nicht feste.

Es war mir eine solche Freude, Sie hier zu treffen. Ehrlich gesagt, bin ich nur Ihretwegen hier. Die Frau fasste mich bei den Händen und winkte Hugo heran. Legte meine Hände in die seinen, und der sonst so scheue Freund ließ es sich gefallen. Wie zwei Kinder beim Ringelreihen standen wir da, was Tim gleich nutzte, Flöte raus und aufgepiepst, die Fremde und die Freunde klatschten dazu, wir drehten ein paar Runden. Als wir stillstanden, war die Frau verschwunden.

Nun sag doch, wer das war, diese seltsame Person, endlich konnte ich mit Hugo ein Wort wechseln. Und dann, ich will weg. Nach Hause. Zu dir. Zu uns.

Warum war die Fremde so ohne Abschied auf und davon?

Richard kam zurück. Er hatte sie zum Taxi begleitet und sollte uns von ihr grüßen. Wer sie war? Keiner wusste es. Mir gab er einen Brief von ihr.

Ich hatte das Bad den ganzen Abend gemieden. Schämte mich meiner Versuchung vom ersten Besuch noch immer. Nun schloss ich die Tür hinter mir und fetzte den Umschlag auf:

›Merkt ihr noch nicht, dass alles, was von außen in den Menschen hineinkommt, ihn nicht unrein machen kann? Denn es geht nicht in sein Herz. Was aus dem Menschen herauskommt, das macht den Menschen unrein, denn von innen, aus dem Herzen der Menschen, kommen die bösen Gedanken …‹ Markus 7,18f.

Hugo und ich sagten seinen Eltern Auf Wiedersehen und dankten artig für den schönen Abend. Lilo und Tim folgten uns, Friedrich und Richard fuhren mit in die Vorgebirgstraße. Hugo war auf der Heimfahrt ungewöhnlich schweigsam. Er wirkte bedrückt.

Es wurde ein langer Abend, besser eine kurze Nacht, wie üblich in der Küche. Friedrich geriet mit seiner Schwester wegen des Zappa-Posters aneinander. Lilo tat beleidigt und versprach, vorm nächsten Bruderbesuch dem Nackedei eine Hose anzumalen. Eine echte Breidenbach weiß sich eben zu helfen.

Dann aber fielen beide einstimmig, wenn auch mit unterschiedlichem Vokabular und Temperament, über den Abend her. Unerträglich sei es am Familientisch gewesen. Der Gefeierte habe das Wort geschwungen, von alten Zeiten geschwärmt und alte Zeiten, das hieß bei ihm wie bei Onkel Adalbert: Kriegszeiten. Leben wie Gott in Frankreich. Lilo zog an ihrer Tüte und inhalierte. Für die Schwägerin, nicht dass sie die bemitleidet hätte, sei das eine ziemliche Zumutung gewesen, zumal die Schilderungen eines gewissen Etablissements mit fortschreitendem Alkoholkonsum immer farbiger und detaillierter geworden seien, wobei nicht nur Onkel Adalbert, sondern auch der Schwiegervater in spe das Seine beigesteuert habe.

Familie!, schrie Lilo ungewohnt ernst und fuhr sich mit den Händen durch ihr Hennahaar, als wolle sie dessen Wurzeln symbolisch ausrotten. Familie. Weißt du, Hilla, ich konnte mich ja noch an Friedrich halten als Kind und an den Vater, auch wenn der damals schon krank war. Aber du, Hugo, so allein mit dieser Schwester.

Ich bin doch gar nicht allein, protestierte Hugo und zog mich an sich.

Aber lange allein gewesen, beharrte Lilo, weiß ich doch.

Nein, widersprach Hugo. Du vergisst den Großvater. Und ich war ja auch gern allein.

Stimmt, sprang Friedrich ihm bei. Aber Vater, also dein Großvater, ist viel zu früh gestorben. Danach warst du nicht mehr wegzukriegen von deinen Büchern. Aber, er legte mir den Arm um die Schultern, das ist ja jetzt anders. Sag mal, wo warst du denn, als das Foto gemacht wurde? Von der Familie. Du gehörst doch dazu.

Ich, stotterte ich, war gerade auf der Toilette. Ich sah Hugo nicht an.

Ist auch egal, wechselte Lilo das Thema. Wird sowieso nix mit dem Foto. Ich hab nämlich so gemacht – Lilo streckte die Zunge raus – und hinter dem Geburtstagskind so: Sie setzte Tim mit zwei Fingern Hörner auf.

Friedrich nahm sein Glas: Auf die Familie! Seine Stimme heiser vor Hohn. Runter damit. Ex.

Wisst ihr, was mich der Bodo gefragt hat? Lilo lachte schon wieder. Unser Vetter aus Düsseldorf. Wollte einen Rat. Ob er sein Jura-Studium fertig machen soll, wollte er wissen, vierunddreißigstes Semester, oder doch lieber neu anfangen mit Psychologie.

Bodo?, fragte Friedrich. Der ist gut über fünfzig.

Fast sechzig, spöttelte Lilo. Hat ne reiche Frau. Strohdoof und lieb. Hält ihn für den Größten. Hat er vielleicht. Ihr Grinsen wurde anzüglich.

Genüsslich und gemein wurden die Familienmitglieder noch eine Weile durchgehechelt, wobei Friedrich der kühle Satiriker blieb, während Lilo so gehässig, ja, hasserfüllt über den Kölner Bruder herzog, dass es sogar mir zu viel wurde.

Richard hörte verständnisvoll zu, fragte hier und da nach einem Zusammenhang, einem Hintergrund und schien dem seelischen Großreinemachen, der Familien-Seelensäuberung mit verstohlener Schadenfreude zuzuhören.

Tim zog sich bald zurück. Seine musikalischen Kommentare wollte man heute hier nicht hören, und um mitzureden, war sein Deutsch zu schlecht. Wie wenig ich von ihm wusste. In den nächsten Tagen würde ich versuchen, ihn ohne Lilo zu erwischen, und ein Glas mit ihm trinken.

Ich fühlte mich zunehmend unbehaglich. Warum sagte Hugo nichts? Eben wollte ich ihn, der sich gerade das vierte oder fünfte Glas eingoss – im elterlichen Haus, hatte er auf der Rückfahrt versichert, habe er nur höflichkeitshalber genippt, was Friedrich bestätigte –, genau das fragen, als er das Glas in einem Zug hinunterstürzte und auf den Tisch knallte. Scheiße, brüllte er, Scheiße, Scheiße, Scheiße!

Wir schraken zusammen. Ich fasste ihn beim Ärmel, er schüttelte mich ab.

Scheiße, verlogene Scheiße! Wär dir das denn wichtig gewesen? Das Foto! Dieses Scheiß-Foto! Du gehörst zu mir. Nicht zu diesem Haufen. Da musst du doch nicht dabei sein. Sei doch froh. Hugo sprang auf, sein Stuhl polterte zu Boden.

Ich wollte ihm nach. Friedrich hielt mich zurück. Warte. Diese Familie, allen voran die Mutter, hat den ganzen Abend gegen dich gestichelt. Ich will das gar nicht wiederholen. Und Brigitte natürlich feste mit. Hugo hat die Mutter vor allen Leuten abgekanzelt. Hugo und du – lass dich da nicht beirren. Ihr seid etwas Besonderes. Das darf euch keiner kaputt machen. Und jetzt geh zu ihm.

Friedrich nahm mich in die Arme. Lilo auch. Ihre bestickte Bluse kitzelte, und sie benebelte mich mit ihrem Patschuli. Ich musste niesen. Danke, murmelte ich, danke, ihr Breidenbacher.

Hugo saß auf dem Rand des Bettsofas und starrte vor sich hin.

Der Brückenbogen schließt fester mit jedem Kuss, hatte die Fremde gesagt.

Komm, sagte ich, zog ihn hoch und legte seine Hände auf meinen Rücken, knöpfte ihm das Hemd auf, er mein Kleid, wir streiften uns aus unseren Hüllen, und dann liebten wir uns mit einer neuen, sehr behutsamen Zärtlichkeit. Begriffen einander als kostbar und zerbrechlich, zwei vergängliche Menschen in einem Moment der Ewigkeit.

Friedrich und Richard waren schon aufgebrochen, Tim und Lilo noch im Bett, als wir am nächsten Morgen den Frühstückstisch deckten. Ein wenig scheu wie zwei Genesende, die einen Rückfall fürchten, gingen wir miteinander um. Alles war wie zuvor und doch anders, als hätte sich unsere blaue Blume über Nacht tiefer und inniger gefärbt. In Prosa: Wir waren ein bisschen erwachsener geworden. Was nicht heißt, dass unsere neue Ernsthaftigkeit unsere alte Lust am Spielen – Sprüche machen, Wörter verdrehen, Geschichten ausdenken – getrübt hätte. Aus der Familie machten wir Ottilie, Emilie, die wir in Kamillie mit Reptilie aus Brasilie ertränkten. Und als Hugo mir allen Ernstes einen Heiratsantrag machte, lief das ungefähr so ab:

Hugo: Sag mir ob du mich heiraten willst
Hilla: Frag mich ob ich dich heiraten soll
Hugo: Willst du dass ich dich heiraten soll
Hilla: Willst du mich heiraten wenn ich will
Hugo: Sollich
Hilla: Willich
Hugo: Und bist du nich willich
Hilla: Stop. Danke. Kamera aus.

Am Samstag nach dem fatalen Fest war Hugo mit Brötchenholen dran. Tim und Lilo schon unterwegs, sie hatten am Baldeneysee ein New-People-Pärchen kennengelernt, denen sie ihre Seele (psyche) offenbaren (delos), mithin psychedelisch Sein und Bewusstsein erweitern wollten.

Hugo kam mit einem Packen Zeitungen zurück. Zehnmal *Kölner Stadt-Anzeiger*.

Klopapier alle?, flachste ich. Oder haben sie dich wieder bei ner Demo erwischt? Foto von dir drin? Kannst du ja gleich ein Exemplar nach Marienburg schicken.

Das auf jeden Fall. Ein Exemplar schicken, meine ich. Hier. Hugo schlug den Teil mit den Anzeigen auseinander. Bitte sehr. Er strahlte wie schon seit Tagen, seit dem Geburtstagsfest nicht mehr.

Die Anzeige füllte eine Viertelseite. Mein erster Gedanke: Das viele schöne Geld.

Groß in der Mitte unsere Namen: Hildegard Elisabeth Maria Palm und cand. phil. Hugo Felix Servatius Breidenbach. Darüber, umrahmt von Buchsteinen und Kornblumen: Ihre Verlobung geben bekannt. Unter unseren Namen: Es freuen sich sehr: Maria und Josef Palm. Friedrich und Lieselotte Breidenbach. Darunter fett gedruckt wie unser beider Namen: Lommer jonn!

Rechts oben das Motto: ›Ben zi bena, bluot zi bluoda, lid zi geliden, sose gelimida sin.‹

Der Schluss des zweiten *Merseburger Zauberspruchs*. Jeder lernt ihn im Althochdeutsch-Seminar. Der älteste Heilungszauber deutscher Sprache. Ich begriff, was Hugo mir sagen wollte: mein Blut zu seinem, mein Bein zu seinem, als könnte Heilung gar nicht anders sein. Hätte er mir nicht in diesem Augenblick ein noch warmes Brötchen mit gekochtem Schinken zwischen die Lippen genötigt, dass ich einfach den Mund aufreißen und zubeißen musste, wer weiß, ich hätte losgeheult.

Und Maria und Josef Palm, mampfte ich, wissen die von ihrem Glück?

Mit deinem Vater hab ich in Köln schon gesprochen, ganz wie es sich gehört. Und dann hab ich dich ja auch gefragt. Willich, hast du gesagt. Oder? Du bist doch nicht etwa sauer?

Hugo, mein selbstsicherer Hugo, schon wieder schien er etwas aus der Fassung zu geraten. Ja, ich fühlte mich überrumpelt. Aber glücklich. Ich spülte meinen Brötchenhappen runter und gab ihm einen Kuss: Vor dem nächsten Schritt erbitte ich eine klare Reihenfolge: von Diskussion und Argumentation zur Aktion. Klaro?

Versprochen. Hugo strahlte. Was hältst du von einem Trip to Dondorphi?

Die Mutter kam gerade vom Einkaufen zurück. Jetzt, da sie öfter von Bertram oder mir ans Telefon geholt wurde, ging sie wieder mehr zum Pieper an der Ecke. Sie rief den Vater aus dem Stall herein. Der dachte sich schon sein Teil, als Hugo die Zeitung aufschlug.

Ja, Kenger, wat en Freud. Die Mutter verdrückte ein Tränchen, der Vater war kurz davor. Nur das Motto fiel durch. ›Ben zi bena‹, las die Mutter, ›bluot zi bluoda.‹ Hilla, wat soll dat? Da jibt et doch so schöne Sprüsche. Dat Maria hat en janzes Buch mit Sprüsche un Jedischte. Für alle Jelejenheiten. Von Jeburt bis Tod. Die sin schön. Hat se mir neulisch jezeischt, wo se wat für de Beerdijung vom Kux' Angnes jesucht hat. Aber dat hier. Die Mutter griff sich an den Kopf. Für de Huzick, isch mein, die Hochzeit, könnt ihr ja da mal reinkucken. So richtig war mit dem Kenk doch nichts los. Un dann dat Kölsch da unten: Lommer jonn! Weiß de noch? Dat hat der Oppa immer jesacht.

Die Mutter verstand die Welt nicht mehr. Da lernte dat Kenk Latein und konnte Englisch kalle wie nix, lädilaik und Sän Fränzisko, und dann sujet in dr Verlobungsanzeije. Für Tante Berta würde sie sich etwas einfallen lassen müssen.

Natürlich gab es frischen Apfelsaft aus dem Mixer, und der Aufgesetzte machte die Runde. Die Feier mit Onkel und Tanten, Cousinen und Vettern, den Nachbarn versprachen wir nachzuholen. In der Weihnachtszeit. Zwei *Stadt-Anzeiger* ließen wir in Dondorf. Einen extra für die Tante. Das würde ihr gefallen. Auch Bertram schickten wir ein Exemplar. Und eins nach Köln-Marienburg. Aus Dondorf, gepflegter Ort am Rhein.

Dorthin, an den Rhein, nahmen wir die Ausgabe mit, wo ich vor vielen Jahren meine erste Zeitung zu Schiffchen gefaltet und aufs Wasser gesetzt hatte. Beim Friedhof machten wir halt, zündeten den Großeltern das Grablicht an und steckten einen Strauß blauer Astern in die Vase. Eine Blüte hielt Hugo zurück.

Bei der Großvaterweide verwandelten wir die Anzeige in unser Hula-Higo-Boot. Hissten die Segel: die blaue Blume und ein goldenes Großvaterweidenblatt. Weit auf die Kribbe hinaus liefen wir und ließen Hula-Higo zu Wasser, nach Rotterdam und einmal um die Welt, der Botschaft Gretel-Bertholdis' hinterher.

Die Wörter, sagte ich, auch eine Familie. Und was für eine. Jedes einzelne mit Stammbaum.

Und zahllosen Verwandten, seufzte Hugo, die man sich nicht aussuchen kann. Aber fliehen!

Lilo und Tim machten sich bald auf die Reise, zurück nach Ibiza, wollten die Zeit bis zum Rückflug noch zu manch einem Smoke-in, zur Chi- und Karma-Optimierung unter Gleichgesinnten nutzen. Weihnachten war Lilos Sabbatical zu Ende. Uns hinterließen sie etliche Räucherstäbchen und Platten, damit die Kölner Fugs nicht ganz und gar vermieften. Und eine sonderbare Pflanze auf der Küchenfensterbank. Ein Gruß vom Grünen Türken, stand auf dem Zettel, für trübe Stunden. Als wüssten wir überhaupt, was das ist. Es galt, das Wintersemester 1968 zu bestehen. Wir schickten ihnen eine Karte hinterher: Als Verlobte lassen grüßen. Lommer jonn!

Die im Roman zitierten Gedichte von Ezra Pound wurden übersetzt von Hilla Palm:

S. 495
Mit Wucher hat kein Mann ein gutes Haus
aus Stein gebaut, kein Paradies an seiner Kirchenwand
Mit Wucher wird der Steineschneider ferngehalten von seinem Stein
Wucher hält den Weber von seinem Webstuhl fern
Wolle kommt nicht auf den Markt
der Bauer isst sein eigenes Getreide nicht
die Nadel des Mädchens wird stumpf in seiner Hand
Die Webstühle werden stillgelegt einer nach dem anderen
Zehntausende nach Zehntausenden …

S. 496
Die Ameise ist ein Zentaur in ihrer Drachenwelt
Reiß runter dein Eitelsein, nicht vom Menschen gemacht
Sind Mut, Ordnung oder Anmut
Reiß runter dein Eitelsein, ich sag reiß runter.
Lern von der grünen Welt wo dein Platz sein kann
Auf der Skala der Erfindungen oder wahrer Kunst
Reiß runter dein Eitelsein,
Paquin, reiß runter!
Der grüne Blatthelm hat deine Eleganz übertroffen …

S. 497
Aber geschaffen zu haben anstatt nichts zu tun
ist nicht Eitelsein
Mit Anstand geklopft zu haben
Damit ein Blunt öffne
Aus der Luft eine lebendige Tradition zu sammeln
oder von einem feinen alten Auge die unbesiegte Flamme
Das ist nicht Eitelsein
Hier liegt der Fehler in dem Nichtgetanen
in all der zögernden Zaghaftigkeit …

Anmerkung der Autorin

In diesem Roman, diesem Gewebe aus Erfahrung, Erfindung und Dokumenten, habe ich meine Hauptfigur, Hilla Palm, nach dem *Verborgenen Wort* und *Aufbruch* einmal mehr ins *Spiel der Zeit*, die sogenannten 68er Jahre, gestellt. Wichtig war mir auch hier eine möglichst weitgehende Übereinstimmung mit den historischen Fakten.

Abgewichen bin ich in der Darstellung der Ereignisse um Gerhard Fricke. Authentisch sind die Passagen aus der Brandrede (1933), zitiert nach dem *Göttinger Tageblatt*. Authentisch auch die Auszüge der Rede, die Professor Fricke im Sommersemester 1965 gehalten hat (siehe Quellennachweis). Das Geschehen in den Seminaren hat sich so nicht zugetragen.

Unverzichtbar waren mir insbesondere: die Recherche im Archiv des *Kölner Stadt-Anzeigers;* der Online-Zugang zu Zeitungen und Zeitschriften, vor allem zum Archiv des *Spiegel*; Veröffentlichungen des Hamburger Instituts für Sozialforschung; die Dokumentation *1968 am Rhein. Satisfaction und ruhender Verkehr*, herausgegeben von Kurt Holl und Claudia Glunz, Schmidt von Schwind Verlag, Köln 2008.

Eingewoben in den Text wurden zudem kurze Zitate von und Anspielungen auf Autorinnen und Autoren ohne Kennzeichnung.

Viele meiner Gedichte finden sich in *Gesammelte Gedichte*, DVA, München 2013.

Quellennachweis

S. 210 Ausschnitt aus *Wenn Herr K. einen Menschen liebte*, in: Bertolt Brecht, *Gesammelte Werke in 20 Bänden*, Band 12: *Geschichten vom Herrn Keuner*, Suhrkamp, Frankfurt 1967.

S. 235–238 gekürzter Artikel aus dem *Kölner Stadt-Anzeiger* vom 9. Juni 1967.

S. 339–340 ›Rede Gerhard Frickes vor seinen Studierenden zu Beginn des Sommersemesters 1965 in Köln‹, abgedruckt im Anhang bei Gudrun Schnabel, ›Karriereverlauf eines Literaturwissenschaftlers nach 1945‹, in: *Deutsche Literaturwissenschaft 1945–1965. Fallstudien zu Institutionen, Diskursen, Personen*, herausgegeben von Petra Boden und Rainer Rosenberg, Akademie-Verlag, Berlin 1997, S. 85–95.

S. 351 The Beatles, *We can work it out*, Writers: Paul McCartney, John Lennon, © Sony/ATV Tunes LLC, Bon Jovi Publishing, Polygram Int. Publishing Inc.

S. 364 Mao Tse-Tung, *Ode an die Winterkirsche,* aus: Mao Tse-Tung, *37 Gedichte. Übersetzt und mit einem politisch-literarischen Essay erläutert von Joachim Schickel*, © dtv, München 1967.

S. 433 Der Text auf der Einladung der Philosophischen Fakultät der Universität Köln zum Karnevalsball, aus: *Rheinländer. Köpfe einer Landschaft,* herausgegeben von Sven-Georg Adenauer, Hermann-Josef Johanns, Hubertus Zilkens, B. Kühlen Verlag, Mönchengladbach 2014, S. 33f.

S. 464 Ezra Pound, *Auftrag* aus *Personae – Collected Shorter Poems,* Faber + Faber 1952, übersetzt von Ulla Hahn.

S. 476 Ezra Pound, *Drafts and Fragments – Canto* [CXX]; S. 493 Ezra Pound, *The Pisan Cantos – Canto LXXXI;* S. 495 Ezra Pound, *Shines* [LI]; S. 496 Ezra Pound, *The Pisan Cantos – Canto LXXXI*; S. 497 Ezra Pound, *The Pisan Cantos – Canto LXXXI;* alle übersetzt von Ulla Hahn; alle genannten englischen Zitate aus: Ezra Pound, *Die Cantos*, zweisprachige Ausgabe, übersetzt von Eva Hesse, © Arche Literatur Verlag, Hamburg 2013.

S. 514 Erich Fried, *Logik*, aus: Erich Fried, *und Vietnam und …*, © Verlag Klaus Wagenbach, Berlin 1966.

S. 521 Wolfang Borchert, Auszug aus dem Appell *Dann gibt es nur eins!*, aus: Wolfgang Borchert, *Das Gesamtwerk. Mit einem biographischen Nachwort von Bernhard Meyer-Marwitz*, © 1949 Rowohlt Verlag GmbH, Hamburg.

S. 550–551 Dorothee Sölle, *Credo*, aus: Dorothee Sölle, *Meditationen und Gebrauchstexte,* © Wolfgang Fietkau Verlag, Kleinmachnow.

Die Deutsche Verlags-Anstalt dankt allen Rechteinhabern für die Abdruckrechte.

Verlagsgruppe Random House FSC® N001967

1. Auflage 2019

Umschlag: Hafen Werbeagentur, Hamburg
Umschlagmotiv: © Mondadori Portfolio/Kontributor/GettyImages
Satz: Uhl + Massopust, Aalen
Druck und Bindung: GGP Media GmbH, Pößneck
Printed in Germany
ISBN 978-3-328-10535-0
www.penguin-verlag.de

Dieses Buch ist auch als E-Book erhältlich.

Lesen Sie weiter >>

LESEPROBE

Der Kampf für die Freiheit

Deutschland, 1968: Alles scheint möglich. Die Studentin Hilla Palm hat nach langer Suche endlich ihre Heimat gefunden: in der Literatur und bei Hugo, dem Mann, der Hilla mit all ihren bitteren Erfahrungen annimmt. Doch dann werden ihre Zukunftspläne vom Schicksal durchkreuzt. Verzweifelt sucht sie Halt bei ihrer Familie, der sie nach vielen Jahren der bösen Worte endlich wieder näher kommt. Nicht zuletzt für den Vater und die Familie beginnt sie den Kampf für eine gerechtere, friedvolle Welt. Doch sie muss schmerzlich erkennen, dass sie auch dabei nicht vor menschlichen wie ideologischen Enttäuschungen gefeit ist.

Ein Buch über den Mut, die Gesellschaft und sein Leben zu verändern – ein Buch über die Kraft der Versöhnung.

»Ein Meisterstück.« *FAZ*

LOMMER JONN, sagt der Großvater und greift in die Luft: Ist sie schon dick genug zum Säen, dünn genug zum Ernten? Geht's an den Rhein, ans Wasser? He, Bertram, ruf ich, lauf zum Sandkasten, zum Bruder, greif mein Weidenkörbchen untern Arm, darin Großmutters Hasenbrote, der Oppa wartet schon! Ganz fest presst der Bruder meine Hand, so fest, es schmerzt, ich stöhne.

Aufwachen, küsste mich der Freund aus dem Schlaf, dem Traum, aus den frühen Jahren meiner Kindheit in Dondorf am Rhein. Unwillig räkelte ich mich aus den schönen Bildern, um in der nicht minder schönen Gegenwart anzukommen: in Hugos Armen, die mich seit Jahren umschlossen.

Hilla, rüttelte es an meiner Schulter, Hilla, wach auf. Hast du schlecht geträumt? Nein, nein, murmelte ich schlaftrunken, nur vom Oppa, alles gut, zog die Knie an die Brust und schmiegte mich rücklings in Hugos Brustbauchbogen. Alles gut.

Lommer jonn, sagte der Großvater, sagt er noch einmal, und griff in die Luft, greift er noch einmal, zum letzten Mal, denn ich muss die Geschichte weitererzählen, die Geschichte von Hilla Palm und Hugo Breidenbach. Die Zeit drängt. Drängt mich hinein in das Ende dieser Geschichte, ein Ende, vor dessen Anfang ich zurückschrecke wie der Arzt vor dem Schnitt. Ohne Betäubung. Der Patient bei vollem Bewusstsein, doch allein der schmerzhafte Schnitt ist das Mittel zur Rettung.

Rückkehr also noch einmal nach Köln, wo stud. phil. Hilla Palm, wohnhaft im katholischen Studentinnenwohnheim, dem Hildegard-Kolleg, in ihrem Verlobten cand. phil. Hugo Breidenbach den Mann für Leib und Seele gefunden hat; die beiden ein Paar, wie es sich liebenswerter nicht erfinden lässt. Auch ich, ihre Zeugin, möchte die beiden beschützen, ihnen ein glückliches langes Leben zuschreiben. Aber so wird es nicht sein. So war es nicht.

Und so lasse ich Hilla Palm noch einmal selbst zu Wort kommen, Hilla Palm, Arbeiterkind aus Dondorf am Rhein, katholisch getauft und erzogen, jetzt heidnisch-katholisch, wie sie und ihr Hugo aus dem rheinisch-katholischen Großbürgertum gern scherzen. Heidnisch-katholisch? Hilla hat ein Zimmer im Hildegard-Kolleg. Hier erlebte sie traurige Tage, als sie Gretel, ihrer besten Freundin, zur Abtreibung verhalf, und sie dann verlor, an Gott, ans Klosterleben. Nun wohnt Hilla meist bei Hugo, dem die Tante, Professorin in Berkeley, ihre Wohnung in der gutbürgerlichen Vorgebirgstraße überlassen hat.

Seit sie sich vor Jahren als Raupe und Käfer verkleidet auf einem Karnevalsball entdeckten, hatten sie sich nicht aus den Augen, aus Sinnen und Verstand gelassen. Gemeinsam zogen sie beim Ostermarsch von Bochum nach Essen, gingen mit im Trauermarsch für Benno Ohnesorg, protestierten gegen den Krieg in Vietnam. Rudi Dutschke erlebten sie in den Sartory-Sälen, Professor Rubin beim Teerbeutelsturm auf die Barrikaden vor der in Rosa-Luxemburg-Universität umgetauften Alma Mater, waren beim Sternmarsch auf Bonn gegen die Notstandsgesetze dabei, feierten die Essener Songtage und stimmten beim Katholikentag 1968 mit mehr als fünftausend Teilnehmern für einen Brief an Papst Paul VI., Pillen-Paule, er möge das Verbot jeglicher Empfängnisverhütung zurücknehmen.

Ja, die 68er Jahre. Alles schien möglich. ›Wir wollen auf Erden glücklich sein‹, hatte der Düsseldorfer Jong Heinrich Heine geschrieben, dafür wollten wir kämpfen, wenn wir es denn nicht schon waren; ›den Himmel überlassen wir den Engeln und den Spatzen‹, ging es bei Heine weiter, nicht ganz so bei Hilla und Hugo, bei uns, wir hatten Dendaoben recht gern, gönnten ihm aber sein Himmelreich, das wir irgendwann auch einmal mit ihm teilen würden. Irgendirgendwann.

Mit Hugo war für Hilla, war für mich, dieser Traum vom Himmel auf Erden wahr geworden. Natürlich mit der nötigen irdischen Würze, kleinen Unvollkommenheiten, etwa Hugos gelegentlichem Schlürfen heißer Suppen, was ich mit der Frage: Heiß, was?, diskret zu stoppen verstand. Ihm missfielen mitunter meine Temperamentsausbrüche, natürlich nur, sofern sie nicht liebkosend zum Ausdruck gebracht wurden. Unsere Meinungen über den Umfang eines Butterrestes gingen auch nach Jahren auseinander; Hugo bestand auf großzügigen Stücken für die Pfanne, während ich noch teelöffelgroße Teilchen fürs Frühstück zusammenkratzte. Meine Teller fegte ich sauber wie vor einer Hungersnot; Hugo aß nur auf, was ihm schmeckte. Punkt.

Vor allem aber waren da unsere Familien, die uns klarmachten, dass unser Vorgebirgstraßenhimmel keine Selbstverständlichkeit war. Mein Vater, ungelernter Arbeiter, so der Eintrag des Lehrers ins Klassenbuch der Volksschule, was mich damals erheblich erbost hatte, da der Vater doch so vieles konnte, vom Bäumepfropfen bis zum Schuhebesohlen. Jetzt war er vorzeitig Rentner und suchte, sich im Haus nützlich zu machen. Geerbt hatte das Häuschen meine

Mutter von der Großmutter, Anna Rüppli. Obwohl uns der Garten Kartoffeln, Gemüse, Obst einbrachte, musste die Mutter putzen gehen, Krankenkasse und mitunter die Post dazu.

Für Hugos Eltern hingegen arbeitete das Geld. Geld so selbstverständlich wie die Luft zum Atmen. Entsprechend behandelten sie auch alle, die nicht mit dem besagten goldenen Löffel geboren waren: von oben herab; dort, auf wonnigen Höhen, hatte schließlich der Allerhöchste höchstselbst sie angesiedelt. Gemeinsam war unseren Familien die römisch-katholische Taufe; gelebt wurde diese Kirchenzugehörigkeit dem Geldbeutel gemäß. Geburtsrecht.

Hugo, nicht zuletzt wegen seines kleinen Buckels, in den Augen des Vaters ein Versager, fühlte sich in meiner Familie schnell zu Hause; Bertram fand einen Freund in ihm, und die beiden konnten von Plänen, wohin nach Bertrams Zeit bei der Bundeswehr die erste große Reise zu dritt gehen sollte, gar nicht genug kriegen.

Zu Beginn des Wintersemesters dieses verwirbelten 68er Jahres hatte ich mich mit Hugo verlobt, samt Ring und Anzeige im *Kölner Stadt-Anzeiger*. Aus dem Zeitungsblatt falteten wir ein Schiffchen und setzten es in Dondorf bei der Großvaterweide am Rhein aufs Wasser.

Lommer jonn, hieß das Böötchen, letzter Satz unserer Anzeige, Lommer jonn, der Großvatersatz. Er gehörte nun zu uns, dieser Satz, wie er zum Rhein gehörte. Und der Rhein zu Hugo und mir. Der Dondorfer Rhein, mein Gefährte aus Kinder- und Jugendtagen und für alle Zeit.

Wer dort Schönheit sucht, muss genau hinsehen. Gründlich. Sich hinabbeugen zu den Herzkapselsamen des Zittergrases, dem Strahlenkopf des Löwenzahns, zu den Klöppeln der Glockenblume, der Schnute vom Knabenkraut. Nichts für schnelle, über alles hinweggleitende Augen. Hinsehen und hineinsehen: Buchstaben und Geschichten in belesene Steine, Buchsteine, böse Gesichter in bösen Stein, den Wutstein, Wünsche und Wollen in magische Kiesel. Die Lieder des Schilfs in der Wiege der Luft. Das Unscheinbare zum Scheinen bringen, das Stumpfe zum Leuchten: Das lehrte mich der Dondorfer Rhein.

Und nicht nur das. Gerade weil nichts da war, was festhielt, überwältigte, ließ mich der Rhein auch träumen, verlockte zum Sehnen, Wegsehnen mit dem Strom, ins Weite, ins Ferne. Freie. Weg von denen, die es nicht wagten, zu träumen, sich weg zu denken, weg zu gehen. Diese Landschaft ließ mir Raum; wann immer mir die Dondorfer Wirklichkeit nicht genügte, konnten die Blicke schweifen, die Augen wandern mit den Pappelsamen, nichts, was Augen und Gedanken begrenzte, als der Himmel über mir, gestirnt in der Nacht, waschblau im Sommer wie der Mantel der Madonna.

Hinsehen, hineinsehen, weitersehen; sich seine Überraschungen selbst zu bereiten: Das lernte ich bei ihm, meinem Dondorfer Rhein.

Daher machten wir, Hugo und ich, auch an unserem Verlobungstag den alten weisen Weitgereisten zu unserem Verbündeten, den Rhein und den Großvater: Lommer jonn!

Natürlich schickten wir Hugos Familie eine Verlobungsanzeige. Täglich erwarteten wir nach unserer Rückkehr aus Dondorf, wo wir schließlich doch noch gemeinsam mit Tante Berta, Onkel Schäng, Maria, Hanni und Rudi eine Flasche Mumm und noch eine auf dat junge Jlück geleert hatten, den Anruf vom Breidenbach'schen Anwesen in Marienburg. Man ließ sich Zeit. Wir nicht. Kaum hatte Hugo den Hörer aufgelegt, fuhren wir los; so schnell wie möglich wollten wir das, was wir den offiziellen Teil nannten, hinter uns bringen.

Auch hier stieß die Hausgemeinschaft, Hugos Eltern, seine Schwester, Großtante Sibille und Onkel Adalbert, auf unsere Verbindung an, wortkarg, wen wundert's. Lisbeth servierte Sekt vom Tablett und zwinkerte mir zu. Hugo bat, mich nun zu duzen, und die Mutter sagte Hildegard, als zöge sie sich die Silben mit einer Pinzette einzeln aus den Zähnen. Der Vater blieb bei Fräulein Palm. Onkel Adalbert gratulierte, Tante Sibille verschluckte sich. Brigitte kicherte, und Hugo und ich genehmigten uns auf der Heimfahrt ein paar Kölsch im Keldenich.

Der Brief kam postwendend. Adolph Breidenbach kündigte seinem Sohn die monatliche Überweisung und setzte ihn davon in Kenntnis – er formulierte wirklich so geschwollen bürokratisch –, dass er seiner Schwester Lilo nahegelegt habe, ihre Rechte und Pflichten als Wohnungseigentümerin wahrzunehmen und der zuchtlosen Untervermietung Einhalt zu gebieten. Wir kannten Lilo besser: Das genaue Gegenteil würde diese Aufforderung bewirken. Und das Geld? Der Großvater hatte, womöglich einen Bruch zwischen Vater und Sohn voraussehend, Hugo ein Erbe hinterlassen, mit dem er sein Studium in Ruhe beenden konnte. Vom Geld des Großvaters kauften wir uns Ringe, schmale Goldreifen, Hildegard in Hugos, Hugo in meinem Ring graviert, dazu das Zeichen für Unendlichkeit statt eines Datums. Unsere Zeit lag außerhalb der Zeit, Hilla und Hugo in saecula saeculorum, war heilige Zeit, in Ewigkeit.

Unser Alltag verlief wie zuvor, die profane Zeit forderte ihr Recht. Es fiel uns leicht. Wer so in inniger Gemeinschaft immer wieder aus der gewöhnlichen in eine ewige Zeit wechseln kann, wie viel leichter fällt es dem, den Alltag zu bestehen? Vergesst ihr auch euren Dendaoben nicht?, hatte Pastor Kreuzkamp gefragt, als wir ihm unsere glücklich beringten Hände vorgehalten hatten. Nein, unseren Dendaoben, das konnten wir ihm ohne Übertreibung versichern, vergaßen wir nicht. Im Gegenteil. Er war in unserem Bunde der Dritte. In einem Bunde, den wir gleich nach Hugos Rigorosum in ein Sakrament verwandeln würden; in der Dondorfer Marienkapelle, das mussten wir Kreuzkamp versprechen.

Nur eins noch, bat er. Derdaoben – fällt euch da nichts Besseres ein? Wie hört sich das denn an?

Dominus, schlug ich vor.

Paracletus, lachte Hugo.

Spiritus sanctus!

Deo!

Klingt wie eine Werbung gegen Achselschweiß, kicherte ich. Oder wie ein hessischer Theo.

Kreuzkamp schüttelte ein wenig wehmütig den Kopf: Der gute deutsche Gott genügt euch Akademikern wohl nicht. Aber meinetwegen. Immer noch besser als Derdaoben.

Wir hatten irgendwas wie Na gut gemurmelt, und so glatt kam uns dann das Derdaoben nicht mehr über die Lippen.

Sonntags, wenn wir gemeinsam kochten – oft so, wie ich es von zu Hause kannte, Rinderbrühe, Gemüse und für jeden ein Kotelett – und dann am gutbürgerlich gedeckten Tisch in Lilos Esszimmer saßen, sprach einer von uns, meist Hugo, ein Tischgebet. Wie in Kindertagen. Komm-Herr-Jesus-sei-unser-Gast-und-segne-was-du-uns-bescheret-hast. Und dann lachten wir einander an und wussten, hier saß wirklich der große bekannte Unbekannte mit am Tisch. Stets und überall in unserem Leben war Platz für diesen Dritten. Unter welchem Namen auch immer. Sogar in unserem Schweigen waren wir manchmal zu dritt. Ohne Beteworte. Wenn es stimmt, dass es zur wahren Freiheit immer einen zweiten Menschen braucht, dann war Hugo meine Freiheit.

Und diese Freiheit wurde zur Glückseligkeit, wenn sie aufging in jener Bindung, die alles Irdische übersteigt.

Eine eigene Wohnung würden wir mieten; als Professor Henkes Assistent verdiente Hugo genug. Bertram war dann mit der Bundeswehr fertig und könnte bei uns einziehen.

Aus den politischen Unruhen an der Uni hielten wir uns heraus. Plakate mit Sprüchen wie ›Alle Professoren sind Papiertiger‹ nahmen wir nur noch achselzuckend zur Kenntnis. Ein paarmal besuchten wir das Politische Nachtgebet in der Antoniterkirche; in St. Peter hatte Kardinal Frings es verhindert, was der Präses der evangelischen Kirche ausdrücklich begrüßte.

Protest gehörte nun zum guten Ton, bis hinein ins sogenannte Establishment, Opern- und Theaterpublikum.

Im Schauspielhaus diskutierten Arbeiter und Studenten mit Tankred Dorst dessen Stück *Toller* und beschworen gemeinsam nach stundenlangem hitzigem Hin und Her das ›Bündnis von Wissenschaft, Proletariat und Technik‹ zur ›revolutionären Umgestaltung‹ der Gesellschaft.

Brecht und APO waren auf den westdeutschen Bühnen angekommen: ›Wir leiten unsere Ästhetik von den Bedürfnissen unseres Kampfes ab.‹ Vielen aber reichte auch das nicht: Theater sei auch nur Konsum, Schluss mit dem symbolischen Charakter vieler Aktionen, maulte man, und ein Flugblatt zur Diskussion um *Toller* mahnte: ›Lasst uns das Theater zu einem Instrument des demokratischen Kampfes und der Befreiung der besten Kräfte des Volkes und der Arbeiterklasse machen. Die Kunst ist tot – es lebe die Revolution!‹

Zufällig wurde ich dann doch noch einmal hineingezogen. In den Kampf um das politische Mandat und die Hochschulreform, um Mitbestimmung, Drittelparität und wie die

Reizworte alle hießen. Wieder war es, wie bei meiner ersten Demo vor Jahren, damals gegen die Fahrpreiserhöhung der Kölner Verkehrsbetriebe, der KVB, wieder war es Katja, meine Nachbarin im Hildegard-Kolleg, die mich mitschleppte. Ich kam aus dem Lesesaal des Germanistischen Instituts und wollte nach Hause, doch Katja bugsierte mich mir nichts, dir nichts in die erste Reihe einer Gruppe von Studenten, die mit ernsten Gesichtern und ernsten Parolen Richtung Rektorat marschierten. Vor der Tür Polizisten. Unsere Parolen verstummten. Wir blieben stehen, riefen Grüße und Scherze hinüber. Die Polizisten drohten neckisch mit ihren Gummiknüppeln. Einer vor mir, um die vierzig, rundes, rotes Gesicht, beidseitig gezwirbelter Schnurrbart, eine Mischung aus Eifeler Bauer und französischem Schwerenöter. Seine Augen blickten sehnsüchtig an mir vorbei: Mädsche, hie is et wärm; isch wör jitz leewer doheim. Ming Frau hätt Rievkooche jebacke. Iss du och jern Rievkooche?

Ich brachte kein Wort heraus. Katja versetzte mir einen derben Rippenstoß. Der Polizist gähnte und trocknete sich die Stirn mit einem rot-weiß karierten Taschentuch, wie der Großvater eines hatte.

Eine Trillerpfeife. Katja sprang nach hinten, die anderen auch. Ich begriff nichts. Blieb stehen. Und derselbe Polizist, der gerade noch meinen Appetit auf Reibekuchen hatte wecken wollen, verpasste mir eins mit dem Gummiknüppel, während seine Kollegen meinen Kommilitonen nachsetzten. Er schlug nicht aus Leibeskräften zu, meist führte ihm der französische Schwerenöter die Hand, einige Male aber auch der Eifeler Bauer. Dann dachte er wohl an die Reibekuchen.

Wieder die Trillerpfeife. So unvermittelt, wie der Polizist auf mich eingeschlagen hatte, ließ er von mir ab. Ich blieb liegen.

Nu stang alt op, hörte ich von weither seine Stimme. Isch wollt dir doch nix dunn! Wat häste hie och ze söke? Jank heem. Sachte stupste mich eine Stiefelspitze. Zwei Hände, in der einen noch den Gummiknüppel, halfen mir auf die Beine. Katja drängte sich durch. Moni, Psychologie im vierten Semester, war bei ihr. Sie zogen mich beiseite.

Nicht der Polizist sei schuld, sagte Katja, sondern das Großkapital.

Nicht der Polizist sei schuld, sagte Moni, sondern seine schwere Kindheit.

Mir tat alles weh. Großkapital? Schwere Kindheit? Ich wusste es besser. Es war die Trillerpfeife. Und die Rievkooche. Ich machte, dass ich wegkam. Hugo war längst zu Hause. Und wartete auf mich. Mit Rievkooche.

Danach ging ich derlei Aktivitäten noch umsichtiger aus dem Weg.

Doch dem Rat der Mutter zu folgen – Kind, Hilla, halt dich da raus –, war nicht einfach. Sobald man die Nase aus den Büchern in die Wirklichkeit streckte, kam man an einer Stellungnahme kaum vorbei. Doch zu mehr als kopfschüttelnden Kommentaren morgens beim Frühstück oder einem Kölsch am Abend reichte Hugos und meine Empörung nicht. Und die Ohrfeige von Beate Klarsfeld für den Bundeskanzler Georg Kiesinger wegen dessen Nazi-Vergangenheit? Die brachte vor allem die Mutter und Tante Berta gegeneinander auf: Während die Tante der Meinung war, dä Kääl hätt die Watsch verdient, beharrte die Mutter: Sowat jehört sisch nit. Und irgendwie hatten beide recht, versuchte ich zu schlichten.

In der Uni wurde es allmählich still in diesem 68er Jahr. Weihnachten stand vor der Tür. Kurz vor Heiligabend mauerte das Kölner Straßentheater den Eingang von Karstadt zu. Mit Weihnachtspaketen und Schaumstoff. Darüber ein Transparent: ›Weihnachten. Fest der Freude. Vietnam. Biafra. Griechenland. Spanien.‹

Hugo fuhr über die Festtage gleich nach Dondorf mit. Schlief bei Hanni und Rudi. Gut sichtbar für aller Augen, besonders die der Nachbarinnen Julchen und Klärchen; brach spätabends auf und kam am nächsten Morgen ebenso demonstrativ zurück. Do hätt keiner jet ze schwade, kommentierten Mutter und Tante Berta vereint. Vereint stolzierten wir anschließend ins Hochamt, ein halbes Dutzend weihnachtlicher Kirchgänger, Tante Berta hatte sich die Teilnahme an dem frommen Aufmarsch nicht nehmen lassen, was Onkel Schäng schamlos ausnutzte, um sich, Weihnachten hin oder her, die Bettdecke über die Ohren zu ziehen.

Nach der Messe, beim Marienaltar vor der Krippe, wo sonst, fing uns Kreuzkamp ab. Er musste nichts sagen, als er das Christkind aus dem Silberstroh hob, an die Lippen führte und mir in die Hände legte. Ich küsste es auch und reichte es Hugo, der gab es nach seinem Kuss Mutter Maria zurück. Lateinisches murmelnd legte Kreuzkamp meine Hand in Hugos und die seinen darüber, am liebsten hätt er uns wohl Kraft seines Amtes an Ort und Stelle zu Mann und Frau erklärt. Seinen Segen jedenfalls hatten wir, daran ließ sein Lächeln, goldzahnblitzend breit wie in Kinderzeiten, keine Zweifel.

Ordentlich feierlich war uns allen zumute, bis die Tante – Jetzt brauch isch abber wat Reelles – uns an Hanni und Rudi erinnerte, die mit dem Mittagessen warteten. Hasenbraten. Das Tier, gut abgehangen, hatte Rudi schon vor Wochen geschossen. Pass auf de Küjelschen auf, mahnte die Tante. Die schieße noch im Bauch, lachte Onkel Schäng, froh, sich denselben endlich vollschlagen zu können. Was ihm nicht bekam, Hase, Rotkohl, Kloß auf nüchternen Magen, und der Tante, ganz die Tochter Anna Rüpplis, reichlich Stoff gab, dem klagenden Gatten seine Krämpfe als Gottes Strafe für das lästerliche Fernbleiben vom weihnachtlichen Kirchgang unter die Nase zu reiben.